LES ÂMES MORTES

OU
LES AVENTURES DE TCHITCHIKOV

Nikolaï Gogol

Traduction d'Henri Mongault

1842

TABLE DES MATERIES

LES ÂMES MORTES 1
Nikolaï Gogol 1
Table des Materies 2
INTRODUCTION — GOGOL ET LA COMPOSITION DES « ÂMES MORTES » 4
PREMIÈRE PARTIE 34
 I 34
 II 41
 III 54
 IV 66
 V 82
 VI 95
 VII 108
 VIII 120
 IX 132
 X 145
 XI 157
 NOTES 176
 RÉFLEXIONS DE L'AUTEUR 177
 AU LECTEUR DE CETTE ŒUVRE 178
 QUATRE LETTRES 179
  I 179
  II 180
  III 182
  IV 185
SECONDE PARTIE 187
 PREMIER FRAGMENT 187
  I 187
  II 203
  III 211
  IV 230
 SECOND FRAGMENT 242

À

L. M.

QUI ME DONNA LE GOÛT

DES LETTRES RUSSES

JE DÉDIE

CE PÂLE REFLET

D'UN BEAU LUMINAIRE

H. M.

INTRODUCTION
GOGOL ET LA COMPOSITION DES « ÂMES MORTES »

*Et delebitur foedus vestrum cum morte,
et pactum vestrum cum inferno non stabit.*

ISAÏE, XXVIII, 18.

En 1829, un certain V. Alov, jeune homme de vingt ans, arrivé depuis peu de Petite Russie à Saint-Pétersbourg pour y tenter fortune, publie un poème romantique intitulé Hans Kuchelgarten, où d'indéniables impressions personnelles se mêlent à des réminiscences de la Louise de Voss. Mécontent des critiques acerbes qui saluent cet ouvrage, l'auteur reprend aux libraires tous les exemplaires qu'il peut trouver, et les brûle jusqu'au dernier. Peu de temps après, il s'évade : ayant reçu de sa mère une certaine somme destinée à purger une hypothèque, il préfère l'employer à une fugue de trois mois en Allemagne.

En 1852, à Moscou, par une nuit d'hiver, un grand artiste, encore dans la force de l'âge et du talent, mais rongé par un mystérieux malaise physique et moral, brûle pour la seconde fois, l'œuvre qui constitue depuis de longues années sa raison de vivre. Dix jours après, il s'évade : mais cette fois c'est la mort qui le libère.

L'obscur débutant et l'illustre écrivain ne sont en effet qu'un même personnage : Nicolas Gogol. Inaugurée par un geste de dépit vaniteux, sa carrière s'achève par un acte d'humilité. Deux grandes périodes la marquent. Cinq à six ans de production intense, de succès, d'enthousiasme : c'est ce qu'on est convenu d'appeler la période pétersbourgeoise. Dix-sept ans de pérégrinations, de souffrances, de doutes croissants, et aussi de labeur acharné sur une grande œuvre, qui doit à la fin assurer sa gloire, réformer ses contemporains, et lui valoir le salut éternel. Finalement ce dernier souci prime les autres, et l'œuvre elle-même lui est, en partie, sacrifiée.

C'est cette dernière période que nous nous proposons de retracer ici, retenant seulement de la première les points qui importent à la biographie morale de l'auteur des Âmes Mortes.

Nikolaï Vassiliévitch Gogol-Ianovski est né le 19 mars 1809, au domaine de Vassilievka, près de Sorotchintsy, district de Mirgorod, province de Poltava. Il appartenait à une famille de petits propriétaires ruraux, attachés aux mœurs patriarcales que toute sa vie il affectionnera. Son père, qui avait l'humeur gaie et se piquait de littérature, composait des comédies légères pour le théâtre d'amateurs de son riche voisin et parent éloigné, D. P. Trostchinski, haut dignitaire sous Catherine, Paul et Alexandre. L'ancien ministre faisait figure de mécène ; les fêtes qu'il donnait dans sa splendide résidence de Kibentsy semblent avoir vivement impressionné le jeune Gogol : on en retrouve l'écho dans les Âmes Mortes.

À son père, mort trop tôt (1825) pour avoir exercé sur lui une profonde influence, Gogol doit sans doute son humour et son précoce penchant pour les lettres. Mais l'emprise de sa mère apparaît plus puissante : femme simple et bonne, elle choie par trop son premier-né et fait de lui l'enfant gâté qu'il restera toute sa vie ; femme pieuse, elle développe en lui le sentiment religieux, qui finira par régner en maître dans son esprit comme dans son cœur.

En 1821, grâce à la protection de Trostchinski, il entre comme pensionnaire au collège de Niéjine, petite ville de la province de Tchernigov, où les libéralités posthumes d'un autre parvenu petit-russien, le prince A. Bezborodko, avaient créé un établissement d'enseignement appelé à devenir, sous le titre (rare en Russie) de lycée, une sorte d'université. Pour le moment, ce n'était *encore qu'un modeste* gymnase. *Gogol y resta jusqu'en 1828 ; on trouve aussi dans les* Âmes Mortes *des réminiscences de ce temps de pensionnat : farces d'écoliers, retours à la maison paternelle, joyeuses vacances. Élève médiocre, plus qu'à la salle d'études il se montre assidu à la salle de spectacle : il monte des pièces, griffonne des scénarios, se révèle acteur accompli ; plus tard il lira ses pièces avec un brio resté légendaire. L'histoire cependant l'attire et lui fournit matière à des essais de romans. Tentative abandonnée ; mais, dès 1827, il mène à bien l'idylle de* Hans Kuchelgarten, *qu'en décembre 1828 il emporte avec lui à Saint-Pétersbourg.*

Il emporte aussi de grandes ambitions. Esprit ouvert mais inquiet, nature riche mais soupçonneuse, tempérament tout à tour narquois et mélancolique, il se devine très tôt un être à part et prend de lui une haute opinion. Sous l'influence du naturel méridional, cette confiance en soi affecte parfois l'aspect d'une jactance désagréable, pour céder bientôt la place à une humilité presque outrée. Caractère plein de contradictions, en fait. Pourtant Gogol sent bouillonner en lui une immense énergie, et brûle de l'employer au service de son pays. Ce besoin de servir *sera le* leit-motiv *de son existence. Il hésitera un certain temps sur la meilleure manière de le satisfaire ; à Niéjine, il se jugeait apte à devenir un fonctionnaire modèle ; mais arrivé à Pétersbourg, il se voit déjà grand poète.*

L'insuccès de son idylle le fit réfléchir. — Tout d'ailleurs n'y est pas à dédaigner ; on peut y glaner quelques beaux vers, notamment sur la Grèce, et l'auteur a prêté à son héros un de ses traits dominants : l'impossibilité de tenir en place. — L'escapade qui s'en suivit acheva de l'assagir : il entra en 1830 au ministère des Apanages. Il s'aperçoit vite qu'il a fait fausse route et obtient, en 1831, une chaire d'histoire à l'« Institut patriotique des jeunes filles ». Du coup, il se croit l'étoffe d'un grand historien, médite d'écrire l'histoire de son Oukraïne natale. La pédagogie ne devait pas mieux lui réussir que le fonctionnarisme. Chargé, en 1834, du cours d'histoire du moyen âge, à l'Université de Pétersbourg, il abandonne sa chaire au bout d'un an. Entre temps il a trouvé sa vraie voie en revenant à la littérature. Tout d'abord il s'abandonne à cette passion avec une certaine insouciance ; puis, peu à peu, il se convainc que c'est là sa mission en ce monde ; alors il s'y consacre comme à un sacerdoce.

En 1831, il s'est lié avec le critique Pletniov[1]*, qui le met en relations avec les poètes Joukovski*[2] *et Pouchkine ; celui-ci exercera sur lui une forte influence et lui fera vraiment prendre conscience de son talent. Tous deux l'introduisirent chez madame Smirnov*[3]*, très grande dame, protectrice attitrée des écrivains, qui lui rendra plus d'un service et ne sera pas la dernière à le pousser dans la voie mystique. Un temps viendra d'ailleurs où, envers cette nymphe Égérie, le nouveau converti se donnera des airs de directeur de conscience.*

Cette même année, il publie, sous le pseudonyme de Roudy Panko, éleveur d'abeilles, *la première partie des* Soirées au Hameau près de Dikanka. *La seconde partie paraît l'année suivante. Dans ces récits romantiques — pour lesquels Gogol utilise des souvenirs d'enfance, les papiers de son père et le folklore petit-russien — le fantastique à la Tieck s'entremêle à des scènes de mœurs populaires. L'œuvre plut au public et trouva grâce devant la critique ; on n'en vit guère d'ailleurs que le côté gai,*

---

1 — Pletniov (Piotr Alexandrovitch) (1792-1862), depuis 1832 professeur de littérature à l'Université de Pétersbourg, dont il fut recteur de 1840 à 1861. Comme critique, il défendit les idées du groupe de Pouchkine. Très lié avec le grand poète, il collaborait à sa revue le Contemporain (Sovrémionnik) et en devint le critique attitré après la mort de son ami (1838-1846).

2 — Joukovski (Vassili Andréiévitch) (1783-1852), poète idéaliste et sentimental. Ses poésies originales sont fort peu nombreuses, mais d'admirables traductions ont consacré sa gloire. C'est lui qui a révélé à la Russie les romantiques anglais et surtout allemands. Vers la fin de sa vie (1848-1849), il a donné une harmonieuse version de l'Odyssée. Sa Ludmila, adaptation de la Lénore de Bürger, parut en 1808.

3 — Smirnov (Alexandra Ossipovna), née Rossetti (1810-1882), demoiselle d'honneur des impératrices Marie et Alexandrine (mère et femme de Nicolas Ier), et jouissant comme telle d'un grand crédit à la cour, épousa un haut dignitaire, qui fut par la suite gouverneur de Kalouga et de Saint-Pétersbourg. Mécène averti, elle fut l'amie de tous les écrivains de l'époque romantique et plus particulièrement de Joukovski, Pouchkine et Gogol. Elle a laissé des Mémoires qui doivent être consultés avec précaution, car on soupçonne sa fille de les avoir fortement « arrangés ».

sans en remarquer la mélancolie latente. En réalité — et c'est un point sur lequel on ne nous paraît pas avoir encore suffisamment insisté — Gogol est déjà presque tout entier en puissance dans cette œuvre de jeunesse. Observation et fantaisie, lyrisme et réalisme lutteront toujours en lui, se cédant le pas à tour de rôle. Évidemment le romantisme est ici la note dominante : en saurait-il être autrement en 1830 ? Au reste les deux nouvelles purement fantastiques : La Veillée de la Saint-Jean, Horrible Vengeance, sont de beaucoup les plus faibles. Les meilleures, au contraire, nous paraissent celles où le surnaturel sert de repoussoir à des descriptions de mœurs villageoises, colorées et minutieuses comme un tableau de Breughel ou de Teniers : La Foire de Sorotchintsy, La Nuit de Mai, La Nuit de Noël. Et déjà telle autre nouvelle : Ivan Fiodorovitch Chponka et sa tante est traitée dans la note humoristico-réaliste en qui se fondront finalement les deux courants.

Bien plus, Gogol est en possession des deux procédés qui caractérisent sa manière : le style objectif, procédant par petites touches accumulées (par exemple, la description d'un jour d'hiver dans La Veillée de la Saint-Jean, et dans Ivan Fiodorovitch Chponka, l'accueil des chiens qui sera repris et développé dans les Âmes Mortes) ; le style subjectif, se manifestant par des couplets lyriques (car les fameuses descriptions d'un jour d'été dans La Foire de Sorotchintsy, du Dniepr dans Horrible Vengeance et de la nuit d'Oukraïne dans La Nuit de Mai ne sont pas autre chose), ou par des retours sur soi-même, des méditations telles que celle-ci, qui termine La Foire de Sorotchintsy et ne serait nullement déplacée dans les Âmes Mortes.

« Le tonnerre, les chants, les rires allaient s'affaiblissant. L'archet se mourait, exhalant dans le vide de l'air des sons imprécis. On entendit encore un piétinement, quelque chose de semblable au grondement de la mer lointaine ; et bientôt tout se tut.

« N'est-ce point ainsi que s'envole loin de nous la joie, belle et volage visiteuse, et qu'en vain une voix isolée pense exprimer la gaieté ! Dans son propre écho, elle perçoit avec épouvante une note de tristesse et de solitude. N'est-ce point ainsi que se dispersent l'un après l'autre les folâtres amis d'une libre et turbulente jeunesse, abandonnant leur vieux compagnon à son triste sort ? Un lourd chagrin envahit le cœur de l'infortuné, et rien ne saurait le consoler ».

N'est-ce pas pour de semblables couplets que Pouchkine appelait Gogol un grand mélancolique *?*

On objectera sans doute le merveilleux dont ces récits sont pleins : Gogol, dira-t-on, a fini par s'en débarrasser complètement. Est-ce bien sûr ? Élevé par une mère superstitieuse, superstitieux dès l'enfance, Gogol a toujours admis l'influence des forces surnaturelles ; mais la diablerie oukraïnienne — ondines, sorciers, diablotins — cédera tôt place dans son esprit au maître des choses secrètes, à Satan en personne. Il croira à l'existence physique du Démon ; il luttera longtemps avec lui ; il le vaincra à l'heure suprême.

Durant l'été de 1832, il entreprend un voyage au pays natal. Passant par Moscou, il s'y lie avec plusieurs notoriétés moscovites plus ou moins slavophiles : l'historien Pogodine[4], *dont les nouvelles, œuvres de jeunesse recueillies en volume cette année même, ont peut-être eu quelque influence sur les* Soirées *; l'auteur dramatique Zagoskine*[5], *dont le premier roman historique* Iouri Miloslavski *(1827-*

---

4 — Pogodine (Mikhaïl Pétrovich) (1800-1875), archéologue, historien, littérateur et publiciste. Professeur d'histoire à l'Université de Moscou, il se fit le champion du « nationalisme » officiel. Il dirigea deux importantes revues : de 1827 à 1830 le Messager de Moscou (Moskovski Viestnik), et de 1841 à 1856 le Moscovite (Moskovitianine). Il écrivit dans sa jeunesse quelques nouvelles qui permettent de le ranger parmi les premiers réalistes russes.
5 — Zagoskine (Mikhaïl Nikolaiévitch) (1789-1852), auteur de nombreuses comédies légères et de romans historiques où les mœurs patriarcales sont fortement idéalisées. Il assuma depuis 1821 la direction des théâtres de Moscou.

1830) *vient d'avoir un succès prodigieux ; Serge Aksakov*[6] *qui, jusqu'alors partisan du pseudo-classicisme, écrira dans son âge mûr, sous l'influence de Gogol, des récits délicieux de naturel et de bonhomie, telle sa fameuse* Chronique de famille *; le grand acteur M. J. Chtchepkine*[7] *enfin. Tous ces gens admirent fort les us d'autrefois et confirmeront en Gogol un goût inné pour les mœurs patriarcales.*

L'automne de cette même année, Gogol revient à ses premières amours, le théâtre. Il commence une comédie, La Croix de Saint-Vladimir, *qu'il abandonne bientôt, effrayé par la hardiesse du sujet ; plus tard pourtant, il en terminera certains fragments :* La Matinée d'un homme d'affaires *(en 1837),* Le Procès *et* L'Office *(en 1839-1840). Par contre, il mène de pair nouvelles et travaux historiques. Ce labeur acharné lui permet de publier en 1835 deux recueils :* Mirgorod *et* Arabesques.

Dans les Arabesques, *trois nouvelles :* Le Portrait, L'Avenue de la Neva, Journal d'un fou *côtoient deux autres genres. D'une part, des essais historiques, plus brillants qu'originaux (on ne s'étonnera pas que Gogol adore le moyen âge, qu'il veuille faire de l'histoire et aussi de la géographie des sciences vivantes), mais dont le style imagé, poétique, fait parfois songer à Augustin Thierry et à Michelet, qu'il a d'ailleurs pratiqués. D'autre part, des articles critiques, très intéressants pour la conception que leur auteur se fait de l'art. Cette conception est développée dans* Le Portrait. *Bien qu'on y ait relevé des souvenirs de Tieck, de Hoffmann et même de Maturin, bien que le merveilleux s'y adapte plus mal à la réalité que dans tout autre récit de Gogol, cette nouvelle n'en est pas moins capitale pour sa biographie morale. De plus en plus s'affirme chez lui l'idée de la mission religieuse de l'art. Et, comme corollaire, une autre idée se glisse, ver rongeur, en son esprit : peindre la vie dans sa réalité parfois hideuse ne serait-il point un péché ? À cette époque, art et religion semblent déjà se confondre dans l'esprit de Gogol, ainsi qu'en témoigne ce fragment écrit à la veille de 1834.*

1834

Minute solennelle, autour de laquelle viennent se confondre des sentiments divers ! Non, ce n'est pas un rêve. C'est la limite fatale, inéluctable, entre le souvenir et l'espérance... Le souvenir n'est plus là ; déjà il s'envole, déjà l'espérance l'emporte. Mon passé bruit à mes pieds ; au-dessus de moi luit, à travers un brouillard, l'avenir non dévoilé. Je t'implore, vie de mon âme, mon ange gardien, mon génie ! Oh ! ne te dérobe pas à ma vue ! Veille sur moi à cette minute ; ne me quitte pas durant cette année, au début si attrayant pour moi. Quel seras-tu, mon avenir ? Brillant, vaste, me réservant de nobles exploits, ou bien... ? Oh ! sois brillant ! sois actif, voué au travail et au calme ! Pourquoi te tiens tu ainsi devant moi, année 1834 ? Sois aussi mon ange gardien. Si la paresse et l'insensibilité osent, ne fût-ce que momentanément, m'envahir — oh ! réveille-moi alors ; ne les laisse pas s'emparer de moi ! Que tes chiffres éloquents, telle une montre infatigable, telle la conscience, se dressent devant moi, afin que chacun d'eux résonne à mon oreille plus fort que le tocsin ! afin que, comme une pile galvanique, chacun produise une commotion profonde dans tout mon être !

« Mystérieux et énigmatique 1834 ! Où te signalerai-je par de grands travaux ? Parmi cette agglomération de maisons entassées les unes sur les autres, ces rues bruyantes, ce flot de mercantilisme, cet amas difforme de modes, de parades, de fonctionnaires, d'étranges nuits septentrionales, de clinquant, de terne vulgarité ? Dans mon vieux et superbe Kiev, couronné de

---

[6] — Aksakov (Serguéï Timoféiévitch) (1791-1859), le patriarche des slavophiles, une des figures les plus sympathiques de la littérature russe. Ce grand ami de la nature publia sur le tard des souvenirs de pêche (1847) et de chasse (1852), qui contiennent des pages ravissantes. Il romança ses mémoires en deux volumes extrêmement savoureux, intitulés Chronique de famille (1856) et Les Années d'enfance du petit-fils de Bagrov (1858) — que nous nous proposons de faire connaître un jour au public français. Ses deux fils, Constantin (1817-1861) et Ivan (1823-1886), comptent parmi les coryphées du slavophilisme.

[7] — Stchepkine (Mikhaïl Sémionovitch) (1788-1863), acteur célèbre, spécialisé dans les rôles de « gérontes ». Il fit du gorodnitchni de l'Inspecteur, une création inoubliable.

jardins pleins de fruits, sous le merveilleux ciel du Midi aux nuits enivrantes, parmi ses hauteurs harmonieusement escarpées, parsemées de buissons, et dont mon Dniepr aux flots purs et rapides baigne les pieds ? Sera-ce là-bas ? Oh !... Je ne sais comment t'appeler, mon génie ! Toi qui, dès le berceau, planais autour de moi avec tes chants mélodieux, suscitant des pensées merveilleuses, inexpliquées encore, vastes et enivrantes, caressant mes rêves ! Oh ! accorde-moi un regard ! Abaisse jusqu'à moi tes yeux célestes !

Me voici à tes genoux. Oh, ne me quitte pas ! Reste sur la terre avec moi, ne fût-ce que deux heures par jour, comme mon frère sublime ! J'accomplirai... J'accomplirai... La vie bouillonne en moi. Mes travaux seront inspirés. Une divinité inaccessible à la terre les dirigera. J'accomplirai !... Oh ! embrasse-moi, bénis-moi !...

L'idée de l'au delà le hante. Les lettres de cette époque nous révèlent qu'il voit le doigt de Dieu dans tous les détails de son existence. Dans l'une d'elles — retenons ce trait — il remercie sa mère d'avoir fait naître en lui le sentiment religieux, par la peinture du Jugement dernier. « Une fois, dans mon enfance, je vous interrogeai sur le Jugement dernier ; et vous me racontâtes d'une façon si touchante les félicités qu'attendent les justes, vous me dépeignîtes sous des couleurs si effrayantes les tourments éternels des réprouvés, que ce récit bouleversa toute ma sensibilité, et engendra par la suite en moi les plus hautes pensées ».

Notons en passant que sa vision de l'histoire est fortement teintée de religiosité ; témoin le fort beau poème en prose qui ouvre la seconde partie des Arabesques *:* La Vie.

Les autres nouvelles du recueil : L'Avenue de la Neva *et le* Journal d'un fou, *marquent un effort de plus vers le réalisme, tout en développant un thème cher aux romantiques et déjà effleuré dans* Le Portrait. *Il s'agit du désaccord entre la vie et le rêve, entre la poésie et la réalité ; du sort tragique réservé à l'artiste qui ne veut pas se résigner. En opposant dans* L'Avenue de la Neva, *le rêveur Piskarov à l'insouciant Piragov, en les faisant partir d'un même point de la célèbre avenue pour subir, l'un une tragique, l'autre une grotesque aventure, Gogol (qui avouera plus tard avoir donné à ses héros beaucoup de lui-même), ne veut-il pas voir s'agiter sous ses yeux les deux hommes qu'il sent alors en lui ? L'un qui prend plaisir à étaler la bassesse et la turpitude humaine ; l'autre qui médite de tirer de cette vulgarité un enseignement, de mener par l'art le prochain et soi-même à une réforme morale ?*

On trouve aussi, dans les Arabesques, *deux extraits de romans historiques, ni meilleurs ni pires que d'autres fragments de ce genre retrouvés plus tard dans les papiers de l'auteur. Ces tentatives avortées témoignent d'un profond désir de ressusciter le passé de la Petite Russie. Le but sera atteint dans* Mirgorod, *le premier chef-d'œuvre de Gogol. Toute l'Oukraïne, sa légende (Viï), ses fastes (Tarass Boulba), son effacement (Propriétaires d'autrefois), son traintrain quotidien (La Brouille d'Ivan Ivanovitch et d'Ivan Nikiforovitch), vit dans ce livre où, suivant un balancement cher à Gogol avant qu'il le soit à Flaubert, les couleurs éclatantes alternent avec les nuances fanées. Celles-ci conviennent peut-être mieux au pinceau de l'auteur ; à la truculence de* Tarass Boulba, *au fantastique à panache de* Viï, *il est permis de préférer l'humour de* La Brouille, *la demi-teinte des* Propriétaires d'autrefois. *Ces deux nouvelles ne sont point indignes des* Âmes Mortes ; *certains traits de ces esquisses se retrouvent d'ailleurs reportés et amplifiés dans le grand tableau ; nous les signalerons.*

Voici donc Gogol en pleine possession de son talent. Il donne d'un coup des modèles de quatre genres différents : le roman historique, le récit fantastique, la nouvelle humoristique, le tableau de genre ou plutôt le « poème d'ambiance ». Et de ce dernier — où tant de Russes, de Tourgueniev à Bounine, devaient par la suite exceller — il se pourrait bien qu'il fût, en Russie, le créateur. Pour les trois premiers, il suit une voie déjà frayée. On peut citer ses sources, dont la principale nous paraît être son compatriote Nariéjni[8]*, le restaurateur trop oublié du réalisme russe et le premier peintre fidèle des mœurs oukraïniennes. Mais qu'il y a loin du fruste et naïf auteur des* Deux Ivans *et du* Boursier *à l'artiste consommé de* Mirgorod *! Encore une fois, un Virgile a tiré de l'or du fumier d'Ennius. Virgile, disons-nous, et c'est avec intention : par endroits, avouons-le,* Tarass Boulba *fait plus songer à l'*Énéide *qu'à l'*Iliade*, — quoi qu'en veuille l'auteur, déjà grand admirateur d'Homère. Au reste, malgré ses défauts, ce roman historique l'emporte de beaucoup sur ceux qui ont pu lui servir de modèle, depuis* Les Batteurs d'estrade *de Marlinski*[9]*, jusqu'au* Iouri Miloslavski *de Zagoskine. Seule, la nudité classique de* La Fille du capitaine *peut contrebalancer la parure romantique de* Tarass Boulba *; sur des plans différents, Pouchkine et Gogol sont déjà des égaux.*

Vers la même époque Gogol publie Le Nez (1833), La Calèche (1835) *; deux bouffonneries qui, malgré le pittoresque de certains détails, ajoutent peu à sa gloire, mais où des traits satiriques, encore assez badins, commencent à pleuvoir sur les fonctionnaires, tant civils que militaires. Il écrit ses très curieuses* Notes sur Saint-Pétersbourg (1835-1836), *où se trouve développé le fameux parallèle — que durent fort apprécier ses amis slavophiles — entre Pétersbourg-homme et Moscou-femme. Il commence (1834)* Le Manteau, *auquel il ne donnera que plus tard (1839-1841) sa forme définitive. En dépit d'un dénouement fantastique, qui d'ailleurs prend valeur de symbole, c'est là, sans doute, avec les* Propriétaires d'autrefois, *la meilleure de ses nouvelles, celle aussi qui lui valut le plus d'imitateurs. Elle inaugure, sinon, comme on l'a dit, l'école « naturelle », du moins la littérature humanitaire et accusatrice, cette littérature d'humiliés et d'offensés, qu'en occident Dickens, en attendant George Sand, cultivait alors avec un rare bonheur, et qui aura en Russie une si grande fortune. À ce titre, le Dostoïevski des* Pauvres Gens (1846) *et le Pissemski de* Péché de vieillard (1863) *relèvent pareillement de Gogol ; en ce sens, le premier avait raison de dire : « Nous descendons tous du* Manteau ».

Cependant, c'est surtout au théâtre que Gogol s'adonna au cours des années 1834-1835. Outre un essai manqué de drame historique, Alfred, *emprunté à l'histoire d'Angleterre, il commence* Les Joueurs *— farce amusante mais féroce, où se manifeste son talent à dépeindre des fripons — et* Le Mariage, *la mieux venue peut-être de ses pièces, de l'Ostrovski avant la lettre. Il ne terminera ces deux comédies qu'en 1842, mais achève dès 1836 celle sur laquelle il compte le plus pour assurer sa gloire :* L'Inspecteur (Revizor). *L'idée première lui en aurait été fournie par Pouchkine ; certaines scènes rappellent* Le Voyageur de la capitale (1828) *de son compatriote Kvitka-Osnovianenko*[10]*, et aussi* Le Prince d'outre-Mer *de Nariéjni. En tout cas l'aventure lui a paru propre à un grand dessein : attaquer le fonctionnarisme — cette gangrène qui corrompt son cher régime patriarcal, — faire rire à ses dépens, amener par là une réforme morale. N'est-ce pas le but propre de la Comédie ?* Castigat ridendo mores. *En fait c'est le sujet — adouci et pour plus de sûreté transporté en province, — de* La Croix de Saint-Vladimir. *Pourtant il faudra les instances de madame Smirnov et une intervention de Nicolas I*[er] *pour que la comédie soit autorisée. Le public, et pour cause, s'obstine à ne voir en elle*

---

8 — Nariéjni (Vassili Trofimovitch) (1780-1826), né à Mirgorod, fut en Russie le meilleur imitateur de Lesage. Si ses romans font souvent la part trop large aux « aventures », ils n'en renferment pas moins des pages très réalistes et fort précieuses pour la connaissance des mœurs russes — et surtout petites-russiennes — de l'époque. Ses œuvres principales sont : Le Gil Blas russe ou les Aventures du Prince Gavril Simonovitch Tchistiakov (1814) ; Aristion ou la Rééducation (1822) ; Nouvelles nouvelles (1824) ; Le Boursier (1824) ; Les deux Ivans ou la Passion des Procès (1825). Peu goûté de son vivant et pendant longtemps oublié, Nariéjni n'a été remis en valeur que tout récemment.

9 — Marlinski, pseudonyme de Bestoujev (Alexandre Alexandrovitch) (1795-1837), passe pour le représentant en Russie de l'ultraromantisme. Vers 1830, sa gloire balançait celle de Pouchkine lui-même ; il tomba par la suite dans un profond oubli. En réalité, il ne méritait ni cet excès d'honneur, ni cette indignité ». Admirateur de V. Hugo, auquel il emprunte jusqu'à des procédés de style, Marlinski prête à ses héros des sentiments effrénés ; mais le fond de ses tableaux est toujours vrai et il sait dépeindre avec des détails exacts, voire réalistes, les milieux les plus divers : grand monde pétersbourgeois, soldats, marins, montagnards du Caucase.

10 — Kvitka (Grigori Fiodorovitch) (1778-1843), publia, en russe et en petit-russien, sous le pseudonyme d'Osnovianenko, des nouvelles et des pièces qui dépeignent les mœurs de la Petite Russie.

qu'une farce. La critique emboîte le pas au public. Seul le prince Viazemski[11] loue convenablement la pièce, en faisant ressortir la force caricaturale de Gogol, ce « Teniers russe » ; le mot sera souvent repris. Biélinski[12] renchérira et mettra l'auteur au-dessus de Molière ; ce qui est beaucoup dire. À parler franc, l'impression de farce persiste aujourd'hui. Farce de génie, si l'on veut, mais farce par trop bouffonne et par trop sinistre à la fois. Cette impression résulte, croyons-nous, d'une erreur d'optique commise par Gogol, et à laquelle on n'a peut-être pas suffisamment pris garde. Sur un fond de réalité outrée, poussée au noir, Gogol campe un héros — Khlestakov — à allure de Scapin. Et ce hâbleur, ce blanc-bec, qui tremble devant un aubergiste, mystifie toute une compagnie de fonctionnaires retors, dont le plus important — et le plus dupé — nous est représenté comme « point du tout sot » ! Il nous semble qu'à la réflexion Gogol a vu son erreur, car en traitant dans les Âmes Mortes une semblable aventure, il a eu soin de mûrir son héros. Tchitchikov ne dupe guère que des imbéciles ; les fines mouches ne se laissent point prendre à son manège, et si quelques honnêtes gens donnent dans le panneau, c'est que cet escroc a, ma foi, fort bon air. Tranchons le mot ; Khlestakov n'est qu'un fantoche, Tchitchikov est quelqu'un.

Quoi qu'il en soit, Gogol avait manqué son but. Il en éprouva une vive déception, dont l'écho se perçoit encore, six ans plus tard, dans la Sortie de théâtre (1842), et qui, pour le moment, lui fait hâter un départ depuis longtemps médité. Cette seconde fugue sera de plus longue durée que la première. Une ère nouvelle s'ouvre pour lui : il va devenir un éternel errant.

Gogol quitte Pétersbourg le 6 juin 1836 en compagnie d'un ami d'enfance, A. S. Danilevski, emportant dans ses bagages le manuscrit d'une œuvre commencée quelques mois auparavant et qui va s'emparer de son esprit, de son cœur, de tout son être, au point de s'identifier avec lui.

« L'histoire des Âmes Mortes, écrira-t-il dans la Confession d'un auteur, c'est l'histoire de mon âme ».

Le sujet lui a été cédé — bon gré mal gré, semble-t-il, — par Pouchkine, vers l'automne de 1835. L'escroquerie qui sert de point de départ au poème aurait, paraît-il, été tentée par un aventurier aux environs de Mikhailovskoe, la propriété que possédait Pouchkine dans la province de Pskov[13]). Voici comment dans cette même Confession Gogol raconte l'affaire :

---

11 — Viazemski (prince Piotr Andréiévitch) (1792-1878), poète, essayiste et critique.
12 — Biélinski (Vissarione Grigorovitch) (1811-1848), le plus grand critique de son temps. Il dirigea de 1838 à 1839 l'Observateur de Moscou (Moskovski Nablioudatel) ; puis collabora de 1840 à 1846 aux Annales de la Patrie (Otiétchesvennya Zapiski), et de 1846 à 1848, au Contemporain.
13 — C'est du moins l'opinion traditionnelle ; mais il est possible, comme le veulent d'aucuns, que l'aventure ait été racontée à Pouchkine par Vladimir Ivanovitch Dahl (1801-1872), lexicographe illustre et auteur de nombreuses nouvelles très précieuses pour la connaissance des mœurs et de la langue de l'époque. Dans une de ces nouvelles : Vakh Sidorov Tchaïkine, dont le héros est, lui aussi, une sorte de Gil Blas au petit pied, nous trouvons en effet ce passage, relatif à un certain Poroubov, hobereau excentrique, chez qui Tchaïkine a passé une année :
« Au cours de cette année, Vassili Ivanovitch ne fit qu'une action sensée : il acheta dans toute la province jusqu'à deux cents âmes mortes, c'est-à-dire des âmes qui figuraient sur les dernières listes de recensement, mais étaient passées entre-temps de vie à trépas. Vassili Ivanovitch acheta ces défunts de 5 à 10 roubles chacun, et par un acte en bonne et due forme, leur assigna comme résidence un marécage qui lui coûta dans les 500 roubles. Alors il engagea le tout au Conseil de Tutelle, en tant que *propriété de deux cents âmes*, au prix légal de 200 roubles l'âme. Ces quarante mille roubles en poche, il laissa le Conseil gérer à sa guise le marécage et les défunts. Je n'arrive pas encore à comprendre comment Vassili Ivanovitch put inventer pareille fourberie. »
La nouvelle en question est parue dans la *Bibliothèque de Lecture* quelques mois après la publication des *Âmes Mortes* ; mais sans doute avait-elle été écrite plus tôt ; au reste, Dahl n'a guère fait que romancer des « choses vues ». Pouchkine le tenait en grande estime : si l'un des deux amis a indiqué à l'autre un sujet de ce genre, il est plus probable que ce fut l'ethnographe qui rendit ce service au poète. Nous serions donc assez disposé à voir dans un *récit oral* de Dahl à Pouchkine (récit repris plus tard par lui dans *Tchaïkine* la *source première* des *Âmes Mortes*. En tout cas, l'aventure repose sur un fait réel.

« ... Je ne puis affirmer que j'ai la vocation d'écrire. Je sais seulement que dans les années où je commençai à songer à mon avenir (et ce fut de bonne heure, alors que tous mes condisciples ne pensaient qu'aux jeux) l'idée de devenir écrivain ne me venait jamais à l'esprit ; cependant il me semblait toujours que j'acquerrais de la notoriété, qu'un vaste champ d'action m'attendait, que je ferais même quelque chose pour le bien commun. Je pensais simplement entrer au service de l'État, qui me procurerait tout cela avec le temps. Aussi la passion de servir était-elle très forte en moi, dans ma jeunesse. Elle dominait constamment toutes mes affaires, toutes mes occupations. Les premiers essais, les premiers exercices de composition, qui me façonnèrent à la pratique dans les derniers temps de mon séjour à l'école, étaient presque tous dans le genre lyrique et sérieux. Ni moi, ni ceux de mes camarades qui s'exerçaient pareillement à composer, ne croyions que je deviendrais un écrivain comique et satirique, bien que, malgré mon naturel mélancolique, j'éprouvasse souvent l'envie de plaisanter et même d'importuner les autres de mes plaisanteries. Pourtant mes appréciations les plus précoces sur les hommes décelaient l'art de constater les particularités — soit importantes, soit menues et ridicules — qui échappent à l'attention des autres. On me reconnaissait le don, non pas de parodier l'homme, mais de le deviner, c'est-à-dire de deviner ce qu'il doit dire dans tel ou tel cas, en conservant la tournure et la forme de ses pensées et de ses propos. Mais tout cela n'était pas couché sur le papier, et je ne songeais même pas à ce que je ferais de ce don.

« Cet enjouement, que l'on a remarqué dans mes premières œuvres, provenait d'un certain besoin moral. J'avais des accès de tristesse, inexplicables pour moi-même, et provoqués peut-être par mon état maladif. Afin de me divertir, j'imaginais tout ce que je pouvais en fait de ridicules. J'inventais des personnages et des caractères complètement comiques, je les plaçais mentalement dans les situations les plus burlesques, sans m'inquiéter pourquoi, ni à qui cela pouvait profiter.

« La jeunesse, durant laquelle aucune question ne se pose, m'y poussait. Voilà l'origine de mes premières productions, qui firent rire les uns aussi ingénument que moi, tandis que les autres se demandaient comment un homme intelligent pouvait concevoir de telles sottises. Peut-être qu'avec le temps cet enjouement eût disparu, mettant ainsi un terme à mon activité d'écrivain. Mais Pouchkine me fit envisager la chose sérieusement. Il m'engageait depuis longtemps à entreprendre un grand ouvrage ; finalement, une fois que je lui avais lu une scène peu étendue, mais qui le frappa davantage que tout le reste, il me dit : « Pourquoi, possédant le talent de deviner l'homme, de le dépeindre en quelques traits comme s'il était vivant, pourquoi ne commencez-vous pas un grand ouvrage ? C'est vraiment un péché ! » Puis il se mit à me représenter ma complexion débile, les infirmités qui pouvaient prématurément mettre fin à mes jours. Il me cita en exemple Cervantès qui, bien qu'auteur de nouvelles fort remarquables, n'aurait jamais occupé parmi les écrivains la place qui est maintenant la sienne, s'il ne s'était pas mis à *Don Quichotte*. Pour conclure, il me donna son propre sujet, dont il voulait tirer une sorte de poème, et qu'à l'entendre, il n'aurait jamais cédé à un autre. C'était le sujet des *Âmes Mortes*. (L'idée de l'*Inspecteur* lui appartient également.) Cette fois-ci je me mis à réfléchir sérieusement, d'autant plus qu'approchaient les années où, à propos de chaque acte, on se demande pourquoi et dans quel but on l'accomplit. Je m'aperçus que, dans mes œuvres, je riais sans rime ni raison. Si l'on rit, mieux vaut rire fort, et de ce qui est vraiment digne de raillerie. Dans l'*Inspecteur,* je décidai de rassembler en un bloc tout ce qu'il y avait, à ma connaissance, de mauvais en Russie, toutes les injustices qui se commettent dans les lieux et les cas où la justice est de rigueur, et de tourner en ridicule tout à la fois. Mais on sait que cela produisit un effet effrayant : à travers le rire, qui n'avait jamais été si bruyant chez moi, le lecteur sentit la tristesse. Je sentis aussi que mon rire n'était plus le même qu'auparavant ; que je ne pouvais plus être dans mes œuvres ce que j'avais été jusqu'alors ; que le besoin même de me divertir par des scènes ingénues avait pris fin avec mes jeunes années. Après l'*Inspecteur,* j'éprouvai plus que jamais le besoin d'une œuvre complète, qui ne renfermât pas

---

Une lecture attentive de Dahl nous permet au reste d'inférer que Gogol l'a beaucoup pratiqué : il lui doit certains détails de mœurs, certaines tournures de style, certains noms (Potsélouïev)...

seulement ce qui est digne de raillerie. Pouchkine trouvait que le sujet des *Âmes Mortes* me convenait, parce qu'il conférait pleine liberté de parcourir avec le héros la Russie entière, et de tracer une foule de caractères différents. Je m'étais mis au travail sans avoir fait un plan détaillé, sans me rendre compte de ce que devait être au juste le héros. Je croyais tout bonnement que le projet burlesque poursuivi par Tchitchikov me révélerait de lui-même des personnages et des caractères divers ; que mon goût inné pour le rire créerait spontanément les scènes comiques, que j'étais résolu à mêler aux scènes touchantes. Mais, à chaque pas, j'étais arrêté par une foule de questions : « Pourquoi ? dans quel but ? que doit signifier tel caractère ? que doit exprimer tel incident ? » — Que faut-il faire lorsque surgissent de telles questions ? Les écarter ? J'essayai ; mais elles se dressaient, inéluctables, devant moi. Ne sentant pas la nécessité de tel ou tel personnage, je ne pouvais m'enflammer pour la tâche de le représenter. Au contraire, j'éprouvais une sorte de dégoût ; tout ce que je produisais sentait l'effort, la contrainte ; et même ce dont je riais devenait triste.

Je m'aperçus alors que je ne pouvais écrire davantage sans un plan clair et précis. Je devais, au préalable, m'expliquer nettement le but, l'utilité, la nécessité de mon œuvre et m'éprendre ainsi pour elle de cet amour véritable, ardent, vivifiant, faute duquel le travail ne marche pas. Je devais me persuader qu'en créant, je remplissais précisément le devoir pour lequel j'avais été appelé sur terre, pour lequel j'avais reçu des capacités et des forces, et que, en le remplissant, je servais l'État tout comme si j'occupais un poste officiel. L'idée du service ne me quittait jamais. Avant d'embrasser la carrière d'écrivain, j'ai passé par de nombreux emplois, pour savoir auquel j'étais le plus apte ; mais je n'étais content ni du service, ni de moi, ni de mes chefs. J'ignorais alors combien il me manquait, pour servir comme je voulais. J'ignorais alors qu'il faut vaincre toutes les susceptibilités personnelles, oublier ses propres déboires, ne pas perdre un instant de vue qu'on a pris une place non pour son bonheur, mais pour celui des nombreuses personnes qui seront malheureuses si un homme de cœur quitte son poste. Celui qui désire servir la Russie en toute loyauté, doit, ce que j'ignorais alors, avoir pour elle un grand amour, un amour qui absorbe tous les autres sentiments. Il lui faut encore aimer l'homme en général et devenir un vrai chrétien, dans toute l'acception du mot. Aussi n'est-il pas étonnant que, ne possédant pas ces qualités, je ne pouvais servir comme je le voulais, bien que je brûlasse du désir de servir loyalement. Mais, dès que j'eus senti que je pouvais rendre autant de services comme écrivain que comme fonctionnaire, j'abandonnai tout : mes anciennes occupations, Pétersbourg, la société de gens sympathiques, la Russie même, pour examiner, au loin et dans la solitude, comment m'y prendre, comment montrer que, moi aussi, j'étais citoyen de mon pays et désirais le servir. Plus je méditais sur mon œuvre, plus je sentais qu'elle pourrait vraiment être utile. Plus je réfléchissais, plus je voyais qu'il me fallait, non prendre les caractères au hasard, mais choisir ceux-là seulement où sont plus profondément gravés nos traits essentiels, foncièrement russes. Je voulais surtout mettre en évidence les côtés supérieurs du naturel russe, qui ne sont pas encore appréciés équitablement par tous, ainsi que les côtés inférieurs, qui n'ont pas été suffisamment raillés et stigmatisés par tout le monde. Je voulais ne rassembler que des phénomènes psychologiques frappants, consigner les observations que j'avais faites depuis longtemps en secret sur l'homme, sans les confier à ma plume encore novice ; car, fidèlement représentées, elles eussent aidé à déchiffrer bien des choses dans notre vie. Bref, je voulais qu'en lisant mon œuvre, on vît involontairement se dresser le Russe tout entier, avec la diversité des richesses et des dons qu'il a en partage, surtout vis-à-vis des autres peuples, et aussi avec les multiples défauts qui sont les siens, pareillement vis-à-vis des autres peuples. Je pensais que le lyrisme dont j'étais doué m'aiderait à dépeindre ces qualités de manière à les faire aimer de tout Russe ; que la force comique dont j'étais également doué m'aiderait à décrire les défauts de telle façon que le lecteur les détestât, même s'il les trouvait en lui. Mais je sentais en même temps que tout cela n'était possible qu'en connaissant parfaitement les qualités et les défauts de notre nature. Il faut les peser, les apprécier judicieusement ; il faut s'en faire une idée claire, afin de ne pas ériger en qualité ce qui est un de nos travers, ni ridiculiser avec nos défauts ce qui est une de nos qualités. Je ne voulais pas gaspiller mes forces. Depuis que je m'étais entendu reprocher de rire non seulement du défaut mais de la personne qui en est atteinte, et en outre de la place, de la fonction même qu'elle occupe (ce à quoi je n'avais jamais songé), je sentais qu'il fallait être fort prudent en matière de rire. D'autant plus que celui-ci est contagieux et qu'il suffit à un homme d'esprit de railler un côté des choses, pour qu'à sa suite un individu stupide et obtus rie de l'ensemble. Bref, je vis clairement, comme deux fois deux font quatre, qu'avant de déterminer le fort et le faible de notre nature russe, nos mérites et nos travers, je ne pouvais me mettre à l'œuvre. Or, pour déterminer la nature russe, il convient de bien connaître la nature humaine et l'âme en général : sinon on ne parvient pas à ce point de vue d'où l'on aperçoit distinctement les défauts et les qualités de chaque peuple.

« Dès lors l'homme et son âme devinrent plus que jamais l'objet de mes observations. Laissant provisoirement de côté tout ce qui était contemporain, je me consacrai à l'étude des lois éternelles qui mènent le monde et l'humanité. Je me mis à lire les ouvrages des législateurs, des moralistes, des observateurs de la nature humaine... »

De son côté, madame Smirnov note dans son Journal (Tome I, p. 45) : « *Pouchkine a passé quatre heures chez Gogol et lui a donné un sujet de roman qui, comme* Don Quichotte, *sera divisé en chants. Le héros parcourra la province. Gogol se servira de ses carnets de route ».*

Le 7 octobre 1835, Gogol écrit à Pouchkine : « *J'ai commencé d'écrire les* Âmes Mortes. *Le sujet donnera un très long roman qui sera, je crois, très amusant. Je suis arrêté au troisième chapitre. Je cherche un bon homme de loi, avec qui je puisse me lier. Je veux, dans ce roman, faire voir toute la Russie, ne fût-ce que d'un seul côté. Je vous en prie, donnez-moi un sujet quelconque, amusant ou triste, mais purement russe. La main me démange d'écrire en même temps une comédie.* »

Décidément Pouchkine est son pourvoyeur. Il semble bien que la fameuse lecture, à laquelle fait allusion la troisième lettre sur les Âmes Mortes (Cf. p. 464), *ait eu lieu, durant l'hiver 1835-1836, dans le salon de madame Smirnov. Celle-ci relate à peu près dans les mêmes termes que Gogol l'impression produite sur le grand poète. Prévoyant les difficultés que ne manquerait pas de soulever la censure, Pouchkine l'aurait priée d'accorder à Tchitchikov la même protection que naguère à Oniéguine, le héros de son plus fameux poème. On verra que, le moment venu, madame Smirnov ne se dérobera pas à cette invitation. C'est chez elle également que Gogol aurait fait connaissance du prototype de Manilov.*

Jusque là sans doute, le romancier ne s'est guère arrêté qu'au côté amusant de l'histoire. Les deux textes précités en font foi et aussi un passage des Souvenirs *de Serge Aksakov, auquel notre auteur aurait affirmé n'avoir vu tout d'abord, dans les* Âmes Mortes, « *qu'une curieuse et amusante anecdote* ».

*Il commence donc son roman en manière de farce ; mais, comme nous l'avons vu à propos de l'*Inspecteur, *dont la composition ou tout au moins la mise au point date de la même époque, Gogol charge d'instinct les couleurs. Son rire se change volontiers en rictus ; d'où l'observation de Pouchkine qui, après avoir écouté les premiers chapitres, s'écria :* « *Mon Dieu, que notre Russie est triste !* » (Cf. p. 465). *Cette exclamation donne à réfléchir à l'auteur. D'une part, il s'aperçoit qu'il peut tirer de l'anecdote davantage qu'il ne pensait, et, peu à peu, s'affirme en lui le dessein d'un grand ouvrage. D'autre part il craint que, traité comme il l'entendait tout d'abord, le sujet ne produise une impression douloureuse. Il voit* « *ce que signifie une œuvre sortie du tréfonds de l'âme* » *; et bientôt, aux figures grimaçantes, il voudra faire succéder des visions apaisantes.*

Dorénavant, convaincu de l'importance de son œuvre future, sûr aussi du succès, Gogol jette sur ses travaux passés un regard de dédain. Le 28-16 juin 1836, il écrit de Hambourg à Joukovski :

« *... Comment ne pas remercier Celui qui m'a envoyé sur la terre ! De quelles sublimes sensations, inconnues du monde, ma vie est remplie ! Je le jure, ce que je fais n'est pas l'œuvre d'un homme ordinaire. Je sens en moi une énergie léonine ; j'ai conscience d'être arrivé à la jeunesse, après une enfance consacrée aux travaux scolaires. En effet, si l'on examine ma production avec une* juste sévérité, qu'ai-je écrit jusqu'à maintenant ? Il me semble ouvrir un vieux cahier, où l'on remarque à telle page la négligence et la paresse, à telle autre l'impatience, la précipitation, la main timide et tremblante d'un débutant, l'espièglerie d'un polisson qui fait des fioritures, ce qui lui vaut la férule. Parfois, peut-être, apparaît une page que loue seul le maître, qui y aperçoit le germe du talent futur. Il est temps enfin de se mettre à l'œuvre. Oh ! quel sens frappant dans son obscurité ont eu toutes les circonstances de ma vie ! Combien salutaires ont été pour moi les contrariétés et les chagrins ! »

Il passe l'été en Allemagne et, l'automne venu, gagne la Suisse. Naguère impatient de quitter la Russie, il se prend maintenant à la regretter. « Tout, autour de moi, est étranger ; mais je n'ai dans le cœur que la Russie... Le temps des impressions est passé. D'ailleurs les Alpes et les vieilles églises gothiques ont seules retenu mon attention », écrit-il de Genève à Pogodine, le 22-10 septembre. Fuyant le rude climat genevois, il s'installe à Vevey et reprend les Âmes Mortes. « À Vevey, je suis devenu plus Russe que Français, parce que je m'y suis remis à mes Âmes Mortes, que j'avais failli abandonner. » Le froid le chasse à Paris, où il s'installe, 12, place de la Bourse. Le 12 novembre, il mande à Joukovski :

« ... Après avoir flâné cet été aux eaux, je suis allé passer l'automne en Suisse. J'avais hâte de m'installer et de me mettre au travail ; dans cette intention je me fixai aux environs de Genève. Je me mis à feuilleter Molière, Shakespeare et Walter Scott. Je continuai mes lectures jusqu'à ce que le froid m'en ôtât l'envie. Le froid et la bise me chassèrent à Vevey.

... L'automne finit par y être magnifique, rappelant l'été. Il faisait chaud dans ma chambre, et je m'attelai aux Âmes Mortes, commencées à Pétersbourg. Je remaniai tout ce qui avait été fait, méditai davantage le plan tout entier, et maintenant je suis tranquillement, comme une chronique. La Suisse me fut dès lors plus sympathique ; ses montagnes aux tons gris, lilas, bleus et roses, plus légères et plus vaporeuses. Si je réalise cette œuvre comme elle doit l'être... quel immense et original sujet ! Quel bloc bigarré ! La Russie entière y figurera ! Ce sera mon premier ouvrage passable, — une production qui illustrera mon nom... Chaque matin, en supplément au déjeuner, j'écrivais trois pages de mon poème, et le rire qu'elles provoquaient suffisait à adoucir ma journée solitaire. Mais enfin le froid gagna Vevey. Ma chambre n'était rien moins que chaude ; je n'avais pas pu en trouver une meilleure. Je me représentai alors Pétersbourg, nos maisons bien chauffées ; je vous revis encore plus nettement, tel que vous étiez lorsque vous m'accueilliez, me preniez par le bras en vous réjouissant de mon arrivée... Un ennui mortel s'empara de moi. Mes Âmes Mortes ne m'égayaient plus, je n'avais même pas assez de gaieté en réserve pour les poursuivre. Le médecin constata chez moi des symptômes d'hypocondrie, provenant des hémorroïdes, et me conseilla de me divertir ; voyant que j'en étais incapable, il me prescrivit de changer de résidence. J'avais eu jusqu'alors l'intention de passer l'hiver en Italie, mais le choléra y sévissait ; elle était couverte de quarantaines comme de sauterelles. Je ne faisais que rencontrer des Italiens, qui fuyaient le fléau et, dans leur frayeur, revêtaient des masques pour traverser leur pays.. N'espérant pas me divertir en Italie, je me rendis à Paris, où je ne comptais pas aller.

... Paris n'est pas si mal que je pensais et, chose excellente pour moi, les lieux de promenade y abondent ; aux Tuileries, aux Champs-Élysées, il y a de quoi marcher toute la journée. Sans m'en apercevoir je prends beaucoup d'exercice, ce qui m'est présentement indispensable. Dieu a étendu ici sa protection sur moi et a fait un miracle en m'indiquant un appartement chaud, au midi, avec un poêle. Je suis enchanté. La gaieté est revenue. Je travaille aux Âmes Mortes avec plus d'entrain et de courage qu'à Vevey. Il me semble tout à fait être en Russie : j'ai devant les yeux tout notre milieu, nos propriétaires fonciers, nos fonctionnaires, nos officiers, nos moujiks, nos izbas, bref, toute la sainte Russie. L'idée que j'écris les Âmes Mortes à Paris me paraît drôle... Un autre Leviathan se prépare. Un frisson sacré m'agite, rien qu'en y songeant ; est-ce un commencement d'inspiration ? Je savoure des minutes divines... mais... je suis maintenant plongé dans les Âmes Mortes. Mon œuvre est gigantesque et ne sera pas terminée de sitôt. De nouvelles classes et bien des personnages divers se *dresseront contre moi ; mais qu'y puis-je ? C'est ma destinée d'être brouillé avec mes compatriotes. Patience ! Quelqu'un d'invisible écrit devant moi d'une baguette puissante. Je sais que mon nom sera plus heureux que moi, et que peut-être les descendants de ces mêmes compatriotes, les yeux humides, se réconcilieront avec mes mânes.*

... Ne concevez-vous pas des cas qui peuvent se présenter lors de l'achat d'âmes mortes ? Ce serait une aubaine pour moi, car votre imagination aperçoit sûrement ce qui échappe à la mienne. Parlez-en à Pouchkine ; peut-être découvrira-t-il quelque chose de son côté. Je voudrais épuiser complètement le sujet. Je possède des matériaux dont je n'avais aucune idée auparavant ; néanmoins vous pouvez encore m'apprendre beaucoup, car chacun voit les choses à sa façon.

Ne parlez à personne du sujet des Âmes Mortes. Vous pouvez en communiquer le titre à tout le monde, mais trois personnes seulement : vous, Pouchkine et Pletniov, doivent savoir ce dont il s'agit... »

Au printemps de 1839, Gogol peut enfin se rendre en Italie, pour laquelle il se prend d'un bel amour d'artiste et de méridional. Il y passe le plus clair des années 1837-1841, interrompant son séjour pour des saisons à Bade ou à Marienbad, et pour un voyage forcé en Russie, où l'appellent des affaires de famille (de septembre 1839 à mai 1840). Descendu à Moscou chez Pogodine, il lit les Âmes Mortes chez S. Aksakov ; à Pétersbourg il demande l'hospitalité à Joukovski et fait semblable lecture chez un ami d'enfance, N. J. Prokopovitch. À cette époque, les six premiers chapitres sont terminés, les cinq autres doivent encore être revus. En revenant, il tombe malade à Vienne. « Mourir parmi les Allemands » lui paraît une horrible perspective, et il se sauve au plus tôt à Rome (25 septembre 1840).

À chaque retour dans son pays d'élection, ce sont des transports d'enthousiasme. « Qui a été en Italie dit adieu au reste du monde ; qui a connu le ciel ne veut plus redescendre sur la terre... ». — « Ma belle Italie, personne au monde ne me séparera de toi. Tu es ma terre natale... » — « On s'éprend de Rome fort lentement, mais une fois qu'on l'aime, c'est pour la vie. Il n'est pas de plus beau sort que de mourir à Rome. Ici l'homme se sent de toute une verste plus proche de Dieu » (1837) — « Il n'y a qu'à Rome qu'on trouve le bonheur et la joie » (1838) — « Si on m'offrait des millions et des dizaines de millions à la seule condition de quitter Rome, je ne les accepterais pas » (1839) — « Si vous saviez, dit-il à ses amis de Moscou en 1839, si vous saviez comme, à Rome, s'emplissent les incommensurables espaces vides de notre vie ; comme on s'y sent près du ciel ! Mon Dieu, mon Dieu ! Rome, mon admirable Rome ! Infortuné qui t'a quittée pour deux mois ! Heureux qui, ces deux mots écoulés, se met en route pour revenir à toi ! »

On le voit, dans cette Italie de ses rêves — ne lui adressait-il pas dès l'adolescence une poésie enflammée ? — c'est surtout Rome qui l'attire. La Rome antique, la ville éternelle évoquée à travers ses ruines. La Rome papale aussi, ses lentes cérémonies, son parfum vieillot. Rome est la ville où l'on peut rêver, mais surtout celle où l'on peut prier. Une lettre adressée en 1837 à l'une de ses élèves, madame Balabine, est datée de l'an 2588 ab Urbe condita ; il s'en dégage pourtant une odeur plutôt chrétienne.

« Votre lettre si touchante m'a paru si bien refléter votre âme, que je me suis décidé à me rendre aussitôt dans une de ces belles églises romaines que vous connaissez, une de ces églises, emplies de ténèbres sacrées, que le Saint Esprit semble visiter sous forme d'un rais de Soleil tombant de la haute coupole ; deux ou trois silhouettes agenouillées paraissent encore donnez des ailes à la prière et à la méditation. J'ai voulu y prier pour vous, car on ne prie vraiment qu'à Rome ; dans les autres villes on fait semblant ».

Un moment, il semble pencher vers le catholicisme. À Paris, il s'est lié avec Mickiewicz et Zaleski ; à Rome, il subit l'influence du jésuite polonais Kaicewicz et de la princesse Zénaïde

Volkonski, fervente catholique, qui, l'hiver 1837-1838, se lia à Paris avec madame Smirnov et l'attira dans le cercle de Lamennais et de madame Svetchine. En Russie, on prend peur, et Gogol croit bon de rassurer sa mère : « Vous avez eu raison d'affirmer que je ne changerai jamais de religion. La religion catholique et la nôtre n'en faisant qu'une, il n'y a aucune raison de changer ». Au fond, ce que Gogol aime dans le catholicisme, c'est le côté extérieur poétique, le côté « Génie du christianisme ». Mysticisme tout esthétique ; religiosité plutôt que religion. Et religiosité morbide. Rome, ville morte, développe en lui la peur et aussi le goût de la mort. Ce bizarre sentiment ne le quittera plus. La mort de Joseph Vielgorski, un jeune compatriote au chevet duquel il passera plusieurs nuits en 1839, l'affecte profondément. L'écho des sentiments qui l'agitèrent durant ses Nuits à la Villa *vibre comme un tintement de glas, à travers quelques pages retrouvées dans ses papiers.*

Déjà la mort de Pouchkine — que Gogol apprit à sa première arrivée à Rome — avait été pour lui un coup terrible. Dans des lettres adressées à Pletniov et à Pogodine à quinze jours de distance (16 et 30 mai 1837) il déplore cette perte en termes à peu près identiques. « Tout le bonheur de ma vie a disparu avec lui. Je n'entreprenais rien sans son conseil. Je n'écrivais pas une ligne sans me le figurer devant moi... L'œuvre à laquelle je travaille actuellement m'a été inspirée par lui, c'est sa création... et je n'ai pas la force de la poursuivre ». Il se fait pourtant un point d'honneur de la continuer. « J'ai le devoir, écrit-il le 18/6 avril à Joukovski, de terminer le grand ouvrage que j'ai promis à Pouchkine de mener à bien ; l'idée lui en appartient, et c'est pour, moi un héritage sacré. »

Pouchkine l'avait vivement incité à parfaire son instruction négligée ; Gogol se souvient de ses conseils. D'après madame Smirnov, il aurait affirmé un jour à Joukovski avoir lu, sur le conseil de son grand ami, « les Essais *de Montaigne, les* Pensées *de Pascal, les* Lettres Persanes *de Montesquieu, les* Caractères *de La Bruyère, quelques tragédies de Racine et de Corneille, La Fontaine, les* Contes *de Voltaire, tout Molière et le* Don Quichotte *en français ». À Rome, il continue ses lectures. Un important passage — supprimé par la suite — de la première rédaction des* Âmes Mortes *cite parmi elles Shakespeare, l'Arioste et Fielding, mais oublie Lesage qu'il a dû certainement pratiquer (Cf. note 173.) P. Annenkov[14], un ami qui séjourna avec lui à Rome en 1841, note dans ses* Mémoires *que Gogol lisait alors les poésies de Pouchkine, Dante et l'Iliade, celle-ci dans la traduction de Gniéditch[15]. Retenons les deux derniers noms. Il y a des réminiscences d'Homère dans la première partie des* Âmes Mortes, *cette odyssée de la bassesse ; et Dante accentuera en Gogol l'idée de donner à son œuvre le nom de* poème. *Le mot lui a été conseillé par Pouchkine, qui sans doute eût traité le sujet dans la manière souple de son Oniéguine. Gogol semble bien n'avoir pas tout d'abord pris garde au terme ; mais il en comprend peu à peu la signification, qui s'impose à lui de plus en plus tyrannique. Quand paraîtra l'œuvre, il aura soin de faire imprimer le mot* Poème *en plus gros caractères que le titre, lui donnant ainsi toute sa valeur symbolique. Dante qui, vers la même époque, fournit à Balzac le titre de sa* Comédie Humaine, *donne sans doute à Gogol le fil conducteur qu'il cherche. Son poème sera une trilogie : et les trois* cantiche *marqueront l'ascension de « l'homme russe » s'élevant des boues de l'Enfer, à travers les sables du Purgatoire, jusqu'aux délices du Paradis. La lecture du vieux poète exerce sur l'esprit de Gogol une action parallèle à l'emprise, sur son cœur, de la Rome religieuse. Voilà la principale dette de Gogol envers l'Italie ; Chevyriov[16] n'aura pas, nous le verrons, tout à fait tort de prétendre que si les* Âmes Mortes *n'avaient pas été écrites à Rome, elles eussent été autre chose.*

---

14 — Annenkov (Pavel Vassiliévitch) (1813-1887), essayiste, dont les Souvenirs (1877-1881) sont particulièrement précieux.
15 — Gniéditch (Nikolaï Ivanovitch) (1784-1833), poète, dont la traduction de l'Iliade (1829) et une églogue intitulée Les Pêcheurs sont les plus beaux titres de gloire.
16 — Chévyriov (Stépane Pétrovitch) (1806-1864), critique et historien, enseigna pendant de longues années (1833-1857) la littérature à la faculté des lettres de Moscou, et en devint doyen en 1847. Grand ami de Pogodine, il dirigea avec lui le Moscovite.

Les Âmes Mortes seront dorénavant la grande pensée de Gogol. Durant ces années, il est vrai, il revoit Tarass Boulba, *en lui donnant une note à la Walter Scott ; il termine* Le Manteau, *retouche son théâtre, refond* Le Portrait, *commence une nouvelle :* Rome, *demeurée inachevée, médite même d'autres ouvrages. Mais ce ne sont là que des répits dans la grave ascension qu'il s'est imposée. Au reste les deux derniers, nous l'avons vu, sont extrêmement précieux pour la connaissance de son état d'âme.* Rome *a un fort caractère autobiographique.* « Il entra doucement (dans l'église), s'agenouilla en silence près des superbes colonnes de marbre et pria longtemps sans trop savoir pourquoi : probablement parce que l'Italie l'avait accueilli, parce que le désir de prier lui était venu, parce qu'il avait l'âme en fête. Et ce fut sans doute la meilleure des prières... » — « Tout confus il sentit maintenant le Doigt devant qui l'homme s'anéantit, le Doigt sublime qui trace d'en haut l'histoire universelle. » — *Indubitablement Gogol prête ici à son héros ses propres sentiments et convictions.*

Rome *et* Le Portrait *peuvent donc être considérés comme écrits en marge des* Âmes Mortes *; ces nouvelles illustrent la mentalité avec laquelle il entre dans son œuvre, comme d'autres entrent en religion. Annenkov a raison de dire :* « Les Âmes Mortes *furent la cellule monacale dans laquelle il lutta et souffrit jusqu'au moment où on l'en sortit privé de souffle ». Comme Flaubert, Gogol se réfugie dans l'art. Mais alors que l'ermite de Croisset, voyant dans l'art la fin de la vie, y trouve le repos désiré — un repos tourmenté s'entend, mais enfin le repos — le pèlerin de Rome, pour qui l'art n'est pas une fin, mais un moyen, une forme de l'ascèse, n'y trouvera bientôt que tourment. L'art, il est vrai, les tuera tous les deux. — et aussi leur état pathologique ; mais, tandis que le Normand, splendidement païen, bénit le Dieu auquel il s'immole, le Slave, chrétien timoré, maudira, avant de monter sur le bûcher, l'Intercesseur auquel il a trop demandé.*

En attendant, il semble marcher de gaieté de cœur vers son destin tragique. Il polit sans cesse son poème, car il attache à la forme plus d'importance peut-être qu'aucun Russe. Il connaît des heures de découragement. « Hélas ! *mande-t-il à Pogodine, le 20 août 1838, ma santé est mauvaise... et mon dessein présomptueux... Ô mon ami ! que je voudrais avoir, encore quatre à cinq années de santé ! Ne pourrai-je accomplir ce que j'ai médité ?... Mais Dieu est miséricordieux. Il daignera sans doute prolonger mes jours. Je poursuis l'œuvre au sujet de laquelle je t'ai écrit (dans sa lettre du 30 mars 1837, citée plus haut) ; mais je travaille mollement, je n'ai plus l'ardeur d'autrefois... »* — *Il connaît aussi des heures d'enthousiasme. D'après son propre témoignage, il s'arrête un beau jour dans une hôtellerie située entre Genzano et Albano ; là,* « assis dans un coin, parmi l'atmosphère étouffante, le bruit des voyageurs, le choc des billes de billard, les allées et venues des garçons, il s'oublia dans un rêve magnifique et écrivit d'un trait tout un chapitre ».

Quoi qu'il en soit, l'Inspiration, Muse divine, semble maintenant venir à lui à des intervalles plus prolongés et sous une forme plus éthérée. Le 17 octobre 1840, il signale à Pogodine « un réveil de l'inspiration longtemps endormie ». *Et le mot :* inspiration *marque bien quel sens il compte donner à son poème. Une lecture attentive des* Âmes Mortes *rend apparents les changements de ton successifs. Le premier chapitre est écrit d'une plume légère, quasi badine ; l'auteur n'a pas l'air d'y toucher. Puis viennent les chapitres dialogués (II à V) rédigés à l'époque de l'*Inspecteur *et sans doute les mieux venus, le genre dramatique semblant particulièrement convenir au talent de Gogol :* « Le roman n'est pas une épopée, mais un drame », *affirmera-t-il dans un* Manuel de Littérature *retrouvé parmi ses cahiers et composé sans doute vers 1845. Enfin l'auteur revient à la forme narrative, où les passages réalistes cèdent de plus en plus la place aux effusions lyriques. Celles-ci empiètent même sur les chapitres déjà composés (les réflexions sur madame Korobotchka et sur Sobakévitch manquent dans la première rédaction ; les rêveries de Tchitchikov après la rencontre de la jeune inconnue, dans les deux premières). Elles envahiront au détriment de la composition le chapitre XI, remis plusieurs fois sur le métier — assez malencontreusement — et qui finit par devenir un véritable monstre.*

L'éloignement dans lequel le poète est de la Russie ne peut qu'accentuer cette tendance lyrique. L'observation, déjà bien restreinte (on s'est avisé qu'avant la publication de la première partie des Âmes Mortes, *ce Petit-Russien avait passé en tout et pour tout* cinquante *jours dans la province russe* *proprement dite) lui fait désormais totalement défaut et cède la place à l'intuition. Gogol aperçoit la Russie à travers la brume « d'un lointain merveilleux » ; il s'abandonne à l'inspiration, à ce doigt divin auquel son esprit religieux ne lui conseille déjà que trop d'obéir. L'aventure amusante qui a donné prétexte au poème prend désormais valeur de symbole : Tchitchikov n'est plus seulement un drôle s'appliquant à une escroquerie de haut vol ; c'est aussi Gogol à la recherche d'*âmes vivantes *et ne trouvant que des* âmes mortes, *à commencer par la sienne propre. En ce sens il n'a pas tort de dire dans ses* Lettres sur les Âmes Mortes *:*

... On dirait vraiment que tout est mort, que les âmes vivantes ont, en Russie, cédé la place à des âmes mortes. (Lettre I).

... Si mes héros sont proches du cœur, c'est qu'ils en sortent : toutes mes dernières œuvres sont l'histoire de mon âme... Aucun de mes lecteurs ne savait qu'en riant de mes héros il riait aussi de moi... (Lettre III).

... Mon domaine c'est l'âme et l'étude sérieuse de la vie... (Lettre IV).

Voilà pourquoi certaines réflexions détonnent à propos de Tchitchikov ou même dans sa bouche ; telles, par exemple, les apostrophes à la Russie, ou encore, au chapitre VI, l'admirable revue des défunts — point culminant de l'œuvre, page sublime dont aucune traduction ne saurait malheureusement rendre l'envol.— C'est qu'ici l'auteur, s'identifiant avec le héros, se laisse prendre à son rêve. Si la logique en souffre, notre plaisir en redouble. Conçue en roman réaliste, picaresque, l'œuvre s'achèvera en poème symbolique, moral, religieux. Elle gagnera en profondeur ce qu'elle perdra en précision. Du moins Gogol, en sa présomption, n'en doute pas. Le 28 décembre 1841, il écrit à Pogodine :

« Console-toi. La miséricorde divine est merveilleuse : me voilà en bonne santé. Plein d'entrain, je m'occupe de corrections et rectifications aux Âmes Mortes, et même de la suite. Je vois que le sujet devient de plus en plus profond. Je me prépare à publier le premier volume l'année prochaine, si la force divine qui m'a ressuscité le veut bien. Il s'est passé bien des choses en moi en un court intervalle... »

Le même jour, il mande à S. Aksakov, sur le mode sublime :

« Je vous écris maintenant, car je suis en bonne santé, grâce à la puissance merveilleuse de Dieu, qui m'a tiré d'une maladie dont, à vrai dire, je n'espérais plus guérir. Il s'est accompli bien des choses surprenantes dans mes idées et ma vie... Je procède actuellement à une véritable revision des Âmes Mortes. Je modifie, j'élague, je refais maints passages, et constate que l'impression ne peut s'effectuer en mon absence. Cependant la suite s'élabore dans ma tête avec plus de netteté et de majesté, et je vois maintenant qu'il peut en résulter quelque chose de colossal, pourvu que ma faible santé le permette. En tout cas, assurément, peu de gens savent à quelles idées vigoureuses et à quelles profondes manifestations peut conduire un sujet insignifiant, dont vous connaissez les modestes premiers chapitres. »

C'est le ton du Magnificat... Quia fecit mihi magna qui potens est. Le malheureux ne s'aperçoit pas qu'en déviant vers l'irréel — cet irréel qui l'a toujours attiré — il agit à l'encontre de son talent, à l'aise seulement lorsqu'il s'appuie, même pour s'envoler, sur la réalité. Le dédoublement du sujet nuit à l'harmonie générale ; cela est même sensible dès la première partie, et Gogol l'avouera dans la seconde des Lettres sur les Âmes Mortes. *« Il fallait, reprochera-t-il à ses critiques, signaler quelles parties paraissent monstrueusement longues par rapport à d'autres, où l'écrivain s'est trahi lui-même en ne soutenant pas le ton adopté par lui... » etc. (Cf. infra [la deuxième des* Quatre lettres*]). Il est fatalement condamné à se perdre dans la convention et l'amphigouri.*

Mais le sort en est jeté. Les Aventures de Tchitchikov *sont désormais les* Âmes Mortes *; le sous-titre l'emporte sur le titre.*

Rien ne saurait distraire Gogol de son grand œuvre. S. Aksakov lui demandant, sur la prière de Pogodine, quelques pages pour la revue de celui-ci, le Moscovite, *il répond d'un ton fort irrité, le 13 mars 1841 :* « M'arracher, ne fût-ce qu'un seul instant à ma tâche sacrée, est pour moi une catastrophe. Qui connaîtrait ce dont il me prive ne me ferait pas une seconde fois semblable proposition... Je le jure, c'est un péché, un grand péché, de me détourner de mon œuvre. Seul peut le faire qui ne croit pas à mes paroles et demeure fermé aux pensées sublimes. Mon œuvre est grande, salvatrice. Je suis mort dorénavant à toutes les petites choses ».

Huit jours plus tôt (5 mars), il déclarait à ce même Aksakov :

« ... À présent je dois vous parler d'une affaire importante, mais Pogodine vous mettra au courant. Entendez-vous avec lui. Je demande en toute franchise qu'on me vienne en aide. J'en ai le droit, je le sens dans mon for intérieur. Oui, mon ami, je suis profondément heureux ! Malgré mon état maladif, qui s'est quelque peu aggravé, j'éprouve et je connais des minutes divines. Une œuvre merveilleuse s'élabore en moi, et mes yeux sont souvent pleins de larmes de reconnaissance. La sainte volonté de Dieu m'apparaît ici clairement : une inspiration pareille ne vient pas de l'homme ; il n'aurait jamais imaginé un tel sujet. Oh ! s'il m'était accordé encore trois ans avec des minutes aussi lucides ! Je réclame juste la vie nécessaire pour achever mon œuvre : pas une heure de plus ».

Si l'inspiration vient de Dieu, les moyens matériels doivent venir des hommes. Grâce à l'intervention de madame Smirnov, on fera plus d'une fois en haut lieu le geste nécessaire. Et Gogol, en acceptant ces subsides impériaux, estimera ne toucher que son dû : servant son pays à sa manière, il trouve juste d'être rémunéré par les représentants officiels de ce pays.

Vers l'été 1841, la première partie est terminée. Ses amis Panov et Annenkov la recopient : le travail prend fin au mois d'août. C'est la première rédaction définitive. En septembre, Gogol emporte, pour le faire éditer, le manuscrit à Moscou. Plein d'entrain, il écrit en cours de route à un autre ami, le poète Iazykov[17], *qu'*« *il lui souhaite des minutes aussi lumineuses que celles dont il jouit.* » *Et de Moscou, installé chez Pogodine dans le quartier reculé du Champ des Vierges, il invite le même Iazykov à venir le rejoindre.* « Les journées sont toutes ensoleillées, l'air frais, automnal. Devant moi s'allonge une grande place vide : pas une voiture, pas une âme ; c'est le paradis ». *Il a toute liberté d'esprit pour donner la dernière main à son œuvre. Il la fait encore recopier deux fois, tant est grand son souci de retouche. Finalement le manuscrit est remis, le 12 novembre 1841, au Comité moscovite de censure qui, à la grande indignation de l'auteur, soulève des difficultés. Dans une lettre à Pletniov, datée du 7 janvier 1842, Gogol raconte l'affaire en détail.*

« ... *Dès que Golokhvastov, qui présidait, eut entendu le titre :* Les Âmes Mortes, *il s'écria avec l'accent d'un Romain antique :* « Non, jamais je ne permettrai cela ! L'âme est immortelle ; il ne peut pas y avoir d'âme morte ; l'auteur s'en prend à l'immortalité ! ». *Le sage président finit pas comprendre à grand'peine qu'il s'agissait d'âmes recensées. Lorsque les autres censeurs et lui eurent saisi ce qui en était, la confusion redoubla.* « Non ! *s'écria le président, approuvé par la moitié des censeurs,* — non, on ne peut à plus forte raison autoriser cela, c'est une attaque contre le servage ! ». *Enfin Snéguiriov vit qu'on était allé fort loin ; il assura ces messieurs qu'il avait lu le manuscrit, lequel ne contenait aucune allusion au servage, ni même les soufflets ordinaires, distribués aux serfs dans maints récits. Il s'agissait de tout autre chose ; l'action centrale reposait sur la perplexité comique des vendeurs et les rouéries de l'acheteur, et sur le brouillamini général qui résultait d'un achat aussi bizarre ; c'était une série de caractères, la vie intérieure de la Russie et de certains de ses habitants, une collection de tableaux fort inoffensifs. Mais tout fut inutile.*

---

17 — Iazykov (Nikolaï Mikhaïlovitch) (1803-1846), poète du groupe de Pouchkine, à tendances slavophiles. Gogol, qui fit sa connaissance en Allemagne et l'attira en Italie, tenait son poème Le Tremblement de Terre pour le chef-d'œuvre de la poésie russe ; c'est beaucoup dire.

« *L'entreprise de Tchitchikov, s'écrièrent-ils tous, est un délit de droit commun. — Certes, mais l'auteur ne le justifie pas, observa mon censeur. — Soit, mais il l'a mis en scène, d'autres iront prendre modèle sur lui et acheter des âmes mortes* ».

« *Ce sont là des idées de censeurs asiatiques, c'est-à-dire des vieux fonctionnaires casaniers. Voici maintenant celles des censeurs européens, hommes jeunes revenant de l'étranger.* « *Quoi qu'il en soit (dit l'un d'eux, nommé Krylov), le prix que donne Tchitchikov — deux roubles cinquante par tête — révolte l'âme. Évidemment ce prix n'est donné que pour un nom écrit sur le papier ; mais ce nom est une âme, une âme humaine ; elle a vécu et existé. On n'admettrait cela ni en France, ni en Angleterre. Aucun étranger ne voudrait ensuite venir chez nous* ».

« *Voilà les principaux points qui ont fait interdire mon manuscrit. Je ne vous parlerai pas des autres remarques, comme à propos du passage où il est dit qu'un propriétaire s'est ruiné en montant à Moscou une maison dans le goût moderne.* « *Mais l'empereur aussi se construit à Moscou un palais!* » *objecta le censeur Katchénovski. Il s'engagea à ce propos entre les censeurs une conversation unique au monde. On souleva encore d'autres objections que j'ai honte de répéter ; et finalement le manuscrit fut interdit, bien que le comité n'en ait lu que trois ou quatre passages...* »

Du coup voilà notre homme découragé. Lui qui tout à l'heure remontait le moral de ses amis, implore maintenant leur aide. Sur ces entrefaites, il fait connaissance de Biélinski. Dès 1835, celui-ci avait, dans le Télescope, *salué en Gogol le poète de la vie réelle ; il avait loué en ses nouvelles la simplicité du sujet, la vérité parfaite du récit, l'originalité, le caractère populaire et, comme trait distinctif,* « *une verve comique toujours dominée par un profond sentiment de tristesse et de mélancolie* ». *Aux yeux de Biélinski, Gogol occupait dans les lettres russes la place laissée libre par la mort de Pouchkine. Cette appréciation ne devait pas déplaire à l'auteur* « *inspiré* » *des* Âmes Mortes. *Et comme le grand critique partait pour Pétersbourg, il lui confia son manuscrit pour le remettre au prince V. F. Odoïevski*[18]. *Une lettre d'accompagnement priait celui-ci d'intervenir. Semblable supplication était adressée à madame Smirnov. Celle-ci se souvint de la promesse donnée à Pouchkine et mit en œuvre ses relations. Grâce au comte Vielgorski*[19] *et au prince Dondoukov-Korsakov, curateur de l'arrondissement scolaire de Pétersbourg, les difficultés sont aplanies, et le 9 mars le censeur A. Nikitenko*[20] *donne son approbation. Il ne demande que de légères corrections (nous signalerons les principales), mais supprime l'épisode de Kopéïkine. Pletniov retourne le manuscrit à Gogol qui le reçoit le 5 avril seulement, et que ce retard avait eu le don d'exaspérer. Il refond aussitôt l'épisode en question, qui lui tient à cœur. Et dès le 9 avril, il peut écrire à Prokopovitch :* « *J'ai reçu le manuscrit le 5 avril... On m'a retranché tout un épisode — Kopéïkine — extrêmement important pour moi, beaucoup plus important que ces messieurs ne le pensent. N'ayant pu me décider à le sacrifier, je l'ai refondu de manière à ce qu'aucun censeur ne puisse y trouver à redire. L'impression est en bonne voie et tout retard me serait désormais funeste* ». *En effet l'impression suivit immédiatement la réception du manuscrit. L'auteur donna le bon à tirer pour 2.400 exemplaires et dessina lui-même la couverture. Nous la reproduisons ci-contre. On y remarquera l'abondance des emblèmes de la mort (crânes, etc.). C'est un indice révélateur de l'état d'âme de Gogol à cette date.*

Tous ces contretemps ont en effet gâté sa belle humeur. Ses affaires étant très embrouillées, il compte sur la vente du livre pour payer ses dettes. Malgré l'excellent accueil que Moscou (en particulier le cercle des Aksakov) lui a réservé, il trouve que ses amis l'importunent. En le priant de collaborer à leurs revues (sans son autorisation, Pogodine, qui est son créancier, insère dans la

---

18 — Odoïevski (prince Vladimir Fiodorovitch) (1803-1869), romancier, critique, mélomane et mécène.
19 — Le comte Vielgorski (Mikhaïl Iourévitch) (1877-1859), mélomane et mécène ; sa femme fut une des amies « spirituelles » de Gogol.
20 — Nikitenko (Alexandre Vassiliévitch) (1804-1877), écrivain et censeur (depuis 1833), a laissé un Journal très curieux.

sienne le fragment inachevé sur Rome), ils le détournent de son grand dessein. Car il travaille maintenant à la seconde partie mise en chantier à Rome. « *Ne jugez pas de mon œuvre d'après la partie qui va paraître*, supplie-t-il Pletniov, le 17 mars 1842. *Ce n'est que le portique du palais qui s'élève en moi et qui résoudra le problème de mon existence* ». Mais le travail marche mal. Les démêlés avec la censure sont peu faits pour l'encourager. Et chose plus grave, sa santé périclite. Une crise nerveuse, aussi dangereuse que celle de Vienne, s'est déclarée en janvier, augmentant et son hypocondrie et son mysticisme.

D'une part, il se croit entouré d'ennemis. En termes confus il se plaint à Iazykov d'être victime « *de ragots, commérages, vilains procédés* ». « *Il m'est pénible*, ajoute-t-il, *de représenter maintenant sous un autre jour ce monde que je t'ai naguère dépeint comme si lumineux* ». — « *Depuis que je suis rentré dans mon pays*, confesse-t-il à madame Balabine, *je me crois à l'étranger* ». Pour la troisième fois il médite de fuir cette Russie, qui, décidément, ne lui paraît belle que de loin. « *De par ma nature*, avoue-t-il à Pletniov dans la lettre précitée, *je ne puis vraiment décrire que les choses dont je suis éloigné. Aussi est-ce seulement à Rome que je suis capable d'écrire sur la Russie. Là-bas elle se dresse devant moi dans toute son immensité, tandis qu'ici je me perds, je me confonds dans la foule, je manque totalement d'horizon...* »

D'autre part, il a de nouveau senti l'aile de la mort le frôler ; et de nouveau, la nécessité du salut s'impose à lui. Et, toujours à Iazykov, il confie : « *Le monde me désole, l'angoisse m'étreint. Je ne suis pas né pour les agitations et je sens chaque jour davantage que l'état monastique est le plus élevé qui soit au monde* ». Le 12 avril, il confesse à un autre ami, N. D. Biélozerski : « *Le climat d'ici ne me vaut plus rien. Mon corps est malade, et surtout ma pauvre âme. Elle ne saurait ici trouver de refuge. Dorénavant le couvent me convient mieux que le monde* ». Il éprouve un besoin irrésistible de lire les Évangiles et songe dès alors à entreprendre un pèlerinage à Jérusalem. Il lui faut « se purifier » avant de se remettre à son œuvre, qu'il considère de plus en plus comme un exercice d'ascèse.

Ces ennuis, ces contretemps sont certainement voulus par Dieu ; et, réfléchissant à la chose, Gogol se prend pour la première fois à douter de l'excellence de son entreprise. « *Le désespoir ne pénètre pas dans mon âme*, écrit-il à Pletniov. *L'esprit humain ne saurait comprendre les intentions divines, et ce qui nous paraît funeste nous est au contraire salutaire... Je commence à voir beaucoup de défauts : quand je compare cette première partie à ce qui doit suivre, je vois qu'il faut ici élaguer, là donner plus de relief, et là encore approfondir...* » Peu à peu va s'insinuer en lui l'idée de refaire cette première partie, d'après un plan nouveau et dans un esprit plus austère. Plus tard, sans doute vers 1845, il jettera sur le papier quelques notes à ce sujet (on les trouvera plus loin [Notes se rapportant à la première partie des Âmes mortes]). Elles montrent bien que cette refonte eût été conçue sous le signe de la mort. L'impression de désolation eût été plus profonde et l'intention de l'auteur plus évidente.

En fait, celle-ci échappa totalement aux lecteurs. « *Vous avez raison*, reconnaît Gogol, dans une lettre adressée le 6 août 1842 à S. Aksakov. *Vous avec raison, personne n'a compris du premier coup les Âmes Mortes : beaucoup de choses en ce livre ne peuvent être comprises que de moi* ».

Quelle joie lui eussent causée les remarques qu'un esprit pénétrant comme Herzen notait alors dans son Journal ! « *Les Âmes Mortes — ce titre est, en lui-même, effrayant, mais quelle autre appellation l'écrivain pouvait-il donner, non pas aux serfs défunts, mais à tous ces Nozdriov, Manilov et* tutti quanti *? Voilà les vraies âmes mortes et nous les rencontrons tous les jours...* » (29 juillet 42). — Herzen devinait d'ailleurs que l'auteur de cet « amer, mais non définitif reproche à la Russie » gardait en son pays une confiance, fondée sur des données sérieuses, et non sur des « divagations romantiques ins'Blaue. »

À ce moment Gogol est déjà en route. Partagé entre le désir d'entrer au couvent et celui de rejoindre sa chère Italie, il a opté pour le second parti. Le 23 mai, un avis inséré dans la Gazette de Moscou annonçait que la librairie de l'Université mettait en vente un volume intitulé Les Aventures de Tchitchikov ou les Âmes Mortes (Pokhojdénia Tchitchikova ili Miortvia Douchi), *poème de N. Gogol, grand in-8°, papier vélin, 475 pp. Moscou, 1842, prix sous belle couverture : R. 10.50. Le même jour, Gogol quittait Moscou pour Pétersbourg, d'où il repartait le 5 juin à destination de l'étranger. Le départ semblait lui redonner courage. Le 21 mai, au cours d'un dîner chez S. Aksakov, il promettait à ce vieil ami que le second volume, « deux fois plus gros que le premier », verrait le jour au bout de deux ans. Et il lui laissait ce billet d'adieu : « Soyez fort et vaillant, car celui qui vous écrit ces lignes se sent fort et vaillant. Deux âmes aimantes se communiquent tout l'une à l'autre ; une partie de ma force doit donc s'infuser dans la vôtre. Ceux qui croient en la lumière verront la lumière ; les ténèbres n'existent que pour les incroyants ».*

En octobre, Gogol est de retour à Rome. Vers la même époque une première édition collective de ses œuvres paraissait à Pétersbourg. Cette publication, succédant à celle des Âmes Mortes, *donne aux critiques occasion de s'exprimer sur son compte. La plupart se méprennent singulièrement, non seulement sur ses intentions, mais encore sur son génie. Pour Boulgarine*[21], *le tout-puissant directeur de l'Abeille du Nord, Gogol reste un farceur, un caricaturiste, un feuilletoniste inférieur à Paul de Kock. Gogol n'est qu'un Paul de Kock par le style et le fond, répète Senkovski*[22] *dans la* Bibliothèque de Lecture. *Le mot* poème *provoque l'hilarité du spirituel mais peu profond critique. Et tout le long de son article, il s'amuse à appliquer cette épithète aux livres dont il rend compte depuis la* Jolie Fille du Faubourg, *de Paul de Kock, jusqu'à des manuels de physique ou d'horticulture.*

De telles appréciations ne surprennent pas trop chez ces pourvoyeurs attitrés du public moyen, gens de talent d'ailleurs, mais à qui l'envie n'est pas étrangère. Leurs vilains procédés témoignent d'ailleurs du succès de l'œuvre. On est plus étonné de trouver pareilles remarques sous la plume de Polévoï[23]. *Le critique du* Messager Russe *ne voit lui aussi en Gogol qu'un Paul de Kock, dans le mot* poème *qu'une plaisanterie, dans l'œuvre qu'une caricature, dans le style qu'une série de fautes contre la logique et la grammaire. « L'art, conclut-il, n'a rien à voir avec les* Âmes Mortes... *Laissez de côté vos élans inspirés et étudiez la langue russe ! » L'incorrigible romantique, qui aimait les premiers récits de Gogol, ne peut lui pardonner son passage au réalisme. Il attaque les* Âmes Mortes *pour les mêmes raisons qu'il a invoquées contre* l'Inspecteur. *Le sens de l'œuvre lui échappe complètement.*

Les critiques amis de Gogol se montrent naturellement plus perspicaces. Dans le Contemporain, *Pletniov décerne à l'auteur des* Âmes Mortes *le titre de premier écrivain russe contemporain. Il le loue de maintenir une harmonie : l'art et la vie ; et, tout en regrettant que les types étudiés par lui soient — sauf Pliouchkine et Manilov — plus Russes qu'humains, il laisse entendre que, par la suite, l'horizon s'élargira. Il indique enfin que la grande idée de l'œuvre, c'est de dépeindre l'homme aux prises avec les passions mesquines.*

Chévyriov va plus loin. Jusqu'alors il n'a guère vu en Gogol qu'un amuseur. Connaissant maintenant les desseins de l'auteur, il loue son réalisme, moins pour l'exactitude des peintures que

---

21 — Boulgarine (Thaddée Bénédiktovitch) (1789-1859), dirigea de 1825 à 1857 l'Abeille du Nord (Séviernaïa Ptchéla), revue extrêmement répandue parmi le grand public. C'était un publiciste de talent, mais sans conscience. Il écrivit quelques prolixes romans : un seul, Ivan Vyjiguine (1829), imitation de Gil Blas, se laisse encore lire sans ennui.

22 — Senkovski (Ossip Ivanovitch) (1800-1859), critique et orientaliste, grand ami de Boulgarine, dirigea de 1833 à 1856 la Bibliothèque de Lecture (Bibliotéka dlia Tchténia), revue également très répandue. Il signait le plus souvent du pseudonyme de baron Brambeus ses brillants mais superficiels feuilletons. Sa manière rappelle celle de Jules Janin.

23 — Polévoï (Nikolaï Alexéiévitch) (1796-1846), romancier et critique, dirigea de 1824 à 1834 le Télégraphe de Moscou (Moskovski Télégraf), importante revue où il rompit des lances pour le romantisme — et en particulier pour le romantisme français. Sa revue ayant été supprimée pour une critique trop acerbe d'un mauvais drame chauvin de Koukolnik, il se rapprocha de ses anciens ennemis Boulgarine et Gretsch et collabora au réactionnaire Messager Russe (Rousski Viestnik). Ce revirement et ses attaques contre Gogol lui retirèrent les sympathies de la jeunesse. Il mourut dans la misère.

pour les réflexions salutaires qu'il doit provoquer dans l'esprit des lecteurs. « Outre sa valeur artistique, écrit-il dans le Moscovite, une œuvre de ce genre peut encore prétendre à être considérée comme un acte de patriotisme. D'ailleurs aux types « négatifs » de cette première partie, l'auteur fera certainement succéder des apparitions plus sereines. Nous le croyons capable de donner plus d'envergure à sa fantaisie ; alors elle embrassera la vie, non plus seulement de la Russie, mais de toutes les nations ». Il compare cette première partie au vent léger qui précède la tempête ; il loue sans réserve les digressions lyriques, les tirades patriotiques dont la grandiloquence concordait avec ses propres vues. N'avait-il pas quelque temps auparavant proclamé « la pourriture de l'Occident » ; déclaré que la tâche des écrivains russes consistait à exprimer une pensée universelle, « panhumaine », chrétienne dans le sens le plus russe du terme ?

Et Chévyriov n'était pas précisément un slavophile ! Ceux-ci montrent encore plus d'enthousiasme. Le vieil Aksakov lit l'œuvre deux fois dans le silence du cabinet, et une troisième fois, tout haut, à sa famille assemblée. Son fils Constantin publie aussitôt une brochure dans laquelle, appelant à la rescousse la philosophie hégélienne, il proclame en termes fumeux que seuls Homère et Shakespeare sont dignes d'être comparés à Gogol ! Impossible de lancer le pavé de l'ours avec plus de lourdeur. On le lui fit bien voir.

En deux articles extrêmement spirituels, Biélinski remit les choses à leur place. Il avait, en quelques lignes rapides des Annales de la Patrie, salué la parution des Âmes Mortes. Il se félicitait d'avoir, le premier, découvert le grand talent de Gogol, qui remportait maintenant une victoire définitive sur ses contempteurs, en donnant une œuvre « vraiment russe, sortie des profondeurs de la vie nationale ». Dans le premier entraînement, il louait en Gogol aussi bien ses dons de réalisme que son subjectivisme et son âme ardente, faisant seulement des réserves sur un excès déplaisant de patriotisme. À la réflexion, ce subjectivisme lui inspirait maintenant des craintes. « Qui sait ce que sera la suite des Âmes Mortes ? On nous promet des êtres comme il n'en fut point encore, et devant qui les grands hommes étrangers ne seront que des fantoches... » Le bon sens du grand critique devinait sans doute que la crise morale subie par Gogol — crise qui n'avait pas dû lui échapper lors de leurs entrevues à Moscou — serait fatale à l'auteur des Âmes Mortes... « Non, continuait-il, Gogol n'est ni un Homère ni un Shakespeare, ni même un Dante, un Cervantès, un Walter Scott, un F. Cooper, un Byron, un Schiller, un Goethe, ou une George Sand. » La juxtaposition de F. Cooper, voire de W. Scott ou de George Sand à quelques-uns des plus grands écrivains de l'humanité est typique pour l'époque et aussi pour Biélinski. D'une perspicacité presque toujours admirable quand il s'agit de littérature russe, il ne put jamais se reconnaître dans les valeurs étrangères. La littérature française fut notamment sa bête noire : impuissant à comprendre aussi bien Racine que V. Hugo, il se prit vers la fin de sa vie d'une belle passion pour G. Sand — pour des raisons plus politiques que littéraires.

Fin novembre 1842, en envoyant la brochure de son fils à Gogol (qui ne la goûta guère, à en juger par le ton cassant de sa réponse au jeune homme), Serge Aksakov le prévenait que les Âmes Mortes se vendaient très bien : il n'en restait plus que six cents exemplaires environ. En février 1843, Chévyriov avisait Gogol qu'une seconde édition s'imposait ; il serait bon que la seconde partie parût en même temps. « Dans ce cas, réplique Gogol le 28 février, il faudra attendre longtemps : deux ans au moins, en admettant que j'y travaille sans interruption ».

Il profite de l'occasion pour réfuter un bruit — dont Pogodine s'était fait l'écho dans son Moscovite — suivant lequel le second volume était déjà terminé et le troisième en train. Il est probable que ce bruit contenait une grande part de vérité. Mais des sentiments divers agitaient alors Gogol. Il se convainc de plus en plus qu'il est appelé à régénérer ses concitoyens ; il accable ses amis de prônes et d'exhortations (par exemple la lettre précitée à Constantin Aksakov, et une autre adressée le 28 mai à Prokopovitch [Cf. note 192]). Cependant l'importance de cette mission *commence à l'effrayer ; des doutes lui viennent sur la manière dont il la remplit. Et il éprouve le besoin de consulter ses amis, voire ses ennemis ou des inconnus, sur les défauts, les erreurs qu'ils ont pu constater dans la première partie, que décidément il compte refaire, tout en travaillant aux deux autres. Ce double courant aboutit, d'une part aux* Extraits d'une correspondance avec mes amis, *publiés en janvier 1847 ; d'autre part à la* Préface *pour la seconde édition, qui paraîtra, sans changement aucun, à la fin de 1846. Quelque désir qu'il en ait eu, Gogol ne semble guère avoir travaillé durant ces quatre années à la refonte méditée. On n'a retrouvé qu'un embryon de plan et une variante du chapitre IX — variante au reste supérieure au texte original, écrite aussi, chose curieuse, dans un style plus concret. Gogol, à cette époque, est donc encore en pleine possession de son talent. Entre temps, d'ailleurs, il a achevé et... brûlé la seconde partie.*

Il semble bien que, dans sa rédaction première, celle-ci ait été terminée à peu près dans les délais que s'était fixés l'auteur. Le 2 décembre 1843, Gogol écrit à Joukovski : « Je continue à travailler, c'est-à-dire à jeter sur le papier le chaos d'où doivent sortir les Âmes Mortes... » *En* inférant *de ce passage qu'un premier autodafé avait déjà eu lieu, Annenkov va peut-être trop loin. Mais il est probable qu'à ce moment, Gogol, mécontent de la manière dont il a traité sa seconde partie, médite de la refondre complètement. Cette idée ira en mûrissant jusqu'au jour de juin ou de juillet 1845, où, suivant ses propres expressions, « se voyant en présence de la mort, il brûle, non sans regret, son travail de cinq ans ».*

Les difficultés de sa tâche vont lui apparaître de plus en plus nettement. Le 8 janvier 1845, il mande à Joukovski : « Je continue à travailler, mais avec moins de succès que je voudrais. Toutefois, je crois qu'avec l'aide de Dieu j'irai désormais plus vite, car je traverse en ce moment la période officielle et ennuyeuse ». Mais six mois plus tard, le 14 juillet, il avoue à Iazykov : « Les Âmes Mortes *avancent trop lentement et pas comme je voudrais, parfois à cause de mon état de santé, mais le plus souvent à cause de mon état moral. J'ai besoin de m'adonner à d'autres occupations, différentes de celles de tous les jours, de lire quelques-uns de ces livres qui forment l'homme ».*

Engagé sur une fausse voie, Gogol, qui se croit en possession de la vérité, ne s'aperçoit pas de son erreur. Quand il se plaint du peu de succès de son travail, il a sans doute moins en vue la réussite littéraire que l'impression morale. Quand, en effet, il lira à ses amis les premiers chapitres de la seconde partie, tous, et parmi eux un connaisseur comme S. Aksakov, seront unanimes à les admirer. Mais, dès lors, Gogol — en attendant qu'il en vienne à maudire sa littérature — se préoccupe plus de morale que d'art. Le souci de sa mission l'accable : il doit avant tout faire œuvre pie, aider ses compatriotes à se dégager des platitudes où ils s'enlisent. Pour cela, il lui faut décrire des caractères de plus en plus « positifs », voire idéaux ; or, malheureusement, ceux-ci ne lui réussissent guère. Sa faculté maîtresse n'est-elle pas de « faire ressortir la platitude de la vie, de donner à la vulgarité un relief si puissant que les plus infimes détails sautent tout de suite aux yeux » ? (Cf. IIIe lettre sur les Âmes Mortes). *Au lieu de tirer de son insuccès la seule conclusion logique, à savoir qu'il force son talent, Gogol s'en prend à son caractère. Si, sous sa plume, les* Âmes Mortes *se refusent à devenir œuvre édifiante, c'est que lui-même n'est sans doute pas assez pur pour le rôle qu'il se propose. Dès 1842 ne prévenait-il pas Pogodine que, pour entreprendre son grand exploit, son âme devait être « plus pure que la neige des monts » ? Un prédicateur sincère doit commencer par donner l'exemple aux autres. En conséquence Gogol s'adonne de plus en plus aux pratiques religieuses. Il compose une* Méditation sur la Sainte Messe ; *il lit les Pères grecs ; saint Jean Chrysostome, saint Ephrem, saint Jean Climaque, et les écrivains ecclésiastiques russes :* Lazare Baranovitch (Le Glaive spirituel), Dmitri de Rostov (Recherches sur la doctrine des sectaires de Brynsk), Stefane Iavorski[24]. *Il goûte*

---

24 — Lazare Baranovitch (1620-1694), le meilleur prédicateur de son temps ; ses sermons ont été réunis en plusieurs recueils dont le Glaive Spirituel (1666) est le principal. — Dmitri (Daniel-Touptalo), métropolite de Rostov (1651-1709), autre prédicateur célèbre. Ses Recherches sur les Doctrines des Sectaires de Brynsk, dirigées contre les vieux-croyants — dont la forêt de Brynsk, prov. de Kalouga, fut longtemps un des principaux lieux de refuge — rappellent, mutatis mutandis, l'Histoire des Variations des Églises protestantes. — Stefane

*particulièrement l'*Imitation, *dont il envoie un exemplaire à plusieurs de ses amis. Parmi ces derniers, ses préférences vont maintenant à ceux qui partagent ses vues : Joukovski, les Vielgorski, madame Smirnov, avec qui il passe à Nice l'hiver de 1843-1844, le comte A. P. Tolstoï qu'il rencontre à Paris au commencement de 1845. À tous il écrit des lettres édifiantes, où les sanglots du pêcheur repentant s'entremêlent aux conseils du directeur de conscience. Survient la rechute de 1845 : se croyant à l'article de la mort, Gogol se convainc de son indignité, brûle ses cahiers, renie son œuvre. « Mon amie, écrit-il le 25 juillet à madame Smirnov, alors que le sacrifice est déjà accompli, — mon amie, je déteste tous mes anciens ouvrages et particulièrement les* Âmes Mortes... *Je sais fort bien que je suis par trop mauvais. Dans mon état actuel, tout ce que je fais ne vaut rien, sauf ce qui m'a été inspiré par Dieu ; encore ne l'ai-je pas fait comme il aurait fallu... »*

Toute cette année Gogol se plaint de douleurs atroces, de frissons intolérables ; mais, après les premiers moments de désespoir, il en remercie Dieu : « Je crois, je sais que cette maladie m'a été envoyée pour mon bien. Il est par trop clair que Dieu m'accorde sa grâce. Mon âme et mon corps devaient souffrir ; autrement les Âmes Mortes *ne seraient pas ce qu'elles doivent être ».*

À la veille de l'An nouveau, cette oraison jaculatoire lui échappe :

1846

Seigneur, bénissez-moi à l'aube de cette nouvelle année. Faites que je l'emploie tout entière à un travail fructueux et bienfaisant, que je la consacre tout entière à Votre service et au salut des âmes. Soyez miséricordieux, déliez mes mains et ma raison, illuminez celle-ci de Votre souveraine lumière, accordez-lui la compréhension prophétique de Vos sublimes miracles. Que le Saint Esprit descende sur moi, qu'il parle par mes livres, qu'il sanctifie mon être en détruisant mes impuretés, mes vices, mes ignominies, et le transforme en un temple pur et sacré digne de Votre présence, Seigneur ! Mon Dieu, mon Dieu, ne vous éloignez pas de moi ! Mon Dieu, mon Dieu, souvenez-vous de Votre ancien amour ! Bénissez-moi, mon Dieu ! Donnez-moi la force de Vous aimer, de Vous célébrer, de Vous exalter et d'amener mon prochain à glorifier Votre Saint Nom !

Et, dès le commencement de cette année-là, tout en méditant un pèlerinage à Jérusalem dont il attend le plus grand bien, il se remet courageusement au travail. « Parmi les pires souffrances, écrit-il le 16 mars à Joukovski, Dieu m'a accordé des instants célestes, qui font oublier tout chagrin. J'ai pu travailler un peu aux Âmes Mortes *».*

Cependant l'autodafé recule encore la publication de la seconde partie. Pourtant Gogol veut faire entendre sa voix. Il forme donc un recueil de ses lettres édifiantes, l'augmente de quelques missives du même genre adressées à des destinataires supposés, et charge Pletniov de publier le tout sous le titre de : Extraits d'une correspondance avec mes amis. *Nous reviendrons ailleurs sur cet ouvrage. Haï par les fervents du « progrès », il demeurera longtemps cher à ceux pour qui la régénération de l'humanité dépend plus d'une réforme morale individuelle que d'un changement dans les institutions. À ce titre il devait plaire à L. Tolstoï, dont Gogol fut à certains égards le précurseur.*

Le livre paraît, fort mutilé par la censure, le 21 décembre 1846 ; contre l'attente de l'auteur, il soulève une tempête de protestations. Parmi ses amis, seuls les « mystiques » l'approuvent ; les autres lui adressent des reproches, paternels du côté « slavophile » (lettre de S. Aksakov), véhéments du côté « occidental » (article de Biélinski dans le Contemporain*). Très affecté, Gogol écrit à ce dernier pour lui expliquer ses intentions. En réponse, le critique, déjà atteint par la maladie qui devait l'emporter l'année suivante, lui envoie de Salzbrün (1847) une lettre quinteuse, violente, injuste. Indigné qu'on se*

Iavorski, métropolite de Moscou (1658-1722), a écrit contre les calvinistes la Pierre de la Foi de l'Église catholique orthodoxe orientale (1728).

soit trompé sur ses intentions jusqu'à soupçonner sa sincérité, Gogol compose alors *(mai-juin 1847) un plaidoyer* pro domo, *auquel il donne le nom de* Confession d'un auteur.

Cette nouvelle déception coïncide avec un nouveau deuil, la mort du poète Iazykov, qui fut longtemps son confident à l'étranger. Le 30 janvier 1847, il implore madame Smirnov : « Priez Dieu qu'il accorde la paix à mon âme. Les insomnies qui se prolongent depuis un mois, la nouvelle de la mort de Iazykov avec qui j'étais très uni, enfin le malheur qui a frappé mon livre... tout cela m'accable ».

Le coup est dur pour son orgueil, l'orgueil qu'il combat par l'humilité, sans s'apercevoir que cet abaissement exagéré n'est peut-être qu'une forme de sa superbe. Se tromperait-il donc sur sa mission ? Quelqu'un va le lui insinuer. De cette époque datent ses relations avec un prêtre de la petite ville de Rjev, au diocèse de Tver, le père Mathieu Konstantinovski, fanatique à l'ancienne mode russe. Peu à peu cet ecclésiastique prendra sur lui un grand ascendant, arrivera même à le persuader qu'en se croyant appelé à régénérer les hommes, il obéit à la voix du Malin, et que toute sa littérature est l'œuvre de Satan. Qu'il y renonce donc s'il veut sauver son âme !

Tout d'abord Gogol regimbe. Le 27 septembre 1847, il déclare au père Mathieu : « Je ne sais si j'abandonnerai la littérature, parce que j'ignore si c'est la volonté de Dieu. En tout cas, ma raison me dit de ne rien publier avant longtemps, avant que je sois mûri moralement et spirituellement ».

Dieu, sans doute, lui fera connaître Sa volonté à Jérusalem. Le pèlerinage a été plusieurs fois reculé, Gogol ne se croyant pas en état de grâce. Le 16 décembre 1846, il s'en plaignait à Iazykov : « Je crois que Dieu ne veut pas que je me mette en route cet hiver. Mon âme est encore loin de se trouver dans l'état requis pour que ce voyage m'apporte ce que j'en attends ». La veille même du départ, il se demande si son pèlerinage ne sera pas une profanation des Lieux Saints (lettre à Chévyriov du 2 décembre 1847) ; et de Malte, le 28 janvier, 1848, il se plaint à ce même Chévyriov de son effroyable tiédeur d'âme. Cette tiédeur le poursuit en Palestine. Il est permis de supposer qu'à cette époque, Gogol n'a pas encore « trouvé » Dieu. À son retour, il avoue, le 21 avril, au père Mathieu : « Je dois vous dire que je n'ai jamais été si peu content de mon état d'âme que pendant et après mon séjour à Jérusalem. Le seul résultat, c'est que j'ai compris davantage ma sécheresse et mon égoïsme... »

Le voici revenu — pour toujours — en Russie. Par Odessa, il a gagné Vassilievka, où il passe l'été en famille et se remet au travail. La réponse qu'il allait chercher en Palestine est affirmative : il doit continuer son œuvre civique. Et il s'aperçoit, un peu tard peut-être, qu'il ne saurait « mieux et plus commodément » la poursuivre qu'en Russie même. Le 16 mai, il mande à madame N. V. Chérémétiev : « La pensée de mon œuvre ne me quitte point. Tout comme autrefois, je désire qu'elle exerce une bonne influence, qu'elle incite beaucoup de gens à réfléchir, à revenir aux beautés éternelles... » Mais bientôt il se plaint de ne pouvoir « ni penser, ni écrire », et de souffrir de maux continuels. Il doit sans doute exagérer ; quand, en octobre, il arrive à Moscou et rend visite à S. Aksakov, celui-ci est, en effet, tout étonné de le trouver mieux portant que jamais.

Il passe à Moscou l'hiver 1848-1849, lisant à haute voix, écrit-il à Pletniov le 20 novembre, des ouvrages « imprégnés de l'esprit russe » (notamment l'Odyssée dans la traduction de Joukovski, nous révèle Aksakov). Il veut « se rompre la tête de sons et de notes russes ». Il semble avoir accompli cet hiver-là une besogne fructueuse, car le 3 avril 1849, il prévient Pletniov : « Bien que je ne mène pas la vie que je voudrais et ne travaille pas comme il faudrait, je n'en remercie pas moins Dieu, car cela pourrait aller plus mal ». Le 14 mai, il dit à Joukovski attendre avec impatience le moment de lui lire « ce qu'il a pu composer parmi les hésitations et l'angoisse ».

En juin, il fait un séjour à Biéguitchevo, propriété de madame Smirnov, près de Kalouga. Il y donne lecture de plusieurs chapitres de la seconde partie dans leur nouvelle rédaction. Les auditeurs sont enthousiasmés. Madame Smirnov écrit à Ivan Aksakov que « le premier volume pâlit devant le brouillon du second » ; et dans ses mémoires, son frère, L. J. Arnoldi, affirme qu'à cette époque « le brouillon de la seconde partie était à peu près terminé et les deux premiers chapitres mis au point ».

Le 18 août, à Abramtsevo, domaine des Aksakov, situé près de Moscou, il lit le premier chapitre. Le vieil Aksakov est à la fois étonné et ravi de voir que Gogol n'a rien perdu de son talent. Bien mieux, celui-ci tient compte des observations qui lui sont soumises et revient faire une seconde lecture en janvier 1850. Le premier chapitre amendé paraît encore meilleur, et le second supérieur au premier. Émerveillé, S. Aksakov écrit à son fils Ivan : « Un art aussi parfait de montrer le côté sublime, humain, de l'homme vulgaire, ne s'est rencontré que chez Homère. Je suis désormais convaincu que Gogol peut remplir la tâche dont il semblait parler avec tant de suffisance dans son premier volume... Prions Dieu qu'il lui donne la santé et la force de mener à bien son œuvre sublime ». Un peu plus tard Gogol lit à ce bon juge les chapitres III et IV.

Du point de vue littéraire, l'année 1849 n'a pas été mauvaise pour Gogol. Les événements politiques lui inspirent, il est vrai, des craintes. Il regrette que « le sens artiste soit presque mort », et que la génération actuelle préfère se lancer dans une vaine agitation que « s'adonner à une lecture apaisante ». N'importe, l'œuvre avance ; on le sent au ton de ses lettres, et malgré les plaintes coutumières sur son état de santé. Il confie à madame Smirnov le 20 octobre : « Grâce à Dieu, je ne sens pas ma maladie, le temps s'envole en occupations » — et le 6 décembre : « Ma santé n'est pas aussi bonne qu'il serait nécessaire à ma tâche quotidienne ».

Enfin, le 21 janvier 1850, il prévient Pletniov que « le brouillon de presque tous les chapitres est terminé, et que deux sont entièrement mis au net ». Cependant la fin n'est pas encore proche.

Les années 1850-1851 vont être consacrées à d'incessantes corrections. Au printemps de 1850, Gogol projette d'étudier la Russie en détail, ce pays lui paraissant « le lieu où l'on se sent le plus près de la patrie céleste ». L'automne de cette même année, il se croit près du but. « Il me faut passer l'hiver au chaud, écrit-il le 20 août à madame Smirnov ; et si Dieu m'accorde l'inspiration, le second volume sera terminé cet hiver ». Mêmes notes dans les lettres de cette époque adressées à Chévyriov et à Aksakov. Selon ses vœux, il passe l'hiver à Odessa ; mais la mise au point ne semble pas aller aussi vite qu'il le pensait. Il compte pourtant faire paraître son livre « au cours de l'été 1851 », écrit-il le 2 décembre à Pletniov ; « en automne », lui mande-t-il le 25 janvier. C'est que l'artiste est toujours vivace en lui, et qu'il veut donner à son œuvre le dernier degré de la perfection. « Je ne me dépêche pas, confie-t-il à madame Smirnov le 23 décembre ; un poème se compose comme un tableau. Il faut tantôt s'en éloigner, tantôt s'en rapprocher, veiller à chaque instant à ce que tel détail par trop criant ne nuise pas à l'harmonie générale ». S. Aksakov a raison : un écrivain qui conserve de telles préoccupations n'est pas encore mort pour la littérature.

Au printemps 1851, après un séjour à Vassilievka, il revient à Moscou, rapportant peut-être la seconde partie terminée. En tout cas les lettres de cette période ne soufflent mot des Âmes Mortes. Pendant l'été, sa santé faiblit. Invité au mariage d'une de ses sœurs, il se met en route, mais rebrousse chemin dès Kalouga. Il va pourtant voir les Aksakov et visite les monastères des environs de Moscou. De retour dans cette ville, il écrit à S. Aksakov qu'il s'est remis, cahin-caha, au travail : Le temps me fait défaut, comme si le Malin me le volait ».

Dans toutes les lettres de l'automne et de l'hiver, il se plaint de n'avoir que très peu de minutes sereines. Il ne compte plus que sur l'aide de Dieu. Cependant, au début de 1852, il lit à Chévyriov les deux premiers chapitres, en le priant de n'en révéler le contenu à personne, probablement parce qu'il compte encore les retoucher. Le 2 février, il implore Joukovski : « Demandez à Dieu que mon travail soit vraiment consciencieux, et que je sois jugé digne de chanter dans la mesure de mes forces une hymne à la beauté céleste ».

Il semble donc que, depuis l'été 1851, l'aggravation de son état physique ait amené une recrudescence de son malaise moral. L'idée de la mort le hante à nouveau ; il désire avant tout sauver son âme ; et les doutes sur la valeur morale de son œuvre se font plus pressants. En octobre 1851, il *confesse à madame Aksakov qu'il ne publiera pas la seconde partie : il la trouve mauvaise et doit la refaire entièrement. Mais a-t-il vraiment l'intention de la refaire ? Alternant avec les objurgations de ses amis, la voix du père Mathieu lui intime de renoncer à Satan, à ses pompes et à ses œuvres.*

Et Gogol désemparé lutte avec Satan, sans trop savoir quelle forme revêt, pour le tenter, l'esprit du mal. L'empêche-t-il de donner à son livre la forme définitive, qui lui permettrait de réformer ses compatriotes et de chanter son hymne à la beauté céleste ? Lui présente-t-il, au contraire, comme un instrument de salut ce qui n'est peut-être qu'un moyen de perdition ? Qui en décidera ? Dieu seul. Et Gogol, encore ébranlé par la mort de madame Khomiakov — sœur de Iazykov et femme d'un de ses amis du groupe slavophile, — cherche un dernier refuge dans l'ascèse.

Justement voici le carême. Gogol s'épuise en jeûnes, en mortifications. Le 7 février, il se confesse et communie sans trouver le calme désiré. Le 11, il assiste aux complies dans l'oratoire du comte A. P. Tolstoï, chez qui il habite. Rentré dans sa chambre, il prie longuement. « À trois heures du matin, raconte Pogodine, il appela le jeune domestique qui le servait et lui demanda si les autres pièces de son appartement étaient chauffées. La réponse fut négative. « Alors, dit-il, donne-moi mon manteau ; suis-moi ; j'ai quelque chose à faire ». Un bougeoir à la main, il gagna son cabinet de travail, en se signant dans chaque pièce qu'il traversait. Il ordonna au domestique d'ouvrir le poêle, en faisant le moins de bruit possible pour ne réveiller personne, et de lui donner un portefeuille déposé dans le secrétaire. Il en tira une liasse de cahiers qu'il jeta dans le poêle, après y avoir mis le feu avec sa bougie. Alarmé, le petit domestique tomba à genoux, suppliant : « Que faites-vous, monsieur ? Arrêtez ». — « Cela ne te regarde pas, répliqua Gogol. Prie ! » — Tandis que le gamin tout en pleurs continuait ses supplications, la flamme s'éteignait, après avoir seulement mordu les coins des cahiers. Ce que voyant, Gogol dénoua la ficelle, disposa les feuillets de façon à ce qu'ils prissent bien feu, ralluma le bûcher, s'assit sur une chaise, et attendit patiemment que tout fut consumé. Alors il fit un grand signe de croix. Revenu dans sa chambre, il embrassa le gamin, s'étendit sur un canapé et se mit à pleurer. » Le dernier sacrifice était consommé. Le lendemain, il est vrai, Gogol dit au comte A. Tolstoï : « Comme l'esprit du mal est puissant ! Je voulais brûler des papiers inutiles, et j'ai brûlé les chapitres des Âmes Mortes que je désirais laisser à mes amis en souvenir de moi ». Sans doute voulait-il donner le change. Le récit de Pogodine, qui le tenait du domestique, et que confirment d'ailleurs les mémoires du Dr Tarassenkov, un des médecins de Gogol, ne laisse persister aucun doute sur la préméditation. Mais il est permis d'en avoir sur les motifs auxquels Gogol obéit. Mécontentement de son œuvre, ou désir de se libérer de toute vanité terrestre ? Les deux explications sont plausibles. Cependant, étant donnés les sentiments qui animent Gogol en cette crise suprême, nous opinerions plutôt pour la seconde hypothèse. Les larmes qu'il verse, une fois l'acte accompli, montrent que le sacrifice a été douloureux ; — mais il y a eu sacrifice. Délibérément Gogol renonce au monde, foule aux pieds son orgueil, et par là même sauve son âme.

Dorénavant, il ne songe plus qu'à Dieu. Épuisé de jeûnes et de macérations, il doit bientôt s'aliter et refuse de se laisser soigner. Des médecins assez ignorants lui imposent un traitement peu approprié. Le 18 février, il communie, des larmes de joie aux yeux. Le 20, comme il repousse toute nourriture, les médecins décident de le nourrir de force. Le jour même, il entre en agonie ; le 21 au matin, il s'éteint.

On a retrouvé dans ses papiers ces lignes écrites quelques jours avant sa mort :

Si vous ne devenez pas semblables à des enfants, vous n'entrerez point dans le royaume de Dieu[25].

Pardonnez-moi mes péchés, Seigneur ! Liez de nouveau Satan par la force mystérieuse de l'invincible Croix !

---

25 — Mathieu, XVIII, 3.

Quel acte accomplir pour que mon cœur conserve éternellement le souvenir conscient et reconnaissant de la leçon reçue ?

À cette question, Gogol nous semble avoir répondu par son holocauste. Il s'est fait humble pour entrer dans le royaume de Dieu, de ce Dieu qu'il était en vain allé chercher à Jérusalem, et qu'il trouve enfin dans la solitude nocturne de sa chambre. Comme Pascal, Gogol a eu sa « nuit ».

En 1848, il écrivait à un de ses amis : » Dites-moi pourquoi, au lieu de demander à Dieu le pardon de mes péchés, j'éprouve le désir de prier pour le salut de la terre russe, pour que la paix y remplace le trouble, et l'amour la haine ? ». Durant ses derniers jours il a jugé que le soin de son propre salut devait passer avant le salut de la terre russe. Sa mort n'est-elle pas un vivifiant exemple, et ne laisse-t-il pas à ses amis ce très beau testament spirituel :

« Que chacun accomplisse son œuvre, en priant en silence. La société ne sera régénérée que lorsque chacun en particulier s'occupera de soi et vivra chrétiennement, en servant Dieu selon ses moyens et en s'efforçant d'exercer une bonne influence sur son entourage. Tout s'arrangera alors ; des rapports normaux s'établiront d'eux-mêmes entre les hommes ; les limites légales de tout seront fixées. Et l'humanité progressera... Ne soyez pas des âmes mortes, mais des âmes vivantes. Il n'y a pas d'autre porte que celle qu'a indiquée Jésus-Christ, et quiconque veut s'introduire autrement est un larron et un brigand. »

Ne soyez pas des âmes mortes. *C'était, en effet, tout ce qu'il voulait dire. Les variations qu'il eût brodées sur ce thème auraient peut-être ajouté à sa gloire littéraire, sans que leur vertu renforçât la définitive brièveté de ce sublime précepte. Du point de vue artistique, il est permis de déplorer la crise où sombra peut-être le génie de Gogol. Cependant, si nous envisageons les choses du point de vue religieux — qui fut incontestablement le sien durant ses dernières années — nous devons reconnaître que, plus par son exemple que par son œuvre, il atteignit le but auquel il tendait. Et ce but nous paraît bien résumé en ce verset d'Isaïe :* Et delebitur fœdus vestrum cum morte, et pactum vestrum cum inferno non stabit. — *Votre alliance avec la mort sera rompue et votre pacte avec l'enfer ne subsistera plus.*

Ne soyez pas des âmes mortes. *Si l'on prend la peine d'y réfléchir, telle est bien l'épigraphe que peut, même inachevé, porter le chef-d'œuvre de Gogol.*

Évidemment, à une première lecture, il apparaît surtout comme la peinture — dans le cadre commode du roman picaresque — du régime patriarcal russe à son déclin. Soulignons : du régime patriarcal, *de ce régime que rongent la canaillerie des fonctionnaires, la sottise des hobereaux et la paresse de leur valetaille. Toutes les autres classes, depuis l'aristocratie jusqu'au peuple, sont absentes de l'œuvre : l'on ne saurait en conséquence considérer celle-ci comme un véridique portrait de la Russie d'il y a cent ans.*

Si l'on envisage les Âmes Mortes *de ce point de vue, on peut trouver intéressant d'en rechercher les sources. Elles doivent se ramener à trois courants principaux :*

I° Pour le ton général : *les grands écrivains que Gogol se propose pour modèles* (Cf. p. 41). — *Cervantès doit occuper parmi eux la place d'honneur ; il faut évidemment y ajouter Lesage et peut-être même Sterne et Jean-Paul.*

II° Pour certains détails : *les imitateurs russes de ce Lesage, entre lesquels il suffira de citer ici :*

a) *Nariéjni, dont l'*Aristion (1822) *offre en* pan Tarass *un Pliouchkine avant la lettre ; dont encore le* Gil Blas russe ou Les Aventures du Prince Gavril Sémionovitch Tchistiakov (1814) *inspire probablement à Gogol son premier titre.*

b) *Boulgarine, dont l'*Ivan Vyjiguine (1829), *lui fournit bel et bien, quoi qu'on ait dit, le prototype de Kostanjoglo sous les traits de Rossianinov (ch. XX), tandis que Glazdourine (ch. XXI) apparaît à la fois comme une ébauche de Nozdriov, de Pétoukh, voire de Sobakévitch.*

III° Les observations personnelles de Gogol.

— *Observations d'ailleurs restreintes, mais complétées par celles que lui soumettent généreusement ses amis. On a pu mettre des noms sur certains personnages (surtout dans la IIe partie). Et dans ses* Souvenirs, *L. J. Arnoldi raconte que Gogol avait la manie d'interroger en voyage les gens qu'il rencontrait, garçons d'auberge y compris (trait qu'il donnera à Tchitchikov). Certains de ses carnets de note — se rapportant aux années 1841-1842-1846 — ont été retrouvés. Devançant en cela nos naturalistes, l'auteur des* Âmes Mortes *a fait passer dans le livre plusieurs pages des cahiers. Ces passages peuvent se grouper sous les diverses rubriques que voici :*

Administration — Agriculture — Élevage (chiens, ours, etc.) — Commerce des céréales — Construction des izbas — Ornithologie — Ichtyologie — Flore — Chasse — Pêche — Instruments de ménage — Cuisine — Métiers — Costumes — Jeux divers (cartes notamment) — Noms d'hommes — Surnoms d'animaux — Enseignes de cabarets — Coutumes populaires — Proverbes et dictons.

Soit dit en passant, la lecture de ces cahiers nous a été extrêmement précieuse pour élucider certaines difficultés que soulève la langue des Âmes Mortes, *langue d'un grain spécial, farcie de provincialismes et de « gogolismes ».*

Tout cela est exact. Cependant si, dans une seconde lecture des Âmes Mortes, *on s'abandonne moins au plaisir esthétique qu'à la recherche de la pensée de l'auteur, on s'aperçoit vite que l'œuvre est bien, en sa première partie — la seule terminée et par conséquent la seule sur laquelle nous puissions porter un jugement équitable, — le poème de la platitude, de la bassesse humaines. La faculté maîtresse de Gogol — il le reconnaît dans la IIIe lettre sur les* Âmes Mortes, — *c'est de donner à la vulgarité un relief si puissant que les plus infimes détails sautent tout de suite aux yeux.*

C'est, dirions-nous, de voir les défauts à travers une loupe et, par un procédé d'ailleurs classique, de les accumuler sur un personnage, qui devient la synthèse, le symbole du travers étudié. Les objets eux-mêmes sont vus en fonction de ce travers, et s'harmonisent avec le caractère de son propriétaire. « ... En un mot chaque objet semblait dire : « Je suis aussi un Sobakévitch en mon genre ». Dans cinq chapitres consécutifs (II à VI) revient la description d'un manoir ; si on lit ces descriptions avec un plaisir toujours nouveau, c'est évidemment parce que chaque fois l'auteur se renouvelle, c'est surtout parce que chaque phrase ajoute au portrait moral de l'individu. Les noms eux-mêmes, presque tous rares, étranges, bien qu'empruntés à la réalité, sont très souvent des symboles. Cette particularité, qui donne tant de saveur à l'œuvre, défie malheureusement la traduction. Contentons-nous de signaler que, par exemple, Korobotchka, qui veut dire « corbillon », s'applique merveilleusement à une petite vieille économe et ratatinée ; que Nozdriov, qui dérive de nozdria, narine, convient on ne peut mieux à ce gaillard joufflu, prêt à savourer bestialement toutes les jouissances ; que Sobakévitch, qui vient de sobaka, *chien, campe définitivement le lourd, brutal et pataud personnage ; que chez tout Russe enfin, le nom de Manilov éveille aussitôt des idées de douceur fade, et celui de Pliouchkine des idées d'aplatissement. Par ailleurs, dans les autres chapitres (I, VII-X), la petite ville fait si bien corps avec ses habitants, qu'on se demande qui, du décor ou des acteurs, l'emporte en trivialité.*

C'est ce caractère synthétique qui, en dépit de leurs traits russes, confère aux personnages une variété profondément humaine. Nous nous intéressons plus à l'histoire de leurs âmes qu'à l'aventure à laquelle ils se trouvent mêlés. Un Tchitchikov, un Manilov, un Pliouchkine, un Sobakévitch, une

Korobotchka se rencontrent partout ; Nozdriov lui-même, le plus russe de tous, a des équivalents dans d'autres pays.

Par contre, les personnages de la seconde partie n'ont guère qu'une valeur locale ; seul Pétoukh — le mieux réussi de cette seconde galerie, le seul aussi qui porte un nom « parlant » : le Coq — s'élève jusqu'au type. C'est que, d'une part ils sont étudiés à traits plus rapides. Gogol ne fait guère qu'esquisser certains thèmes que reprendront ses successeurs. Tentietnikov et aussi Platon Ivanovitch Platonov revivront dans les « hommes de trop » de Tourgueniev, et aussi dans le magistral Oblomov de Gontcharov ; Stchédrine peindra des Khlobouïev autrement hauts en couleur, tels le Strounnikov du Bon vieux temps *de Pochékhonié ; si irréelle qu'elle paraisse à prime abord — car Gogol, ce chaste, est impuissant à animer des figures de femmes — Oulineka n'en est pas moins, à l'examiner de plus près, la première silhouette de ces jeunes filles décidées, volontaires, dont la vie russe devait un peu plus tard fournir tant d'exemples, et la littérature tant de portraits ; il suffira ici de citer l'Hélène de Tourgueniev (*À la veille*).*

D'autre part Gogol, en quête de « l'homme russe » à proposer en exemple à ses compatriotes, n'arrive pas à le trouver. Les deux grandes théories qui se partagent alors les esprits lui semblent futiles. Il n'en voit d'ailleurs que les travers : si le colonel Kochkariov est une caricature assez injuste des occidentaux, *Vassili Platonov, prôneur des boissons et des modes nationales, est une moquerie à l'égard des* slavophiles. *Un seul homme inspire du respect à Gogol ; il en fait le propriétaire idéal ; il met dans sa bouche un hymne aux travaux des champs, la plus noble des occupations ; et cet homme est un Grec d'origine ! On a trouvé, il est vrai, l'original du personnage, qui serait un certain Bernadaki, dont l'auteur des* Âmes Mortes *a fait successivement Bernajoglo — Gobrojoglo — Skoudronjoglo — Kostanjoglo. Soit ! Gogol n'en a pas moins vu qu'à l'époque où il écrivait, ce parangon des vertus « bourgeoises » n'aurait su être un Russe pur sang. De même, dans les romans précités, Gontcharov, ayant à décrire semblable individu, en fera un Allemand, Stolz ; et Tourgueniev, ayant besoin d'un professeur d'énergie, choisira un Bulgare, Insarov. Au reste, dans sa candeur, Gogol dote le personnage d'une qualité bien russe en lui faisant prêter, contre simple quittance et sans intérêts, dix mille roubles au premier venu : c'est là une générosité dont les Kostanjoglo ne sont guère coutumiers ! Gogol ne paraît pas avoir vu que, loin de travailler à consolider son cher régime patriarcal, les gens de cette sorte en devaient être les plus impitoyables destructeurs.*

Dans le second fragment — destiné peut-être à la troisième partie, — Gogol a enfin trouvé deux Russes à proposer en exemple à ses compatriotes. Là aussi il aurait eu des modèles : le fermier Stolypine pour Mourazov, et le comte A. P. Tolstoï ou monsieur Smirnov pour le gouverneur général. La vertu de ces hommes de bien était sans doute peu efficace, car leurs effigies sont bien ternes. Si, comme le veut Tikhonravov (voir note 193), ce fragment doit être considéré comme antérieur au premier, on comprend que Gogol l'ait abandonné ; qu'il ait, par la suite, désespéré de dépeindre des honnêtes gens, faute de modèles, ou faute de talent adéquat à cette tâche.

Toutefois si, littérairement parlant, le morceau est faible, il n'en laisse pas moins la réconfortante impression morale que voulait l'auteur, et mérite de clore le poème tel que nous le possédons. Passons condamnation sur le gouverneur général, qui n'est décidément qu'un fantoche ; mais Mourazov, à bien l'examiner, n'est pas un porte-parole indigne des grandes vérités qu'il devait sans doute proclamer. L'auteur en a fait un fermier des eaux-de-vie, et le choix de cette profession n'a pas manqué de paraître ridicule. Peut-être n'a-t-on pas assez pris garde à cette phrase de la IIIe lettre sur les Âmes Mortes : *toutes les fonctions sont saintes. Qui sait si Gogol n'a pas voulu montrer que la vertu pouvait se trouver là où l'on n'est pas accoutumé de la chercher d'ordinaire ? Quoi qu'il en soit, ce vieillard, d'origine populaire, porte en lui la grande force du peuple russe : l'esprit chrétien, la croyance en la rémission des péchés par l'expiation. Il a déjà remis dans la bonne voie son commis et Khlobouïev, de simples dissipateurs. Et, sans nul doute, il devait rendre le même service à Tchitchikov, en qui Gogol voit une force et qu'il ne saurait consentir à considérer comme une force perdue. C'est un drôle, un voleur ; mais Jésus n'a-t-il pas dit au larron repentant :* Amen dico tibi :

hodie mecum eris in Paradiso[26] ? *Le criminel n'est pas un coupable, mais un égaré qu'il faut ramener dans la bonne voie.* On sait quelle fortune cette doctrine devait avoir dans la littérature, comme d'ailleurs dans la vie russes. En cela aussi Gogol est un précurseur : il constitue la première hypostase de la trinité littéraire, que compléteront Tolstoï et Dostoïevski.

Henri Mongault.
1925.

---

26 — Luc, XXIII, 43.

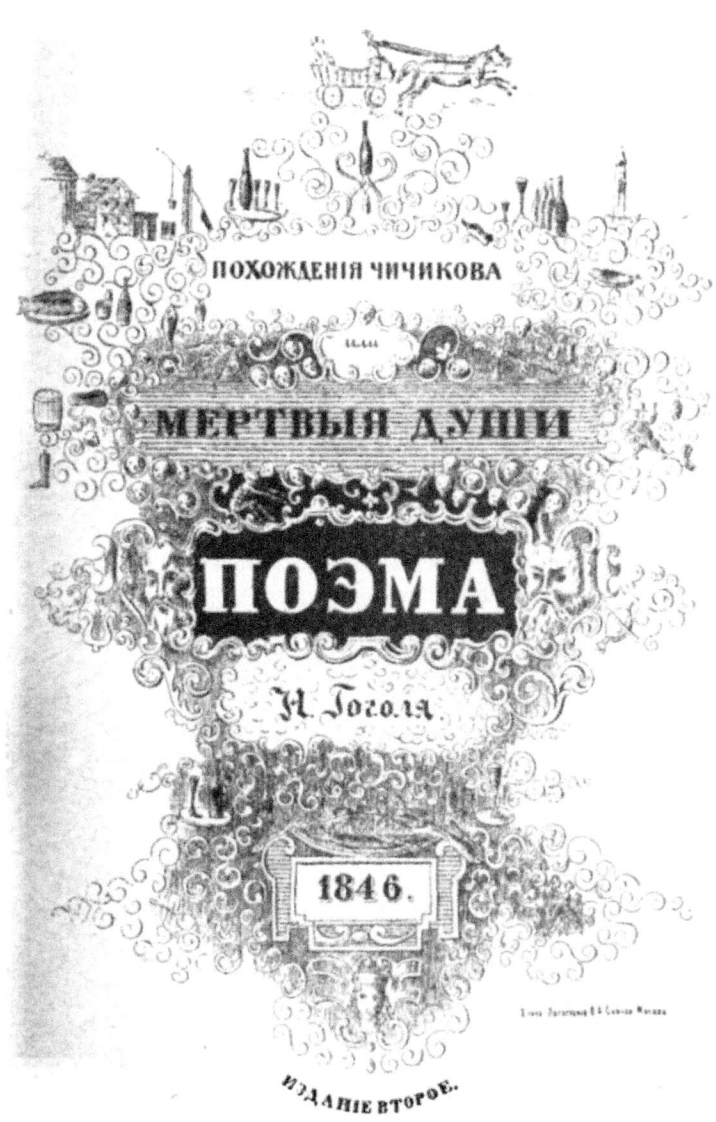

Couverture dessinée par Gogol pour les *Âmes Mortes*.
(Reproduit d'après la seconde édition conforme à la première).

PREMIÈRE PARTIE

I

La porte cochère d'une hôtellerie de chef-lieu livra passage à une assez jolie petite calèche à ressorts, une de ces britchkas dont usent les célibataires, commandants et capitaines en retraite, propriétaires d'une centaine d'*âmes*[27], bref tous gens de moyenne noblesse. La calèche était occupée par un monsieur, ni beau ni laid, ni gras ni maigre, ni jeune ni vieux. Son arrivée en ville passa inaperçue ; seuls deux hommes du peuple, qui se tenaient à la porte d'un cabaret en face de l'hôtellerie, échangèrent quelques remarques concernant plutôt l'équipage que le voyageur.

— Regarde-moi cette roue, dit l'un ; en cas de besoin irait-elle jusqu'à Moscou ?

— Que oui, répondit l'autre.

— Mais, jusqu'à Kazan, elle ne tiendrait sans doute pas ?

— Pour ça, non, fut la réponse.

La conversation en resta là. Puis, aux abords de l'hôtel, la britchka croisa un jeune homme en pantalon de basin blanc, court, collant, en frac, qui visait à la mode et laissait voir un plastron assujetti par une épingle en bronze de Toula[28] figurant un pistolet. Le jeune homme se retourna, considéra la voiture, retint sa casquette qui menaçait de s'envoler, et poursuivit son chemin.

Arrivé dans la cour, le monsieur fut accueilli par un garçon si vif, si remuant, qu'on avait peine à distinguer ses traits. Il accourut, la serviette à la main, affublé d'un long surtout de futaine qui lui remontait sur la nuque, secoua sa crinière, et conduisit le monsieur au premier étage par la *galdarie*[29] de bois pour montrer le logis que lui destinait la Providence. Ce logis était banal, comme l'auberge elle-même, semblable à toutes les hôtelleries de chef-lieu où, pour deux roubles par jour, les voyageurs jouissent d'une chambre tranquille. Des cafards, gros comme des pruneaux, s'y montrent à tous les coins ; une porte toujours condamnée par une commode ouvre sur la pièce contiguë, qu'occupe un locataire paisible, taciturne, mais curieux, avide de connaître tout ce qui se passe chez le voisin. La longue façade de l'hôtellerie répondait à l'intérieur. Le premier était peint en jaune, suivant l'immuable coutume. Le rez-de-chaussée, non crépi, exhibait des briques d'un rouge sombre, dont les intempéries avaient aggravé la saleté originelle ; des boutiques de bourreliers, cordiers, boulangers, l'occupaient. Celle d'angle donnait asile à un vendeur de *sbitène*[30], possesseur d'un samovar en cuivre rouge et d'une trogne si rubiconde que, de loin, n'eût été sa barbe de jais, on l'aurait pris aussi pour un samovar.

Tandis que le voyageur examinait la chambre, on apporta ses bagages : d'abord un portemanteau en peau blanche qui n'en était certes pas à son premier voyage. Il fut monté par le cocher Sélifane[31],

---

27 — Par âmes on entendait les serfs mâles, les seuls pour qui le propriétaire payait la capitation.
28 — Ville de la Russie centrale, dont les armes, les bijoux, les samovars sont depuis longtemps renommés.
29 — Déformation populaire du mot : galerie. Il s'agit ici d'un escalier couvert extérieur.
30 — Sorte d'hydromel fortement épicé, très aimé des gens du peuple.
31 — On a cru bon de maintenir, lorsqu'elle diffère sensiblement du français, la forme russe des prénoms. Voici la transcription des principaux :
Agraféna : Agrippine.
Akoulka, dim. pop. d'Akoulina : Aquiline.
Alexéï, dim. péjor. Alexacha : Alexis.
Andriouchka, dim. d'Andréï : André.
Antone, dim. péjor. Antochka : Antoine.
Fédosséï : Théodose.

petit homme en *touloupe*[32] écourté, et par le valet Pétrouchka, garçon d'une trentaine d'années, affublé d'une ample redingote héritée de son maître, d'aspect un peu farouche, au gros nez, aux lèvres charnues. Vinrent ensuite une cassette en acajou marquetée de bouleau de Carélie, des embouchoirs de bottes, et enfin un poulet rôti enveloppé dans du papier bleu. Après quoi, le cocher Sélifane alla soigner ses chevaux à l'écurie, tandis que le valet Pétrouchka s'installait dans l'antichambre exiguë, réduit obscur où il avait déjà laissé son manteau ainsi qu'une odeur *sui generis* ; il y apportait maintenant un sac contenant ses frusques et imprégné de la même odeur. Dans ce taudis, il dressa le long du mur un lit étroit, sur lequel il étendit une sorte de paillasse, plate et graisseuse comme une crêpe, que ses instances avaient réussi à arracher au patron de l'hôtellerie.

Pendant que les domestiques se démenaient, le maître se rendit à la salle commune, familière à tout voyageur. Les mêmes murs peints à l'huile, noircis en haut par la fumée, encrassés en bas par les dos des clients de passage et surtout des marchands du cru qui viennent, à six ou sept, prendre le thé, les jours de marché ; le même plafond enfumé ; le même lustre dont les pendeloques tintent chaque fois que le garçon court sur la toile cirée usée, en brandissant un plateau où les tasses se pressent comme les oiseaux au bord de la mer ; les mêmes tableaux à l'huile occupant toute la longueur de la paroi. Bref, ce qu'on voit partout. La seule particularité était une nymphe à la poitrine d'une invraisemblable opulence. Ce caprice de la nature se retrouve d'ailleurs dans certains tableaux d'histoire, apportés en Russie on ne sait quand ni par qui, parfois par nos grands seigneurs amateurs d'art, qui les auront achetés en Italie, sur le conseil de leurs guides.

Le monsieur ôta sa casquette et défit son cache-nez en laine multicolore, un de ces cache-nez que les femmes tricotent elles-mêmes et offrent à leurs maris avec de sages recommandations sur la manière de le mettre ; n'en ayant jamais porté, j'ignore qui prend ce soin pour les célibataires. Ensuite, le voyageur se fit apporter à dîner. On déposa devant lui l'habituel menu des auberges : une soupe aux choux accompagnée d'un pâté feuilleté conservé à dessein pendant plusieurs semaines, de la cervelle

---

Fiodor : Théodore.
Grigori : Grégoire.
Iéréméi : Jérémie.
Iliïa : Élie.
Ivan : Jean.
Kiriouchka, dim. de Kirill : Cyrille.
Kouzma : Côme.
Macha, dim. de Maria : Marie.
Mavra : Maura.
Mikhaïl, dim. Micha : Michel.
Mikhéï . Michée.
Mitiaï, dim. pop. de Dimitri : Démétrius.
Nikita : Nicétas.
Nastassia : Anastasie.
Nikolaï, dim. péjor. Nikolacha : Nicolas.
Ossip : Joseph.
Paracha, dim. de Praskovia : Parascève.
Pavel, dim. Pavlouchka : Paul.
Piotr, dim. Pétrouchka : Pierre.
Pimione : Poemen.
Prochka, dim. péjor. de Prokhor : Prochor.
Savéli : Sabel.
Sélifane, forme pop. de Silvane : Silvain.
Sémione : Simon.
Serguéi : Serge.
Stépane : Etienne.
Oulineka, dim. de Ouliana : Julienne.
Trichka, dim. péjor. de Trifone : Tryphon.
Vassili : Basile.
Vissarione : Bessarion.
32 — Houppelande en peau de mouton, la laine en dedans.

aux petits pois, des saucisses à la choucroute, une poularde rôtie, un concombre salé et le sempiternel gâteau feuilleté bon à tous les usages. Tandis qu'on lui servait ces mets froids ou réchauffés, il interrogeait le garçon sur toutes sortes de futilités. Combien rapportait l'hôtellerie ? À qui appartenait-elle auparavant ? Le tenancier actuel était-il un grand fripon ? À cette dernière question, le garçon fit la réponse d'usage :

— Oh oui, monsieur, c'est un franc coquin !

La Russie décidément se civilise : tout comme l'Europe, elle pullule de gens fort respectables, qui ne peuvent prendre leur repas à l'auberge sans engager conversation et plaisanter avec le garçon. Au reste, le voyageur ne posait pas que des questions oiseuses. Il s'enquit avec une précision méticuleuse des noms du gouverneur, du président du tribunal, du procureur, de tous les hauts fonctionnaires[33]. Il demanda des détails encore plus circonstanciés sur les propriétaires fonciers des alentours : combien d'âmes ils possédaient, à quelle distance de la ville ils habitaient, s'ils y venaient souvent, quelle était leur humeur ? Il s'informa attentivement de l'état de la contrée : n'y avait-il point sévi quelque épidémie, fièvre pernicieuse, variole ou autre maladie de ce genre ? Tous ces renseignements étaient demandés avec une insistance qui décelait plus que de la curiosité. Ce monsieur avait des manières dégagées ; il se mouchait avec bruit : je ne sais comment il s'y prenait, mais son nez résonnait comme une trompette. Cette modeste particularité lui valut la considération du garçon qui, à chaque éternuement, secouait sa tignasse, prenait une attitude plus respectueuse, inclinait la tête, s'enquérait :
— Monsieur désire ?

Après le dîner, le voyageur prit une tasse de café et s'affala sur le canapé, le dos appuyé à un coussin rembourré, en guise de crin élastique, d'une matière rappelant la brique ou les pavés, suivant la mode des auberges russes. Il se prit bientôt à bâiller et se fit conduire dans sa chambre, où il dormit deux bonnes heures. Une fois reposé, il inscrivit sur un chiffon de papier ses nom, prénoms et grade, à la demande du garçon, soucieux de les communiquer à qui de droit. En descendant l'escalier, celui-ci

---

[33] — Dans la Russie « d'avant les réformes », chaque province *(goubernia)*, avait à sa tête un gouverneur civil, résidant au chef-lieu, dont les pouvoirs étaient assez semblables à ceux des anciens *intendants* français. Il était assisté d'un *conseil de régence*, composé d'un *vice-gouverneur*, de trois *conseillers* et de un ou deux *assesseurs*. Tous ces fonctionnaires étaient nommés par le ministère de l'Intérieur. À ce conseil étaient adjoints, pour les affaires de la couronne et les affaires criminelles, un *procureur* et deux *substituts,* nommés par le ministère de la Justice. On trouvait encore au chef-lieu une sorte de préfet de police appelé, tantôt à la russe *gradonatchalnik,* tantôt à l'allemande *polizeimeister* (Gogol confond toujours les deux noms, que nous traduisons par « maître de police », forme qui était adoptée dans les milieux officiels russes pour la transcription française de ce terme) ; un inspecteur du service d'hygiène — qui présidait une sorte de conseil d'assistance publique ; — un directeur des postes ; un arpenteur, un ingénieur et un architecte « provinciaux » ; un directeur des manufactures de l'État — tous nommés également par le pouvoir central.
À côté du conseil, figuraient : une *Trésorerie* ou *Cour des comptes,* qui vérifiait les revenus de la couronne et les dépenses administratives — et deux Cours de justice : la *Chambre civile* et la *Chambre criminelle*. Ces deux chambres étaient constituées par un *président* et deux *assesseurs* élus par la noblesse, un *vice-président* nommé par le ministère de la Justice, deux *assesseurs* nommés par les bourgeois.
Une sorte de commission des ponts et chaussées dite *Commission des bâtisses et des routes,* était présidée par le gouverneur.
Tous les services publics — tant administratifs que judiciaires — étaient établis dans un immense bâtiment appelé, d'un nom collectif, *prisoustvennia miesta* (bureaux, services publics) que nous traduisons par *Tribunal,* — faute de mieux, et parce que dans les *Âmes Mortes,* il n'est guère question que d'un rouage de ces services : la Chambre civile.
Dans les chefs-lieux de district, les fonctions de police étaient remplies par un *gorodnitchi,* nommé par le pouvoir central, dont le rayon d'action comprenait la ville et sa banlieue. Ces fonctions étaient analogues à celles du *gradonatchalnik* dans les chefs-lieux de province. Gogol confond les deux noms.
La police du district — sauf le chef-lieu — était confiée à un *capitaine-ispravnik,* élu par la noblesse et chargé de tout ce qui avait trait à l'ordre public : enquêtes criminelles, perception des impôts, réquisition des charrois, etc.. — Ce magistrat présidait le *Tribunal de police rural,* qui comprenait deux paysans nommés, sur sa présentation, par le pouvoir central, et deux assesseurs élus par la noblesse. C'est d'un de ces *assesseurs* (zaciédatel) qu'il sera assez souvent question au cours du récit, le tribunal rural exerçant une certaine surveillance sur la perception et la répartition des impôts.

épela l'inscription : *Pavel Ivanovitch Tchitchikov, conseiller de collège*[34], *propriétaire foncier, voyageant pour ses affaires.*

Il n'avait pas fini de déchiffrer le billet, que déjà Pavel Ivanovitch Tchitchikov en personne visitait la ville, qui parut lui plaire, car il ne la trouva pas inférieure aux autres chefs-lieux. La couleur jaune des maisons de pierre frappait la vue, tranchait sur la modeste couleur grise des maisons de bois. Les maisons consistaient en un rez-de-chaussée, surmonté parfois d'un étage ou même d'un demi-étage, l'éternelle mezzanine, chère aux architectes de province. Par endroits ces maisons semblaient perdues entre une rue large comme un champ et une interminable palissade ; par endroits elles se pressaient les unes contre les autres, et l'on constatait alors plus de mouvement, plus d'animation. On apercevait de-ci de-là, presque effacées par la pluie, des enseignes représentant des craquelins, des bottes ; un pantalon bleu désignait la boutique d'un certain *Tailleur d'Arsovie*[35] ; des casquettes, le magasin de *Vassili Fiodorov, étranger*. Plus loin, un billard, autour duquel deux joueurs, affublés de fracs semblables à ceux des « invités » au cinquième acte de nos pièces, visaient, les bras légèrement rejetés en arrière, tandis que les jambes écartées achevaient un entrechat. Ce tableau portait pour légende : *C'est ici l'établissement*. Ici, des tables dressées en pleine rue supportaient des noix, du savon, des pains d'épice pareils à des savonnettes ; là, une fourchette piquée dans le dos d'un énorme poisson annonçait une gargote[36]. On rencontrait surtout des aigles bicéphales noircies[37], ornement aujourd'hui remplacé par la laconique inscription : *Débit de boisson*. Partout le pavé était mauvais. Le voyageur jeta un regard au jardin public, bouquet d'arbres grêles mal venus, étayés par des supports d'une belle couleur verte en forme de triangles. Ces arbustes n'étaient guère plus hauts que des roseaux ; cependant les journaux avaient décrit en ces termes l'inauguration du square : « La sollicitude de notre édile vient de doter la ville d'un jardin riche en arbres touffus dont l'ombre et la fraîcheur seront fort appréciées pendant la canicule. Un attendrissement vous prenait à voir les cœurs de nos concitoyens tressaillir de reconnaissance, et leurs yeux verser des torrents de larmes en signe de gratitude envers monsieur le *gradonatchalnik* ».

Après s'être informé auprès d'un garde de ville[38] du chemin le plus direct pour se rendre à l'église, au tribunal[39], chez le gouverneur, le voyageur s'en alla considérer la rivière qui coulait au beau milieu de la ville. En chemin, il arracha une affiche clouée à une colonne et l'emporta pour la lire chez lui

---

[34] — Sixième grade de la hiérarchie civile russe. La plupart des grades qui constituent cette hiérarchie étant cités au cours du poème, nous croyons bon d'en donner ici le tableau complet *(tabel o rangakh)*, tel qu'il fut dressé par Pierre Ier, en indiquant les grades militaires correspondants :
1 Chancelier : Général feld-maréchal ;
2 Conseiller secret actuel : Général de cavalerie ; d'infanterie ; d'artillerie.
3 Conseiller secret : Général-lieutenant ;
4 Conseiller d'État actuel : Général-major ;
5 Conseiller d'État : Général-major ;
6 Conseiller de Collège : Colonel ;
7 Conseiller de Cour : Lieutenant-colonel ;
8 Assesseur de Collège : Major ;
9 Conseiller titulaire : Capitaine ;
10 Secrétaire de Collège : Capitaine en second ;
11 Secrétaire des Constructions navales : Capitaine en second ;
12 Secrétaire de Gouvernement : Lieutenant ;
13 Régistrateur de Sénat : Sous-lieutenant ;
14 Régistrateur de Collège : Enseigne ou cornette.
Dans le service civil le neuvième grade conférait la noblesse personnelle ; le quatrième grade, la noblesse héréditaire et le droit au titre d'*Excellence*. — Par *collège*, il faut entendre : *ministère*.
[35] — Varsovie.
[36] — Les enseignes « parlantes » sont encore aujourd'hui une des curiosités des villes russes.
[37] — Les aigles indiquaient un débit officiel d'eau-de-vie ; elles disparurent lorsque la vente des spiritueux fut monopolisée aux mains de fermiers généraux, qui avaient sous leurs ordres de nombreux commis.
[38] Voir note 131.
[39] Voir note 33.

commodément ; il dévisagea une dame assez jolie, qui passait sur le trottoir de bois, suivie d'un groom en livrée militaire, un paquet à la main. Après un dernier coup d'œil d'ensemble pour bien se rappeler la disposition des lieux, il regagna tout droit son logis, dont il grimpa l'escalier avec l'aide du garçon. Il prit du thé, se fit apporter une bougie, retira l'affiche de sa poche, l'approcha de la lumière, et en commença la lecture en fermant à demi l'œil droit. Ce placard ne contenait d'ailleurs rien de bien intéressant : on y annonçait un drame de monsieur Kotzebue, dans lequel monsieur Popliovine tenait le rôle de Rolla et mademoiselle Ziablov, celui de Cora[40] ; les autres acteurs étaient encore moins connus. Il lut pourtant leurs noms, arriva au prix des places, remarqua même que l'affiche provenait de l'Imprimerie officielle ; alors il la retourna, examina le verso, mais n'y ayant rien découvert, se frotta les yeux, replia le papier et l'enferma dans le coffret où il avait accoutumé de déposer tout ce qui lui tombait sous la main. Il termina, je crois, sa journée par une portion de veau froid arrosée d'une bouteille de *kvass*[41] mousseux, et s'endormit en tonitruant du nez, ainsi qu'on dit en certaines parties du vaste empire russe.

Le lendemain fut entièrement consacré aux visites. Le voyageur en rendit à toutes les autorités. Il présenta d'abord ses respects au gouverneur, lequel se trouva n'être, de même que Tchitchikov, ni gros ni maigre ; il portait la croix de Sainte-Anne en sautoir et était même, disait-on, proposé pour le grand cordon ; au demeurant un brave homme qui, à ses heures, ne dédaignait pas de broder sur tulle. Puis il alla chez le vice-gouverneur, le procureur, le président du tribunal, le maître de police, le fermier des eaux-de-vie, le directeur des manufactures de l'État, etc... Il est malheureusement difficile de se rappeler tous les puissants de ce monde ; disons seulement que Tchitchikov ne négligea personne, présenta même ses hommages à l'inspecteur du service de santé, ainsi qu'à l'architecte « provincial » et demeura longtemps pensif dans sa calèche, cherchant en vain quel fonctionnaire il pourrait bien encore aller voir. En s'entretenant avec ces détenteurs du pouvoir, il sut habilement flatter chacun d'eux. Au gouverneur, il laissa entendre qu'en pénétrant dans sa province on croyait entrer au paradis, les chemins y étant doux comme velours, et que les ministres qui nommaient d'aussi sages magistrats méritaient de grands éloges. Au maître de police, il insinua quelques paroles louangeuses sur la bonne tenue des gardes de ville. Se trompant à dessein, il donna deux fois de l'Excellence au vice-gouverneur et au président du tribunal : ces simples conseillers d'État se montrèrent extrêmement flattés. Aussi le gouverneur l'invita-t-il le soir même à une soirée familiale ; les autres fonctionnaires le prièrent, qui à dîner, qui à une partie de boston, qui à prendre le thé.

Le voyageur ne parlait de lui-même qu'avec une extrême modestie, en usant de lieux communs et en donnant à ses phrases un tour livresque. « Un insignifiant ver de terre comme lui ne méritait pas de retenir l'attention. Il avait au cours de son existence enduré bien des épreuves ; employé au service public, sa droiture lui avait attiré beaucoup d'ennemis, dont certains avaient même attenté à sa vie. Il cherchait maintenant une retraite paisible et, passant par cette ville, jugeait de son devoir de présenter ses hommages aux autorités ».

C'est tout ce qu'on put apprendre sur le nouvel arrivant, qui ne manqua pas d'ailleurs de se montrer à la soirée du gouverneur. Il s'y prépara pendant deux heures et montra un souci de toilette peu commun. Après une courte méridienne, il se fit donner de quoi se laver, et se frotta longtemps les deux joues en les gonflant à l'aide de sa langue pour les mieux savonner. Il s'empara ensuite de la serviette jetée sur l'épaule du garçon, et lui ayant à deux reprises soufflé en pleine figure, essuya

---

40 — Il s'agit de la Mort de Rolla (Die Spanier in Peru oder Rolla's Tod), drame romanesque en cinq actes (Leipzig, 1705), que madame de Staël tenait pour le chef-d'œuvre d'August von Kotzebue. Cet auteur dramatique allemand (1761-1819) habita longtemps la Russie où ses pièces eurent une vogue prolongée. En 1827, le catalogue du fameux libraire-éditeur Smirdine indique 130 traductions de Kotzebue publiées depuis le commencement du siècle. Dans les « années quarante », ses pièces alimentaient encore le répertoire des théâtres provinciaux ; mais, vers 1850, l'oubli vint, définitif.
41 — Boisson fermentée à base de pain noir et de malt. Il y en a de plusieurs sortes ; certaines sont aromatisées avec des jus de fruits.

consciencieusement à partir des oreilles son visage poupin ; puis il ajusta son plastron devant la glace, arracha deux poils qui lui sortaient du nez, et endossa un habit zinzolin moucheté.

Une fois dans sa voiture, il roula par les rues, larges à n'en plus finir, qu'éclairait, de loin en loin, la faible lueur tombant d'une fenêtre. En revanche, l'hôtel du gouverneur était illuminé comme pour un bal ; équipages aux lanternes allumées, deux gendarmes devant la porte, cris de cochers dans le lointain : rien ne manquait à la fête. En pénétrant dans la grande salle inondée de lumière, Tchitchikov dut un instant fermer ses yeux éblouis par le violent éclat des bougies, des lampes, des toilettes. Les habits noirs papillotaient, voltigeaient de-ci de-là, comme des mouches sur un pain de sucre que, pendant une chaude journée de juillet, une vieille femme de charge casse en morceaux étincelants près de la fenêtre ouverte. Les enfants qui l'entourent épient les mouvements du bras noueux qui lève le marteau, tandis qu'un essaim de mouches, tourbillonnant dans l'air léger, s'abat sur les friands morceaux, avec la complicité du soleil qui aveugle la vieille à la vue affaiblie. Rassasiées par les mets savoureux que leur prodigue l'opulent été, elles songent moins à manger qu'à se faire voir ; voletant sur le tas de sucre, elles frottent leurs pattes l'une contre l'autre, s'en chatouillent sous les ailes, passent sur leur tête celles de devant étendues, s'envolent enfin pour revenir bientôt avec de nouveaux escadrons importuns.

Tchitchikov n'avait pas eu le temps de se reconnaître que déjà le gouverneur le prenait sous le bras et le présentait à madame son épouse. Une fois de plus le voyageur fit preuve de bonne éducation : il débita un compliment fort seyant, celui qu'on pouvait attendre d'un homme entre deux âges et de grade moyen. Quand la sauterie commença et que tout le monde dut s'aligner le long du mur pour céder la place aux danseurs, Tchitchikov, les bras derrière le dos, considéra pendant deux bonnes minutes les couples qui passaient devant lui. Beaucoup de dames étaient habillées avec élégance, d'autres affublées à la mode de province. Les hommes, comme partout, se divisaient en deux catégories. Les maigres courtisaient le beau sexe. Certains rappelaient à s'y méprendre les fats de Pétersbourg ; comme eux, ils portaient des favoris peignés avec art ou bien exhibaient des visages rasés de près ; comme eux, ils affectaient avec les dames des manières désinvoltes et leur tenaient en français des propos badins. Les gros ou ceux qui, comme Tchitchikov, n'étaient ni gras ni maigres, se souciaient fort peu de galanterie et guettaient à tout instant la venue du domestique chargé de préparer les tables de whist. Ils étalaient des faces replètes, aux traits arrondis, accentués, marquées chez d'aucuns de verrues ou picotées de petite vérole ; ils ne se coiffaient ni en toupet, ni en boucles, ni à *la diable m'emporte*, mais portaient les cheveux courts ou collés aux tempes. C'étaient les plus hauts fonctionnaires de la ville. En ce bas monde, hélas ! les gros s'entendent mieux que les maigres à arranger leurs affaires. Ceux-ci sont le plus souvent surnuméraires ; on ne les charge guère que de missions sans conséquence ; ils frétillent de-ci de-là ; leur existence est inconsistante, précaire. Les gros, au contraire, se carrent dans des emplois de tout repos : la place est bonne, ils s'y cramponnent ; elle pliera peut-être sous eux, mais ils ne la lâcheront pas. Ils ne sacrifient guère à l'apparence : si leur habit est de moins bonne coupe que celui des maigres, leur cassette est mieux garnie. Au bout de trois ans, le maigre n'a plus une seule âme à engager ; pendant ce temps, le gras achète en douceur au nom de sa femme une maison à un bout de la ville, puis une autre à l'autre bout, puis un hameau, ensuite un bourg avec toutes ses dépendances. Finalement, le gros, après avoir bien servi Dieu et l'Empereur et s'être acquis l'estime générale, prend sa retraite dans ses terres, où il tient table ouverte et mène la bonne vie de seigneur de village ; mais bientôt ses maigres héritiers gaspillent à la russe le patrimoine.

Avouons-le, tel était à peu près le raisonnement que se tenait Tchitchikov en contemplant l'assemblée ; aussi finit-il par rejoindre les gros. Il retrouva parmi eux des visages de connaissance : le procureur, sombre, taciturne, aux sourcils épais, et dont l'œil gauche légèrement clignotant semblait insinuer : « passons donc dans la pièce voisine, j'ai deux mots à vous dire » ; le directeur des postes, nabot spirituel et philosophe ; le président du tribunal, homme fort aimable et judicieux. Tous accueillirent Tchitchikov comme un vieil ami ; il répondait aux compliments par un salut de biais non dénué de grâce. C'est alors qu'on le présenta à deux gentilshommes campagnards, le très courtois et très affable Manilov et le lourdaud Sobakévitch qui, dès l'abord, lui marcha sur le pied en disant : — Faites excuse !

On l'invita bientôt à une partie de whist en lui tendant une carte qu'il accepta avec un salut du même genre. Ces messieurs s'installèrent à des tables vertes et n'en bougèrent plus jusqu'au souper. Toutes les conversations avaient cessé, ainsi qu'il sied quand on s'adonne à une occupation sérieuse. Bien que très loquace, le directeur des postes, une fois les cartes en mains, prit une physionomie pensive, se pinça les lèvres et conserva cette attitude jusqu'à la fin de la partie. Quand il jouait une figure, il donnait un coup de poing sur la table en proférant, si c'était une dame : « En avant la vieille maman ! », — si c'était un roi : « Tiens bon, moujik de Tambov ! ». Ce à quoi le président du tribunal répliquait : « Et moi, je lui casse les reins ! ». Parfois, en abattant nerveusement leurs cartes, les joueurs s'écriaient : « Advienne que pourra, j'attaque à carreau ! » — ou bien annonçaient tout simplement les couleurs sous les dénominations usitées dans leur société.

La partie finie, il s'éleva, suivant l'usage, une vive discussion. Notre voyageur y prit part, mais avec un tact, une urbanité qui sautaient aux yeux. Il ne disait pas : « Vous avez joué telle ou telle carte... », mais bien : « Vous avez daigné jouer... » — « J'ai eu l'honneur de couper votre deux », etc... — Afin de rendre ses paroles plus persuasives, il tendait à ses contradicteurs sa tabatière en argent émaillé, que parfumaient deux violettes. Les propriétaires Manilov et Sobakévitch retinrent surtout son attention. Prenant à part le président et le directeur des postes, il se livra auprès d'eux à une petite enquête. L'ordre dans lequel il procéda décelait un esprit curieux et un jugement solide : il ne s'intéressa aux noms et prénoms des deux campagnards qu'après s'être informé du nombre de leurs paysans et de l'état de leurs domaines. Au reste, il fit rapidement la conquête de ces hobereaux. Manilov, homme encore jeune, dont les yeux doux comme sucre clignotaient chaque fois qu'il riait, s'enticha de lui à en perdre la tête. Il lui serra longuement la main, le supplia de l'honorer d'une visite à sa propriété, distante, à l'en croire, d'une quinzaine de verstes[42]. Tchitchikov répondit, en s'inclinant courtoisement, qu'il considérait comme son devoir le plus sacré d'accepter cette invitation. Sobakévitch, à son tour, lui dit d'un ton un peu laconique : « Venez aussi me voir ! » — en faisant claquer ses bottes géantes, que nul autre sans doute n'aurait pu chausser, la Russie voyant, à son tour, disparaître la race des Hercules.

Le lendemain, Tchitchikov alla dîner et passer la soirée chez le maître de police, où l'on whista sans interruption depuis le lever de table, vers trois heures de l'après-midi, jusqu'à deux heures du matin. Il y rencontra un autre propriétaire appelé Nozdriov, bon vivant d'une trentaine d'années, qui, après deux ou trois phrases, se mit à le tutoyer. Nozdriov tutoyait aussi le procureur et le maître de police, avec qui il paraissait du dernier bien ; mais dès qu'on joua gros jeu, ces messieurs surveillèrent très attentivement ses levées, vérifiant presque toutes les cartes qu'il abattait. Le surlendemain, Tchitchikov passa la soirée chez le président du tribunal, qui reçut ses invités, y compris deux dames, dans une robe de chambre d'une propreté douteuse. Puis il fut convié à une soirée chez le vice-gouverneur, à un grand dîner chez le fermier des eaux-de-vie, à un dîner sans façon — qui en valait bien un grand — chez le procureur, à une collation après la messe — qui valait bien un dîner — chez le *gorodnitchi*[43].

Bref, il ne passait pas une heure chez lui et ne rentrait à l'hôtellerie que pour dormir. Il se révéla d'ailleurs un homme du monde accompli, sachant toujours et partout soutenir la conversation. Roulait-elle sur les haras, il parlait haras ; parlait-on chiens, il glissait quelques judicieuses remarques ; s'agissait-il d'une enquête opérée par la Cour des comptes, il se montrait au courant des péchés de dame Justice ; discutait-on billard ou punch, il s'affirmait connaisseur en billard et en punch ; vertu, il en discourait les larmes aux yeux ; douane, il traitait le sujet comme un vieux douanier. Chose

---

42 — La verste = 1.067 mètres.
43 Voir note 33.

remarquable, il ne se départait jamais d'une certaine gravité, et employait toujours le ton qu'il fallait. En un mot, il était partout à sa place : sa venue mit en joie tous les fonctionnaires. Le gouverneur l'appelait un homme bien intentionné ; le procureur, un homme capable ; le colonel de gendarmerie, un savant homme ; le président du tribunal, un homme instruit et respectable ; le maître de police, un digne et aimable homme ; la femme du maître de police, le plus aimable et le plus courtois des hommes. Sobakévitch lui-même — qui portait rarement des jugements favorables — rentré assez tard de la ville, dit en se couchant près de son épouse efflanquée :

— Sais-tu, mon cœur, j'ai dîné chez le maître de police, passé la soirée chez le gouverneur, et fait connaissance d'un certain Pavel Ivanovitch Tchitchikov, conseiller de collège : quel charmant garçon !

Ce à quoi son épouse répondit : Hum ! — et le poussa du pied.

Cette flatteuse opinion se maintint jusqu'au jour où une bizarre fantaisie du voyageur et une aventure que le lecteur apprendra bientôt plongèrent presque toute la ville dans la stupéfaction.

II

Depuis plus d'une semaine, le voyageur habitait la ville, fréquentant dîners et soirées et menant une vie fort agréable. Il se résolut enfin à étendre aux environs le rayon de ses visites et à tenir la promesse donnée aux propriétaires Manilov et Sobakévitch. Peut-être obéissait-il à un mobile plus sérieux ; peut-être avait-il en vue une affaire plus importante, plus selon son cœur. C'est ce que le lecteur apprendra petit à petit et en temps voulu, s'il a la patience de lire jusqu'au bout cette fort longue histoire, appelée à prendre d'autant plus d'ampleur qu'elle approchera du dénouement : la fin, comme on sait, couronne l'œuvre.

Le cocher Sélifane reçut l'ordre d'atteler de bon matin les chevaux à la fameuse britchka. Pétrouchka devait rester au logis pour garder la chambre et le portemanteau. Le lecteur trouvera profit à faire connaissance avec ces deux serfs de notre héros. Ce sont, bien entendu, des personnages de second ou même de troisième plan ; les ressorts du poème ne reposent pas sur eux ; mais l'auteur aime la précision en toutes choses et, bien que Russe, désire se montrer à cet égard méticuleux comme un Allemand. Au reste, cela demandera aussi peu de temps que de place ; car, aux détails déjà connus du lecteur, il suffit d'ajouter que Pétrouchka portait une ancienne redingote de son maître, couleur cannelle et un peu trop large, et qu'il avait les lèvres et le nez charnus comme la plupart des gens de sa condition. De caractère taciturne, il brûlait d'une noble ardeur pour l'étude, c'est-à-dire pour la lecture de livres dont le contenu ne lui importait guère : aventure d'amour, abécédaire, paroissien, il dévorait tout avec une égale attention ; lui eût-on mis en mains un manuel de chimie, il ne l'aurait pas refusé. Il prenait moins de plaisir à ce qu'il lisait qu'au mécanisme de la lecture, à cette opération qui permet toujours de former avec des lettres des mots au sens parfois incompréhensible. Le plus souvent, il s'adonnait à ce passe-temps dans l'antichambre, couché sur sa paillasse que cette continuelle pression avait aplatie comme une galette. Outre sa fureur de lecture il avait encore deux habitudes caractéristiques : il dormait tout habillé et propageait partout une odeur *sui generis*, un relent de renfermé ; il lui suffisait d'installer quelque part son lit, fût-ce dans une pièce jusqu'alors déserte, d'y transporter son manteau et ses hardes, pour qu'aussitôt on crût la chambre occupée depuis une dizaine d'années. Quand, en s'éveillant, Tchitchikov reniflait l'air, il se contentait, bien que délicat, de froncer les sourcils et de secouer la tête, en disant : « Ce que tu dois suer, mon brave ! Va donc au bain, que diantre ! » Pour éviter de répondre, Pétrouchka paraissait absorbé dans une besogne urgente ; il s'approchait, brosse en main, de l'habit de son maître ou rangeait le premier objet venu. À quoi songeait-il pendant ce temps ? Peut-être se disait-il : « Tu en as une santé de répéter trente-six fois la même chose !... » Il est, ma foi, difficile de savoir ce que pense un valet sermonné par son maître.

Voilà, pour le moment, ce qu'on peut dire de Pétrouchka. Le cocher Sélifane était un tout autre homme[44]. Mais, connaissant par expérience le peu d'intérêt que suscitent les basses classes, l'auteur se fait un scrupule de retenir l'attention sur de si minces personnages. Le Russe est ainsi fait : il brûle d'envie de se lier avec quiconque lui est supérieur, ne fût-ce que d'un grade, et préfère aux charmes d'une étroite amitié de vagues rapports avec des comtes ou des princes. L'auteur craint même pour son héros, simple conseiller de collège. Les conseillers de cour voudront peut-être faire sa connaissance ; mais les dignitaires ayant rang de général lui jetteront sans doute un de ces regards méprisants que l'homme, en son orgueil, laisse tomber sur ses inférieurs, ou, qui pis est, ne lui accorderont — au grand désespoir de l'auteur — aucune attention. Si pénibles que soient ces deux éventualités, il nous faut revenir à notre héros.

Donc, ses ordres passés dès la veille, il se leva de fort bonne heure, se débarbouilla, se frictionna de la tête aux pieds, suivant sa coutume des jours de fête — ce jour-là était justement un dimanche — se rasa de manière à donner à ses joues l'éclat et le poli du satin, endossa son habit zinzolin moucheté et son manteau à grand col d'ours ; il descendit l'escalier, soutenu tantôt d'un côté tantôt de l'autre par le garçon d'auberge, prit enfin place dans sa britchka. La voiture sortit avec fracas de la porte cochère ; un pope qui passait le salua ; quelques gamins en blouses sales tendirent la main en criant : — Mon bon monsieur, n'oubliez pas un pauvre orphelin !

Le cocher remarqua que l'un d'eux aimait à grimper derrière les équipages ; il le cingla d'un coup de fouet. Bientôt la britchka roula en cahotant par les rues : ce n'est pas sans plaisir que Tchitchikov aperçut de loin la barrière bariolée, indice que le supplice du pavé allait bientôt prendre fin ; en effet, après quelques derniers heurts fâcheux pour sa tête, il se sentit emporté sur la terre molle. La ville avait à peine disparu que déjà se déroulait des deux côtés de la route le monotone décor du paysage russe : taupinières, sapinières, boqueteaux de pins souffreteux, bruyères, troncs d'arbres calcinés et autres ornements du même genre[45]. On rencontrait des villages dont les maisons ressemblaient à des bûches empilées, alignées au cordeau, et surmontées de toits gris qui montraient sur leur rebord des découpures en forme d'essuie-mains brodés[46]. Assis sur des bancs devant leurs portes, quelques

---

44 — Le portrait de Pétrouchka ne figurait pas dans la première rédaction. Celui de Sélifane était ainsi crayonné : Le cocher, tout petit, tout rond, bien qu'il répondît au nom de Sélifane Legrand, paraissait ce jour-là encore plus rondelet, car il portait sous sa houppelande une sorte de caftan.
45 — La monotonie du paysage russe paraît avoir particulièrement frappé Gogol, à qui son Oukraïne natale offrait une nature plus riante. Il développe ici un passage de ses Notes sur Pétersbourg (1836).
46 — Les deux vignettes ci-contre, que nous empruntons aux Études sur la situation intérieure, la vie nationale et les institutions rurales de la Russie, par le baron Auguste de Haxthausen (Hanovre, 1847), donnent une bonne idée des izbas et de leurs décorations.

moujiks en touloupes bâillaient à l'accoutumée. Des femmes au visage bouffi, à la robe pincée sous les seins, se penchaient aux fenêtres du premier étage ; à celles du rez-de-chaussée apparaissait un veau ou le groin d'un pourceau. Tableau bien connu. En passant devant le poteau indicateur de la quinzième verste, Tchitchikov se rappela que, d'après les dires de Manilov, son domaine ne devait pas être éloigné ; mais nos voyageurs arrivèrent au poteau suivant sans apercevoir aucun village. La rencontre de deux manants les tira heureusement d'embarras[47]. En s'entendant demander si le village de Zamanilovka était encore loin, les moujiks se découvrirent ; et le plus dégourdi d'entre eux, un gars à la barbe en pointe, répondit :

— Manilovka sans doute ?

— Oui, c'est cela, Manilovka...

— Manilovka ! Eh bien, au bout d'une verste, tourne à droite.

---

[47] — Dans la toute première rédaction la rencontre des deux manants est rendue de façon plus pittoresque : sans apercevoir aucun village, des champs à perte de vue. Cela le contraignit à considérer, en clignant des yeux, le lointain : peut-être quelque passant s'y montrerait-il. De fait il découvrit à l'extrême horizon deux points qui se mouvaient. Petit à petit ces deux points se transformèrent en deux manants, vêtus de blouses et portant leurs touloupes au bout d'un bâton. Arrivés à hauteur de la britchka, les manants se découvrirent, etc.

— À droite ? repartit le cocher.

— À droite, oui, dit le moujik, c'est le chemin direct pour Manilovka. Manilovka, te dis-je, voilà le vrai nom du village ; nous ne connaissons point de Zamanilovka. Droit devant toi, sur une hauteur, tu verras une belle maison de maître en pierre, à un étage[48] : ce sera justement Manilovka. Quant à Zamanilovka, il n'y en a pas ici, et il n'y en a jamais eu.

Nos voyageurs se mirent à la recherche de Manilovka. Au bout de deux verstes, ils s'engagèrent dans un chemin vicinal et parcoururent encore trois à quatre verstes sans voir poindre la maison en pierre, à un étage. Lorsqu'un ami vous convie dans ses terres, soi-disant à quinze verstes, il faut compter le double ; Tchitchikov se rappela à propos cette vérité.

La situation de Manilovka était peu attrayante. La maison seigneuriale se dressait solitaire sur un tertre exposé à tous les vents[49] et couvert d'un maigre gazon. Sur cette pelouse à l'anglaise se disséminaient deux ou trois massifs de lilas et d'acacias à fleurs jaunes ; cinq à six bouleaux tendaient çà et là vers le ciel leurs cimes étiolées. Sous deux d'entre eux, on apercevait un pavillon à coupole verte, à colonnades bleues, portant l'inscription : *Temple de la Méditation Solitaire*. Plus bas s'étalait un étang envahi par les herbes, classique parure des jardins anglais de nos hobereaux[50]. Au pied de la hauteur et même à flanc de coteau s'éparpillaient de grisâtres izbas dont notre héros, pour des motifs inconnus, se prit aussitôt à évaluer le nombre : il en compta plus de deux cents. Nul arbuste, nulle verdure entre cet amas de poutres. Seules deux paysannes animaient le paysage : les jupes pittoresquement retroussées, de l'eau jusqu'aux genoux, elles traînaient par l'étang, à l'aide de d'eux bâtons, un filet déchiré où se devinaient deux écrevisses et brillait un gardon ; elles paraissaient se quereller, échanger des invectives. À quelque distance, la masse sombre d'une pinède mettait une tache bleuâtre, maussade. Le ciel lui-même, d'un gris terne rappelant la couleur des vieux uniformes militaires[51], ajoutait à la tristesse du lieu. Un coq, annonciateur des intempéries, complétait le tableau ; bien que sa tête eût été entaillée jusqu'à la cervelle par les becs de ses rivaux en galanterie, il n'en braillait pas moins et faisait même claquer ses ailes effilochées comme de vieilles nattes. En pénétrant

---

48 — Pour ces braves gens, une maison en pierre, et à un étage encore (à deux étages, comme ils disent, car en Russie le rez-de-chaussée s'appelle le premier), constitue une rareté. Bien souvent, les manoirs des hobereaux ne différaient guère des izbas — ainsi qu'en fait foi cette vignette, empruntée à l'ouvrage précité, et représentant une maison de seigneur dans la province de Kostroma.

49 — La première rédaction porte ici : ... Il aurait suffi de lui ajouter des ailes pour qu'elle remplît les fonctions de moulin à vent. — Si Gogol a rayé ce détail pittoresque, c'est que, probablement, la maison, ainsi décrite, ne lui a pas paru s'harmoniser avec le caractère de Manilov.
50 — Succédant à celle des parcs à la française, la mode des jardins anglais avait commencé en Russie vers la fin du XVIIIe siècle.
51 — Le manuscrit ajoutait : ... des vieux uniformes portés par les soldats du service de place, militaires fort paisibles, mais très souvent ivres le dimanche. La censure supprima ce passage.

dans la cour, Tchitchikov aperçut sur le perron le maître en personne, en redingote de chalon[52] vert, qui protégeait de la main ses yeux afin de mieux distinguer les arrivants. À mesure que la britchka approchait, son regard s'illuminait et son sourire allait s'épanouissant. — Pavel Ivanovitch ! s'écria-t-il enfin, quand Tchitchikov sauta de voiture. Vous daignez vous souvenir de nous !

Les deux amis s'étreignirent, et Manilov entraîna son hôte. Bien que leur passage dans le vestibule, l'antichambre, la salle à manger ne demande qu'un temps assez court, tâchons d'en profiter pour dire quelques mots du maître de la maison. L'auteur doit avouer la difficulté de cette entreprise. Il est bien plus facile de camper des caractères de grande envergure ; il suffit de jeter à pleines mains les couleurs sur la toile : yeux ardents, sourcils épais, front barré d'une ride, cape noire ou rouge feu, voilà le portrait terminé. Mais tous ces gens qui, de prime abord, se ressemblent tous et qui, observés de plus près, révèlent tant d'insaisissables particularités, ces gens-là ne sont pas aisés à peindre. Pour arriver à distinguer de menus détails presque imperceptibles, il faut bander tous les ressorts de son attention et aiguiser encore un regard déjà exercé dans l'art de l'observation.

Dieu seul sans doute pourrait définir le caractère de Manilov. Certains individus ne sont, comme on dit, *ni chair ni poisson*[53], et Manilov sans doute appartenait à cette confrérie. Ce blond, aux yeux bleus, au sourire enjôleur, avait belle mine. Ses traits ne manquaient pas de charme, mais d'un charme trop doucereux ; ses manières, son langage étaient trop insinuants. « Quel brave et charmant homme ! » se disait-on en liant conversation avec lui. Mais l'instant d'après on ne se disait plus rien ; et bientôt on murmurait : « Quel diable d'individu ! », en s'éloignant au plus vite sous peine de périr d'ennui. Il ne laissait jamais tomber un de ces mots vifs ou même acerbes, qui échappent à toute personne dont vous touchez le sujet favori. Chacun a son dada : l'un est féru de lévriers ; l'autre croit sentir profondément la musique ; le troisième s'entend à bien manger ; le quatrième prétend jouer un rôle supérieur, ne fût-ce que d'un pouce, à celui qui lui est assigné ; le cinquième, plus modeste en ses désirs, rêve de parader, en compagnie d'un aide de camp, aux yeux éblouis d'amis ou d'inconnus ; la main du sixième éprouve l'irrésistible envie de plier l'as ou le deux de carreau[54], tandis que celle du septième grille de rétablir l'ordre, de souffleter le maître de poste ou les postillons. Bref, chacun a sa marotte, mais Manilov n'en avait aucune.

Chez lui, il ne parlait guère, demeurant le plus souvent plongé dans des réflexions connues de Dieu seul. Il se souciait peu de faire valoir ses terres et n'y jetait jamais un coup d'œil. Les choses allaient leur train toutes seules. Quand l'intendant disait : « Il serait bon de faire ceci ou cela ». — « Pas mauvais, en effet ! » répliquait-il d'ordinaire, en tirant de continuelles bouffées de sa pipe, habitude contractée au régiment, où il passait pour l'officier le plus modeste, le plus délicat, le plus instruit. — « Oui, oui, pas mauvais ! » répétait-il. Quand un moujik venait le trouver et lui demandait, en se grattant la nuque, un congé pour gagner de quoi payer sa redevance[55] : « Entendu ! » disait-il en fumant sa pipe ; et il ne lui venait même pas à l'idée que le croquant désirait tout simplement

---

52 — Étoffe de laine, assez commune, qui se fabriquait à Amiens.
53 — Ni chair ni poisson. Nous empruntons cette leçon à la première rédaction. Le dicton n'ayant pas paru assez russe à Gogol, il le remplaça par cet autre qui veut dire la même chose, mais se laisse difficilement traduire : ... certains individus ne sont, comme on dit, ni ceci, ni cela, ni Bogdane à la ville, ni Sélifane au village.
54 — Plier la carte était une pratique usuelle au jeu de pharaon et connue sous le nom de paix. Elle consistait à plier une carte pour annoncer que l'on ne jouait que ce que l'on avait gagné sur cette carte avec l'argent que l'on avait mis dessous. Le coup indiqué ici par Nozdriov était dénommé paix de paroli ; cette paix s'appliquait au produit du paroli, déduction faite de la première mise.
Tous les termes de jeu, dont (plus loin) Nozdriov fait parade, ont été notés par Gogol dans ses Carnets de 1841. Il semble bien que les joueurs de qui il les tenait donnaient à certaines de ces expressions un sens différent de l'acception habituelle ; — ou qu'il se soit trompé en les notant, hypothèse assez probable, un mot de son texte étant même indéchiffrable. Par exemple, le mot doublet signifiait d'habitude (et signifie encore dans certains jeux de hasard), deux cartes semblables tirées l'une à droite, l'autre à gauche, coup de l'avantage du banquier ; tandis que Gogol marque : « Doublet : ne pas retirer sa mise, mais la doubler » — ce qui est à proprement parler le paroli.
55 Vérif si cette note existe (aj note redevance ?)

godailler. Parfois, considérant du haut de son perron la cour et l'étang, il se prenait à dire qu'il serait bon de créer un passage souterrain qui mènerait de la maison au village, ou bien de jeter sur l'étang un pont de pierre, flanqué de boutiques où se débiteraient les menus objets d'usage courant parmi les villageois. Ses yeux se faisaient alors doucereux à l'extrême, son visage prenait l'expression la plus béate.

Tous ces projets n'étaient que belles paroles. Il gardait dans son bureau un livre, marqué d'un signet à la page 14, et dont la lecture durait depuis deux ans. Il n'avait jamais pu monter complètement son ménage. Une riche étoffe de soie recouvrait le fort beau meuble du salon, à part deux fauteuils sur lesquels une simple natte remplaçait l'étoffe absente ; et depuis plusieurs années, quand il recevait des visites, le maître de ce beau meuble avait soin d'avertir : « Ne vous asseyez pas sur ces fauteuils, ils ne sont pas encore recouverts. » Certaine pièce demeurait vide, bien qu'il eût décidé, dès la lune de miel : « Mon cœur, il faudra que je songe à meubler cette chambre, tout au moins provisoirement. » — À la tombée de la nuit, on posait sur la table un élégant candélabre de bronze, qui représentait les Trois Grâces, avec de jolis garde-vue en perles, et à côté, un invalide en cuivre, boiteux, tors, couvert de suif ; ni maîtres ni serviteurs n'y prêtaient attention.

Sa femme !... Inutile d'insister ; ils se convenaient parfaitement. Bien que mariés depuis tantôt neuf ans, ils s'apportaient encore l'un à l'autre un bonbon, une noisette, un quartier de pomme, en disant du ton suave qui convient au parfait amour : « Ouvre ton bec, mon cœur, tu auras du nanan. » Et le bec aussitôt s'ouvrait le plus gentiment du monde. Pour leurs anniversaires, ils se faisaient des surprises, s'offraient, par exemple, un étui à cure-dents en perles fausses. Et, bien souvent, assis côte il côte sur le canapé, l'un abandonnait sa pipe, l'autre son ouvrage, pour échanger un baiser si long, si énamouré, qu'on aurait eu le temps, pendant qu'ils se livraient à ce jeu, de fumer une cigarette.

En un mot c'était ce qu'on est convenu d'appeler des gens heureux. Évidemment, on aurait pu leur faire remarquer qu'il existe dans un ménage bien d'autres occupations que les surprises et les baisers prolongés, et leur poser diverses questions gênantes. Pourquoi, par exemple, la cuisine laissait-elle tant à désirer ? Pourquoi le garde-manger était-il si mal approvisionné ? Pourquoi la femme de charge volait-elle ? Pourquoi les serviteurs étaient-ils de malpropres ivrognes ? Pourquoi la valetaille passait-elle la moitié du temps à dormir et l'autre à polissonner ? Mais ce sont là préoccupations trop triviales pour une personne aussi bien élevée que madame Manilov. La bonne éducation se donne, comme on sait, dans les pensionnats ; et dans les pensionnats trois matières résument, comme nul ne l'ignore, toutes les vertus : le français, indispensable à la félicité conjugale ; le piano, destiné à faire passer au mari quelques moments agréables ; enfin le ménage proprement dit, c'est-à-dire le tricotage de bourses et d'autres surprises. Certains perfectionnements sont d'ailleurs apportés à ces méthodes, surtout à l'heure actuelle ; tout dépend de la sagesse et des capacités des maîtresses de pension. Ici le piano vient en tête ; puis le français ; et le ménage en dernier lieu. Là, le ménage, c'est-à-dire le tricotage de bourses, occupe la première place ; puis vient le français ; enfin le piano. Comme on le voit, les méthodes varient. Il conviendrait de noter que madame Malinov... mais, je l'avoue, je me gêne fort de parler des dames, et j'ai hâte de revenir à nos héros qui, arrêtés depuis quelques minutes devant la porte du salon, luttent de courtoisie à qui cédera le pas à l'autre.

— De grâce, sans façon, passez le premier, disait Tchitchikov.

— Non, Pavel Ivanovitch, non, vous êtes mon hôte, répliquait Manilov en montrant la perte.

— Sans façons, sans façons, passez le premier !

— Excusez-moi, je sais ce que je dois à un hôte aussi distingué.

— Vous voulez rire. Passez, je vous en prie !

— Non, non, à vous l'honneur !

— Mais pourquoi ?

— Parce que !... fit Manilov avec un sourire aimable.

Finalement les deux amis franchirent la porte de biais, et non sans heurt.

— Permettez-moi de vous présenter ma femme, dit Manilov. — Mon cœur, Pavel Ivanovitch !

Tchitchikov se trouva en présence d'une dame, assise sur le canapé, que les salamalecs de la porte l'avaient empêché d'apercevoir. Assez jolie, elle portait un peignoir de soie claire damassée, qui lui allait à ravir. Sa fine menotte jeta précipitamment je ne sais quel objet sur la table, et se prit à chiffonner un mouchoir de batiste à coins brodés. Elle se leva ; Tchitchikov lui baisa la main, non sans plaisir. Elle l'assura, en grasseyant légèrement, qu'il était le très bienvenu, qu'elle était charmée de voir enfin ce Pavel Ivanovitch, dont son mari l'entretenait tous les jours.

— Oui, confirma Manilov, bien souvent elle me demandait : « Pourquoi donc ton ami tarde-t-il à venir ? — Prends patience, ma bonne, il viendra. » — Et voici qu'enfin vous nous honorez de votre visite. Quel grand plaisir vous nous causez ! Vous nous mettez vraiment le cœur en fête !...

En voyant qu'on en était déjà à la « fête du cœur », Tchitchikov, confus, répondit avec modestie que son nom obscur et son rang modeste ne méritaient pas un si gracieux accueil.

— Mais si, mais si, l'interrompit Manilov avec un nouveau sourire ; vous avez tout pour plaire et même au delà !

— Que dites-vous de notre ville ? s'informa madame Manilov. Vous y êtes-vous diverti ?

— Votre ville est fort belle, répondit Tchitchikov, je m'y suis diverti à souhait ; les habitants sont très sociables.

— Et que pensez-vous de notre gouverneur ? reprit-elle.

— Le plus aimable et le plus respectable des hommes, n'est-ce pas ? ajouta Manilov.

— Très exact, confirma Tchitchikov, le plus respectable des hommes. Et comme il remplit bien ses fonctions, quelle haute idée il se fait de sa charge ! Il serait à souhaiter qu'il y eût beaucoup de magistrats comme lui.

— Comme il sait accueillir le monde ! Quelle délicatesse dans ses manières ! renchérit Manilov, qui ferma voluptueusement les yeux comme un chat qu'on chatouille doucement derrière les oreilles.

— Un charmant homme, continua Tchitchikov, et très adroit de ses mains. Il brode à ravir ; je n'en croyais pas mes yeux. Il m'a montré un de ses ouvrages, une bourse ; peu de dames en pourraient faire autant.

— Et le vice-gouverneur, quel brave homme, n'est-ce pas ? reprit Manilov en fermant à nouveau les yeux.

— Un très, très digne homme, répondit Tchitchikov.

— Permettez ; et le maître de police, que vous en semble ? Il est, ma foi, fort aimable.

— Très, très aimable ! Et quel esprit, quelle instruction ! Le président, le procureur et moi avons whisté chez lui jusqu'au chant du coq ! Un très, très digne homme !

— Et la femme du maître de police, reprit madame Manilov, qu'en pensez-vous ? Une personne bien agréable, n'est-ce pas ?

— Oh ! C'est une des femmes les plus respectables que je connaisse, acquiesça Tchitchikov.

On n'oublia ni le président du tribunal ni le directeur des postes, et l'on passa ainsi en revue presque tous les fonctionnaires, qui tous furent trouvés les plus honnêtes gens du monde.

— Vous habitez toujours la campagne ? s'enquit à son tour Tchitchikov.

— La plupart du temps, répondit Manilov. Nous faisons de courts séjours en ville pour y retrouver des gens comme il faut. À vivre entre quatre murs on finit par s'encroûter.

— Très vrai, très vrai, approuva Tchitchikov.

— Bien entendu, continua Manilov, il en irait autrement si nous avions des voisins, avec qui on puisse s'entretenir des belles manières et s'adonner à quelque étude permettant, pour ainsi dire, à l'âme de prendre son essor...

Il allait continuer sur ce ton ; mais, s'apercevant qu'il s'embrouillait, il conclut avec un beau geste :

— ... alors sans doute, la campagne et la solitude auraient bien de l'agrément... Mais, faute de société, il ne reste qu'à feuilleter de temps en temps le *Fils de la Patrie*[56].

Tchitchikov approuva : mener une vie retirée, contempler la nature, lire quelque bon livre, quoi de plus agréable ?

— Cependant, insinua Manilov, tout cela sans ami pour s'épancher....

— Ah ! comme vous avez raison ! interrompit Tchitchikov. Qu'importent alors les trésors ! *Plutôt qu'argent entasser, mieux vaut amis posséder*, a dit un sage.

— Et savez-vous, Pavel Ivanovitch, — dit Manilov en exagérant l'expression doucereuse de son visage, comme un médecin mondain édulcore à l'excès un médicament, s'imaginant le rendre agréable au malade, — on éprouve alors, pour ainsi dire, une jouissance spirituelle.... Comme en ce moment, par exemple, où le sort me réserve le bonheur unique de m'entretenir avec vous et de jouir de votre agréable conversation...

— De grâce, en quoi ma conversation peut-elle être agréable ?... Je suis par trop insignifiant, objecta Tchitchikov.

— Oh ! Pavel Ivanovitch ! Permettez-moi d'être franc : je donnerais de grand cœur la moitié de ma fortune pour posséder une partie de vos mérites !

— C'est moi qui tiendrais, au contraire, pour le plus grand...

Je ne sais jusqu'où seraient allées ces mutuelles effusions, si un domestique n'avait annoncé que le dîner était servi.

— S'il vous plaît ! dit Manilov. Vous voudrez bien nous excuser, vous ne trouverez pas ici le luxe du grand monde, la chère exquise des capitales. Notre table est simple : le bon vieux pot-au-feu russe, mais offert de grand cœur. S'il vous plaît !

Une nouvelle discussion s'éleva : qui devait entrer le premier dans la salle à manger ? De guerre lasse Tchitchikov y pénétra de biais. Deux petits garçons s'y trouvaient déjà, les fils de Manilov, arrivés à l'âge où les enfants sont admis à table, mais sur des chaises hautes. Un précepteur leur était attaché, qui salua poliment en esquissant un sourire. La maîtresse de maison s'installa devant la soupière et plaça Tchitchikov entre elle et son mari, tandis qu'un domestique nouait leurs serviettes aux marmots.

— Ah ! les jolis mignons ! dit Tchitchikov en les examinant. Quel âge ont-ils ?

— L'aîné marche sur huit ans, le cadet en a eu six hier, répondit madame Manilov.

— Thémistoclus, dit Manilov en s'adressant à l'aîné, qui tâchait de dégager son menton pris dans sa serviette. Au prononcé de ce nom grec auquel, on ne sait trop pourquoi, Manilov donnait une

---

56 — Revue historique, politique et littéraire, à tendances réactionnaires, publiée à Saint-Pétersbourg de 1812 à 1852, et dont les plus fameux directeurs furent Boulgarine et l'Allemand russifié Nikolaï Ivanovitch Gretsch (1787-1867). Leur ami commun Senkovski y collaborait.

terminaison en *us*, Tchitchikov dressa légèrement le sourcil, mais s'efforça aussitôt de reprendre sa physionomie habituelle.

— Thémistoclus, quelle est la capitale de la France ?

Le précepteur concentra son attention sur Thémistoclus ; il semblait prêt à l'avaler, mais se calma complètement et approuva même de la tête en l'entendant répondre : — Paris.

— Et la principale ville de Russie ? interrogea encore Manilov.

De nouveau, le précepteur reprit son air anxieux.

— Pétersbourg, répondit Thémistoclus.

— Et la seconde ?

— Moscou.

— Bravo, mon petit ami ! s'écria Tchitchikov. Mais, dites-moi, continua-t-il en s'adressant, avec un air de grande admiration, à Manilov, — savez-vous que cet enfant a beaucoup de moyens ?

— Oh ! vous ne le connaissez pas encore ! dit Manilov ; il est malin comme quatre. Le cadet, Alcide[57], a l'esprit plus lent ; mais dès que celui-ci aperçoit le moindre scarabée, il roule des yeux, court après, l'examine. Je le destine à la carrière diplomatique. Thémistoclus, veut-tu être ambassadeur ?

— Je veux bien, répondit Thémistoclus, en mâchant son pain et en balançant la tête de droite et de gauche.

À ce moment, le domestique planté derrière sa chaise moucha fort à propos monsieur l'ambassadeur, prêt à laisser choir une large goutte en son assiette.

Pendant le dîner la conversation roula sur les plaisirs de la vie retirée ; madame Manilov se permit subitement quelques remarques sur le Théâtre Municipal et sa troupe. Le précepteur observait les interlocuteurs, et, dès qu'il les voyait prêts à sourire, il ouvrait la bouche et partait d'un franc rire. Sans doute le brave garçon croyait ainsi reconnaître les égards que Manilov lui témoignait. Une fois cependant, il prit une mine rébarbative et frappa sur la table quelques coups secs, les yeux fixés sur ses élèves assis en face de lui. Attitude fort justifiée : Thémistoclus ayant mordu Alcide à l'oreille, celui-ci, yeux clos, bouche ouverte, allait jeter les hauts cris ; mais en comprenant que ses piailleries pourraient bien lui valoir la privation d'un plat, il ramena sa bouche à sa position normale, et se reprit, les joues luisantes de graisse, à ronger, en pleurnichant, une côtelette de mouton.

À tout instant la maîtresse de maison tourmentait Tchitchikov :

— Vous ne mangez pas, vous n'avez rien pris.

Et chaque fois Tchitchikov répondait :

— Je vous remercie, je n'ai plus faim. Un agréable entretien rassasie mieux que le meilleur des mets.

Au lever de table, Manilov, au comble de la satisfaction, posa sa main sur le dos de son convive et voulait l'entraîner au salon, quand soudain celui-ci déclara d'un ton grave qu'il désirait l'entretenir d'une affaire urgente.

— Dans ce cas, daignez passer dans mon bureau, dit Manilov, en le menant dans une petite pièce qui donnait sur la pinède aux tons bleuissants. — C'est mon coin de prédilection, fit-il.

---

[57] — Ces noms ridicules donnés à ses enfants par Manilov, et qui font songer au Napoléon et à l'Athalie de monsieur Homais, n'ont pas été trouvés par Gogol du premier coup ; dans les premières rédactions les bambins s'appelaient *Ménélas* et *Alcibiade*.

— Il est charmant, dit Tchitchikov après l'avoir inspecté.

La pièce n'était pas, en effet, sans agrément. Des murs d'un bleu pâle tirant sur le gris ; quatre chaises, un fauteuil, une table sur laquelle reposait le livre à signet dont nous avons fait mention ; quelques feuilles de papier usagé et surtout beaucoup de tabac : tabac en paquet, tabac en blague, tabac en tas sur la table. Sur le bord des fenêtres s'élevaient des monticules de cendres résidus de pipes alignées avec art ; on voyait que le maître prenait parfois plaisir à ce passe-temps.

— Installez-vous, je vous prie, dans ce fauteuil, dit Manilov. Vous y serez plus à l'aise.

— Si vous le voulez bien, je prendrai une chaise.

— Permettez-moi de ne pas vous le permettre, dit Manilov en souriant. C'est le fauteuil des invités : bon gré, mal gré, il faut vous y asseoir.

Tchitchikov obéit.

— Permettez-moi de vous offrir une pipe.

— Non, je ne fume pas, répondit Tchitchikov d'un ton de regret.

— Pourquoi donc ? dit Manilov sur le même ton.

— J'ai évité de prendre cette habitude : on prétend que la pipe dessèche la poitrine.

— C'est un préjugé. Permettez-moi de vous rassurer. À mon sens mieux vaut fumer que priser. Nous avions au régiment un lieutenant, garçon charmant et fort instruit, toujours la pipe à la bouche, à table et même autre part, sauf votre respect. Il a maintenant passé la quarantaine et, Dieu merci, il se porte le mieux du monde.

Tchitchikov n'en disconvint pas : à l'en croire, il y avait dans la nature bien des choses que les plus grands esprits ne sauraient expliquer.

— Mais permettez-moi de vous demander... continua-t-il d'une voix où perçait une note bizarre. Il jeta sans raison apparente un regard derrière lui, et, sans trop savoir pourquoi, Manilov en fit autant.

— Y a-t-il longtemps que vous avez remis votre feuille de recensement ?

— Fort longtemps, je crois ; mais, à vrai dire, je ne me souviens pas.

— Et depuis lors, vous avez perdu beaucoup de paysans ?

— Ma foi, je n'en sais trop rien ; c'est l'affaire de mon intendant. Holà, quelqu'un ! appelez-moi l'intendant ; il devait venir aujourd'hui.

L'intendant, gaillard d'une quarantaine d'années, se présenta. Ce manant dégrossi, qui se rasait et portait surtout, devait mener une vie fort tranquille : sa trogne bouffie, sa peau jaunâtre, ses petits yeux, témoignaient qu'il connaissait trop bien édredons et lits de plume. On devinait aussitôt qu'il avait fourni la carrière de tous les intendants : d'abord simple groom, il avait appris ses lettres, épousé une fille de confiance de Madame, était devenu majordome, puis intendant. Et promu à cette fonction, il avait, bien entendu, agi comme tous ses confrères : compère et ami des gros bonnets du village, il chargeait de corvées les pauvres diables ; levé à neuf heures, il attendait le samovar et prenait le thé sans se presser.

— Dis-moi, mon brave, combien avons-nous perdu de paysans depuis le dernier recensement ?

— Combien ? Mais il en est mort beaucoup ! dit l'intendant en comprimant de la main un hoquet.

— C'est bien ce que je pensais, confirma Manilov. Il en est mort beaucoup. Oui, oui, beaucoup, ajouta-t-il en se tournant vers Tchitchikov.

— Mais encore, combien ? s'informa celui-ci.

— Oui, combien ? répéta Manilov.

— Combien ? Comment savoir ? Personne ne les a comptés.

— Justement, dit Manilov en se retournant vers Tchitchikov, c'est ce que je supposais. Les morts sont trop nombreux ; on n'en connaît pas le nombre.

— Eh bien, l'ami, fit Tchitchikov en s'adressant à l'intendant, faites-moi le plaisir de les compter et d'en dresser un état nominatif.

— C'est cela, nominatif, confirma Manilov.

— À vos ordres ! fit l'intendant en se retirant.

— Et que voulez-vous faire de cet état ? s'enquit alors Manilov.

Cette question parut embarrasser le visiteur ; il rougit et sembla faire effort pour chercher ses mots. De fait, il était réservé à Manilov d'entendre des choses extraordinaires, comme jamais encore oreille humaine n'en avait ouï.

— Vous désirez savoir ce que j'en veux faire ? Voici : je désire acheter des paysans... prononça enfin Tchitchikov qui s'arrêta net.

— Permettez-moi de vous demander, dit Manilov, comment vous désirez les acheter : avec ou sans la terre ?

— Non, il ne s'agit pas précisément de paysans, répondit Tchitchikov : je voudrais avoir des morts...

— Comment ? Excusez... je suis un peu dur d'oreille, j'ai cru entendre un mot étrange.

— J'ai l'intention d'acheter des morts, qui figurent comme vivants sur les listes de recensement.

Manilov, laissant tomber son chibouk, resta quelques minutes bouche bée. Les deux amis, qui venaient de si bien raisonner sur les charmes de l'amitié, demeurèrent immobiles, les yeux dans les yeux, comme ces portraits qui se faisaient autrefois pendant aux deux côtés d'un trumeau. Enfin, Manilov ramassa sa pipe et regarda en dessous Tchitchikov, tâchant de percevoir un sourire sur les lèvres de son hôte, qui sans doute voulait plaisanter ; il fut surpris de le trouver plus grave que jamais. Manilov se demanda alors si l'autre n'avait pas soudain perdu l'esprit, et le considéra avec épouvante : il ne découvrit point dans ces yeux limpides la lueur inquiète, extravagante, qui erre dans les yeux des déments. Il eut beau se creuser la tête pour savoir quelle conduite tenir, il ne sut que rejeter en une mince volute la fumée demeurée dans son gosier.

— Ainsi donc, je désirerais savoir si vous pouvez céder, vendre, faire passer en ma possession de telle manière que vous jugerez bon, ces morts de fait, bien qu'ils vivent encore légalement.

Déconcerté, ahuri, Manilov le regarda sans mot dire.

— Vous paraissez embarrassé ?.... insinua Tchitchikov.

— Moi ?... non... pas précisément, balbutia enfin Manilov ; mais je n'arrive pas à comprendre... excusez... Je n'ai, bien entendu, pas reçu une aussi brillante éducation que celle que trahit, pour ainsi dire, chacun de vos gestes ; je ne possède pas le grand art de la parole... Peut-être votre phrase contient-elle un sens caché ?... Peut-être vous êtes-vous exprimé ainsi pour la beauté du style ?

— Non, non, insista Tchitchikov, je ne parle pas au figuré ; il s'agit bien d'âmes mortes.

Manilov perdit définitivement contenance. Il sentait qu'il devait faire quelque chose, poser une question, mais laquelle ? Le diable seul le savait. Il laissa échapper un nouveau jet de fumée, par les narines cette fois.

— Ainsi, si vous n'y voyez pas d'inconvénients, nous pouvons, avec l'aide de Dieu, procéder à la rédaction de l'acte de vente, dit Tchitchikov.

— Un acte de vente,... pour des âmes mortes ?

— Non pas, reprit Tchitchikov. Nous les mentionnerons comme vivantes, ainsi qu'elles figurent dans la feuille de recensement. Je me conforme toujours aux lois ; cela m'a valu bien des désagréments ; mais, excusez, le devoir est pour moi chose sacrée, et je m'incline devant la loi.

Ces derniers mots plurent à Manilov, qui cependant n'arrivait toujours pas à comprendre le fond de l'affaire ; en guise de réponse, il tira de si violentes bouffées que son chibouk se mit à souffler comme un basson. Il semblait vouloir en extraire une opinion sur cette conjoncture inouïe : mais le chibouk ne savait que siffler.

— Auriez-vous une arrière-pensée ?

— Oh, pas le moins du monde ! Je ne nourris aucune méfiance à votre égard. Permettez-moi cependant une question : cette affaire ou plutôt cette négociation, oui, je dis bien, cette négociation ne serait-elle pas contraire aux institutions et aux vues subséquentes de la Russie ?

Ici Manilov, levant légèrement la tête, posa sur Tchitchikov un regard éloquent et donna à tous ses traits, à ses lèvres contractées, une expression si profonde, que jamais peut-être on n'en vit de semblable, sauf sur le visage d'un grand homme d'État aux prises avec une question épineuse.

Mais Tchitchikov répondit avec simplicité que semblable affaire ou négociation ne saurait être contraire aux institutions ni aux vues subséquentes de la Russie. Au bout d'une minute, il ajouta que le fisc ne ferait qu'y gagner, puisqu'il toucherait les droits d'enregistrement.

— Vous croyez ?

— J'en suis sûr.

— Dans ce cas, je n'ai rien à objecter, déclara Manilov, tout à fait tranquillisé.

— Il ne nous reste plus qu'à nous entendre au sujet du prix...

— Du prix ? s'exclama Manilov. Et après une pause : — Croyez-vous donc que je demande de l'argent pour des âmes qui ont, en une certaine mesure, terminé leur existence ? Puisque, révérence parler, cette fantaisie vous est venue, je vous les cède gratis et prends à mon compte les frais d'acte.

L'historien de ces événements encourrait un grave reproche s'il omettait de noter le plaisir que ces paroles causèrent au voyageur. Si grave et posé qu'il fût, il faillit se livrer à une cabriole, signe, on le sait, du plus vif enthousiasme. En se trémoussant violemment sur son fauteuil, il fit une belle déchirure à l'étoffe de laine qui recouvrait le dossier. La gratitude lui inspira un tel flot de remerciements que Manilov, qui l'avait d'abord considéré avec une certaine inquiétude, se troubla, rougit, hocha la tête, expliqua enfin que c'était pure bagatelle et qu'il voudrait pouvoir lui donner une preuve plus efficace de sa sympathie ; il parla du magnétisme des âmes, de l'entraînement du cœur ; quant aux âmes en une certaine mesure défuntes, elles valaient, en fait, moins que rien.

— Bien au contraire ! dit Tchitchikov en lui serrant la main. Un profond soupir lui échappa ; il semblait disposé aux confidences, car au bout d'un moment, il proféra d'un ton pénétré : — Si vous saviez quel service vous venez de rendre à un pauvre être sans foyer, seul au monde. Que n'ai-je enduré dans ma vie, frêle esquif ballotté sur des flots en courroux ! J'ai connu toutes les amertumes, vexations, persécutions — et cela pour avoir aimé la justice, pratiqué l'honnêteté, tendu la main à la veuve, donné asile à l'orphelin...

Ici, Pavel Ivanovitch essuya un pleur. Les deux amis restèrent longtemps la main dans la main, les yeux dans les yeux ; des larmes perlaient à leurs paupières. Manilov, dont l'émotion atteignait le paroxysme, ne lâchait plus la main de notre héros, qui réussit enfin à se dégager en douceur. Le contrat, déclara Tchitchikov, devrait être passé au plus tôt, et pour cela Manilov ferait bien de venir au chef-lieu en personne. Sur ce, il prit son chapeau et voulut prendre congé.

— Comment ! Vous partez déjà ! s'écria, presque effrayé, Manilov comme s'il sortait d'un songe.

À ce moment, son épouse entra.

— Figure-toi, Lise, fît-il d'un air consterné, Pavel Ivanovitch nous quitte !

— C'est qu'il s'ennuie chez nous, répondit madame Manilov.

— Madame, s'exclama Tchitchikov en posant la main sur son cœur, c'est là, oui, c'est là que restera gravé le souvenir des agréables minutes passées chez vous. Je ne saurais concevoir plus parfaite félicité que de vivre avec vous, sinon sous le même toit, du moins dans le voisinage le plus proche.

— En vérité, Pavel Ivanovitch, dit Manilov aussitôt séduit par cette idée, comme il ferait bon vivre ensemble sous le même toit, ou philosopher à l'ombre d'un ormeau !

— Oh, ce serait le paradis, confirma, dans un soupir, Tchitchikov. Adieu, Madame, continua-t-il en baisant la main de son hôtesse ; adieu, mon respectable ami. N'oubliez pas ma prière.

— Soyez tranquille ! répondit Manilov, nous nous reverrons dans deux jours.

On passa dans la salle à manger.

— Au revoir mes petits amis ! dit Tchitchikov en apercevant Alcide et Thémistoclus, occupés à jouer avec un hussard en bois, qui avait déjà perdu bras et nez. Au revoir, mes mignons. Si je ne vous ai rien apporté, c'est, voyez-vous, que j'ignorais votre existence. Excusez-moi ; la prochaine fois je me rattraperai. Toi, tu auras un sabre ; veux-tu un sabre ?

— Oui, oui, répondit Thémistoclus.

— Et toi, un tambour. C'est entendu, n'est-ce pas, un tambour ? poursuivit-il en se penchant vers Alcide.

— Dampour, murmura Alcide en baissant la tête.

— Parfait, je t'apporterai un tambour, et quel tambour ! Tra-ta-ta, ran-plan-plan... Au revoir, mon chéri, au revoir.

Il l'embrassa au front et adressa à Manilov et à son épouse le petit rire qui atteste aux parents l'innocence de leurs enfants.

— Vous feriez mieux de rester. Pavel Ivanovitch ! supplia Manilov quand ils furent sur le perron. Voyez quels nuages.

— Ce n'est rien !

— Mais, au moins, connaissez-vous le chemin pour vous rendre chez Sobakévitch ?

— J'allais vous le demander.

— Permettez que je l'indique à votre cocher.

Toujours aimable, Manilov expliqua au cocher — à qui dans son zèle il donna même du *vous* — qu'il fallait brûler deux chemins de traverse et s'engager dans un troisième.

— Compris, Votre Seigneurie ! fit le cocher, et Tchitchikov partit, tandis que ses hôtes se soulevaient sur la pointe des pieds, agitaient leurs mouchoirs et prodiguaient les salutations.

Manilov suivit des yeux la britchka qui s'éloignait, et, quand elle eut disparu, demeura longtemps à fumer sur le perron. Il rentra enfin, s'assit sur une chaise, et savoura la satisfaction d'avoir rendu un léger service à son invité. Puis ses pensées passèrent insensiblement à d'autres sujets, pour s'égarer enfin Dieu sait où. Il évoqua d'abord les charmes de l'amitié, le bonheur de la vie en commun sur le bord d'un fleuve. Aussitôt il jeta un pont sur ce cours d'eau, éleva sur la rive une maison à haut belvédère, d'où la vue s'étendait jusqu'à Moscou et sur lequel on prendrait le thé, le soir, en échangeant d'agréables propos. Il se vit en compagnie de Tchitchikov arrivant en bel arroi dans une société, où leurs bonnes manières enchantaient l'assemblée. Il rêva que la plus haute autorité du pays[58], mise au courant de leur rare amitié, les nommait généraux. Mais l'étrange demande de Tchitchikov vint soudain interrompre le cours de ses divagations. Il ne pouvait se faire à cette idée ; plus il la roulait dans sa tête, moins il la comprenait ; et jusqu'au souper il la rumina, tout en fumant sa pipe.

III

Cependant, Tchitchikov, d'assez belle humeur, roulait depuis longtemps sur la grande route. Connaissant depuis le précédent chapitre sa passion dominante, nous ne nous étonnerons pas qu'il y ait aussitôt cédé, corps et âme. Les plans, calculs, combinaisons qui se reflétaient sur son visage devaient être fort agréables, à en juger par le sourire qu'ils provoquaient à chaque instant. Tout à ses pensées, le voyageur n'entendait pas son cocher, qu'avait mis en joie l'accueil des gens de Manilov, adresser de judicieuses observations au cheval tigré attelé en bricole du côté droit. Ce finaud faisait semblant de tirer, tandis que le limonier, un bai, et le bricolier de gauche, un alezan clair surnommé *l'Assesseur*, parce qu'il provenait de l'un de ces honorables fonctionnaires, y allaient de tout leur cœur : on lisait dans leurs yeux le plaisir qu'ils éprouvaient.

— Fais le malin tant que tu voudras, tu ne m'attraperas pas ! disait Sélifane, en se soulevant et en châtiant du fouet le paresseux. Apprends ton métier, vandale ! Le Bai, c'est un cheval honnête ; il fait sa besogne en conscience ; je lui donnerai volontiers une mesure de plus ; l'Assesseur, c'est aussi une brave bête... Eh bien ! Eh bien ! qu'as-tu à remuer de l'oreille ? Écoute ce qu'on te dit, imbécile ! Voyez ce malappris, je ne lui donne pourtant que de bons conseils ! Eh là ! Où t'emballes-tu comme ça ?

Ici Sélifane lâcha un nouveau coup de fouet : — Ah, bougre de sauvage ![59] — puis s'adressant à tous, lança un : Holà, mes chéris ! — accompagné d'une cinglée générale, signe de satisfaction cette fois. Ayant procuré ce plaisir à ses bêtes, il revint au Tigré :

— Tu crois cacher ton manège ? Non, mon cher, conduis-toi bien si tu veux qu'on te respecte. Prends, par exemple, le monsieur de chez qui nous venons ; quels braves gens que les siens ! J'éprouve toujours plaisir à causer avec un brave homme ; nous devenons aussitôt une paire d'amis. S'agit-il de prendre le thé, de casser la croûte, je ne saurais rien lui refuser. Les honnêtes gens jouissent de l'estime générale. Notre maître, par exemple, chacun le vénère parce qu'il a servi l'État, tu entends ; aussi le voilà conseiller de collège...

Ces raisonnements entraînèrent Sélifane en d'abstraites considérations. Si Tchitchikov avait daigné prêter l'oreille, il eût été édifié sur l'opinion du manant à son égard ; mais il ne fallut rien moins qu'un violent coup de tonnerre pour le tirer de ses méditations et le faire regarder autour de lui. Des nuages s'amassaient au ciel ; des gouttes de pluie criblaient la route poudreuse. Un second coup de tonnerre retentit plus violent et plus rapproché ; la pluie devint soudain torrentielle. Elle frappa d'abord obliquement le corps de la voiture ; puis, prenant une direction verticale, battit le tambour sur la capote. Atteint au visage par des éclaboussures, Tchitchikov tira les rideaux de cuir, où deux ouvertures permettaient de considérer le paysage, et ordonna à Sélifane de presser l'allure. Interrompu au beau milieu de son discours, le cocher comprit qu'il ne s'agissait plus de lanterner. Tirant de son coffre une salopette de drap gris, il la revêtit, saisit les guides et gourmanda ses bêtes, que l'homélie du brave garçon semblait avoir plongées dans une douce torpeur ; du moins, ne marchaient-elles plus qu'à pas comptés. Mais il n'arrivait pas à se rappeler s'il avait brûlé deux ou trois chemins. Après quelques instants de réflexion, il eut conscience d'en avoir passé beaucoup. Comme le Russe, aux instants critiques, prend toujours une décision sans se donner la peine de réfléchir, Sélifane excita ses

---

58 — L'empereur, avait écrit Gogol ; le mot effaroucha le censeur.
59 — Maudit Bonaparte ! ajoutait le manuscrit ; le censeur raya.

bêtes d'un : « Holà, mes bons amis ! » — et les lança dans la première route traversière, sans trop savoir où elle menait.

L'averse cependant menaçait de durer. Les champs furent vite détrempés ; de minute en minute, la tâche des chevaux devenait plus ardue.

Étonné de n'être point encore chez Sobakévitch, Tchitchikov conçut des inquiétudes : il voulut inspecter les alentours, mais n'aperçut que ténèbres.

— Sélifane ! dit-il enfin, en se penchant hors de la britchka.

— Qu'y a-t-il, monsieur ?

— Ne voit-on pas de village ?

— Non, monsieur, on ne voit rien.

Et Sélifane, agitant son fouet, entonna une chanson ou plutôt une litanie, une cantilène qui n'avait point de fin. Il y fit entrer tous tes cris d'encouragement que, d'un bout à l'autre de la Russie, on a coutume de prodiguer aux chevaux ; il les accabla de tous les qualificatifs qui lui venaient au bout de la langue, et finit même par les traiter de « secrétaires ».

Cependant, Tchitchikov, ballotté par les cahots de la voiture, comprit que la calèche roulait maintenant dans des labours. Sélifane semblait s'en douter, mais ne soufflait mot.

— Eh, pendard, où nous mènes-tu là ?

— Que faire, monsieur, par un temps pareil ? Je ne vois même pas mon fouet 1

La britchka pencha tellement que Tchitchikov dut se retenir des deux mains ; alors seulement il remarqua l'ivresse du cocher.

— Fais attention, animal, tu vas verser ! lui cria-t-il.

— Verser ? non pas, monsieur, opina Sélifane ; c'est très mal de verser, je n'en ferai rien, soyez tranquille.

Ce disant, il se mit en demeure de tourner la voiture et la tourna si bien qu'il la coucha sur le flanc. Tchitchikov s'étala dans la boue. Sélifane réussit à arrêter ses chevaux, qui se seraient d'ailleurs arrêtés d'eux-mêmes, car ils étaient fourbus. Cet événement inattendu le stupéfia. Tandis que son maître tâchait de se désembourber, il sauta à bas du siège, se planta les mains sur les hanches devant la britchka, et proféra, après quelques instants de réflexion :

— Pas possible, elle a versé !

— Tu est saoul comme une grive ! dit Tchitchikov.

— Saoul, vous plaisantez, monsieur, ce n'est pas bien de se saouler. J'ai bavardé avec un ami, pour sûr ; il n'y a pas de mal à ça... Même que nous avons cassé la croûte ensemble ; c'est permis, que je sache, entre braves gens.

— Et que t'ai-je dit la dernière fois que tu étais ivre ? Tu as oublié, hein ?

— Faites excuse, Votre Seigneurie ; comment l'aurais-je oublié ? Je connais mon affaire. C'est très laid de se saouler, je ne l'ignore pas. Mais pour ce qui est de bavarder avec les gens de bien...

— Attends un peu, je t'apprendrai à bavarder avec les gens de bien !... Tu veux sans doute que je te caresse les épaules ?

— Comme il plaira à Votre Seigneurie, répondit le placide Sélifane. Le maître est le maître et le fouet a du bon ; quand le vilain fait des siennes, il faut le rappeler à l'ordre.

Ce raisonnement désarma Tchitchikov, d'autant plus que le sort parut vouloir le prendre en pitié : un lointain aboiement s'éleva. Aussitôt réconforté, notre héros donna l'ordre de stimuler les chevaux. Le cocher russe possède un flair excellent ; quand la vue lui fait défaut, il lance ses bêtes au grand galop et finit toujours par arriver quelque part. Sélifane, sans y voir goutte, mit si bien le cap sur le village qu'il ne s'arrêta qu'au moment où, les brancards allant donner dans une palissade, il devint impossible d'avancer. À travers le rideau de la pluie battante, Tchitchikov crut discerner un toit. Il dépêcha Sélifane à la recherche du portail. Cette occupation eût duré longtemps si de braves chiens ne tenaient en Russie l'office de concierges ; l'arrivée du voyageur fut si bruyamment annoncée qu'il dut se boucher les oreilles. Un pâle rayon de lumière tomba d'une fenêtre sur la palissade, découvrant à nos voyageurs la porte cochère, où Sélifane cogna à coups redoublés. Le guichet s'ouvrit bientôt ; une forme féminine apparut, protégée par un sarrau, et une voix rauque s'informa :

— Qui est là ? Pourquoi tout ce bruit ?

— Des voyageurs, ma bonne, qui demandent abri pour la nuit.

— Tu choisis bien ton heure pour arriver ! dit la vieille. Ce n'est pas ici une auberge, mais la demeure de notre maîtresse.

— Oui, c'est une mauvaise heure, la nuit est déjà noire, approuva Sélifane.

— Te tairas-tu, maraud ! dit Tchitchikov.

— Mais qui êtes-vous ? demanda la vieille.

— Un gentilhomme, ma bonne.

Le mot de *gentilhomme* produisit impression sur la vieille.

— Attendez ; je vais prévenir Madame, dit-elle.

Elle s'éloigna pour revenir deux minutes plus tard, une lanterne à la main. Le portail s'ouvrit. Une autre fenêtre s'éclaira. La britchka pénétra dans la cour, s'arrêta devant une petite maison, difficile à distinguer dans l'obscurité, la lumière qui tombait des fenêtres et frappait en plein les flaques d'eau n'en laissant voir que la moitié. La pluie tambourinait sur le toit en bois et se déversait à flots bruyants dans un baquet. Cependant les chiens exécutaient un concert vocal en l'honneur des arrivants. L'un d'eux, la tête rejetée en arrière, s'appliquait à des roulades si prolongées qu'on eût pu le croire grassement payé pour cet office ; un autre vocalisait à la hâte[60] ; l'infatigable soprano d'un caniche mêlait à ce choral des sons de grelot ; un vieux chien robuste, à en juger par sa voix rauque, raclait la basse ; ainsi, au plus fort d'un concert, alors que les ténors se haussent sur la pointe des pieds pour lancer une note élevée et qu'un élan unanime emporte les exécutants, seule la basse-centre, plongeant dans sa cravate un menton mal rasé et s'inclinant presque jusqu'à terre, émet de là une note qui fait trembler les vitres.

Des virtuoses aussi accomplis laissaient bien auguver de l'importance du domaine ; mais notre héros, trempé, gelé, transi, ne songeait qu'à dormir. La britchka à peine arrêtée, il sauta sur le perron, trébucha, faillit choir. Une femme, qui ressemblait en plus jeune à la précédente, l'accueillit sur le seuil et l'introduisit dans l'appartement.

Tchitchikov jeta autour de lui un regard distrait : de vieux papiers à rayures ; des gravures représentant des oiseaux ; une horloge avec des fleurs peintes sur le cadran ; des miroirs vieillots à

---

60 — *Comme un chantre*, porte le manuscrit ; le censeur supprima. Ce « concert de chiens » paraît devoir se rattacher aux souvenirs d'enfance de Gogol ; on le trouve déjà esquissé dans *Ivan Fiodorovitch Chponka et sa Tante*. — ... *À peine eut-il pénétré dans la cour que surgirent de toutes parts des chiens de tous pelages : bruns, noirs, gris, bais. Quelques-uns se jetèrent en aboyant sous les pieds des chevaux ; d'autres, s'apercevant que l'essieu était enduit de suif, se précipitèrent derrière la voiture. Arrêté près de la cuisine, la patte posée sur un os, l'un hurlait à pleine gorge ; l'autre jappait de loin et courait de long en large en remuant la queue : « Voyez, bonnes gens, semblait-il dire, quel joli garçon je fais ! »*

cadres brunis en forme de feuilles recroquevillées, d'où émergeaient une lettre, un jeu de cartes, un bas... Il ne put distinguer autre chose ; ses paupières collaient comme si on les eût enduites de miel.

Mais bientôt apparut la maîtresse du logis, personne d'un certain âge, en bonnet de nuit, un morceau de flanelle autour du cou, — une de ces bonnes dames qui, portant la tête posée de biais, crient toujours misère, et cependant emplissent peu à peu les sacs en coutil dissimulés dans les tiroirs de leurs commodes. L'un contient les roubles ; l'autre les pièces de cinquante kopeks ; le troisième celles de vingt-cinq. Pourtant la commode ne paraît renfermer que du linge, des camisoles, des écheveaux de fil, un peignoir décousu mis en réserve pour remplacer, le moment venu, la robe usée ou brûlée en faisant rissoler, une veille de fête, des galettes ou des beignets. Mais c'est là une éventualité bien douteuse ; la vieille est ménagère de ses effets, et le peignoir demeurera longtemps décousu, pour échoir enfin par testament, avec d'autres nippes, à quelque arrière-petite-nièce.

Tchitchikov s'excusa de son arrivée inopportune et du dérangement qu'il causait.

— Mais non, mais non, dit la brave dame, vous ne me dérangez pas ! Par quel temps Dieu vous envoie ! Il pleut, il vente, il tonne !... Vous avez sans doute besoin de vous réconforter ; mais à une heure aussi indue, impossible de rien préparer...

Un épouvantable sifflement interrompit le discours. Redoutant une invasion de serpents, Tchitchikov dressa la tête, mais se remit aussitôt en devinant que l'horloge s'était mis en tête de sonner. Un râle suivit le sifflement ; enfin, dans une tension suprême, le coucou émit deux sons[61] semblables à des coups de bâton sur un pot cassé ; puis le balancier reprit son placide tic-tac.

Tchitchikov remercia l'hôtesse, l'assurant qu'il ne demandait qu'un lit. Il s'informa pourtant de l'endroit où il se trouvait : les terres de monsieur Sobakévitch étaient-elles éloignées ? La vieille répondit qu'elle ne connaissait aucun propriétaire de ce nom, et qu'il n'en existait sans doute point.

— Mais au moins vous connaissez Manilov ? reprit Tchitchikov.

— Manilov ? Qui est-ce ?

— Un propriétaire, bonne dame.

— Non, je ne le connais pas ; aucun de nos propriétaires ne porte ce nom.

— Mais alors, comment s'appellent-ils ?

— Bobrov, Svinine, Kanapatiev, Kharpakine, Trépakine, Pliéchakov[62].

— Sont-ils riches ?

— Oh non ! Ils possèdent, qui vingt, qui trente âmes ; aucun ne va jusqu'à la centaine.

---

61 — *Dix sons,* porte le manuscrit soumis à la censure. Cette leçon paraît plus logique, Tchitchikov arrivant chez madame Korobotchka tard dans la soirée.
62 — L'aimable Potsélouïev et l'ivrogne Kouvchinikov portent des noms qui leur conviennent à ravir : Potsélouiev vient de *potséloui,* baiser, et Kouvchinnikov de *kouvchine, cruche.* Comme nous l'avons indiqué dans l'Introduction, Gogol aime les noms savoureux — dont quelques-uns sont, d'ailleurs, usuels — et en gratifie même des personnages qui ne font qu'apparaître ou sont tout simplement mentionnés. Par exemple :

Biégouchkine	vient de *biégoune,*	coureur ;
Blokhine	»	*blokha,* puce ;
Bobrov	»	*bobior,* castor ;
Kharpakine	»	*kharpiet,* ronfler ;
Konopatiev	»	*konopatit,* étouper ;
Muilnoï	»	*muilo,* savon ;
Pliéchakine	»	*pliech,* calvitie ;
Ponomariov	»	*ponomar,* sacristain ;
Potchitaiev	»	*potchitat,* révérer ;
Svinine	»	*svinia,* porc ;
Tchéprakov	»	*tchéprak,* housse ;
Trépakine	»	*trépak,* sorte de danse ;
Troukhatchevski	»	*trouhka,* vétille, poussière.

Tchitchikov comprit qu'il s'était égaré en pays perdu.

— Sommes-nous loin du chef-lieu ?

— À une soixantaine de verstes. Que je regrette de ne pouvoir vous offrir à souper ! Si vous preniez le thé au moins ?

— Merci, ma brave dame. Je n'ai besoin que d'un lit.

— Cela se comprend après une si longue route. Installez-vous ici, mon bon monsieur, sur ce canapé... Fétinia, apporte des draps, une couette, un oreiller. Quel temps, grand Dieu ! comme il tonne !... Toute la soirée j'ai eu un cierge allumé devant les images. Eh, mais ! compère, tu as le dos et les flancs crottés comme ceux d'un pourceau. Où as-tu bien pu te salir comme ça ?

— Encore est-ce heureux que je ne sois que crotté ! Je remercie Dieu de ne m'être pas cassé les côtes !

— Saints du Paradis, quelle horreur ! Ne veux-tu point qu'on te frictionne le dos ?

— Merci, merci. Ne prenez pas tant de peine. Priez seulement votre servante de sécher mes habits.

— Tu entends, Fétinia, ordonna l'hôtesse en s'adressant à la femme qui, après s'être montrée sur le seuil une chandelle à la main, avait eu le temps d'apporter une couette et, en la tapotant à deux mains, de joncher la chambre de plumes. — Tu entends, Fétinia, prends le caftan de monsieur et ses vêtements de dessous ; failles sécher devant le feu, comme au temps de mon pauvre défunt ; tu auras soin alors de les bien nettoyer.

— Entendu, madame, dit Fétinia, occupée à disposer les draps et l'oreiller.

— Voilà ton lit fait ! Bonne nuit, mon brave, dit l'hôtesse. N'as-tu besoin de rien ? Peut-être te fais-tu gratter la plante des pieds avant de t'endormir ? Feu mon mari en usait toujours ainsi.

Sur un nouveau refus du voyageur, la vieille dame se retira. Tchitchikov se déshabilla à la hâte et remit ses hardes mouillées à Fétinia, qui les emporta en lui souhaitant, à son tour, bonne nuit. Resté seul, il lorgna, non sans plaisir, son lit qui atteignait presque le plafond : Fétinia s'y entendait à battre les couettes. À l'aide d'une chaise, il grimpa sur cet échafaudage, qui s'effondra sous lui en faisant voler des plumes dans tous les coins de la chambre. Il souffla la chandelle, se pelotonna sous la couverture piquée, et s'endormit aussitôt.

Il s'éveilla le lendemain assez tard. À travers la fenêtre le soleil dardait un rayon droit dans ses yeux ; et les mouches, endormies la veille sur les murs et au plafond, l'assaillaient maintenant à l'envi. Il en avait une sur la lèvre, une autre sur l'oreille, une troisième sur l'œil ; une autre commit l'imprudence de s'aventurer dans sa narine, et provoqua ainsi un éternuement qui réveilla le dormeur. En inspectant la pièce, il s'aperçut que les tableaux ne figuraient pas uniquement des oiseaux : il y avait aussi parmi eux un portrait de Koutouzov, et, peint à l'huile, un vieillard en uniforme à parements rouges, comme on en portait au temps de l'empereur Paul[63]. L'horloge siffla, battit dix coups ; dans la porte entre-bâillée apparut un visage féminin qui se retira précipitamment, car Tchitchikov, pour mieux dormir, avait rejeté tout voile. Le visage ne lui sembla pas inconnu ; en rassemblant ses souvenirs, il le reconnut pour celui de l'hôtesse. Il enfila sa chemise ; ses vêtements séchés et brossés l'attendaient. Il s'habilla, s'approcha d'un miroir, et éternua de nouveau si fort qu'un dindon, qui se trouvait à point nommé près de la fenêtre fort basse, lui jabota en son bizarre langage quelques mots rapides, qui signifiaient sans doute : *À vos souhaits !*

Tchitchikov le traita d'imbécile et contempla le tableau qui s'offrait à sa vue. La fenêtre donnait sans doute sur le poulailler ; tout au moins la courette qui s'allongeait au-dessous était-elle remplie de volailles. Poules et dindes pullulaient ; un coq se pavanait parmi elles en agitant sa crête et en penchant

---

63 — Cette description reprend un motif déjà traité par Gogol dans *Propriétaires d'autrefois*.

la tête comme pour prêter l'oreille. Une truie se trouvait là avec sa famille ; en fouillant un monceau d'ordures, elle avala un poussin et, sans y prendre garde, continua à dévorer des pelures de pastèques. Cette basse-cour se terminait par une palissade, derrière laquelle s'étendait un vaste potager planté de choux, oignons, pommes de terre, betteraves et légumes divers. Quelques pommiers et autres arbres fruitiers s'y éparpillaient ; des filets les protégeaient contre les pies et les moineaux, dont des bandes entières voletaient en écharpe de-ci de-là. On avait dans le même but érigé quelques épouvantails, les bras en croix ; un bonnet de la ménagère coiffait l'un d'eux. Après le potager, les izbas s'étalaient à la débandade. Tchitchikov remarqua pourtant que leur bon entretien décelait l'aisance des habitants : tous les toits réparés, aucune porte déjetée, et dans les hangars une ou deux télègues de réserve presque neuves.

« Eh ! mais c'est un joli domaine ! » se dit notre héros, qui décida aussitôt de faire plus ample connaissance avec la dame de ces lieux. Il passa à son tour la tête dans l'entrebâillement de la porte, et l'apercevant en train de prendre le thé, marcha droit à elle avec un air affable et joyeux.

— Bonjour, compère, avez-vous bien dormi ? demanda l'hôtesse en se levant. Elle était mieux habillée que la veille, en robe sombre et sans bonnet ; mais elle avait toujours le cou entortillé.

— Fort bien, fort bien, répondit Tchitchikov en s'installant dans un fauteuil. Et vous, bonne dame ?

— Mal, mon cher monsieur.

— Pourquoi donc ?

— Je souffre d'insomnie. J'ai des courbatures dans les lombes et des élancements au-dessus de la cheville.

— Cela passera, ma chère, cela passera. N'y faites pas attention.

— Dieu le veuille ! Je me frictionne au saindoux et à la térébenthine. Avec quoi arrosez-vous votre thé ? Voilà un carafon de ratafia.

— Parfait, bonne dame.

Le lecteur aura, je l'espère, remarqué que, malgré son air affable, Tchitchikov en prenait à son aise et s'exprimait beaucoup plus librement qu'avec Manilov. Il faut dire qu'en Russie, si nous retardons encore en certaines choses sur les étrangers, nous les distançons de loin dans l'art des formules. Impossible d'énumérer les nuances, les finesses de notre conversation. Le Français ni l'Allemand ne comprendront jamais toutes ces distinctions et particularités ; bien qu'au fond du cœur ils rampent devant le millionnaire, ils lui parlent sur le même ton qu'au marchand de tabac. Il n'en va pas ainsi chez nous. À un seigneur de deux cents âmes nos roués chantent une autre antienne qu'à un seigneur de trois cents ; ils ne tiennent pas à celui-ci le même langage qu'au possesseur de cinq cents âmes, et varient encore d'accent avec le maître de huit cents ; montez au million, ils trouveront encore des nuances. Supposons qu'il existe un bureau, — pas ici, s'entend, mais au bout du monde. Prenons le chef de ce bureau ; regardons-le trôner au milieu de ses subordonnés : la peur nous rendra muets. Son visage respire la noblesse, l'orgueil, Dieu sait quoi encore ! Il pourrait poser pour un Prométhée ! Quel extérieur majestueux, quelle démarche imposante ! On dirait un aigle. Mais à peine sorti de la pièce pour gagner, papiers sous le bras, le cabinet du directeur, l'aigle se fait perdrix. En société, si les personnes présentes lui sont inférieures en grade, Prométhée demeure Prométhée. Mais qu'il s'en rencontre une d'un rang légèrement supérieur, mon Prométhée subit une métamorphose qu'Ovide lui-même n'eût jamais inventée : il devient une mouche, moins qu'une mouche, un grain de sable ! « Ce n'est pas Ivan Pétrovitch ! » direz-vous en le regardant. « Ivan Pétrovitch ne rit jamais, il a le port important et le verbe haut, tandis que ce gringalet ricane sans fin et piaille comme un oiseau ». Approchez-vous, vous reconnaîtrez Ivan Pétrovitch. « Eh, eh ! » songerez-vous...

Mais revenons à nos personnages. Tchitchikov, nous l'avons vu, s'était résolu à attaquer sans plus de façons ; il prit sa tasse, y versa un verre de ratafia, et déclara à brûle-pourpoint :

— Vous avez, madame, un bien joli domaine. Combien d'âmes ?

— Un peu moins de quatre-vingts, dit l'hôtesse. Malheureusement les temps sont durs : l'an dernier a été bien mauvais ; Dieu nous préserve d'un pareil !

— Pourtant vos paysans ont bon air ; leurs izbas sont solides... Voudriez-vous me dire votre nom. Je suis arrivé si tard... j'avais perdu la tête.

— J'ai nom Korobotchka, *secrétairesse* de collège[64].

— Merci. Et vos prénoms ?

— Nastassia Pétrovna.

— Nastassia Pétrovna. Quel nom charmant ! J'ai justement une tante, la sœur de ma mère, qui s'appelle comme ça.

— Et vous, monsieur, comment vous appelez-vous ? s'informa la propriétaire. Vous êtes sans doute assesseur[65] ?

— Non, brave dame, répondit en souriant Tchitchikov, nous ne sommes point assesseur ; nous voyageons pour nos affaires.

— Ah ! vous faites du négoce ! Quel dommage que j'aie cédé si bon marché mon miel aux revendeurs ! Vous me l'auriez sans doute acheté.

— Du miel ? Ma foi, non.

— Et quoi donc alors ? Du chanvre, peut-être ? C'est qu'il m'en reste bien peu. Une vingtaine de livres tout au plus.

— Non, ma bonne, il s'agit d'autre marchandise. Dites-moi, avez-vous perdu beaucoup de paysans ?

— Oh, mon cher monsieur, dix-huit ! soupira la vieille. Et tous des gaillards, de bons ouvriers ! Il en est né d'autres, à dire vrai. Mais que faire de ce fretin ? Pourtant l'assesseur est venu toucher la capitation, tout comme s'ils vivaient encore. La semaine dernière mon forgeron a brûlé, un habile homme qui connaissait aussi la serrurerie !

— Auriez-vous eu un incendie ?

— Dieu préserve ! C'eût été pis ! Il a brûlé lui-même, mon brave monsieur. C'était un ivrogne ; ses entrailles ont pris feu ; il lui est sorti de la bouche une flamme bleue, et son corps s'est consumé, a noirci comme du charbon... Pourtant quel excellent forgeron ! et maintenant me voilà clouée au logis : je n'ai personne pour ferrer mes chevaux !

— Tout arrive, madame, soupira Tchitchikov. Ne murmurons pas contre la Providence... Eh bien, cédez-les moi, Nastassia Pétrovna.

— Qui donc, mon bon monsieur ?

— Eh ! mais, tous ces morts.

— Comment cela ?

— Comme ça... Ou, si vous préférez, vendez-les moi. je vous les payerai.

---

[64] — C'est-à-dire : veuve d'un secrétaire de collège ; la femme portait, en le féminisant, le titre du mari, même défunt.
[65] Voir note 34.

— Je ne comprends pas bien. Voudrais-tu les déterrer ?

Devant cette méprise, Tchitchikov jugea quelques éclaircissements nécessaires. En peu de mots, il expliqua à la bonne dame que le transfert ou l'achat n'aurait lieu que sur le papier. Ces âmes seraient inscrites comme vivantes.

— Mais qu'en feras-tu ? dit la vieille, les yeux écarquillés.

— Ceci me regarde.

— Mais elles sont mortes !

— Et qui prétend le contraire ? C'est justement pour cela qu'elles vous portent préjudice : vous devez payer pour elles la capitation. Je vous délivre de tous frais et soucis, et vous donne en plus quinze roubles. Est-ce clair ?

— Je ne sais que vous dire, proféra la vieille après un silence. Je n'ai encore jamais vendu d'âmes mortes.

— Parbleu ! Ce serait un vrai miracle si vous en aviez vendu. Croyez-vous donc qu'on en puisse tirer parti ?

— Ma foi non ! Quel parti en pourrait-on tirer ? Ce qui m'embarrasse, c'est qu'elles sont mortes.

« La vieille a la tête dure ! » se dit Tchitchikov.

— Songez un peu, ma bonne dame, reprit-il à haute voix : vous vous ruinez en payant pour le mort comme pour le vivant...

— Oh, ne m'en parlez pas ! interrompit la vieille. Il y a quinze jours, j'ai dû verser plus de cent cinquante roubles !... Encore ai-je graissé la patte à l'assesseur...

— Vous voyez ! Eh bien, dorénavant, vous n'aurez plus besoin de lui graisser la patte ! C'est moi qui payerai, et non plus vous ; je prends sur moi toutes les charges ; nous passerons même le contrat à mes frais. Comprenez-vous ?

La vieille réfléchissait. Bien que l'affaire lui parût avantageuse, sa nouveauté l'effrayait : cet acheteur arrivé Dieu sait d'où, en pleine nuit, ne voulait-il point la tromper ?

— Alors, tope, c'est entendu ? demanda Tchitchikov.

— Franchement, monsieur, je n'ai jamais eu occasion de vendre des morts. Pour les vivants, c'est autre chose ; il y a deux ans, j'ai cédé, à cent roubles pièce, deux filles à Protopopov[66], qui m'en a fort remercié. De fameuses ouvrières : elles savent tisser des serviettes !

— Laissons en paix les vivants ; que le bon Dieu les bénisse ! Je vous parle des morts.

— Vraiment, je crains, pour une première affaire, de subir des pertes. Ne me trompes-tu pas ? ne valent-ils pas davantage ?

— Voilà comme vous êtes ? Mais que peuvent-ils valoir ? Ils ne sont que poussière. Vous comprenez : que poussière ! Prenez le dernier objet venu, un vieux torchon, par exemple, il a toujours quelque valeur : vous pouvez le vendre à un fabricant de papier. Mais cela, à quoi est-ce bon ? Voyons, dites-le moi.

— À rien, c'est vrai. Seulement, ce qui m'arrête, c'est qu'elles sont mortes.

« Eh ! quelle caboche ! » dit à part lui Tchitchikov, qui commençait à perdre patience. « Arrangez-vous avec elle ! la maudite vieille, elle m'a mis en nage. »

Il tira son mouchoir et essuya son front moite. Il avait bien tort de se fâcher ; des gens fort respectables, des hommes d'État se conduisent tout comme madame Korobotchka. Se sont-ils mis

---

[66] — *à l'archiprêtre,* portent les premières rédactions. Le mot ayant été rayé par le censeur, Gogol a fait du nom commun : *protopope,* un nom propre : *Protopopov* !

quelque chose en tête, impossible de les en faire démordre ! Vous avez beau accumuler les arguments, tous clairs comme le jour, ils y opposent la résistance obstinée d'un mur qui renvoie une balle de caoutchouc. Après s'être épongé, Tchitchikov tenta d'amadouer la vieille d'une autre manière.

— Ma chère dame, dit-il, ou vous ne voulez pas comprendre mes paroles, ou vous me tenez ce langage uniquement pour dire quelque chose... Je vous offre quinze roubles-assignats. Comprenez-vous ? c'est une somme. Vous ne la trouverez pas dans la rue. Voyons, franchement, combien avez-vous vendu votre miel ?

— Douze roubles le poud[67].

— C'est un péché de mentir, bonne maman. Vous ne l'avez point vendu ce prix-là.

— Parole d'honneur !

— Soit ! Mais aussi c'était du miel. Sa récolte vous a peut-être demandé une année de soins, de soucis, de courses ; vous avez dû nourrir vos abeilles à la cave pendant tout un hiver. Tandis que les âmes mortes ne sont pas une œuvre de ce bas monde. Vous n'y avez rien mis du vôtre ; c'est de par Dieu qu'elles ont quitté cette terre, en vous causant du dommage. D'un côté votre travail, votre zèle vous ont valu douze roubles ; de l'autre vous touchez pour rien quinze roubles, et en beaux billets bleus, encore ![68]

Après une aussi solide argumentation, Tchitchikov croyait avoir cause gagnée.

— En vérité, reprit l'hôtesse, je ne suis qu'une pauvre veuve inexpérimentée. J'aime mieux attendre un peu ; il viendra sans doute des chalands ; je comparerai les prix.

— Fi ! fi ! ma pauvre dame, que dites-vous là ! Songez-y vous-même ! Qui voudra faire emplette de morts ? À quoi peuvent-ils servir ?

— Qui sait ? Pour les travaux des champs, peut-être... objecta la vieille qui, sans achever sa phrase, considéra, bouche bée, Tchitchikov, inquiète de ce qu'il répondrait.

— Ah ! ah ! Vous comptez sans doute les employer à épouvanter, la nuit, les moineaux dans votre verger ?

— Dieu nous assiste ! Quelles horreurs nous débites-tu là ! s'écria la vieille en se signant.

— Alors qu'en prétendez-vous faire ? D'ailleurs, ossements et tombeaux, — tout vous reste : le transfert ne s'opérera que sur le papier. Alors, nous sommes d'accord ? Eh bien, voyons, répondez !

La vieille reprit ses réflexions.

— À quoi songez-vous, Nastassia Pétrovna ?

— Je n'arrive pas à me décider ; achetez-moi plutôt du chanvre.

— Du chanvre ! je vous demande tout autre chose, et vous voulez me fourrer du chanvre ! Laissons-le de côté aujourd'hui, nous en reparlerons une autre fois. Eh bien, Nastassia Pétrovna ?

— Non, ma foi ; c'est une marchandise par trop bizarre ; je ne m'y connais pas !

Ici, Tchitchikov, à bout de patience, saisit une chaise et en frappa avec colère le plancher, en envoyant la vieille au diable.

Le diable effraya fort la propriétaire.

---

[67] — Le poud (40 livres) = 16 kgs 380.
[68] — Le rouble-assignat valait environ quatre fois moins que le rouble-argent qui, à cette époque, équivalait à peu près à quatre francs. Les billets de cinq roubles étaient bleu-clair ; ceux de dix roubles, roses ; ceux de vingt, cinquante, cent et deux cents roubles, blancs. Les billets blancs dont il est question plus loin sont des billets de vingt roubles.

— Au nom du ciel, ne prononce pas *son* nom ! s'écria-t-elle toute pâle. Avant-hier, je l'ai vu en rêve toute la nuit, le maudit ! J'avais eu l'idée de me tirer les cartes après ma prière du soir ; pour me punir sans doute, Dieu me l'a envoyé. Il était horrible : des cornes plus longues que celles d'un taureau !

— Je m'étonne que vous n'en voyiez pas des douzaines ! J'agissais par pure charité chrétienne ; je me disais : « Voilà une pauvre veuve qui se tue à la peine !... » Eh bien, maintenant, puissiez-vous crever, vous et tout votre village !

— Quels gros mots ! dit la vieille en lui lançant un regard apeuré.

— Eh ! quels mots employer avec vous ? Vous ressemblez, sauf votre respect, à un mâtin couché sur le foin ; sans en manger lui-même, il n'en veut pas donner aux autres. J'avais pourtant l'intention de vous acheter divers produits agricoles, car je soumissionne aussi certains marchés de la couronne.

Ce mensonge anodin, sans intention préméditée, eut un succès inattendu. Les marchés de la couronne produisirent un grand effet sur Nastassia Pétrovna ; elle prononça d'une voix devenue suppliante :

— Pourquoi te fâcher ? Si je t'avais su si colère, je ne t'aurais pas contredit.

— Me fâcher ? Il y a bien de quoi ! Toute l'affaire ne vaut pas les quatre fers d'un chien !

— Eh bien, soit, je te les cède pour quinze roubles-assignats ; seulement, compère, songe à moi pour tes fournitures : si tu as besoin de farine de seigle ou de sarrasin, de gruau, de bétail abattu, je t'en prie, ne m'oublie pas.

— Certainement, bonne dame, certainement ! — Et ce disant, il essuyait de la main la sueur qui coulait en trois ruisselets sur son visage.

Il demanda ensuite à la vieille si elle n'avait point en ville un correspondant, à qui elle donnerait pouvoir de passer le contrat et tout ce qui s'ensuit.

— Comment donc ! dit madame Korobotchka. J'ai le fils du Père Cyrille, l'archiprêtre, qui est commis au greffe.

Tchitchikov la pria d'écrire une procuration et, pour lui éviter toute peine, s'offrit à la rédiger lui-même.

Cependant madame Korobotchka se disait : « S'il me prenait pour la couronne ma farine et mon bétail, quelle bonne affaire ce serait ! Il faut l'amadouer. Il est resté de la pâte d'hier soir ; je m'en vais dire à Fétinia qu'elle nous fasse des crêpes, et aussi une tourte aux œufs ; elle la prépare à ravir et cela ne demande pas beaucoup de temps. »

Tandis que la bonne hôtesse s'en allait mettre ce projet à exécution et le parachever au moyen d'autres chefs-d'œuvre culinaires, Tchitchikov rentra dans le salon où il avait passé la nuit, afin de tirer de sa trousse les papiers nécessaires. La pièce était déjà rangée, la moelleuse couette emportée, une table disposée devant le canapé. Il y posa sa trousse et jugea bon de se reposer un moment, car depuis la chemise jusqu'aux chaussettes, il n'avait pas un fil de sec.

— Dans quel état m'a-t-elle mis, la vieille sorcière ! proféra-t-il après quelques instants de repos. Il ouvrit alors sa trousse. L'auteur est persuadé qu'il se trouvera des lecteurs assez curieux pour désirer connaître le plan et la disposition intérieure de ce nécessaire. Pourquoi ne pas les contenter ? Au milieu, une boîte à savon ; par derrière, cinq ou six pochettes à rasoirs, deux cases quadrangulaires pour l'encrier et le sablier, séparées par un long compartiment destiné aux plumes, bâtons de cire et autres objets oblongs ; puis, toutes sortes de casiers, avec et sans couvercles, réservés aux objets plus courts : cartes de visite, lettres de faire-part, billets de théâtre pliés et conservés comme souvenirs. Toute cette partie se soulevait et laissait voir un espace rempli de feuilles de papier. Il y avait encore, sur une des parois de la cassette, un tiroir secret pour l'argent ; il s'ouvrait et se refermait si rapidement qu'on ne pouvait savoir au juste quelle somme il contenait.

Tchitchikov aussitôt tailla sa plume et se mit à l'œuvre. Sur ces entrefaites, l'hôtesse revint.

— Tu as là une bien jolie cassette, mon compère. C'est sans doute à Moscou que tu l'as achetée ?

— À Moscou, répondit Tchitchikov tout en continuant d'écrire.

— J'en étais sûre : on n'y fait que du beau travail. Il y a deux ans, ma sœur a rapporté de là-bas des bottes fourrées pour les enfants ; elles ne sont pas encore usées... Ah mon Dieu ! en as-tu du papier timbré ! continua-t-elle après un coup d'œil jeté dans l'écritoire, qui en contenait, en effet, une belle provision. Tu devrais bien m'en céder une feuille ; j'en manque ; quand j'ai une supplique à présenter, je ne sais sur quoi l'écrire.

Tchitchikov lui expliqua que ce papier, destiné aux contrats, ne valait rien pour les suppliques ; cependant, pour la calmer, il lui en donna une feuille d'un rouble. La procuration rédigée, il la soumit à sa signature, et demanda une liste des défunts. Elle n'en possédait pas, ne tenait aucun registre, mais connaissait tous les noms par cœur. Il les lui fit dicter. Certains d'entre eux le surprirent, plus encore certains sobriquets ; il hésitait chaque fois avant de les noter. Un certain Piotr Savéliev *Met-les-pieds-dans-le-plat* le frappa particulièrement.

— C'est à n'en plus finir ! ne put-il s'empêcher de s'écrier.

Celui-ci avait pour surnom *Brique-à-vache*, celui-là s'appelait tout simplement Ivan *la Roue*. En terminant son grimoire, il huma l'air plusieurs fois et reconnut l'odeur alléchante du beurre fondu.

— Vous plairait-il d'accepter à déjeuner ? dit l'hôtesse.

Tchitchikov se retourna et aperçut sur la table une copieuse collation : champignons, croustades, œufs sur le plat, beignets, crêpes, talmouses, et toutes sortes de bouchées : à la ciboule, aux pavots, au fromage blanc, aux éperlans.

— Une tourte aux œufs ! annonça l'hôtesse.

Tchitchikov s'approcha de la tourte, et, après en avoir avalé une bonne moitié, daigna la trouver à son goût. De fait, la tourte, excellente par elle-même, paraissait encore meilleure après tant de tracas.

— Et des crêpes ? dit l'aimable vieille.

Pour toute réponse, Tchitchikov plia trois crêpes ensemble, les ingurgita bien humectées de beurre fondu, s'essuya les lèvres et les mains. Après avoir répété trois fois cet exercice, il pria l'hôtesse de faire atteler la britchka. Nastassia Pétrovna transmit aussitôt l'ordre à Fétinia, en lui recommandant d'apporter encore des crêpes bien chaudes.

— Vos crêpes, madame, sont délicieuses, déclara Tchitchikov en se jetant sur la nouvelle assiettée.

— Oui, nous ne les réussissons pas mal ; par malheur, la farine n'est pas cette année ce qu'elle devrait être... Mais qui vous presse, mon bon monsieur ? reprit-elle, en voyant Tchitchikov casquette en mains. — La britchka n'est pas encore attelée.

— Ce sera bientôt fait, bonne dame. Mon cocher ne lambine pas.

— Alors, n'est-ce pas, vous ne m'oublierez pas pour vos fournitures ?

— Certainement, certainement, dit Tchitchikov déjà dans l'antichambre.

— Et du saindoux, en seriez-vous preneur ? insista l'hôtesse en le suivant.

— Pourquoi pas ? Seulement plus tard.

— J'en aurai à Noël.

— Entendu. Je vous achèterai tout, et du saindoux par la même occasion.

— Peut-être aurez-vous besoin de duvet ? J'en aurai pour l'Avent.

— Parfait, parfait.

— Tu vois, compère, ta britchka n'est pas encore là, dit la propriétaire quand ils furent sur le perron.

— Elle va venir. Indiquez-moi, en attendant, comment gagner la grande route.

— Ce n'est pas facile à expliquer, il y a beaucoup de tournants. Mieux vaut te faine accompagner par une gamine ; tu as bien pour elle une place sur le siège ?

— Certes !

— Alors, je vais t'en donner une qui connaît la route. Seulement tu ne vas pas me l'emmener ! Des marchands m'en ont déjà enlevé une.

Tchitchikov rassura à ce sujet madame Korobotchka. Celle-ci se prit aussitôt à inspecter sa cour. Elle posa ses regards sur la femme de charge qui apportait de la dépense une écuelle remplie de miel, les reporta sur un paysan qui venait d'apparaître au portail, et peu à peu se laissa absorber par les détails de la vie domestique.

Mais pourquoi s'attarder si longtemps à une Korobotchka ? Madame Korobotchka, madame Manilov, vie domestique, vie frivole — passons ! Ce n'est pas ce qu'il y a de plus bizarre dans le monde. À longtemps les considérer, les spectacles gais deviennent tristes, et Dieu sait alors quelles billevesées vous passent par la tête. Peut-être même vous direz-vous : « Mais voyons, cette Korobotchka occupe-t-elle un rang si inférieur sur l'échelle sociale ? L'abîme est-il si profond, qui la sépare de sa sœur, inaccessible derrière les murs d'un hôtel aristocratique au somptueux escalier de fer forgé, où elle trône parmi les cuivres, l'acajou, les tapis ? La noble dame bâille sur un livre inachevé, dans l'attente d'un visiteur de bonne compagnie, devant qui elle pourra donner carrière à son esprit et exprimer des idées toutes faites. Et ces idées, à la mode durant huit jours, concernent non point ses affaires, compromises par une ignorance complète des réalités, mais bien le coup d'État attendu en France ou les dernières tendances du catholicisme mondain ! Mais passons, passons ! Pourquoi ces propos ?... Et pourquoi, dans des minutes de joyeuse insouciance, sentons-nous la tristesse s'insinuer en nous ? Le rire se fige sur nos lèvres, notre visage s'assombrit et nous voici aussitôt différents de nos compagnons...

— Ah ! voici la britchka, voici la britchka ! s'écria Tchitchikov en voyant enfin arriver sa voiture. Où diable étais-tu fourré, maroufle ? Tu n'as pas encore cuvé ton vin, sans doute ?

Ce à quoi Sélifane ne répliqua rien.

— Adieu, bonne dame ! Eh bien, et votre gamine ?

— Eh, Pélagie ! dit la propriétaire à une fillette d'environ onze ans, debout près du perron, affublée d'une robe en grosse toile et exhibant des jambes nues enduites d'une boue fraîche qui, de loin, les eût fait prendre pour des bottes, — Pélagie, montre la route au monsieur.

Sélifane aida la gamine dans son escalade. Elle posa d'abord un pied sur le marchepied qu'elle souilla de boue, grimpa de là sur le siège et s'assit à côté du cocher. À sa suite, Tchitchikov monta sur le marchepied, en faisant pencher la britchka sur le côté droit, car il était plutôt obèse, et se carra enfin dans la calèche en disant :

— Ça va maintenant. Adieu, bonne dame.

Les chevaux s'élancèrent.

Tout le long du chemin, Sélifane se montra revêche, mais très attentif à son affaire, ainsi qu'il avait accoutumé après ses méfaits et beuveries. Les chevaux étaient admirablement étrillés. Un des colliers, jusqu'alors toujours disloqué et dont le cuir laissait voir l'étoupe, avait été habilement réparé. Cette fois-ci Sélifane gardait le silence et se contentait de claquer du fouet sans adresser d'admonition à ses chevaux ; pourtant le Tigré eût volontiers prêté l'oreille à semblables propos, au cours desquels les guides vacillaient aux mains de l'éloquent automédon, et le fouet ne caressait les croupes que pour la forme. Mais pour cette fois les lèvres moroses laissaient échapper de simples exclamations monotones : « Attends, attends, je vais t'apprendre à bâiller ! » Le Bai lui-même et l'Assesseur se montraient mécontents de ne pas entendre les habituels : « Mes chéris, mes mignons. » Le Tigré sentait de très désagréables morsures sur ses parties charnues : « Eh, qu'est-ce qui lui prend aujourd'hui ? disait-il à part soi en fronçant ses oreilles. Il choisit ses endroits, l'animal ! Il ne frappe pas sur le dos, il frotte les oreilles ou cingle le bas-ventre ! »

— À droite, quoi ? demanda sèchement Sélifane à la gamine, en désignant du fouet un chemin bruni par la pluie, qui allait se perdre entre des prés d'un vert éclatant.

— Non, non, je te montrerai, répondit l'enfant.

— Par où alors ? reprit Sélifane quand ils furent au tournant.

— Par ici ! dit la gamine en étendant le bras.

— Eh bien, mais c'est à droite ! grommela Sélifane. Voyez la petite sotte ; elle ne sait pas distinguer sa droite de sa gauche !

Bien que la journée fût belle, le sol était tellement détrempé que les roues s'enfeutrèrent bientôt d'une gangue de boue, qui alourdit beaucoup la britchka ; la terre était d'ailleurs argileuse, extrêmement adhérente. Pour ces deux raisons, nos voyageurs ne purent sortir du chemin vicinal avant midi. Sans la gamine, ils ne se fussent jamais tirés d'affaire, les chemins s'éparpillant de tous côtés comme des écrevisses au sortir d'un carnier ; Sélifane eût fort risqué de s'égarer à nouveau, sans qu'il y eût, cette fois, de sa faute. Enfin, la fillette, montrant du bras une bâtisse dans le lointain, s'écria :

— Voici la grande route !

— Et qu'est-ce que ce bâtiment ? s'enquit Sélifane.

— Un cabaret, dit la gamine.

— Eh bien, file maintenant ! Nous trouverons bien la route tout seuls.

Il retint ses chevaux et aida l'enfant à descendre, en murmurant entre ses dents : — Eh, la petite souillon !

Tchitchikov donna un liard à la fillette qui rentra, trotte-menu, au bercail, heureuse de s'être pavanée sur le siège.

IV

Arrivé devant le tournebride, Tchitchikov ordonna d'arrêter pour deux raisons : les chevaux avaient besoin de repos, lui-même désirait se restaurer. L'auteur doit avouer qu'il envie beaucoup l'appétit et l'estomac de pareilles gens. Il n'a cure des grands personnages, pétersbourgeois ou moscovites, qui passent leur temps à composer le menu du lendemain ou du surlendemain, et ne peuvent le déguster qu'après l'absorption préalable d'une pilule, qui gobent huîtres, crabes et autres monstres, quitte à aller prendre les eaux à Carlsbad ou au Caucase. Non, ces messieurs n'ont jamais excité son envie. Mais les gens de moyenne noblesse, qui au premier relais se font servir du jambon, au second un cochon de lait, au troisième une darne d'esturgeon ou du saucisson à l'ail, pour ensuite, comme si de rien n'était, s'attabler à n'importe quelle heure et dévorer avec un bruyant et contagieux appétit une soupe au sterlet, à la lotte et aux laitances, accompagnée d'un vol-au-vent ou d'un pâté de silure[69], ces messieurs-là sont vraiment dignes d'envie et favorisés du ciel ! Plus d'un grand personnage sacrifierait sans barguigner la moitié de ses paysans, la moitié de ses terres, hypothéquées ou non, avec tous les perfectionnements à la russe ou à l'étrangère, pour posséder l'estomac du monsieur de moyenne noblesse. Par malheur aucuns capitaux, aucune terre — avec ou sans perfectionnement — ne sauraient rendre possible cette acquisition.

Le cabaret, bâtisse en rondins noircis, accueillit Tchitchikov sous son étroit auvent hospitalier, supporté par des colonnettes torses semblables à d'anciens candélabres d'église. C'était l'habituelle izba russe, mais de plus grandes dimensions. Autour des fenêtres et au-dessous du toit, des corniches en bois blanc sculpté tranchaient sur la noirceur des murs ; des vases fleuris bariolaient les volets.

Tchitchikov grimpa l'étroit escalier ; arrivé sur un large palier, il se heurta, devant la porte qui s'ouvrit en grinçant, à une grosse vieille commère vêtue de percale voyante.

— Par ici, s'il vous plaît ! fit la bonne femme.

Il retrouva dans la pièce le décor coutumier des modestes auberges de grand chemin : un samovar embué ; des parois de sapin rabotées ; un buffet d'angle garni de tasses et de théières ; des œufs en porcelaine dorée suspendus à des rubans bleus et rouges devant les images ; une chatte et sa récente portée ; un miroir qui réfléchissait quatre yeux au lieu de deux et une galette au lieu d'un visage ; enfin, plantées derrière les icônes, des touffes d'œillets et d'herbes odoriférantes, tellement desséchées qu'on ne pouvait les sentir sans éternuer.

— Aurais-tu par hasard du cochon de lait ? demanda Tchitchikov à la commère plantée devant lui.

— Oui.

— Au raifort et à la crème ?

— Au raifort et à la crème.

— Fais voir ça.

La vieille s'en alla farfouiller, et revint avec une assiette, une serviette si empesée qu'elle se tenait debout comme une écorce desséchée, un couteau minuscule à manche d'os jauni, une fourchette à deux dents, une salière qui ne pouvait demeurer d'aplomb.

Notre héros, suivant sa coutume, lia aussitôt conversation et posa diverses questions à la cabaretière. Était-elle propriétaire ou tenancière de l'auberge ? que rapportait celle-ci ? ses fils vivaient-ils avec elle ? l'aîné était-il marié ? sa femme lui avait-elle apporté une belle dot ? le beau-père se montrait-il content ? n'était-il pas fâché d'avoir reçu peu de cadeaux de noce ? En un mot, il n'oublia rien. Il s'enquit, bien entendu, des hobereaux d'alentour, apprit qu'ils s'appelaient Blokhine, Potchitaïev, Muilnoï, le colonel Tchéprakov, Sobakévitch[70].

— Ah ! tu connais Sobakévitch ? fit-il, pour aussitôt entendre que la vieille connaissait non seulement Sobakévitch, mais aussi Manilov, et que Manilov était beaucoup plus *vélicat* que Sobakévitch : venait-il à l'auberge, il commandait d'emblée un poulet, du veau, du foie de mouton s'il y en avait, en un mot goûtait à tout, tandis que Sobakévitch ne demandait jamais qu'un plat et encore exigeait pour le même prix une portion supplémentaire.

Tandis qu'il devisait ainsi, tout en expédiant le cochon de lait qui touchait à sa fin, le bruit d'une voiture l'amena à la fenêtre. Une britchka légère attelée à trois s'arrêtait devant le perron. Deux messieurs en descendirent : un grand blond en dolman bleu foncé ; un petit brun en simple caftan rayé.

---

[69] — Cet excellent poisson *(silurus glanis)*, très commun en Russie, ne se trouve guère en France que dans le Doubs.
[70] Voir note 62.

Dans le lointain s'en venait une méchante calèche vide, traînée par quatre haridelles à longs poils, harnais de cordes, colliers démantibulés. Le blond grimpa aussitôt l'escalier, tandis que le brun palpait quelque objet dans la voiture, en s'entretenant avec le domestique et en faisant des signes au cocher de la calèche. Tchitchikov crut reconnaître sa voix. Pendant qu'il le considérait, le blond avait eu le temps de trouver et d'ouvrir la porte. C'était un individu de haute stature, au visage sec ou plutôt usé, aux moustaches rousses, et dont le teint hâlé témoignait qu'il connaissait la fumée du tabac sinon de la poudre. Il adressa à Tchitchikov un salut poli, que celui-ci lui rendit aussitôt. Ils auraient sans doute lié plus ample connaissance, car la glace était rompue : tous deux s'étaient en même temps complimentés de ce que, la pluie ayant abattu la poussière, il faisait bon voyager par cette fraîcheur. Mais, à ce moment, le brun pénétra dans la salle, et, jetant sa casquette par terre, hérissa de la main son épaisse chevelure noire. C'était un gaillard de taille moyenne, solidement bâti, les joues vermeilles, les dents blanches comme neige, les favoris noirs comme jais. Son visage au teint de lys et de rose respirait la santé.

— Ah bah ! s'écria-t-il en levant les bras à la vue de Tchitchikov. Par quel heureux hasard ?

Tchitchikov reconnut Nozdriov, ce gentillâtre qui avait dîné avec lui chez le gouverneur, et s'était bientôt mis à le tutoyer, sans qu'il eût de son côté donné le moindre prétexte à cette familiarité.

— D'où viens-tu comme ça ? demanda Nozdriov qui, sans attendre la réponse, reprit : — Pour moi, mon cher, j'arrive de la foire où j'ai pris une fameuse culotte. Félicite-moi, jamais encore je ne m'étais si bien fait plumer ! J'ai dû louer des chevaux de paysan pour m'en retourner. Regarde par la fenêtre. — Il inclina lui-même si brusquement la tête de Tchitchikov qu'elle faillit heurter le châssis. — Tu vois, quelles rosses ! Elles ont eu grand'peine à se traîner jusqu'ici, les maudites ! J'ai dû monter dans sa britchka. — Il montra du doigt son compagnon. — Vous ne vous connaissez pas ? Mon beau-frère Mijouïev. Nous avons parlé de toi toute la matinée. « Tu verras, lui disais-je, que nous rencontrerons Tchitchikov ! »... Ah frère, quelle culotte ! Je suis rincé, nettoyé à fond : mes quatre trotteurs, tout ce que j'avais sur moi, y compris ma chaîne et ma montre... — D'un regard Tchitchikov se convainquit que Nozdriov n'avait plus en effet ni chaîne ni montre ; un de ses favoris lui parut même moins fourni que l'autre. — Et si j'avais eu seulement vingt roubles en poche, oui vingt roubles, pas davantage, j'aurais tout regagné et mis encore, foi d'honnête homme, trente mille roubles en portefeuille !

— Tu tenais le même langage quand je t'ai prêté cinquante roubles, interrompit le blond ; et tu les as aussitôt perdus.

— Parce que j'ai commis une bêtise. Si je n'avais pas, après le paroli, plié ce maudit sept[71], je faisais sauter la banque.

— Tu ne l'as pourtant pas fait sauter, dit le blond.

— Non, parce que j'ai plié la carte à contretemps. Crois-tu donc que ton major joue si bien ?

— Bien ou mal, il t'a cependant ratiboisé.

— La belle affaire ! répliqua Nozdriov. Moi aussi, j'aurais pu le battre. Mais qu'il essaie un doublet, nous verrons alors quel brelandier c'est ! Mais aussi, ami Tchitchikov, quelle noce nous avons faite les premiers jours ! Il faut dire que la foire a très bien marché ; les marchands eux-mêmes affirment n'avoir jamais vu pareille affluence. Tout ce qu'on avait amené de chez moi, je l'ai vendu au meilleur prix. Ah ! vieux frère, tu parles d'une noce ! Maintenant encore, rien que d'y penser... que le diable m'emporte !... ou plutôt quel dommage que tu n'y sois pas venu. Figure-toi qu'à trois verstes de la ville campait un régiment de dragons. Et tous les officiers, croirais-tu, — une quarantaine, mon bon, — nous ont tenu compagnie. Il y avait parmi eux un joyeux drille, le capitaine Potséloulev : des moustaches, mon cher, longues comme ça ! sais-tu comment il appelle le vin de Bordeaux ? De la

---

[71] Voir note 54.

piquette. « Holà, garçon, criait-il, apporte-nous de la piquette ! » Et le lieutenant Kouvchinnikov[72], quel gentil garçon ! Un fêtard achevé ! Nous étions inséparables... Quel vin nous a vendu Ponomariov ! Il faut te dire que c'est un fripon, et qu'on ne peut d'ordinaire rien acheter dans sa boutique. Il mêle à son vin toutes sortes de drogues — bois de santal, bouchon brûlé — et le teint même au sureau ; mais s'il consent à tirer de son arrière-boutique — le cabinet particulier comme il l'appelle, — une bonne vieille bouteille, alors, mon cher, on peut se croire dans l'empyrée. Il nous a sorti un Champagne auprès duquel celui du chef-lieu n'est que du kvass ! Un certain *Cliquot matradoure*[73], comme qui dirait, vois-tu, du double Cliquot. Et encore une bouteille de vin de France étiquetée : *Bonbon*. Quel bouquet, mon cher ! Ça sentait le réséda et tout ce que tu voudras. Ah, quelle noce !... Un prince, arrivé après nous, a envoyé chercher du Champagne... Il n'en restait plus une bouteille : les officiers avaient tout sifflé ! Croirais-tu que pendant le dîner, j'en ai sablé dix-sept à moi tout seul ?

— Dix-sept ! Tu en es incapable, fit observer le monsieur blond.

— Parole d'honneur ! rétorqua Nozdriov.

— Tu auras beau dire, je te défie d'en boire seulement dix.

— Tiens-tu le pari ?

— À quoi bon ?

— Allons, parie le fusil que tu as acheté en ville !

— Je ne veux pas.

— Parions toujours !

— Jamais de la vie !

— Tu fais bien, car tu serais sûr de rester sans fusil, comme te voilà sans chapeau... Eh, Tchitchikov, comme je regrette que tu n'aies pas été des nôtres ! Kouvchinnikov et toi seriez devenus inséparables : tu te serais si bien entendu avec lui. C'est un autre gaillard que le procureur et tous vos pince-maille du chef-lieu, qui regardent à chaque kopek. Cela joue à tout ce que tu voudras : banque, pharaon, etc... — Eh, Tchitchikov, que t'en coûterait-il de venir ? Tu n'es, après cela qu'un lâcheur, un habillé de soie. Embrasse-moi, mon cœur ; je t'aime à la folie. Regarde, Mijouïev, le sort nous a réunis. Que m'est-il, que lui suis-je ? Il arrive Dieu sait d'où, j'habite ici... Ah ! que d'équipages il y avait, frère !... Et tout cela en grand... J'ai joué à la loterie, gagné deux pots de pommade, une tasse de porcelaine, une guitare ; mais au second coup, j'ai tout reperdu... et six roubles par-dessus le marché... Ah ! quel luron, si tu savais, que ce Kouvchinnikov ! J'ai couru avec lui presque tous les bals. Il y avait une dame en grand tralala, ruches et falbalas, Dieu sait quoi encore !... Je songeais à part moi : « Que le diable m'emporte ! » Mais mon animal de Kouvchinnikov s'assied auprès d'elle, se met à lui débiter en français une kyrielle de compliments... Crois-moi, si tu veux, il ne dédaignait même pas les femmes du peuple, il appelle cela *cueillir la fraise*... Et quel choix de poissons, de *balyks*[74]. De pures merveilles ! J'en rapporte un ; heureusement que j'ai eu la bonne idée de l'acheter quand je n'étais pas encore à sec !... Mais où t'en vas-tu comme ça ?

— Chez quelqu'un.

— Au diable ce quelqu'un ! Viens-t'en chez moi !

— Impossible, impossible, une affaire m'attend.

— Une affaire ! Farceur !

---

[72] Voir note 62.
[73] — Dans ses propos incohérents, Nozdriov emploie des mots dont il ne comprend pas — ou détourne à dessein — le sens : la *matradoure* était une ancienne danse.
[74] — Dos d'esturgeon séché, une des friandises les plus appréciées des Russes.

— Sérieusement, une affaire, et urgente encore.

— Tu mens, je parie ! Voyons, dis-moi chez qui tu vas ?

— Chez Sobakévitch.

À ces mots, Nozdriov partit d'un de ces formidables éclats de rire, dont connaissent seuls le secret les solides gaillards qui s'esclaffent en tressaillant des bajoues et en découvrant toutes leurs dents blanches comme sucre, tandis qu'à deux pièces de là leur voisin se réveille en sursaut et s'écrie, les yeux écarquillés : « Ah ça ! qu'est-ce qui lui prend, au compère ! »

— Qu'y a-t-il de risible ? dit Tchitchikov assez mécontent de cette hilarité.

Mais Nozdriov continuait de s'esclaffer, tout en murmurant : — Pitié, pitié, je vais crever de rire !

— Il n'y a là rien de plaisant ; je lui ai donné parole de l'aller voir, reprit Tchitchikov.

— Mais en arrivant chez ce fesse-mathieu, tu oublieras la joie de vivre ! Je connais ton caractère... ; tu te trompes fort si tu crois trouver là-bas gros jeu et bonne bouteille. Allons, mon cher, au diable Sobakévitch ! Viens-t'en chez moi. Tu verras mon balyk. Cette fripouille de Ponomariov m'a assuré avec force courbettes : « Je vous l'ai réservé ; vous pouvez courir toute la foire, vous n'en trouverez pas un semblable. » Mais c'est un coquin fieffé. Je le lui ai dit en face : « Écoute, le fermier des eaux-de-vie et toi, vous êtes les plus insignes fripons que je connaisse ! » Il n'a fait qu'en rire, le gredin, en caressant sa barbe. Kouvchinnikov et moi déjeunions tous les jours chez lui... Ah, j'oubliais, il faut que je te montre quelque chose ; mais je te préviens, je ne le céderai pas pour dix mille roubles. Holà, Porphyre, cria-t-il par la fenêtre à son domestique, qui tenait d'une main un couteau et de l'autre une tranche de balyk qu'il avait réussi à chaparder en furetant dans la britchka. — Holà, Porphyre ! Apporte la bête !... Tu vas voir cet amour de chien, poursuivit Nozdriov en se retournant vers Tchitchikov. Je ne l'ai pas acheté, mais volé ; son maître ne voulait pour rien au monde s'en dessaisir. Pourtant j'ai été jusqu'à lui offrir la jument alezane que j'ai, tu te rappelles, échangée à Khvostyriov... (Tchitchikov ignorait aussi bien Khvostyriov que la jument alezane.)

— Monsieur ne désire rien ? dit à ce moment la vieille, en s'approchant de lui.

— Rien... Ah ! nous nous en sommes donné, mon cher !... Ou plutôt si. Je prendrais bien un verre. Qu'as-tu en fait d'eau-de-vie ?

— De l'anisette, répondit la vieille.

— Va pour l'anisette.

— Donne-m'en aussi un verre ! dit le blond.

— Au théâtre, une mâtine d'actrice chantait comme un canari ! « Eh ! disait Kouvchinnikov, assis à côté de moi, ce serait le moment d'aller à la cueillette aux fraises !... » Il y avait bien, je crois, plus de cinquante baraques... Fénardi a fait la roue quatre heures durant.

À ce moment, Nozdriov daigna prendre le petit verre des mains de la vieille, qui le remercia en s'inclinant profondément.

— Ah, ah, amène-le, pose-le par terre ! s'écria-t-il, à l'arrivée de Porphyre porteur du chien, Comme son maître, le domestique était affublé d'une sorte de caftan ouaté, mais plus malpropre. Il déposa par terre l'animal qui, étirant ses quatre pattes, se mit à flairer le sol.

— Voilà le mâtineau ! fit Nozdriov en soulevant par la peau du cou la petite bête, qui poussa un cri plaintif. — Eh mais ! tu n'as pas exécuté mes ordres, reprit-il en s'adressant à Porphyre et en examinant le ventre du chien. — Tu ne l'as pas peigné.

— Mais si, je l'ai peigné.

— Alors, d'où viennent ces puces ?

— Je n'en sais rien. De la britchka sans doute.

— Tu mens, tu mens ! Tu n'as même pas songé à le peigner. Et qui pis est, tu lui en as sans doute cédé des tiennes. Regarde-moi, Tchitchikov, quelles oreilles ; tâte-les un peu.

— À quoi bon ? je vois bien sans cela qu'il est de bonne race, rétorqua Tchitchikov.

— Non, non, tâte-lui les oreilles.

Pour lui complaire, Tchitchikov palpa les oreilles et déclara :

— Oui, ce sera une belle bête.

— Et quel nez froid. Touche-le voir.

Pour ne pas l'offenser, Tchitchikov s'exécuta.

— Un flair superbe !

— Un vrai doguin. Il y a longtemps que j'en guignais un. Allons Porphyre, emmène-le !

Porphyre saisit le chien sous le ventre et le reporta dans la calèche.

— Écoute, Tchitchikov, reprit Nozdriov ; il faut que tu m'accompagnes. J'habite à cinq verstes d'ici. Nous serons chez moi en un clin d'œil ; de là, tu pourras, si le cœur t'en dis, filer chez Sobakévitch.

« Après tout, se dit Tchitchikov, je puis bien aller chez ce Nozdriov. Il vaut bien les autres, et par-dessus le marché, le voilà décavé ! Il me paraît prêt à tout ; j'en tirerai bien pied ou aile ».

— Soit, acquiesça-t-il. Mais à une condition : tu ne me retiendras pas ; mon temps est précieux.

— À la bonne heure ! Laisse-moi t'embrasser, mon cœur. — Nozdriov et Tchitchikov s'embrassèrent. — Ce sera charmant ; nous allons, tous trois, faire route ensemble.

— Ah ! non, dit le blond ; je prends, quant à moi, congé ; j'ai hâte de rentrer.

— Tu dis des bêtises, beau-frère.

— Je t'assure, ma femme sera fâchée. Demande une place à monsieur dans sa britchka.

— Jamais de la vie ! Je ne te laisse pas partir.

Le blond appartenait à la catégorie des pseudo-volontaires. À peine ouvrez-vous la bouche que les gens de cette sorte sont prêts à discuter ; vous ne croiriez jamais qu'ils puissent admettre une idée contraire aux leurs, traiter un sot d'homme d'esprit, emboîter le pas à qui que ce soit ; mais finalement, ils admettent ce qu'ils ont repoussé, traitent un sot d'homme d'esprit, emboîtent le pas au premier venu, en un mot taillent bien, mais cousent mal.

— Ta-ra-ta-ta ! reprit Nozdriov, tranchant court à un nouvel essai d'objection. Il prit la casquette du blond, la lui enfonça sur la tête, et l'entraîna dans son sillage.

— Et pour l'anisette, monsieur ?... fit la vieille.

— Ah ! parfait, parfait, ma bonne ! Veux-tu payer, beau-frère ? Il ne me reste plus un kopek en poche.

— Combien te doit-on ? demanda le beau-frère.

— Une bagatelle, monsieur, quatre-vingts kopeks en tout.

— Vraiment ! Donne-lui en cinquante, cela suffit.

— C'est bien peu, monsieur, dit la vieille qui accepta pourtant la pièce avec reconnaissance et courut même leur ouvrir la porte. Elle n'était pas en perte, ayant demandé quatre fois le prix de l'eau-de-vie.

Les voyageurs montèrent en voiture. La calèche de Tchitchikov roula de front avec celle où Nozdriov et son beau-frère avaient pris place ; tous trois purent ainsi converser en cours de route. La guimbarde de Nozdriov, tirée par les rosses villageoises, les suivait de très loin. Porphyre y trônait avec le mâtineau.

Les propos de nos voyageurs présentent peu d'intérêt, mieux vaudra dire quelques mots de Nozdriov, qui ne jouera peut-être pas le dernier rôle dans notre poème.

Le lecteur, sans doute, connaît déjà Nozdriov de vue : semblables gens ne sont pas rares. On les appelle de bons vivants ; ils passent dès l'enfance pour de francs camarades, ce qui ne les empêche pas d'être souvent rossés. Leur visage exprime toujours la droiture, l'audace. Ils brusquent la connaissance, vous tutoyent dès l'abord, semblent vous donner toute leur amitié, mais il arrive communément que, dès le soir, ils se collettent avec vous au cours d'amicales agapes. Ils sont bavards, noceurs, farauds, batailleurs. À trente-cinq ans, Nozdriov était resté le même qu'à dix-huit ou vingt : un fêtard. Le mariage ne l'avait pas changé, d'autant plus que sa femme partit bientôt pour l'autre monde, en lui laissant deux bambins dont il n'avait que faire ; une accorte servante en prenait soin. Il ne pouvait passer plus d'une journée chez lui. Son flair percevait à des dizaines de verstes les foires, bals, assemblées ; il s'y précipitait, discutait, tempêtait autour du tapis vert, car il adorait les cartes, comme tous ses pareils. Son jeu n'était pas très correct, nous l'avons vu au premier chapitre : il aimait corriger la fortune et savait plus d'un tour. Bien souvent la partie se terminait par une danse ; on le rossait à coups de bottes ; on tiraillait ses épais favoris et il n'en ramenait au logis qu'un seul, en fort piteux état. Mais telle était la vitalité de ses robustes joues que les favoris repoussaient vite, plus drus qu'auparavant. Et, ce qu'il y a de plus étrange, ce qui même n'est possible qu'en Russie, c'est que, bientôt, comme si de rien n'était, il se rencontrait avec les amis qui l'avaient si bien étrillé.

Nozdriov était, dans un certain sens, un personnage historique : où qu'il se trouvât, il lui arrivait toujours quelque histoire ; les gendarmes l'expulsaient ou ses amis le jetaient poliment dehors. En dehors de ces cas extrêmes, il connaissait des aventures qui n'adviennent point à d'autres : il s'enivrait à ne plus pouvoir que rire ; il entassait tant de hâbleries qu'il finissait par en rougir lui-même. Il mentait sans nécessité aucune ; il prétendait à propos de bottes posséder un cheval rose ou bleu de ciel, et débitait tant de sornettes que ses auditeurs s'éloignaient en murmurant : « Tu nous en contes de belles ! » Certaines gens ont la rage de faire des vilenies à leur prochain, souvent sans aucune raison. Un monsieur haut gradé, des plus décoratifs, plaque à la poitrine, vous serre la main, vous tient des propos élevés, pour aussitôt vous faire en public une crasse, une crasse plus digne d'un gratte-papier que d'un monsieur portant plaque à la poitrine et tenant des propos élevés ; vous demeurez stupide, et ne pouvez que hausser les épaules. Nozdriov avait lui aussi cette manie. Plus vous pénétriez dans son intimité, plus il vous jouait de vilains tours ; il répandait sur votre compte de stupides cancans, vous faisait manquer un mariage, une affaire, sans pour cela se croire votre ennemi. Bien au contraire, s'il vous rencontrait par la suite, il se montrait empressé, vous disait même : « Ah ça ! vieille canaille, pourquoi ne viens-tu jamais me voir ? »

Nozdriov était un vrai maître Jacques. Il vous proposait de partir n'importe où, fût-ce au bout du monde, de vous lancer dans n'importe quelle entreprise, d'échanger n'importe quoi contre tout ce que vous vouliez. Fusil, chien, cheval, tout était pour lui objet d'échange, mais sans la moindre pensée de lucre. C'était le fait d'une infatigable versatilité. S'il avait la chance de tomber à la foire sur un nigaud et de le plumer au jeu, il dépensait jusqu'au dernier sou son gain dans les boutiques, achetant tout ce qui lui tombait sous les yeux : harnais, pastilles du sérail, châles pour la nourrice, étalon, raisin de Corinthe, lavabo en argent, toile de Hollande, fleur de farine, tabac, pistolets, harengs, tableaux, aiguisoirs, pots, bottes, vaisselle en faïence. Il emportait rarement ces objets au logis, les perdait souvent le jour même avec un autre joueur plus heureux, cédait par-dessus le marché sa blague et sa pipe — et, le lendemain ses quatre trotteurs avec la calèche et le cocher. Il courait alors, réduit à un simple caftan court, à la recherche d'un ami qui consentît à le prendre dans sa voiture.

Tel était Nozdriov. D'aucuns trouveront peut-être ce caractère rebattu, et diront qu'il n'en existe plus de semblable. Hélas ! ils se tromperont étrangement. Les Nozdriov ne disparaîtront pas de sitôt. Il en existe beaucoup parmi nous ; mais, comme ils ont sans doute changé d'habit, les esprits superficiels ne les reconnaissent point.

Cependant les trois véhicules arrivaient au perron de Nozdriov. La maison ne décelait aucun préparatif de réception. Perchés sur un chevalet, au beau milieu de la salle à manger, deux ouvriers blanchissaient les murs, en fredonnant une interminable chanson[75] ; le plancher était tout éclaboussé de céruse. Nozdriov envoya aussitôt les badigeonneurs se faire pendre, eux et leur chevalet, et passa dans la pièce voisine pour y donner des ordres. Les invités l'entendirent commander le dîner au cuisinier ; Tchitchikov, qui se sentait en appétit, comprit sur-le-champ qu'ils ne se mettraient pas à table avant cinq heures. Nozdriov, aussitôt revenu, entraîna ses conviés faire le tour du propriétaire. Au bout de deux heures, il n'avait plus rien à leur montrer.

Ils s'arrêtèrent d'abord à l'écurie, où ils virent deux juments, l'une gris pommelé, l'autre alezane, ainsi qu'un étalon bai d'assez piètre apparence, que Nozdriov prétendit avoir acheté dix mille roubles.

— Dix mille roubles ! objecta le beau-frère. Jamais de la vie. Il n'en vaut même pas mille.

— Parole d'honneur, je l'ai payé dix mille roubles, insista Nozdriov.

— Jure tant que tu voudras ! dit le beau-frère.

— Veux-tu parier ? proposa Nozdriov.

Le beau-frère refusa.

Puis, Nozdriov leur désigna des stalles vides qui avaient, à l'en croire, abrité de beaux chevaux. Ils virent aussi un bouc, animal qu'une vieille croyance populaire juge indispensable dans toute écurie ; en bons termes avec les chevaux, il se promenait sous leurs ventres, et se sentait là comme chez lui. Ensuite Nozdriov les mena voir un louveteau à l'attache.

— Parlez-moi d'un louvard, dit il ; je le nourris exprès de viande crue, j'en veux faire un vrai fauve !

Ils allèrent voir l'étang ; il contenait, selon Nozdriov, des poissons si énormes que deux hommes avaient peine à en retirer un, ce dont le beau-frère se permit de douter.

— Attends, Tchitchikov, dit Nozdriov ; je vais te montrer un magnifique couple de chiens : ils ont le museau effilé comme une aiguille, et la puissance de leurs cuisses est vraiment surprenante.

Il les conduisit vers une charmante maisonnette, entourée d'une grande cour close de tous côtés. Ils virent dans cet enclos des lévriers de tous pelages — long, ras, roux tiqueté de noir, marron, rouge-brique, lie-de-vin, noir à taches jaunâtres — qui portaient les noms les plus divers : Ferrailleur, Tapageur, Voltigeur, Arrogant, Flamboyant, Foudroyant, Acharné, Effronté, Endiablé, Hargneux, Impétueux, Hirondelle. Nozdriov paraissait parmi eux un père au milieu de ses enfants. Tous, dressant la queue — le *fouet*, comme disent nos amateurs de chiens — volèrent à la rencontre des visiteurs. Une dizaine posèrent leurs pattes sur les épaules de Nozdriov. Tapageur donna la même preuve d'amitié à Tchitchikov ; puis, se soulevant sur ses pattes de derrière, il lui lécha les lèvres, le contraignant ainsi à cracher. On inspecta les chiens remarquables par la puissance de leurs cuisses : c'étaient de belles bêtes. Puis on alla voir une chienne de Crimée, déjà aveugle et qui, selon Nozdriov, devait bientôt crever, bien que deux ans auparavant ce fût encore une brave chienne. On l'examina : elle était en effet aveugle[76].

---

[75] — ... constituée uniquement par les deux voyelles a et o — ajoutaient les premières rédactions.

[76] — Tout ce passage sur les chiens est la transcription presque textuelle d'une page des *Carnets* (1841).

Ensuite, on s'en fut visiter le moulin, où manquait la pièce dans laquelle on assujettit la meule de dessus, cette meule qui court rapidement, — volète, disent avec beaucoup d'à-propos nos moujiks — autour de l'arbre.

— Nous arrivons à la forge, dit Nozdriov.

Bientôt, en effet, ils aperçurent la forge. Ils la visitèrent également.

— Ce champ-là, dit Nozdriov en désignant une pièce de terre, est si plein de lièvres qu'on ne voit plus la terre ; j'en ai une fois attrapé un par les pattes de derrière.

— Tu n'as jamais attrapé de lièvre à la main ! objecta le beau-frère.

— Si fait, j'en ai bel et bien attrapé un, répondit Nozdriov. Et maintenant, reprit-il en se tournant vers Tchitchikov, je vais te montrer la limite de mes terres.

Nozdriov mena ses hôtes à travers un terrain très inégal, où ils devaient se frayer un chemin entre les labours et les jachères. Tchitchikov commençait à sentir la fatigue. En beaucoup d'endroits l'eau sourdait sous les pieds des promeneurs, tant le niveau du sol était bas. Ils se tinrent d'abord sur leurs gardes, avançant avec précaution ; mais voyant que cela ne servait de rien, ils marchèrent droit devant eux, sans plus se soucier de la boue. Après une assez longue traite, ils arrivèrent en effet à la limite du domaine : une borne de bois et un étroit fossé.

— Voici ma frontière ! dit Nozdriov : tout ce que tu vois de ce côté m'appartient ; et même par delà la borne, ce bois qui bleuit là-bas et tout ce qui est derrière est encore à moi.

— Depuis quand le bois t'appartient-il ? demanda le beau-frère. L'aurais-tu acheté récemment ?

— Mais oui, répondit Nozdriov.

— Quand cela ?

— Avant-hier ; et je l'ai même payé fort cher.

— Mais tu étais à la foire ?

— Eh bien, nigaud, ne peut-on en même temps être à la foire et acheter un terrain ? Oui, j'étais à la foire ; et pendant ce temps mon intendant terminait ici pour moi.

— Ah, si c'est ton intendant !... concéda le beau-frère en hochant la tête d'un air sceptique.

Les promeneurs rentrèrent par le même chemin ; Nozdriov les conduisit à son bureau, dénué des attributs ordinaires de ces pièces. On n'y voyait ni livres, ni papier, mais seulement des sabres et deux fusils, l'un de trois cents, l'autre de huit cents roubles ; après examen, le beau-frère se borna à secouer la tête. Puis Nozdriov exhiba des poignards turcs, dont l'un portait gravé par erreur : *Maître Savéli Sérébriakov*. Il signala à leur attention un orgue de Barbarie, dont il se mit, en leur honneur, à tourner la manivelle. Les sons en étaient assez agréables, mais le mécanisme paraissait endommagé : *Malbrough s'en va-t-en guerre* clôturait une mazurka, tandis qu'une valse rebattue servait de finale à *Malbrough s'en va-t-en guerre*. Nozdriov avait depuis longtemps cessé de tourner qu'un infatigable tuyau s'entêtait encore à siffler ; le son se prolongea quelques minutes. Alors, Nozdriov étala devant eux ses pipes en bois, en terre, en écume, ses pipes neuves et culottées, avec ou sans étuis en peau de daim ; un chibouk à bout d'ambre récemment gagné aux cartes ; une blague brodée par une comtesse, qui s'était amourachée de lui à un relais, et possédait, à l'en croire, des mains du plus exquis *superflu*, mot qui, sans doute, désignait à ses yeux le comble de la perfection.

Après un hors-d'œuvre de balyk, ils se mirent à table vers cinq heures. La bonne chère ne paraissait pas constituer pour Nozdriov le but de l'existence ; certains mets étaient brûlés, d'autres pas du tout cuits. On voyait que le cuisinier obéissait surtout à son inspiration, et jetait dans le pot ce qui lui tombait sous la main : poivre, choux, lait, jambon, pois ; pourvu que ce fût chaud, la saveur n'avait qu'une médiocre importance. Par contre, Nozdriov ne ménagea pas les vins. On n'avait pas encore servi le potage qu'il versait déjà à ses invités un grand verre de porto et un autre de haut-sauternes, le simple vin de Sauternes étant inconnu dans nos provinces. Il fit apporter une bouteille de madère « comme jamais maréchal n'en avait bu ». Le madère emportait le palais ; connaissant le goût de nos gentillâtres, les marchands ont soin de corser ce vin avec du rhum et parfois même de l'eau-de-vie, persuadés que les estomacs russes supportent tout. Il demanda ensuite une bouteille d'un vin spécial qu'il baptisa *bourguignon-champagnon*, ce breuvage ayant, à l'en croire, le bouquet des deux vins. Il versait de larges rasades à ses voisins, mais se servait parcimonieusement. La méfiance de Tchitchikov fut aussitôt éveillée ; laissant Nozdriov discourir ou régaler son beau-frère, il en profitait pour verser dans son assiette le contenu de son verre. On apporta bientôt de l'eau-de-vie de sorbe qui, d'après Nozdriov, rappelait la prune à s'y méprendre, mais qui, au profond étonnement des invités, se révéla un atroce tord-boyaux. On dégusta ensuite un *baume*, au nom d'autant plus difficile à retenir que l'amphitryon lui en donna plusieurs.

Le dîner était terminé, les bouteilles vidées, mais les convives ne se décidaient point à lever la séance. Pour rien au monde, Tchitchikov n'eût abordé devant le beau-frère l'affaire qui lui tenait à cœur. Ce sujet exigeait la solitude, l'intimité. Au reste, le bonhomme n'aurait su être dangereux ; il s'était consciencieusement piqué le nez, et demeurait planté sur sa chaise en dodelinant de la tête. S'apercevant enfin de son état désespéré, il commença de prendre congé, mais d'une voix molle, pâteuse ; il semblait, suivant l'expression russe, se servir de pinces pour passer le licou à un cheval.

— Je ne te lâche pas ! déclara Nozdriov.

— Non, mon ami, non ; donne-moi congé, insista le beau-frère ; autrement tu me désobligerais.

— Trêve de sornettes ; nous allons faire une petite banque.

— Taille-la tout seul, frère ; ma femme m'en voudrait trop. Je cours lui donner des nouvelles de la foire ; il faut bien parfois lui faire plaisir : Ne me retiens pas.

— Eh, qu'elle aille au... ! Qu'avez-vous de si important à traiter ensemble ?

— Non, frère, non ; c'est une fidèle et respectable compagne ! Elle me rend de tels services que, le croirais-tu, les larmes m'en viennent aux yeux. Non, ne me retiens pas ; foi d'honnête homme, je m'en vais la rejoindre.

— Laisse-le partir ! chuchota Tchitchikov à Nozdriov. Que pourrions-nous en tirer ?

— C'est, ma foi, vrai ! approuva Nozdriov. Je déteste ces gnans-gnans. Que le diable t'emporte ! Va-t'en tenir l'écheveau à ta femme, jean-foutre !

— Non, frère, ne me traite pas de jean-foutre ! répliqua Mijouïev. Je lui dois la vie. C'est une si bonne femme, si douce, si caressante. Elle me touche aux larmes. Elle me demandera ce que j'ai vu à la foire ; il faudra tout lui raconter. Elle est si gentille.

— Eh bien, va-t'en lui en conter ! Voilà ta casquette.

— Non, frère, tu ne devrais pas en parler sur ce ton ; cela m'offense, sais-tu... Elle est si gentille.

— Alors, cours vite la retrouver.

— J'y vais, frère ; excuse-moi de ne pouvoir rester. Je le voudrais bien, mais impossible...

Le beau-frère continua longtemps sur ce ton, sans remarquer qu'il était déjà dans sa calèche et n'avait plus devant lui que la solitude des champs. Ce jour-là sa femme apprit peu de détails sur la foire.

— Quel dadais ! déclara Nozdriov en regardant par la fenêtre la voiture s'éloigner au grand trot.
— Le bricolier n'est pas mauvais, il y a longtemps que je le guigne. Mais impossible de s'entendre avec ce niguedouille !

Sur ces entrefaites, Porphyre apporta les bougies, et Tchitchikov aperçut dans les mains de son hôte un jeu de cartes sorti on ne sait d'où.

— Allons, mon cher, dit Nozdriov ; pour passer le temps, je mets trois cents roubles en banque, n'est-ce pas ?

Sous ses doigts qui en comprimaient les bords, le jeu se bomba, et la banderolle sauta.

Mais Tchitchikov parut ne pas comprendre. Il dit, comme frappé d'une soudaine réminiscence :

— Ah oui ! À propos, j'ai un service à te demander.

— Lequel ?

— Jure-moi d'abord que tu ne refuseras pas.

— Mais quel service ?

— Jure d'abord.

— Soit !

— Parole d'honneur ?

— Parole d'honneur.

— Eh bien, voici... Beaucoup de tes paysans défunts figurent encore, je crois, sur les listes de recensement ?

— Oui, et alors ?

— Cède-les moi.

— Qu'en veux-tu faire ?

— J'en ai besoin.

— Pour quoi ?

— C'est mon affaire. J'en ai besoin, te dis-je.

— Tu manigances quelque chose. Avoue.

— Rien du tout. Quel parti tirer de pareille vétille ?

— Mais alors qu'en as-tu besoin ?

— Voyez-vous le curieux ! Il voudrait tout palper, mettre son nez partout.

— Ah, tu biaises ? Puisque c'est ainsi, je ne fais rien, tant que tu ne m'auras pas expliqué ton dessein.

— Tu seras bien avancé quand tu le sauras ! Simple fantaisie de ma part. Et tu n'agis guère honnêtement : tu donnes ta parole pour aussitôt la reprendre.

— Comme tu voudras ; mais je ne m'exécute pas avant que tu n'aies parlé.

« Que pourrais-je bien lui dire ? » songea Tchitchikov qui, après un instant de réflexion, déclara avoir besoin d'âmes mortes pour acquérir du poids dans le monde ; comme il ne possédait pas de grands domaines, elles lui en tiendraient lieu, en attendant mieux.

— Tu mens, tu mens ! interrompit Nozdriov.

Tchitchikov dut s'avouer que le prétexte allégué était plutôt faible.

— Allons, reprit-il, je vais te dire la vérité ; de grâce, n'en souffle mot à personne. Je me suis mis en tête de me marier ; mais les parents de ma fiancée ont de grandes prétentions. Qu'allais-je faire dans cette galère ! Ils exigent du fiancé trois cents âmes, et comme il m'en manque près de la moitié...

— Tu mens, tu mens ! s'écria de nouveau Nozdriov.

— Pas même de ça ! affirma Tchitchikov, en désignant du pouce l'extrémité de son petit doigt.

— Je parie ma tête que tu mens !

— Cela devient insupportable ! Pour qui me prends-tu ? Je ne fais que mentir, d'après toi.

— C'est que je te connais, mon bon ! Tu es un grand fripon ; permets-moi de te le dire amicalement. Si j'étais ton chef, je te pendrais au premier arbre venu !

Tchitchikov se sentit froissé. Toute expression un tant soit peu grossière ou malsonnante lui déplaisait. La familiarité le choquait ; il ne la tolérait que de grands seigneurs. Aussi fut-il piqué au vif.

— Parole d'honneur, je te pendrais ! répéta Nozdriov. Soit dit sans t'offenser. Je te parle tout franc, en ami.

— Il y a des limites à tout, déclara Tchitchikov d'un ton digne. Si tu veux faire parade de semblables propos, fréquente les corps de garde !... Si tu ne veux pas donner tes âmes mortes, vends-les moi, ajouta-t-il après un temps.

— Te les vendre ! Mais je te connais, canaille ; tu n'en offriras pas cher.

— Je te vois venir. Crois-tu qu'elles vaillent leur pesant d'or ?

— Ça y est. Je t'avais bien deviné !

— Tu n'as pas honte de ces façons de juif ? Tu devrais tout simplement m'en faire cadeau.

— Écoute ; je vais te montrer que je ne suis pas un grigou. Achète mon étalon, je te donnerai les âmes par-dessus le marché.

— Qu'ai-je à faire de ton étalon ? s'écria Tchitchikov décontenancé par cette proposition.

— Mais je l'ai payé dix mille roubles, et je te le cède pour quatre mille !

— Et après ? Je n'ai pas de haras.

— Attends donc. Tu ne me donneras tout de suite que trois mille roubles et le reste plus tard.

— Je n'en ai que faire, te dis-je.

— Alors, achète ma jument alezane.

— À quoi bon !

— Pour la jument et le cheval gris que je t'ai montré, je ne te prendrai que deux mille roubles.

— Mais je n'ai nul besoin de chevaux

— Tu les vendras ; à la première foire on t'en donnera le triple.

— S'il en est ainsi, vends-les toi-même ! Voilà un gain assuré.

— Je le sais bien, mais je voudrais t'en faire profiter.

Tchitchikov remercia son hôte de sa bonne intention, mais refusa catégoriquement et le cheval gris et la jument alezane.

— Alors, achète-moi des chiens. Je t'en céderai un couple à faire venir la chair de poule : de longues moustaches, le poil hérissé, une cambrure de côtes invraisemblable, des pattes ramassées qui effleurent la terre sans laisser la moindre trace[77].

— Qu'ai-je à faire de chiens ? Je ne suis pas chasseur.

— Je voudrais voir quelques-uns de mes chiens en ta possession. Mais si tu n'en veux pas, achète mon orgue. Il est superbe ; foi d'honnête homme, je l'ai payé quinze cents roubles ; je te le cède pour neuf cents.

---

[77] Voir note précédente.

— Qu'ai-je à faire d'un orgue ? Je ne suis pas un de ces Allemands qui s'en vont mendiant par les chemins en tournant la manivelle[78].

— Mon orgue ne ressemble pas à ceux des mendiants allemands ; il est tout en acajou ; attends, je vais te le montrer encore une fois ; regarde-le bien !

Nozdriov saisit Tchitchikov par le bras et, l'entraînant dans l'autre pièce, le força, en dépit de ses protestations et trépignements, à entendre une fois de plus comme quoi Malbrough s'en va-t-en guerre.

— Si tu ne veux pas me l'acheter, reprit-il, voici ce que je te propose : je te le cède avec toutes mes âmes mortes contre ta britchka ; mais tu ajouteras trois cents roubles.

— Il ne manquait plus que ça ! Et comment m'en irais-je ?

— Je te donnerai une autre voiture. Viens à la remise, je te la ferai voir. Une fois repeinte, ce sera une merveille.

« Décidément, il a le diable au corps ! » songea Tchitchikov, bien décidé à refuser toutes les orgues, toutes les calèches, et aussi tous les chiens malgré leurs pattes ramassées et l'incroyable cambrure de leurs côtes.

— Ainsi, je te cède la britchka, l'orgue, les âmes mortes, affaire liée.

— Je ne veux pas, déclara Tchitchikov.

— Mais pourquoi ?

— Parce que je ne veux pas — voilà tout.

— Quel être tu fais ! Tu ignores décidément les procédés qui sont en usage entre bons camarades !... On voit de suite que tu n'es pas franc.

— Me prends-tu pour un imbécile ? Tu ne voudrais pourtant pas me voir acheter un objet parfaitement inutile ?

— Ne m'en conte pas ! je te connais maintenant. Tu n'es qu'une racaille !... Écoute, faisons une petite banque ? Je mettrai pour enjeu mes défunts et l'orgue par-dessus le marché.

— Je ne tiens pas à courir de risques, dit Tchitchikov en lorgnant les cartes que tenait Nozdriov. Elles lui parurent fort suspectes et la moucheture du dos sujette à caution.

— Quels risques ? fit Nozdriov. Si tu as la chance pour toi, tu peux gagner des mille et des cents... Tiens ! le voilà ! quelle veine ! s'écria-t-il en commençant à tailler pour stimuler son partenaire. — Quelle veine ! Quelle veine ! Le voilà, ce maudit neuf, qui m'a si bien ratiboisé ! Je sentais qu'il me trahirait, mais les yeux fermés, j'ai mis dessus en me disant : « Eh, par tous les diables, vends-moi, trahis-moi, maudit ! »

Pendant ce discours, Porphyre apporta une bouteille ; mais Tchitchikov se refusa à boire comme à jouer.

— Enfin, pourquoi ne veux-tu pas jouer ? dit Nozdriov.

— Je n'en ai pas envie. D'ailleurs, à parler franc, je ne suis pas amateur.

— Pourquoi cela ?

— Parce que !... trancha Tchitchikov en haussant les épaules.

— Tu n'es qu'une mazette !

— Que veux-tu, je suis né comme ça !

---

[78] — Ces *mendiants allemands* ont les premiers introduit l'orgue de Barbarie en Russie. Le nom russe de cet instrument : *charmaneka* provient de l'air le plus souvent joué par ces musiciens ambulants : *Charmante Catherine*.

— Un butor, un jean-foutre ! Je te croyais un galant homme, mais tu n'as aucun savoir-vivre. Impossible de te parler en ami. Tu manques de franchise, tu n'as pas de bons mouvements. Tu es un fieffé coquin, un autre Sobakiévitch.

— Pourquoi m'injurier ? Est-ce ma faute si je ne suis pas joueur ? Vends-moi les âmes toutes seules, si tu attaches tant de prix à ce trésor !

— Compte là-dessus ! Je voulais t'en faire cadeau, mais maintenant bernique ! Offre-moi trois royaumes, je ne te les vendrai pas ! Tu n'es qu'un cuistre, un bélître. Je ne veux plus avoir aucun rapport avec toi ! Porphyre, va dire au palefrenier de ne pas donner d'avoine à ses chevaux ; qu'ils se contentent de foin !

Cette conclusion déconcerta Tchitchikov.

— Je voudrais ne t'avoir jamais vu ! conclut Nozdriov.

Malgré cette altercation, les deux hommes soupèrent ensemble ; mais cette fois on ne servit aucune boisson aux noms compliqués. Il n'y avait sur la table qu'une bouteille de piquette, pompeusement baptisée vin de Chypre. Après le souper, Nozdriov mena Tchitchikov dans un cabinet où un lit avait été dressé.

— Voici ta chambre, dit-il, mais je ne saurais te souhaiter bonne nuit !

Son hôte parti, Tchitchikov se sentit de la plus méchante humeur. Il se reprochait cette perte de temps. Il n'aurait pas dû accepter l'invitation de Nozdriov, encore moins lui parler des âmes mortes. Il avait agi à l'étourdie, en enfant, en sot ; confiait-on à un tel homme une affaire aussi délicate ?... Ce drôle était capable de bavarder, de broder, de colporter Dieu sait quels cancans... « Imbécile ! imbécile ! » s'injuriait Tchitchikov. Il dormit très mal toute la nuit. De petits insectes fort entreprenants le piquaient cruellement ; il se grattait la place endolorie, maugréait : Que le diable vous emporte, vous et votre Nozdriov ! »

Éveillé de bonne heure, il passa ses bottes et sa robe de chambre, courut à l'écurie, ordonna à Sélifane d'atteler sur l'heure. En revenant, il rencontra dans la cour Nozdriov, également en robe de chambre et la pipe aux dents, qui d'un ton amical lui souhaita le bonjour.

— As-tu bien dormi ? s'informa-t-il.

— Comme ci, comme ça, répondit sèchement Tchitchikov.

— Et moi, vieux frère, après la cuite d'hier, j'ai eu mal aux cheveux. Toute la nuit, j'ai lutté avec un si infâme cauchemar que je me gêne de le raconter. Figure-toi qu'on me fustigeait ! Parole d'honneur ! Et devine qui ? Je te le donne en mille ! Le capitaine Potsélouïev et Kouvchinnikov.

« Puisse le rêve devenir réalité ! » se dit Tchitchikov.

— Parole d'honneur ! Et ils n'y allaient pas de main morte ! En m'éveillant, je sentis, ma foi, des démangeaisons : ces sorcières de puces, sans doute ! Mais va vite t'habiller. Je reviens te trouver, le temps d'attraper ma canaille d'intendant.

Quand, sa toilette faite, Tchitchikov pénétra dans la salle à manger, le thé était déjà servi ; une bouteille de rhum l'accompagnait. La pièce portait les traces du festin de la veille. Aucun balai ne semblait avoir touché le plancher, tout couvert de miettes ; la nappe même était souillée de cendre. L'amphitryon ne tarda pas à se montrer, laissant voir sous sa robe de chambre sa poitrine velue. Pipe en main, tasse aux lèvres, il eût charmé ces peintres qui détestent les gens bien frisés, bien léchés, ou tondus ras comme des mannequins de coiffeur.

— Eh bien, fit Nozdriov, après quelques instants de silence, tu ne veux toujours pas jouer les âmes ?

— Je t'ai déjà dit, mon cher, que je ne jouais pas ; mais je veux bien te les acheter.

— Et moi, je ne veux pas te les vendre ; cela ne se pratique pas entre amis. Je ne mange pas de ce pain-là. Taillons plutôt une banque !

— Non, te dis-je.

— Alors, un troc ?

— Non plus.

— Eh bien, faisons une partie de dames. Si tu gagnes, les âmes sont à toi. Et j'en ai une masse à rayer de la feuille de recensement. Holà, Porphyre, apporte ici le damier !

— Peine inutile : je ne jouerai pas.

— Mais il ne s'agit plus de hasard. Aux dames, ni veine ni tricherie ne prévalent ; c'est un jeu de calcul. Je t'avoue même que je sais à peine jouer. Il faudra que tu me rendes des pions.

« Bah ! se dit Tchitchikov, si j'acceptais ? J'étais autrefois d'assez belle force aux dames ; et il ne saurait guère tricher à ce jeu-là ».

— Soit, pour te faire plaisir, j'accepte une partie de dames.

— Les âmes vont pour cent roubles ?

— Comment, cent roubles ? Cinquante suffiront.

— Cinquante, ce n'est pas une somme. Je préfère ajouter aux âmes un chien de moyenne qualité ou un cachet en or pour porter en breloque.

— Soit ! consentit Tchitchikov.

— Combien de pions me rends-tu ? demanda Nozdriov.

— Mais pas un ! Il ne manquerait plus que ça.

— Donne-moi au moins double avantage pour commencer.

— Jamais de la vie. Je joue mal moi-même.

— Nous savons comme vous jouez mal ! dit Nozdriov en avançant un pion.

— Il y a des années que je n'ai touché aux dames, dit Tchitchikov en avançant, à son tour, un pion.

— Nous savons comme vous jouez mal ! dit Nozdriov en poussant un autre pion.

— Il y a des années que je n'ai touché aux dames, dit Tchitchikov en poussant un second pion.

— Nous savons comme vous jouez mal ! reprit Nozdriov, qui avança un troisième pion, tandis que le bout de sa manche en poussait un autre.

— Il y a longtemps que je n'ai touché... Eh mais, l'ami, d'où vient ce pion ? Remets-le en place ! dit Tchitchikov.

— Quel pion ?

— Mais celui-ci, dit Tchitchikov, qui en aperçut aussitôt sous son nez un autre, bien près d'aller à dame ; Dieu sait d'où il sortait. — Non, reprit-il en se levant, impossible de jouer avec toi. Tu avances trois pions d'un coup !

— Comment trois pions ? C'est une erreur. J'ai bougé celui-ci par distraction, je le remets en place.

— Mais l'autre, comment se trouve-t-il là ?

— Quel autre ?

— Celui-ci qui s'en va à dame.

— Comment, tu ne te rappelles pas ?

— Non, mon cher, je me rappelle fort bien, j'ai compté tous les coups. Ce pion-ci, tu viens seulement de l'amener là ; voilà sa vraie place !

— Comment, sa vraie place ! s'exclama Nozdriov devenu pourpre. Tu as une riche invention, à ce que je vois.

— Parle pour toi, mon cher ; mais tu l'exerces mal.

— Me prendrais-tu pour un tricheur ?

— Je ne te prends pour rien du tout ; mais je ne jouerai plus dorénavant avec toi.

— La partie est commencée, s'emporta Nozdriov, il faut la finir ; tu n'as pas le droit de refuser.

— J'en ai parfaitement le droit, puisque tu ne joues pas en galant homme.

— Qu'oses-tu dire là, menteur ?

— Menteur toi-même !

— Je n'ai pas triché, tu ne peux refuser de terminer la partie !

— Tu ne saurais m'y contraindre, déclara froidement Tchitchikov en brouillant le jeu.

Nozdriov furieux s'approcha si près de son partenaire que celui-ci recula de deux pas.

— Je te forcerai à jouer ! Peu importe que tu aies brouillé le jeu. Je me rappelle parfaitement les coups. Nous allons remettre les pions à leur place.

— Non, mon cher, inutile ! Je ne jouerai plus avec toi.

— Tu ne veux plus jouer ?

— Tu sens toi-même qu'on ne peut pas jouer avec toi.

— Parle net ; tu ne veux plus jouer ? reprit Nozdriov en s'approchant de plus en plus.

— Non, je ne veux plus ! trancha Tchitchikov en se protégeant à tout hasard le visage, car l'affaire devenait chaude. Cette précaution n'était pas inutile : le bras de Nozdriov ayant déjà décrit un grand moulinet, l'une des joues de notre héros eût fort bien pu se couvrir d'une ineffaçable flétrissure... Mais Tchitchikov, parant le coup, empoigna les bras trop entreprenants.

— Porphyre, Pavlouchka ! hurla Nozdriov fou de rage en essayant de se dégager.

À ces mots, Tchitchikov, ne voulant pas rendre les domestiques témoins d'une scène scandaleuse et comprenant l'inutilité de retenir Nozdriov, lâcha celui-ci. Au même instant accourut Porphyre, suivi de Pavlouchka, robuste gaillard avec lequel il n'eût pas fait bon avoir maille à partir.

— Alors, tu ne veux pas terminer la partie ? demanda Nozdriov. Réponds franchement !

— Impossible ! dit Tchitchikov en lorgnant la fenêtre. Il aperçut sa britchka attelée, Sélifane qui n'attendait qu'un signe pour venir se ranger contre le perron ; mais les deux lourdauds de laquais barraient la sortie.

— Alors tu ne veux pas terminer la partie ? répéta Nozdriov, cramoisi.

— Si tu jouais en galant homme... Mais comme ça, je ne peux pas.

— Ah ! tu ne peux pas, crapule ! Tu te crois perdu et tu ne veux plus jouer ! Tapez dessus ! cria l'énergumène, en saisissant une lourde pipe de merisier.

Tchitchikov, pâle comme un linge, voulut parler, mais ses lèvres remuaient sans émettre aucun son.

— Tapez dessus ! hurlait Nozdriov en avançant, chibouk en main, face écarlate, corps en sueur, comme s'il montait à l'assaut d'une imprenable forteresse. — Tapez dessus ! hurlait-il, de la même voix qu'un casse-cou de lieutenant, dont la folle bravoure doit toujours être modérée par un ordre du jour spécial, crie à son peloton : « En avant ! » au cours d'une attaque décisive. Emporté par son ardeur, notre lieutenant perd la tête, se croit un Souvorov, brûle d'accomplir une action d'éclat. « En avant, les gars ! » crie-t-il impétueusement, sans comprendre qu'il nuit au plan général d'attaque, que des milliers de fusils sont braqués aux embrasures des inaccessibles murailles, que son faible peloton sera réduit en poudre, qu'une balle fatale va mettre un terme à ses cris belliqueux.

Si Nozdriov tenait assez bien l'emploi d'un lieutenant en délire, le bastion qu'il attaquait, loin de paraître inexpugnable, tremblait tout simplement de peur. La chaise dont il voulait se couvrir lui avait déjà été arrachée par la valetaille ; déjà, plus mort que vif, il s'apprêtait à tâter du chibouk. Dieu sait ce qui serait advenu de notre héros, si le sort n'eût daigné lui sauver les côtes, les épaules, toutes ses nobles parties. Un tintement fêlé de grelot sembla soudain tomber du ciel, un bruit de roues vint mourir au perron, le lourd halètement des trois chevaux à bout de souffle retentit jusque dans la pièce. Instinctivement, tout le monde se tourna vers la fenêtre. Un personnage moustachu, en tunique à moitié militaire, sauta d'une télègue, et, après enquête dans l'antichambre, pénétra dans la pièce au moment où Tchitchikov, mal remis de son effroi, se trouvait dans la plus pitoyable situation que mortel eût jamais connue.

— Monsieur Nozdriov, s'il vous plaît ? demanda l'inconnu tout ébahi, en dévisageant tour à tour Nozdriov qui brandissait son chibouk et Tchitchikov qui se remettait difficilement de son émoi.

— Tout d'abord, à qui ai-je l'honneur de parler ? rétorqua Nozdriov en s'avançant vers le nouveau venu.

— Au capitaine-ispravnik[79].

— Et que désirez-vous ?

— Je viens vous prier, par ordre, de vous tenir à la disposition de la justice jusqu'au prononcé du jugement dans le procès qui vous a été intenté.

— Quel procès ?

— Vous êtes impliqué dans l'affaire Maximov. Ce propriétaire vous accuse d'avoir, au cours d'une orgie, exercé des violences sur sa personne ; vous l'auriez fait battre de verges.

— Vous mentez ! J'ignore totalement le propriétaire Maximov.

— Monsieur, permettez-moi de vous dire que je suis officier. Si bon vous semble, parlez sur ce ton à vos domestiques ; quant à moi, je ne saurais le supporter.

Sans attendre la réponse de Nozdriov, Tchitchikov saisit son chapeau et, se dissimulant derrière le capitaine-ispravnik, gagna au plus tôt le vestibule. Une fois dans sa britchka, il ordonna à Sélifane de lancer ses chevaux à toute vitesse.

V

Décidément notre héros avait eu une belle peur. La calèche roulait à toute vitesse, le domaine de Nozdriov avait depuis longtemps disparu parmi les champs et les collines, mais Tchitchikov jetait toujours en arrière des regards angoissés. Il se croyait poursuivi, respirait difficilement, et sentait, quand il y portait la main, son cœur tressauter comme caille en cage. « Ah ! l'animal, quel mauvais quart d'heure il m'a fait passer ! » Ici, mille imprécations, mille gros mots s'abattirent sur Nozdriov. Que voulez-vous ! Tchitchikov était Russe et de plus en colère. Et puis, il ne s'agissait pas d'une plaisanterie. « Sans le capitaine-ispravnik, se disait-il, il m'aurait peut-être fallu dire adieu à la lumière

---

[79] Voir note 33.

du jour ! J'aurais disparu sans laisser plus de traces qu'une bulle à savon à la surface de l'eau, sans léguer à mes futurs enfants ni patrimoine, ni bonne renommée. » Notre héros se souciait beaucoup de ses descendants.

« Quel vilain monsieur ! songeait de son côté Sélifane ; je n'en ai encore jamais vu de semblable. Je lui cracherais volontiers à la figure. Mieux vaut refuser la nourriture aux gens que priver les chevaux de la leur. Le cheval aime l'avoine ; c'est sa pitance, à lui !... »

Les chevaux, eux aussi, paraissaient tenir Nozdriov en piètre estime. Le Bai, l'Assesseur, le Tigré lui-même étaient de fort méchante humeur. Celui-ci recevait toujours la plus mauvaise avoine et Sélifane ne la versait dans son auge qu'après l'avoir, au préalable, traité de fripouille ; cependant, c'était toujours de l'avoine et non du foin ; il la mâchait avec plaisir et fourrait souvent, surtout en l'absence de Sélifane, son long museau dans l'auge de ses camarades pour goûter leur part. Mais rien que du foin, quelle horreur ! Tout le monde était mécontent ! Mais bientôt, les mécontents furent brusquement arrachés à leurs rêveries. Tous, cocher compris, ne revinrent à eux qu'en se voyant presque enfoncés par une calèche attelée de six chevaux et en entendant, presque au-dessus d'eux, les cris des dames qui l'occupaient et les injures de l'autre cocher :

— Ah coquin ! Ne t'ai-je pas crié de tenir ta droite ? Serais-tu saoul par hasard ?

Sélifane se sentait coupable ; mais, en bon Russe, il ne voulut pas l'avouer et répliqua d'un air digne :

— Et pourquoi cours-tu le galop ? Aurais-tu laissé tes yeux en gage au cabaret ?

Alors seulement il se mit en devoir de faire reculer sa britchka mais ne réussit pas à la dégager, tant les deux attelages étaient enchevêtrés. Le Tigré flairait avec curiosité les nouveaux amis qui lui pressaient les flancs. Cependant, les deux occupantes de la calèche regardaient cette scène avec épouvante. L'une était âgée, l'autre toute jeune, seize ans environ ; des cheveux dorés, lissés à ravir, couronnaient sa tête menue. Le bel ovale de son visage affectait la forme et la blancheur transparente d'un œuf frais pondu, alors que, miré par une fille aux mains brunies, il laisse passer les rayons du soleil. Ses oreilles fines, diaphanes, rougissaient sous la chaude lumière qui les pénétrait ; l'effroi tenait ses lèvres entr'ouvertes ; des larmes perlaient à ses yeux. Tout cela faisait un spectacle si charmant, que notre héros le considéra quelques instants, sans prêter aucune attention au démêlé entre chevaux et cochers.

— Mais recule donc, vilain corbeau ! criait le cocher de la calèche. Sélifane tira les guides à lui ; l'autre l'imita ; les chevaux reculèrent un peu, pour aussitôt se rapprocher de plus belle, en s'empêtrant dans les traits. Enchanté du nouvel ami qu'il s'était fait de la sorte, le Tigré ne voulait à aucun prix s'en séparer. Le museau sur le cou du camarade, il lui murmurait des paroles sans doute bien futiles, car l'autre secouait continuellement les oreilles.

Le tumulte attira enfin les paysans d'un village heureusement voisin. Pareils spectacles sont pour notre moujik une vraie bénédiction ; il y court comme les étrangers se précipitent[80] au club ou sur les gazettes. Aussi l'attroupement fut-il bientôt considérable ; il ne resta au village que les vieilles femmes et les enfants en bas âge. On relâcha les traits ; quelques coups de poing sur le museau du Tigré le firent reculer ; bref, on réussit à dégager les deux attelages. Mais, soit dépit d'avoir été séparés de leurs nouveaux camarades, soit simple caprice, les chevaux des voyageuses, sourds aux coups de fouet du cocher, se refusaient à bouger. L'empressement des villageois atteignit le comble. Chacun voulait donner son conseil.

— Eh, Andriouchka, prends au mors le bricolier de droite ! Père Mitiaï, enfourche le timonier ! Allons, grimpe, père Mitiaï !

---

[80] — ... *comme nous nous précipitions...* portent les premières rédactions.

Mitiaï, long bonhomme dégingandé à la barbe rousse, sauta sur le timonier : il y parut semblable à un clocher de village, ou plutôt à la longue gaffe qui sert à tirer de l'eau dans les campagnes. Le cocher eut beau cingler ses bêtes, le père Mitiaï perdit sa peine.

— Attends ! Attends ! crièrent les moujiks. Père Mitiaï, cède ta place au père Miniaï et grimpe sur le bricolier.

Sans se faire prier, le père Miniaï, colosse à barbe d'ébène, ventripotent comme un samovar monstre où bout le sbitène[81] de tout un marché transi de froid, grimpa sur le timonier qui faillit crouler sous son poids.

— Ça va marcher maintenant ! crièrent les moujiks. Tape dessus, tape dessus, voyons ! Fouaille-moi l'aubère qui est là à rager sur place comme un faucheux !

Voyant que rien n'y faisait, le père Miniaï prit le père Mitiaï en croupe, tandis qu'Andriouchka montait sur le bricolier. À la fin, le cocher impatienté agit fort sagement en envoyant promener les deux compères. Les chevaux transpiraient, comme s'ils eussent franchi un relais tout d'une haleine. Il les laissa respirer une minute ; après quoi ils partirent d'eux-mêmes.

Pendant tout ce manège, Tchitchikov considérait attentivement la jeune inconnue. Il voulut plusieurs fois lui adresser la parole, mais n'en trouva pas l'occasion. Les dames s'éloignèrent ; la jolie tête aux traits délicats s'évanouit comme une vision ; il ne demeura plus que la route, la britchka, les trois chevaux bien connus du lecteur, Sélifane, Tchitchikov, la vaste nudité des champs.

Partout en ce bas monde, parmi les basses classes végétant dans la crasse, parmi les sphères supérieures figées dans un ennui morne et correct, chaque homme fait, au moins une fois dans sa vie, une rencontre qui éveille en lui des sentiments jusqu'alors inéprouvés. Parmi les chagrins dont notre vie est tissée, luit toujours, à un moment donné, un éclair de joie. Ainsi parfois un brillant équipage, harnais dorés, chevaux fringants, glaces étincelantes, traverse au galop un misérable hameau perdu. Et longtemps, longtemps, les villageois, qui ne connaissaient jusque là que leur humble charrette, demeurent bouche bée, chapeau bas, sans voir que le carrosse-fée a déjà disparu. La blondine, elle aussi, a fait dans notre roman une brève apparition inattendue. Mettez à la place de Tchitchikov un jouvenceau, hussard, étudiant, ou simple néophyte — quel émoi, grand Dieu, quel éveil en son âme ! Il fût demeuré longtemps immobile, le regard lointain, sans songer à la route à parcourir, aux reproches qu'il recevra, négligeant son devoir, oubliant tout au monde, à commencer par lui-même.

Notre héros, qui n'était plus jeune, ne s'emballait pas si facilement. Froid et circonspect, il se prit, lui aussi, à réfléchir ; mais ses pensées suivirent un cours plus délimité, plus positif. « Charmante créature ! » se dit-il, en prenant une prise dans sa tabatière. — « Mais à parler franc, pourquoi plaît-elle tant ? Parce que, sortie hier de pension, elle n'a encore aucun des défauts de la femme : rien d'affecté, rien de maniéré. D'une simplicité enfantine, elle dit tout ce qui lui passe par la tête, rit quand il lui plaît. On peut en faire ce qu'on voudra. Elle deviendra une merveille ou une pimbêche, une pimbêche plutôt ! Laissons faire tantes et mamans ! En une année, elles la rendront méconnaissable à son pauvre père. La morgue, l'affectation lui viendront on ne sait d'où. Prisonnière de leçons apprises par cœur, elle se cassera la tête pour savoir à qui, sur quel ton, combien de temps elle peut parler et quelle opinion elle doit avoir des gens. Elle craindra sans cesse d'en dire plus qu'il ne convient, s'embrouillera elle-même, finira par mentir toute sa vie, par devenir Dieu sait quoi ! »

Après une pause, il reprit :

« Je serais curieux de savoir qui est son père. Un riche propriétaire de caractère grave, un brave fonctionnaire retiré du service avec le sac ? Cette petite et deux cent mille roubles de dot, ce morceau friand pourrait faire, comme on dit, le bonheur d'un honnête homme. »

---

[81] Voir note 30.

Les deux cent mille roubles de dot formèrent dans son imagination un tableau si alléchant, qu'il se reprocha de n'avoir pas, pendant la bagarre, demandé au postillon ou au cocher le nom des voyageuses. Bientôt, cependant, on aperçut la propriété de Sobakévitch ; les pensées de Tchitchikov reprirent aussitôt leur cours habituel.

Le domaine lui parut de quelque importance : deux bois, l'un de bouleaux, l'autre de pins, flanquaient comme deux ailes, l'une claire l'autre sombre, la maison de bois à mezzanine, au toit rouge, aux murs peints en gris sale : une bâtisse pour colons allemands ou militaires[82]. On devinait qu'en la construisant, l'architecte, pédant épris de symétrie, avait été aux prises avec les goûts du maître. Celui-ci, qui aimait ses aises, avait condamné toutes les fenêtres d'un côté pour les remplacer par une étroite lucarne, qui donnait sans doute sur une dépense obscure. Le fronton n'occupait pas le milieu de la façade, les efforts de l'architecte s'étant heurtés à l'entêtement du propriétaire : une colonne avait été supprimée ; il n'en restait plus que trois. Une grille de bois aux énormes barreaux entourait la cour. Le maître semblait surtout priser la solidité. Les écuries, les remises, les communs étaient construits en poutres massives, qui défiaient les siècles.

Les demeures des paysans frappaient les regards : de belles izbas en bois, sans ornements ajourés et autres fioritures, mais admirablement charpentées. La margelle du puits était taillée en cœur de chêne, comme un moulin ou un navire. En un mot, tout ce qu'aperçut Tchitchikov était bien en place, lourd, épais, massif. En approchant du perron, il entrevit, presque en même temps, deux têtes penchées à une fenêtre : un visage de femme en bonnet, étroit et long comme un concombre ; une figure d'homme, ronde, large comme une courge de Moldavie, une de ces calebasses dont on fait en Russie les balaïkas, légers instruments à deux cordes, joie et orgueil des casse-cœurs de vingt ans, qui les pincent doucement, avec force œillades et sifflets à l'intention des belles filles à la gorge blanche, empressées à les écouter. Au même instant, les deux visages se rejetèrent en arrière. Un domestique en veste grise, à collet bleu de ciel, introduisit Tchitchikov dans l'antichambre, où l'attendait le maître du logis ; celui-ci l'accueillit d'un : « S'il vous plaît ! » saccadé, et le mena aux appartements.

Tchitchikov lorgna Sobakévitch qui, cette fois-ci, lui rappela tout à fait un ours de taille moyenne. Pour compléter la ressemblance, notre homme portait un long pantalon et un habit brun à larges manches ; il marchait en zigzag, à pas pesants, et le plus souvent sur les pieds d'autrui. Sa face rougeaude avait des tons de monnaie de cuivre. Il existe, on le sait, beaucoup de ces visages, que la nature n'a pas voulu fignoler. Laissant de côté limes, vilebrequins et autres instruments de précision, elle les taille à coups de serpe ; d'un coup le nez, d'un autre les lèvres ; puis, les yeux forés à la tarière, elle dédaigne de les polir et les lance par le monde en disant : « Ça va bien comme ça ! » — Sobakévitch possédait un de ces mufles façonnés à la diable. Il le tenait généralement incliné, sans jamais remuer le cou ; grâce à cette raideur, il regardait rarement son interlocuteur en face, mais fixait toujours le poêle ou la porte.

En traversant la salle à manger, Tchitchikov le lorgna encore une fois : un ours, un ours accompli ! Étrange coïncidence : il se prénommait Mikhaïl Sémionovitch[83]. Connaissant les façons de son hôte, sa manie de marcher sur les pieds des gens, le visiteur s'avançait avec précaution et le laissait prendre les devants. Sobakévitch, conscient de sa maladresse, lui demanda soudain :

— Je ne vous ai pas incommodé ?

Tchitchikov le remercia et l'assura qu'aucun incident fâcheux n'avait encore eu lieu.

---

[82] — Les premiers colons allemands furent attirés en Russie par Catherine II et se fixèrent notamment dans la province de Saratov. Les colonies militaires sont une création d'Alexandre Ier et de son favori Araktchéiev ; ces soldats cultivateurs s'établirent principalement en Petite Russie.

[83] — La langue populaire russe se plaît à revêtir les animaux de prénoms et patronymiques. L'ours est appelé : *Mikhaïl Sémionovitch* et le plus souvent *Micha*.

Une fois au salon, Sobakévitch, avec un nouveau : « S'il vous plaît », désigna un fauteuil à Tchitchikov qui s'y assit en embrassant du regard les tableaux appendus aux murs. Ils représentaient des héros grecs gravés en pied : Miaoulis, Canaris, Mavrocordato en lunettes, tunique, culotte rouge. Tous avaient les cuisses si fortes, les moustaches si longues, qu'on se sentait frémir en les regardant. Parmi ces colosses figurait, on ne sait pourquoi, dans un tout petit cadre, Bagration[84], frêle, décharné, de minuscules drapeaux et canons à ses pieds. Puis venait à nouveau une héroïne grecque, Bobelina, dont une jambe était plus volumineuse, à elle seule, que le corps entier des petits-maîtres qui peuplent les salons d'aujourd'hui. Taillé en hercule, le maître de la maison aimait sans doute à s'entourer de robustes gaillards comme lui. Après Bobelina, une cage suspendue tout contre la fenêtre contenait un merle moucheté de blanc qui, lui aussi, ressemblait fort à Sobakévitch.

Hôte et visiteur se taisaient depuis deux minutes à peine, quand la porte du salon s'ouvrit, livrant passage à la dame du logis, femme de haute taille, qui portait une coiffe à rubans reteinte par un procédé domestique. Elle entra d'un pas grave, en tenant la tête droite comme une palme.

— Voici ma Théodulie Ivanovna, dit Sobakévitch.

Tchitchikov s'approchant pour le baisemain, Théodulie Ivanovna lui fourra presque sous le nez une main nettoyée à la saumure de concombre.

— Ma bonne amie, continua Sobakévitch, je te présente Pavel Ivanovitch Tchitchikov. J'ai eu l'honneur de faire sa connaissance chez le gouverneur et chez le directeur des postes.

Théodulie Ivanovna invita Tchitchikov à s'asseoir, en laissant, elle aussi, tomber un : « S'il vous plaît ! » — avec un signe de tête familier aux comédiennes qui jouent les reines. Puis elle prit place sur le canapé, se drapa dans son châle de mérinos, et tout en elle, jusqu'aux sourcils, demeura immobile.

Tchitchikov promena de nouveau ses regards sur les murs, revit Canaris, ses fortes cuisses, ses longues moustaches, Bobelina et le merle en cage.

Cinq minutes environ s'écoulèrent en silence ; on n'entendait que le merle en train de picorer sur le plancher de la cage. Pour la troisième fois Tchitchikov examina la chambre. Tout ce qu'elle contenait, solide, mastoc, pataud, affectait une étrange ressemblance avec le maître du logis. Dans un angle, un bureau de noyer, à pieds biscornus rappelait un ours de chair et d'os ; la table, les fauteuils, les chaises, tout était lourd et incommode à souhait. En un mot, chaque objet semblait dire : « je ressemble fort à Sobakévitch ! » ou « Je suis aussi un Sobakévitch en mon genre ! »

— Nous avons parlé de vous jeudi dernier chez Ivan Grigoriévitch, le président du tribunal, dit enfin Tchitchikov, en voyant ses hôtes peu disposés à engager la conversation. Nous y avons fort agréablement passé le temps.

— Oui, je n'ai pu aller ce jour-là chez le président, répondit Sobakévitch.

— Quel excellent homme, n'est-ce pas ?

— Qui cela ? dit Sobakévitch, les yeux au poêle.

— Le président.

— Cela vous plaît à dire ! Bien que franc-maçon, c'est le plus parfait imbécile que la terre ait jamais porté.

Ce jugement, plutôt péremptoire, déconcerta quelque peu Tchitchikov ; il se remit toutefois et continua son propos.

---

[84] — Les amiraux *Canaris* (1790-1877) et *Miaoulis* (1768-1835), le général *Colocotronis* (1770-1883), l'homme d'État *Mavrocordato* (1791-1865), eurent leur heure de gloire au moment de la guerre d'Indépendance grecque. Le prince *Pierre Bagration,* général russe (1765-1812), mourut d'une blessure reçue à Borodino.

— Bien sûr, chacun a ses faiblesses. Par contre, quel brave homme que le gouverneur !

— Le gouverneur, un brave homme !

— Oui. n'est-ce pas ?

— Le premier brigand du monde !

— Le gouverneur, un brigand ! s'exclama Tchitchikov, impuissant à comprendre comment ce haut dignitaire se trouvait tout d'un coup chef de bande. Je ne l'aurais vraiment pas cru. Ses manières décèlent plutôt la douceur. Permettez-moi de vous le faire remarquer.

À l'appui de ses dires, Tchitchikov allégua le penchant du gouverneur pour la broderie et vanta l'expression débonnaire de son visage.

— Une tête de brigand ! trancha Sobakévitch. Donnez-lui un couteau, lâchez-le sur le grand chemin, il égorgera les gens pour un liard. Le vice-gouverneur et lui, ce sont Gog et Magog.

« Décidément, il est en froid avec eux ! se dit Tchitchikov. Je vais lui parler du maître de police, son ami, je crois. »

— Pour moi, reprit-il, j'ai un faible pour le maître de police. C'est un caractère franc, ouvert ; son visage respire l'ingénuité.

— Un coquin ! dit froidement Sobakévitch. Il vous dupe, vous trahit et dîne avec vous comme si de rien n'était. Je les connais, ces fripons, ces Judas ; ils emplissent la ville et sont tous plus filous les uns que les autres. Il n'y a qu'un honnête homme parmi eux : le procureur ; mais à parler franc, c'est un fameux cochon.

Après ces flatteuses, bien que brèves, biographies, Tchitchikov crut bon de laisser en paix les autres fonctionnaires ; il se souvint que Sobakévitch ne portait jamais de jugements favorables.

— Eh bien, mon cœur, si nous allions dîner ? dit à Sobakévitch madame son épouse.

— S'il vous plaît, dit Sobakévitch.

S'approchant d'une crédence sur laquelle étaient disposés les hors-d'œuvre, hôte et invité avalèrent, selon le rite, un verre d'eau-de-vie accompagné — ainsi qu'il est de règle en notre immense Russie, à la ville comme à la campagne — de salaisons diverses et autres apéritifs. Puis ils se dirigèrent vers la salle à manger ; la maîtresse de maison les précédait en se dandinant comme une oie. Sur une table plutôt petite, quatre couverts étaient mis. La quatrième place fut bientôt occupée par une personne difficile à définir, dame ou demoiselle, parente ou parasite, âgée d'une trentaine d'années, ne portant pas coiffe, mais affublée d'un costume voyant. Certains êtres existent seulement en tant que taches ou mouchetures sur les objets. Ils restent toujours à la même place, ne remuent jamais la tête ; on les confond presque avec les meubles ; on jurerait qu'ils n'ont jamais proféré un traître mot ; mais surprenez-les à l'office ou à la lingerie — alors, oh, oh, oh !

— Le pot-au-feu, ma chère, est excellent aujourd'hui, dit Sobakévitch en se servant un énorme morceau de *niania*, mets qui accompagne d'ordinaire le pot-au-feu russe et consiste en un intestin de mouton farci au sarrasin, à la cervelle et aux pieds de veau.

— Vous ne mangerez pas son pareil en ville, continua-t-il en s'adressant à Tchitchikov. On vous servira là-bas Dieu sait quoi !

— Chez le gouverneur on ne mange pourtant pas mal, dit Tchitchikov. .

— Si vous saviez comment chez lui les mets sont préparés, vous n'y toucheriez pas.

— Je ne saurais juger de la préparation ; mais j'ai trouvé excellents le poisson au court-bouillon et les côtelettes de porc.

— Vous aviez la berlue, sans doute. Je sais ce qu'on prend pour sa table au marché. Son fripon de cuisinier n'est pas pour rien l'élève d'un Français ; il écorche un chat et le sert en guise de lièvre.

— Fi ! quelle horreur ! dit madame Sobakévitch.

— Que veux-tu, ma mie, ce sont là leurs façons ! Je n'y suis pour rien. Tout ce que notre Akoulka jette, révérence parler, dans la boîte à ordures, tout cela, chez eux, va dans la soupe ; oui, oui, parfaitement, dans la soupe !

— Tu tiens toujours à table des propos malséants, maugréa de nouveau madame Sobakévitch.

— Mais, ma bonne amie, ce n'est pas ma faute. Je te le dis sans fard, on ne me fera jamais manger d'ordures. Saupoudre-moi de sucre une grenouille, je n'y toucherai pourtant pas, non plus qu'aux huîtres ; je sais à quoi elles ressemblent. Goûtez-moi ce carré de mouton au sarrasin, reprit-il, en se tournant vers Tchitchikov. C'est autre chose que les fricassées qu'on accommode chez vos grands seigneurs avec les laissés pour compte du marché. Belle invention des médecins, allemands et français ; s'il ne tenait qu'à moi, je les ferais pendre ! Ils ont inventé la diète, la cure par la faim ! Ces gringalets croient pouvoir faire bon marché des estomacs russes ; mais ils n'arriveront pas à leurs fins, je vous le garantis ! Non, tout cela n'est que duperie, que...

Sobakévitch eut ici un hochement de tête courroucé.

— On parle de progrès ; mais moi, vous savez, le progrès, je m'en moque ! J'emploierais bien un autre mot, mais à table il sonnerait mal. J'ai d'autres mœurs. Chez moi, quand on sert une oie, un mouton, un porc, on les sert tout entiers ! Je préfère ne manger que deux plats, mais en avaler autant que le cœur m'en dit.

Sobakévitch confirma ses dires en abattant dans son assiette la moitié du carré de mouton, qu'il dévora, rongea, suça jusqu'au dernier os.

« Oui, songeait Tchitchikov, le gaillard a une belle fourchette ! »

— Oui, reprit Sobakévitch en s'essuyant les mains à sa serviette, j'entends autrement mieux la vie que le sieur Pliouchkine, par exemple : voilà un bonhomme qui possède huit cents âmes et mange plus mal que mon pastoureau.

— Quel est ce Pliouchkine ? s'enquit Tchitchikov.

— Une crapule ! répondit Sobakévitch. Un ladre qui n'a pas son pareil. Les forçats vivent mieux que lui ; il laisse ses gens mourir de faim.

— Pas possible ? insista Tchitchikov intéressé. — Vous dites que ses gens meurent en grand nombre ?

— Comme des mouches !

— Vraiment, comme des mouches ! Et permettez-moi de vous demander, habite-t-il loin d'ici ?

— À cinq verstes.

— À cinq verstes ! s'exclama Tchitchikov, dont le cœur se mit à battre plus fort. En sortant de chez vous, faut-il prendre à droite ou à gauche ?

— Mieux vaut pour vous ignorer le chemin qui mène chez un pareil chien, déclara Sobakévitch. On est plus excusable d'aller au mauvais lieu que chez lui.

— J'ai posé cette question comme ça... uniquement parce que je m'intéresse à la topographie, répondit Tchitchikov.

Au carré de mouton succédèrent des ramequins dont chacun était plus grand qu'une assiette, puis un dindon gros comme un veau, farci aux œufs, au riz, aux foies et autres bonnes choses qui pesaient fort sur l'estomac. Ce fut le dernier service ; mais, en se levant de table, Tchitchikov se sentit plus lourd d'un poud. On revint au salon où une coupe de confitures — poires, prunes ou autres fruits : bien malin qui l'eût dit ! — attendaient les convives, qui n'y touchèrent d'ailleurs point. La maîtresse de maison partit en quête d'autres douceurs. Profitant de son absence, Tchitchikov se tourna vers

Sobakévitch qui, affalé dans un fauteuil, ne pouvait que gémir après un si copieux dîner, et émettait des sons inarticulés, en se signant et en portant sans cesse la main à sa bouche.

— Je désirerais vous parler d'une affaire, commença-t-il.

— Voici une autre compote, dit la maîtresse de maison en rentrant avec une assiette. — Des raves confites dans le miel.

— Bien, bien, dit Sobakévitch. Retire-toi dans ta chambre ; pendant ce temps, Pavel Ivanovitch et moi, nous allons mettre habit bas et faire un petit somme.

La bonne dame voulait envoyer quérir couettes et oreillers, mais Sobakévitch l'ayant assurée que les fauteuils suffisaient, elle se retira.

Sobakévitch, la tête légèrement inclinée, prêta l'oreille.

Tchitchikov prit les choses de loin, parla de l'empire russe en général, vanta son immense étendue qui, dépassant de beaucoup celle de l'antique monarchie romaine, était pour les étrangers un juste sujet d'étonnement....

Sobakévitch, tête baissée, écoutait toujours.

... Il ajouta que d'après les lois en vigueur dans cet empire, de renommée à nulle autre pareille, les âmes recensées, qui avaient terminé leur carrière terrestre, continuaient à figurer jusqu'à la révision suivante sur les listes d'imposition[85], afin de ne pas infliger à l'Administration un surcroît de travail et de ne pas ajouter un nouveau rouage au mécanisme gouvernemental par lui-même déjà si compliqué...

Sobakévitch, tête baissée écoutait toujours.

... Toutefois, cette mesure, bien que juste, était fort onéreuse pour beaucoup de propriétaires, contraints de payer la capitation pour des morts comme pour des êtres vivants. Aussi, par considération envers son hôte, était-il assez disposé à prendre sur lui une partie de cette lourde charge. Quant à l'objet principal, Tchitchikov s'exprima avec grande circonspection : il ne parla pas d'âmes mortes, mais seulement d'âmes *inexistantes*.

Sobakévitch, tête baissée, écoutait toujours. Aucune expression ne se lisait sur son visage ; le corps impassible paraissait dépourvu d'âme ; ou du moins s'il en possédait une, ne se trouvait-elle point là où elle aurait dû, mais bien *quelque part de l'autre côté des monts* comme celle du *Squelette Immortel*[86] ; une si forte carapace la recouvrait que tout ce qui remuait au fond ne provoquait aucune commotion à la surface.

— Alors ? dit Tchitchikov, attendant, non sans émoi, un mot de réponse.

— Vous avez besoin d'âmes mortes ? demanda Sobakévitch tout simplement, sans la moindre surprise, comme s'il se fût agi de blé.

— Oui, ou plutôt d'âmes *inexistantes*, répondit Tchitchikov, croyant bon d'adoucir à nouveau l'expression.

— Il s'en trouvera, bien sûr, dit Sobakévitch.

— Et dans ce cas, vous vous en déferez, sans doute, volontiers ?

— Soit, je suis prêt à les vendre, dit Sobakévitch, qui cette fois releva légèrement la tête et parut deviner que l'acheteur devait tirer quelque profit de l'opération.

---

[85] — ... où l'on n'inscrivait pas cependant les âmes nouvellement appelées à la vie — crut bon d'ajouter le censeur.
[86] — Allusion à un conte populaire : *Le Squelette Immortel (Kastchéi Bezsmiértni)*. Ce personnage est une sorte d'ogre, maigre comme un squelette, jaloux et avide gardien de trésors qui finissent par lui être ravis. Le mot désigne couramment un avare, un usurier.

« Diantre ! En voici un qui parle de vendre avant que je n'en aie soufflé mot ! » songea Tchitchikov. Et il reprit à voix haute : — Mais à quel prix ? Bien qu'à franchement parler il s'agisse d'un objet pour lequel la question de prix est au moins étrange...

— Je vous dirai tout de suite mon dernier mot : cent roubles pièce.

— Cent roubles ! s'exclama Tchitchikov.

Il fixa bouche bée son interlocuteur, en se demandant s'il avait mal entendu, ou si la langue engourdie de Sobakévitch n'avait pas laissé tomber un mot pour un autre.

— Serait-ce trop cher pour vous ? proféra Sobakévitch qui, après un temps ajouta : — Et quel est votre prix ?

— Mon prix ! Il y a un malentendu entre nous. Nous oublions de quel article il s'agit. La main sur la conscience, je ne pense pas pouvoir donner plus de quatre-vingts kopeks par âme !

— Que dites-vous là ! Quatre-vingts kopeks !

— Selon moi, cela ne vaut pas davantage.

— Je ne vous vends pourtant pas des sandales.

— Ni des gens non plus, avouez-le.

— Alors vous croyez trouver un imbécile qui vous cède pour quatre-vingts kopeks une âme recensée ?

— Permettez, pourquoi les appelez-vous : *recensées* ? Elles sont mortes depuis longtemps ; ce n'est plus qu'un vain mot. Au reste, pour en finir, je vous offre un rouble cinquante. Impossible de donner davantage.

— Pareil marchandage ne vous fait pas honte ? Voyons, dites-moi un prix raisonnable.

— Je ne saurais, Mikhaïl Sémionovitch, en conscience je ne saurais ; ce qui est impossible est impossible, rétorqua Tchitchikov qui ajouta cependant cinquante kopeks.

— Pourquoi lésinez-vous ? dit Sobakévitch, je ne vous demande pourtant pas cher. Un fripon vous dupera, vous colloquera en place d'âmes une drogue quelconque. Tandis que moi je vous livre une marchandise triée sur le volet : rien que des gaillards et parmi eux quels artisans ! Prenez par exemple, le carrossier Mikhéiev. Il n'a jamais fait que des voitures à ressorts. Et je vous prie de croire qu'il ne travaille pas à la moscovite, à la va-comme-je-te-pousse. Non, ce qui lui sort des mains est solide... Et c'est lui-même qui tapisse et vernit !

Tchitchikov ouvrit la bouche pour objecter que Mikhéiev n'était plus de ce monde ; mais Sobakévitch, entré, comme on dit, dans le feu du discours, semblait avoir acquis le don de la parole et ne s'arrêtait plus.

— Et Stéphane *Bouchon*[87], le charpentier ! Je parie ma tête que vous ne trouverez pas son pareil ! Un véritable Hercule ! S'il avait servi dans la garde, quelle carrière il eût fait : six pieds huit pouces, monsieur !

Tchitchikov voulut à nouveau faire remarquer que Bouchon n'existait plus ; mais Sobakévitch était décidément emballé ; devant ce flot d'éloquence, il ne restait qu'à se taire.

— Milouchkine, le briquetier ! Il s'entend à poser un poêle dans n'importe quelle maison ! Maxime Teliatnikov, le bottier : d'un coup d'alêne, il vous fait une paire de bottes, et quelles bottes ! Et jamais il ne lève le coude ! Et Iéreméi Sorokopliokine ! Ce lascar-là vaut à lui seul tous les autres ;

---

[87] — Dans la première rédaction, ce colosse avait nom : *Avdéiev-Grosse-Panse*.

il s'en va trafiquer à Moscou et m'envoie bon an mal an cinquante roubles de redevance[88]. Ce ne sont pas des gaillards de cette trempe que vous vendra un Pliouchkine.

— Permettez ! put enfin dire Tchitchikov stupéfait par ce flux de paroles qui semblait ne devoir point finir. — Permettez, à quoi bon énumérer toutes leurs qualités ? Puisqu'ils sont morts, on n'en peut rien tirer. Rappelez-vous le dicton : *un mort ne saurait même étayer une palissade.*

— C'est vrai, ils sont morts, dit Sobakévitch, qui parut soudain se rappeler cette circonstance, mais ajouta aussitôt : — Au reste, comment appeler ceux qui sont encore inscrits comme vivants ? Des hommes ? Non, plutôt des mouches.

— Tout de même ils existent ; tandis que ceux-ci ne sont que fantasmagorie.

— Fantasmagorie, non pas ! Des gens comme Mikhéiev, vous n'en trouverez plus, laissez-moi vous le dire ! Un géant qui n'aurait pu pénétrer dans cette chambre, plus fort d'épaules qu'un cheval ! Je voudrais bien savoir où vous trouveriez encore pareille fantasmagorie !

Il adressa ces derniers mots aux portraits de Bagration et de Colocotronis. Ainsi parfois l'un des interlocuteurs se tourne sans motif vers un nouvel arrivant, sans même le connaître, et bien qu'il sache ne devoir en attendre ni objection ni approbation. Il le fixe pourtant comme s'il le prenait à témoin ; et le survenant, déconcerté, ne sait s'il doit se mêler d'une affaire dont il ignore le premier mot, ou se retirer après avoir satisfait aux convenances.

— Non vraiment, je ne saurais donner plus de deux roubles, dit Tchitchikov.

— Soit, pour vous obliger et que vous ne puissiez pas me reprocher de vous avoir pris trop cher, je vous les cède à soixante-quinze roubles pièce, en assignats s'entend. Histoire de lier connaissance.

« Ah ça ! me prendrait-il pour un imbécile ? » se demanda Tchitchikov, qui reprit à voix haute : — Franchement, je n'y comprends rien ; jouerions-nous la comédie ?... Vous me paraissez pourtant intelligent, assez instruit. Il s'agit d'une affaire bien simple, d'un article sans valeur marchande.

— Permettez, vous l'achetez, c'est donc que vous en avez besoin.

Tchitchikov se mordit les lèvres et ne sut que répondre. Il voulut invoquer certaines circonstances de famille, mais Sobakévitch lui objecta fort simplement :

— Peu m'importe ! Je ne me mêle pas d'affaires de famille. Il vous faut des âmes, je vous les vends ; si vous ne les achetez pas, vous vous en repentirez.

— Deux roubles, dit Tchitchikov.

— Eh ! vraiment vous êtes comme la pie du dicton : *elle n'a qu'un mot et le ressasse à tout propos !* Vous vous êtes buté à deux roubles et n'en voulez point démordre. Voyons, offrez un prix acceptable.

« Le chien d'homme ! » se dit Tchitchikov. Jetons-lui un os à ronger ! — Soit, reprit-il, j'ajoute cinquante kopeks.

— Et moi, je vais vous dire mon dernier mot : cinquante roubles ! Parole d'honneur, j'y perds. Vous n'achèterez nulle part pareils gaillards à meilleur marché.

« Quel grigou ! » dit à part soi Tchitchikov. Et tout haut d'un ton dépité : — On dirait vraiment qu'il s'agit d'une affaire sérieuse ! Croyez-vous que j'aie l'intention d'en acheter autre part ? Mais tout le monde me les cédera gratis, trop heureux encore de s'en débarrasser. Quel imbécile voudra les garder pour payer un excédent d'impôt !

---

[88] — Au temps du servage, beaucoup de seigneurs, surtout dans les provinces où la production agricole n'était pas très intense, autorisaient certains de leurs serfs à exercer dans les villes un métier quelconque, moyennant le paiement d'une redevance plus ou moins considérable. Il arrivait parfois que le serf faisait fortune et devenait même plus riche que son seigneur ; mais un caprice de celui-ci pouvait toujours le ramener à son village.

— Savez-vous que ces sortes d'achats — je vous le dis entre nous et tout amicalement — ne sont pas toujours licites, et que si moi ou un autre ébruitions la chose, l'individu qui s'en occupe n'inspirerait plus confiance, qu'il s'agisse de contrats ou d'affaires.

« Voilà où le fripon voulait en venir ! » songea Tchitchikov. Mais aussitôt il proféra avec le plus grand sang-froid : — Vous êtes maître d'agir comme bon vous plaira. Si j'achète, ce n'est pas, comme vous semblez le croire, que j'en aie besoin, mais tout bonnement pour me passer une fantaisie. Deux roubles cinquante, c'est à prendre ou à laisser.

« Eh ! Eh ! il ne se laisse pas faire ! » se dit Sobakévitch. — Allons, donnez-m'en trente roubles pièce, et emportez-les.

— Non, je vois que vous ne voulez pas les vendre. Adieu.

— Permettez, permettez ! dit Sobakévitch, en l'arrêtant par le bras et en lui marchant sur les pieds.

Notre héros, qui avait oublié de se garder, poussa un gémissement et se mit à sautiller.

— Je vous demande pardon, je vous ai, il me semble, incommodé ? Je vous en prie, asseyez-vous ici. S'il vous plaît.

Il l'installa dans le fauteuil, avec la grâce d'un ours dressé, qui sait se dandiner et exécuter divers tours quand on lui demande : « Montre voir, Micha, comment font les bonnes femmes pour transpirer aux étuves ? » — ou : « Et comment, Micha, s'y prennent les gamins pour voler des pois ? »

— Vraiment, je perds mon temps ; je suis pressé.

— Attendez un peu, je vais vous dire deux mots qui vous feront plaisir. — Il s'assit tout près et lui murmura, comme en secret, à l'oreille : — Voulez-vous vingt-cinq roubles ?

— Non, pas même le quart. Je n'ajouterai pas un kopek.

Sobakévitch ne souffla mot. Tchitchikov non plus. Le silence se prolongea deux bonnes minutes. Bagration et son nez aquilin considéraient très attentivement ce marchandage.

— Quel est votre dernier mot ? proféra enfin Sobakévitch.

— Deux roubles cinquante.

— Une âme humaine ne vaut pas plus pour vous qu'un navet. Donnez au moins trois roubles.

— Impossible.

— Soit ! Il faut en passer par où vous voulez. J'y perds, mais avec mon caractère faible je ne puis m'empêcher de faire plaisir à autrui. Nous devrons sans doute, pour que tout soit en règle, passer un contrat.

— Bien entendu.

— Je m'en doutais ; il faudra aller en ville.

L'affaire ainsi conclue, ils décidèrent de se trouver le lendemain en ville pour passer l'acte. Tchitchikov demanda un relevé des paysans. Sobakévitch acquiesça, s'installa à son bureau, dressa de sa propre main un relevé nominatif, avec indication des mérites et qualités.

Tchitchikov cependant, qui n'avait rien de mieux à faire, se prit à considérer l'énorme carrure de son hôte. En contemplant ce dos large comme la croupe des petits chevaux de Viatka, ces jambes semblables aux bornes de fonte qu'on pose le long de certains trottoirs, il s'écria mentalement : « Ma parole, Dieu t'a joliment loti ! Voilà ce qui s'appelle mal tailler et bien coudre ! car tu es sans doute ours-né, à moins que la vie dans ce trou, les travaux des champs, les discussions avec tes rustauds, ne t'aient *oursifié*, n'aient fait de toi un grippe-sou, un *poing-serré*, comme on dit. Non, je pense que tu aurais été exactement le même si tu avais reçu une éducation à la mode, si tu avais poussé ta pointe et habitais maintenant Pétersbourg. Seulement, au lieu de dévorer un demi-quartier de mouton au sarrasin accompagné d'un ramequin large comme une assiette, tu savourerais des côtelettes truffées ! Ce serait l'unique différence. Si pourtant, en voici encore une : tu vis en bons termes avec tes paysans et ne leur causes aucun tort, car ce serait t'en causer à toi-même, tandis que, là-bas, tu exploiterais tes subordonnés et pillerais l'État. Qui a une fois serré le poing ne saurait le rouvrir. Et s'il consent à desserrer un doigt ou deux, c'est encore pis. Qu'un de ces individus acquière des lueurs d'une science quelconque, donnez-lui une place en vue, vous verrez comme il traitera ceux qui vraiment possèdent cette science. Et par-dessus le marché, il voudra se signaler et publiera une sage ordonnance dont plus d'un pâtira...[89] Ah ! si tous ces exploiteurs... »

— Voici la liste, dit Sobakévitch en se retournant.
— Faites voir !

Il la parcourut des yeux, en admira la netteté et la précision. L'âge, la condition, le métier, la situation de famille d'un chacun étaient indiqués en détail ; des remarques sur la conduite, la sobriété, figuraient dans les marges ; cela faisait plaisir à voir.

— Et maintenant, voudriez-vous me donner des arrhes ? demanda Sobakévitch.
— Pourquoi ? Vous toucherez en ville toute la somme d'un coup.
— C'est l'usage, rétorqua Sobakévitch.
— Je n'ai pas d'argent sur moi. Prenez dix roubles, si vous voulez.
— Dix roubles ! Donnez-m'en au moins cinquante.

Tchitchikov eut beau prétexter qu'il n'avait pas d'argent, Sobakévitch l'assura si énergiquement du contraire, qu'il finit par sortir un nouveau billet.

— Tenez, fit-il, voici encore quinze roubles, soit en tout vingt-cinq. Mais signez-moi un reçu.
— À quoi bon un reçu ?
— C'est préférable. On ne sait ce qui peut arriver.
— Bien, donnez-moi l'argent.
— L'argent, je le tiens dans ma main. Dès que vous aurez signé le reçu, vous pourrez le prendre.
— Mais pour libeller le reçu, il me faut avoir vu l'argent.

Tchitchikov livra les billets à Sobakévitch qui, les déposant sur le bureau, les couvrit de la main gauche, tandis que de la droite, il marquait sur un chiffon de papier avoir reçu pour vente d'âmes un acompte de vingt-cinq roubles-assignats. Puis il examina attentivement les billets.

— Celui-ci est bien vieux, bien déchiré, proféra-t-il en considérant l'un d'eux à la lumière ; — mais tant pis, entre amis on n'y regarde pas de si près.

« Ah ! le grippe-sou ! se dit Tchitchikov. Et coquin en diable par-dessus le marché ! »

— Et dites-moi, le sexe féminin ne vous intéresse pas ?
— Non, merci.
— Je ne vous prendrais pas cher. Un rouble pièce, par amitié.
— Non, je n'en ai que faire.
— Alors n'en parlons plus. Chacun son goût ! *Qui aime le pope, qui la femme du pope,* dit le proverbe.

---

[89] — *Et par-dessus le marché...* Le censeur supprima cette phrase.

— Encore un mot : je désirerais que cette transaction restât entre nous, insista Tchitchikov en prenant congé.

— Cela va de soi. Inutile de mêler un tiers à l'affaire ; deux bons amis se doivent le secret. Au revoir. Merci de votre bonne visite. Ne m'oubliez pas à l'avenir ; quand vous aurez une heure de libre, venez me demander à dîner, nous passerons le temps agréablement. Peut-être pourrons-nous encore nous rendre de petits services l'un à l'autre.

« Comptes-y ! murmurait à part soi Tchitchikov, en s'installant dans sa britchka. Il m'a pris deux roubles cinquante par âme morte, le failli chien ! »

Le procédé de Sobakévitch l'indignait. Malgré tout, c'était une connaissance ; ils s'étaient rencontrés chez le gouverneur, chez le maître de police. Et il lui avait pris, comme à un étranger, de l'argent pour une vétille ! Quand la britchka eut quitté la cour, il aperçut, en se retournant, Sobakévitch, encore sur le seuil et qui semblait avide de savoir quel chemin il allait prendre.

« Il ne s'en ira pas, l'animal ! » bougonna entre ses dents Tchitchikov. Et aussitôt il ordonna à Sélifane de faire passer la voiture derrière les izbas, de manière à ce qu'on ne pût l'apercevoir de la maison seigneuriale.

Il se proposait d'aller chez ce Pliouchkine, dont les gens, à en croire Sobakévitch, mouraient comme des mouches ; mais il ne voulait pas que l'autre s'en doutât. Quand la calèche fut au bout du village, il appela le premier paysan venu qui, telle une infatigable fourmi, ramenait sur son épaule une lourde planche ramassée sur la grande route.

— Dis-moi, barbon, quel chemin prendre pour aller chez Pliouchkine sans passer devant chez ton maître ?

La question parut embarrasser le moujik.

— Tu ne sais pas ?

— Ma foi non, monsieur.

— Pas possible ! Comment, tu grisonnes déjà et tu ne connais pas encore Pliouchkine, l'avare, qui nourrit mal ses gens ?

— Ah ! le rapiécé, le rapiécé ! s'écria l'homme en ajoutant au mot *rapiécé* un substantif très expressif, mais inusité en bonne compagnie, et que pour cela nous ne reproduirons pas. Le mot devait être fort heureux, car Tchitchikov, longtemps après avoir perdu le moujik de vue, souriait encore dans sa britchka.

Le peuple russe a des mots à l'emporte-pièce. Donne-t-il un surnom à quelqu'un, celui-ci le laissera à ses descendants, le traînera tout le long de sa carrière, à Pétersbourg, au bout du monde. Il aura beau finasser, trancher du gentilhomme, payer des généalogistes pour lui attribuer une origine princière[90], peine perdue : le sobriquet, obstiné corbeau, croassera de toute la puissance de son gosier et dévoilera la provenance de l'oiseau.

Tout comme une sentence écrite, un mot bien senti ne saurait s'abattre à coups de hache. Et quelle finesse, quelle force ne sent-on pas dans tout ce qui sort des profondeurs de la Russie, là où la race se révèle pure de tout alliage, allemand, finnois ou autre ; où règne l'esprit russe, vif, hardi, prime-sautier, cet esprit qui n'a pas la langue dans sa poche, ne couve pas ses mots comme une poule ses poussins, mais vous les applique une bonne fois comme un passeport à vie : inutile d'ajouter ensuite la forme de votre nez ou de vos lèvres, un trait vous portraiture de la tête aux pieds !

Une multitude innombrable d'églises et de monastères à coupoles, bulbes, croix, s'éparpille par la sainte, pieuse Russie ; une multitude innombrable de races, de peuples, de nations, se presse et s'agite sur la face de la terre. Chaque peuple porte en soi un gage de force, possède en propre des facultés

---

[90] — ... *payer des généalogistes*... — Membre de phrase supprimé par le censeur.

créatrices, des particularités bien tranchées, d'autres dons du ciel encore ; mais il se distingue surtout par son Verbe, qui reflète en toute occasion un trait du caractère national. Le langage de l'Anglais dénote une connaissance approfondie du cœur et de la vie ; celui du Français brille d'un éclat léger, pimpant, éphémère ; l'Allemand rumine longtemps une phrase alambiquée dont le sens échappe à bien des gens ; mais aucune parole ne jaillit aussi spontanément du cœur, ne bouillonne, ne frissonne d'une vie aussi intense, qu'une parole russe bien sentie.

VI

Jadis, aux temps lointains de ma jeunesse, aux temps de mon enfance à jamais disparue[91], je me réjouissais en arrivant pour la première fois dans un endroit inconnu : hameau, village, bourg, pauvre chef-lieu de canton, — mon œil d'enfant trouvait partout de quoi satisfaire sa curiosité. Chaque bâtiment, chaque objet qui offrait une particularité quelconque, tout arrêtait, captivait mes regards. Que ce fût une bâtisse officielle en pierre, à la banale architecture, à la façade ornée pour une bonne moitié de fausses fenêtres, dominant solitaire le ramas des humbles logis en bois ; que ce fût une coupole régulière revêtue de feuilles de tôle couronnant une église neuve à la blancheur de neige ; que ce fût enfin un marché, ou un faraud de village venu se pavaner à la ville, — rien n'échappait à la subtilité de mon attention juvénile. Mettant le nez à la portière, je considérais la coupe inconnue d'un surtout, les caisses de clous, de soufre, de savon, de raisins secs, les bocaux de bonbons moscovites racornis entrevus à l'intérieur d'une épicerie. Je m'intéressais à l'officier de ligne venu, Dieu sait d'où s'ennuyer dans un trou de province, comme au marchand en caftan court qui roulait sur son léger drojki[92] ; et j'imaginais leur vie misérable. Croisions-nous un fonctionnaire, je me demandais aussitôt :

---

[91] — Dans ce chapitre, les souvenirs d'enfance de Gogol ont fourni le cadre de plusieurs descriptions. La curiosité juvénile est une réminiscence de ses voyages de Vassilievka au collège de Niéjine. Le parc de cet établissement lui fournit un modèle pour le jardin abandonné de Pliouchkine ; et le « palais » du grand seigneur bon vivant n'est autre que celui de Trostchinski.

[92] — Il y a plusieurs sortes de *drojki*. Il est ici question de la forme primitive, simple bancelle posée sur quatre roues, protégée par des garde-crotte, et sur laquelle on s'asseyait à califourchon — ainsi que le montre la vignette ci-contre empruntée à la *Russie* de M. Chopin (1838). Le mot est un diminutif de *droga,* flèche de voiture, pl. *drogui,* camion, haquet ; l'usage s'est établi en français d'en faire un masculin singulier, bien qu'en russe ce soit un féminin pluriel.

« Va-t-il passer la soirée chez un de ses collègues, ou rentre-t-il chez lui pour y attendre une demi-heure sur le seuil la tombée de la nuit, et souper de bonne heure en compagnie de sa vieille mère, de sa femme, de sa belle-sœur, de toute sa famille ? Quel sera leur entretien, alors qu'après le potage une fille de chambre à colliers de verroterie ou un garçon en veste grossière apportera une chandelle dans un antique chandelier ? »

Aux abords d'un domaine rural, ma curiosité s'éveillait à la vue d'un clocher de bois élancé ou d'une vieille église sombre et trapue. À travers les frondaisons, j'épiais le toit rouge et les blanches cheminées du manoir ; j'attendais impatiemment qu'il émergeât des bosquets et s'offrît dans son ensemble à mes regards, des regards qui, hélas ! commenceraient bientôt à se blaser. Je m'efforçais, à son aspect, d'augurer le caractère du maître. Avait-il des fils ou bien une demi-douzaine de filles aux yeux noirs, aux rires argentins, aux joyeux ébats, et dont la cadette ne pouvait manquer d'être une beauté ? Était-il gros et jovial, ou morose comme septembre à son déclin ? Consultait-il sans cesse l'almanach ? Ennuyait-il la jeunesse de sempiternelles conversations sur les seigles ou les blés ?

Maintenant, j'approche avec une égale indifférence de toutes les propriétés inconnues. Je considère d'un œil morne leur écœurante banalité. Rien ne m'égaie ; tout ce qui jadis eût provoqué un jeu de physionomie, un éclat de rire, un flot de paroles, tout cela glisse devant moi, tandis que mes lèvres immobiles gardent un impassible silence. Ô ma jeunesse ! Ô ma candeur !...

Tandis que Tchitchikov riait à part soi, en songeant au sobriquet dont les moujiks avaient affublé Pliouchkine, la britchka pénétrait dans un gros bourg. Il ne s'en aperçut qu'en ressentant une violente secousse, occasionnée par un pavé de madriers auprès duquel le pavé de grès des villes eût semblé un délice. Ces poutres s'abaissaient et se relevaient comme des touches de piano ; et le voyageur sans défiance recevait un bleu au front, une bosse à la nuque, ou se mordait jusqu'au sang le bout de la langue.

L'aspect décrépit du bourg frappa Tchitchikov. Toutes les maisons portaient l'empreinte de la vétusté. Les poutres des izbas étaient sombres et vermoulues. Beaucoup de toits avaient la transparence de cribles ; certains ne possédaient plus que la traverse du haut et une carcasse de chevrons. Lattes et bardeaux paraissaient avoir été enlevés par les habitants eux-mêmes, estimant à juste titre qu'en temps de pluie, pareille chaumine ne saurait leur servir d'abri et que, par beau temps, il n'y a pas lieu de craindre la pluie ; à quoi bon, d'ailleurs, s'acagnarder au logis, quand on a ses coudées franches au cabaret, sur la grande route, où bon vous semble ? Aucune vitre aux fenêtres, bouchées parfois avec des chiffons ou une souquenille. Difformes, noircies, les corniches à balustrade, qui rehaussent, on ne sait pourquoi, l'entablement de certaines izbas, n'étaient plus que des ruines sans pittoresque. Derrière beaucoup d'izbas s'alignaient d'énormes meules de blé, oubliées depuis longtemps ; leur couleur rappelait celle des vieilles briques mal cuites ; des herbes folles poussaient au sommet, des arbrisseaux s'accrochaient aux flancs. Évidemment le blé appartenait au seigneur. De droite ou de gauche, suivant les sinuosités du chemin, par-dessus les meules et les toits délabrés, se détachaient côte à côte, dans l'air léger, les deux églises du bourg : l'une, en bois, abandonnée ; l'autre, en pierre, aux murs jaunâtres souillés, fendillés. La maison seigneuriale se devinait peu à peu ; elle apparut enfin tout entière, quand à la longue chaîne d'izbas eut succédé un potager ou champ de choux entouré d'une clôture basse, brisée par places. Cet étrange manoir, long à n'en plus finir, faisait songer à un invalide. Simple rez-de-chaussée par endroits, il se parait à d'autres d'un étage ; sur le toit sombre qui protégeait mal sa vieillesse, deux belvédères, déjetés, déteints, se faisaient vis-à-vis. Les murs lézardés qui laissaient voir de-ci de-là le lattis, avaient subi les injures du temps, de la pluie, des bourrasques automnales[93]. La plupart des fenêtres avaient leurs volets clos ; des planches en

---

[93] — Les premières rédactions portaient ici un intéressant passage : La pluie et le temps avaient en beaucoup d'endroits décrépit les murs et laissé sur eux de grandes taches dont l'une avait la forme de l'Europe...

condamnaient quelques-unes ; deux seulement, borgnes d'ailleurs, étaient ouvertes ; l'une d'elle portait un emplâtre triangulaire en papier à sucre couleur bleu foncé.

Le vieux parc abandonné, qui s'étendait derrière la maison, débordait sur le village et se perdait dans la campagne, mettait seul une note de fraîcheur pittoresque dans cet immense et lugubre domaine. Les cimes conjuguées des arbres, croissant à leur guise, barraient l'horizon de nuages verts, d'irrégulières coupoles frissonnantes. Le tronc blanc d'un bouleau gigantesque se dressait, comme une colonne de marbre étincelant, au-dessus de la mer de verdure ; son faîte pointu, fracassé par la tempête ou la foudre, tranchait sur cette blancheur de neige : l'arbre semblait coiffé d'un chapeau ou couronné par quelque oiseau noir. Le houblon qui, envahissant les buissons de sureaux, sorbiers, noisetiers, revêtait toute la clôture, avait fini par grimper à l'assaut du bouleau brisé. Arrivé à mi-tronc, il retombait en s'agrippant aux cimes des autres arbres, ou demeurait suspendu en l'air, enroulant en anneaux ses vrilles légères doucement balancées. Les masses vertes, inondées de soleil, s'ouvraient parfois sur un abîme géant plongé dans l'ombre. On devinait, dans cette profondeur noire, un sentier fuyant ; une balustrade effondrée ; un pavillon chancelant ; le tronc creux d'un vieux saule, d'où s'échappait l'inextricable broussaille d'un arbre à pois[94] ; un enchevêtrement de feuilles et de branches desséchées ; enfin un jeune rameau d'érable, qui étendait obliquement ses verdoyantes feuilles palmées. Un rayon de soleil se glissait, Dieu sait comment, sous l'une d'elles, qu'il transformait en un objet transparent, igné, merveilleusement radieux en ces ténèbres épaisses. À l'écart, tout à l'extrémité du parc, quelque trembles élancés, plus hauts que les autres, berçaient sur leurs cimes d'énormes nids de corbeaux. Certains laissaient pendre leurs branches au feuillage ratatiné, à demi séparées du tronc. Un aussi parfait tableau exige les efforts combinés de la nature et de l'art ; il faut, pour l'obtenir, qu'à l'œuvre souvent trop complexe de l'homme, la nature donne le coup de ciseau suprême, qu'elle allège les lourdes masses, détruise l'excès de symétrie, recouvre la savante nudité du plan, infuse une belle chaleur aux froides créations de la mesure et du bon ton.

Après un ou deux nouveaux tournants, notre héros se trouva enfin devant le manoir, qui, de près, lui parut encore plus lugubre. La moisissure couvrait le portail et l'enceinte. De nombreuses bâtisses — communs, hangars, dépenses — d'apparence délabrée, remplissaient la cour ; à droite et à gauche, des porches menaient à d'autres cours. Tous ces vestiges d'une vie intense respiraient la tristesse. Rien ne venait animer le tableau : aucune porte ne s'ouvrait ; personne ne se montrait ; nulle besogne, nuls soins domestiques. Seule la porte cochère était grande ouverte, uniquement pour livrer passage à un chariot recouvert d'une bâche, que conduisait un moujik amené là, comme à dessein, pour donner un semblant de vie à ce royaume de la mort. À tout autre moment, on l'eût trouvée hermétiquement close, à en juger par le cadenas géant accroché à un crampon de fer. Auprès d'un des bâtiments, Tchitchikov distingua bientôt un être étrange, engagé dans une discussion avec l'homme au chariot. Il fut longtemps à se demander à quel sexe il appartenait. Il portait un vêtement indéterminé, qui ressemblait plutôt à une robe, et sur la tête un bonnet, ornement habituel des filles de chambre ; mais la voix parut à Tchitchikov trop rauque pour une voix féminine. « Allons c'est une femme », se dit-il, pour aussitôt se reprendre : « Que non ! » — « Mais si ! », conclut-il enfin en examinant plus attentivement l'énigmatique créature, qui de son côté le dévisageait. Sans doute, l'arrivée d'un hôte lui paraissait-elle extraordinaire ; car, après l'avoir considéré, elle reporta ses investigations sur Sélifane, puis sur les chevaux qu'elle inspecta de la tête à la queue. À en juger par le trousseau de clefs qui pendait à sa ceinture, et les gros mots dont elle gourmandait le paysan, Tchitchikov se crut en présence d'une femme de charge.

— Dis-moi, ma bonne, fit-il en sautant de voiture, le maître...

La cour, cependant, était entourée d'une assez solide palissade qui, sans doute, avait été jadis peinte ; mais comme le propriétaire ne songeait pas à renouveler le badigeon, ce soin avait été pris par l'infatigable artiste qui peint toutes choses en ce monde, y compris les visages masculins et féminins, sans se préoccuper si cela est nécessaire et si nous sommes ou non contents de son pinceau. Cet artiste a nom le Temps.

[94] — L'arbre à pois ou caragan *(caragana arborescens* — du mot tatar : *harachana)* est un arbrisseau fort commun dans la Russie orientale et la Sibérie.

— N'est pas là, interrompit la mégère, sans attendre la fin de la phrase. — Et que lui voulez-vous ? reprit-elle au bout d'une minute.

— Il s'agit d'une affaire.

— Entrez ! dit la bonne femme en lui tournant le dos ; la robe enfarinée montrait un grand trou dans le bas.

Tchitchikov pénétra dans un spacieux vestibule obscur, d'où le froid s'exhalait comme d'une cave, puis dans une chambre également sombre, à peine éclairée par la lumière qui s'insinuait à travers une large fente, au bas d'une porte. Cette porte ouverte, il vit enfin clair, et fut frappé du désordre qui s'offrit à ses yeux. Il semblait qu'on eût provisoirement entassé ici tout le mobilier, tandis qu'on lavait les planchers. Sur une table trônait une chaise cassée, flanquée d'une pendule au balancier arrêté, où l'araignée avait tissé sa toile. Tout près, le flanc appuyé au mur, un buffet contenait des carafons, de l'argenterie ancienne, des porcelaines de Chine. Sur un bureau, dont la mosaïque en nacre s'écaillait par places, en découvrant des cases jaunes remplies de colle, s'entassaient une foule d'objets disparates : un monceau de paperasses couvertes d'une fine écriture, sous un presse-papier en marbre verdi surmonté d'un petit œuf ; un vieux bouquin à tranches rouges relié en veau ; un citron racorni réduit aux proportions d'une noisette ; un bras de fauteuil ; un verre à patte recouvert d'une lettre, contenant un liquide où nageaient trois mouches ; un morceau de cire ; un bout de chiffon ; deux plumes tachées d'encre, desséchées comme un phtisique ; un cure-dents tout jauni, dont le maître du logis se servait peut-être avant l'invasion des Français.

Aux murs, quelques tableaux se pressaient pêle-mêle. Une longue gravure jaunie, qui figurait une bataille, d'énormes tambours, des soldats à tricornes qui vociféraient, des chevaux qui se noyaient, était insérée, sans verre, dans un cadre d'acajou orné de minces lames de bronze et de rosaces aux angles. À côté, tenant la moitié de la paroi, un immense tableau noirci représentait des fleurs, des fruits, une pastèque en tranches, une hure de sanglier, un canard la tête en bas. Au milieu du plafond pendait un lustre recouvert d'une housse, que la poussière faisait ressembler à un cocon avec sa chrysalide. Dans un coin s'amoncelaient les objets qui, plus grossiers, ne méritaient pas de figurer sur les tables. Il était difficile de déterminer la nature de ce tas, car la poussière le recouvrait au point de mettre des gants aux mains qui y touchaient ; on distinguait plus nettement un fragment de pelle en bois et une vieille semelle. On aurait pu croire cette chambre inhabitée, si un vieux bonnet de nuit, qui traînait sur une table, n'avait décelé la présence d'un être humain.

Tandis que Tchitchikov examinait ce capharnaüm, une porte latérale livra passage à la femme de charge qu'il avait rencontrée dans la cour. Il se convainquit alors que c'était plutôt un intendant. Une femme ne se rase pas, tandis que cet être hybride avait recours au rasoir, et assez rarement sans doute, car son menton ressemblait à une étrille. L'air interrogateur, Tchitchikov attendait avec impatience ce que l'intendant voulait lui dire. De son côté, celui-ci attendait que Tchitchikov parlât. Enfin notre héros, surpris de cette perplexité, se décida à demander :

— Eh bien, le maître est-il à la maison ?

— Le maître est ici, dit l'intendant.

— Où donc ? reprit Tchitchikov.

— Ah ça, monsieur, fit l'homme, êtes-vous aveugle ? Le maître, c'est moi !

À ce moment notre héros recula malgré lui en fixant son interlocuteur. Il avait eu l'occasion de voir toutes sortes de gens, tels même que ni vous, ni moi, ami lecteur, n'en verrons peut-être jamais ; mais il n'avait pas encore rencontré semblable personnage. Le visage du bonhomme, pareil à celui de beaucoup de vieillards malingres, n'offrait rien de particulier ; seul le menton saillait démesurément, au point qu'il devait le couvrir d'un mouchoir pour ne pas cracher dessus. Ses petits yeux encore vifs couraient sous la haute couronne des sourcils, comme des souris lorsque, risquant hors de leurs sombres retraites leur museau pointu, elles guettent, oreille dressée, moustaches frétillantes, si le matou ou quelque fripon d'enfant n'est point caché dans le voisinage, et hument l'air avec méfiance. Son costume était bien plus remarquable. La composition de sa souquenille défiait toute investigation : les manches et les pans étaient si graisseux, si luisants, qu'on aurait dit du cuir de bottes ; par derrière ballottaient quatre basques d'où le coton s'échappait par touffes. Il portait au cou un objet indéfinissable : peut-être un bas, une écharpe, un plastron, mais sûrement pas une cravate. Bref, si Tchitchikov l'avait rencontré dans cet accoutrement sur le parvis d'une église, il lui eût sans doute donné un liard, car notre héros, soit dit à son honneur, était compatissant et ne pouvait s'empêcher de faire l'aumône. Or, il avait devant lui, non un mendiant, mais un gentilhomme. Et ce gentilhomme possédait plus de mille âmes ; ses greniers regorgeaient de blé, de grains, de farine ; ses hangars, son séchoir, sa dépense étaient encombrés de toiles, de draps, de peaux de mouton brutes ou mégies, de poisson fumé, de légumes, champignons, salaisons de toute sorte, comme on en aurait difficilement trouvé ailleurs. Qui eût visité ses ateliers remplis d'objets de tout genre jamais employés, se serait cru à Moscou, au marché de la boissellerie, où d'accortes belles-mères, suivies de leurs cuisinières, vont quotidiennement faire les emplettes du ménage ; à ce marché où s'entassent des monceaux de bois ouvré, tourné, ajusté, tressé ; tonnelets, cuveaux, baquets, seaux, pressoirs, gobelets, cruches, corbillons où les villageoises mettent leur filasse et déchets divers, boîtes en tremble courbé, récipients en écorce de tilleul ou de bouleau, bien d'autres ustensiles encore, à l'usage de la Russie pauvre comme de la Russie opulente[95].

De quelle utilité pouvait bien être à Pliouchkine une telle avalanche de semblables objets ? Durant toute sa vie il n'aurait pu en tirer parti, eût-il même possédé deux domaines comme le sien ! Pourtant cela ne lui suffisait pas. Il parcourait tous les jours les rues de son village, regardait sous les ponceaux, les passerelles ; et tout ce qui lui tombait sous la main — vieilles semelles, chiffons, clous, tessons — il l'emportait chez lui, au tas que Tchitchikov avait vu dans un coin. « Voilà le chiffonnier qui fait sa tournée ! », disaient les paysans en le voyant partir en chasse. Effectivement, il ne restait rien à balayer après lui. Qu'un officier de passage perdît un éperon, l'éperon allait grossir le tas en question ; une paysanne oubliait-elle son seau au bord du puits, il chipait le seau. Du reste, quand un moujik vigilant le prenait sur le fait, il restituait sans discuter le corps du délit ; mais si celui-ci avait rejoint le tas, c'en était fait ! Il jurait que c'était son bien, acheté à telle date, à un tel, ou hérité de son aïeul. Dans sa chambre, il ramassait tout ce qu'il apercevait au plancher : plume, bout de papier, morceau de cire, et le posait sur le bureau ou sur la fenêtre.

Autrefois pourtant cet homme n'était qu'un père de famille économe, chez qui ses voisins venaient dîner, apprendre l'épargne, la bonne administration. Tout chez lui débordait d'activité ; tout s'accomplissait d'un train régulier. Les moulins, les fouleries marchaient ; les fabriques de drap, les ateliers de menuiserie et de tissage fonctionnaient. Partout pénétrait l'œil vigilant du maître qui, pareil à une laborieuse araignée inspectant sa toile, circulait affairé sur toute l'étendue de son domaine. Ses traits ne reflétaient pas de sentiments violents, mais l'intelligence se lisait dans ses yeux. Ses propos

---

[95] — Cette phrase remplace dans la rédaction définitive la belle description suivante, ajoutée par Gogol à son manuscrit en 1836, lors de son séjour chez Pogodine, qui habitait justement le quartier où se tenait le marché à la boissellerie :

... Qui eût jeté un coup d'œil dans ses ateliers où s'entassaient des centaines de roues, seaux, barriques — mis en réserve et jamais employés — se serait cru transporté dans ce vaste quartier de Moscou, qui, le dimanche, depuis la rue des Batteurs-d'Or jusqu'à la place de Smolensk, trafique de boisselleries apportées par les villageois des environs. — Bois blanc et bois colorié font jusqu'au pont Dorogomilov des taches jaunes ou sombres et apparaissent encore de-ci de-là jusqu'à la barrière parmi les bonnets fourrés des paysans et leurs haridelles velues — jusqu'à ce que la ville cède la place à l'immense et scintillante plaine neigeuse, sillonnée par la file stridente des chariots que suivent nos rustauds, courant, frappant leurs moufles l'une contre l'autre, menaçant du poing leurs petits chevaux. Telle une fumée légère, leur haleine monte en volutes dans l'air glacial, tandis qu'ils se demandent quels prix tenir, quel emplacement occuper sur le populeux marché moscovite. Tous ces ustensiles eussent suffi à l'entretien de cinq domaines comme celui que possédait Pliouchkine, mais l'homme est insatiable...

décelaient l'expérience et la connaissance du monde ; on prenait plaisir à l'écouter. L'affable maîtresse de maison était réputée pour son hospitalité ; deux gentilles jeunes filles blondes, fraîches comme des roses, accueillaient les visiteurs, ainsi que le fils de la maison, un gamin déluré qui embrassait tout le monde, sans se soucier si cela plaisait ou non. Aucune fenêtre n'était condamnée ; à l'entresol habitait le précepteur français, toujours rasé de frais, et grand chasseur ; il rapportait régulièrement pour le dîner des coqs de bruyère, des canards sauvages, ou seulement des œufs de moineau, dont on lui confectionnait une omelette qu'il était seul à déguster. Une institutrice, sa compatriote, était aussi logée à l'entresol[96]. Le maître du logis venait à table en redingote un peu usagée, mais décente, sans rapiéçure ni reprise aux coudes.

Mais la bonne hôtesse mourut. Une partie des clefs et en même temps des menus soucis du ménage échurent à Pliouchkine, dont le caractère s'aigrit ; comme tous les veufs, il devint plus méfiant et plus chiche. Il ne pouvait complètement se fier à sa fille aînée, Alexandra Stépanovna ; à juste titre d'ailleurs, car la donzelle prit bientôt la fuite avec un capitaine de cavalerie — Dieu sait de quel régiment, — et l'épousa au pied levé dans une misérable église, sachant que son père détestait les officiers, en qui une étrange prévention lui faisait voir des joueurs et des bourreaux d'argent. Le père lui donna comme viatique sa malédiction, mais ne daigna pas la poursuivre. La maison se vida. Le maître donna des signes de plus en plus évidents d'avarice ; il se livra d'autant plus à cette passion, que ses cheveux grisonnaient chaque jour davantage : lésine et tête chenue font, on le sait, bon ménage. Soupçonnée de complicité dans l'enlèvement d'Alexandra Stépanovna, l'institutrice fut remerciée. Le précepteur reçut aussi son congé ; le fils avait atteint l'âge de faire sa carrière. Envoyé par son père au tribunal du chef-lieu, pour s'initier à la pratique des affaires sérieuses, il préféra s'engager et demanda un équipement à Pliouchkine, qui n'eut garde de s'exécuter.

Enfin, la dernière fille étant venue à mourir, le vieillard demeura l'unique maître et gardien de ses richesses. La vie solitaire fournit un copieux aliment à son avarice. Cette passion possède, on le sait, un appétit de loup ; plus elle dévore, moins elle se rassasie. Les sentiments humains, déjà peu profonds en lui, allaient toujours diminuant ; cette ruine ambulante se dégradait de jour en jour. Comme pour confirmer son opinion sur messieurs les militaires, son fils perdit une grosse somme aux cartes. Il lui envoya de tout cœur sa malédiction et ne s'intéressa plus dorénavant à son existence. Il condamna peu à peu toutes les fenêtres de son logis, sauf deux ; encore l'une d'elles portait-elle, comme nous le savons, un emplâtre de papier.

D'année en année, il perdit de vue les principales branches de son exploitation, pour consacrer une mesquine attention aux plumes et aux rogatons, qu'il collectionnait dans sa chambre. Il devenait de plus en plus intraitable avec les acheteurs des produits de son domaine. Las de ce continuel marchandage, les chalands l'abandonnèrent, en déclarant que c'était un démon fait homme. Le foin et le blé pourrissaient ; les meules, métamorphosées en fumier, auraient pu fournir un bon engrais pour la culture des choux ; dans les celliers, la farine, pétrifiée, appelait la hache ; on craignait de toucher aux draps, toiles et autres tissus domestiques : ils n'étaient plus que poussière. Pliouchkine avait déjà oublié le compte de ses richesses, mais se rappelait qu'à tel endroit du buffet, un carafon, contenant un reste de ratafia, portait une marque faite par lui pour empêcher ses gens de le vider subrepticement ; il savait aussi la place exacte de toutes ses plumes, de tous ses bouts de cire. Cependant les rentrées s'effectuaient régulièrement : les paysans payaient la même redevance, les femmes apportaient la même dîme de noix, les tisserandes livraient le même nombre de pièces de toile. Tout cela s'empilait dans les granges, croupissait, se faisait haillons et pourriture ; et Pliouchkine lui-même devint finalement une loque humaine[97].

---

[96] — Le première rédaction portait cette curieuse adjonction : Cette personne était bizarrement faite ; dénuée de taille elle accusait en bas comme en haut des dimensions identiques. Semblables Françaises n'existent point en France ; du moins n'en ai-je pas vu.
[97] — Ce portrait d'avare développe magnifiquement un thème indiqué dans le *Portrait* :

Alexandra Stépanovna vint une fois ou deux avec son petit garçon, essaya d'obtenir quelque chose ; la vie de garnison ne présentait sans doute plus le même attrait qu'avant l'hyménée. Pliouchkine daigna lui pardonner, laissa même l'enfant jouer avec un bouton trouvé sur la table, mais ne se fendit pas d'un liard. Alexandra Stépanovna revint plus tard, en amenant cette fois deux garçons, une brioche et une robe de chambre, celle du papa faisant honte à voir. Pliouchkine caressa ses deux petits-fils, les prit sur ses genoux, joua au cheval avec eux, accepta la brioche et la robe de chambre, mais ne desserra pas les cordons de sa bourse. Alexandra Stépanovna en fut pour ses frais.

Tel était le personnage qui se tenait devant Tchitchikov. Pareil phénomène se rencontre, avouons-le, rarement en Russie, où toutes choses préfèrent s'épanouir plutôt que se contracter. Il frappe d'autant plus que, tout à côté, on peut rencontrer un galant homme, qui mène la vie à grandes guides si conforme à notre largeur d'esprit, et brûle, comme on dit, la chandelle par les deux bouts. En voyant la demeure de ce bon vivant, le voyageur stupéfait se demande quel prince régnant a eu la fantaisie de bâtir son palais parmi ces obscures gentilhommières. Une multitude de cheminées, girouettes, belvédères, couronnent un beau corps de logis en pierre blanche, flanqué d'ailes et de nombreux pavillons pour les invités. Bals et spectacles alternent ; la nuit entière, des musiques retentissent au jardin illuminé de feux et de lampions. Joyeuse et parée, la moitié d'une province se promène sous les charmilles, sans voir ce qu'il y a de sinistre dans ce brutal éclairage qui, décolorant de-ci de-là quelque branche, la projette en une pose théâtrale hors des buissons, tandis que le ciel nocturne se fait plus sombre, plus menaçant, et que les grands arbres, dont les cimes frissonnantes paraissent se perdre plus loin dans les ténèbres impénétrables, s'indignent de l'éclat artificiel qui frappe d'en bas leurs racines.

Durant quelques minutes, Tchitchikov resta planté devant Pliouchkine silencieux ; déconcerté par l'aspect hétéroclite du logis et du maître, il demeurait impuissant à engager la conversation, ne sachant en quels termes expliquer le motif de sa visite. Il allait dire à Pliouchkine que le renom de sa vertu l'avait incité à lui payer personnellement un juste tribut d'hommages, mais une dernière œillade sur le bric-à-brac le convainquit que le mot *vertu* serait avantageusement remplacé par *ordre* et *économie*. Il se reprit aussitôt et déclara qu'ayant entendu prôner son esprit d'économie et son habileté à gérer ses biens, il avait jugé bon de venir en personne l'assurer de son respect. Il eût pu sans doute invoquer un meilleur prétexte, mais il n'en trouva pas d'autre sur le moment.

En réponse Pliouchkine marmotta, je ne dirai pas entre les dents, car il n'en avait plus, mais entre les lèvres, quelques sons inintelligibles qui sans doute voulaient dire : « Que le diable t'emporte, toi et ton respect ! » Mais les lois de l'hospitalité sont chez nous si puissantes qu'un grigou lui-même ne saurait les transgresser. Il ajouta donc d'une manière plus distincte : — Prenez place, je vous prie. Je ne reçois plus de visites depuis longtemps et j'avoue n'en pas voir l'utilité. Quelle maudite coutume ! Il faut planter là ses affaires et encore donner du foin aux chevaux de ces messieurs ! J'ai dîné depuis longtemps ; ma cuisine est petite, basse ; le fourneau est tout délabré ; si je le faisais allumer, je risquerais de mettre le feu à la maison.

« Charmant ! se dit Tchitchikov. J'ai bien fait d'avaler chez Sobakévitch un ramequin et un morceau de mouton ! »

— Et figurez-vous qu'il ne me reste pas un seul bouchon de foin, continuait Pliouchkine. Comment d'ailleurs pourrait-il en être autrement ? Je n'ai qu'un pauvre lopin de terre, mes paysans se croisent les bras, ne rêvent que beuveries... Vous verrez que sur mes vieux jours ils me réduiront à la besace.

... L'or devint sa passion, son idéal, sa terreur, sa volupté, son but. Les billets s'amoncelaient dans ses coffres, et comme tous ceux à qui est départi cet effroyable lot, il devint triste, inaccessible, indifférent à tout ce qui n'était pas l'or, lésinant sans besoin, amassant sans méthode. Il allait tantôt se muer en l'un de ces êtres étranges — si nombreux dans notre monde insensible — que l'homme doué de cœur et de vie considère avec terreur ; ils lui semblent des tombeaux mouvants, avec un mort en place de cœur...

— On m'avait pourtant dit, insinua Tchitchikov, que vous possédiez plus de mille âmes.

— Qui vous a dit cela ? Un mauvais plaisant ! Vous auriez dû, monsieur, lui cracher à la figure, car il s'est gaussé de vous... Mille âmes ! allez donc les compter, vous verrez ce qu'il en reste ! Depuis trois ans, la maudite fièvre chaude m'en a emporté des tas !

— Vraiment ! s'exclama Tchitchikov d'un ton de commisération.

— Oui, monsieur, beaucoup.

— Et combien à peu près, si vous me permettez cette question ?

— Quatre-vingts âmes.

— Pas possible ?

— Je n'ai pas coutume de mentir, monsieur.

— Encore une question : ces âmes, vous les comptez, je suppose, depuis le dernier recensement ?

— Ce ne serait encore rien ! Si nous remontons jusque-là, il faut bien en compter cent vingt.

— Cent vingt, dites-vous ! Est-ce possible ? s'écria Tchitchikov, tellement stupéfait qu'il en demeura bouche bée.

— Je suis trop vieux pour m'amuser à mentir, monsieur ; je marche sur soixante-dix ans, rétorqua Pliouchkine, qui parut offensé de cette exclamation presque joyeuse.

Tchitchikov sentit l'inconvenance de témoigner si peu d'intérêt au malheur d'autrui ; poussant aussitôt un soupir, il assura Pliouchkine de sa compassion.

— Qu'ai-je à faire de votre compassion ? fit le bonhomme. Je ne saurais l'empocher. J'ai pour voisin un capitaine — Dieu sait d'où il sort ! — qui se prétend mon parent. « Mon oncle, mon oncle ! » crie-t-il, en me baisant la main. Et dès qu'il commence à compatir, il hurle à me rompre les oreilles. Un grand amateur de trois-six à en juger par sa trogne cramoisie. Il a sans doute mangé son avoir en menant la vie d'officier, à moins qu'il ne se soit fait plumer par une comédienne ! Voilà pourquoi il juge bon de me plaindre.

Tchitchikov tenta d'expliquer que sa compassion ne ressemblait pas à celle du capitaine, et prétendit la lui témoigner autrement qu'en vaines paroles. Par exemple, il s'offrait à payer à sa place la capitation pour tous les paysans si malencontreusement décédés.

La proposition parut interloquer Pliouchkine. Écarquillant les yeux, il dévisagea longuement Tchitchikov et finit par lui demander :

— Dites-moi, mon bon monsieur, n'auriez-vous pas été militaire ?

— Non, répondit avec malice Pavel Ivanovitch ; j'ai servi dans le civil.

— Dans le civil ? répéta Pliouchkine en mâchonnant des lèvres. Mais alors, vous n'ignorez pas que de ce fait vous subirez une perte ?

— Pour vous être agréable, je la subirai volontiers.

— Ah, cher monsieur ! Ah, mon bienfaiteur ! s'exclama Pliouchkine, sans remarquer dans sa joie que le tabac lui coulait du nez sous forme de marc de café, et que les pans de sa souquenille s'entr'ouvraient sur un vêtement fort peu présentable. — Quelle consolation vous apportez à ma vieillesse ! Ah, Seigneur ! Ah, saints du Paradis !

Pliouchkine n'en put dire davantage. Mais, au bout d'un instant, la joie qui avait soudain animé ce visage de bois céda la place à une préoccupation aussi subite. Il s'essuya même avec son mouchoir, le pelotonna et s'en épongea la lèvre supérieure.

— Permettez-moi une question : comptez-vous payer l'impôt tous les ans ? M'en remettrez-vous le montant ou le verserez-vous directement à qui de droit ?

— Nous allons tout simplement passer un contrat de vente, comme s'ils étaient vivants et que vous me les cédiez.

— Oui, évidemment, un contrat de vente... fit Pliouchkine en reprenant son mâchonnage. Mais cela fera des frais. Nos basochards ont les dents longues. Jadis on s'en tirait avec quelques liards et un sac de farine, maintenant il faut une charge de gruaux de choix et un billet rouge[98], s'il vous plaît. Quel appétit ! Je ne sais vraiment pas pourquoi personne ne les rappelle à la raison, ne leur adresse quelque salutaire homélie[99]. Qui pourrait résister à une homélie bien sentie ?

« Tu saurais fort bien y résister, mon bonhomme ! » songea Tchitchikov, qui se déclara prêt, par égard pour lui, à prendre les frais d'acte à sa charge. Ce qu'oyant, Pliouchkine ne douta plus de la stupidité du visiteur : en vain celui-ci prétendait-il avoir servi dans le civil, on devinait l'officier coureur de comédiennes. Impuissant toutefois à dissimuler sa joie, il souhaita tous les bonheurs possibles à lui et à ses enfants, sans se soucier s'il en avait ou non. Il s'en fut à la fenêtre, frappa au carreau, appela : — Hola ! Prochka.

Au bout d'une minute, un tapage prolongé s'éleva dans l'antichambre. Enfin la porte s'ouvrit livrant passage à Prochka, gamin de treize ans, chaussé de bottes si grandes qu'il faillit les perdre en marchant. On s'étonnera de le voir ainsi empêtré ; disons tout de suite pourquoi. Tous les domestiques de Pliouchkine n'avaient à leur disposition qu'une paire de bottes, toujours déposée dans l'antichambre. Quand l'un d'eux s'entendait appeler, il traversait pieds nus toute la cour en sautillant, mais enfilait les bottes avant de pénétrer dans l'appartement. En sortant, il les remettait en place et se retirait sur ses propres semelles. En regardant par la fenêtre, par un matin d'automne, à l'époque des premières gelées blanches, on eût pu voir toute la valetaille exécuter des entrechats que ne réussirait sans doute pas sur les planches le plus fringant des danseurs.

— Regardez-moi ce museau, mon bon monsieur, dit Pliouchkine en lui désignant Prochka. Il est bête comme une oie, mais laissez traîner quelque chose, il mettra tout de suite le grappin dessus. Qu'es-tu venu faire ici, imbécile, dis-le moi ?

Il observa un court silence, auquel Prochka répondit par un autre.

— Prépare le samovar, entends-tu ? Donne cette clef à Mavra ; dis-lui d'aller au garde-manger ; elle y trouvera un croûton de la brioche qu'a apportée Alexandra Stépanovna ; qu'elle le serve avec le thé... Mais attends donc, nigaud ; où cours-tu comme ça ? Aurais-tu le diable au corps ? Écoute d'abord ce qu'on te dit. Le croûton est un peu moisi ; qu'elle gratte le dessus avec un couteau ; surtout qu'elle ne jette pas les miettes, mais les porte au poulailler. Et toi, l'ami, garde-toi d'entrer dans la dépense ; sans cela tu goûteras des verges ! Tu as déjà bon appétit, cela te l'aiguisera encore davantage. Essaie, essaie de te faufiler dans la dépense ; je te surveillerai de la fenêtre.

— Impossible de se fier à eux, continua-t-il en se tournant vers Tchitchikov, après que Prochka et ses bottes se furent éclipsés. Mais aussitôt, la méfiance à l'égard de son hôte se glissa en lui : pareille libéralité lui parut invraisemblable. « Après tout, songea-t-il, ce n'est peut-être qu'un hâbleur, comme tous ces prodigues ! Pour se faire offrir un verre de thé, ils vous en content de toutes les couleurs et puis après, adieu je t'ai vu ! » Aussi, par mesure de précaution et désireux de l'éprouver, insinua-t-il que mieux vaudrait dresser l'acte sans plus tarder, l'homme n'étant jamais sûr du lendemain.

Tchitchikov se montra prêt à dresser l'acte à l'instant même ; il exigea seulement une liste exacte des paysans.

Ce langage tranquillisa Pliouchkine. Il parut s'aviser de quelque chose, prit ses clefs, ouvrit la porte du buffet, fureta longtemps parmi les verres et les tasses, prononça enfin : — J'avais pourtant un

---

[98] Voir note 68.
[99] — Cette phrase a été refaite par Gogol sur la demande du censeur. Dans le manuscrit elle était ainsi libellée : Je ne sais pourquoi nos prêtres n'y font pas attention et ne leur adressent pas quelque homélie ; on a beau dire, nul ne saurait résister à la parole de Dieu.

excellent ratafia ; mes pendards de gens l'auraient-il bu ? Je n'arrive pas à mettre la main dessus. Attendez, ne serait-ce pas cela ?

Tchitchikov lui vit aux mains un carafon tout empoussiéré.

— Il provient de feu ma femme. Cette coquine d'économe n'en avait cure ; elle ne bouchait même pas le flacon. Toutes sortes de bestioles s'y étaient noyées, mais je les ai retirées ; le voici de nouveau bien net ; je m'en vais vous en verser un petit verre.

Peu soucieux de goûter ce nectar, Tchitchikov s'excusa : il avait assez bu et mangé pour aujourd'hui.

— Vous avez assez bu et mangé ! dit Pliouchkine. Évidemment on reconnaît tout de suite l'homme de bonne compagnie : il n'a pas besoin de manger pour être rassasié ; tandis que le premier friponneau venu, vous n'arriverez jamais à le rassasier... Tenez, par exemple, le capitaine. « Mon oncle, dit-il quand il vient me voir, faites-moi servir quelque chose ! » — Je ne suis pas plus son oncle qu'il n'est mon grand-père. N'ayant rien chez lui à se mettre sous la dent, il se fait héberger par les autres... Mais pardon, vous voulez une liste de tous ces vauriens ? Parfait ! J'en ai justement dressé une, afin de les rayer lors du prochain recensement.

Pliouchkine mit ses lunettes, farfouilla dans ses papiers, défit un tas de paquets ; la poussière qu'il soulevait fit éternuer son hôte. Il dénicha enfin une feuille toute couverte d'inscriptions. Les noms des paysans s'y pressaient comme des moucherons ; il y en avait de toutes sortes : Paramonov, Pimionov, Pantélélmonov et jusqu'à un certain Grigori *Arrive-tu-n'arriveras-pas* — plus de cent vingt en tout. À la vue de cette multitude, Tchitchikov sourit et mit la feuille en poche. Il rappela alors à Pliouchkine qu'il devrait venir en ville pour passer le contrat.

— En ville ? Y pensez-vous ?... Comment abandonner ma maison ? Tous mes gens sont ou voleurs ou fripons ; en une journée ils me la videront si bien qu'il n'y restera plus un clou où pendre mon caftan.

— Mais vous avez bien quelqu'un de connaissance.

— Non, toutes mes connaissances sont mortes, ou je les ai perdues de vue... Ah, si, si, pardon, monsieur, où avais-je l'esprit ? s'écria-t-il soudain. Il m'en reste une, le président en personne, il venait souvent me voir autrefois. Nous sommes des camarades d'enfance ; il fut un temps où nous escaladions les murs ensemble. Voilà ce qui s'appelle une connaissance !... Si je lui écrivais ?

— Excellente idée !

— Ah oui, c'est une vieille connaissance. Notre amitié date de l'école.

Sur ce visage de bois glissa soudain un rayon de chaleur, un pâle reflet de sentiment. Il advient parfois qu'un noyé remonte à la surface de l'eau, arrachant un cri de joie à la foule qui assiège la rive. Mais en vain les frères et les sœurs jettent une corde dans l'espoir de voir réapparaître le dos ou les bras du malheureux, épuisé par la lutte. Rien ne bouge plus, et l'océan rentré dans le silence se fait encore plus effrayant et plus désert. Ainsi le visage de Pliouchkine, après cette velléité d'animation, redevint plus plat et plus insensible.

— J'avais sur mon bureau un carré de papier blanc. Dieu sait ce qu'il est devenu ! Vous voyez si je puis me fier à mes canailles de gens.

Il promena ses regards sur le bureau, puis par-dessous, fouilla partout, s'écria enfin : — Mavra, hé, Mavra !

À cet appel accourut une femme portant une assiette où reposait le fameux morceau de brioche. Et le dialogue suivant s'engagea :

— Où as-tu fourré mon papier, brigande ?

— Quel papier, monsieur ? Parole d'honneur je n'en ai vu d'autre que le morceau dont vous recouvrez votre verre.

— Et moi, je vois à tes yeux que tu me l'as escamoté.

— Pourquoi faire ? Je ne sais ni lire ni écrire.

— Tu mens ! Tu l'as porté au fils du sacristain ; il est sans cesse à griffonner.

— Eh, s'il a besoin de papier, il sait où en trouver. Il se moque bien de vos chiffons.

— Attends un peu ; au jour du jugement tu feras connaissance avec la fourche des démons ; tu verras comme ils te grilleront !

— Pourquoi, grand Dieu, puisque je suis innocente ? Je n'ai pas touché à votre papier. Je puis avoir des faiblesses, mais jamais on ne m'a reproché le moindre vol.

— Tu verras comme ils t'en donneront. « Ah ! Ah ! coquine, diront-ils, tu trompais ton maître ! Attrape, attrape ! » Et les fourches entreront en danse.

— Et moi je leur dirai : « Pourquoi, grand Dieu, pourquoi ? Je n'ai rien pris »... Mais tenez, le voilà votre papier, sur le bureau. Vous grondez toujours le monde à tort !

Pliouchkine reconnut en effet son papier, mâchonna, finit par dire :

— La voilà partie ! quel caquet bon bec ! On lui dit un mot, elle vous en rend dix ! Au lieu de chanter pouille, apporte-moi plutôt du feu pour cacheter ma lettre... Un instant ! Tu vas, bien sûr, me donner une chandelle, sans t'aviser que le suif se consume en pure perte ; non, apporte-moi plutôt un oribus.

Mavra partie, Pliouchkine s'assit dans un fauteuil, prit une plume, retourna dans tous les sens le carré de papier. Finalement, convaincu qu'il n'en pouvait rogner le moindre bout, il trempa la plume dans un encrier qui contenait un liquide moisi, avec force mouches au fond, et commença à tracer des lettres semblables à des notes de musique. Il retenait à chaque instant sa main prête à s'emballer, collait parcimonieusement une ligne sur l'autre, et regrettait les espaces blancs qu'il lui fallait malgré tout laisser.

Eh quoi ! Un homme peut ainsi se ravaler, devenir si mesquin, si vilain, si ladre ! Est-ce vraisemblable ? Tout est vraisemblable, la nature humaine est capable de tout. L'impétueux jeune homme d'aujourd'hui reculerait d'horreur à la vue du vieillard qu'il sera un jour. Quand, au sortir des années charmantes de la jeunesse, vous vous engagez dans le chemin ardu de l'âge mûr, emportez pour viatique vos premiers mouvements d'humanité ; autrement vous ne les retrouverez plus. La vieillesse vous menace, l'implacable vieillesse qui ne laisse rien reprendre de ce que l'on a une fois abandonné. La tombe est plus clémente, on y peut lire : *Ci-gît un homme*, tandis qu'on ne déchiffre rien sur les traits sombres et glacés de l'inhumaine vieillesse !

— N'auriez-vous pas un ami, reprit Pliouchkine en pliant la lettre, qui eût besoin d'âmes en fuite ?

— En posséderiez-vous ? s'exclama Tchitchikov tiré de ses réflexions.

— Hélas oui ! mon gendre a procédé à une enquête ; il prétend que leur trace est perdue ; mais ce militaire s'entend mieux à faire sonner ses éperons qu'à solliciter les juges.

— Et combien y en a-t-il en tout ?

— Soixante-dix environ.

— Pas possible ?

— Parole d'honneur ! ces fainéants ne savent que bâfrer, et moi, je crève de faim. Aussi, tous les ans, quelques-uns de ces goinfres prennent-ils la fuite... J'accepterais ce qu'on m'en offrirait. Conseillez donc à votre ami de les acheter ; qu'il en retrouve seulement une dizaine, voyez la belle affaire ! Chaque âme recensée vaut dans les cinq cents roubles !

« Non, nous ne laisserons flairer l'affaire à personne ! » se dit Tchitchikov. Il déclara aussitôt qu'aucun ami ne voudrait traiter pareil marché : les frais seraient trop élevés, et, plutôt que d'aborder les grippe-minauds, mieux valait se sauver en leur abandonnant les basques de son habit. Cependant, puisque Pliouchkine était à ce point gêné, il consentait par compassion à lui acheter les fugitifs, mais n'en pouvait offrir qu'une bagatelle...

— Mais encore, combien ? interrogea Pliouchkine transformé en vrai juif : ses mains tremblotaient comme du mercure.

— Vingt-cinq kopeks par âme.

— Argent comptant ?

— Argent comptant.

— Seulement, mon bon monsieur, prenez ma misère en pitié, donnez-moi au moins quarante kopeks.

— Vénérable vieillard, je ne vous en donnerais pas seulement quarante kopeks, mais bien volontiers cinq cents roubles, tant je suis navré de voir un brave homme victime de son bon cœur.

— C'est vrai, c'est vrai ! approuva Pliouchkine en hochant avec componction sa tête baissée. — Tout vient de mon bon cœur.

— Vous voyez, j'ai tout de suite compris votre caractère. Je disais donc que je vous donnerais volontiers cinq cents roubles par âme, malheureusement... ma fortune ne me le permet pas ; mais j'ajouterai cinq kopeks, ce qui fera trente kopeks par âme.

— Ah, mon bon monsieur, ajoutez-en deux encore !

— Soit, pour vous faire plaisir. Combien avez-vous de fugitifs ? Vous parliez, je crois, de soixante-dix ?

— Soixante-dix-huit en tout.

— Soixante-dix-huit à trente-deux kopeks par âme, cela fait... — Après une seconde exactement de réflexion, notre héros, très fort en arithmétique, reprit : — Cela fait vingt-quatre roubles quatre-vingt-seize kopeks.

Il fit signer un reçu à Pliouchkine et lui remit aussitôt l'argent, que l'autre saisit à deux mains et s'en alla déposer sur le bureau, aussi précautionneusement que si, portant un liquide, il eût craint à chaque instant de le répandre. Arrivé au bureau, il compta encore une fois les billets et les enferma tout aussi précautionneusement dans l'un des tiroirs, destiné à leur servir de tombeau jusqu'au jour où le père Carpe et le père Polycarpe, les deux prêtres de la paroisse, l'enterreraient lui-même, à l'indicible joie de son gendre, de sa fille et peut-être aussi du capitaine qui se disait son parent. L'argent enfoui, Pliouchkine retomba dans son fauteuil et ne parut plus pouvoir trouver matière à conversation.

— Vous voulez déjà partir ? dit-il enfin en remarquant un geste esquissé par Tchitchikov pour tirer son mouchoir.

Cette question rappela à notre héros qu'il n'avait en effet aucune raison de s'attarder davantage.

— Oui, il faut que je me remette en route, fit-il en prenant son chapeau.

— Mais le thé ?

— Si vous voulez bien, ce sera pour une autre fois.

— Et moi qui ai commandé le samovar ! À parler franc, je ne suis pas amateur de thé : c'est une boisson coûteuse et le sucre est devenu inabordable. Prochka, pas de samovar ! Porte le morceau de brioche à Mavra, dis-lui de le remettre en place ; ou plutôt non, donne-le moi, je l'y remettrai moi-même. Adieu, mon bon monsieur, que Dieu vous bénisse ! N'oubliez pas la lettre au président ; c'est une vieille connaissance, nous avons été élevés ensemble !

Ensuite ce fantoche ratatiné reconduisit son hôte jusqu'au portail, qu'il fit aussitôt soigneusement fermer. Puis, il inspecta ses magasins, s'assura que les gardiens — qui s'avertissaient en frappant à coups de pelle un tonneau vide au lieu de l'habituelle plaque de fonte — étaient bien à leur poste ; il donna un coup d'œil à la cuisine, où, sous prétexte de goûter le dîner des gens, il se bourra de soupe aux choux accompagnée de sarrasin. Enfin, après avoir traité tout le monde de fainéants et de vauriens, il se retira dans son appartement. Resté seul, il se prit à rêver au moyen de remercier son hôte d'une magnanimité vraiment sans exemple. « Je lui ferai cadeau de ma montre, décida-t-il. C'est une belle montre en argent et non en tombac ou en bronze ; à vrai dire elle ne marche pas très bien, mais il la fera réparer ; il est encore jeune, il a besoin d'une montre pour plaire à sa fiancée. Ou plutôt non, ajouta-t-il après quelques instants de réflexion, je la lui léguerai par testament, pour qu'il garde bon souvenir de moi après ma mort... »

Notre héros n'avait nul besoin de montre pour faire preuve de la plus belle humeur. Une acquisition aussi inattendue valait le plus beau des présents : tant morts que fugitifs, le total dépassait deux cents âmes ! Certes, en arrivant chez Pliouchkine, il avait tout de suite flairé la bonne affaire, mais il ne se serait jamais attendu à pareille aubaine. Aussi, tout le long du chemin, se montra-t-il d'une gaieté folle : il siffla, imita le clairon en soufflant dans son poing, entonna une chanson tellement insolite que Sélifane, après y avoir longtemps prêté l'oreille, finit par hocher la tête, en disant : — Eh, eh, comme le maître est gai aujourd'hui !

À la nuit tombante, ils arrivèrent aux abords de la ville. La lumière et l'ombre se confondaient ; les objets pouvaient aussi se confondre entre eux. La longue poutre bariolée qui sert de barrière avait pris un ton indéterminé ; on ne distinguait pas le nez du factionnaire ; ses moustaches lui paraissaient collées au front, bien au-dessus des yeux. De bruyants cahots marquèrent l'arrivée de la britchka sur les pavés. Les réverbères n'étaient pas encore allumés. Seules quelques fenêtres commençaient à s'éclairer, tandis que les ruelles et les culs-de-sac servaient de théâtre aux scènes et conversations coutumières à cette heure, dans toutes les villes où pullulent soldats, voituriers, artisans, et où des créatures portant châles rouges et bottines à même leurs pieds nus, volettent comme des chauves souris dans les carrefours. Tchitchikov n'y prit pas garde, non plus qu'à nombreux fonctionnaires qui, tout fluets, la canne à la main, rentraient sans doute d'une promenade aux champs. Par instants, son ouïe percevait des exclamations probablement féminines : « Tu mens, ivrogne ; je ne lui ai jamais rien permis de pareil ! » — ou : « Ne me touche pas, malappris ! Viens-t'en au poste, je te ferai voir si j'ai raison !...» — en un mot, les expressions malsonnantes qui effarouchent le rêveur de vingt ans, quand, s'en revenant du théâtre, il évoque une nuit espagnole, une délicieuse enfant à guitare et cheveux bouclés. En proie à un divin enchantement, il plane dans les cieux, converse avec Schiller — quand soudain les fatals propos résonnent à ses oreilles comme un coup de tonnerre : il se retrouve sur la terre, et même sur la place au Foin, auprès d'un cabaret, en présence du train-train quotidien.

Enfin, après un dernier cahot, la britchka s'engouffra comme dans une trappe sous le porche de l'hôtel, où Pétrouchka accueillit Tchitchikov en l'aidant d'une main à descendre de voiture, tandis que de l'autre il retenait les pans de son surtout, n'aimant pas à les voir flotter. Le garçon d'auberge accourut également, chandelle en main et serviette à l'épaule. Si le retour de son maître le réjouissait, Pétrouchka n'en laissa rien paraître ; tout au plus, en échangeant un coup d'œil avec Sélifane, sa sévère physionomie parut-elle se dérider.

— Vous avez fait bon voyage ? dit le garçon en éclairant l'escalier.

— Oui, dit Tchitchikov, arrivé sur le palier. Et toi, ça va ?

— Dieu merci, monsieur, répondit le garçon en s'inclinant. Il nous est arrivé hier un militaire, un lieutenant ; il loge au seize.

— Un lieutenant ?

— Je ne saurais vous dire qui c'est, mais il arrive de Riazan et a de beaux chevaux bais.

— Parfait, parfait, continue à bien te conduire ! dit Tchitchikov arrivé à son appartement. En traversant l'antichambre, il crispa sa narine et dit à Pétrouchka :

— Tu aurais bien pu ouvrir les fenêtres !

— Mais je les ai ouvertes ! répliqua effrontément Pétrouchka.

Le maître, tout en sachant que le drôle mentait, n'insista pas. Le voyage l'avait harassé. Il soupa d'un cochon de lait, se déshabilla, se glissa sous la couverture et s'endormit aussitôt d'un profond sommeil, du merveilleux sommeil apanage des heureux mortels qui ignorent les puces, les hémorroïdes et l'excès d'intelligence.

VII

Heureux le voyageur qui, après de longues traites dans le vent, la pluie, la boue, obsédé par le tintement des grelots, les réparations, les continuelles prises de bec avec la racaille des grandes routes — postillons, maréchaux-ferrants, maîtres de poste endormis et tutti quanti, — revoit enfin son toit et connaît le réconfort d'un chaleureux accueil : cris joyeux des gens accourus, lumières en main, à sa rencontre ; turbulentes allées et venues des enfants ; doux propos, entremêlés d'ardentes étreintes susceptibles de bannir tout chagrin de la mémoire ! Heureux le père de famille, mais malheur au célibataire !

Heureux l'écrivain qui fuit les plats caractères dont la trop réelle banalité rebute et accable, pour s'adonner à la peinture des âmes nobles, honneur de l'humanité ; qui, dans le tourbillon d'images continuellement changeantes, choisit quelques rares exceptions ; qui ne trahit jamais le ton élevé de sa lyre, ne s'abaisse point vers les humbles mortels et plane loin de la terre dans la région du sublime. Doublement enviable apparaît son sort magnifique : il se trouve comme en famille parmi ces êtres d'élite, et les échos de sa gloire retentissent dans tout l'univers. Il flatte et enivre les hommes en leur voilant la réalité, en dissimulant les tares de l'humanité pour n'en faire voir que la grandeur et la beauté. Tous lui battent des mains et font cortège à son char de triomphe. On le proclame grand poète, on affirme qu'il dépasse en génie les autres beaux esprits, comme l'aigle l'emporte sur tous les oiseaux de haut vol. À son nom les jeunes cœurs tressaillent, des larmes de sympathie brillent dans tous les yeux. Personne ne l'égale en puissance !...

Un autre sort attend l'écrivain qui ose remuer l'horrible vase des bassesses où s'enlise notre vie, plonger dans l'abîme des natures froides, mesquines, vulgaires — que nous rencontrons à chaque pas au cours de notre pèlerinage terrestre, parfois si pénible, si amer, — et d'un burin impitoyable étale au grand jour ce que nos yeux indifférents se refusent à voir ! Il ne connaîtra pas les applaudissements populaires, les larmes de reconnaissance, les élans d'un enthousiasme unanime ; il ne suscitera nulle passion héroïque dans les cœurs de seize ans, ne subira pas la fascination de ses propres accents ; il n'évitera pas enfin le jugement de ses hypocrites et insensibles contemporains, qui traiteront ses chères créations d'écrits méprisables et extravagants, qui lui attribueront les vices de ses héros, lui dénieront tout cœur, toute âme et la flamme divine du talent. Car les contemporains se refusent à admettre que les verres destinés à scruter les mouvements d'insectes imperceptibles valent ceux qui permettent d'observer le soleil ; ils nient qu'une grande puissance de pénétration soit nécessaire pour illuminer un tableau emprunté à la vie abjecte et en faire un chef-d'œuvre ; ils nient qu'un puissant éclat de rire vaille un beau mouvement lyrique et qu'un abîme le sépare de la grimace des histrions ! Niant tout cela, les détracteurs tourneront en dérision les mérites de l'écrivain méconnu ; nulle voix ne répondra à la sienne ; il demeurera isolé au beau milieu du chemin. Austère est sa carrière, amère sa solitude.

Quant à moi, je le sais, une puissance supérieure me contraint à cheminer longtemps encore côte à côte avec mes étranges héros, à contempler, à travers un rire apparent et des larmes insoupçonnées, l'infini déroulement de la vie. Le temps est encore lointain où l'inspiration jaillira à flots plus redoutables de mon cerveau en proie à la verve sacrée, où les hommes, tremblants d'émoi, pressentiront les majestueux grondements d'autres discours[100]...

En route, en route ! Déridons notre front ; plongeons-nous dans la vie, son fracas, ses grelots, et voyons ce que fait Tchitchikov.

Tchitchikov s'éveilla, s'étira et se sentit bien reposé. Il resta deux bonnes minutes étendu sur le dos ; mais, se rappelant soudain qu'il était à la tête de quatre cents âmes, il fit claquer ses doigts et prit un air radieux. Sautant à bas du lit, il ne songea pas à examiner au miroir son visage qu'il prisait fort, en particulier le menton dont il aimait à vanter les charmes à ses amis, surtout en se rasant. « Vois comme j'ai le menton rond ! » disait-il d'ordinaire en se le caressant. Mais cette fois-ci, oubliant menton et visage, il enfila aussitôt une paire de ces bottes en maroquin bariolé, dont, grâce à notre mollesse, la ville de Torjok[101] fait un commerce considérable. Dans ce simple appareil à l'écossaise, il se départit de la gravité qui sied à son âge et à son caractère, et exécuta deux entrechats fort réussis. Puis, sans plus tarder, il se mit à l'œuvre. Il s'installa devant son écritoire, avec autant de plaisir qu'après une enquête un juge intègre prend place à une table bien garnie, et en tira les papiers qu'elle renfermait. Ne voulant pas laisser traîner les choses en longueur, il s'était résolu à rédiger lui-même les actes et à les recopier, afin de n'avoir rien à payer aux commis-greffiers. Très au courant du formulaire, il écrivit d'une plume alerte, d'abord en grosse : *L'an mil huit cent et...*, puis en minute : *Nous, un tel, propriétaire...*, et la suite à l'avenant. En deux heures tout fut terminé.

Quand il considéra ensuite tous ces petits feuillets, ces paysans qui avaient été naguère des êtres de chair et d'os, peinant, labourant, charriant, s'enivrant, trompant leurs maîtres — ou de simples braves gens peut-être — un étrange sentiment, que lui-même n'aurait su définir, s'empara de lui. Chaque liste semblait avoir un caractère particulier et le communiquer aux moujiks qui la constituaient. Ceux de madame Korobotchka étaient presque tous affublés de sobriquets. La concision distinguait la note de Pliouchkine : des initiales suivies de deux points y figuraient le plus souvent les prénoms. Le relevé de Sobakévitch frappait par l'abondance des détails ; il relatait toutes les qualités des moujiks. Tel nom était suivi de la mention : *bon menuisier ;* tel autre de celle-ci : *intelligent et point ivrogne*. Il n'avait garde d'omettre les noms et la conduite des père et mère d'un chacun ; seul un certain Fédotov portait comme signalement : *né de père inconnu et de la fille de chambre Capitoline, mais honnête et de bonnes mœurs*. Tous ces détails donnaient aux paperasses une fraîcheur spéciale ; ces braves gens ne semblaient défunts que de la veille. Tchitchikov s'attendrit et s'écria en soupirant : — Mes bons amis, vous voilà réunis en nombreuse compagnie ! Quels étaient, mes bien chers, vos moyens d'existence ? Comment joigniez-vous les deux bouts ?

---

[100] — Ce paragraphe remplace le passage suivant de la seconde rédaction : — Qui sait ? les pages vulgaires prendront peut-être plus tard un éclat aujourd'hui insoupçonné. Peut-être un poète (ô quelle divine récompense !) éprouvera devant elles le frisson sacré ; le souffle redoutable de l'inspiration agitera sa tête, et des chants nouveaux régénéreront le monde.
Après de longues hésitations, dont témoignent les nombreuses corrections de tout le début de ce chapitre, Gogol s'est décidé, peu avant la publication de la première partie, à remplacer par *lui-même* le poète futur. Le passage permet de conjecturer de quel style prophétique et visionnaire eût sans doute été écrite la IIIe partie des *Âmes Mortes*.
[101] — Chef-lieu de district de la province de Tver, renommé pour ses tanneries.

Ses yeux s'arrêtèrent involontairement sur un nom, celui du fameux Piotr Savéliev *Mets-les-pieds-dans-le-plat*, ancien serf de madame Korobotchka. Cette fois encore, il ne put s'empêcher de dire : — Quel nom à n'en plus finir, il occupe toute une ligne ! Qui étais-tu, mon brave : artisan ou simple manant ? Sans doute es-tu mort au cabaret, à moins qu'un convoi de chariots ne t'ait écrasé tandis que tu dormais allongé au beau milieu du chemin ?

— Bouchon Stépane, *charpentier, de sobriété exemplaire.* — Ah ! ah ! le voilà Stépane Bouchon, ce colosse qui eût fait merveille dans la garde ! Bien sûr, mon garçon, tu parcourais toutes les provinces, bottes sur l'épaule et cognée à la ceinture, en te nourrissant d'un liard de pain et de deux liards de poisson sec, pour rapporter, à chacune de tes tournées, une centaine de roubles-argent dans ta bourse, sans compter les assignats, que tu fourrais dans tes bottes ou dont tu faisais peut-être une doublure à ton pantalon de grosse toile ! Où diantre es-tu passé de vie à trépas ? Aurais-tu peut-être, pour augmenter tes gains, entrepris la réparation d'un clocher et, le pied te manquant, serais-tu venu t'écraser sur le sol, fournissant ainsi à quelque père Mikhéi l'occasion de se gratter la nuque en murmurant : « Eh, là ! mon gars ; qu'est-ce qu'il te prend !... » et de grimper aussitôt la corde aux reins à ta place ?...

Maxime Téliatnikov, *savetier.* Ah ! bah, savetier ! *Saoul comme un savetier*, dit le proverbe russe. Je te connais, mon brave, et vais, si tu veux, te raconter ton histoire en peu de mots. Apprenti chez un Allemand — qui vous nourrissait tous à la même écuelle, vous reprochait votre négligence à coups de tire-pied sur le dos et vous défendait de polissonner dans les rues, — tu travaillais à merveille, et l'Allemand n'en finissait plus de chanter tes louanges à sa femme ou à son *Kamerad*. Ton apprentissage terminé, tu te dis : « Je m'en vais maintenant ouvrir boutique, mais au lieu de tirer, comme mon grigou d'Allemand, le diable par la queue, je ferai vite fortune. » Redevance payée à ton seigneur[102], tu te mis à l'œuvre et les commandes affluèrent. Tu achetas pour rien du mauvais cuir et réalisas sur chaque paire de bottes double bénéfice ; mais, au bout de quinze jours, elles étaient toutes crevées et tes pratiques te traitèrent de la belle manière. Ta boutique désertée, tu noyas le chagrin dans la boisson ; vautré dans la rue, tu déblatérais : « Le monde est mal fait. Les Russes ne peuvent plus gagner leur vie, il n'y en a que pour les Allemands ! »

Mais quel est celui-ci : *Moineau Elisabeth* ! Une femme ? Que vient-elle faire ici ? Cette fripouille de Sobakévitch a pourtant trouvé moyen de me rouler !

Tchitchikov avait raison : c'était bien une femme, insérée dans la liste avec une astuce inouïe. Il fallut la rayer.

— Grigori *Va-toujours-et-tu-n'arriveras-pas* ! Qui diantre as-tu pu bien être ? Un roulier, sans doute, qui, après avoir fait emplette de trois chevaux et d'une mauvaise patache, dit pour toujours adieu à son trou et s'en alla voiturer les marchands de foire en foire ? As-tu rendu ton âme à Dieu sur la grande route ? Tes amis se sont-ils défaits de toi pour l'amour de quelque grosse et rubiconde commère ? Tes moufles de cuir, tes bêtes trapues ont-elles tenté quelque coureur de bois ? Ou encore, rêvant dans ta soupente, n'as-tu pu résister au désir de te précipiter au cabaret, puis de là, tête baissée, dans la rivière, ni vu ni connu. Drôles de gens que nos Russes ; ils n'aiment pas à mourir de leur belle mort !

Et vous, mes beaux mignons, continua-t-il en reportant les yeux sur la feuille où étaient inscrits les serfs fugitifs de Pliouchkine ; vous vivez encore, c'est vrai, mais vous n'en valez pas mieux ! Où vous entraîne maintenant votre course rapide ? Meniez-vous vraiment chez Pliouchkine une si pénible existence ? Ou vous êtes-vous laissé tenter par la vie errante et trouvez-vous plaisir à écumer les grands chemins ? Croupissez-vous en prison, ou vous êtes-vous donnés à d'autres maîtres dont vous labourez les terres ? Iérémei *l'Entêté*, Nikita *le Coureur*, son fils Antoine *le Coureur*... À leurs surnoms on devine que ces deux-là s'entendent à jouer des jambes... Popov, domestique... Celui-là sait sans doute lire et écrire. Il ne joue pas du couteau et commet ses vols le plus honnêtement du monde.

---

[102] Voir note 88.

Mais on t'a pincé sans passeport et tu subis bravement l'interrogatoire du capitaine-ispravnik[103] : « À qui es-tu ? demande celui-ci en ajoutant, à ton adresse, quelque mot bien senti. — À tel et tel seigneur, réponds-tu hardiment. — Que fais-tu ici ? reprend l'ispravnik. — J'ai un congé à redevance[104], affirmes-tu sans sourciller. — Ton passeport ? — Je l'ai remis à l'artisan Piménov, mon patron. — Faites entrer Piménov. C'est toi Piménov ? — C'est moi. — Ce garçon prétend t'avoir remis son passeport ? Est-ce vrai ? — Jamais de la vie ! — Alors tu as menti ? demande l'ispravnik en lançant un nouveau juron. — Tout juste, avoues-tu crûment ; je suis rentré trop tard et l'ai confié à Antipe Prokhorov, le sonneur de cloches. — Faites venir le sonneur... T'a-t-il remis son passeport ? — Pas du tout ! — Mais alors, tu as de nouveau menti ? s'emporte le capitaine-ispravnik en appuyant ses dires d'une bordée de gros mots. Voyons, où est ton passeport ? — J'en avais un, crânes-tu ; mais après tout, je l'ai peut-être bien égaré en route. — Et cette capote de soldat, reprend le capitaine-ispravnik, en te gratifiant à nouveau d'une flatteuse épithète, — et cette cassette contenant les économies du curé ; pourquoi les as-tu volées ? — Volées ! déclares-tu sans broncher. Je n'ai jamais encore exercé ce métier-là ! — Pourtant, c'est chez toi qu'on a trouvé la capote ; d'où provient-elle ? — Je n'en sais rien, quelqu'un l'y aura apportée. — Ah ! coquin ! dit le capitaine-ispravnik, hochant la tête et les poings aux hanches. Les fers aux pieds et en prison ! — Soit, comme il vous plaira ! » acquiesces-tu. Et, tirant ta tabatière, tu offres une prise aux deux invalides qui te rivent les fers, et t'informes aimablement de la date de leur congé et des campagnes auxquelles ils ont pris part. Te voilà sous clef ; la procédure suit son cours ; de Tsarévo-Kokchaisk on te transfère dans une autre ville, de là à Vessiégonsk[105] ou ailleurs ; tu passes ainsi de prison en prison et dis en examinant ta nouvelle demeure : « Non, décidément, on se sentait plus à l'aise à Vessiégonsk et la société y était plus variée ! »

Abachum Fyrov ! Où peux-tu bien flâner, frère ? Aurais-tu par hasard gagné la Volga, te serais-tu laissé tenter par la libre vie des haleurs ?...

Tchitchikov interrompit son monologue et se prit à rêver. Songeait-il au sort d'Abachum Fyrov, ou évoquait-il simplement la large vie sans frein, rêve favori des Russes de tout âge, de tout grade, de toute condition ? Et de fait, où peut bien être Fyrov ? Sans doute a-t-il loué ses services à des gens de négoce et arpente-t-il maintenant, dans un joyeux vacarme, le port au blé. Fleurs et rubans au chapeau, les compagnons prennent un turbulent congé de leurs femmes ou maîtresses, belles gaillardes enrubannées, colliers au cou. Chants et danses s'entremêlent, tandis qu'au moyen de leurs crochets, les débardeurs chargent sur leur dos, avec force cris et jurons, jusqu'à des neuf pouds[106] de pois ou de froment, qu'ils déversent bruyamment dans les profonds chalands ; des ballots d'avoine et de gruau jonchent le sol ; des pyramides de sacs s'entassent, comme des boulets, à perte de vue : formidable arsenal, destiné à disparaître aux flancs profonds des barges qui, dès la débâcle, descendront le fleuve à la queue leu leu. Quand cette interminable caravane se mettra en marche, votre heure sera venue, haleurs ! De franc cœur, comme naguère au plaisir, vous vous attellerez à la besogne, tirant, tirant le cordeau, aux accents d'une cantilène monotone et sans fin, comme toi, Russie[107] !...

---

[103] Voir note 33.
[104] Voir note 88.
[105] — Ces deux petites villes sont fort éloignées l'une de l'autre : Tsarévokokchaïsk se trouve dans la province de Kazan, Vessiégonsk dans celle de Tver.
[106] Voir note 67.
[107] — Ce très beau passage ne figurait pas dans les premières rédactions. Il est le développement d'une note des carnets (1841) intitulée : *Commerce des céréales* — et que nous croyons bon de reproduire en entier, car elle permet de saisir sur le vif un des procédés de travail de Gogol :
...Dès le printemps on casse la glace autour des berges ; puis on commence à les charger afin qu'elles descendent la Volga au moment de la débâcle. Ce chargement est une fête pour les haleurs. Les arrhes reçues, ils font bombance et prennent congé des femmes, toutes enrubannées, parées des cadeaux de leurs maris ou de leurs amants : on chante des chansons de printemps et l'on se promène sur le port entre les sacs de blé.

Des débardeurs, engagés spécialement, chargent les sacs sur leurs épaules au moyen d'un crochet ; ils chargent ainsi jusqu'à des 9 pouds parmi les cris, les injures, les encouragements. Pendant ce temps les haleurs

— Eh mais, il est midi ! s'exclama enfin Tchitchikov en regardant sa montre. Et je suis encore ici à battre la campagne ! Quel imbécile je fais !

Sur ces mots, il échangea son accoutrement écossais contre un vêtement à l'européenne. Il serra la taille à n'en plus pouvoir, se vaporisa à l'eau de Cologne, prit son portefeuille et sa casquette ouatée, et s'en fut en hâte au tribunal civil faire enregistrer ses actes. Ce n'est pas qu'il craignît d'arriver trop tard, son ami le président pouvant, à son gré, abréger ou prolonger les audiences, tel l'antique Zeus d'Homère, qui allongeait ou écourtait les jours, pour permettre à ses héros favoris de gagner un combat ou pour couper court à leurs querelles. Mais il désirait en finir au plus tôt. Tant que les contrats n'auraient pas été passés, l'affaire lui paraissait incertaine : les âmes n'étaient réelles qu'à moitié et en pareil cas mieux vaut sauter le pas sans tarder. Il sortit en songeant à ces choses, mais sans oublier de jeter sur ses épaules une peau d'ours recouverte de drap cannelle. À peine avait-il le nez dehors, qu'au premier coin de rue il se heurta à un monsieur, vêtu lui aussi d'une casquette à oreilles et d'une peau d'ours recouverte de drap cannelle[108]. Le quidam poussa un cri et se jeta dans ses bras : c'était Manilov. Leur étreinte dura cinq bonnes minutes ; l'embrassade fut si violente qu'ils souffrirent toute la journée des gencives. La joie provoqua chez Manilov une éclipse totale des yeux ; son visage ne fut plus que nez et lèvres. Durant un quart d'heure, il serra à la briser la main de Tchitchikov. Dans les termes les plus exquis, il raconta qu'il volait justement à la rencontre de Pavel Ivanovitch pour se jeter à son cou, et termina son discours par un compliment qui n'eût pas été déplacé sur les lèvres d'un danseur invitant une jeune demoiselle. Tchitchikov ouvrait la bouche sans savoir sur quel ton le remercier, quand Manilov tira de dessous sa pelisse un rouleau de papier noué d'une faveur rose.

— Qu'est cela, s'il vous plaît ?

— Les paysans.

— Ah ! Ah !

Tchitchikov déplia le rouleau et, l'ayant parcouru du regard, admira la perfection de l'écriture.

— Beau travail, dit-il. Inutile de recopier. Il y a même un encadrement ; qui donc l'a dessiné ?

— Ne me le demandez pas, dit Manilov.

— C'est vous ?

— Non, ma femme.

— Ah ! mon Dieu ! je suis vraiment honteux de vous avoir causé tant de tracas.

— Pour Pavel Ivanovitch, on ne saurait trop se mettre en peine.

Tchitchikov s'inclina. En apprenant que Pavel Ivanovitch se rendait au tribunal pour faire enregistrer les contrats, Manilov s'offrit à l'accompagner. Les deux amis s'en furent bras dessus, bras dessous. À la moindre marche, à la moindre inégalité de terrain, Manilov soutenait, soulevait presque Tchitchikov, en déclarant, avec un béat sourire, qu'il ne souffrirait pas que Pavel Ivanovitch blessât ses petits pieds. Tchitchikov, fort gêné, car il se savait un peu lourd, se confondait en remerciements. En faisant assaut de bons offices, ils arrivèrent enfin sur la place où s'élevait le tribunal, énorme bâtisse en pierre à deux étages, dont la blancheur de craie devait sans doute symboliser la candeur des occupants. Ce bâtiment contrastait par ses dimensions avec les autres ornements de la place : une guérite avec son factionnaire, deux ou trois stations de voitures, enfin de longues palissades agrémentées des habituels graffiti au charbon ou à la craie. Tel était l'emplacement désolé que l'on nomme chez nous une belle place.

---

se promènent, des rubans à leurs chapeaux ; les femmes font des rondes. Toutes les filles sont grandes et sveltes (les pois sont destinés aux marins).

[108] — En affublant ici ses personnages de vêtements chauds, Gogol cède à une distraction ; jusqu'alors l'action du poème ne se passait nullement en hiver.

Apparus un instant aux fenêtres du premier et du second étage, les incorruptibles prêtres de Thémis s'éclipsèrent aussitôt ; le chef faisait sans doute le tour des bureaux. Nos amis montèrent ou plutôt escaladèrent l'escalier. Tchitchikov hâtait le pas pour échapper aux attentions de Manilov qui, de son côté, se précipitait pour alléger la fatigue de Pavel Ivanovitch. Aussi arrivèrent-ils tout essoufflés dans l'obscure antichambre. Ni dans les corridors, ni dans les pièces, la propreté ne frappa leurs regards ; on ne s'en souciait pas encore ; ce qui était sale le demeurait et ne prenait point d'aspect engageant. Thémis recevait en négligé, à la bonne franquette.

Il conviendrait ici de décrire les chambres que traversèrent nos amis ; mais l'auteur éprouve à l'égard des bureaux une insurmontable timidité. Quand une affaire l'appelle même dans les mieux tenus d'entre eux — parquets cirés, tables reluisantes, — il ne s'y attarde guère et tient les yeux modestement baissés ; aussi ignore-t-il leur magnificence. Nos amis virent beaucoup de papier, blanc et noirci, des têtes penchées, de larges nuques, des habits et des redingotes à la mode de province et, tranchant parmi eux, un simple veston gris clair. Celui qui le portait, la tête presque collée de guingois sur le papier, copiait d'une plume alerte un procès-verbal de saisie de terrains usurpés par quelque gentillâtre qui, toujours en procès, n'en terminait pas moins paisiblement ses jours — père et grand-père honoré — sous l'égide de dame Justice. De temps à autre, une voix rauque laissait échapper de brèves exclamations : « Fédosséï Fédosséiévitch, passez-moi donc le dossier n° 368. — Vous égarez toujours le bouchon de l'encrier ! » — Parfois une voix impérative, celle d'un supérieur évidemment, donnait un ordre : « Recopie-moi ça ! Sinon on t'enlèvera tes bottes et tu resteras ici six jours entiers sans boire ni manger ! » — Le frôlement des plumes sur le papier rappelait celui de fagots traînés à charretées pleines, par un chemin forestier, sur une couche de feuilles mortes.

Tchitchikov et Manilov s'adressèrent à deux expéditionnaires assis à la première table.

— Le bureau des contrats, s'il vous plaît ?

— Et que vous faut-il ? firent d'une voix les deux copistes, en se retournant.

— Présenter une supplique.

— Mais qu'avez-vous acheté ?

— Indiquez-moi d'abord le bureau des contrats.

— Mais pour vous l'indiquer, il faut d'abord que nous sachions ce que vous avez acheté et à quel prix.

Tchitchikov comprit aussitôt que, comme tous les jeunes employés, ces deux blancs-becs étaient curieux et voulaient se donner de l'importance.

— Écoutez, mes braves, dit-il, je sais fort bien que tous les contrats, quelle que soit leur importance, relèvent du même service ; veuillez donc nous l'indiquer ; si vous l'ignorez, nous nous adresserons à d'autres.

Cette réplique coupa la parole aux gratte-papier ; l'un d'eux désigna un angle de la pièce où un vieillard rangeait des dossiers. Tchitchikov et Manilov, louvoyant entre les tables, allèrent droit au bonhomme, qui paraissait absorbé dans son travail.

— Permettez-moi de vous demander, dit Tchitchikov en s'inclinant ; est-ce ici que se passent les contrats ?

— Aucun contrat ne se passe ici, martela le vieux en levant les yeux.

— Mais où donc alors ?

— Au bureau des contrats.

— Et où se trouve ce bureau ?

— Adressez-vous à Ivan Antonovitch.

— Mais où est Ivan Antonovitch ?

Le barbon désigna l'angle opposé de la pièce. Tchitchikov et Manilov se dirigèrent vers Ivan Antonovitch qui, les voyant venir, jeta un regard en coulisse et se reprit aussitôt à écrire.

— Pardon, dit Tchitchikov en s'inclinant ; c'est ici le bureau des contrats ?

Ivan Antonovitch fit la sourde oreille et disparut complètement dans ses paperasses. Foin des jeunes étourneaux qui passent leur temps à bavarder ! Ivan Antonovitch, esprit pondéré, frisait la cinquantaine ; son visage, couronné d'épais cheveux noirs, saillait en sa partie médiane, formant ainsi ce qu'on appelle familièrement un bec de cruche.

— Excusez-moi de vous déranger, insista Tchitchikov ; c'est bien ici le bureau des contrats ?

— Oui, répondit Ivan Antonovitch, en soulevant son bec de cruche, qu'il replongea aussitôt dans ses paperasses.

— Voici ce qui m'amène : j'ai acheté, aux fins de colonisation, des paysans à divers propriétaires de ce district ; les actes sont établis, il n'y a plus qu'à les légaliser.

— Les vendeurs sont-ils ici ?

— Quelques-uns seulement ; les autres ont passé procuration.

— Avez-vous apporté une supplique ?

— Oui. Je suis pressé... je désirerais... en un mot peut-on terminer l'affaire aujourd'hui ?

— Aujourd'hui !... Impossible, dit Ivan Antonovitch. Il faut d'abord s'informer s'il n'y a pas d'inhibitions.

— Je suis au mieux avec Ivan Grigoriévitch, le président, ce qui sans doute hâtera les choses.

— Ivan Grigoriévitch n'est pas seul ici ; il y a d'autres personnes, répliqua maussadement Ivan Antonovitch.

Comprenant l'allusion, Tchitchikov déclara :

— Les autres ne seront pas oubliés. J'ai moi-même été en place, je connais les usages...

— Allez voir Ivan Grigoriévitch, dit Ivan Antonovitch d'un ton moins rogue. Qu'il passe les ordres nécessaires ; nous ne vous retiendrons pas longtemps.

Tirant un billet de sa poche, Tchitchikov le déposa sur le bureau d'Ivan Antonovitch, qui n'y prit point garde et le couvrit d'un registre. Tchitchikov allait le lui faire remarquer quand, d'un signe de tête, Ivan Antonovitch lui donna à comprendre que c'était inutile.

— Conduisez ces messieurs à la salle d'audience, ordonna Ivan Antonovitch à l'un de ses subordonnés[109]. Ce garçon avait sacrifié avec tant de zèle à Thémis que ses manches trouées au coude laissaient passer la doublure, ce qui lui avait valu le grade de régistrateur de collège. Comme autrefois Virgile à Dante, il servit de guide à nos deux amis et les introduisit dans la salle d'audience où, derrière une table qui supportait deux gros livres et le *miroir de justice*[110], s'allongeait une rangée de larges fauteuils. Le président y trônait seul comme le soleil. À l'aspect du sanctuaire, le nouveau Virgile, saisi d'une sainte frayeur, fit voir, en se sauvant, un dos de veston usé jusqu'à la corde et agrémenté de plumes de poule.

---

[109] — *à l'un des pontifes...* portait le manuscrit. Le censeur raya le mot.
[110] — Sur la table de tout tribunal russe, reposait un *miroir de justice (zertsalo)*, prisme de verre triangulaire, surmonté d'une aigle et sur les trois faces duquel étaient collés trois oukazes de Pierre le Grand relatifs à la procédure et aux droits des citoyens.

En pénétrant dans la salle, nos amis s'aperçurent que le président n'était pas seul ; Sobakévitch, complètement masqué par le miroir, lui tenait compagnie. Une exclamation les accueillit ; les fauteuils officiels reculèrent bruyamment. Le président ouvrit ses bras à Tchitchikov ; un bruit de baisers retentit. Ils s'informèrent de leur santé : tous deux souffraient d'un lumbago qu'ils attribuèrent à la vie sédentaire. Le président, sans doute mis au courant par Sobakévitch, complimenta notre héros de ses acquisitions. Tchitchikov, légèrement troublé en voyant réunis les deux vendeurs auxquels il avait demandé le secret, n'en remercia pas moins le président et s'enquit de la santé de Sobakévitch.

— Dieu merci, je n'ai pas à m'en plaindre, répondit celui-ci, qui n'avait en effet aucun sujet de se plaindre : le fer eût plus facilement pris froid que ce gaillard bâti à chaux et à sable.

— Oui, votre santé est proverbiale, dit le président, et feu votre père était aussi un rude homme.

— Il luttait seul contre un ours, répondit Sobakévitch.

— Vous pourriez, il me semble, terrasser vous aussi un ours, si l'envie vous en prenait.

— Non, rétorqua Sobakévitch, mon père était plus solide que moi, Nous ne sommes plus de cette trempe, aujourd'hui. Regardez quelle triste vie je mène, ajouta-t-il après un soupir.

— Une triste vie ? mais en quoi donc, je vous prie ? demanda le président.

— Oui, une triste vie, insista Sobakévitch en hochant la tête. Jugez un peu, Ivan Grigoriévitch : j'ai dépassé la quarantaine sans avoir jamais connu le moindre bobo ; pas un clou, pas un furoncle, pas un mal de gorge... Tout ce que vous voudrez, c'est mauvais signe ! Il faudra payer cela un jour.

Sobakévitch sombra dans la mélancolie.

« Quel homme ! songèrent en même temps Tchitchikov et le président. De quoi vient-il se plaindre ! »

— J'ai une lettre pour vous, dit Tchitchikov en tendant au président la missive de Pliouchkine.

— De qui est-ce ? Ah ! de Pliouchkine ! s'exclama le président après l'avoir décachetée. Comment, il vit encore ! Quelle destinée : un homme naguère si riche, si intelligent, et qu'est-il devenu ?

— Un failli chien, dit Sobakévitch, une fripouille qui fait mourir de faim tous ses gens.

— Parfait, parfait ! dit le président après avoir lu la lettre. J'accepte de le représenter. Quand désirez-vous passer les actes ?

— Aujourd'hui même, si possible, car je voudrais partir demain ; j'ai apporté contrats et supplique.

— Parfait, parfait ! Mais vous aurez beau dire, nous ne vous lâcherons pas ! Les actes seront légalisés aujourd'hui, d'accord ; mais vous passerez encore quelques jours avec nous. Attendez, je vais donner les ordres nécessaires, dit-il en ouvrant la porte du bureau, rempli d'employés semblables à de diligentes abeilles disséminées sur leurs rayons, s'il est permis de comparer des dossiers à des rayons de miel. — Ivan Antonovitch est-il ici ?

— Oui, répondit une voix.

— Priez-le de venir.

Ivan Antonovitch, dit Bec-de-Cruche, déjà connu du lecteur, fit son apparition dans la salle d'audience et salua fort poliment.

— Ivan Antonovitch, veuillez prendre les contrats de ces messieurs...

— N'oubliez pas, Ivan Grigoriévitch, interrompit Sobakévitch, qu'il faut au moins deux témoins pour chaque partie. Envoyez donc chercher le procureur : il n'a rien à faire, car il se décharge de toute sa besogne sur son substitut Zolotoukha, le premier grippe-sou du monde. Convoquez aussi l'inspecteur du service d'hygiène : cet autre désœuvré sera certainement chez lui, à moins qu'il ne taquine les cartes quelque part. Et puis vous trouverez bien d'autres témoins dans le voisinage : Troukhatchevski, Bégouchkine, par exemple, deux êtres qui chargent la terre d'un poids inutile.

— Très juste, dit le président, qui dépêcha aussitôt un exprès à tous ces personnages.

— J'ai encore une prière à vous adresser, dit Tchitchikov. Voudriez-vous convoquer le représentant d'une dame avec qui j'ai aussi traité ; c'est un de vos employés, le fils du Père Cyrille, l'archiprêtre.

— Mais oui, mais oui, je m'en vais le mander. Soyez tranquille, tout le nécessaire sera fait. Seulement je vous prie, pas un liard aux employés ; nous ne faisons pas payer les amis.

Sur ces mots, il donna à Ivan Antonovitch un ordre qui parut déplaire à ce dernier. Les actes firent une excellente impression sur le président, surtout lorsqu'il vit que le montant total des achats atteignait presque cent mille roubles. Il fixa quelques instants Tchitchikov avec une expression de profonde satisfaction et proféra enfin : — Alors, Pavel Ivanovitch, vous avez vraiment acheté tout cela ?

— Mais oui.

— Excellente idée, ma foi ! Excellente idée !

— Oui, je sais que je n'en pouvais avoir de meilleure. On a beau dire, l'homme ne trouve vraiment sa voie qu'en abandonnant les chimères de la jeunesse pour s'engager d'un pied ferme sur un terrain solide.

Avec beaucoup d'à-propos, Tchitchikov fulmina contre le libéralisme des jeunes gens. Une certaine hésitation perçait pourtant dans sa diatribe. « Tu radotes, mon cher, et comment ! » semblait-il se dire. Il n'osait même pas regarder Manilov et Sobakévitch, dans la crainte de lire dans leurs yeux une expression narquoise. Appréhension bien inutile : le visage de Sobakévitch demeurait fermé ; et Manilov, séduit par les belles phrases, balançait la tête avec la satisfaction béate d'un mélomane devant une cantatrice qui, l'emportant même sur le violon, lance une note aiguë à désespérer un gosier d'oiseau.

— Mais pourquoi, dit enfin Sobakévitch, ne racontez-vous pas à Ivan Grigoriévitch quelles belles acquisitions vous avez faites ? Et vous, Ivan Grigoriévitch, pourquoi ne le lui demandez-vous pas ? Des gaillards pourtant, de l'or en barre ! Songez donc, je lui ai même cédé mon carrossier Mikhéiev !

— Mikhéiev, pas possible ! s'écria le président. Le carrossier Mikhéiev, un si bon ouvrier ! Je le connais : il m'a réparé une voiture. Mais permettez... ne m'avez-vous pas dit qu'il était mort ?

— Jamais de la vie ! repartit Sobakévitch sans se troubler le moins du monde. C'est son frère qui est mort, mais lui se porte mieux que jamais. Il vient encore de me façonner une britchka à rendre jaloux les carrossiers de Moscou. À franchement parler, il ne devrait travailler que pour l'empereur.

— Oui, dit le président, Mikhéiev est un maître en son art ; je m'étonne alors que vous vous en sépariez.

— S'il n'y avait que lui ! Mais Stépane Bouchon, le menuisier, Milouchkine, le briquetier, Maxime Téliatnikov, le savetier, je les ai aussi cédés. Je me suis défait de tout le monde !

Sur une question du président, surpris de le voir céder de pareils trésors : — Que voulez-vous ? répondit Sobakévitch avec un geste vague ; c'est une fantaisie qui m'a pris, je n'ai pu y résister ! — Et baissant la tête comme s'il regrettait sa folie : — Les cheveux gris ne m'ont pas mis de plomb dans la tête, ajouta-t-il.

— Permettez, Pavel Ivanovitch, dit alors le président, vous achetez les paysans sans la terre ; vous les destinez sans doute à la colonisation ?

— Tout juste.

— Ah ! Ah ! parfait ! Et où cela, s'il vous plaît ?

— Où cela !... Mais... en Chersonèse.

— Oh, oh ! Pays fertile ! Et quels gras pâturages !... Vos terres sont vastes ?

— Suffisamment pour les paysans que j'achète.

— Rivière ? Étang ?

— Rivière et étang.

En lâchant ces mots, Tchitchikov jeta par mégarde un regard sur Sobakévitch et crut lire sur son visage toujours impassible : « Tu mens, mon brave : tu ne possèdes ni terres, ni étang, ni rivière ! »

Cependant les témoins commencèrent à paraître : le clignotant procureur, l'inspecteur du service d'hygiène, Troukhatchevski, Bégoutchkine et autres individus qui, à en croire Sobakévitch, chargeaient la terre d'un poids inutile. Tchitchikov ignorait la plupart d'entre eux ; quelques scribes complétèrent et au delà le nombre nécessaire. On vit arriver non seulement le fils du Père Cyrille, mais l'archiprêtre en personne. Chaque témoin inscrivit ses noms, grades et qualités, d'une écriture penchée, couchée ou même renversée, et dont certaines lettres semblaient ne pas appartenir à l'alphabet russe. Ivan Antonovitch mena rondement les choses : les actes furent aussitôt enregistrés, paraphés, homologués, l'impôt du demi pour cent et les frais d'insertion rapidement décomptés. Tchitchikov n'eut à payer qu'une bagatelle : sur l'ordre du président, la moitié des dépens fut portée par un procédé cabalistique au compte d'un autre solliciteur.

Lorsque tout fut fini : — Eh bien ! dit Ivan Grigoriévitch, il ne reste plus qu'à arroser l'affaire.

— Quand vous voudrez, acquiesça Tchitchikov. Un galant homme se doit d'offrir deux ou trois bouteilles de vin mousseux à une si aimable compagnie.

— Non, non, vous ne m'avez pas compris, dit le président, c'est nous qui vous régalerons. Vous êtes notre hôte, à nous de vous bien traiter. Savez-vous quoi, messieurs ? Transportons-nous *in corpore* chez le maître de police. Cet homme admirable[111] n'a qu'un signe à faire en passant devant la poissonnerie ou la halle aux vins ; je vous promets un festin réussi... Et nous profiterons de l'occasion pour faire un whist soigné.

Aucune objection ne s'éleva. Au seul mot de poissonnerie, les témoins se sentirent en appétit ; chacun saisit aussitôt sa casquette ou son bonnet de fourrure et la séance fut levée. En traversant le bureau, Tchitchikov se vit arrêter par Ivan Antonovitch qui lui tira sa révérence en chuchotant : — Vous achetez pour cent mille roubles de paysans et ne vous fendez que d'un malheureux billet blanc[112].

— Eh ! lui répliqua du même ton Tchitchikov, pareille racaille ne vaut même pas la moitié.

Ivan Antonovitch comprit qu'il avait affaire à forte partie et n'en tirerait pas davantage.

— Combien avez-vous payé l'âme à Pliouchkine ? murmura Sobakévitch à l'autre oreille de Tchitchikov.

— Et que venait faire Moineau en votre liste ? rétorqua celui-ci du tac au tac.

— Quel moineau ?

— Mais la femme Moineau, Elisabeth.

— Non, non, aucun moineau ne figure dans ma liste, grommela Sobakévitch qui rejoignit en hâte les autres invités.

---

[111] — *ce faiseur de miracles,* portait le manuscrit. Le censeur raya.
[112] Voir note 68.

La compagnie arriva sans encombre chez le maître de police. Dès que cet homme, vraiment admirable, eut appris ce qu'on attendait de lui, il manda incontinent un exempt, preste gaillard en bottes à l'écuyère, auquel il glissa à l'oreille deux mots suivis d'un : « Compris ? » prononcé à voix haute. Et, tandis que les invités whistaient, — harengs, esturgeons, saumons, harengs, caviar en grains, caviar pressé, balyks, langues fumées, fromages divers firent leur apparition dans la pièce voisine. Toutes ces bonnes choses provenaient de la poissonnerie ; de son côté, la cuisine livra une tourte au poisson, garnie avec les joues et les cartilages d'un esturgeon de neuf pouds[113], un pâté aux champignons, des flans, des beignets, des compotes.

Le maître de police était en quelque sorte le père et le bienfaiteur de la ville. Se sentant en famille parmi ses administrés, il se servait comme chez lui au marché et dans les boutiques. Il remplissait si admirablement les devoirs de sa charge qu'on ne savait s'il était fait pour l'emploi ou l'emploi pour lui. Cet habile homme, qui tirait de sa place le double de ses prédécesseurs, avait su pourtant gagner l'affection de toute la ville. Les gens de négoce l'aimaient pour sa simplicité ; il tenait leurs enfants sur les fonts, leur donnait du compère, et, quand il les rançonnait, il y mettait des formes, leur tapant sur l'épaule, plaisantant avec eux, promettant de venir jouer aux dames, s'informant de leurs petites affaires. Apprenait-il qu'un enfant était malade, il conseillait volontiers des remèdes. Bref, un brave homme ! Quand il inspectait la ville en voiture, il avait, tout en veillant à l'ordre, un mot aimable pour chacun. « Eh bien ! Mikhéitch[114], il faudrait pourtant terminer notre partie de *gorka*[115]. — Certes oui, il le faudrait, Alexéi Ivanovitch, disait l'autre, bonnet bas. — Iliïa Paramonovitch, viens-t'en voir mon trotteur : mais aie soin d'atteler le tien ; nous verrons qui l'emportera ! » Le marchand, qui avait la passion des chevaux, souriait avec un plaisir marqué et répondait en se caressant la barbe : « Nous verrons, Alexéi Ivanovitch. » Les commis même, la tête respectueusement découverte, échangeaient des œillades joyeuses et semblaient dire : « Quel brave homme que notre Alexéi Ivanovitch ! » — Bref il s'était conquis une large popularité et les commerçants pensaient de lui : « Alexéi Ivanovitch plume la poule, c'est vrai, mais sans la faire crier. »

Voyant la table servie, le maître de police proposa de remettre la partie après déjeuner, et tous les invités passèrent dans la salle à manger. Les agréables odeurs qui s'en exhalaient chatouillaient depuis longtemps leur odorat, et Sobakévitch, qui lançait par la porte entr'ouverte de furtifs coups d'œil, avait jeté son dévolu sur un bel esturgeon servi un peu à l'écart sur un grand plat. Les convives s'ouvrirent l'appétit par un verre d'eau-de-vie, couleur olive foncée, comme les pierres transparentes de Sibérie dont on fait chez nous des cachets ; puis, fourchettes en mains, ils gagnèrent la table, où chacun dévoila son tempérament en attaquant qui le caviar, qui le saumon, qui le fromage. Dédaignant ces bagatelles, Sobakévitch s'en fut droit à l'esturgeon, et tandis que la compagnie buvait, mangeait et bavardait, il le dévora tout entier en moins d'un quart d'heure. Quand enfin le maître de police entraîna ses invités vers le monstre en s'écriant : « Que vous semble, messieurs, de ce chef-d'œuvre de la nature ? », — il n'en découvrit plus que la queue. Sobakévitch, tout penaud, joua l'innocent, et s'en alla au bout de la table piquer du bout de sa fourchette un minuscule poisson séché. Bientôt d'ailleurs il tomba dans un fauteuil et se laissa aller à une douce somnolence.

Le maître de police montra qu'il ne lésinait pas sur les vins. On porta des toasts sans nombre : on but tout d'abord — comme les lecteurs le devinent peut-être — à la santé du nouveau seigneur de Chersonèse, puis à la prospérité et à l'heureux transfert de ses paysans, ensuite à la santé de sa future et belle épouse, ce qui fit naître un agréable sourire sur les lèvres de notre héros. Tous l'entourèrent, le supplièrent de rester encore une quinzaine.

---

[113] Voir note 67.
[114] — Les gens du peuple et les marchands s'interpellaient volontiers familièrement par leur simple patronymique, sans prénom : *Mikhéitch,* fils de Mikhéi ; *Perfilievna,* fille de Perfili.
[115] — Jeu de cartes alors en vogue parmi le peuple et la classe marchande.

— Non, Pavel Ivanovitch, on ne se conduit pas de la sorte ! Ouvre-t-on la porte d'une izba uniquement pour y amener le froid ! Le seuil à peine franchi, vous tournez déjà le dos ! Non, non, nous ne vous lâchons pas ! Attendez, nous allons vous marier ; n'est-ce pas, Ivan Grigoriévitch ?

— Bien sûr, bien sûr ! approuva le président. Résistez tant que vous voudrez, jouez des pieds et des mains, nous vous marierons quand même ! Il faut hurler avec les loups et nous n'aimons pas plaisanter.

— Pour résister, dit en souriant Tchitchikov, il faudrait d'abord qu'il y eût une fiancée.

— Nous vous en trouverons une ! Nous vous trouverons tout ce que vous voudrez !...

— Dans ce cas-là !...

— Bravo, bravo, il reste ! Vive Pavel Ivanovitch, s'écria-t-on de tous côtés.

Tous les convives voulurent trinquer avec lui ; il s'exécuta. — Encore ! encore ! crièrent les plus impétueux. Une seconde, puis une troisième fois, les verres s'entre-choquèrent. La gaieté devint bientôt générale. Le président, qui avait l'ivresse tendre, embrassa plusieurs fois Tchitchikov, s'épancha dans son sein, l'appelant : « Mon cher cœur ! » et « Ma petite chérie ! » — Et même, claquant des doigts, il se mit à sautiller autour de lui en fredonnant le refrain fameux :

Ah ! Ah ! Un tel et un tel, moujik de Kamarinskoe[116]...

Après le Champagne, le vin de Hongrie émoustilla encore davantage la société. Le whist fut oublié : on discuta, on cria, on parla de tout, même de politique et d'art militaire ; certains émirent des idées fort libres, pour lesquelles ils eussent à un autre moment donné le fouet à leurs enfants. On trancha péremptoirement les questions les plus compliquées. Tchitchikov ne s'était jamais senti d'aussi belle humeur : il croyait pour de bon posséder des terres en Chersonèse, parlait amélioration, assolement triennal, félicité de deux cœurs unis. Il voulut même déclamer à Sobakévitch une épître en vers de Werther à Charlotte ; mais l'autre, qui avait la digestion laborieuse, battit seulement des paupières et se rencogna dans son fauteuil.

Tchitchikov finit par s'apercevoir qu'il se débraillait trop ; il demanda une voiture. Le procureur lui offrit la sienne, dont le cocher se révéla un homme d'expérience : il conduisait d'une main et soutenait de l'autre le barine. Pavel Ivanovitch rentra de la sorte à l'auberge, où longtemps encore il divagua, mélangeant capitaux, terres en Chersonèse, blonde enfant à teint rose et fossette sur la joue droite. Sélifane reçut même l'ordre de rassembler tous les nouveaux colons et d'en faire l'appel nominal. Sélifane écouta un bon moment Tchitchikov en silence ; il sortit enfin et dit à Pétrouchka : — Va-t'en déshabiller monsieur.

Pétrouchka s'évertua longtemps à tirer les bottes de son maître, et n'y réussit qu'après avoir pensé le jeter à terre. Pavel Ivanovitch se déshabilla et, après s'être tourné et retourné dans son lit, qui craquait horriblement, il s'endormit, se croyant vraiment propriétaire en Chersonèse.

Cependant, Pétrouchka emporta le pantalon et l'habit zinzolin moucheté, les étendit sur un portemanteau et se prit à les brosser et vergeter si furieusement que le corridor fut bientôt rempli de poussière. Il se préparait à les dépendre quand il aperçut, en bas dans la galerie, Sélifane qui revenait de l'écurie. Ils échangèrent une œillade et d'instinct se comprirent : Monsieur dort à poings fermés, c'est le moment de se donner de l'air. Aussitôt, frac et pantalon remis en place, Pétrouchka descendit ; et tous deux s'en furent de compagnie, devisant et balivernant, mais ne soufflant mot du but de leur voyage. Celui-ci ne fut guère qu'une promenade : ils se bornèrent à traverser la rue et, arrivés à la

---

[116] — Air de danse très populaire, dont le compositeur Glinka s'est inspiré pour une *Fantaisie* célèbre. Les paroles en sont assez scabreuses. Gogol adoucit le texte du premier vers qui est :
Ah ! Ah ! Fils de chienne, moujik, etc.

maison située en face de l'hôtellerie, pénétrèrent par une porte vitrée, basse et enfumée, dans une sorte de caveau, où se trouvaient déjà attablés des gens de tout acabit : barbus, rasés, en touloupes, en blouses et même en manteaux de castorine. Dieu sait ce que purent bien faire en ce lieu Sélifane et Pétrouchka. Ils en sortirent au bout d'une heure, bras dessus, bras dessous, se témoignant toutes sortes d'égards et veillant en silence à leur équilibre mutuel. La main dans la main, sans desserrer leur étreinte, ils mirent un bon quart d'heure à grimper l'escalier. Pétrouchka demeura quelques instants planté devant son lit, réfléchissant sans doute à la façon la plus convenable de se coucher ; il finit par s'y étendre de travers, les pieds au plancher. Oublieux que sa place était à la chambre commune sinon à l'écurie, Sélifane se laissa choir sur le même lit, la tête sur le ventre de Pétrouchka. Tous deux s'endormirent à l'instant, remplissant le réduit d'un ronflement sonore qu'accompagnait, de la pièce voisine, le léger sifflement nasal de Tchitchikov.

Tout bruit mourut bientôt à l'entour ; l'auberge entière fut plongée dans un profond sommeil. Une seule chambre restait encore éclairée, celle du lieutenant arrivé de Riazan, grand amateur de bottes ; car il en avait déjà commandé quatre paires et ne pouvait se lasser d'en essayer une cinquième. Plus d'une fois déjà, il s'était en vain approché de son lit pour les ôter : leur suprême élégance le fascinait ; la jambe levée, il se perdait dans la contemplation de son talon.

VIII

Les commentaires sur les acquisitions de Tchitchikov allaient leur train. On discuta sur tous les tons l'avantage que présentait l'achat de paysans destinés à la colonisation ; certaines opinions décelaient une connaissance approfondie du sujet.

— Sans doute, disaient les uns, le Midi est très fertile, on ne saurait le nier ; mais que feront sans eau les paysans de Tchitchikov ? car il n'y a pas une seule rivière dans le pays.

— Ce ne serait encore rien que le manque d'eau, Stépane Dmitriévitch, mais défricher une terre nouvelle sans izba, sans foyer, voilà ce à quoi nos moujiks dépaysés ne se feront jamais ! Ils auront bientôt pris les jambes à leur cou, et va-t'en voir s'ils viennent !

— Permettez, permettez, Alexéi Ivanovitch ; je ne suis pas de votre avis. Nos Russes se font à tout, s'accommodent de tous les climats. Envoyez-les si vous voulez au Kamtchatka, mais ayez soin de leur donner des moufles bien fourrées ; ils se frapperont joyeusement les mains et à coups de cognée se bâtiront bien vite une izba.

— Pardon, Ivan Grigoriévitch ; tu oublies un point important. Quels paysans a achetés Tchitchikov ? Des pas grand'chose, sans doute. Je donne ma tête à couper qu'ils sont tous voleurs, ivrognes, fainéants, mauvais bougres. Un propriétaire avisé ne vend jamais ses bons sujets.

— D'accord ; on ne cède jamais que ses brebis galeuses. Mais ici commence la morale de l'aventure : transplantés, ces vauriens peuvent devenir d'excellents sujets ; on en a vu des exemples, on en cite même dans l'histoire.

— Jamais, jamais, répliquait le directeur des manufactures de l'État ; croyez-moi, c'est impossible. Les paysans de Tchitchikov auront contre eux deux puissants ennemis. D'abord, la proximité des provinces petites-russiennes où, vous le savez, les eaux-de-vie se débitent librement ; quinze jours plus tard, je vous l'affirme, ce seront tous des soûlards invétérés. Ensuite, l'habitude de la vie errante, que tout paysan acquiert au cours de ces transferts. Croyez-moi, l'entreprise ne peut réussir que si Tchitchikov a constamment ses gaillards à l'œil ; il lui faudra les tenir de court, les châtier pour la moindre incartade, les gourmer en personne sur les dents ou la nuque.

— En personne ! Voyons, il peut bien laisser cette besogne à son régisseur.

— Il faut d'abord en trouver un ; ce sont tous des fripons, pour la bonne raison que les maîtres négligent leurs affaires.

— Juste, approuvèrent d'aucuns. Un propriétaire qui s'entend en hommes et possède la moindre notion d'agriculture trouvera toujours un bon régisseur.

Le directeur émit l'avis que cet oiseau rare demanderait cinq mille roubles d'appointements ; le président objecta que trois mille roubles suffiraient.

— Où diantre, repartit le directeur, en dénicherez-vous un à ce prix-là ? Dans votre nez, sans doute.

— Non, déclara le président, mais tout simplement dans notre district. J'ai en vue Piotr Pétrovitch Samoïlov ; voilà l'homme qu'il faut à Tchitchikov.

Bien des gens prenaient à cœur la situation de Tchitchikov ; le transfert de si nombreux colons les effrayait ; on exprima même des craintes au sujet d'une mutinerie possible parmi ces têtes brûlées. Le maître de police traita ces craintes de chimériques : il appartenait à la police rurale de conjurer le danger ; et une simple casquette de capitaine-ispravnik envoyée sur les lieux suffirait à faire filer doux les croquants, jusqu'à leur nouvelle résidence. Pour extirper chez cette canaille l'esprit de rébellion, on proposa alors différentes mesures, les unes assez anodines, les autres par trop sévères et d'une rigueur toute militaire. Le directeur des postes fit remarquer qu'un devoir sacré incombait à Tchitchikov : se conduire en père envers ses paysans, les initier même aux bienfaits de l'instruction ; à cette occasion, il vanta fort la méthode d'enseignement mutuel préconisée par Lancaster[117].

Ces sortes d'entretiens passionnaient la ville. Plusieurs personnes poussèrent la sollicitude jusqu'à soumettre à Tchitchikov ces recommandations ; elles lui préposèrent même une escorte militaire pour accompagner la caravane. Tchitchikov déclara que les conseils lui agréaient fort et qu'il en profiterait à l'occasion ; mais il refusa catégoriquement l'escorte : ses paysans étaient de nature pacifique ; la perspective du voyage les enchantait ; aucune rébellion n'éclaterait parmi eux.

Toute cette agitation eut pour Tchitchikov les conséquences les plus heureuses : le bruit se répandit qu'il n'était ni plus ni moins que millionnaire. Cette circonstance accrut encore l'affection des citadins à son égard. À vrai dire, c'étaient de braves gens qui s'entendaient entre eux et vivaient à la bonne franquette. Une bonhomie cordiale marquait leurs entretiens : « Aimable ami, Iliïa Iliïtch ! — Dis-moi, frère, Antipator Zakhariévitch ! — Ivan Grigoriévitch, ma petite mère, tu nous la bailles belle ». Aux prénoms du directeur des postes, Ivan Andréïtch, on ajoutait toujours : « *Sprechen-Sie deutsch*, Ivan Andréïtch[118] ? » Bref, ils se sentaient les coudes. Certains avaient des lettres. Le président savait par cœur la *Ludmila* de Joukovski[119], alors dans toute sa fraîcheur ; il en déclamait à ravir certains passages, notamment :

Le bois sommeille, la vallée dort,

où le mot *chut* montrait vraiment la vallée endormie ; pour plus de vraisemblance, il le prononçait en fermant les yeux. Le directeur des postes s'adonnait plutôt à la philosophie, se passionnait pour les *Nuits* de Young[120] et la *Clef des Mystères de la Nature* d'Eckartshausen[121] ; il lisait ces ouvrages fort avant dans la nuit, et en faisait même de longs extraits qu'il ne montrait à personne. C'était d'ailleurs un bel esprit au langage fleuri : « J'aime orner mes discours », avouait-il. Il les ornait en effet à profusion de nombreuses incises telles que : *mon bon monsieur ; vous savez ; vous comprenez ; figurez-vous ; en quelque sorte ; révérence parler*. Il les fleurissait aussi en soulignant par un caustique clignement d'œil ses allusions les plus mordantes.

---

[117] — *Joseph Lancaster*, pédagogue anglais (1771-1838), promoteur de l'enseignement mutuel qu'il préconisa dans son livre : *Improvement on Education* (1805).
[118] — À cause de l'assonance, *Deutsch* prononcé à la russe donne *déitch* et rime avec *Andréïtch*.
[119] Voir note 2.
[120] — Le poète anglais *Edward Young* (1683-1765) est le père de la poésie sépulcrale. Ses *Nuits (The Complaint or Night Thoughts on Life, Death and Immortality),* poème en 9 chants (1742-1745), eurent au XVIIIe siècle un succès retentissant. Elles furent traduites en russe en 1780 par le franc-maçon Koutouzov.
[121] — *Karl von Eckartshausen* (1792-1803), mystique et alchimiste allemand, un des princes de l'occultisme. Son ouvrage principal : *Gefühle und Tempel der Natur* (1804) fut traduit en russe dès la même année.

Les autres fonctionnaires étaient plus ou moins cultivés : l'un avait lu Karamzine[122], l'autre la *Gazette de Moscou*[123], d'aucuns même n'avaient rien lu du tout. Celui-ci était une chiffe que seuls les coups de pied décidaient à agir ; celui-là une marmotte insensible même aux coups de pied. La prestance ne leur faisait d'ailleurs pas défaut ; on ne comptait dans leurs rangs aucun candidat à la phtisie. À l'heure des effusions intimes, leurs femmes les traitaient tous de : mon bon gros ; ma citrouille ; mon patapouf ; mon gros joufflu ; mon coco ; mon joujou.

Ces braves gens pratiquaient l'hospitalité ; quiconque avait tâté de leur pot ou fait un whist avec eux devenait leur intime : à plus forte raison Tchitchikov, dont les manières étaient exquises, et qui possédait à fond l'art de plaire. On l'aimait tant qu'il ne savait comment s'échapper ; de tous côtés, il s'entendait dire : « Restez encore une semaine, Pavel Ivanovitch, rien qu'une petite semaine ! » Bref, il faisait florès.

Voilà pour les hommes ; quant aux femmes, il produisait sur elles une impression tout bonnement stupéfiante. Pour expliquer un tant soit peu ce phénomène, il faudrait d'abord parler longuement de ces dames, de leur société, décrire à traits colorés leurs particularités morales ; mais l'auteur recule devant cette tâche ardue. D'une part, il se sent arrêté par le respect dû aux épouses de hauts dignitaires ; d'autre part... d'autre part, mon Dieu !... c'est tout simplement difficile... Les dames de N... étaient... Non, impossible : la timidité me retient... Ce qu'il y avait de plus remarquable dans les dames de N... C'est étrange, la plume refuse le service, devient de plomb. Allons, laissons à qui possède une plus riche palette le soin de dépeindre leurs caractères ; crayonnons seulement leur extérieur.

Pour le *comme il faut*, les dames de N... pouvaient servir d'exemple. Elles savaient se tenir, observaient minutieusement le bon ton, l'étiquette, les convenances, suivaient surtout la mode dans ses moindres détails, l'emportant même en cela sur leurs sœurs de Pétersbourg ou de Moscou. Elles s'habillaient avec beaucoup de cachet, se promenaient en calèches élégantes, livrée à galons d'or, laquais derrière, suivant le goût du jour. La carte de visite, fût-elle écrite à la main sur un deux de trèfle ou un as de carreau, était pour elles chose sacrée. Deux dames, amies intimes et même parentes, se prirent en haine pour une visite non rendue. Maris et parents furent impuissants à les réconcilier : on arrive à tout en ce monde, sauf à raccommoder deux dames brouillées pour une question d'étiquette ; elles restèrent à jamais *en délicatesse*, suivant une expression courante dans le beau monde provincial. Les questions de préséance provoquaient aussi des scènes violentes, où les maris intervenaient de la façon la plus chevaleresque. Aucun duel ne suivit ces altercations, ces messieurs appartenant tous au service civil ; mais ils se rattrapaient en faisant assaut de vilenies, procédé parfois plus pénible qu'un duel.

De mœurs rigides, les dames de N... s'élevaient, avec une vertueuse indignation, contre tout vice et tout scandale, et ne se pardonnaient aucune faiblesse. Si l'une d'elles se permettait une intrigue, tout se passait si discrètement, avec un tel souci des bienséances, que le mari lui-même, mis au courant, répondait sagement en citant le dicton : *Compère et commère s'assemblent ; qu'importe aux badauds ?*

Comme les dames de Pétersbourg, celles de N..., fort circonspectes en leurs discours, parlaient un langage châtié. Elles ne disaient pas : « Je me suis mouchée, j'ai transpiré, j'ai craché » — mais bien : « Je me suis soulagé le nez ; j'ai eu recours à mon foulard ». Elles n'avouaient pas qu'un verre ou une assiette sentait mauvais ; évitant même une allusion trop directe, elles recouraient à des périphrases telles que : « Ce verre se conduit mal ». Pour ennoblir davantage encore la langue russe, elles

---

[122] — Karamzine (Nikolaï Mikhaïlovitch) (1766-1826), célèbre historien, publia dans sa jeunesse quelques nouvelles sentimentales, dont la plus célèbre, *La pauvre Lise* (1792), peut être considérée comme le modèle du genre en langue russe. — Apparu dès le XVIIIe siècle dans la littérature russe, le sentimentalisme y fleurit surtout au commencement du XIXe.

[123] — *La Gazette de Moscou (Moskovskia Viédomosti),* publiée depuis 1756 par l'Université de Moscou, était à cette époque dirigée par le prince P. J. Chalikov, sentimental auteur du *Voyage en Petite Russie* (1803-1804).

proscrivaient la moitié des mots, les remplaçant par des locutions françaises,... d'ailleurs beaucoup plus risquées.

Voilà tout ce que, sans vouloir insister, on peut dire des dames de N... Une étude plus approfondie mettrait à nu bien d'autres choses ; mais c'est jouer trop gros jeu que sonder le cœur féminin. N'insistons donc point et revenons à notre propos.

Jusqu'alors, tout en rendant justice à sa parfaite éducation, les dames de N... s'étaient peu occupées de Tchitchikov ; dès qu'on l'eut fait millionnaire, elle lui trouvèrent d'autres qualités. Cependant, elles n'étaient pas intéressées ; mais, question de sac mise à part, le charme secret du mot *millionnaire* opère sur les honnêtes gens comme sur les pieds plats. Le millionnaire a le privilège de connaître la bassesse désintéressée, de la contempler toute nue ; bien des gens savent qu'ils n'ont rien à attendre de lui, et pourtant ils volent à sa rencontre, le saluent, lui sourient, n'ont de cesse qu'ils ne soient invités à dîner en sa compagnie.

Les dames de N... subissaient-elles ce doux attrait de la bassesse ? Je n'oserais l'affirmer ; en tout cas, elles prêtèrent plus d'attention à Tchitchikov. « Certes, disaient-elles, il n'est pas très beau ; mais il a juste l'embonpoint qui sied ; plus gros, il déplairait. » Les maigres passèrent un mauvais quart d'heure : ils ressemblent plus à des cure-dents qu'à des hommes, affirma-t-on. Ces dames montrèrent un grand souci de toilette. On se pressait, on s'écrasait presque, aux boutiques ; les voitures y stationnaient nombreuses ; cela devint la promenade à la mode. À leur grande surprise, les marchands virent enlever en moins de rien des étoffes apportées de la foire, et dont le prix trop élevé avait jusqu'alors écarté les acheteuses. Une dame vint à la messe avec des falbalas à remplir toute l'église ; le commissaire du quartier, qui se trouvait là par hasard, fit reculer la foule jusqu'au portail, afin de protéger une si riche toilette.

Tchitchikov s'aperçut enfin des attentions dont il était l'objet. Un jour, en rentrant chez lui, il trouva sur la table une lettre, dont il ne put découvrir la provenance ; le garçon expliqua qu'on lui avait fait promettre le silence. Elle commençait d'un ton très décidé : « Je n'y puis résister, il faut que je t'écrive ! » Puis on y affirmait qu'il existe une secrète affinité des âmes ; cette vérité était scellée de plusieurs points, qui occupaient presque la moitié d'une ligne. Suivaient quelques aphorismes d'une si frappante justesse que nous croyons devoir les reproduire : « Qu'est-ce que la vie ? Une vallée d'amertume. — Le monde ? Un ramas d'êtres insensibles. » L'auteur prétendait ensuite baigner de larmes les lignes écrites par une tendre mère morte depuis vingt-cinq ans ; elle invitait Tchitchikov à la suivre au désert, à fuir à jamais les villes, étroites enceintes où les hommes étouffent, faute d'air et d'espace ; elle se laissait aller au plus profond désespoir et terminait par ce quatrain :

> *Deux tourterelles te montreront*
> *Mon cadavre glacé,*
> *Et leurs roucoulements te diront*
> *Que je suis morte dans les larmes.*

Les vers boitaient sans doute ; mais l'épître n'en était pas moins écrite dans le goût de l'époque : Elle ne portait ni adresse, ni signature, ni date. Un post-scriptum ajoutait que le cœur du destinataire devait deviner qui lui écrivait, et qu'on assisterait le lendemain au bal du gouverneur.

L'aventure intrigua Tchitchikov ; l'anonymat fouettant sa curiosité, il relut deux fois la lettre et s'écria enfin : « Je voudrais bien savoir qui a écrit cela ! » Il prenait décidément la chose au sérieux ; après y avoir songé plus d'une heure, il conclut en écartant les bras et en inclinant la tête : « Voilà une lettre bien tournée ! » Bien entendu, la lettre, soigneusement pliée, alla rejoindre dans la cassette un programme et un faire-part de mariage qui, depuis sept ans, n'avaient pas changé de place. Un peu plus tard, on apporta en effet à Tchitchikov une invitation à un bal donné par le gouverneur, événement très commun dans les chefs-lieux : qui dit gouverneur dit bal ; sinon il ne saurait prétendre à l'affection et au respect de la noblesse.

Toute affaire cessante, notre héros ne songea plus, et pour cause, qu'à ses préparatifs. Jamais peut-être, depuis la création du monde, toilette ne dura plus longtemps. Il consacra plus d'une heure à se regarder au miroir, donnant à son visage toute une gamme d'expressions : gravité, déférence, enjouement ; esquissant des révérences accompagnées de vagues sons assez semblables à du français, bien qu'il ignorât cette langue. Il alla jusqu'à se faire à lui-même d'agréables surprises, fronça les sourcils, joua des lèvres, tira la langue. À quels jeux ne se livre-t-on pas dans la solitude, quand on se sait joli garçon et à l'abri de toute fente indiscrète ! Finalement, il se tapota le menton : « Eh, eh, le gentil museau ! » dit-il. Puis il commença de s'habiller, sans se départir un instant de son excellente humeur... En mettant ses bretelles, en nouant sa cravate, il saluait avec grâce, et, bien qu'il n'eût jamais dansé, il esquissa même un pas qui fit — conséquence bien innocente — trembler la commode et tomber la brosse.

Son entrée au bal fit sensation. Tout le monde se précipita à sa rencontre : celui-ci tenant encore ses cartes en mains, celui-là interrompant une conversation arrivée au point culminant : — ... le tribunal de première instance répond à cela...

Il planta là le tribunal pour courir au devant de notre héros.

— Pavel Ivanovitch ! Ah ! mon Dieu, Pavel Ivanovitch ! Très cher Pavel Ivanovitch ! Respectable Pavel Ivanovitch ! Vous voici, Pavel Ivanovitch ! Le voici, notre Pavel Ivanovitch ! Dans mes bras, Pavel Ivanovitch ! Laissez-moi l'embrasser bien fort, ce très cher Pavel Ivanovitch !

Tchitchikov dut subir à la fois plusieurs embrassades : à peine avait-il échappé aux bras du président qu'il se trouva dans ceux du directeur des postes ; celui-ci le passa à l'inspecteur du service d'hygiène, l'inspecteur au fermier des eaux-de-vie, le fermier à l'architecte... En l'apercevant, le gouverneur, qui paradait devant un cercle de dames en tenant d'une main un bichon et de l'autre une devise de bonbon, laissa tomber l'un et l'autre ; le bichon jappa.

Bref, l'arrivée de Tchitchikov provoqua l'allégresse : on lisait sur tous les visages une expression de franc contentement ou tout au moins le reflet de la satisfaction générale. On eût dit des fonctionnaires pendant l'inspection d'un grand chef, alors que, la première émotion passée, ils voient celui-ci satisfait, et l'entendent plaisanter, c'est-à-dire prononcer en souriant quelques paroles aimables. Tous se prennent aussitôt à rire de bon cœur, aussi bien les plus proches de lui que ceux qui, placés à quelque distance, ne l'ont pas très bien compris ; et même, obéissant aux lois immuables de l'imitation, l'agent de police de service à la porte, individu qui n'a jamais ri de sa vie et vient encore de menacer les badauds du poing, laisse errer sur son visage une sorte de sourire semblable à la grimace d'un priseur qui s'apprête à éternuer.

Notre héros, qui se sentait en verve, répondait à tous et à chacun, saluait à droite et à gauche, la tête comme toujours légèrement inclinée, mais avec tant d'aisance qu'il charma tout le monde. Les dames l'entourèrent d'une brillante guirlande aux délicieux effluves : l'une sentait la rose, l'autre le printemps et les violettes, la troisième était tout imprégnée de réséda ; les narines dilatées, Tchitchikov humait toutes ces senteurs. Les toilettes décelaient un goût exquis : les mousselines et les satins affectaient les pâles couleurs à la mode, auxquelles il serait difficile de trouver un nom, tant le goût s'est affiné ; fleurs et rubans paraient les robes dans un désordre pittoresque, bien que savamment combiné ; de légers ornements posés comme par miracle sur les coiffures semblaient dire : « Je m'envole ! quel dommage de ne pouvoir enlever la belle avec moi ! » Les tailles bien serrées paraissaient fermes et moulées (les dames de N..., remarquons-le en passant, étaient plutôt rondelettes, mais elles se laçaient si habilement et évoluaient avec tant de grâce que leur embonpoint passait inaperçu). Elles avaient tout prévu, tout calculé. Leur décolleté ne dépassait pas la mesure, ne dévoilait que les charmes jugés susceptibles de causer la perte d'un homme et dissimulés d'ailleurs avec un art consommé : une cravate de ruban, d'une légèreté aérienne, connue sous le nom de *baiser*, enlaçait le cou ; ou bien des languettes échancrées, de fine batiste, attachées sous la robe et dénommées *modesties*, retombaient des épaules. Bien que recouvrant les charmes jugés incapables de causer la perte d'un homme, ces *modesties* laissaient supposer que la perdition résidait justement en ces parages. Sans rejoindre tout à fait les manches, les gants glacés montaient un peu au-dessus du coude, laissant à découvert la partie du bras la plus excitante et qui, chez d'aucunes, était d'une enviable rondeur : plusieurs même, en voulant les tirer trop haut, avaient déchiré leurs gants. En un mot, tout paraissait dire : « Nous ne sommes pas en province ; c'est la capitale ; c'est Paris ! » De-ci de-là pourtant, un bonnet incroyable, une plume de paon décelaient un goût personnel rebelle à toutes les lois de la mode : la fausse note est de règle en province.

Tchitchikov se demandait laquelle de ces dames avait bien pu lui écrire ; il avançait même la tête pour mieux les examiner, quand il se sentit frôlé par un tourbillon de coudes, de manches, de parements, de rubans, de robes, de chemisettes parfumées. Une galopade effrénée entraînait la femme du directeur des postes, le capitaine-ispravnik, une dame à plume bleue, une dame à plume blanche, le prince géorgien Tchinkhaïkhilidzev, un fonctionnaire de Pétersbourg, un fonctionnaire de Moscou, le Français Coucou, Perkhounovski, Bérébendovski et tutti quanti[124].

« Allons, toute la province s'en donne à cœur joie ! » murmura Tchitchikov en s'écartant ; mais, dès que les dames eurent regagné leurs places, il se reprit à les dévisager, dans le fallacieux espoir de deviner sa correspondante à l'expression du regard ou de la physionomie. Peine perdue, il se heurta à des visages indéchiffrables. « Non, décidément, les femmes... se dit-il avec un geste dépité, quels êtres compliqués ! Essayez donc de rendre les mille nuances de leur visage perpétuellement mobile ! Leurs yeux seuls sont un immense empire où l'on peut se perdre sans retour. Quels mots trouverez-vous pour en décrire l'éclat ? Regard chaud, tendre, velouté, dur, câlin, languide, provocant — coup d'archet sur le cœur... Vous vous y perdrez... C'est tout simplement la moitié *galante*[125] du genre humain !...»

Pardon ! Mon héros a, je crois, laissé échapper un mot populaire. Que voulez-vous ! un écrivain russe ne saurait éviter ce défaut ; c'est d'ailleurs moins sa faute que celle des lecteurs, surtout de ceux qui appartiennent à la bonne société. Jamais en effet les gens du monde n'emploient une expression russe bien sonnante ; mais ils vous accablent de vocables français, allemands, anglais, en veillant soigneusement à leur prononciation. En français, ils nasillent et grasseyent, tandis qu'en anglais ils gazouillent, donnent à leur visage une expression d'oiseau et se moquent de ceux qui ne savent point faire de même. Jamais un trait russe ne leur échappe, à moins que, par patriotisme, ils ne se bâtissent une maison de campagne en forme d'izba. Ainsi sont faits les lecteurs du grand monde et ceux qui aspirent à en être ! Et pourtant, que de prétentions ! Ils exigent d'un écrivain le style le plus pur, le plus noble, le plus châtié ; ils veulent que la langue russe leur tombe du ciel dans le bec, accommodée selon les règles du bon ton, et qu'ils n'aient plus qu'à jouer de la langue. Si les femmes sont bizarres, avouons que les honorables lecteurs le sont encore bien davantage.

Cependant, Tchitchikov désespérait de deviner sa correspondante. Il avait beau braquer son regard, il ne distinguait que des jeux de physionomie capables de provoquer à la fois l'espoir et l'angoisse dans le cœur d'un infortuné mortel. « Décidément, j'y renonce ! » conclut-il enfin, sans rien perdre pour cela de sa bonne humeur. Il échangea fort gracieusement d'aimables propos avec plusieurs

---

[124] — Les kyrielles de noms — dont ce chapitre nous offre deux exemples — semblent amuser Gogol, qui avait déjà eu recours au même procédé pour la description du bal chez le *gorodnitchni* dans *La Brouille d'Ivan Ivanovitch et d'Ivan Nikiforovitch*. Cf. p. ex. : « *Quelle soirée donna le gorodnitchni ! Laissez-moi vous énumérer les personnes qui s'y trouvèrent : Tarass Tarrassovitch, Evpl Akinfovitch, Evtikhi Evtikhiévitch, Ivan Ivanovitch — pas notre héros mais un autre — Savva Gavrilovitch, notre Ivan Ivanovitch, Elevféri Elevfériévitch, Makar Nazariévitch, Foma Grigoriévitch... Je n'ai pas la force de continuer. La main me refuse le service !* etc. — Tout le passage esquisse d'ailleurs des thèmes repris dans ce chapitre.

[125] — Gogol emploie ici un terme très bas : *galantiorni*, intraduisible en français, bien qu'il dérive de cette langue par l'intermédiaire de l'allemand. On est prié de donner au mot *galant* un sens archaïque et plutôt péjoratif.

de ces dames, allant de l'une à l'autre à petits pas mesurés, à la mode des roquentins à talons hauts, qui courtisent les belles en trottinant à l'entour. Après quelques tours de droite et de gauche, il leur tira sa révérence, en décrivant du pied une sorte de queue ou de virgule. Cela plut fort aux dames, qui lui découvrirent toutes sortes de qualités et jusqu'à cet air martial dont elles raffolent. Elles faillirent même se quereller à cause de lui : ayant remarqué qu'il se tenait de préférence près de la porte, elles s'efforçaient à l'envi d'occuper la chaise la plus proche de l'entrée ; mais devancées par l'une d'elles, ce manège leur parut le comble de l'impudence.

Tchitchikov s'absorba dans son entretien avec ces dames ; celles-ci surent habilement l'accaparer, en lui proposant de subtiles allégories, dont il peinait fort à deviner le sens : la sueur lui en perlait au front. Les convenances exigeaient pourtant qu'il allât tout d'abord présenter ses hommages à la maîtresse de la maison ; il ne se rappela ce devoir qu'en apercevant madame la gouvernante plantée devant lui depuis un moment.

— Ah ! Pavel Ivanovitch ! prononça celle-ci d'une voix enjôleuse en hochant aimablement la tête ; voilà comme vous êtes !...

Je ne saurais reproduire exactement les paroles de cette noble personne. S'exprimant dans le style raffiné prêté aux dames et aux cavaliers par les écrivains qui se piquent de connaître le monde, elle dit à peu près : « Votre cœur est-il à ce point conquis qu'il n'y reste plus un seul coin pour les victimes de votre oubli ? » Notre héros se tourna aussitôt de son côté ; il allait sans doute lui décocher un compliment digne des Zvonski, Linski, Grémine et autres ingénieux militaires, héros de romans à la mode[126] ; mais ayant par hasard levé les yeux, il parut frappé de stupeur.

La gouvernante n'était pas seule. Elle donnait le bras à une fraîche blonde de seize ans aux traits fins et réguliers, au menton effilé, au pur ovale de madone, type bien rare en Russie, où tout — aussi bien montagnes, forêts, steppes, que visages, lèvres et pieds — aime à se présenter sous de larges proportions. C'était la jeune personne que Tchitchikov, fuyant Nozdriov, avait rencontrée en route, alors que, par la sottise des cochers ou des chevaux, les deux attelages enchevêtrés avaient fourni au père Mitïaï et au père Minïal l'occasion d'exercer leur talent. Le trouble de Tchitchikov ne lui permit pas de tourner un compliment bien senti ; il marmotta une phrase inintelligible que n'eussent, certes, jamais proférée ni les Grémine, ni les Zvonski, ni les Lidine.

— Vous ne connaissez pas encore ma fille ! dit la gouvernante ; elle sort de pension.

Pavel Ivanovitch répondit qu'un hasard lui avait déjà procuré ce bonheur ; il ne put en dire davantage. Ce que voyant, la dame ajouta deux ou trois phrases par matière d'acquit et entraîna sa fille à l'autre bout du salon. Tchitchikov demeura figé sur place comme un promeneur qui, sorti avec la ferme intention de jouir de tous les spectacles, croit tout à coup avoir oublié quelque chose ; il perd aussitôt son insouciance, prend l'air le plus stupide du monde, cherche en vain à se rappeler ce qu'il a bien pu laisser chez lui. Son mouchoir ? son porte-monnaie ? Non, les voici dans sa poche ; cependant, une voix mystérieuse lui souffle qu'il lui manque quelque chose ; il n'aperçoit plus alors qu'à travers un brouillard la foule, les voitures, les enseignes, les shakos et les fusils du régiment qui défile. Ainsi Tchitchikov devint subitement étranger à tout ce qui se passait autour de lui. Cependant, les lèvres parfumées des dames le pressaient de questions aimables, de subtiles allusions.

— D'humbles mortelles peuvent-elles vous demander à quoi vous songez ?

— Dans quel heureux pays s'est envolée votre pensée ?

— Peut-on savoir le nom de celle qui vous a plongé dans cette douce rêverie ?

Ces amabilités tombèrent dans l'oreille d'un sourd. Tchitchikov n'y prêta aucune attention ; il poussa même l'impolitesse jusqu'à planter là ces dames pour se mettre à la recherche de la maîtresse

---

[126] Il s'agit des romans mondains de Marlinski (cf. note 9) ; Grémine est notamment le héros de *L'Épreuve*, que Biélinski tenait pour le meilleur ouvrage de cet auteur.

de maison et de sa fille. Mais bien décidées à mettre en œuvre toutes leurs séductions, à employer toutes les armes dont dispose le sexe faible pour navrer nos cœurs, les belles questionneuses ne se tinrent pas pour battues. Certaines femmes — je ne dis pas toutes — ont une légère faiblesse : quand elles ont découvert ce qu'il y a de mieux en elles — le front, les lèvres, les mains — elles croient que ces attraits sautent aux yeux et que chacun va s'écrier : « Voyez le beau front régulier, l'admirable nez grec ! » Celle qui possède de belles épaules s'imagine que tous les jeunes gens vont faire la haie sur son passage en poussant des cris d'admiration : « Quelles divines épaules ! » — et n'accorderont que des regards distraits au front, au nez, aux cheveux, au visage. Ainsi raisonnent certaines femmes.

Nos dames s'étaient juré de déployer tous leurs charmes pendant les danses et d'y mettre en valeur leurs agréments particuliers. En valsant, la femme du directeur des postes penchait la tête avec tant de langueur qu'elle semblait vraiment une créature céleste. Une personne fort aimable, qu'une lentille sur la jambe droite — une *incommodité*, disait-elle — avait contrainte à mettre des brodequins de velours, n'avait pas l'intention de danser ; elle fit pourtant quelques tours, afin de rabattre les grands airs de madame la directrice.

Peine inutile ! Tchitchikov ne regardait même pas les figures exécutées par les danseuses : dressé sur la pointe des pieds, il tâchait de voir par-dessus les têtes où se trouvait la jolie blonde ; il se baissait pour essayer de la découvrir entre les épaules et les dos. Il la reconnut enfin, assise à côté de sa mère, au-dessus de qui se balançait majestueusement la plume d'un turban oriental. Il eut l'air de vouloir les prendre d'assaut. Je ne sais s'il obéit à l'appel du printemps, ou si quelqu'un le poussa par derrière ; mais il se fraya avec impétuosité un passage en dépit des obstacles. Il faillit culbuter le fermier des eaux-de-vie qui rétablit heureusement son équilibre sur une seule jambe, car sa chute eût entraîné toute une rangée de spectateurs ; le directeur des postes s'écarta en lui lançant un regard où la surprise se mêlait à l'ironie. Tchitchikov ne remarqua ni l'un ni l'autre ; il ne voyait que la jeune blonde, fort occupée à boutonner ses gants, et qui brûlait sans doute du désir de danser. Déjà quatre couples martelaient la mazurka, les talons battaient le parquet, et un capitaine d'infanterie s'en donnait à cœur joie, en improvisant des pas difficiles à imaginer même en rêve. Louvoyant le long des danseurs, Tchitchikov arriva enfin devant la gouvernante et sa fille ; aussitôt, sa belle assurance l'abandonna, ses allures de dandy firent place à des manières empruntées.

On ne saurait affirmer que notre héros fût tombé amoureux ; il est même douteux que les gens de cette sorte soient capables d'aimer. Cependant il éprouvait une étrange sensation. Il avoua plus tard avoir cru pendant quelques minutes que le bal, son brouhaha, son agitation, se perdaient dans le lointain ; trompes et violons paraissaient jouer derrière une colline ; une brume rappelant un fond vague de tableau enveloppait toutes choses ; sur ce champ imprécis se détachaient en relief les traits de la séduisante enfant, son visage ovale, sa taille menue de pensionnaire en rupture de classe, sa robe blanche toute simple, qui moulait avec grâce des formes d'une harmonieuse pureté. Parmi la foule opaque et trouble, elle semblait une apparition lumineuse, une diaphane figurine d'ivoire.

Tout arrive en ce monde : il y a des instants où les Tchitchikov eux-mêmes deviennent poètes. *Poète* est peut-être beaucoup dire ; en tout cas, notre héros se sentit une âme de jeune homme, presque de hussard. S'emparant d'une chaise libre à côté de ces dames, il engagea la conversation ; d'abord, les mots ne lui venaient pas ; peu à peu, sa langue se délia, il s'enhardit, mais...

À mon vif regret, je dois constater que les gens posés, qui occupent de hautes fonctions, ne savent guère entretenir les dames ; cet art est réservé aux lieutenants, voire aux capitaines. Dieu sait comme ils s'y prennent, leurs propos sont peu recherchés, et pourtant la jeune fille à qui ils les tiennent se pâme de rire sur sa chaise. Un conseiller d'État au contraire se perd dans des considérations sur l'immensité de la Russie, lance des compliments ampoulés, livresques, commet des plaisanteries dont il est seul à rire. Voilà pourquoi la jolie blonde se prit à bâiller aux discours de Tchitchikov. Notre héros ne s'en aperçut d'ailleurs point et continua à dévider un chapelet d'histoires plaisantes, maintes fois ressassées par lui en pareilles occasions : dans la province de Simbirsk, chez Sophron Ivanovitch

Bezpietchni, devant sa fille Adélaïde Sophronovna et les trois belles-sœurs de celle-ci : Marie Gavrilovna, Alexandra Gavrilovna, Adélaïde Gavrilovna ; dans la province de Riazan, chez Fiodor Fiodorovitch Pérékroïev ; dans celle de Penza, chez Frol Vassiliévitch Pobiédonosni et chez son frère Piotr Vassiliévitch, en présence de sa belle-sœur Catherine Mikhaïlovna et des petites-cousines de celle-ci : Rose Fiodorovna et Emilie Fiodorovna ; dans celle de Viatka, chez Piotr Varsonofiévitch où se trouvaient la sœur de sa belle-fille, Pélagie Iégorovna, la nièce de celle-ci, Sophie Rostislavna, et ses deux demi-sœurs, Sophie Alexandrovna et Maclature Alexandrovna[127].

La conduite de Tchitchikov choqua toutes les dames. À dessein de le vexer, l'une d'elles passa très près de lui en s'arrangeant de manière à frôler de ses falbalas la jeune blonde et à la souffleter du bout de son écharpe. En même temps, des lèvres parfumées à la violette laissèrent tomber derrière lui une réflexion fort mordante, qu'il n'entendit point ou fit semblant de ne pas entendre. Ce en quoi il eut tort, car il ne faut pas braver l'opinion des dames ; il s'en repentit par la suite — trop tard malheureusement.

Un mécontentement, à tous égards justifié, se peignit sur de nombreux visages. Certes, Tchitchikov jouissait d'un grand crédit, on le tenait pour millionnaire, son aspect était imposant, voire martial... ; mais il est des choses que les femmes ne sauraient pardonner à qui que ce soit ! Dans certains cas, ces faibles créatures se montrent plus fermes que les hommes et que tout au monde. Le vague dédain manifesté par Tchitchikov rétablit la bonne entente compromise par l'assaut de la chaise. On vit de perfides allusions dans quelques propos sans conséquence qui lui avaient échappé. Pour comble de malheur, un jeune homme ayant composé, à la mode de province, un impromptu sur les danseurs, on attribua cette pasquinade à Tchitchikov. L'indignation allait croissant ; dans tous les coins notre héros fut déchiré à belles dents, et la pauvre pensionnaire condamnée sans appel.

Une surprise fort désagréable attendait encore Pavel Ivanovitch. Tandis qu'il débitait à sa voisine exténuée force historiettes arrivées à diverses époques et qu'il s'apprêtait même à citer Diogène le philosophe, Nozdriov apparut dans la salle de bal. Sortait-il du buffet, du petit salon vert réservé aux amateurs de jeux plus corsés que le whist ? S'échappait-il de son plein gré ou l'avait-on expulsé ? En tout cas, il s'en venait tout guilleret, tirant depuis quelque temps sans doute le procureur par le bras, car le malheureux fronçait ses épais sourcils et cherchait visiblement un moyen de fuir cette amicale mais insupportable étreinte. Nozdriov, qui s'était donné du ton avec deux verres de thé fortement arrosés de rhum, en dégoisait de toutes les couleurs. De plus loin qu'il l'aperçut, Tchitchikov, augurant mal de la rencontre, se résolut à un sacrifice, c'est-à-dire à une prompte retraite. Par malheur, il se heurta au gouverneur qui, se déclarant ravi d'avoir enfin découvert Pavel Ivanovitch, le pria d'arbitrer une discussion qu'il avait avec deux dames sur la constance de l'amour féminin. Nozdriov en profita pour se précipiter sur Tchitchikov.

— Ah ! ah ! le voilà, le grand propriétaire de Chersonèse ! s'écria-t-il, tandis qu'un rire formidable secouait ses joues, fraîches comme roses du printemps. Eh bien ! as-tu acheté beaucoup de morts ? Figurez-vous, Excellence, claironna-t-il en se tournant vers le gouverneur, que monsieur fait commerce d'âmes mortes ! Parole d'honneur ! Écoute, Tchitchikov, je te le dis en bonne amitié et devant son Excellence, — nous sommes entre amis, pas vrai ! — tu mériterais d'être pendu !

Tchitchikov ne savait où se fourrer.

— Croiriez-vous, Excellence, continuait l'autre ; quand il m'a demandé de lui vendre des âmes mortes, j'ai failli crever de rire ! Et maintenant, qu'apprends-je ? Monsieur a acquis pour trois millions de paysans, des colons, soi-disant ! Beaux colons, ma foi ! Mais ce sont des morts qu'il a voulu m'acheter ! Écoute, Tchitchikov, tu es une canaille, parole d'honneur, une franche canaille ! Je te le dis devant Son Excellence... Pas vrai, procureur ?

---

[127] Voir note 124.

Le procureur, Tichtchikov et jusqu'au gouverneur perdirent contenance à ne pouvoir souffler mot. Nozdriov imperturbable, poursuivait ses propos d'ivrogne :

— Non, vieux frère, je ne te lâcherai pas avant que tu m'aies dit pourquoi tu voulais acheter des âmes mortes. Écoute, Tchitchikov ; ce n'est vraiment pas gentil de ta part ! Tu n'as pas de meilleur ami que moi ; je te le dis devant Son Excellence... pas vrai, procureur ? Vous ne sauriez croire, Excellence, comme nous nous sommes attachés l'un à l'autre. Aussi vrai que me voilà devant vous, si l'on me demandait ; « Nozdriov, la main sur la conscience, qui préfères-tu de ton père ou de Tchitchikov ? » — je répondrais sans hésiter : « Tchitchikov !... » Attends, mon cœur, il faut que je te donne un baiser. Permettez-moi de l'embrasser, Excellence. Ne fais pas le méchant, Tchitchikov, laisse-moi déposer un bécot sur ta jolie couleur de neige !

Mais l'embrasseur et son baiser furent si bien accueillis que le compère faillit s'étaler. Tout le monde s'écarta de lui ; nul ne l'écouta plus. Toutefois, son histoire d'âmes mortes avait été débitée à voix si haute et accompagnée d'un rire si sonore qu'elle attira l'attention des personnes les plus éloignées. À cette bizarre nouvelle, tous les visages prirent un air bêtement interrogateur. Beaucoup de dames échangèrent des regards narquois, que Tchitchikov surprit avec peine ; il se troubla encore davantage en voyant poindre sur certaines physionomies une expression ambiguë. Certes, tout le monde tenait Nozdriov pour un hâbleur fieffé, et on l'avait entendu débiter bien d'autres extravagances ; mais les mortels sont faits d'étrange sorte. L'un d'eux a-t-il appris quelque absurde commérage, aussitôt il en fait part à un autre, ne fût-ce que pour dire : « Voyez quel mensonge on répand ! » L'autre tend l'oreille, approuve : « Oui, vous avez raison, c'est un affreux mensonge !... » et il n'a rien de plus pressé que de le colporter à un troisième, afin de pouvoir s'écrier avec lui, dans un élan de noble indignation : « Ah ! ah ! l'abominable mensonge !... » L'absurde ragot fait ainsi le tour de la ville ; et tous les habitants, après s'en être rassasiés, le proclament indigne d'attention.

Cet incident, futile en apparence, affecta péniblement notre héros ; si absurdes qu'elles soient, les paroles d'un sot peuvent quelquefois déconcentrer un homme d'esprit. Il se sentit mal à l'aise ; il lui semblait avoir maculé de boue ses souliers bien cirés. Il essaya d'oublier, de se distraire, s'assit à une table de whist, mais commit bévues sur bévues. Il joua deux fois dans la couleur de son adversaire, et son partenaire ayant joué trois fois la même couleur, il coupa gaillardement, au lieu de se défausser.

Le président, qui le tenait pour un bon joueur, n'arrivait pas à comprendre comment Pavel Ivanovitch avait pu amener sous le couperet un roi de pique sur lequel il comptait comme sur le bon Dieu[128]. Bien entendu, le directeur des postes, le président du tribunal, le maître de police même décochèrent à notre héros les plaisanteries d'usage : « Pavel Ivanovitch a le cœur pris ; nous savons pour qui il en tient ». Quelque envie qu'il en eût, ce badinage ne le dérida point. Il ne retrouva même pas son assiette pendant le souper, bien que la société fût des plus agréables et que Nozdriov eût été depuis longtemps mis à la porte, les dames ayant trouvé sa conduite par trop scandaleuse. Ne s'était-il pas avisé pendant le cotillon de s'asseoir par terre et de tirer les danseurs par leurs basques ? « On n'a pas idée de ça ! » disaient les dames.

Le souper fut très gai. À travers les candélabres à trois branches, les vases de fleurs, les rangées de bouteilles, les compotiers de friandises, les visages décelaient le plus franc contentement. Dames, officiers, civils se montraient aimables jusqu'à la fadeur. Les cavaliers quittaient leurs places pour arracher aux serveurs les plats, qu'ils présentaient fort adroitement à leurs dames. Un colonel offrit à sa voisine une assiette pleine, sur la pointe de son épée. Tout en avalant force poissons et force viandes — atrocement imprégnées de moutarde — les hommes d'âge, parmi lesquels se trouvait Tchitchikov, discutaient des questions qui l'eussent d'ordinaire intéressé ; mais, ce soir-là, il ressemblait à un voyageur exténué, incapable de rassembler ses idées et de prêter à quoi que ce soit une attention soutenue. Il n'attendit même pas la fin du souper, et rentra chez lui beaucoup plus tôt que de coutume.

---

[128] — comme sur un ferme rempart... corrigea le censeur.

Dans la chambre bien connue du lecteur, dans cette chambre à la porte condamnée par une commode et aux coins peuplés de cafards, l'état d'esprit de Tchitchikov se révéla aussi peu sûr que le fauteuil sur lequel il se laissa choir. Il éprouvait un vague malaise, une sensation de vide pénible.

« Que le diable emporte les bals et les inventeurs de ce sot divertissement ! maugréait-il. Il y a vraiment sujet de se réjouir : les récoltes sont mauvaises ; la vie renchérit ; et pourtant nos gens ne songent qu'à se trémousser, à faire parade de leurs atours ! Une de ces péronnelles en avait pour mille roubles sur le dos ; la belle affaire ! Qui paye tout cela ? Les redevances, ou qui pis est, le mari... au détriment de sa conscience. Car pourquoi prenons-nous des pots-de-vin, sinon pour donner à nos femmes des châles, des paniers et autres fanfreluches dont j'ignore le nom ? Pour qu'une chipie quelconque n'aille pas dire que la directrice des postes était mieux habillée que notre chère épouse, nous lâchons tout de suite un millier de roubles ! On vante les bals, leur gaieté ; quelle erreur ! Cette absurde invention ne convient ni à l'esprit ni au tempérament russes. Eh quoi ! Un homme adulte n'a pas honte de se faire voir tout de noir habillé, étriqué comme un diable, et de gigoter. D'aucuns même, tout en sautillant comme bouquetins, ne craignent pas de parler de choses graves... Singerie que tout cela ! Parce que, à quarante ans, les Français sont aussi enfants qu'ils l'étaient à quinze, il faut que nous les imitions ! Franchement, après chaque bal, je crois avoir commis un péché, et j'ai hâte de l'oublier. J'en sors la tête vide comme après un entretien avec un homme du monde : le disert personnage effleure tous les sujets, étale des bribes de lectures, vous éblouit de sa faconde ; mais vous ne retirez aucun profit de ses phrases creuses et vous vous apercevez bientôt que la moindre conversation avec un homme de négoce, qui ne connaît que son affaire, mais la connaît à fond, vaut cent fois mieux que toutes ces fariboles... Franchement, que peut-on tirer d'un bal ? Si un écrivain s'avisait de le décrire, le spectacle n'y gagnerait guère. Est-il moral, immoral ? Impuissant à le savoir, on jetterait le livre avec dégoût. » Par cette diatribe, Tchitchikov donnait le change à son dépit. De fait, beaucoup plus qu'aux bals, il en voulait à lui-même, à la sotte situation dans laquelle il s'était trouvé, au rôle équivoque qu'il avait joué. En examinant les choses avec sang-froid, il voyait bien que l'algarade ne tirait pas à conséquence : de sots propos ne sauraient lui nuire, maintenant surtout que l'affaire était bel et bien conclue. Mais l'homme est un étrange animal. L'animosité de gens qu'il n'estimait pas et dont il maudissait la frivolité pesait pourtant à Tchitchikov ; il devait s'avouer qu'il l'avait en partie provoquée, et cet aveu échauffait encore plus sa bile. Cependant il ne s'en prit guère à lui-même, et l'auteur ne saurait l'en blâmer ! Nous avons tous la faiblesse de nous épargner et de passer notre dépit sur nos proches : femme, subordonné, domestique, ou même sur notre chaise, qui s'envole au diable et va se briser contre la porte ! Tchitchikov, lui aussi, trouva bientôt sur qui décharger sa colère : Nozdriov fut arrangé de la belle manière. Jamais peut-être un coquin de staroste[129] ou postillon n'essuya telle bordée d'injures, de la part d'un vieux routier de capitaine, ou même de général, qui ajoute aux gros mots classiques quelques pittoresques expressions de son cru. Toute la parenté du malencontreux gentillâtre fut prise à partie, et plusieurs de ses ascendants se virent fort maltraités.

Tandis qu'assis dans son méchant fauteuil, devant une chandelle dont un capuchon noir couvrait depuis longtemps la mèche expirante, Tchitchikov, en proie aux sombres pensées et à l'insomnie, invectivait copieusement Nozdriov et sa famille ; tandis que la nuit, pâlissant déjà à l'approche de l'aurore, le regardait par la fenêtre, que des chants de coqs montaient au loin et que, par les rues endormies, déambulait sans doute quelque traîne-misère de condition douteuse, ne connaissant que le seul chemin trop fréquenté, hélas ! par les riboteurs russes ; — un événement de nature à aggraver la fâcheuse situation de notre héros se passait à l'autre bout de la ville. Par les ruelles éloignées, roulait en geignant un véhicule dont il eût été difficile de préciser le nom : plus qu'à un tarantass[130], à une

---

[129] — *Staroste* (ancien), sorte de maire de village.
[130] — Voiture de voyage dont la caisse est posée sur de longues poutres flexibles.

calèche, à une britchka, il ressemblait à une pastèque pansue posée sur roues. Les côtes de cette pastèque, je veux dire les portières, qui portaient encore les traces d'une couleur jaune, fermaient fort mal, vu le mauvais état des poignées et des serrures, rafistolées à l'aide de cordes. La pastèque était bourrée de coussins, oreillers, traversins en cotonnade, et encombrée de sacs, qui contenaient toutes sortes de pains, brioches, galettes et craquelins. Un pâté de volaille et un pâté de poisson dominaient le tas. Un domestique en veston de coutil, à la barbe grisonnante et embroussaillée, s'accrochait par derrière à la voiture. Le grincement des charnières et des essieux rouillés réveillèrent à l'autre bout de la ville le veilleur de nuit qui, soulevant sa hallebarde, s'écria à tue-tête : Qui va là ? » Mais, ne voyant personne et n'entendant qu'un bruit sourd dans le lointain, le chevalier de la paix attrapa sur le col de sa houppelande je ne sais quel insecte, qu'il écrasa sur son ongle à la lueur d'un réverbère. Cet exploit accompli, il déposa son arme et se rendormit aussitôt selon la règle de son ordre[131].

    Les chevaux attelés à la guimbarde bronchaient à chaque instant ; ils n'avaient pas été ferrés depuis longtemps et ignoraient sans doute le doux pavé des villes. Après avoir tourné nombre de rues, ils s'engagèrent enfin dans une ruelle obscure qui longeait la petite église paroissiale de Saint-Nicolas et s'arrêtèrent devant le presbytère. Une fille en foulard et justaucorps sauta de la voiture, et se mit à secouer le portail de coups de poings dignes d'un homme (le garçon en veste de coutil dormait comme un mort ; il fallut ensuite le tirer par les jambes hors de son siège). Des aboiements s'élevèrent ; la porte cochère enfin ouverte engloutit à grand peine le disgracieux carrosse. Dans la cour encombrée de piles de bois, de poulaillers et réduits divers, une dame descendit de la voiture : c'était notre ancienne connaissance, madame Korobotchka, propriétaire et secrétairesse de collège. Peu après le départ de notre héros, cette brave vieille s'était prise d'une belle frayeur à l'idée d'avoir été dupée par lui. Au bout de trois nuits d'insomnie, elle se décida, malgré que ses chevaux ne fussent pas ferrés, à gagner la

---

[131] — Les gardes de ville ou veilleurs de nuit *(boudoichnik,* de *boudka,* guérite), leur costume pittoresque, leur hallebarde, leur guérite, offraient dans les villes russes d'avant les réformes un amusant spectacle — ainsi qu'en font foi ces deux vignettes empruntées à l'ouvrage précité d'Haxthausen.

ville ; elle voulait connaître le cours exact des âmes mortes, et se convaincre qu'elle n'avait pas cédé les siennes au tiers de leur prix.

L'arrivée de madame Korobotchka eut des suites qu'une conversation entre deux dames de la ville fera connaître au lecteur. Cette conversation... mais non, réservons-la plutôt pour le chapitre suivant.

IX

Un matin, bien avant l'heure admise à N... pour les visites, la porte d'une maison de bois couleur orange, à mezzanine et colonnes bleues, livra passage à une dame en élégant *cloak* à carreaux, accompagnée d'un valet de pied en carrick et chapeau rond verni à galon d'or. Avec une hâte fébrile, la dame sauta dans une calèche qui attendait devant le perron. Aussitôt, le valet ferma la portière, replia le marchepied, et grimpa derrière, en s'agrippant aux courroies et en criant au cocher : « En route ! »

La dame brûlait du désir d'ébruiter une nouvelle dont elle venait d'avoir la primeur. À tout instant elle se penchait à la portière, enrageant de n'être encore qu'à mi-route. Les maisons lui paraissaient plus longues qu'à l'ordinaire : l'hospice, bâtiment en pierres blanches aux fenêtres étroites, fatigua si longtemps ses regards qu'elle s'écria impatientée : — Maudite bâtisse, elle n'en finit plus ! — Deux fois, le cocher s'entendit ordonner : — Plus vite, plus vite, Andriouchka ! tu es mourant aujourd'hui !

Enfin la calèche s'arrêta devant un rez-de-chaussée gris sombre, aux fenêtres surmontées de moulures blanches ; la haute palissade qui le protégeait, ne laissait place qu'à un étroit jardinet, dont une perpétuelle couche de poussière couvrait les arbres rabougris. On entrevoyait par les fenêtres des pots de fleurs, un perroquet qui se balançait, accroché du bec à l'anneau de sa cage, et deux petits chiens endormis au soleil.

Ce logis abritait une excellente amie de la visiteuse. L'auteur est fort embarrassé pour donner aux deux dames des appellations qui ne provoquent point les colères d'antan[132]. Il n'ose leur attribuer des noms supposés. Forger un nom de famille est chose dangereuse : si bizarre que vous l'inventiez, il se trouvera toujours dans un coin de notre immense pays quelqu'un pour le porter. Et ce quelqu'un s'offensera, vous en voudra à mort, prétendra que vous avez fait exprès le voyage pour l'espionner, savoir qui il est, quels vêtements il porte, quels mets il préfère, et chez quelle commère il fréquente. Appeler les gens par leur grade présente encore plus de danger ; Dieu m'en préserve ! Par le temps qui court, tous ces messieurs sont irritables au point de voir une attaque personnelle dans chaque phrase imprimée. Écrivez que telle ville compte un sot parmi ses habitants ; aussitôt un personnage à l'air respectable en conclura : « Moi aussi j'y habite ; c'est donc que je suis sot ! »

Pour éviter ces désagréments, appelons donc la maîtresse du logis : *la dame charmante à tous égards*. Presque toute la ville lui donnait ce surnom, acquis fort légitimement, car elle n'avait rien négligé pour le mériter. Une malice toute féminine perçait d'ailleurs à travers son aménité ; ses mots aimables masquaient souvent des coups d'épingle ; et malheur à l'amie qui lui eût disputé la première place ! Mais tout cela se dissimulait sous les dehors mondains chers à la province. Elle mettait de la grâce dans tous ses gestes ; elle aimait les vers, savait même prendre des airs rêveurs, et tout le monde la trouvait *charmante à tous égards*.

La visiteuse ne possédait pas des qualités aussi variées ; nous l'appellerons donc tout simplement *une femme charmante*. Son arrivée éveilla les deux petits chiens endormis au soleil : Adèle aux longs poils, toujours empêtrée dans sa toison, et Pot-pourri, court sur pattes. Tous deux, la queue en tire-bouchon, se précipitèrent en jappant dans l'antichambre, où la visiteuse, débarrassée de son *cloak*, apparut en robe de tissu et de couleur à la mode, un long boa au cou ; une odeur de jasmin se propagea

---

[132] — Les colères provoquées autrefois par « L'Inspecteur » et autres péchés..., explique la première rédaction.

dans toute la pièce. Aussitôt prévenue de l'arrivée de la dame simplement charmante, la dame charmante à tous égards se précipita à sa rencontre. Toutes deux se prirent les mains, s'embrassèrent, poussèrent des cris de joie, comme deux amies de pension, auxquelles les mamans n'ont pas encore expliqué que le père de l'une est inférieur en rang et en fortune à celui de l'autre. Après un baiser sonore, qui provoqua un nouveau jappement et valut aux chiens un coup de mouchoir, nos dames pénétrèrent dans le salon, bleu bien entendu, meublé d'un canapé, d'une table ovale, et même d'un paravent tapissé de lierre. Adèle aux longs poils et Pot-pourri court sur pattes les suivirent en grommelant.

— Ici, ici, dans ce petit coin ! dit la maîtresse de maison en désignant à son amie un coin du canapé. C'est cela ! Prenez ce coussin !

Ce disant, elle lui glissait derrière le dos un coussin de tapisserie qui représentait un chevalier, le nez en escalier et la bouche en carré, comme il est de règle dans les ouvrages de ce genre.

— Comme je suis heureuse que ce soit vous ! En entendant un bruit de voiture, je me suis demandée qui pouvait bien m'arriver de si bonne heure. — Madame la vice-gouvernante, m'affirmait Paracha. — Encore cette pécore ! Quel ennui ! me suis-je écriée ; et je voulais déjà faire dire que j'étais sortie...

La visiteuse ouvrait la bouche pour annoncer la grande nouvelle, quand une exclamation de la dame charmante à tous égards donna un autre cours à l'entretien.

— Quelle délicieuse indienne ! fit-elle en considérant la robe de la dame simplement charmante.

— Délicieuse, n'est-ce pas ? Et pourtant Praskovia Fiodorovna trouve les carreaux trop grands et, à ces points marrons, préférerait des points bleu clair. Je viens d'envoyer à ma sœur un amour d'étoffe, une pure merveille ! Je renonce à la décrire. Figurez-vous, ma chère, sur un fond azur, des raies fines, fines, aussi fines que votre imagination peut les concevoir, et alternant entre elles, des yeux et des pattes, des pattes et des yeux... Incomparable ! On n'a jamais rien vu d'aussi gracieux au monde !

— C'est bien voyant, ma chère.

— Mais non !

— Mais si !

Notons que la dame charmante à tous égards penchait vers le matérialisme, le doute, la négation, et refusait d'admettre bien des choses. Après lui avoir expliqué péremptoirement que l'étoffe n'était point voyante, la dame simplement charmante s'écria :

À propos, mes compliments ! On ne porte plus de volants !

— Pas possible.

— Non, la mode est aux festons.

— Des festons, ce n'est guère joli !

— Oui, des festons, rien que des festons : festons à la pèlerine ; festons sur les manches ; épaulettes festonnées ; bordure festonnée ; par tout des festons.

— Des festons partout, c'est bien laid, Sophie Ivanovna.

— C'est tout simplement adorable, Anna Grigorievna. Cela se fait à deux liserés, avec une petite soutache au-dessus. Mais ce qui vous surprendra bien davantage... attendez, vous n'en croirez pas vos oreilles... on porte maintenant les corsages beaucoup plus longs, le devant en pointe, le buse dépassant toute limite, la juge froncée comme au temps des paniers, avec, par derrière, des coussinets ouatés pour donner plus de tournure.,

— Ça, je l'avoue, c'est par trop fort, dit la dame charmante à tous égards, en faisant de la tête un geste plein de dignité.

— Oui, n'est-ce pas, c'est par trop !... répondit la dame simplement charmante.

— Vous aurez beau dire, voilà une mode que je ne suivrai pas.

— Ni moi non plus ! On ne sait vraiment jusqu'où peut aller la mode. Histoire de rire, j'ai demandé à ma sœur de m'apporter un patron ; ma Mélanie s'est déjà mise à l'œuvre.

— Comment, vous avez un patron ? s'exclama, visiblement émue, la dame charmante à tous égards.

— Mais oui, ma sœur m'en a donné un.

— Chère amie, prêtez-le moi, je vous en supplie.

— C'est que je l'ai déjà promis à Praskovia Fiodorovna !... Après elle si vous voulez.

— Merci beaucoup ! Porter la défroque de Praskovia Fiodorovna ! Vous n'allez pas donner la préférence à des étrangers !

— Mais nous sommes cousines.

— Cousines ! Du côté de votre mari !... Non, Sophie Ivanovna, je ne veux rien entendre. C'est une injure gratuite. Mon amitié vous pèse sans doute et vous voulez rompre.

Prise entre deux feux, la pauvre Sophie Ivanovna ne savait à quoi se résoudre. Elle maudissait sa vanité, son bavardage, et eût volontiers lardé sa sotte de langue à coups d'épingle.

— Et que devient notre céladon ? reprit la dame charmante à tous égards.

— Ah mon Dieu ! à quoi pensais-je ! Et moi qui ne suis venue que pour cela ! Savez-vous, Anna Grigorievna, quelle nouvelle je vous apporte ?

La visiteuse faillit perdre haleine, sous l'afflux de paroles prêtes à se pourchasser comme un vol de gerfauts ; seule une personne aussi inhumaine que sa sincère amie pouvait se décider à l'interrompre.

— Portez-le aux nues tant que vous voudrez, dit-elle avec une vivacité accoutumée ; cela ne m'empêchera pas de l'estimer à sa juste valeur ! C'est un triste sire, et je le lui dirai en face..., oui, oui, un triste sire.

— Mais laissez-moi donc raconter.

— Et c'est ce monsieur qu'on faisait passer pour beau garçon ! Mais il est laid, tout simplement. Il a même le nez des plus disgracieux.

— Permettez, permettez... chère amie ; laissez-moi vous raconter ! C'est toute une histoire, vous comprenez, *ce qu'on appelle une histoire !* s'exclama la visiteuse d'une voix suppliante.

Notons en passant que nos deux dames émaillaient leurs propos de nombreuses locutions étrangères, voire de longues phrases françaises. Si persuadé que soit l'auteur des bienfaits du français en Russie, malgré tout son respect pour la patriotique coutume qui pousse notre haute société à s'exprimer en cette langue à toute heure du jour, il ne peut se décider à introduire dans ce poème russe une seule phrase étrangère. Continuons donc en russe.

— Quelle histoire ?

— Ah, ma bonne amie, vous ne pouvez vous imaginer dans quelle situation je me suis trouvée ! Figurez-vous que j'ai eu tantôt la visite de *l'archiprêtresse*, vous savez, la femme du Père Cyrille... Eh bien, ma chère, c'est un joli monsieur que notre sainte nitouche de voyageur.

— Pas possible ! Il a fait aussi la cour à l'archiprêtresse ?

— Ah, ma bonne, ce ne serait encore rien ! Écoutez ce que m'a raconté l'archiprêtresse... Une propriétaire des environs, madame Korobotchka, est venue la trouver, épouvantée, pâle comme la mort... Écoutez son récit... Un vrai roman, ma chère. Au beau milieu de la nuit, toute la maison dormait, on frappe au portail des coups effroyables : « Ouvrez, ouvrez, ou nous enfonçons la porte ! » Hein, qu'en pensez-vous ? Joli, le mirliflore ?

— Mais qui est cette Korobotchka ? Jeune, gentille ?

— Mais non ! Une vieille femme.

— Ah ! charmant ! Il s'en prend aux vieilles ! Nos dames ont décidément bon goût : elles ont trouvé de qui se coiffer !

— Mais non, mais non, vous n'y êtes pas, Anna Grigorievna ! Figurez-vous qu'il s'est présenté à elle, armé de pied en cap, à la Rinaldo Rinaldini[133], et exigeant : « Vendez-moi toutes vos âmes mortes. — Impossible, répond fort raisonnablement la vieille dame, impossible, puisqu'elles sont mortes. — Non, crie-t-il, elles ne le sont pas ; c'est mon affaire à moi de savoir si elles sont mortes ou non, et je vous dis qu'elles ne le sont pas, non, non et non ! » Bref, un affreux esclandre. Les villageois accourent ; les enfants piaillent ; tout le monde crie ; on ne s'entend plus ; une horreur, une horreur, une horreur.... Jugez de mon effroi en entendant cet atroce récit. « Bonne chère madame, me dit Macha, regardez-vous dans la glace, voyez comme vous êtes pâle ! — Eh ! je me soucie bien de la glace. Il me faut courir tout raconter à Anna Grigorievna. » — Je fais atteler ; le cocher me demande où aller ; je le regarde tout ahurie ; il a dû me croire folle. Ah ! ma chère, si vous saviez comme je suis bouleversée !

— C'est tout de même singulier, dit la dame charmante à tous égards ; que peut bien signifier cette histoire d'âmes mortes ? Je n'y comprends rien. Voilà la seconde fois que j'en entends parler ; mon mari a beau prétendre que Nozdriov bat la campagne ; il doit y avoir quelque chose là-dessous.

— Vous me voyez, chère amie, entendant toutes ces horreurs ! « Je ne sais vraiment que faire, raconte la Korobotchka. Le brigand m'a forcée à signer un faux, m'a jeté quinze roubles à la tête ; je suis une pauvre veuve, sans expérience ni soutien, je ne comprends rien de rien. » — Quelle aventure ! Vous n'avez pas idée de mon émoi.

— Tout ce que vous voulez ; ces âmes mortes cachent quelque chose.

— C'est bien aussi mon avis, prononça, non sans quelque surprise, la dame simplement charmante. Brûlant de connaître la clef du mystère, elle demanda aussitôt sans avoir l'air d'y toucher : — Et que croyez-vous qu'elles cachent ?

— Et vous, qu'en pensez-vous ?

— Moi ?... je m'y perds complètement.

— Vous avez bien quelques suppositions ?

La dame charmante ne trouva rien à dire. Fort impressionnable, mais impuissante à formuler la moindre conjecture sensée, elle avait, plus que personne, besoin d'amies et de conseils.

— Eh bien, déclara la dame charmante à tous égards, je m'en vais vous dire ce que sont ces âmes mortes....

À ces mots, la visiteuse, devenue tout yeux tout oreilles, se souleva, demeura comme en suspens au-dessus du canapé et, bien qu'un peu lourde de sa personne, sembla une plume légère prête à s'envoler au moindre souffle.

Ainsi, à l'orée d'une forêt d'où ses piqueurs viennent de débucher un lièvre, le gentilhomme russe, grand amateur de chiens et de chasse[134], se fige, fouet levé, sur son cheval. Masse de poudre prête à

---

[133] — Ce brigand est le héros d'un roman de Christian *Vulpius*, le beau-frère de Goethe (1762-1827) : *Rinaldo Rinaldini, der Räuberhauptmann, eine romantische Geschichte unseres Jahrhunderts*, 4 v.. Leipzig, 1798-1801. Cette œuvre, qui eut un succès retentissant et fut traduite dans toutes les langues de l'Europe, peut être considérée comme le prototype de toutes les histoires de brigands.

[134] — *grand amateur,* etc... supprimé par la censure.

s'enflammer, il perce du regard l'air trouble ; il sait qu'il harcèlera et abattra la bête, dût la plaine neigeuse — qui couvre d'étoiles argentées ses lèvres, ses moustaches, ses yeux, ses sourcils et son bonnet de castor — épuiser contre lui toute sa rage.

— Les âmes mortes... continua la dame charmante à tous égards.

— Eh bien, eh bien ? interrompit l'autre tout agitée.

— Les âmes mortes...

— Parlez, au nom du ciel !

— ... ne sont que subterfuge ; en réalité, il veut enlever la fille du gouverneur.

Conclusion vraiment inattendue et en tous points singulière. À cette nouvelle, la dame simplement charmante pâlit, blêmit, parut pétrifiée.

— Ah mon Dieu ! s'écria-t-elle, au comble de l'émotion, voilà ce que je n'aurais jamais supposé.

— Et moi, rétorqua la dame charmante à tous égards, dès vos premiers mots, j'avais deviné de quoi il retournait.

— Que penser, après cela, de nos pensionnats ! La belle éducation vraiment ! Voyez l'innocente !

— Jolie innocente, en effet ! Je l'ai entendue tenir des propos que je rougirais de répéter.

— Quelle horreur, Anna Grigorievna ! C'est affreux de songer jusqu'où peut aller l'immoralité !

— Elle tourne la tête à tous les hommes. Je me demande pourquoi elle est si maniérée...

— Mais non, ma chère ; c'est une vraie statue, un visage de marbre.

— Maniérée, maniérée, vous dis-je ! Qui a bien pu lui apprendre toutes ces grimaces ? Je n'ai jamais vu personne minauder de la sorte.

— Une statue, ma chère amie, et pâle comme la mort.

— Que dites-vous, Sophie Ivanovna ! Elle se farde outrageusement.

— Mais non, mais non, Anna Grigorievna ! Une blancheur de craie.

— Ma chère, je l'ai vue de près : elle a sur les joues un pied de rouge qui s'écaille comme du plâtre. La mère est une coquette, et la fille chasse de race.

— Jurez par tout ce que vous voudrez ; je consens à perdre mari, enfants, fortune, si réellement elle se met un soupçon de fard !

— Que dites-vous là, Sophie Ivanovna ! s'écria, en levant les bras au ciel, la dame charmante à tous égards.

— Voilà comme vous êtes, Anna Grigorievna ! Je n'en reviens pas ! s'exclama à son tour la dame simplement charmante, en levant aussi les bras au ciel.

Que le lecteur ne s'étonne pas de voir nos deux dames différer d'avis sur un objet qu'elles avaient vu de près, presque au même instant. Certaines choses, en ce monde, ont la propriété de paraître d'un beau blanc à telle dame, et rouge groseille à telle autre.

— Encore une preuve de sa pâleur, reprit la dame simplement charmante ; je me souviens d'avoir dit à Manilov, auprès de qui j'étais assise : « Regardez comme elle est blême ! » — Et nos imbéciles s'extasient devant cette gamine !... Quant à notre joli cœur, il me répugne tout simplement, et vous ne sauriez vous figurer à quel point !

— Certaines personnes le voyaient pourtant d'un fort bon œil.

— Serait-ce une pierre dans mon jardin, Anna Grigorievna ?

— Mais je ne parle pas de vous, ma chère ; vous n'êtes pas seule au monde.

— Non, jamais, jamais, Anna Grigorievna, je me connais fort bien ; permettez-moi de vous le dire..., réservez vos reproches pour d'autres personnes qui jouent les sainte nitouche...

— Permettez, permettez, Sophie Ivanovna ! Jamais encore je n'ai causé de scandale ; je laisse ce soin à d'autres...

— Pourquoi vous fâcher ? Vous n'étiez pas seule au bal... Pour s'asseoir près de lui, n'a-t-on pas vu certaine dame s'emparer de la chaise la plus proche de la porte ?

Ces derniers mots devaient soulever une tempête ; contre toute attente, il n'en fut rien. La dame charmante à tous égards ne possédait pas encore le patron de la robe à la mode ; la dame simplement charmante ignorait les détails du secret révélé par sa sincère amie : ces réflexions salutaires rétablirent aussitôt la paix. Au fond, d'ailleurs, nos dames n'étaient point méchantes ; mais sans éprouver le besoin de nuire, elle ne résistaient pas au plaisir inconscient de se lancer des pointes : « Tiens, voilà pour toi ; attrape, empoche, avale !... » Le cœur humain connaît toutes sortes de besoins.

— Dans toute cette affaire, reprit la dame simplement charmante, un seul point m'intéresse. Tchitchikov n'est ici que de passage ; comment s'est-il risqué à un pareil coup de main ? Il doit avoir des complices.

— En douteriez-vous ?

— Mais qui, par exemple ?

— Qui ? Mais... Nozdriov tout le premier.

— Nozdriov ! Pas possible !

— Il en est bien capable. Vous n'ignorez pas qu'il a voulu vendre son père... ou, qui mieux est, le jouer aux cartes.

— Ah mon Dieu ! Que d'intéressantes nouvelles vous m'apprenez ! Je n'aurais jamais supposé que Nozdriov fût mêlé à cette histoire !

— Et moi, je n'en ai pas douté un seul instant.

— Que ne voit-on pas en ce monde ! Aurions-nous jamais cru, à l'arrivée de Tchitchikov, qu'il mettrait la ville sens dessus dessous. Anna Grigorievna, si vous saviez comme cela m'a bouleversée ! Sans votre amitié, votre bienveillance..., j'étais perdue. En voyant ma pâleur : « Chère bonne madame, me dit Macha, vous voilà faite comme une morte ! — Eh, Macha, lui répliquai-je, il s'agit bien de cela !... » Quelle aventure, vraiment ! Et Nozdriov y est mêlé ! Voyez-vous ça !

La dame simplement charmante tenta en vain d'obtenir des détails sur l'heure et les circonstances de l'enlèvement. La dame charmante à tous égards avoua son ignorance. Elle ne savait pas mentir ; des suppositions, passe ; c'est tout autre chose ! Encore devaient-elles être fondées sur une conviction intime ; dans ce cas-là, elle n'en démordait pas, et l'avocat le plus expert en l'art de convaincre eût perdu avec elle son temps et sa peine.

Dans l'esprit de nos dames, l'hypothèse eut tôt fait de se muer en certitude. Quoi d'étonnant à cela ? Le sexe qui s'intitule intelligent n'agit guère d'autre façon ; voyez plutôt les dissertations savantes. Le début en est toujours modeste, circonspect. L'homme de science a peur de s'engager ; il se demande timidement : « Touchons-nous ici les origines ? N'est-ce point ce coin de terre qui a donné son nom au pays ? » ; ou bien : « Le document n'appartiendrait-il pas à une époque plus récente ? » ; ou encore : « Sous la dénomination donnée à cette peuplade, ne doit-on pas en entendre telle ou telle autre ? » — Et notre homme de citer aussitôt tous les écrivains de l'antiquité ; dès qu'il découvre, ou croit avoir découvert chez l'un d'eux la moindre allusion à sa théorie, il prend courage, traite les anciens de pair à compagnon, leur pose des questions, répond à leur place et perd complètement de vue la modestie de son exorde. Tout lui paraît clair, évident, irréfutable. « Oui, conclut-il ; voilà ce qui s'est passé ; voilà le vrai nom de cette peuplade ; voilà comment il faut envisager la question ! » Et, du haut de sa chaire, il proclame la nouvelle vérité, qui fait bientôt le tour du monde en recrutant d'enthousiastes sectateurs.

Au moment où nos belles dames résolvaient avec tant d'ingéniosité un problème si compliqué, apparurent au salon le visage fermé, les sourcils épais et l'œil clignotant du procureur. Les dames s'empressèrent de le mettre au courant, lui racontèrent l'achat des âmes mortes, le projet d'enlèvement, et l'hébétèrent à tel point qu'il demeura planté sur ses jambes, clignant de l'œil gauche, secouant avec son mouchoir le tabac égaré sur sa barbe, et n'arrivant pas à saisir un traître mot de leur babil.

Les deux amies l'abandonnèrent dans cette position, et s'en furent, chacune de son côté, révolutionner la ville. L'entreprise leur réussit à merveille ; au bout d'une demi-heure, les esprits fermentaient, sans trop rien comprendre à l'affaire. Leur récit embrouillé ébaubit tout le monde, à commencer par les fonctionnaires : de prime abord leur ahurissement rappelait celui d'un écolier auquel ses camarades, levés de meilleure heure, auraient pendant son sommeil enfoncé dans la narine un cornet de tabac, un *hussard*, comme ils disent. Avec toute l'énergie des dormeurs, l'enfant aspire la dose, s'éveille en sursaut, et roule des yeux égarés, sans pouvoir comprendre où il se trouve ni ce qui lui est arrivé. Il distingue bientôt les murs éclairés d'un rayon oblique, le rire de ses camarades tapis dans les coins, devine par la fenêtre le matin qui s'éveille, la forêt pleine de cris d'oiseaux, le ruisseau qui décrit parmi les roseaux ses méandres argentés, où les ébats de gamins convient aux délices du bain, — et s'aperçoit enfin qu'on lui a fourré un *hussard* dans le nez[135].

Telle fut exactement la première stupeur des fonctionnaires et autres habitants de N... Ils demeurèrent bouche bée, écarquillant des yeux de mouton. Les âmes mortes, Tchitchikov, la fille du gouverneur, formaient dans leurs têtes un étrange brouillamini ; le premier ébahissement passé, ils parvinrent pourtant à les séparer. Que signifiaient ces âmes mortes ? Acheter des âmes mortes ? N'est-ce pas contraire à toute logique ? Quelle idée de songe-creux ! Avec quel argent cabalistique Tchitchikov les acquerrait-il ? Quel profit pourrait-il bien en tirer ? Et que venait faire en cette galère la fille du gouverneur ? S'il avait dessein de l'enlever, à quoi bon acheter des âmes mortes ? Et s'il voulait acquérir des âmes mortes, pourquoi cet enlèvement ? Avait-il donc l'intention de les lui offrir ? Quels ragots couraient la ville ! Pourquoi diantre ne pouvait-on plus mettre le nez dehors sans être assommé d'histoires abracadabrantes ? — Cependant, si de pareils bruits se colportaient, ce n'était pas sans raison. Sans raison ! Quelle raison peut-il bien y avoir dans des âmes mortes ? Aucune ; tout cela n'était que sornettes, balivernes, calembredaines, contes de ma mère l'oie !

De fil en aiguille, tout le monde ne parla bientôt plus que des âmes mortes et de la fille du gouverneur, de Tchitchikov et des âmes mortes, de la fille du gouverneur et de Tchitchikov. Un ouragan passa sur la ville endormie. On vit sortir de leurs trous les loirs, les marmottes qui, depuis des années, ne quittaient point leur robe de chambre, s'en prenant de leur paresse au bottier, au tailleur, à leur ivrogne de cocher ; tous ceux qui ne fréquentaient plus que les sires de Roupillon et de Ronflefort, — expression employée chez nous pour désigner les profonds sommeils sur le côté, sur le dos, dans toutes les positions, agrémentés de ronflements, sifflements de nez et autres accessoires ; — tous ceux qu'aucune invitation n'eût pu tirer de chez eux, s'agit-il de déguster une fabuleuse soupe au poisson, accommodée avec des sterlets gigantesques et accompagnée de *koulebiakis*[136] fondant dans la bouche. Bref, la ville parut importante et populeuse. Des inconnus se montrèrent dans les salons : un certain Sysoï Pafnoutiévitch ; un certain Macdonald Karlovitch ; et un grand escogriffe, blessé au bras, et si long, si long, qu'on n'en avait jamais vu de semblable. Toutes sortes de véhicules antédiluviens, berlingots, pataches, guimbardes, se traînèrent, geignant, grinçant, par les rues. — Et les langues allèrent leur train. En d'autres temps peut-être pareils racontars n'eussent point retenu l'attention ;

---

[135] — Ce charmant tableau est évidemment « vécu » : Gogol évoque des souvenirs de collège.
[136] — Sorte de tourte au poisson et aux œufs, une des friandises préférées des Russes.

mais la ville de N... était depuis longtemps sevrée de nouvelles. Depuis trois mois, aucun commérage ne s'y était fait jour ! Et chacun sait que les cancans sont aussi indispensables aux habitants des petites villes que le boire et le manger. Deux opinions, diamétralement opposées, se formèrent ; la ville se divisa en deux camps : celui des hommes, celui des femmes. Le parti masculin, le moins éveillé, ne s'occupa que des âmes mortes. Le parti féminin consacra toute son attention au rapt de la fille du gouverneur. Soit dit à l'honneur des dames — que le destin semble décidément vouer au rôle d'ordonnatrices, de maîtresses de maison — ce dernier parti montra plus d'esprit de suite et de perspicacité. Il eut tôt fait de débrouiller l'affaire, de l'expliquer, de la préciser, de la transformer en un tableau aux harmonieux contours.

Tchitchikov, depuis longtemps amoureux, rencontrait sa belle dans le parc au clair de lune ; riche comme un juif, il eût fait un gendre fort présentable ; malheureusement il était déjà marié (d'où tenaient-elles ce détail ? Mystère). Sa femme, abandonnée et toujours amoureuse, avait écrit au gouverneur une lettre des plus touchantes ; alors, devant le refus certain des parents, il s'était décidé à un rapt.

Une version différente circulait encore : Tchitchikov n'était pas marié, mais, voulant agir à coup sûr, la fine mouche avait noué des relations intimes avec la mère, pour brusquement lui demander la main de sa fille ; bourrelée de remords, en proie à des scrupules religieux, la dame avait refusé net, et Tchitchikov avait pris le parti d'enlever la fille.

En pénétrant jusqu'au fond des culs-de-sac les plus reculés, ce roman subit de nombreuses variantes. Comme, en Russie, les gens du commun s'intéressent fort aux caquets du beau monde, on discuta, commenta, enjoliva l'aventure, dans des maisons où l'existence de Tchitchikov était jusqu'alors ignorée. Le récit se corsait d'heure en heure, se précisait de jour en jour. Quand il eut acquis sa forme définitive, il parvint tout naturellement aux oreilles de madame la gouvernante. Incapable de soupçonner pareille infamie, blessée dans sa dignité de mère et de première dame de la ville, cette honorable personne donna cours à une indignation bien justifiée. La jeune blonde dut subir le plus désagréable tête-à-tête que jamais enfant de seize ans ait eu à soutenir. Écrasée sous une avalanche de questions, reproches, menaces, remontrances, l'infortunée fondit en larmes, sans comprendre un traître mot à l'algarade. Le suisse reçut l'ordre de ne laisser entrer Tchitchikov sous aucun prétexte.

Leur œuvre accomplie de ce côté, les dames fondirent sur le parti masculin, s'efforçant de le rallier à leur manière de voir : les âmes mortes n'étaient qu'un subterfuge destiné à détourner les soupçons. Elles réussirent à convaincre quelques-uns de leurs adversaires ; mal en prit à ces transfuges : leurs frères d'armes les traitèrent de femmelettes et de bonnets de nuit, expressions, on le sait, fort injurieuses pour le sexe fort.

Au reste, les hommes eurent beau regimber, ils ne présentèrent pas un front aussi serré que la troupe féminine : la maladresse, la lourdeur régnaient dans les rangs ; le chaos, le gâchis, dans les esprits. Bref, ils décelaient leur nature grossière, paresseuse, frivole, toujours craintive, toujours soupçonneuse, ignorant l'art des agencements comme la chaleur des convictions. Ils traitaient d'absurde invention la belle histoire imaginée par ces dames : le cerveau féminin ressemblait fort à un sac, qui colporte ce qu'on y veut bien mettre ; un civil comme Tchitchikov n'était pas homme à tenter une aventure de hussard ; le seul point digne de retenir l'attention était l'achat des âmes mortes : que pouvait-il bien y avoir là-dessous ? Le diable seul le savait ; en tout cas il fallait se méfier.

Cette méfiance était motivée. Un nouveau gouverneur général[137] allait prendre la direction de la province et, comme de juste, nos ronds de cuir tremblaient à l'idée des blâmes, réprimandes, mises à

---

[137] — Dans certaines provinces importantes, un *gouverneur général*, le plus souvent militaire, était placé au-dessus du gouverneur civil. Parfois l'autorité de ce haut dignitaire s'étendait sur plusieurs provinces voisines.

pied et autres friandises dont les grands chefs régalent volontiers leurs subordonnés. « Si jamais, songeaient-ils, il a vent des bruits ineptes qui courent la ville, nous passerons un mauvais quart d'heure. »

L'inspecteur du service d'hygiène pâlit subitement ; les *âmes mortes* ne désignaient-elles pas les assez nombreuses victimes d'une épidémie de fièvre chaude, contre laquelle aucune mesure n'avait été prise, et Tchitchikov n'était-il pas chargé d'opérer une enquête secrète ? Il fit part de ses craintes au président, qui les traita de chimériques, mais pâlit à son tour, en se demandant ce qu'il adviendrait si les âmes achetées par Tchitchikov étaient réellement mortes : n'avait-il point entériné les actes de vente et représenté en personne les intérêts de Pliouchkine ? Qu'en dirait le gouverneur général ? Il lui suffit d'en toucher mot au tiers et au quart pour que ceux-ci blêmissent aussitôt : plus contagieuse que la peste, la peur se communique en un clin d'œil. Tous se découvrirent des péchés qu'ils n'avaient point commis. L'expression : *âmes mortes* prit toutes sortes de sens. On en vint même à se demander si ce n'était pas une allusion à des corps trop rapidement enterrés à la suite de deux événements récents.

Pendant la foire, des négociants de Solvytchégodsk avaient offert à leurs confrères d'Oustsyssolsk[138] un régal à la russe, agrémenté de suppléments à la mode étrangère : orgeat, punch, liqueurs diverses. Bien entendu l'orgie dégénéra en rixe. Les gens d'Oustsyssolsk succombèrent, non sans laisser sur le corps de leurs adversaires des témoignages évidents de l'incroyable grosseur de leurs poings. Un de ceux-ci perdit même son nez dans la bataille. Les vainqueurs reconnurent y être allé un peu fort, et même, prétendit-on, accompagnèrent de quatre billets de cent roubles leur amende honorable. Au reste l'affaire était bien ténébreuse : l'enquête établit que les gars d'Oustsyssolsk étaient morts asphyxiés, et on les enterra comme tels.

D'autre part, les paysans de Vanité-Miteuse, bourg relevant de la couronne, unis à ceux du bourg de Borovki, *alias* Cherche-Noise, avaient récemment mis à mal la police rurale, en la personne de l'assesseur[139] Drobiajkine, trop empressé à leur rendre ses devoirs. Ces sortes de visites exercent parfois plus de ravages qu'une épidémie de fièvre chaude ; et l'assesseur, affirmaient les moujiks, en voulait surtout à leurs femmes et à leurs filles. Au fond on n'en savait rien, bien qu'ils prétendissent, dans leurs dépositions, avoir donné au gaillard plus d'un avertissement, et l'avoir même une fois chassé, dans le costume d'Adam, d'une izba où le vilain matou s'était faufilé. Si les faiblesses de cœur du policier méritaient bonne justice, les manants étaient inexcusables de l'avoir exercée eux-mêmes, en admettant leur participation à l'assassinat. Mais l'affaire était embrouillée : on avait trouvé le cadavre sur la grande route, les vêtements en lambeaux, les traits méconnaissables. D'instance en instance, l'affaire fut évoquée devant le tribunal du chef-lieu, qui la mit en délibéré. Le grand nombre des paysans ne permettait pas de discerner les coupables ; au reste ces braves gens, encore vivants, avaient intérêt à gagner leur procès dont l'issue, au contraire, importait peu à défunt Drobiajkine. Le tribunal décida donc que l'assesseur Drobiajkine, coupable d'abus de pouvoir envers les paysans de Cherche-Noise et de Vanité-Miteuse, avait succombé dans son traîneau à une attaque d'apoplexie.

Ces sentences, pourtant fort sages et fort régulières, troublaient maintenant les esprits : les âmes mortes ne désignaient-elles pas ces cadavres si lestement expédiés ?

---

[138] — Chefs-lieux de district de la province de Viatka. Il est possible que le chef-lieu de province que Gogol appelle : *la ville de N...* soit justement Viatka. Plusieurs arguments d'ordre topographique, qu'il serait fastidieux d'énumérer ici, et dont celui-ci est un des principaux (cf. aussi Ch. V : *ville située à égale distance des deux capitales*), militent en faveur de cette identification. D'autre part, une étude approfondie de la langue du poème permet de relever de nombreuses expressions appartenant à des dialectes du Nord-Est et de l'Est (Vladimir — Viatka — Kazan — Simbirsk — Saratov — Orenbourg). Gogol, qui les a notées dans ses carnets, doit la plupart d'entre elles à Iazykov et aux Aksakov. Il semble bien que ce soit dans cette région qu'il ait eu l'intention de placer l'action de son poème, alors qu'il n'en voyait encore que le côté réaliste.
[139] Voir note 34.

L'arrivée de deux plis au nom du gouverneur mit le comble au désarroi. Un de ces documents signalait la présence dans la province d'un fabricant de faux assignats aux surnoms multiples, et prescrivait des recherches actives. L'autre, qui émanait du gouverneur de la province voisine, mentionnait l'évasion d'un bandit, et priait d'arrêter tout individu suspect et sans papiers. Ces nouvelles réduisirent à néant les anciennes suppositions. Tout le monde s'affola. Certes il ne pouvait y avoir aucun rapport entre ces malfaiteurs et Tchitchikov ; cependant chacun se prit à réfléchir. En fait, nul ne savait qui était au juste ce personnage ; lui-même s'était exprimé en termes fort vagues sur son propre compte, parlant seulement de disgrâces encourues par amour de la justice, d'ennemis acharnés à le poursuivre, désireux d'attenter à sa vie. À ce souvenir, la perplexité redoubla ; si ces dangers l'avaient menacé, il n'avait sans doute pas la conscience tranquille. Mais alors, qu'était-il au juste ? À en juger par l'extérieur, ni un bandit ni un faux monnayeur. Que pouvait-il bien être ? Nos fonctionnaires se posèrent enfin la question qui aurait dû les préoccuper tout d'abord, c'est-à-dire dès le premier chapitre de notre poème.

Ils décidèrent de se livrer à une enquête auprès des personnes à qui Tchitchikov avait acheté des âmes mortes : quel était le but de cet achat ? que signifiait cette expression ? Tchitchikov n'avait-il point laissé échapper quelques mots sur ses desseins et sa personnalité ?[140]

---

[140] *VARIANTE*. [— Ce très intéressant fragment, publié pour la première fois en 1856 dans le *Messager Russe*, semble avoir été écrit par Gogol à l'époque où, encore pleinement maître de son génie, il méditait une refonte de la première partie, c'est-à-dire vers 1842-1843 (Cf. *Introduction*).] — *Après de longues palabres, ils décidèrent d'interroger les personnes à qui Tchitchikov avait acheté ces mystérieuses âmes mortes. Le sort désigna le procureur pour s'entretenir avec Sobakévitch ; le président s'offrit lui-même d'aller trouver madame Korobotchka.* — Suivons-les donc et voyons les résultats de leur enquête.
Sobakévitch était descendu dans un quartier éloigné. Il avait choisi un logis solide, dont les planchers ne risquaient pas de s'effondrer et où l'on pouvait vivre en toute tranquillité. La maison appartenait au marchand Kolotyrkine, homme de poids, lui aussi. Sobakévitch n'avait pas amené ses enfants ; seule sa femme l'accompagnait. Il commençait à s'ennuyer et songeait au retour ; mais il lui fallait encore toucher le loyer d'une pièce de terre affermée à trois bourgeois de N... pour y cultiver des navets, et madame son épouse s'était mis en tête de commander un manteau ouaté que la couturière tardait à livrer. Assis dans un fauteuil, les yeux rivés au poêle, il maudissait la mauvaise foi de ses locataires et le caprice de sa femme. C'est dans cet état d'esprit que le surprit le procureur.
— *Asseyez-vous, s'il vous plaît ! fit Sobakévitch, en se soulevant légèrement.*
Le procureur baisa la main de Théodulie Ivanovna et obtempéra à l'invitation. Théodulie Ivanovna se rassit. Les trois sièges étaient peints en vert, les coins ornés de nénuphars.
— *Je suis venu vous entretenir d'une affaire, dit le procureur.*
— *Mon cœur, dit Sobakévitch, si tu allais dans ta chambre ? La couturière t'y attend, je crois.*
Théodulie Ivanovna se retira dans sa chambre.
— *Permettez-moi de vous demander, commença le procureur, quelles sortes de gens vous avez vendu à Pavel Ivanovitch Tchitchikov ?*
— *Quelles sortes de gens ? Mais l'acte de vente énumère leurs qualités : l'un est carrossier...*
— *Cependant, interrompit le procureur gêné, certains bruits courent la ville...*
— *Preuve que les sots y sont nombreux ! répliqua tranquillement Sobakévitch.*
— *Cependant, Mikhaïl Sémionovitch, c'est à donner le vertige : les âmes ne seraient pas vivantes ; il ne s'agirait nullement de colonisation ; ce Tchitchikov serait un être énigmatique... On émet de graves soupçons... Les racontars vont leur train...*
— *Permettez, seriez-vous femme par hasard ?*
Cette question, qu'il ne s'était jamais posée, embarrassa le procureur.
— *Vous devriez avoir honte de me débiter ces sornettes ! continua Sobakévitch.*
Le procureur voulut s'excuser.
— *Adressez-vous plutôt aux fileuses, qui devisent de sorcières à la veillée. Si vous êtes incapable de propos plus sérieux, jouez donc aux osselets avec les gamins. Quelle idée d'importuner ainsi un honnête homme ! Vous servirai-je de plastron ? Vous ne remplissez pas les devoirs de votre charge ; par complaisance pour vos amis vous négligez de servir la patrie ; vous ne songez qu'à vous tenir à l'écart. Vous êtes un jouet aux mains des imbéciles. Vous vous perdrez sottement, et nul ne gardera de vous un bon souvenir.*
Foudroyé par cette mercuriale inattendue, le procureur s'en fut tout penaud. Théodulie Ivanovna rentra peu après.
— *Pourquoi donc le procureur est-il parti si vite ? demanda-t-elle.*

— Ses remords lui ont fait prendre la fuite, dit Sobakévitch. Tel que tu le vois, ma bonne, ce grison court encore le guilledou. Tous ces faillis chiens ont leur péché mignon. Non contents d'encombrer la terre, ils commettent de telles horreurs qu'on devrait les jeter à la rivière, tous empaquetés dans le même sac. La ville entière est un repaire de brigands ; quittons-la au plus tôt.

Théodulie Ivanovna objecta que son manteau n'était pas encore prêt, qu'elle devait acheter des rubans de bonnet. Sobakévitch ne voulut rien entendre.

— Laisse là tous ces chiffons, ma bonne, ils te perdront, crois-moi.

Ses ordres passés pour le départ, il s'en fut, accompagné du commissaire, toucher ses fermages, et prit, en passant chez la couturière, le manteau inachevé, avec l'aiguille enfilée pour le terminer à la campagne.

Et sans plus tarder, il quitta la ville, en déclarant qu'il ne remettrait plus les pieds dans cette sentine de tous les vices ; il craignait trop la contagion.

Cependant le procureur, stupéfait de l'accueil de Sobakévitch, ne savait trop comment raconter la chose au président. Celui-ci n'avait guère eu plus de chance. Sa voiture, s'étant engagée dans une ruelle étroite et sale, pencha tout le long du chemin de côté et d'autre. Ballotté par ces cahots, et copieusement éclaboussé, il se cogna rudement le menton et la nuque à sa canne. Salué par le clapotis de la boue et le grognement des porcs, il pénétra enfin dans la cour de l'archiprêtre ; sautant de voiture, il se faufila parmi les poulaillers et réduits divers jusqu'au vestibule, où il demanda dès l'abord un essuie-mains. Madame Korobotchka l'accueillit du même air mélancolique que naguère Tchitchikov. Elle portait, enroulée autour du cou, une sorte de flanelle. Un essaim innombrable de mouches voletait par la chambre ; elles semblaient habituées à un affreux plat destiné à leur capture.

Madame Korobotchka fit asseoir le président. Après lui avoir rappelé qu'il avait jadis connu son mari, celui-ci lui demanda à brûle-pourpoint :

— Est-il vrai, dites-moi, qu'un individu se soit, de nuit, présenté chez vous, pistolet en main, et vous ait menacé de mort, si vous ne lui cédiez pas je ne sais quelles âmes ? Ne pourriez-vous me dire quelles étaient ses intentions ?

— Mettez-vous à ma place. Il m'a offert vingt-cinq roubles assignats ! Je suis veuve, sans expérience : il est facile de me tromper, dans une affaire à laquelle je ne comprends, je l'avoue, rien du tout. Je connais les prix du chanvre, du saindoux, des chiffons...

— Voyons, racontez-moi l'affaire en détail : avait-il vraiment un pistolet ?

— Non, mon bon monsieur, Dieu merci ; je ne lui en ai pas vu. Mais je suis une pauvre veuve, j'ignore le cours des âmes mortes. Auriez-vous la bonté de m'indiquer le prix exact ?

— Quel prix ?

— Celui des âmes mortes. Combien les cote-t-on pièce ?

« Mais elle a perdu l'esprit, à moins qu'elle ne soit folle de naissance ! » — se dit le président en la fixant.

— Vingt-cinq roubles, est-ce un bon prix ? Peut-être en valent-elles cinquante ou même davantage ?

— Montrez-moi le billet, dit le président.

Un rapide examen à la lumière le convainquit que le billet était bon.

— Voyons, reprit-il, dites-moi comment s'est opérée la vente. Que vous a-t-il acheté ? Je n'y puis rien comprendre.

— Mais, mon bon monsieur, pourquoi ne voulez-vous pas m'indiquer le cours des âmes mortes ? J'ignore le prix exact.

— Que dites-vous là ! Songez-y. Où avez-vous. vu que l'on vende des morts ?

— Alors vous ne voulez pas me dire le prix ?

— Il s'agit bien de prix ! Racontez-moi sérieusement comment les choses se sont passées. Vous a-t-il menacée ? A-t-il voulu vous enjôler ?

— Ah ! monsieur, je vois maintenant que vous êtes aussi un acheteur.

Elle lui jeta un regard soupçonneux.

— Je suis président du tribunal, ma bonne dame.

— Non, monsieur, non... Vous voulez aussi m'en conter... À quoi bon ? Vous serez le premier attrapé. Je vous aurais volontiers vendu de la volaille. À Noël j'aurai aussi du duvet.

— Je vous répète, madame, que je suis président. Qu'ai-je à faire de votre duvet !

— Mais le négoce est œuvre honnête. Aujourd'hui, c'est vous le chaland, demain, ce sera moi. Si nous continuons à nous duper l'un l'autre, que devient la vérité ? C'est un péché devant Dieu.

— Je vous assure, madame, que je suis président.

— Après tout, c'est possible ; peut-être êtes-vous aussi président ; je n'en sais, ma foi, rien. Mais alors pourquoi m'interrogez-vous ? Non, compère, non, vous aurez beau dire, je vois que vous voulez aussi m'en acheter, des âmes mortes.

— Ma brave femme, je vous conseille de vous soigner, vous avez quelque chose au cerveau ! fit le président exaspéré, en portant le doigt à son front.

Il laissa madame Korobotchka convaincue d'avoir eu affaire à un chaland, et pestant contre l'irascibilité des gens et le triste sort des pauvres veuves. De cette malheureuse expédition, le président ne rapporta qu'une roue cassée, un habit souillé de boue et une contusion au menton. Il trouva devant sa porte le procureur, qui s'en venait dans sa voiture, de fort méchante humeur.

— Eh bien, lui demanda-t-il, que vous a appris Sobakévitch ?
— De ma vie on ne m'a traité de la sorte, répondit le procureur, la tête basse.
— Qu'est-ce à dire ?
— J'ai essuyé une bordée d'injures.
— Pas possible ?
— Il prétend que je m'acquitte mal de ma charge : je ne dénonce jamais mes amis, tandis que mes collègues envoient des délations tous les huit jours ; j'approuve tous les dossiers qui me passent par les mains, même quand certains d'entre eux sont sujets à caution.
Le procureur était désolé.
— Mais qu'a-t-il dit de Tchitchikov ? reprit le président.
— Ce qu'il a dit ? Il nous a tous traités de femmelettes et d'imbéciles !
Le président devint rêveur. À ce moment, une troisième voiture amena le vice-gouverneur.
— De la prudence, messieurs, fit-il dès l'abord. Il se confirme qu'on nous envoie un gouverneur général.
Procureur et président demeurèrent bouche bée.
« Il arrive à propos, songea le président. Nous allons, pour sa bienvenue, lui offrir un potage, dont le diable en personne ne reconnaîtrait point le goût ! Qu'il se débrouille dans ce beau gâchis !» « Un malheur ne vient jamais seul », se dit le procureur consterné.
— Et qui nous envoie-t-on ? Connaît-on le caractère du personnage ?
— On ne sait encore rien.
À ce moment survint le directeur des postes, en voiture lui aussi.
— Mes compliments, messieurs. Nous avons un gouverneur général.
— On le dit, mais ce n'est pas encore sûr, répliqua le vice-gouverneur.
— C'est tout à fait sûr, rétorqua le directeur des postes. Et je puis même vous le nommer : prince Odnozorovski-Tchémentinski.
— Quel homme est-ce ?
— Un monsieur pas commode, très clairvoyant et très sévère. Dans une administration dont il était directeur, il se produisit certaines... comment dirais-je ?... certaines irrégularités, vous comprenez ? Eh bien, monsieur, il a tout simplement réduit les employés en poudre...
— Mais ici, les mesures sévères sont complètement inutiles.
— Un puit de science, mon cher monsieur, un esprit, vous comprenez, de grande envergure. Figurez-vous qu'un beau jour...
— Permettez, dit le président ; nous sommes là à raconter nos affaires dans la rue. Entrons plutôt chez moi.
Une troupe de badauds considérait déjà, bouche bée, les quatre interlocuteurs. Les cochers stimulèrent leurs bêtes, et bientôt les quatre voitures se rangèrent devant la porte du président.
« Eh ! songeait celui-ci, en enlevant dans le vestibule sa pelisse souillée de boue, le diable nous a envoyé ce Tchitchikov fort à propos ! »
— La tête me tourne, dit le procureur en se débarrassant de sa pelisse.
— Je ne comprends rien à toute cette affaire, dit le vice-gouverneur en l'imitant.
Le directeur des postes enleva son manteau sans mot dire.
Tous pénétrèrent dans l'appartement, où fut tôt servie l'indispensable collation ; quand, en province, deux fonctionnaires se rencontrent, la collation apparaît vite en tiers.
Le président se versa un verre d'une absinthe épouvantablement amère.
— Dût-on m'assommer, j'ignore qui est ce Tchitchikov !
— Ni moi non plus, dit le procureur, je n'ai jamais eu en mains affaire aussi compliquée, et je ne sais par quel bout la prendre.
— D'autant plus, dit le directeur des postes, en se versant un mélange de deux alcools, que le personnage possède un certain vernis et semble connaître les usages du grand monde. Je le soupçonne même d'appartenir à la diplomatie...
À ce moment le maître de police, bienfaiteur de la ville, favori des marchands, amphitryon incomparable, fit son apparition en disant :
— Messieurs, je n'ai rien appris au sujet de Tchitchikov. Je n'ai pu fouiller dans ses papiers ; il est malade et ne quitte pas la chambre. Par contre, j'ai interrogé ses gens : le valet Pétrouchka et le cocher Sélifane. Le premier était ivre, à son ordinaire.
Ce disant, le maître de police se versa un mélange de trois alcools.
— Pétrouchka prétend que son maître en vaut bien un autre et fréquente en bon lieu ; il m'a nommé plusieurs propriétaires de ses amis, tous conseillers de collège ou même conseillers d'État. Le cocher Sélifane assure qu'étant au service, son maître ne passait pas pour sot. Il a fait carrière dans les douanes et dans un autre établissement public dont Sélifane ignore le nom. Des trois chevaux qu'il possède, l'un a été acquis il y a trois ans ; le gris a été troqué, le troisième acheté... Il se prénomme bien Pavel Ivanovitch et a droit au titre de conseiller de collège.
Nos gens se prirent à rêver.

Ils s'adressèrent tout d'abord à madame Korobotchka dont ils ne tirèrent pas grand'chose. Tchitchikov lui avait en effet acheté des âmes mortes pour quinze roubles et promis de lui acheter du duvet et du saindoux, dont il fournissait le gouvernement ; ce devait être un fripon, car, une fois déjà, un autre acheteur de duvet et soumissionnaire de saindoux avait fait nombre de dupes et extorqué plus de cent roubles à l'archiprêtresse. Ces propos et autres semblables révélèrent seulement aux enquêteurs la sottise de la vieille radoteuse.

Manilov se dit prêt à répondre de Tchitchikov comme de lui-même ; il sacrifierait volontiers toute sa fortune pour posséder la centième partie des qualités de Pavel Ivanovitch ; les yeux mi-clos, il accompagna ce jugement flatteur de quelques aphorismes sur l'amitié, qui, tout en expliquant le tendre penchant de son cœur, n'apprirent rien à nos gens sur le fond de l'affaire.

Sobakévitch déclara qu'il tenait Tchitchikov pour un galant homme ; il lui avait vendu des paysans de choix et parfaitement vivants, bien entendu, mais il ne saurait répondre de l'avenir : les gaillards pouvaient succomber aux fatigues du voyage ; nous sommes tous dans la main du Seigneur ; les fièvres et autres maladies mortelles courent le monde, elles emportent souvent des villages entiers.

Messieurs les fonctionnaires recoururent alors à un procédé dont, pour vilain qu'il soit, on ne laisse point d'user : par l'entremise d'amitiés d'antichambre, ils tentèrent de soutirer aux domestiques de Tchitchikov des renseignements sur leur maître, son passé, son actuelle condition.

Là aussi leur moisson fut maigre : Pétrouchka décela seulement l'odeur de renfermé qui le caractérisait ; Sélifane grommela que son maître avait servi l'État et fait carrière dans les douanes.

Les gens de cette classe sont bizarres : posez-leur une question précise, la mémoire leur fait défaut, ils s'expriment difficilement, déclarent même ne rien savoir ; passez à un autre ordre d'idées, ils reviennent sur le premier, et vous dégoisent un tas de détails dont vous n'avez que faire.

« Comment, se dit le procureur, un homme posé, conseiller de collège, peut-il perdre la tête au point de vouloir enlever la fille du gouverneur, acheter des âmes mortes, épouvanter de nuit de vieilles dames paisibles ? Ce sont là des exploits de hussard. »
« *Comment un conseiller de collège peut-il se risquer à fabriquer de faux assignats ?* » songea le vice-gouverneur, *conseiller de collège lui aussi, grand joueur de flûte et fort enclin aux beaux-arts.*
Le maître de police rompit le silence.
— Comme vous voudrez, messieurs ; il faut en finir avant l'arrivée du gouverneur général ; sans cela que pensera-t-il de nous ? J'opinerais pour des mesures énergiques.
— Lesquelles ? demanda le président.
— Arrêter le personnage comme suspect.
— Et si c'est lui qui nous arrête pour le même motif ?
— Comment cela ?
— Il est peut-être chargé d'une mission secrète. Les âmes mortes ! Que signifie ? Ne s'agirait-il point d'une enquête sur les décès signalés comme provenant de causes inconnues ?
Ces paroles firent naître un nouveau silence. Elles stupéfièrent le procureur. Après les avoir prononcées, le président se prit à réfléchir.
— Eh bien, messieurs, que devons-nous faire ? demanda le maître de police, en opérant un mélange d'alcool doux et d'alcool amer, qu'il avala aussitôt.
Un valet apporta une bouteille de madère.
— Je n'en sais, ma foi, rien, répondit le président.
— Selon moi, messieurs, dit le directeur des postes, après avoir absorbé un verre de madère accompagné de sandwichs au fromage et à l'esturgeon, selon moi, messieurs, cette affaire mérite d'être approfondie ; et nous devrions, ainsi qu'il est de mode au Parlement d'Angleterre, nous constituer en comité pour l'examiner sous toutes ces faces.
— Qu'à cela ne tienne ! dit le maître de police.
— Parfait ! dit le président. Réunissons-nous et tranchons enfin la question : qui est ce Tchitchikov ?
— C'est la sagesse même ; décidons qui est ce Tchitchikov.
— Oui, oui, prenons l'avis de chacun, et décidons qui est ce Tchitchikov.
Sur ce, tout le monde voulut boire du Champagne, et chacun se retira, persuadé que le comité élucidera enfin cette grave question : qui était Tchitchikov ?

À ces démarches infructueuses les fonctionnaires acquirent une conviction : ils ignoraient décidément qui était Tchitchikov et celui-ci devait pourtant être quelque chose. En désespoir de cause, ils voulurent tout au moins s'entendre sur les mesures à prendre. Fallait-il voir en Pavel Ivanovitch un individu suspect et l'arrêter comme tel ? Ou bien, au contraire, un important personnage, qui pouvait les faire jeter en prison pour le même motif ? Dans ce but, ils décidèrent de tenir une réunion extraordinaire chez le maître de police, père et bienfaiteur de la ville, comme le lecteur ne l'ignore pas.

X

En se réunissant chez le maître de police, bien connu du lecteur, père et bienfaiteur de la ville, messieurs les fonctionnaires purent constater que cette alerte les avait fait maigrir : ils échangèrent des remarques à ce sujet. De fait, la nomination d'un nouveau gouverneur général, les deux plis inquiétants, les bruits extravagants, tous ces soucis avaient laissé sur leurs visages des traces apparentes, et beaucoup se trouvaient trop à l'aise dans leurs habits. Tout le monde avait maigri : le président, l'inspecteur du service de santé, le procureur, — et jusqu'à un certain Sémione Ivanovitch, dont personne ne connaissait le nom de famille, et qui aimait à montrer aux dames la bague qui ornait son index. Comme de juste, quelques braves à trois poils avaient conservé leur sang-froid, mais on pouvait les compter sur les doigts. Seul, le directeur des postes gardait toute sa belle humeur. En des cas semblables, il demeurait toujours imperturbable et s'en allait répétant : — La belle affaire qu'un gouverneur général ! Depuis trente ans, monsieur, que je suis en place, j'en ai peut-être vu passer trois ou quatre.

Ce à quoi ses collègues objectaient : — Tu en parles à ton aise, *sprechen-Sie deutsch* Ivan Andréïtch : ta fonction consiste uniquement à expédier le courrier ! Dans ton bureau de poste, tu ne peux guère commettre que des peccadilles : accepter moyennant finance un colis irrégulier, ou encore fermer le guichet avant l'heure réglementaire pour ensuite faire payer cher ta complaisance aux gens du négoce. À ce métier-là, on devient saint à bon compte ! Mais si le diable te tentait tous les jours, tu verrais si l'on peut résister à ses avances ! N'ayant qu'un fils, tu joins facilement les deux bouts ; mais quand votre Prascovie Ivanovna vous donne chaque année un garçon ou une fille, alors, frère, on chante une autre antienne !

Voilà, du moins, ce qu'affirmaient les fonctionnaires ; quant à savoir si l'on peut résister au diable, il n'appartient pas à l'auteur d'en décider.

Il manquait à l'assemblée une qualité primordiale : le bon sens. En général, ce genre de réunions paraît répugner à notre humeur. À moins qu'une forte tête n'en prenne la direction, toutes nos assemblées, depuis les comices populaires jusqu'aux comités savants et autres, ressemblent fort à la cour du roi Pétaud. Pour des raisons inconnues — affaire de tempérament sans doute, — les seules réunions qui nous réussissent : clubs et autres vauxhalls à la mode étrangère, ont pour but la table et le plaisir. Cependant, nous ne doutons de rien : nous sommes toujours prêts à fonder, suivant les sautes du vent, des sociétés de bienfaisance, d'encouragement, Dieu sait lesquelles encore ! L'œuvre pourra être la plus belle du monde ; nous ne la mènerons jamais à bien. Cela provient sans doute, de ce que, l'initiative prise, nous croyons notre tâche accomplie. Si, par exemple, nous nous cotisons pour secourir les pauvres, aussitôt, fiers de cet exploit, nous offrons aux autorités un dîner qui absorbe la moitié des souscriptions ; l'autre moitié paye la location d'un magnifique appartement, avec chauffage et gardiens, où s'installe le comité. Celui-ci n'a plus que cinq roubles cinquante à distribuer aux indigents et n'arrive d'ailleurs pas à se mettre d'accord quant à la répartition, chaque membre plaidant pour son protégé.

La réunion qui nous occupe présentait, à vrai dire, un autre caractère : la nécessité l'avait inspirée. Il ne s'agissait plus de philanthropie ; les débats intéressaient en personne chacun des fonctionnaires, qu'un égal danger menaçait ; une entente plus étroite était donc de rigueur. Ce fut pourtant tout le contraire qui arriva.

Sans parler des divergences inhérentes à tous les conseils, les membres du conciliabule décelèrent un manque absolu de fermeté dans leurs opinions. L'un prétendait que Tchitchikov était sans doute un faux monnayeur, mais ajoutait sur-le-champ : « Et peut-être bien que non ! » — L'autre voyait en lui un émissaire du gouverneur général, pour aussitôt se reprendre : « Après tout ce n'est pas écrit sur son front ! » — Pourtant on tomba d'accord que ce ne pouvait être un bandit déguisé : ni son extérieur, ni sa conversation ne trahissaient l'homme de rapine.

Cependant, le directeur des postes demeurait plongé dans une profonde rêverie. Obéissant sans doute à quelque inspiration, il s'écria tout à coup :

— Savez-vous qui c'est, messieurs ?

Il prononça ces paroles d'un ton si prenant, que tous répliquèrent à la fois :

— Et qui donc ?

— Le capitaine Kopéïkine, mon bon monsieur.

Sur ce, tous demandèrent d'une seule voix :

— Mais qui est le capitaine Kopéïkine ?

Le directeur des postes parut stupéfait.

— Comment, vous ne connaissez pas le capitaine Kopéïkine ?

Tous avouèrent ignorer totalement ce personnage.

— Le capitaine Kopéïkine, repartit le directeur des postes en ouvrant sa tabatière, — ou plutôt en l'entr'ouvrant, car il craignait toujours qu'un voisin n'y plongeât des doigts d'une propreté douteuse et avait accoutumé de dire : « Dieu sait, mon compère, où vous fourrez vos doigts ; le tabac, voyez-vous, aime la propreté ! » Le capitaine Kopéïkine, reprit-il en humant sa prise...., mais c'est une histoire fort intéressante et qui pourrait fournir à un écrivain la matière d'un long poème.

Tous les assistants voulurent connaître cette intéressante histoire, qui pouvait fournir à un écrivain la matière d'un long poème. Le directeur des postes commença en ces termes :

HISTOIRE DU CAPITAINE KOPÉÏKINE[141]

Après la campagne de 1812, mon bon monsieur — ainsi débuta le directeur des postes, bien qu'il s'adressât à six auditeurs, — après la campagne de 1812, le capitaine Kopéïkine faisait partie d'un convoi de blessés renvoyés dans leurs foyers. C'était une tête brûlée, un mauvais coucheur qui, depuis les arrêts à la Chambre jusqu'à la prison, avait connu tous les charmes du métier militaire. Figurez-vous que le gaillard perdit un bras et une jambe à Krasnoié ou à Leipzig ; je ne me rappelle plus au juste. En ce temps-là, savez-vous, on n'avait encore pris aucune disposition à l'égard des blessés : la caisse des Invalides ne fut, en quelque sorte, fondée que bien plus tard. Ce que voyant, le capitaine Kopéïkine se dit : « Pour le coup, il s'agit de travailler. » Malheureusement il ne lui restait que le bras gauche. Il essaya bien d'attendrir son bonhomme de père, mais le vieux lui dit tout net : « Je n'ai pas de quoi te nourrir, c'est à peine — figurez-vous ça — si je suffis à mes besoins ! »

Alors, mon bon monsieur, le capitaine Kopéïkine décida de se rendre à Pétersbourg pour implorer un secours de l'empereur[142], car enfin il avait, en une certaine mesure, versé son sang, sacrifié sa vie... Il trouva moyen de se faire voiturer dans les fourgons de l'intendance ; bref, voilà mon homme à

---

[141] — Nous donnons cet épisode tel que Gogol l'avait écrit, en notant les passages retouchés par lui sur la demande du censeur (*R :*).
[142] R : pour tâcher d'obtenir un secours des autorités.

Pétersbourg. Vous voyez d'ici mon farceur de Kopéïkine débarquant dans une capitale qui n'a pas, pour ainsi dire, sa pareille au monde. La vie, vous comprenez, s'offre à lui sous un jour nouveau ; il se croit transporté dans un conte de Shéhérazade ! Figurez-vous son étonnement devant l'avenue de la Neva ou encore, que le diable m'emporte, devant la rue aux Pois ou celle de la Fonderie ![143]

Ici, une flèche qui se perd dans le ciel ; là, des ponts suspendus, sans point d'appui, pour ainsi dire : bref, mon cher monsieur, une vraie cité de Sémiramis ! Il songea tout d'abord à se meubler un appartement ; mais, là-bas, rideaux, draperies, tapis de Perse et toute la diablerie coûtent les yeux de la tête ; dès qu'on veut y toucher, on risque fort de se brûler les doigts. À Pétersbourg, on foule, en une certaine mesure, l'argent aux pieds. On sent en l'air comme un parfum de billets de mille. Et mon Kopéïkine ne possède pour tout potage qu'une dizaine de billets bleus et quelque menue monnaie. Impossible, n'est-ce pas, d'acheter une terre avec pareil pécule, à moins d'y ajouter quarante mille roubles que l'on emprunte au roi de France. Il s'en alla loger à l'hôtel de Revel pour un rouble par jour, dînant d'une soupe aux choux et de bœuf en boulettes... Le lendemain, monsieur, il décida de se présenter au ministre. — Il faut vous dire que l'empereur était absent de la capitale : l'armée n'était pas revenue de Paris[144].

S'étant donc levé de bon matin, il se racla le menton de la main gauche, pour éviter des frais de barbier, s'affubla de son uniforme et, trottinant sur sa jambe de bois, s'en fut incontinent trouver le ministre. Il s'enquit de l'adresse auprès d'un garde de ville. — C'est ici, répondit l'autre en désignant une maison sur le quai du Palais[145]. Une chaumine, savez-vous : en guise de vitres, des glaces de cinq mètres, qui permettaient d'apercevoir de l'extérieur les vases et tout le mobilier ; on aurait cru n'avoir qu'à étendre la main pour s'en emparer ; et partout des marbres de prix, des laques...[146], en un mot, mon bon monsieur, c'était à en perdre la raison, le dernier cri du confort. À la vue des boutons de porte si propres, si luisants, on avait envie de courir acheter pour deux sous de savon et de se laver les mains pendant deux bonnes heures avant d'oser y toucher. Le suisse ressemblait à un généralissime : canne à pomme d'or[147], mise princière, jabot de batiste — un doguin engraissé...

Mon Kopéïkine, toujours clopinant, se hissa tant bien que mal jusqu'à la salle d'audience, où il se blottit dans un coin, prenant bien garde à ne pas bousculer quelque Inde ou quelque Amérique — en porcelaine dorée, s'entend. Il va sans dire qu'il resta là longtemps, parce que le ministre[148] venait à peine de se lever et que son valet de chambre lui apportait sans doute une cuvette d'argent pour ses ablutions. Mon Kopéïkine attendit ainsi quatre bonnes heures ; finalement, un aide de camp, ou quelque autre fonctionnaire de service, vint annoncer l'arrivée du ministre. À ce moment, comprenez-vous, les gens se pressaient dans la salle comme des fèves sur une assiette. Et je vous prie de croire que ce n'étaient point de pauvres diables comme nous, mais rien que des dignitaires de quatrième classe, des colonels s'il vous plaît, et même, de-ci de-là, des généraux, à en juger par la graine d'épinards des épaulettes. Soudain tout le monde s'agita ; des chut, chut, coururent par la salle ; et finalement régna un silence de mort.

Entre le ministre... Un homme d'État, n'est-ce pas ? Les traits en harmonie avec le haut poste qu'il occupe... Tout le monde, bien entendu, rectifie la position. Chacun attend, en une certaine mesure, que

---

[143] — Il nous paraît plus pittoresque de traduire le nom de ces rues *(Nevski prospekt, Gorokhovaïa, Litéïnaia)*, d'autant plus que la transcription habituelle de la première : *Perspective Nevsky* n'est ni française, ni russe.
[144] R : Il vit qu'il ne fallait pas s'attarder et demanda à qui s'adresser. « À qui vous adresser ? lui dit-on. Eh bien, voyez-vous, les grands chefs sont absents ; tout le monde est encore à Paris ; l'armée n'est pas revenue. Cependant il existe une commission provisoire. Adressez-vous à elle, vous en tirerez peut-être quelque chose. » — « Soit, se dit mon Kopéïkine, allons voir cette commission, je leur dirai que j'ai en une certaine mesure versé mon sang, sacrifié ma vie. »
[145] R : ... le comité. Il s'enquit de l'adresse, on lui indiqua une maison sur le quai.
[146] R : des vitres de cinq mètres, des marbres, des laques...
[147] R : le suisse à la porte avec sa canne avait la mine...
[148] R : le chef.

son sort se décide[149]. Il s'approche de l'un, de l'autre : « Que désirez-vous ? Quelle affaire vous amène ? » — Enfin le voici devant Kopéïkine. « Voyez-vous, dit notre homme, j'ai versé mon sang, perdu pour ainsi dire bras et jambes, et ne pouvant plus travailler, j'implore un secours de Sa Majesté[150].

En voyant devant lui ce gaillard à la jambe de bois, une manche vide agrafée à l'uniforme : « Parfait, dit le ministre[151] ; repassez dans quelques jours.[152] » Trois ou quatre jours après, mon bon monsieur, il revient trouver le ministre... « Je suis venu m'informer, dit-il. Étant données mes infirmités, les blessures reçues, ayant, pour ainsi dire, versé mon sang... » — Et le reste à l'avenant, dans la forme voulue. Le ministre le reconnut aussitôt. « Ah ! dit-il, je ne puis encore rien vous dire. Attendez le retour de l'empereur. Des dispositions ne manqueront pas d'être prises à l'égard des blessés. Quant à moi, je ne puis rien faire sans l'ordre de Sa Majesté. »

Il salua et passa outre. Mon Kopéïkine se trouva, vous comprenez, dans une drôle de situation, car enfin on ne lui avait dit ni oui, ni non. Cependant, comme bien vous pensez, la vie dans la capitale devenait de jour en jour plus onéreuse. « Eh ! songea notre homme, retournons chez le ministre ! Qu'avez-vous décidé, Excellence ? lui dirai-je, je mange mes derniers sous. Si vous ne me venez pas en aide, il me faudra, sauf votre respect, mourir de faim. »

Aussitôt dit que fait : le voilà de nouveau au ministère. — « Le ministre ne reçoit pas aujourd'hui, lui objecte-t-on, repassez demain. » — Le lendemain, le suisse ne lui accorda même pas un regard. Le pauvre diable n'avait plus qu'un billet bleu en poche[153]. Adieu la soupe et le bœuf ! il se nourrissait maintenant d'un hareng, d'un concombre salé et de deux liards de pain. Et le cher homme était doué d'un appétit de loup[154].

Représentez-vous mon Kopéïkine passant devant un traiteur : le chef, un Français, à la physionomie ouverte, au linge de Hollande, au tablier blanc comme neige, prépare une omelette aux fines herbes, des côtelettes aux truffes et autres bons morceaux, auxquels le lascar eût volontiers fait un sort. Le voilà devant le marché Milioutine ; aux vitrines s'étalent des saumons, des cerises à cinq roubles pièce, une pastèque monstre, grosse comme une diligence, semblant attendre au passage

---

[149] R : La pièce est déjà remplie d'épaulettes, d'aiguillettes ; les gens se pressent comme des fèves sur une assiette. Enfin, le chef fait son entrée. Vous le voyez d'ici, n'est-ce pas ?... La mine imposante, les traits, vous comprenez, en harmonie avec son rang. Un maintien d'habitant de la capitale...
[150] R : je me permets de demander un secours ; ne pourrait-on faire en sorte que j'obtienne une récompense ou, si vous voulez, une pension ?
[151] R : le chef.
[152] Ici s'intercale dans la seconde rédaction le passage suivant : « Voilà mon Kopéïkine enchanté. « L'affaire est dans le sac, » se dit-il. Dans sa joie, il se met à sautiller sur le trottoir, avale un petit verre au café Palkine, dîne à l'hôtel de Londres d'une côtelette aux câpres et d'une poularde à la jardinière, arrosée d'une bonne bouteille, passe la soirée au théâtre, enfin, sauf votre respect, fait une noce à tout casser. En sortant, il voit glisser sur le trottoir une petite Anglaise, gracieuse comme un cygne. Le sang monte au cerveau du galant : le voilà prêt à trottiner sur son pilon à la suite de la belle ; mais non, il s'arrête à temps. — « Au diable les aventures ! Attendons que j'aie touché ma pension. J'ai déjà bien assez dépensé comme cela. » — Et je vous prie de remarquer qu'il avait, en une journée, gaspillé une bonne moitié de son argent. Trois ou quatre jours après, monsieur, il retourne au comité voir le chef.
[153] Voir note 68.
[154] R : Tout d'abord, répliqua le chef, je dois vous dire que nous ne pouvons rien pour vous, sans la sanction de l'autorité suprême. Vous voyez vous-même en quels temps nous vivons. Les hostilités ne sont pas complètement terminées. Prenez patience, attendez le retour de monsieur le ministre. Soyez sûr qu'on songera à vous. Si jusque-là vous n'avez pas de quoi vivre, prenez toujours ceci en attendant...
La somme, vous comprenez, était minime, mais eût permis à la rigueur à mon Kopéïkine d'attendre les décisions ultérieures. Mais le luron n'entendait pas de cette oreille. Il s'attendait à ce qu'on lui alignât quelques billets de mille. « Voilà pour vous, mon brave, donnez-vous du bon temps ! » — Au lieu de cela, on le priait de prendre patience. Et le gaillard n'avait plus, en tête, qu'Anglaises, soufflés et côtelettes ! Il descendit tout penaud l'escalier, comme un caniche échaudé s'enfuit, l'oreille basse et la queue entre les jambes. Il commençait à prendre goût à la vie de Pétersbourg... et maintenant, adieu les douceurs ! Et mon Kopéïkine était encore jeune, robuste, doué d'un appétit de loup.

l'imbécile qui en donnera cent roubles. Tout cela lui fait venir l'eau à la bouche : à chaque pas une tentation. Mettez-vous à sa place ! D'un côté pastèque et saumon ; de l'autre le mets plein d'amertume qui a nom *demain*. Enfin le pauvre diable n'y tient plus : il décide de parvenir coûte que coûte jusqu'au ministre. Il attend à la porte l'arrivée d'un autre solliciteur et réussit, vous comprenez, à se faufiler en compagnie d'un général dans la salle d'audience. Le ministre fait son entrée comme à l'ordinaire.

— Que désirez-vous ? Et vous ?... Ah bah ! fait-il en apercevant Kopéïkine, vous revoilà ! Ne vous ai-je pas expliqué que vous deviez prendre patience ?

— Faites excuse, Excellence, mais il ne me reste plus, en une certaine mesure, de quoi manger.

— Je n'y puis rien ; tâchez, en attendant, de vous trouver quelques moyens d'existence.

— Comment le pourrai-je, Excellence, puisque je n'ai plus pour ainsi dire ni bras ni jambe ?

Il voulait ajouter : « Quant à mon nez, il ne peut servir qu'à me moucher : encore pour cela faudrait-il acheter un mouchoir. » — Mais le ministre, mon bon monsieur, soit qu'il en eût assez, soit qu'il fût vraiment occupé de graves affaires d'État, commença pour de bon à se fâcher.

— Retirez-vous, lui dit-il. Vous n'êtes pas le seul dans votre cas. Attendez patiemment !

Alors, mon Kopéïkine — que la faim, vous comprenez, aiguillonnait : — Comme vous voudrez, Excellence !

Du coup, le ministre, figurez-vous, sortit des gonds ! De fait, depuis que le monde est monde, on n'avait jamais vu un Kopéïkine s'aviser de parler sur ce ton à un ministre. Jugez un peu de ce que doit être la colère d'un ministre, d'un homme d'État pour ainsi dire :

— Insolent, s'écria-t-il. Je vais vous trouver une résidence. Holà ! Un courrier, et qu'il emmène ce drôle ![155]

Et le courrier, comprenez-vous, se trouvait déjà derrière la porte : un escogriffe haut de six pieds, figurez-vous ; de grosses pattes de voiturier ; une carrure de dentiste !... Voilà notre homme installé sur une charrette, le courrier à côté de lui. « Au moins, se dit-il, je n'aurai pas de relais à payer ; c'est toujours ça de gagné ! » Et, tout en roulant avec son garde du corps, il ronchonnait à part soi : « Ah, ah ! tu veux que je me trouve des moyens d'existence ! Parfait, parfait, je les trouverai ! » Et bien, figurez-vous, que personne ne sait au juste où l'on emmena mon Kopéïkine : le gaillard sombra totalement dans le fleuve d'oubli, dans le Léthé comme l'appellent les poètes. Et c'est justement ici, messieurs, que, pour ainsi parler, commence à se nouer mon histoire.

On avait donc perdu toute trace du Kopéïkine. Mais deux mois ne s'étaient pas écoulés, qu'apparut dans les bois de Riazan[156] une bande de brigands dont le chef, figurez-vous, mon bon

---

[155] R : ... qui a nom demain. « Ma foi, se dit-il, advienne que pourra, je m'en vais de ce pas au comité et je ne mâcherai pas les mots à ces messieurs ! — « Et, de fait, le gaillard s'entendait à tracasser les gens : l'insolence lui tenait lieu d'esprit. Il arrive devant le comité.
— Eh quoi, lui dit-on, c'est encore vous ! Ne vous a-t-on pas dit d'attendre ? — C'est que, voyez-vous, répliqua notre homme, je n'aime pas à tirer le diable par la queue ! Il me faut de temps à autre ma côtelette, une bouteille de vin de France, un fauteuil au théâtre. Vous comprenez ? — Permettez, dit le chef, il y a temps pour tout. Nous vous avons donné, pour le moment, de quoi subsister jusqu'au jour où une décision sera prise à votre égard. Vous serez alors certainement récompensé suivant vos mérites, car il n'y a pas d'exemple, en Russie, qu'un bon serviteur de la Patrie soit demeuré sans assistance. Mais s'il vous faut dès à présent côtelettes et billets de théâtre, mille excuses ! Trouvez vous-même de quoi vous satisfaire.
Mon Kopéïkine, figurez-vous, ne se le tient pas pour dit ; il entre en fureur, gronde, tempête, invective tout le monde, jusqu'au dernier secrétaire. « Vous êtes ceci et cela ; vous ne remplissez pas vos devoirs ; vous violez la loi, etc... » — Il n'épargna même pas un employé d'un autre ministère, qui se trouvait là par hasard. *Comment apaiser cet enragé ? Le chef vit bien qu'il fallait, jusqu'à un certain point, avoir recours aux mesures de rigueur :* — Parfait, dit-il, puisque vous ne voulez pas vous contenter de ce que l'on vous donne et attendre tranquillement dans la capitale que votre sort se décide, je vais vous trouver une résidence. Holà, un courrier, et qu'il emmène ce drôle !

monsieur, n'était autre que...[157] notre capitaine Kopéïkine. Il avait groupé autour de lui un ramassis de déserteurs. C'était, vous comprenez, aussitôt après la guerre. Tout le monde était habitué à ne pas se gêner ; on se souciait de la vie comme d'une guigne. Bref, mon bon monsieur, il mit sur pied toute une armée. Impossible de s'aventurer sur les routes, du moins aux officiers de la couronne ; car, pour ce qui est des particuliers, on les relâchait après s'être informé du but de leur voyage. Mais une guerre sans merci était faite aux convois de l'État : fourrage, argent, approvisionnements, tout était pillé. Le fisc ne trouvait pas son compte à l'affaire. Mon Kopéïkine apprenait-il qu'un village était sur le point de payer ses impositions, il s'y présentait tout de go.

— Holà, l'ami, disait-il au staroste, verse-moi sans plus tarder le montant des impôts et redevances.

En voyant devant lui ce diable boiteux à collet rouge, le rustre, comprenez-vous, sentait dans l'air comme une odeur de giroflée... « Diantre, se disait-il, ça doit être quelque capitaine-ispravnik ou peut-être pis encore ! » Et aussitôt, pour avoir la paix, il livrait le magot. Et l'autre, mon bon monsieur, en donnait quitus en bonne et due forme, certifiant que les impositions avaient été intégralement remises aux mains du capitaine Kopéïkine et apposant même son timbre sur le papier... Bref, il pillait à cœur joie. On envoya plusieurs détachements pour s'emparer de la bande ; mais ces têtes brûlées s'en souciaient comme de l'an quarante.

À la fin des fins, mon Kopéïkine, comprenant sans doute que ses affaires sentaient le brûlé et se trouvant d'ailleurs à la tête d'un fort joli capital, trouva moyen de passer la frontière et de gagner les États-Unis, d'où, mon bon monsieur, il envoya à Sa Majesté une lettre qui peut passer, figurez-vous, pour un modèle d'éloquence. Que sont, auprès de Kopéïkine, les Platon, les Démosthène et autres grands hommes de l'antiquité ? Moins que rien, mon bon monsieur !

« N'allez pas croire, Sire, disait-il dans cette épître, que je sois et ceci... et cela... (tout ceci, s'entend, en périodes bien arrondies). J'ai agi sous l'empire de la nécessité. Après avoir versé mon sang pour ainsi dire sans compter, je suis demeuré sans un morceau de pain. Ne châtiez point mes camarades, ces innocents ayant été entraînés par moi. Daignez plutôt veiller à ce que les blessés ne soient pas à l'avenir, révérence parler, abandonnés à leur triste sort... »

Et, figurez-vous, cette éloquence sublime toucha le cœur de l'empereur... Évidemment, notre homme était un criminel digne, à certains égards, de la peine de mort. Mais, d'autre part, cette grave lacune dans l'assistance aux blessés... Lacune, d'ailleurs, bien compréhensible en des temps aussi troublés : nul, sauf le bon Dieu, ne saurait songer à tout... Bref, monsieur, Sa Majesté daigna faire preuve d'une magnanimité inouïe, en prescrivant d'arrêter les poursuites et en constituant un comité exclusivement chargé d'améliorer le sort des blessés. Et sur l'initiative de ce comité fut créée, mon cher monsieur, la caisse des Invalides, institution qui assure parfaitement l'existence de ces malheureux et n'a pas, on peut le dire, son pareil ni en Angleterre, ni dans les autres pays civilisés.

Vous savez maintenant, monsieur, qui est le capitaine Kopéïkine. Pour ma part, voici ce que je suppose. Il aura probablement gaspillé son argent aux États-Unis ; et le voici de retour parmi nous afin de tenter, pour ainsi dire, la chance d'une nouvelle entreprise...

— Mille pardons, Ivan Andréïévitch, interrompit soudain le maître de police ; tu viens de nous dire que le capitaine Kopéïkine a perdu un bras et une jambe, tandis que Tchitchikov...

Le directeur poussa un cri et se donna sur le front un grand coup du plat de la main, en se traitant publiquement de bourrique. Ne pouvant comprendre comment ce détail ne l'avait pas frappé dès les premiers mots de son récit, il reconnut la justesse du proverbe : *le Russe n'a de l'esprit qu'après coup.*

---

[156] — Il a bien existé dans les bois de Riazan un brigand Kopéïkine, dont parlent les chansons populaires.
[157] — Tout ce qui suit jusqu'à la fin de l'épisode appartient à la rédaction primitive et ne fut même pas soumis par Gogol à la censure.

Mais il reprit bientôt son assurance et tenta de réparer sa bévue, en alléguant que les Anglais avaient porté la mécanique à un degré de perfection extraordinaire. À en croire les journaux, l'un d'eux avait inventé des jambes de bois vraiment admirables : au simple toucher d'un imperceptible ressort, elles vous emportaient en tel lieu qu'il devenait impossible de vous découvrir.

Il ne convainquit personne ; ses auditeurs déclarèrent à l'envi qu'il s'était trop avancé et que Tchitchikov ne saurait être le capitaine Kopéïkine. Cependant, mis en verve par son ingénieuse conjecture et ne voulant point demeurer en reste, ils émirent à leur tour des suppositions pour le moins aussi extravagantes. Si bizarre que cela paraisse, ils en vinrent à se demander si Tchitchikov n'était point par hasard Napoléon déguisé. Depuis longtemps, les Anglais enviaient la grandeur et l'immensité de la Russie. Ils avaient même publié des caricatures où un Russe s'entretient avec un Anglais ; celui-ci tient en laisse un chien, qui représente Napoléon : « Prends garde, dit-il, si tu ne marches pas droit, je le lâche sur toi ! » Ils pouvaient donc fort bien l'avoir laissé échapper de Sainte-Hélène, et Napoléon parcourait la Russie sous le nom de Tchitchikov.

Bien entendu, cette explication ne satisfit pas non plus nos fonctionnaires. Cependant, après mûres réflexions, ils durent s'avouer que, de profil, Tchitchikov ressemblait à Napoléon. Le maître de police, qui avait fait la campagne de 1812 et vu l'Empereur en personne, reconnut que Napoléon était de même taille que Tchitchikov, et comme lui ni gras ni maigre. Certains lecteurs trouveront sans doute ces propos invraisemblables ; pour leur faire plaisir, l'auteur abondera dans leur sens. Malheureusement les choses se passèrent exactement comme nous les relatons. Et cela est d'autant plus étonnant que la ville en question n'est pas éloignée des deux capitales[158]. N'oublions pas que cette aventure eut lieu après la glorieuse expulsion des Français. À cette époque, tous nos propriétaires, fonctionnaires, négociants, courtauds de boutique et autres individus lettrés ou illettrés, se prirent, pendant huit bonnes années, d'une belle passion pour la politique. La *Gazette de Moscou*[159] et le *Fils de la Patrie*[160] passaient de mains en mains jusqu'à n'être plus que lambeaux. Au lieu des habituelles questions : « Combien, mon compère, avez-vous vendu le boisseau d'avoine ? » — ou « Avez-vous profité de la gelée blanche d'hier[161] ? » — on s'informait : « Que disent les journaux ? Napoléon s'est-il encore une fois échappé de son île ? » — Nos marchands redoutaient fort cet événement, car ils ajoutaient foi aux prédictions d'un prophète, emprisonné depuis trois ans. Cet illuminé, venu on ne sait d'où, portait des sandales d'écorce ; sa pelisse de mouton exhalait un abominable relent de poisson pourri ; il prêchait que Napoléon était l'Antéchrist, qu'on le tenait enchaîné derrière six murailles par delà sept mers, mais qu'il finirait par briser ses chaînes et conquérir l'univers. Incarcéré pour cette belle prophétie, il n'en avait pas moins jeté le trouble dans l'esprit des marchands. Pendant longtemps, en allant à l'auberge arroser de thé quelque bonne affaire, ces braves gens ne parlaient que de l'Antéchrist. Plus d'un fonctionnaire, plus d'un gentilhomme même, se prirent à rêver à la chose. En proie au mysticisme qui, comme nul n'ignore, était alors fort à la mode, ils donnèrent un sens spécial à chacune des lettres qui forment le mot *NAPOLÉON* ; beaucoup découvrirent même en ce nom les chiffres de l'Apocalypse[162]. Il n'y a donc rien de surprenant à ce que nos employés se soient un instant arrêtés à cette supposition ; mais ils s'aperçurent bientôt que leur imagination battait la campagne.

Après avoir bien songé, réfléchi, discuté, il leur parut sage de soumettre encore une fois Nozdriov à un interrogatoire serré. C'était lui qui, le premier, avait divulgué cette histoire d'âmes mortes ; en

---

[158] — Phrase supprimée par le censeur.
[159] Voir note 123.
[160] Voir note 56.
[161] — Sous-entendu : *pour chasser le lièvre,* dont les traces sont alors plus apparentes.
[162] — Les dernières années du règne d'Alexandre Ier virent fleurir le mysticisme sous toutes ses formes (illuminisme, maçonnisme, piétisme, prophétisme, biblisme). La croyance en la venue de l'Antéchrist est très tenace en Russie, surtout parmi les vieux croyants. Si certains sectaires tenaient Napoléon pour tel, d'autres au contraire voyaient en lui le libérateur qui détruirait un jour l'État russe considéré comme l'Antéchrist et établirait le royaume de Dieu sur la terre. Gogol semble confondre — peut-être à dessein — les deux théories.

relations étroites avec Tchitchikov, il connaissait certainement les détails de sa vie ; il fallait donc tâcher d'en tirer quelque chose.

Étranges gens que ces fonctionnaires, — comme aussi bien le commun des mortels ! Ils tenaient Nozdriov pour menteur, savaient parfaitement que l'on ne pouvait ajouter foi au moindre propos de ce hâbleur ; et c'est pourtant à lui qu'ils eurent recours. Allez donc comprendre les hommes ! Celui-ci nie l'existence de Dieu ; mais si le nez lui chatouille, il croit son dernier jour arrivé. Dédaignant telle œuvre poétique, lumineuse, où l'harmonie s'allie à la divine simplicité, celui-là se jette sur une production hâtive où la nature est trahie, défigurée, violentée par un habile faiseur ; il s'en délecte et va s'écriant : « Voilà un vrai connaisseur du cœur humain[163] ! » — Tel autre a toute sa vie les médecins en horreur, et finit par s'adresser à une sorcière experte en incantations et en crachats magiques, ou, mieux encore, par inventer quelque horrible mixture qui lui paraîtra, Dieu sait pourquoi, le vrai remède à ses maux. Au reste, la situation difficile dans laquelle ils se trouvaient pouvait, en partie, servir d'excuse à nos fonctionnaires. Un homme qui se noie tente de s'accrocher au premier fétu venu, une mouche oserait à peine s'y poser, et le malheureux pèse de quatre à cinq pouds ; mais dans un moment si critique, il ne saurait songer à ce détail. C'est ainsi que nos gens s'accrochèrent à Nozdriov.

Le maître de police écrivit aussitôt un mot d'invitation, qu'un exempt à hautes bottes, et dont le teint fleuri prévenait en sa faveur, se dépêcha de porter, l'épée serrée au flanc afin de courir plus vite. Depuis quatre jours une affaire d'importance retenait Nozdriov à la chambre ; il ne recevait personne, se faisait servir ses repas par la fenêtre, maigrissait, pâlissait sur ce travail compliqué. Il s'agissait de composer, au moyen de plusieurs centaines de cartes, un jeu auquel il pût, grâce à d'imperceptibles marques, se fier comme au plus sûr de ses amis. Cette besogne devait encore l'absorber une bonne quinzaine ; et pendant ce temps Porphyre avait ordre de frotter à l'aide d'une brosse spéciale le nombril du mâtineau, et de le savonner trois fois par jour.

Indigné qu'on osât troubler sa solitude, Nozdriov envoya d'abord le porteur du billet à tous les diables ; mais, ayant lu qu'on attendait à la soirée un béjaune facile à plumer, il se radoucit aussitôt, se fagota tant bien que mal, ferma sa chambre à double tour, et s'en fut chez le maître de police.

Les déclarations et les conjectures de Nozdriov présentaient un tel contraste avec celles de messieurs les fonctionnaires, que ceux-ci furent définitivement déroutés. Cet homme ignorait le doute : autant leurs suppositions étaient timides, autant les siennes étaient tranchantes. Il répondit résolument à toutes les questions. Tchitchikov avait acheté des âmes mortes pour plusieurs milliers de roubles ; lui-même lui en avait vendu, ne voyant aucune raison de ne pas le faire.

À la question : Tchitchikov ne serait-il pas un espion, qui procédait à une enquête secrète ? — Nozdriov répondit affirmativement. À l'école où ils avaient étudié ensemble, on traitait déjà Pavel Ivanovitch de rapporteur ; un jour même, ses camarades, Nozdriov y compris, le rossèrent si bien, pour cela, qu'il fallut lui appliquer rien qu'aux tempes deux cent quarante sangsues. Notre homme voulait dire quarante, les deux cents autres s'ajoutèrent d'elles-mêmes.

— Tchitchikov n'était-il point faux monnayeur ? — Certes, affirma Nozdriov, qui raconta aussitôt une anecdote sur l'extraordinaire habileté de Pavel Ivanovitch. Ayant appris qu'il gardait chez lui pour deux millions de faux assignats, la police mit les scellés à sa maison et aposta deux sentinelles à chaque porte ; mais, pendant la nuit, le gaillard changea les billets qui, au levé des scellés, furent tous reconnus bons.

---

[163] — On sent ici percer une rancune personnelle. Ne serait-ce pas une nouvelle pointe contre Marlinski, que Polévoï, rendant compte des *Soirées au Hameau,* avait conseillé à Gogol de prendre pour modèle ?
À moins qu'il ne s'agisse d'un jugement de Pogodine qui, ayant comparé Gogol à Kotzebue, s'attira cette verte réponse : — Tu voulais m'enlever à la fois et la profondeur des sentiments, et l'âme et le cœur — et fixer ma place au-dessous des gens ordinaires, comme si cela était facile. Dans la connaissance du cœur humain, tu tombes de Shakespeare en Kotzebue...

— Tchitchikov avait-il l'intention d'enlever la fille du gouverneur, et lui, Nozdriov, avait-il vraiment promis son concours au ravisseur ? — Sans doute, assura Nozdriov, car sans mon aide l'affaire eût manqué.

Notre bavard s'aperçut que ce mensonge pouvait lui causer des désagréments, mais il se mordit la langue trop tard. Au reste, son imagination lui dépeignait l'affaire avec de si intéressants détails qu'il ne put résister au plaisir de les raconter. Il nomma la paroisse où devait avoir lieu le mariage clandestin : c'était le village de Troukhmatchevka ; il nomma le pope — le père Sidor — qui, pour soixante-quinze roubles, — et sous menace de voir révéler qu'il avait marié à sa commère le marchand de farine Mikhaïl[164] — avait consenti à bénir cette union. Nozdriov prétendit avoir mis sa calèche à la disposition des nouveaux époux et avoir eu soin de préparer des relais ; il alla même jusqu'à donner les noms des postillons.

Les enquêteurs firent alors allusion à la personnalité de Napoléon : mal leur en prit, car aussitôt Nozdriov leur servit de telles bourdes que tous le plantèrent là. Seul, le maître de police l'écouta encore longtemps, espérant toujours voir poindre une lueur de vraisemblance ; mais lui aussi dut abandonner la partie en s'écriant : Le diable sait ce qu'il dégoise ! — Tout le monde reconnut la justesse du dicton : *Trayez un bœuf tant qu'il vous plaira, vous n'en tirerez pas une goutte de lait*. Et désormais convaincus de l'impossibilité de savoir qui était Tchitchikov, les fonctionnaires se séparèrent en plus mauvais point qu'auparavant.

On put constater à cette occasion quelle sorte de créature est l'homme. Toujours sage, sensé, perspicace dans les affaires d'autrui, mais non dans les siennes propres, il sait vous donner de judicieux conseils, aux moments critiques de l'existence. « Quelle tête solide ! s'écrie la foule. Quel indomptable caractère ! » Mais qu'un malheur fonde sur cette tête solide, qu'elle se trouve elle-même aux prises avec les difficultés de la vie, vous verrez ce que deviendra l'indomptable caractère. L'homme inflexible a tôt fait de se muer en un enfant débile, en un méprisable poltron, en un jean-foutre, comme dit Nozdriov.

Toutes ces rumeurs et discussions eurent, on ne sait pourquoi, une influence particulièrement néfaste sur le pauvre procureur ; rentré chez lui, il se prit à méditer et médita si bien qu'il en mourut. Fut-il frappé d'apoplexie ? Succomba-t-il à quelque autre malaise ? Toujours est-il que, sans rime ni raison, il se laissa choir de sa chaise. On accourut, on leva, comme de juste, les bras, en s'écriant : « Ah mon Dieu ! » — et l'on envoya quérir le médecin pour pratiquer une saignée ; mais on reconnut aussitôt que le procureur n'était plus qu'un corps sans âme. On s'aperçut alors pour la première fois que le procureur avait une âme : par modestie sans doute, il n'en avait jamais fait montre. Au reste, en frappant ce mince personnage, la mort apparut aussi redoutable que si elle se fût abattue sur un grand homme. Ce malheureux qui, peu de temps auparavant, allait et venait, jouait au whist, signait des papiers, se distinguait des autres fonctionnaires par son œil clignotant, ses épais sourcils, gisait maintenant sur une table, l'œil désormais immobile, mais le sourcil encore levé dans un geste interrogateur. Que désirait-il savoir : pourquoi il avait vécu, ou pourquoi il venait de mourir ? C'est le secret de Dieu.

« Mais, diront beaucoup de lecteurs, c'est absurde, inepte, invraisemblable ! Comment des fonctionnaires peuvent-ils prendre peur au point de perdre la notion des réalités, et embrouiller à plaisir une affaire si claire qu'un enfant verrait aussitôt de quoi il retourne ? » Ils reprocheront à l'auteur ses incohérences ou traiteront ses personnages d'*imbéciles*. Prodigue de cette épithète, l'homme est prêt à l'appliquer vingt fois par jour à son prochain. Ayez un côté défectueux sur dix, cet unique travers suffira à vous faire ranger parmi les imbéciles. De leur retraite paisible et haut située, les lecteurs embrassent dans l'ensemble les choses qui se passent tout en bas, là où l'observateur ne jouit que d'un horizon restreint : ils en jugent donc commodément. Il existe, dans les annales de

---

[164] — L'Église d'Orient interdit les mariages entre parrain et marraine.

l'humanité, bien des siècles que l'on voudrait effacer, faire disparaître comme inutiles. Tant d'erreurs ont été commises qu'un enfant, semble-t-il, éviterait aujourd'hui ! Quels chemins étroits, tortueux, détournés, impraticables, a choisis l'humanité en quête de l'éternelle vérité, alors que devant elle s'ouvrait une royale avenue, large et droite comme celles qui mènent aux demeures souveraines. Ensoleillée le jour, illuminée la nuit, cette voie dépasse toutes les autres en splendeur ; cependant les hommes ont toujours cheminé dans les ténèbres sans l'apercevoir. Si parfois, obéissant à une inspiration d'en haut, ils s'y engageaient, ils s'égaraient bientôt à nouveau, se rejetaient en plein jour dans d'inextricables fourrés, prenaient plaisir à s'aveugler mutuellement et, se guidant sur des feux follets, arrivaient au bord de l'abîme pour se demander avec effroi les uns aux autres : « Où est l'issue ? Où est le bon chemin[165] ? » — L'actuelle génération comprend maintenant tout cela, elle s'étonne, se moque des égarements de ses ancêtres, mais elle ne voit pas que cette histoire est tracée avec le feu du ciel, que chaque lettre en est claire, que de partout un doigt impérieux la désigne, elle, justement elle, l'actuelle génération : elle se complaît en sa raillerie et commet fièrement de nouvelles erreurs, dont se moquera à son tour la postérité.

Tchitchikov, cependant, ignorait tous ces événements ; comme à point nommé, il souffrait d'un refroidissement accompagné d'une fluxion et d'une légère inflammation à la gorge, présents dont se montre prodigue le climat de beaucoup de nos chefs-lieux. Craignant de terminer son existence sans laisser de descendants, il se résolut à garder la chambre pendant trois ou quatre jours, au cours desquels il ne cessa de porter un cataplasme de camomille et de camphre, et de se gargariser avec une décoction de figues au lait ; il avalait ensuite les fruits. Pour occuper ses loisirs forcés, il dressa plusieurs nouveaux états détaillés de tous les paysans qu'il venait d'acheter, parcourut la *Duchesse de la Vallière*[166], dont il découvrit un tome dépareillé dans son porte-manteau, mit en ordre son écritoire, relut divers billets qui s'y trouvaient. Mais bientôt l'ennui le gagna. Il n'arrivait pas à comprendre pourquoi aucun fonctionnaire ne venait s'informer de sa santé, alors qu'auparavant quelque voiture stationnait toujours devant la porte de l'auberge : celle du directeur des postes, celle du procureur, celle du président. Il arpentait sa chambre en haussant les épaules.

Enfin il éprouva un mieux sensible, et fut transporté de joie en voyant qu'il pourrait prendre l'air sans inconvénient. Sans plus tarder, il procéda à sa toilette ; ouvrant son nécessaire, il en sortit un blaireau et du savon, versa de l'eau chaude dans un verre, et se mit en devoir de se raser, opération d'ailleurs fort opportune, car en se portant la main au menton et en se regardant au miroir, il s'écria : « Ah bah ! quelle forêt ! » — C'était peut-être beaucoup dire : le mot taillis eût mieux convenu. — Une fois rasé, il s'habilla avec tant de hâte qu'il faillit choir en enfilant son pantalon. Enfin, chaudement vêtu, parfumé à l'eau de Cologne, un foulard sur la joue, il gagna prestement la rue. Comme il arrive à tout convalescent, cette promenade fut pour lui une fête : tout prenait à ses yeux un aspect souriant, depuis les maisons jusqu'aux moujiks, à l'air plutôt rébarbatif pourtant, et dont plus d'un sans doute avait déjà eu le temps de jouer des poings.

Il comptait, tout d'abord, faire visite au gouverneur. Tout en cheminant, des pensées diverses assiégeaient son esprit ; l'image de la jeune blonde flottait devant lui ; son imagination se donnait carrière. Il finit par se moquer doucement de lui-même. Dans cette heureuse disposition d'esprit, il pénétra dans le vestibule ; il se défaisait déjà de son manteau quand, à sa grande surprise, le suisse lui déclara tout net :

---

[165] — Une des premières rédactions ajoute ici cette phrase, très intéressante pour l'état d'âme de Gogol : ...*Une âme noble se sent alors douloureusement affectée, les larmes sont prêtes à couler.*
[166] — Dans la première rédaction du ch. XI, Gogol, parlant de l'impression que produisit sur le jeune Tchitchikov la fable : *La Laitière et le Pot au lait*, écrit : — *Il n'en pouvait entendre la fin sans émotion. Rien, avouait-il plus tard, ne l'avait autant touché, pas même « La Duchesse de la Vallière », roman de madame de Genlis...* — Ce roman parut en 1804. Sous Alexandre Ier, madame de Genlis est l'auteur le plus souvent traduit : elle prend le pas sur madame Radcliffe, Auguste Lafontaine, Kotzebue et Chateaubriand.

— J'ai ordre de ne pas vous recevoir.

— Hein ! quoi ! Ne me reconnais-tu pas ? Regarde-moi bien en face ! lui cria Tchitchikov.

— Mais si, je vous reconnais ; ce n'est pas la première fois que je vous vois. C'est justement vous et vous seul à qui je dois refuser la porte.

— Qu'est-ce à dire ? Pourquoi cela ?

— C'est l'ordre ; on doit avoir des raisons, pardi !

Sur ce, le suisse prit une posture désinvolte, bien différente de l'air obséquieux avec lequel naguère il s'empressait, pour dévêtir Pavel Ivanovitch. « Eh ! semblait-il se dire en le regardant, si les maîtres te consignent la porte, tu n'es, bien sûr, qu'un pas grand'chose ! »

« Je n'y comprends rien ! » songea Tchitchikov qui se rendit sur-le-champ chez le président du tribunal ; mais celui-ci se troubla si fort à sa vue qu'il ne put former une phrase : il lui débita quelques mots sans suite dont tous deux eurent honte. En sortant de chez le président, Tchitchikov essaya en vain de deviner ce que celui-ci avait voulu dire, et à quoi il avait voulu faire allusion. Il passa ensuite chez le maître de police, chez le vice-gouverneur, chez le directeur des postes, chez d'autres encore ; mais les uns ne le reçurent pas, et les autres lui firent un si bizarre accueil, lui tinrent des propos si contraints, si stupides, qu'il se prit à douter du bon état de leur cerveau. Il frappa encore à plusieurs portes, désireux de connaître tout au moins le motif de cette étrange conduite : peine perdue ! Alors, tout hébété, il erra longtemps par la ville, incapable de décider qui, de lui ou des fonctionnaires, avait perdu l'esprit, et si cette absurde histoire était songe ou réalité.

La nuit tombait déjà quand il rentra à son auberge, d'où il était sorti de si belle humeur ; pour tromper son ennui, il se fit servir du thé. Il s'en versait une tasse en rêvassant à l'étrangeté de sa position, quand la porte de sa chambre s'ouvrit brusquement, livrant passage à Nozdriov, visiteur inattendu.

— Le proverbe a raison : *pour un ami, sept verstes ne sont pas un détour*, déclara celui-ci en enlevant sa casquette. — Je passe, je vois de la lumière chez toi. « Bon, me suis-je dit, il ne dort pas, je monte. » Ah ! du thé ! Parfait ! J'en prendrai volontiers une tasse : j'ai mangé Dieu sait quelles horreurs à dîner ; mon estomac n'en peut plus. Fais-moi bourrer une pipe. Où est ta pipe ?

— Je ne fume pas, répondit Tchitchikov.

— La bonne blague ! Je te connais pour un fumeur enragé. Ho, l'ami ! Comment diable s'appelle ton domestique ? Ah oui ! Vakhraméï !

Mais non, Pétrouchka.

— Comment cela !... Alors qu'as-tu fait de Vakhraméï ?

— Mais je n'ai jamais eu de Vakhraméï à mon service.

— Ah oui, tu as raison, c'est le valet de Diériébine qui a nom Vakhraméï. Quel veinard, ce Diériébine ! Sa tante, figure-toi, s'est brouillée avec son fils, qui a épousé une serve, et a légué toute sa fortune à Diériébine. Une tante comme ça ne me déplairait pas... Mais pourquoi, l'ami, fuis-tu le monde ? On ne te voit plus nulle part. Bien sûr, je n'ignore pas que tu aimes la lecture, que tu t'adonnes parfois à des travaux scientifiques.... (D'où Nozdriov tirait-il ces conclusions, nous ne saurions le dire, et Tchitchikov l'eût encore moins su que nous)... Ah, mon bon, si tu avais pu voir... Quelle proie pour ton esprit satirique ! (Que Tchitchikov eût l'humeur satirique, nous ne le soupçonnions pas). — Imagine-toi, vieux frère, nous sommes allés jouer une partie de *gorka* chez le marchand Likhatchev, et nous nous en sommes donné à cœur joie ! Pérépendiev qui m'accompagnait ne cessait de dire : « Quel dommage que Tchitchikov ne soit pas là ! Il serait à son affaire ! » (Tchitchikov n'avait de sa vie connu aucun Pérépendiev)... À propos, mon cher, avoue que tu t'es ignoblement conduit avec moi l'autre jour en jouant aux dames ?... J'avais bel et bien gagné, et tu m'as tout simplement filouté. Mais, tu me connais, je ne suis pas rancunier... Ainsi, tantôt, quand le président... Ah oui ! à propos, j'oubliais de te dire qu'en ville tout le monde est contre toi... On prétend que tu fabriques de faux assignats. Ils ont voulu me tirer les vers du nez, mais je t'ai défendu du bec et des ongles. J'ai prétendu que nous avions fait nos études ensemble et que j'avais même connu ton père. Tu comprends, je leur en ai conté de toutes les couleurs...

— Je fabrique de faux assignats ? s'écria Tchitchikov en bondissant de sa chaise.

— Pourquoi, diantre, les avoir tant effrayés ? Ils en ont tous perdu la tête et te prennent pour un bandit, un espion... Le procureur est mort de peur ; on l'enterre demain, viendras-tu aux obsèques ?... À parler franc, ils redoutent fort le nouveau gouverneur général. Mais, à mon avis, si le monsieur se donne de grands airs, il n'obtiendra rien de la noblesse. La noblesse aime la bonhomie, n'est-ce pas ? Évidemment il pourra se claquemurer dans son cabinet et ne pas donner de bals, mais qu'y gagnera-t-il[167] ?... Sais-tu, Tchitchikov, que tu t'es embarqué dans une affaire bien risquée....

— Quelle affaire ? s'informa Tchitchikov inquiet.

— Mais enlever la fille du gouverneur ! J'avoue que je m'y attendais. Ma parole ! la première fois que je vous ai vus ensemble au bal : « Eh ! eh ! me suis-je dit, le gaillard a son idée... » Au fait, sais-tu, je n'approuve guère ton choix. Cette petite ne me dit rien... Si tu voyais la nièce de Bikoussov ! Ça, c'est du nanan....

— Que me chantes-tu là ? Je veux enlever la fille du gouverneur ! s'exclama Tchitchikov, en écarquillant les yeux.

— Pas de cachotteries, voyons, vieux frère. J'avoue que je suis venu t'offrir mes services. Je te servirai de témoin ; je te procurerai calèche et chevaux de relais, à une condition pourtant : tu vas me prêter trois mille roubles. C'est pour moi une question de vie ou de mort !

Tandis que Nozdriov balivernait de la sorte, Tchitchikov se frotta plus d'une fois les yeux pour s'assurer qu'il ne rêvait pas. Il fabriquait de la fausse monnaie, projetait d'enlever la fille du gouverneur, avait causé la mort du procureur ; un gouverneur général arrivait ! Toutes ces nouvelles ne laissèrent pas de beaucoup l'effrayer. « Allons, se dit-il, puisque les choses en sont là, il ne me reste plus qu'à décamper au plus vite ! »

Il réussit à se débarrasser de Nozdriov, appela incontinent Sélifane et lui ordonna de se lever le lendemain dès l'aurore et de tout préparer pour le départ fixé à six heures précises : la britchka devait être soigneusement examinée, nettoyée, graissée, etc... Tchitchikov insista tout particulièrement sur ce point.

— Entendu, Pavel Ivanovitch, proféra Sélifane, qui, cependant, demeura tout songeur sur le seuil.

Tchitchikov se fit alors donner par Pétrouchka son porte-manteau ; celui-ci le tira de dessous le lit, où une bonne couche de poussière avait eu le temps de le recouvrir. Tous deux y empilèrent au petit bonheur bas, chemises, linge sale, linge propre, embouchoirs de bottes, almanach... tout ce qui leur tombait sous la main. Notre héros tenait à être prêt dès le soir, afin que, le lendemain, rien ne vînt retarder son départ.

Au bout de deux bonnes minutes, Sélifane se décida enfin à se retirer et à descendre l'escalier ; il le fit le plus lentement du monde, en laissant sur les marches vermoulues les traces de ses bottes mouillées et en ne cessant de se gratter la nuque. Que signifiait ce grattement ? L'ennui de renoncer à rencontrer le lendemain au cabaret un camarade en mauvais touloupe, à ceinture voyante ? Ou bien, engagé déjà dans une affaire de cœur, Sélifane regrettait-il les galants propos que l'on tient le soir, sur le pas des portes, en serrant deux mains blanches entre les siennes, à l'heure où, les ténèbres enveloppant la ville, un gaillard à blouse rouge racle de la balalaïka pour le plaisir des valets, artisans et autres gens de peu, qui se reposent des travaux du jour en échangeant de joyeux devis ? Était-il tout

---

[167] — Tout ce passage, depuis : *Mais à mon avis...* fut supprimé par le censeur.

simplement marri de quitter le coin chaud qu'il avait su se ménager près du poêle, la grasse soupe aux choux et les savoureux pâtés, pour rouler à nouveau les routes sous la pluie, dans la boue, parmi les intempéries ? Bien malin qui le dira. En Russie, quand un homme du peuple se gratte la nuque, ce geste signifie tant de choses !

XI

Pourtant rien ne se passa suivant les prévisions de Tchitchikov. D'abord il se réveilla plus tard qu'il ne pensait — première contrariété. Sitôt levé, il envoya demander si la britchka était attelée ; mais on lui annonça qu'aucun préparatif n'avait été fait — seconde contrariété. De fort méchante humeur, il s'apprêtait même à donner une volée à notre ami Sélifane, tout en étant impatient de connaître le motif que celui-ci alléguerait pour sa justification. Bientôt Sélifane se présenta ; et le maître eut la satisfaction d'entendre les propos que tiennent ordinairement les serviteurs, quand on est pressé de partir.

— Mais, Pavel Ivanovitch, il faudra ferrer les chevaux.

— Ah ! pendard, faquin ! Pourquoi n'en as-tu rien dit plus tôt ? Faute de temps, sans doute !

— On avait le temps, pour sûr... Et puis il y a les roues, Pavel Ivanovitch, il faudra remplacer le bandage, car les chemins sont maintenant défoncés... Autre chose, si vous permettez : le devant de la britchka ne tient plus ; c'est à peine s'il fera deux relais.

— Tu n'es qu'un gredin ! s'écria Tchitchikov en faisant claquer ses mains. Il s'approcha tellement de Sélifane que celui-ci, craignant de recevoir une danse, recula de quelques pas.

— C'est ma mort qu'il te faut, hein ? Tu veux me faire périr ? Tu songes à m'assassiner sur le grand chemin, brigand, monstre, scélérat ! Voilà trois semaines que nous séjournons ici, hein ? Si tu en avais touché un mot, misérable ! Mais non, tu attends au dernier moment, alors qu'on croit n'avoir qu'à monter en voiture ! c'est une vilenie de ta part, hein ? Tu le savais bien auparavant ? Tu le savais, hein ? Réponds. Le savais-tu ?

— Je le savais, avoua Sélifane, la tête basse.

— Pourquoi n'en as-tu rien dit, alors ?

Sélifane laissa cette question sans réponse ; courbant la tête, il paraissait se parler à lui-même : « Comme c'est bizarre : je le savais et je n'ai rien dit ! »

— Va chercher un forgeron, et que tout soit fait dans deux heures. Tu m'entends ? dans deux heures sans faute ; sinon tu auras affaire à moi !... Je te ficellerai comme un saucisson.

Sélifane qui se dirigeait vers la porte pour exécuter l'ordre, s'arrêta et dit :

— Monsieur devrait bien vendre le Tigré ; ce cheval-là, voyez-vous, c'est une vraie calamité ! Un pareil propre à rien ne peut que nous gêner en route.

— C'est cela ! J'irai le vendre au marché !

— Ma parole, Pavel Ivanovitch, il n'a que l'apparence. Je vous assure qu'il a de l'astuce comme pas un.

— Imbécile ! Je le vendrai quand il me plaira. Ça se mêle encore de raisonner ! Attends un peu. Si tu ne ramènes pas à l'instant des forgerons, et si tout n'est pas terminé dans deux heures, tu recevras une de ces raclées !... Tu ne reconnaîtras plus ta figure ! Allez oust, file !

Tchitchikov, de fort méchante humeur, jeta sur le plancher le sabre qui l'accompagnait pour inspirer une crainte salutaire à qui de droit. Il discuta plus d'un quart d'heure avant de s'entendre avec les forgerons, de franches canailles, comme d'usage : comprenant que le travail était pressé, ils demandèrent six fois le prix. Il eut beau se fâcher, les traiter de filous, de brigands qui rançonnaient les voyageurs, parler même du Jugement dernier, — les forgerons firent la sourde oreille et se montrèrent inflexibles. Non seulement ils maintinrent leurs exigences, mais ils employèrent cinq heures et demie à un travail qui en demandait deux.

Pendant ce temps, notre héros eut la satisfaction de savourer les minutes bien connues des voyageurs, alors que tout est emballé, qu'il ne reste plus dans la chambre que des cordes, des chiffons, des papiers, et que, sans être parti, on n'est déjà plus chez soi. On voit par la fenêtre défiler les passants qui s'entretiennent de leurs petites affaires, lèvent les yeux et poursuivent leur route, après vous avoir considéré avec une sotte curiosité, ce qui accroît le déplaisir du malheureux voyageur en partance. Tout ce qu'il aperçoit — la boutique d'en face, la tête d'une vieille qui habite la maison voisine et s'approche de la fenêtre aux rideaux courts — tout lui répugne, — et pourtant il reste là. Tantôt rêvant, tantôt prêtant une vague attention à ce qui se meut ou se tient sous ses yeux, il écrase par dépit une mouche qui bourdonne et se heurte à la vitre à portée de son doigt.

Mais tout prend fin, et la minute si attendue arriva. Tout était prêt ; on avait réparé le devant de la britchka, changé le bandage des roues, ramené les chevaux de l'abreuvoir ; et les brigands de forgerons étaient partis, après avoir compté et recompté les roubles reçus et souhaité bon voyage. La britchka attelée, on y plaça deux pains mollets (Sélifane avait déjà fourré à son intention quelques victuailles dans la poche qui se trouvait près du siège) et, parmi les incidents coutumiers en pareil cas, le maître s'y installa, sous les yeux du garçon toujours en surtout de futaine, qui agitait sa casquette, dans un groupe de laquais et de cochers venus assister au départ. Alors la britchka à l'usage des célibataires, demeurée si longtemps en ville et peut-être si fastidieuse au lecteur, franchit enfin le portail de l'hôtellerie.

« Dieu soit loué ! » songea Tchitchikov en se signant. Sélifane fit claquer son fouet ; Pétrouchka, d'abord assis sur le marchepied, prit place à ses côtés. Notre héros s'étant carré sur le tapis de Géorgie qui couvrait les bagages[168], se cala les reins avec un coussin de cuir, au grand dommage des pains mollets ; et l'équipage s'en fut de nouveau parmi les heurts et les cahots, dont la chaussée ne se montrait pas avare. Il considérait, distrait, les maisons, les murs, les palissades, qui reculaient lentement en paraissant aussi tressauter, et qu'il ne reverrait peut-être jamais au cours de son existence. Au tournant d'une rue encombrée dans toute sa longueur par un enterrement, la britchka dut s'arrêter ; Tchitchikov, se penchant, ordonna à Pétrouchka de s'informer du défunt et apprit que c'était le procureur. Désagréablement impressionné, il se rencogna aussitôt, s'enveloppa de la couverture en cuir et tira les rideaux.

Tandis que la voiture était ainsi immobilisée, Sélifane et Pétrouchka, ayant pieusement retiré leur chapeau, examinaient le défilé, les costumes, les participants, évaluant le nombre de ceux qui suivaient à pied et en voiture. Le maître leur défendit de se faire remarquer et de saluer les laquais de leur connaissance, et se mit aussi à regarder timidement, à travers les vitres aménagées dans les rideaux de cuir. Tous les fonctionnaires, tête nue, suivaient le cercueil. Il craignit d'abord qu'on ne reconnût son équipage, mais ces messieurs avaient bien d'autres préoccupations. Ils n'échangeaient même pas les propos familiers que tiennent d'habitude ceux qui suivent un enterrement. Toutes leurs pensées étaient concentrées sur eux-mêmes : ils se demandaient quelle espèce d'homme serait le nouveau gouverneur général et quel accueil il leur réserverait. Ensuite venaient des voitures où apparaissaient des dames en coiffes de deuil. Au mouvement de leurs lèvres et de leurs bras, on voyait qu'elles causaient avec animation ; peut-être parlaient-elles aussi de l'arrivée du nouveau gouverneur, faisant des suppositions quant aux bals qu'il donnerait et s'occupant de leurs éternels festons et fanfreluches. Quelques drojkis vides à la file fermaient la marche.

---

[168] — *qui couvrait les bagages...* Nous empruntons à la première rédaction cette incidente, qui rend la phrase plus claire pour le lecteur français.

La voie redevenue libre, notre héros put repartir. Il replia les rideaux, soupira, proféra avec componction : « Voici le tour du procureur ! Il a fini par y passer. Et on annoncera dans les journaux la mort d'un citoyen honorable, regretté de ses subordonnés et de l'humanité entière, le modèle des époux et des pères, etc., etc... On ajoutera que les pleurs de la veuve et de l'orphelin l'accompagnent ; or, à examiner les choses de près, son unique mérite consistait à avoir d'épais sourcils ! »

Il ordonna alors à Sélifane d'accélérer l'allure, tout en songeant : « Eh bien, je ne suis pas fâché d'avoir rencontré un enterrement : on dit que ça porte bonheur ! »

Sur ces entrefaites, la britchka s'engagea dans des rues plus désertes ; on ne vit bientôt plus que de longues palissades, qui annonçaient la fin de la ville. On abandonna le pavé pour rouler de nouveau sur la grande route. Et de nouveau se succédèrent poteaux indicateurs, maîtres de poste, puits, charrois ; d'humbles villages, leurs samovars, leurs bonnes femmes, leurs aubergistes alertes et barbus, qui accouraient avec une provision d'avoine ; un chemineau, dont huit cents verstes avaient usé les bottes de tille ; des bourgades bâties à la diable, avec, dans leurs échoppes en bois, des tonneaux de farine, des chaussons d'écorce, des pains mollets et autre menuaille ; des barrières bariolées, des ponts réparés, des champs à perte de vue, des hobereaux ou de vieux carrosses ; un soldat à cheval qui conduisait un caisson vert rempli de grenaille et portant l'inscription : N^{me} batterie d'artillerie ; des bandes vertes, jaunes, faisant tache dans la plaine sur le noir des labours ; des pins aux cimes perdues dans la brume ; l'écho d'une chanson ou d'une volée de cloches, des nuées de corbeaux et l'horizon sans limites...

Ô Russie ! Russie ! Des lointains merveilleux où je réside je t'aperçois, pauvre terre rude et inhospitalière[169], où nulle merveille de l'art ne vient s'ajouter à celles de la nature pour égayer ou effrayer le regard. On cherche en vain chez toi ces villes aux splendides palais suspendus au-dessus de précipices, ces maisons tapissées de lierre où, dans le fracas des cascades écumantes, s'accrochent des arbres pittoresques ; on n'a pas à rejeter la tête en arrière pour contempler des blocs de pierre entassés à une hauteur vertigineuse ; on ne voit point, à travers une enfilade d'arcs sombres où s'entrelacent le pampre, le lierre et l'églantine, resplendir au loin les lignes immuables des montagnes, qui se découpent sur le ciel argenté[170]. La solitude dans l'uniformité, voilà ce que tu offres partout ; points imperceptibles, tes villes basses se confondent avec les plaines. Mais quelle force secrète attire vers toi ? Pourquoi retentit sans cesse à mes oreilles la chanson plaintive qui, d'une mer à l'autre, vibre partout sur la vaste étendue ? Que veut dire cet appel qui sanglote et vous prend l'âme ? Quels sons s'insinuent, comme une caresse douloureuse, jusqu'à mon cœur et l'obsèdent continuellement ? Russie, que veux-tu de moi ? Quel lien incompréhensible nous attache l'un à l'autre ? Qu'as-tu à me regarder ainsi ? Pourquoi tout ce que tu renfermes tourne-t-il vers moi des yeux pleins d'attente ?...Alors qu'en proie à la perplexité, je demeure immobile, un nuage menaçant, prêt à crever en pluie, assombrit le ciel au-dessus de moi, et ma pensée reste muette en présence de son immensité. Que présage cette incommensurable étendue ? Illimitée, ne donneras-tu pas naissance à un génie aussi vaste que toi ? N'es-tu pas prédestinée à engendrer des héros, toi qui leur offres tant de champ où se donner carrière ? Ta puissante énormité me pénètre d'enthousiasme, me trouble jusqu'au tréfonds de l'être ; une force surnaturelle me dessille les yeux. Ô Russie, pays des horizons étincelants, sublimes, inconnus du reste de la terre !...

— Attention, attention, imbécile ! cria Tchitchikov à Sélifane.

---

[169] — *rude et inhospitalière...* — supprimé par la censure.
[170] — N'est-ce point ce passage que Gogol aurait écrit dans l'enthousiasme entre Genzano et Albano ? (Cf. *Introduction*).

— Veux-tu tâter de mon sabre ? hurla un courrier à longues moustaches, qui galopait à la rencontre de nos voyageurs. — Que le loup-garou t'emporte ! Ne peux-tu te ranger devant un équipage de la couronne ?

Et dans un fracas poussiéreux, une troïka passa et s'évanouit comme une vision.

Quel charme étrange, quelle fascination exerce le mot *voyage* ! Et quelle magie que ce voyage lui-même ! Temps clair, feuilles d'automne, air piquant... On s'enveloppe frileusement de son manteau, on enfonce son bonnet jusqu'aux oreilles, on se blottit dans un coin de la voiture. Le frisson qui tout à l'heure vous parcourait les membres s'est changé en une douce chaleur. Les chevaux galopent... Une agréable somnolence vous envahit, les paupières se ferment, on perçoit comme en rêve la chanson du postillon, le bruit des roues, le halètement des chevaux ; — et déjà on ronfle appuyé sur l'épaule de son voisin.

Cinq relais parcourus, on se réveille au clair de lune dans une ville inconnue ; on distingue des églises aux antiques coupoles et aux flèches noircies, des maisons en rondins toutes noires, des maisons en pierre toutes blanches ; un rayon de lune étale comme des mouchoirs sur les murs et les pavés ; des ombres rectilignes les coupent par places ; éclairés obliquement, les toits en bois brillent d'un éclat métallique ; nulle âme qui vive ; tout dort. C'est à peine si une lueur solitaire brille à quelque fenêtre : un cordonnier peut-être en train de coudre une paire de chaussures, ou un boulanger occupé à sa fournée, qu'importe ? Et quelle nuit, puissances célestes, quelle nuit sereine au firmament ! Et l'air, le ciel lointain qui se déploie dans sa profondeur inaccessible, son immensité sonore et claire !... Mais l'haleine glacée de la nuit vous souffle au visage, vous berce, et déjà on s'assoupit, on se met à ronfler — et l'infortuné voisin, serré dans le coin, s'agite avec humeur, sentant un poids sur lui. Au réveil, ce sont de nouveau des champs et des steppes, une étendue désertique, où rien n'apparaît. Un poteau indicateur file sous vos yeux ; le matin se lève ; une bande d'or pâle surgit à l'horizon blanchâtre ; le vent devient plus âpre ; emmitouflons-nous dans notre manteau !... Quel froid délicieux ! On rentre dans le royaume des songes. Une secousse vous réveille à nouveau. Le soleil est déjà haut. « Doucement, doucement ! » crie une voix ; la voiture descend une côte raide ; en bas une large digue, un vaste étang qui brille au soleil comme un bassin de cuivre ; les izbas d'un village s'éparpillent sur le coteau ; la croix de l'église étincelle comme une étoile ; des paysans bavardent ; on sent un appétit féroce... Mon Dieu, qu'il fait bon parfois entreprendre un lointain voyage ! Que de fois, ô route, m'as-tu, comme à un homme qui se noie, servi de planche de salut ! Que de belles pensées, de rêves poétiques, m'as-tu inspirés ! Que d'impressions divines ai-je éprouvées en te parcourant !...[171]

Mais notre ami Tchitchikov faisait alors, lui aussi, des rêves qui n'étaient pas tout à fait prosaïques. Voyons un peu ce qu'il éprouvait. D'abord, il n'éprouva rien, se bornant à regarder en arrière, pour s'assurer qu'il avait bien quitté la ville ; mais, lorsqu'il eut constaté qu'elle avait disparu depuis longtemps, ainsi que les forges, les moulins et autres ornements des banlieues, et qu'on n'apercevait même plus le faîte des églises, il se mit à contempler le paysage ; la ville de N... sembla alors s'effacer de sa mémoire, comme s'il n'y eût pas mis les pieds depuis son enfance[172]. Enfin la

---

[171] — Ce couplet, digne du grand voyageur que fut Gogol, est la paraphrase de cet aveu : — *Que ne puis-je chaque été faire un voyage ! Les voyages me sont extrêmement salutaires...* (Lettre à S. Aksakov, du 25 décembre 1840).

[172] Le Ch. XI est celui que Gogol a le plus refait, — et ces refontes n'ont pas toujours été heureuses. Dans la seconde rédaction, ce chapitre dégage une impression plus harmonieuse. Ici s'intercalait le passage suivant :
...Parfois sous un aspect raccourci et dans un cadre restreint défilaient devant lui les citadins, le gouverneur, le bal, le whist jusqu'au chant des coqs, l'esturgeon, le béluga, l'hôtellerie, l'étrange confusion des fonctionnaires ; mais bientôt tout cela se fit de plus en plus pâle, telles les dernières épreuves d'une estampe, ou les taches qui papillonnent devant nos yeux quand nous avons fixé le soleil à son déclin. Longtemps encore ces taches s'impriment violemment sur tous les objets qui frappent nos regards. Sur les champs illuminés par le couchant, où, parmi le bourdonnement des insectes réveillés, les fleurs, se dressant sur leurs

route cessa de l'intéresser ; il ferma les yeux et pencha la tête sur le coussin. L'auteur s'en félicite, il l'avoue, car cela lui donnera l'occasion de parler de son héros ; jusqu'à présent, le lecteur l'a bien vu, il en a été empêché constamment soit par Nozdriov, soit par les bals, les dames, les commérages, soit enfin par ces mille détails qui paraissent insignifiants une fois consignés dans un livre, mais auxquels on attribue dans le monde une énorme importance. Et maintenant traitons notre sujet, toute affaire cessante.

Il est fort douteux que le héros choisi par nous plaise aux lecteurs. Il déplaira aux dames on peut l'affirmer, car les dames exigent que le héros soit la perfection incarnée et, s'il a la moindre tare physique ou morale, c'en est fait ! L'auteur aura beau sonder son âme, refléter son image aussi fidèlement qu'un miroir, on lui déniera tout mérite. L'embonpoint et l'âge moyen de Tchitchikov lui causeront beaucoup de tort ; on ne pardonne jamais l'embonpoint au héros et de nombreuses dames diront en se détournant : « Fi ! qu'il est laid ![173] » Hélas ! tout cela, l'auteur le sait bien, et pourtant il ne peut choisir pour héros un homme vertueux. Mais... il se peut que, dans cette histoire même, on sente vibrer des cordes inconnues jusqu'ici ; qu'on voie apparaître la puissance de l'esprit russe, un homme d'une haute valeur ou une admirable jeune fille russe dont on ne trouverait pas la pareille au monde, à l'âme rayonnante d'une beauté divine, pleine de nobles aspirations et brûlant de se dévouer. Et, à côté d'eux, tous les gens vertueux des autres nations paraîtront morts, comme un livre est mort à côté de la parole vivante ! La richesse morale de la nature russe se manifestera... ; et l'on verra combien est enraciné dans l'âme slave ce qui n'a fait que glisser sur celle des autres peuples... Mais à quoi bon parler de ce qui est en perspective ! Il ne convient pas à l'auteur, homme mûr, élevé par une rude vie intérieure et assagi par la solitude, de s'abandonner comme un jeune homme. Chaque chose en son temps et en son lieu.

Non, l'homme vertueux n'a pas été choisi pour héros. On peut même en indiquer la raison. Parce qu'il est temps, enfin, de laisser reposer ce malheureux ; parce qu'on a à tout propos et hors de propos ce mot à la bouche : *un homme vertueux ;* parce qu'on en a fait une monture qu'enfourche chaque écrivain, en brandissant son fouet et tout ce qui lui tombe sous la main ; parce qu'on a exténué l'homme vertueux, au point qu'il n'a plus maintenant l'ombre de vertu et qu'il ne lui reste que la peau et les os ; parce qu'on invoque hypocritement l'homme vertueux, sans avoir pour lui la moindre considération. Non, il est temps d'atteler à son tour le coquin. Attelons donc un coquin !

L'origine de notre héros était obscure et modeste. Ses parents appartenaient à la noblesse — héréditaire ou personnelle, Dieu seul le sait. Il ne leur ressemblait pas de visage ; du moins une parente qui assistait à sa venue au monde, une de ces naines qu'on nomme en Russie des macreuses[174], ayant pris l'enfant dans ses bras, s'écria : « Ce n'est pas du tout ce que je pensais ! Il aurait dû tenir de sa

---

tiges, mettent d'étincelantes étoiles ; sur le chemin rougeâtre et poussiéreux ; sur le vieux toit rustique où pousse l'absinthe ; sur le foin que des villageois, armés de fourches, entassent en meules ; partout en un mot se posent et voltigent ces taches, d'abord vives et fulgurantes, qui, pâlissant peu à peu, ne nous paraissent plus, une fois éteintes, que des balles de plomb. Enfin, Tchitchikov cessa de penser, ferma les yeux, etc...

[173] — Les premières rédactions contenaient ici — au lieu du galimatias patriotique qui éveilla les appréhensions de Biélinski — le passage suivant, qui met bien en relief la filiation littéraire de Gogol et ses procédés de composition dans sa période de pleine maturité :

... Hélas ! Tout cela, l'auteur le sait bien. Il avoue n'avoir jamais subi d'inspiration féminine et éprouver même une gêne étrange chaque fois qu'une femme s'appuye sur son bureau. À l'heure actuelle, la gêne elle-même ne saurait s'insinuer dans son âme. Formé par la solitude, par une rude vie intérieure, il n'a pas accoutumé de regarder autour de lui quand il écrit, à moins que ses yeux ne se lèvent d'eux-mêmes sur les portraits de Shakespeare, de l'Arioste, de Fielding, de Cervantès, de Pouchkine — gens qui dépeignirent la nature telle qu'elle est et non telle qu'on voudrait qu'elle fût.

[174] — *des vanneaux...* porte le texte, le mot russe *(pigolitsa)* qui désigne cet oiseau étant féminin. Nous avons cru bon d'avoir recours à un équivalent féminin. Dans ses *Carnets* (1842), Gogol note l'expression comme spéciale à la province de Vladimir.

grand'mère maternelle ; ça vaudrait mieux que de ressembler au premier venu, en tout cas pas à ses parents ! »

La vie tout d'abord le regarda d'un air rébarbatif, comme à travers une lucarne trouble, voilée de neige. Pas un ami ni un camarade dans son enfance ! Une petite chambre aux petites fenêtres, qui demeuraient fermées hiver comme été ; un père de complexion maladive, en longue redingote doublée d'astrakan et savates tricotées, qu'il portait à même le pied, qui soupirait sans cesse en parcourant la chambre, et expectorait dans un crachoir plein de sable déposé dans un coin ; de longues séances sur un banc, la plume à la main, de l'encre aux doigts et même aux lèvres ; toujours devant les yeux l'inscription : « Ne mens pas ; révère les grandes personnes et porte la vertu dans ton cœur » ; toujours le claquement des savates sur le plancher, une voix familière mais invariablement grondeuse, proférant : « Encore des polissonneries » — lorsque l'enfant, ennuyé par la monotonie de son travail, avait fait des fioritures à ses lettres, ce à quoi succédait la sensation bien connue et fort douloureuse du bout de son oreille pincé entre les ongles de longs doigts crochus : voilà le morne tableau de sa petite enfance, dont il ne conservait qu'un pâle souvenir.

Mais tout change rapidement dans la vie.

Au premier beau jour de printemps, après le dégel, le père emmena son fils dans une télègue traînée par un petit cheval, un de ces chevaux bais à chanfrein blanc que nos maquignons appellent des pies ; le cocher était un petit bossu, chef de l'unique famille de serfs qui appartînt au père de Tchitchikov ; il faisait dans la maison office de maître Jacques. Le voyage fut long ; ils couchèrent en route, traversèrent une rivière, se restaurèrent d'un pâté froid et d'un morceau de mouton, et, le surlendemain seulement, atteignirent la ville. Le jeune garçon fut surpris de la beauté des rues et demeura quelques minutes bouche bée. Puis le cheval pie culbuta avec la télègue dans une fondrière, par où commençait une étroite ruelle en pente couverte de boue ; il s'y escrima longtemps en gigotant, stimulé par le bossu et le maître lui-même, et les amena enfin dans une petite cour à mi-côte. Deux pommiers y fleurissaient devant une vieille maisonnette ; par derrière un jardinet, composé seulement de sorbiers et de sureaux, cachait une cabane couverte de mauvaises planches, avec une lucarne en verre dépoli ; là vivait leur parente, une vieille décharnée, qui allait encore au marché tous les matins et séchait ensuite ses bas sur le samovar. Elle tapota l'enfant sur la joue et admira son embonpoint. C'est là qu'il devait demeurer et suivre, tous les jours, les classes de l'école communale. Son père, après avoir passé la nuit, repartit le lendemain. Il ne versa pas de larmes en quittant son fils, mais lui donna cinquante kopeks en cuivre pour les menues dépenses et, ce qui valait bien mieux, de sages conseils.

« Fais attention, Pavloucha : instruis-toi ; pas de bêtises ni de polissonneries ; surtout, tâche de complaire à tes maîtres et supérieurs. De cette façon, si même tu n'es pas doué et si Dieu ne t'a pas accordé de talent, tu feras ton chemin et dépasseras les autres. Ne te lie pas avec tes camarades : ils ne t'apprendraient rien de bon ; si toutefois cela arrive, lie-toi avec les plus riches, afin qu'ils puissent t'être utiles à l'occasion. Ne régale personne et n'offre rien ; mets-toi plutôt dans le cas qu'on t'offre. Surtout économise, amasse des sous : il n'y a rien de plus sûr au monde. Un camarade ou un ami t'abandonnera le premier dans le malheur, tandis que les sous ne t'abandonneront pas dans n'importe quelle situation. Il n'y a rien à quoi on ne parvienne avec de l'argent ».

Ces sages préceptes inculqués, le père reprit le chemin de la maison ; il ne devait jamais revoir son fils, mais ses paroles se gravèrent profondément dans l'âme de l'enfant[175].

---

[175] — Dans la première rédaction définitive, l'histoire des « enfances » et de la carrière de Tchitchikov était beaucoup moins développée. Si le caractère du héros n'était pas aussi fouillé, le récit y gagnait par contre en sobriété et concision. Au lieu de narrer le voyage du jeune Tchitchikov à la ville et ses années d'école, Gogol se bornait à décrire l'admiration du gamin pour *La Laitière et le Pot au lait...* jusqu'à la catastrophe finale. Ici se place le passage auquel nous faisons allusion dans la note 166.

Dès le lendemain, Pavloucha se mit à fréquenter l'école. Il ne montra pas de dispositions particulières, se distinguant surtout par l'application et la propreté ; en revanche, il fit preuve d'une grande intelligence d'un autre côté — du point de vue pratique. Il comprit bientôt de quoi il retournait et se comporta envers ses camarades de telle façon que c'était toujours eux qui le régalaient et que, loin de leur rendre la pareille, il leur vendait parfois les friandises reçues d'eux, après les avoir dissimulées. Il s'habitua dès l'enfance à se priver de tout. Au lieu de dépenser les cinquante kopeks paternels, il les arrondit dès la première année, témoignant en cela d'une ingéniosité presque extraordinaire. Il modela tout d'abord un bouvreuil en cire, le coloria et le vendit fort avantageusement. Puis il se lança dans d'autres spéculations. Faisant emplette de victuailles au marché, il s'asseyait en classe à côté de camarades riches, et dès que l'un d'eux commençait à avoir des nausées — symptôme de la faim — il lui glissait comme par hasard un bout de pain d'épice ou de brioche et, excitant ainsi son appétit, se faisait payer en proportion. Il passa deux mois, sans répit, à dresser une souris installée dans une cagette en bois, et parvint enfin à la faire tenir sur ses pattes de derrière, se coucher, se lever au commandement, après quoi il la vendit aussi un bon prix. Lorsqu'il eut amassé cinq roubles, il les cousit dans un sachet et recommença à mettre de côté dans un autre.

À l'égard de ses maîtres, il se montra encore plus avisé. Il faut noter que l'instituteur, qui prisait fort le silence et la bonne conduite, ne pouvait souffrir les écoliers vifs et intelligents : il les croyait toujours prêts à se moquer de lui. Quand l'un d'eux s'était fait remarquer par son esprit, il lui suffisait de bouger, de sourciller par mégarde, pour encourir sa colère. Il le tançait, le punissait impitoyablement.

— Je te guérirai de l'insolence et de l'insubordination, disait-il. Je te connais à fond, mieux que tu ne te connais toi-même. Tu resteras à genoux et au pain sec jusqu'à ce que tu sois maté.

Et le pauvre gosse se râpait les genoux, jeûnait des journées entières, sans savoir pourquoi.

— Les dispositions, les capacités : fariboles, que tout cela ! répétait-il. Je ne considère que la conduite. Je mettrai le maximum partout à celui qui se conduit bien, tout en ne sachant rien ; mais celui chez qui je vois un mauvais esprit, un caractère moqueur, je lui mettrai zéro, quand bien même il en remontrerait à Solon !

Ainsi parlait l'instituteur, qui détestait Krylov pour avoir dit :

Ma foi, bois si tu veux, mais connais ton affaire ![176]

et racontait toujours d'un air rayonnant que, dans l'école où il enseignait autrefois, le silence était tel qu'on entendait voler une mouche ; que, durant toute l'année, aucun élève ne toussait ni ne se mouchait ; et que, jusqu'au tintement de la cloche, on ne pouvait pas savoir s'il y avait quelqu'un dans la classe.

Tchitchikov comprit de suite l'esprit de son maître et comment il fallait se comporter. On avait beau le pincer par derrière ; il ne bronchait pas durant la leçon. Au premier coup de cloche, il se précipitait pour donner au maître avant les autres le bonnet à oreilles que le bonhomme avait accoutumé de porter. Après quoi, il sortait le premier de la classe et s'efforçait de se trouver trois fois, la casquette à la main, sur le passage de l'instituteur. Ce procédé réussit à souhait. Durant son séjour à l'école, il fut toujours bien noté et reçut, à la sortie, un certificat élogieux et un livre où était gravé en lettres d'or : *À Pavel Tchitchikov, en récompense de son assiduité exemplaire et de sa conduite irréprochable.*

C'était alors un jeune homme à l'extérieur agréable, avec un menton qui demandait le rasoir. À cette époque son père mourut. Dans la succession figuraient quatre gilets usés jusqu'à la corde, deux vieilles redingotes doublées d'astrakan, et une somme insignifiante. Le défunt, comme on voit, n'avait guère mis en pratique ses conseils d'économie. Tchitchikov vendit aussitôt pour mille roubles la

---

[176] — Morale de la fable de Krylov : *Les Musiciens* (1801).

maison délabrée avec le peu de terre qui y attenait, et transféra en ville la famille de serfs, se proposant de s'y établir et d'entrer au service de l'État. À ce moment le pauvre pédagogue qui aimait le silence et la bonne conduite se vit révoquer pour sa bêtise ou pour quelque faute. De chagrin il se mit à boire ; finalement il ne lui resta plus un liard. Malade, sans pain ni appui, il dépérissait dans un taudis non chauffé. Ayant appris son dénûment, ses anciens élèves, les délurés chez qui il supposait constamment l'insubordination et l'insolence, firent une collecte en sa faveur et vendirent même dans ce but les objets nécessaires ; seul Pavloucha Tchitchikov prétexta n'avoir pas les moyens et donna cinq kopeks en argent, que ses camarades lui rendirent sur-le-champ, en le traitant de ladre ! Quand il apprit le procédé de ses anciens élèves, le pauvre maître d'école se cacha le visage dans ses mains ; les larmes ruissèlèrent de ses yeux éteints, comme chez un enfant débile.

— Dieu a voulu que je pleure à mon lit de mort, proféra-t-il d'une voix faible.

La conduite de Tchitchikov lui arracha un profond soupir.

— Eh ! Pavloucha ! Comme l'homme change tout de même ! Un garçon si sérieux, si tranquille ! Un petit saint ! Je me suis trompé sur son compte...

On ne peut pas dire pourtant que le naturel de notre héros fût dur et sec, ses sentiments émoussés au point d'ignorer la pitié et la compassion. Il n'eût pas demandé mieux que de secourir son prochain, mais pour une somme minime, afin de ne pas entamer l'argent qu'il avait décidé de garder intact. En un mot, le précepte paternel : « Mets des sous de côté » avait profité. Mais il n'aimait point l'argent pour l'argent ; la lésine, l'avarice lui étaient étrangères. Il rêvait d'une vie de cocagne où rien ne manquerait. Une maison bien montée, d'excellents dîners, de beaux équipages : voilà ce qui lui trottait par la tête. C'est afin de goûter un jour à tout cela qu'il économisait âprement, dur pour lui-même et pour les autres. Lorsqu'il rencontrait un richard dans une bonne voiture aux chevaux magnifiquement harnachés, il s'arrêtait comme fasciné, puis, revenu à lui, disait :

— Mais c'était autrefois un courtaud de boutique : il portait les cheveux taillés en rond autour de la nuque !

Tout ce qui respirait l'opulence et le bien-être l'impressionnait étrangement.

À sa sortie de l'école, il ne voulut même pas se reposer, tant était vif son désir de se mettre aussitôt à l'œuvre. Pourtant, malgré ses brillants certificats, il eut beaucoup de peine à entrer à la Trésorerie[177] ; même dans un trou de province, il faut des protections ! La place qui lui échut était insignifiante : trente ou quarante roubles d'appointements annuels ! Mais il résolut de se consacrer avec ardeur à son service et de surmonter tous les obstacles. Il fit preuve d'une abnégation, d'une endurance, d'une sobriété extraordinaires. Du matin au soir, infatigable au physique comme au moral, il écrivait, plongé dans les paperasses, ne rentrait pas chez lui, couchait au bureau sur une table, déjeunait parfois avec les gardiens, tout en sachant demeurer propre, bien mis, donner une expression agréable à sa physionomie et même une certaine noblesse à ses mouvements. Il faut dire que ses collègues se signalaient par un extérieur ingrat. Le visage de quelques-uns rappelait un pain mal cuit : la joue gonflée d'un côté, le menton de travers, la lèvre supérieure s'élevant comme une ampoule et par-dessus le marché gercée ; bref, une horreur. Tous parlaient d'une voix rude, comme s'ils se préparaient à river son clou à quelqu'un. Ils sacrifiaient souvent à Bacchus, montrant ainsi que la nature slave a conservé beaucoup du paganisme ; ils venaient même parfois au bureau un peu éméchés, offensant ainsi les narines délicates. Par sa bonne mine, sa voix sympathique et l'abstinence complète de spiritueux, Tchitchikov présentait un frappant contraste avec ces ronds-de-cuir ; on ne pouvait s'empêcher de le distinguer. Cependant sa voie était semée de difficultés. Il avait pour chef un vieillard inaccessible à toute émotion ; jamais un sourire n'éclairait son visage impassible ; jamais ne disait à quelqu'un un mot aimable, fût-ce pour s'informer de sa santé. Personne ne l'avait vu se départir de sa froideur, même dans la rue ou chez lui. Si au moins il avait manifesté une fois un intérêt

---

[177] Voir note 33.

quelconque ; s'il s'était enivré et déridé en même temps ; si même il s'était abandonné à la gaieté sauvage qui envahit le brigand aux heures d'ivrognerie ! Mais non, tout cela lui était étranger. Aucun sentiment ne l'animait, et cette apathie totale avait quelque chose de sinistre. Son visage de marbre, sans irrégularité prononcée, n'évoquait aucune ressemblance ; ses traits avaient une harmonie rigide. Seules, les nombreuses marques de petite vérole qui le sillonnaient le rangeaient dans la catégorie des visages sur lesquels, selon l'expression populaire, le diable vient la nuit *broyer des pois*.

S'insinuer dans les bonnes grâces d'un tel homme paraissait une tâche surhumaine ; pourtant Tchitchikov essaya. D'abord, il s'ingénia à lui complaire dans les moindres détails ; il examina attentivement la taille des plumes dont se servait le bonhomme et en prépara quelques-unes sur le même modèle, qu'il plaçait chaque fois à sa portée ; il époussetait soigneusement de sa table le sable et le tabac, lui procurait des chiffons pour son écritoire, ne manquait pas de lui apporter son chapeau, une vieille horreur, une minute avant la sortie du bureau, lui brossait le dos lorsque l'autre s'était taché de craie au mur. Mais tout cela passait inaperçu. Finalement, il mit le nez dans sa vie de famille, apprit que le vieux avait une fille nubile, douée d'un visage sur lequel on devait aussi broyer des poids pendant la nuit. Ce fut de ce côté qu'il dirigea ses batteries. Il s'enquit à quelle église elle allait le dimanche et se posta chaque fois en face d'elle, bien habillé, le plastron empesé. Le manège réussit ; le rigide chef de bureau s'adoucit et l'invita à prendre le thé ! En un tournemain les choses s'arrangèrent de façon que Tchitchikov vint habiter chez lui et se rendit indispensable ; il achetait la farine et le sucre, traitait la fille de la maison comme sa fiancée, appelait le vieillard : papa, et lui baisait la main. Tout le monde pensait à la Trésorerie que le mariage aurait lieu à la fin de février, avant le carême[178]. Le sévère fonctionnaire commença même à solliciter ses chefs en faveur de Tchitchikov qui, au bout de quelque temps, fut nommé chef d'un autre bureau. Tel était, semble-t-il, le principal but de ses relations avec le vieux rond-de-cuir, car il expédia secrètement sa malle et déménagea dès le lendemain. Il cessa d'appeler le vieillard : papa, et de lui baiser la main ; quant au mariage il n'en fut plus question. Pourtant, lorsqu'il le rencontrait, il ne manquait pas de lui donner une cordiale poignée de main, de l'inviter à prendre le thé, si bien que le bonhomme, tout cuirassé qu'il fût par son indifférence, hochait chaque fois la tête en marmottant : « Il m'a joué, le gredin ! »

Le pas le plus difficile ainsi franchi, la carrière de notre héros devint plus aisée. Il fut vite un homme en vue, possédant toutes les qualités requises dans ce milieu : des manières affables et de la décision en affaires. Avec de telles ressources, il obtint en peu de temps une place lucrative, dont il tira un excellent parti. Il faut dire qu'à cette époque on commença de poursuivre rigoureusement les pots-de-vin de toute espèce. Loin de s'effrayer des poursuites, Pavel Ivanovitch les tourna immédiatement à son profit, faisant ainsi preuve de cette ingéniosité russe qui ne se montre que lors des tracasseries. Voici comment les choses se passaient. Dès qu'un solliciteur se présentait et mettait la main à sa poche pour en retirer, comme on dit chez nous en Russie, des *lettres de recommandation signées du prince Khovanski*[179].

— Non, non, disait Tchitchikov avec un sourire, en lui retenant le bras ; vous pensez que je... Non, non ! Nous devons remplir notre devoir sans aucune rétribution ! Soyez tranquille, demain tout sera terminé. Veuillez me donner votre adresse et ne vous inquiétez de rien : on vous apportera le tout à domicile.

Le solliciteur enchanté rentre chez lui presque enthousiasmé, songeant : « Voilà enfin un homme comme il en faudrait beaucoup ! C'est une perle fine ! » Mais un jour se passe, puis deux, dans une vaine attente ; le troisième également. Le solliciteur revient au bureau — l'affaire n'est même pas en train — il s'adresse à la perle fine.

---

[178] — L'Église d'Orient interdit rigoureusement les mariages pendant le carême.
[179] — Le prince *A. N. Khovanski* (1771-1857) fut, depuis 1818 jusqu'à sa mort, directeur de la Banque d'État ; il signait en cette qualité les billets de banque.

— Ah ! excusez ! disait Tchitchikov très courtoisement, en lui prenant les mains. Nous étions surchargés de besogne ; mais demain tout sera terminé, demain sans faute ! Vraiment, je suis confus !

Et ces paroles s'accompagnaient de mouvements gracieux. Si, en causant, un pan de son habit s'écartait, il s'efforçait aussitôt de le rajuster et de le maintenir.

Mais, ni le lendemain ni les jours suivants on n'apporte les papiers à domicile. Le solliciteur se prend à réfléchir. « Voyons, n'y aurait-il pas quelque chose ? » Il s'informe — on lui dit :

— Il faut donner aux commis.

— Soit, je suis prêt à donner un ou deux roubles.

— Non, pas un ou deux roubles, mais un billet blanc[180].

— Un billet blanc aux commis ! s'exclame le solliciteur.

— Pourquoi vous gendarmer ? lui répond-on. C'est parfaitement juste, un rouble ira aux commis, le reste est pour les chefs.

Le solliciteur peu perspicace se frappe le front et maudit le nouvel ordre de choses, la poursuite des pots-de-vin[181], les manières courtoises des fonctionnaires. « Jadis, on savait au moins que faire ; on glissait dix roubles au chef et l'affaire était dans le sac ; maintenant, il en faut vingt et on reste une semaine avant de deviner... Au diable le désintéressement et la noblesse des fonctionnaires ! » Le solliciteur a raison, certes ; en revanche, il n'y a plus maintenant de pots-de-viniers ; tous les chefs sont d'une honnêteté et d'une loyauté parfaites ; seuls les secrétaires sont des coquins.

Bientôt un champ d'activité plus vaste s'offrit à Tchitchikov : on constitua une commission pour la construction d'un édifice public de quelque importance[182]. Il en fit partie et se montra un des membres les plus actifs. La commission se mit immédiatement à l'œuvre. Elle peina six ans ; mais, soit que le climat fût contraire ou que les matériaux laissassent à désirer, l'édifice ne dépassa jamais les fondations. Cependant, sur d'autres points de la ville, chacun des membres du comité se trouva en possession d'une jolie maison d'architecture bourgeoise : évidemment le terrain était meilleur là-bas. Ces messieurs commencèrent à prospérer et à fonder famille. Alors seulement Tchitchikov se relâcha peu à peu de l'abstinence farouche et de l'abnégation inexorable qu'il s'était imposées. Il adoucit enfin son régime austère et parut avoir toujours été enclin aux divers plaisirs dont il avait su s'abstenir, dans ces fougueuses années de la jeunesse, où personne, d'ordinaire, ne se domine entièrement. Il donna dans le superflu, engagea un assez bon cuisinier, porta des chemises de toile fine. Déjà il s'était acheté du drap comme personne n'en portait dans la province, affectionnant dès lors le zinzolin moucheté ; déjà il avait acquis une belle paire de chevaux et, abandonnant une bride au cocher, tenait l'autre en mains pour obliger le bricolier à décrire une courbe ; déjà il avait pris l'habitude de se frictionner d'eau de Cologne ; déjà il achetait fort cher un savon propre à adoucir la peau ; déjà...

Mais l'ancien chef, une chiffe, fut remplacé par un nouveau, militaire rigide, ennemi juré des abus et de tout ce qui s'appelle iniquité. Dès le lendemain il lava la tête à tout le monde, exigea des comptes, constata les irrégularités, les sommes qui manquaient à chaque rubrique, — et chacun reçut selon ses œuvres. Les employés coupables furent destitués, les maisons d'architecture bourgeoise confisquées au profit de l'État, transformées en établissements de charité et en écoles pour les enfants de troupe. Tous furent tancés d'importance, et Tchitchikov plus que les autres. Son visage, bien qu'agréable, déplut au chef — Dieu sait pourquoi ! en pareil cas, il n'y a parfois pas même de motifs — qui le prit en grippe. Cet homme implacable était terrible à tous ses subordonnés ; mais comme c'était un militaire, ignorant par conséquent toutes les rouerie des civils, au bout de quelque temps, grâce à leur air de droiture et à leur habileté à lui complaire en tout, d'autres fonctionnaires

---

[180] Voir note 68.
[181] — Le censeur remplaça : la poursuite des pots-de-vin, par : les nouveaux usages.
[182] — ... la construction d'une église, spécifie la première rédaction.

s'insinuèrent dans ses faveurs, et le général[183] se trouva bientôt aux mains de fripons encore pires, qu'il était loin de juger tels. Il se félicitait même d'avoir enfin choisi des gens convenables et vantait sérieusement son flair pour distinguer les capacités. Les employés eurent tôt fait de comprendre son esprit et son caractère. Tous ceux qui étaient sous ses ordres devinrent les ennemis farouches de l'iniquité ; ils la poursuivirent partout, comme le pêcheur poursuit avec le harpon un esturgeon de belle taille, et cela avec un tel succès que bientôt chacun d'eux se trouva posséder quelques milliers de roubles. En même temps, beaucoup des anciens fonctionnaires s'engagèrent dans le droit chemin et furent réintégrés. Mais pour Tchitchikov ce fut peine perdue ; le premier secrétaire du général à qui il avait graissé la patte, et qui savait à merveille mener son maître par le nez, eut beau intervenir en sa faveur ; il n'obtint aucun résultat. Car le général, tout en se laissant mener par le nez (d'ailleurs à son insu), était ainsi fait que rien ne pouvait le faire démordre d'une idée, lorsque celle-ci s'était enfoncée comme un clou dans sa tête. Tout ce que put obtenir l'habile secrétaire fut la suppression des notes de service compromettantes ; et il dut pour cela apitoyer son chef, en lui dépeignant sous de vives couleurs le sort touchant de la malheureuse famille de Tchitchikov, famille heureusement imaginaire.

« Tant pis ! se dit Tchitchikov : l'affaire a mal tourné ; inutile de récriminer. Les larmes ne remédient pas au malheur ; il faut se remettre à l'œuvre ! » Et il résolut de commencer une nouvelle carrière, de s'armer à nouveau de patience, de restreindre ses appétits, malgré le plaisir qu'il avait eu à leur donner libre cours. Il fallait changer d'air, se faire connaître ailleurs. Mais ça ne marchait pas. Il dut changer deux ou trois fois d'emploi en fort peu de temps. Les emplois étaient rebutants, inférieurs. Il faut savoir que Tchitchikov était l'homme le plus correct qui eût jamais existé. Bien qu'obligé à ses débuts de fréquenter une société grossière, il était toujours resté propre, surtout au fond de l'âme. Il aimait que, dans les bureaux, les tables fussent en bois verni et l'installation convenable. Jamais il ne se permettait un mot malsonnant, et il était toujours choqué en entendant les autres manquer du respect dû au grade ou à la qualité. Le lecteur sera sans doute bien aise d'apprendre qu'il changeait de linge tous les deux jours, et chaque jour en été, durant les chaleurs. Toute odeur tant soit peu désagréable lui offusquait les narines. Aussi, chaque fois que Pétrouchka venait le déshabiller et lui retirer ses bottes, il respirait un œillet. Dans bien des cas, il avait les nerfs aussi délicats qu'une jeune fille ; c'est pourquoi il lui était pénible de se retrouver dans un milieu où tout sentait l'eau-de-vie et la grossièreté des manières. Malgré sa constance, il avait maigri et même verdi durant ces revers. Auparavant il commençait déjà à engraisser, à prendre ces formes arrondies et respectables avec lesquelles il s'est présenté au lecteur. Déjà, à plusieurs reprises, en se regardant dans la glace, il lui était venu des idées riantes — une jeune femme, des enfants — et un sourire les accompagnait ; mais à présent, s'étant par hasard regardé de nouveau, il ne put que s'écrier : « Sainte Mère de Dieu ! Que je suis devenu laid ! » Et pendant longtemps il ne voulut plus se mirer.

Cependant, notre héros supporta tout avec une patience extraordinaire et finit par entrer à la douane. Il faut dire qu'il rêvait depuis longtemps en secret de cette carrière. Il avait vu les jolies choses dont les douaniers étaient pourvus, la porcelaine et la batiste qu'ils envoyaient à leurs sœurs, tantes, cousines et bonnes amies. Plus d'une fois il s'était dit en soupirant : « Voilà où il ferait bon entrer ! La frontière est proche, les gens cultivés, et quelles chemises de toile fine on peut se procurer ! » Ajoutons qu'il songeait à un savon français, qui rendait les joues fraîches et la peau extraordinairement blanche ; il en ignorait le nom, mais était persuadé qu'on le trouvait à la frontière. Ainsi la douane l'attirait depuis longtemps ; mais les divers profits que lui rapportait la commission des bâtiments l'avaient retenu, car il estimait avec raison qu'un tiens vaut mieux que deux tu l'auras. Maintenant, il avait juré d'y entrer à tout prix et s'était tenu parole.

Il déploya dans ses fonctions un zèle si extraordinaire qu'il paraissait prédestiné à être douanier. Jamais autant de savoir-faire, de pénétration, de perspicacité ne s'étaient vus ; on n'en avait même pas entendu parler. Au bout de trois, quatre semaines, il était déjà si rompu à son nouveau métier que rien ne l'embarrassait : sans peser ni mesurer, il savait par la facture combien d'aunes contenait une pièce

---

[183] — ... *Le chef*... remplace le censeur. Nicolas Ier avait la manie de nommer des militaires à des emplois civils.

d'étoffe ; il lui suffisait de prendre en mains un paquet pour en déterminer le poids. Quant aux fouilles, il y apportait, suivant l'expression de ses camarades, le flair d'un limier. On ne pouvait que s'étonner de la patience qu'il mettait à explorer chaque bouton, et cela avec un sang-froid accablant, une politesse extrême. Tandis que les personnes fouillées enrageaient, sortaient des gonds, éprouvaient une furieuse envie d'endommager son agréable extérieur, Tchitchikov, sans changer de visage et toujours aussi poli, se bornait à dire :

— Ne voudriez-vous pas vous déranger un peu et vous lever ? — ou bien : Ne voudrez-vous pas, Madame, passer dans une autre pièce ? la femme d'un de nos collègues s'expliquera avec vous — ou encore : Permettez que je découse la doublure de votre manteau. Et tout en parlant, il en retirait des châles, des mouchoirs, avec sang-froid, comme de sa propre malle.

Ses chefs mêmes disaient que c'était un diable incarné ; il faisait des découvertes dans les roues, les timons, les oreilles des chevaux, dans des endroits où nul auteur n'aurait l'idée de fureter et où seul un douanier peut se le permettre. Une fois la frontière franchie, le pauvre voyageur restait plusieurs minutes à se remettre et se signait en murmurant : « Hé, hé ! » Sa situation ressemblait fort à celle d'un écolier mandé par le directeur, sous prétexte de recevoir une réprimande, et qui s'est vu fouetter à l'improviste.

En peu de temps, Tchitchikov rendit la vie intenable aux contrebandiers. C'était le cauchemar et la bête noire de tous les juifs polonais. D'une honnêteté, d'une incorruptibilité inattaquables, presque surnaturelles, il ne s'était même pas constitué un petit capital avec les bagatelles saisies qui, pour éviter des paperasses, ne revenaient pas au fisc. Ce zèle et ce désintéressement devaient faire l'objet de la surprise générale et venir facilement à la connaissance de ses chefs. Il obtint de l'avancement et présenta ensuite un projet pour arrêter tous les contrebandiers, demandant seulement les moyens de l'exécuter lui-même. On lui donna aussitôt un détachement, avec le droit illimité de procéder à toutes perquisitions. C'était précisément ce qu'il voulait. Il s'était formé en ce temps-là une puissante société de contrebandiers, organisée dans toutes les règles ; cette entreprise hardie promettait des millions de bénéfices. Tchitchikov, depuis longtemps au courant, avait répondu d'un ton sec aux émissaires venus pour l'acheter : — Trop tôt.

Quand il eut pleins pouvoirs, il avisa aussitôt la société qu'on pouvait agir. L'affaire était sûre. En un an, il avait chance de gagner ce que ne lui auraient pas rapporté vingt années de loyaux services. Auparavant, il ne voulait pas entrer en relations avec eux, car en qualité de comparse il n'aurait pas reçu grand'chose ; mais maintenant... maintenant ce n'était plus la même chose ; il pouvait poser n'importe quelles conditions. Pour éviter des difficultés, il suborna un de ses collègues qui, malgré ses cheveux gris, ne put résister à la tentation. On tomba d'accord, et la société se mit à l'œuvre. Les opérations débutèrent brillamment. Le lecteur connaît sans doute l'histoire souvent répétée de l'amusant voyage des mérinos qui franchirent la frontière avec une double toison, entrant en fraude pour un million de malines. Cela arriva justement du temps de Tchitchikov. S'il n'avait pas participé à l'entreprise, nul juif au monde n'aurait réussi à la mener à bien. Après que les moutons eurent trois ou quatre fois passé la frontière, les deux compères se trouvèrent en tête d'un capital de quatre cent mille roubles. Tchitchikov, dit-on, avait même dépassé le demi-million, car il était plus hardi. Dieu sait quel chiffre énorme eussent atteint ces bienheureuses sommes, si la discorde ne s'en était mêlée. Le diable joua un mauvais tour aux deux complices : ils prirent la mouche et se brouillèrent pour une bagatelle. Au cours d'une conversation animée, Tchitchikov, peut-être pris de boisson, traita son collègue de fils de pope ; l'autre, — bien que ce fût vrai, — s'offensa profondément, on ne sait pourquoi, et répliqua d'un ton acerbe :

— Tu mens : je suis conseiller d'État, et non fils de pope ; c'est toi qui en es un !

Bien qu'il eût ainsi rembarré son interlocuteur, en lui retournant son épithète, cela ne lui suffit pas et il envoya contre lui une dénonciation anonyme. On prétend, d'ailleurs, qu'ils s'étaient déjà chamaillés à propos d'une gaillarde « ferme et fraîche comme une belle rave », ainsi que disent nos douaniers ; que des individus avaient même été stipendiés pour rosser notre héros, à la tombée de la nuit, dans une ruelle obscure ; mais que les deux rivaux furent mystifiés et que la luronne échut à un certain Chamchariov, capitaine en second. Ce qui se passa réellement, on l'ignore ; laissons au lecteur le soin de l'imaginer, s'il en a envie. L'essentiel est que les relations secrètes avec les contrebandiers furent dévoilées. Tout en se perdant, le conseiller d'État perdit son camarade. Nos fonctionnaires furent mis en jugement ; tout leur avoir saisi, confisqué ; ce fut comme un coup de foudre sur leurs têtes. Comme au sortir de l'ivresse, ils revinrent à eux et virent avec épouvante ce qu'ils avaient fait. Le conseiller d'État ne put résister à la destinée et succomba dans un coin perdu[184] ; mais le conseiller de collège tint bon. Malgré le flair des autorités qui étaient sur la piste, il sut dissimuler une partie du magot et mit en œuvre toutes les ressources de son esprit, son expérience approfondie. Recourant tantôt à la séduction des manières, tantôt à des propos touchants, tantôt à la flatterie, qui ne nuit jamais ; employant ailleurs des arguments sonnants, il s'arrangea de façon à n'être pas destitué aussi ignominieusement que son collègue et échappa aux poursuites judiciaires. Mais il lui fallut dire adieu à son capital et aux bagatelles importées de l'étranger : tout cela avait trouvé des amateurs. Il conserva dix mille roubles, mis en réserve pour les mauvais jours, deux douzaines de chemises fines, la britchka à l'usage des célibataires, et deux serfs : le cocher Sélifane et le valet Pétrouchka ; enfin, par bonté d'âme, les douaniers lui laissèrent, en tout et pour tout, cinq ou six savonnettes pour conserver la fraîcheur du teint.

Telle était la situation où se trouva de nouveau notre héros ! Voilà l'avalanche de maux qui avait fondu sur lui ! C'est ce qu'il appelait « avoir souffert dans sa carrière, par amour de la justice ». On pourrait conclure qu'après de tels orages, épreuves, vicissitudes et déboires, il se retirerait avec son petit magot dans la solitude paisible d'une petite ville de district, où il s'acagnarderait pour toujours, en robe de chambre d'indienne, à la fenêtre d'une maisonnette, débrouillant le dimanche une rixe de paysans survenue sous ses fenêtres, ou, pour se délasser, allant au poulailler palper en personne la poule destinée au pot-au-feu ; qu'il mènerait de la sorte une vie sans bruit, mais non sans utilité. Ce ne fut pourtant pas le cas. Il faut rendre justice à la force indomptable de son caractère. Après tout ce qui aurait suffi, sinon pour tuer un homme, du moins pour le refroidir et le mater, une ardeur incompréhensible l'animait encore. Navré, exaspéré, murmurant contre le monde entier, s'irritant de l'injustice du sort, s'indignant de celle des hommes, il ne pouvait pourtant renoncer à d'autres tentatives. Il montra une patience auprès de laquelle la patience inerte de l'Allemand, fondée sur la circulation lente, paresseuse, du sang, paraît bien peu de chose. Le sang de Tchitchikov, au contraire, bouillonnait, et il lui fallait beaucoup d'énergie pour refréner toutes les velléités de son tempérament. Voici comme il raisonnait ; et son raisonnement n'était pas dépourvu de justesse.

« Pourquoi cette disgrâce a-t-elle fondu sur moi ? Qui perd à présent son temps en place ? Tous s'enrichissent. Je n'ai fait le malheur de personne : je n'ai ni dépouillé la veuve ni réduit personne à la besace. Je me suis approprié le superflu ; chacun eût agi de même à ma place. Si je n'avais rien pris, d'autres en auraient profité. Pourquoi d'autres prospèrent-ils, tandis que je dois ramper comme un ver ? Que vais-je devenir maintenant ? À quoi suis-je bon ? Comment pourrai-je regarder en face un respectable père de famille ? Comment ne pas éprouver de remords, sachant que j'encombre inutilement la terre ? Que diront plus tard mes enfants ? — Notre animal de père ne nous a rien laissé ! »

On sait déjà que Tchitchikov se préoccupait fort de sa postérité. C'est un sujet qui tient à cœur. Tel personnage eût peut-être moins friponné, sans la question qui, on ne sait pourquoi, se présente d'elle-même : « Que diront mes enfants ? » Et le futur chef de lignée, tel un prudent matou jetant un regard oblique pour voir si son maître ne l'observe pas, se hâte de saisir tout ce qui est à sa portée : que ce soit du savon, du lard, des bougies ou un canari qui lui tombe sous la patte, il ne laisse rien échapper.

---

[184] — Phrase refaite par Gogol, pour remplacer celle-ci qu'avait biffée le censeur : *Le conseiller d'État noya, suivant la coutume russe, son chagrin dans le vin.*

Ainsi se plaignait et gémissait notre héros. Cependant son esprit, aussi actif que jamais, n'attendait qu'un plan pour se mettre à l'œuvre. De nouveau, il se replia sur lui-même, recommença à mener une vie pénible, à se restreindre en tout, et retomba d'une situation convenable dans une condition basse et vile. En attendant mieux, il dut se faire homme d'affaires, profession n'ayant pas encore acquis chez nous droit de cité, traitée partout sans égards, peu considérée de la racaille bureaucratique et des commettants eux-mêmes, condamnée à ramper dans les antichambres, exposée aux affronts, etc... Mais la nécessité l'avait contraint à tout accepter.

Entre autres commissions, il fut chargé de mettre en gage au Conseil de Tutelle[185] quelques centaines de paysans. Le domaine était dans un état désastreux par suite d'épizooties, de friponneries des régisseurs, de mauvaises récoltes, d'épidémies qui avaient emporté les meilleurs ouvriers, et enfin de la sottise du propriétaire, qui s'était monté à Moscou une maison à la dernière mode et y avait englouti sa fortune, de sorte qu'il ne lui restait plus de quoi manger. Voilà pourquoi il avait fallu enfin hypothéquer la dernière propriété. Le nantissement à l'État était alors chose nouvelle, à laquelle on ne se risquait pas sans appréhension. Tchitchikov, après avoir favorablement disposé tout le monde (on sait que sans cette opération préalable il est impossible d'obtenir le moindre renseignement, la moindre rectification ; il faut verser dans chaque gosier au moins une bouteille de madère), Tchitchikov donc, après avoir fait le nécessaire, expliqua, afin d'éviter par la suite des chicanes, que la moitié des paysans avaient succombé.

— Mais ils figurent sur le rôle du recensement ? dit le secrétaire.

— Certainement, répondit Tchitchikov.

— Alors, pourquoi vous inquiéter ? Les décès sont compensés par les naissances et le compte y est.

C'est alors qu'il vint à notre héros l'idée la plus heureuse qu'on ait jamais eue.

« Que je suis bête ! se dit-il, je cherche mes lunettes et je les ai sur le nez. Si j'achète tous ceux qui sont morts, avant qu'on envoie de nouvelles listes de recensement, et si par exemple j'en acquiers un millier, le Conseil de Tutelle donnera bien mille roubles par âme : cela fait déjà deux cent mille roubles de capital ! C'est le bon moment : une épidémie a, grâce à Dieu, emporté récemment beaucoup de monde. Les propriétaires ont gaspillé leur argent aux cartes, à faire la fête ; beaucoup ont pris du service à Pétersbourg ; les domaines sont laissés à l'abandon, gérés à l'aventure ; chaque année on a plus de peine à acquitter les impôts ; de sorte que chacun sera enchanté de me céder des âmes mortes, ne serait-ce que pour ne pas avoir à payer la capitation ; peut-être même qu'à l'occasion ça me rapportera quelques sous. Certes, l'affaire est délicate, malaisée ; je risque encore de me faire pincer, d'avoir des ennuis. Mais l'intelligence a été donnée à l'homme pour s'en servir. Heureusement que la combinaison paraîtra invraisemblable, personne n'y ajoutera foi. À vrai dire, sans terre, on ne peut ni acheter des paysans, ni les mettre en gage. Mais je les achèterai pour la colonisation ; actuellement en Tauride et en Chersonèse on peut avoir des terres pour rien, à condition de les peupler. C'est là que je les transférerai tous ! Qu'ils s'en aillent vivre en Chersonèse ! Le transfert peut s'opérer par la voie légale. Si l'on veut une attestation au sujet des paysans, qu'à cela ne tienne ; je n'y vois pas d'objections. Je produirai un certificat signé du capitaine-ispravnik. On pourra appeler la colonie *Tchitchikovo*, ou bien *Pavlovskoe*, d'après mon nom de baptême. »

Voilà comment germa dans la cervelle de notre héros le bizarre projet qui lui valut, à défaut de la reconnaissance du lecteur, la profonde gratitude de l'auteur ; car, si cette idée n'était pas venue à Tchitchikov, ce poème n'aurait pas vu le jour.

---

[185] — *Deux conseils de Tutelle* furent fondés en même temps que les *Maisons d'Enfants Trouvés,* en 1763 à Moscou et en 1772 à Pétersbourg, pour administrer ces maisons et les établissements de crédit institués près d'elles, notamment le *Lombard* (Crédit foncier).

Après s'être signé, suivant l'usage russe, il se mit à l'œuvre. Sous divers prétextes, comme par exemple de choisir une résidence, il entreprit d'explorer différentes régions de notre pays, surtout celles qui avaient le plus souffert de calamités — mauvaise récolte, mortalité — bref, où l'on pouvait acheter plus facilement et à meilleur compte les serfs qu'il lui fallait. Il ne s'adressait pas au hasard à n'importe quel propriétaire, mais choisissait les gens à son goût ou ceux avec qui on pouvait sans trop de difficultés conclure de pareils marchés, s'efforçant de lier connaissance au préalable, de prévenir en sa faveur, afin d'acquérir si possible les paysans par amitié et non moyennant finance. Aussi le lecteur ne doit-il pas s'offusquer si les personnages apparus jusqu'ici lui déplaisent : c'est la faute de Tchitchikov ; il est à cet égard souverain maître, et nous devons le suivre où bon lui semble. Que si l'on nous reproche l'insignifiance et la mauvaise mine des personnages et des caractères, nous dirons simplement qu'on n'aperçoit jamais dès l'abord une œuvre dans toute son ampleur. L'arrivée dans une ville, fût-ce une capitale, est toujours décevante ; au début, tout semble terne et monotone, des usines et des fabriques enfumées s'étendent à perte de vue ; puis dans l'éclat, le bruit, le fracas, apparaissent les maisons à six étages, les magasins, les enseignes, l'immense perspective des rues, leurs clochers, leur colonnes, leurs statues, leurs tours, tout ce que la main et le génie de l'homme ont produit pour l'émerveillement des yeux. Le lecteur a assisté aux premiers achats ; ce qui arrivera ensuite, les succès et les échecs du héros, les obstacles plus difficiles qu'il aura à surmonter, les figures grandioses qui surgiront, le déclenchement des ressorts secrets du drame, l'élargissement de son horizon, le lyrisme majestueux auquel il atteindra, — tout cela viendra en son temps. Il reste encore un long parcours à accomplir à l'équipage ambulant, composé d'un monsieur d'âge moyen, d'une britchka à l'usage des célibataires, du valet Pétrouchka, du cocher Sélifane et des trois chevaux déjà connus par leur nom, depuis l'Assesseur jusqu'à ce fripon de Tigré.

Ainsi, voilà notre héros dépeint au naturel ! Mais on exigera peut-être, pour conclure, de fixer un trait : qu'est-il au point de vue moral ? On voit bien que ce n'est pas un héros rempli de perfections et de vertus. C'est donc un coquin, pourquoi un coquin ? Pourquoi se montrer si sévère à l'égard d'autrui ? De nos jours, il n'y a plus de coquins ; il y a des gens bien intentionnés, sympathiques. Quant à ceux qui s'exposeraient à la honte d'être souffletés en public, on en trouverait tout au plus deux ou trois, et ceux-là même parlent à présent de vertu. La dénomination la plus juste est celle d'*Acquéreur*[186]. La soif d'acquérir est cause de tout : c'est elle qui pousse à des actions que le monde qualifie de *pas très propres*. À vrai dire, un caractère de ce genre a déjà quelque chose de repoussant ; et tel lecteur, qui, dans la vie réelle, se lie avec un pareil individu, lui offre l'hospitalité et passe en sa compagnie des moments agréables, le regardera de travers s'il devient le héros d'un drame ou d'un poème. Mais sage est celui qui, loin de dédaigner un caractère, l'examine d'un regard pénétrant, le

---

[186] — Dans la seconde rédaction, la fin de ce paragraphe affectait la forme plus concrète et plus personnelle que voici :
> La dénomination la plus juste est celle de faiseur de projets... Chacun en fait. Certains lecteurs s'offusqueront de ce que ce soit là le trait dominant de mon héros. Mais qui donc ne se laisse pas envahir par une passion maîtresse qui, froid et insensible despote, tue peu à peu toutes ses autres aspirations ? La passion, vaste ou mesquine, a grandi dans plus d'un individu, lui faisant oublier de grandes et saintes obligations, pour leur substituer d'infimes bagatelles. Follement, aveuglément, nous obéissons à une passion quelconque et lui sacrifions tout ; mais il y a dans cet entraînement une sorte d'ivresse enthousiaste, frénétique. L'auteur de ces lignes a aussi sa passion, celle d'enfermer en lumineuses images les rêves et les visions qui lui viennent durant ces minutes délicieuses où, les yeux fixés sur un autre monde, il se sent emporté loin de la terre. Ces minutes délicieuses qui le visitent dans son pauvre grenier constituent toute sa vie ; ce céleste apanage lui fait verser des larmes de reconnaissance. Il ne désire rien en ce bas monde ; mais il aime sa pauvreté ; il l'aime ardemment, passionnément, comme un amant sa maîtresse. Le lecteur pourtant ne le croira pas — et il aura raison. Chacun est maître de croire ou de ne pas croire. Le lecteur qui se laissera entraîner par une passion dominante, sans s'apercevoir qu'elle est une simple mode despotique, le même lecteur éprouvera toujours du dédain pour la passion de l'acquisition — bien entendu, lorsqu'il rencontre cette passion dans un héros de poème, car, dans la vie il s'en accommode fort bien... Notre héros rebutera beaucoup de lecteurs. L'auteur s'en montre fort affecté. Mais ce n'est pas là le fait, etc...

sonde dans son principe. Tout change rapidement dans l'homme ; en moins de rien un ver redoutable grandit à l'intérieur de notre être et s'approprie toute la substance vitale. Et plus d'une fois, la passion — vaste ou mesquine, — a grandi dans un individu né pour une meilleure carrière, lui faisant oublier de grandes et saintes obligations pour leur substituer d'infimes bagatelles. Les passions sont innombrables comme les sables de la mer, et toutes diffèrent entre elles ; toutes, basses ou nobles, commencent par être assujetties à l'homme, puis en deviennent les tyrans. Bienheureux celui qui a choisi la plus noble : sa félicité croît et augmente continuellement, et il pénètre toujours plus loin dans le paradis moral. Mais il y a des passions dont le choix ne dépend pas de l'homme. Elles sont venues au monde en même temps que lui, et les forces lui manquent pour s'en détacher. Un plan supérieur les dirige ; il y a en elles une sollicitation continuelle qui dure toute la vie. Elles sont destinées à jouer ici-bas un rôle important ; que ce soit sous une forme sombre ou comme de lumineuses apparitions, elles ont pareillement pour but un bien inconnu de l'homme. Et peut-être que, chez Tchitchikov lui-même, la passion qui l'entraîne ne vient pas de lui ; que son existence morose renferme de quoi confondre plus tard les hommes et les faire agenouiller devant la sagesse divine. Et l'apparition de cette figure dans le poème actuel est elle-même un mystère.

Mais ce n'est pas le fait que le héros déplaira qui est pénible, c'est la certitude absolue que ce même héros, ce même Tchitchikov aurait pu plaire aux lecteurs. Si l'auteur n'avait pas sondé les replis de son âme, remué au fond ce qui échappe et se dérobe à la lumière, révélé les pensées les plus secrètes que l'homme ne confie à personne, s'il l'avait montré tel qu'il parut à Manilov et à toute la ville, — tout le monde eût été enchanté et l'aurait trouvé intéressant. C'eût été un mannequin dépourvu de vie ? Soit ; mais aussi, la lecture terminée, on pouvait en toute quiétude retourner à la table de jeu, chère à la Russie entière. Non, chers lecteurs, vous ne désirez pas voir à nu la misère humaine. « À quoi bon ? dites-vous. Ne savons-nous pas nous-mêmes qu'il y a dans la vie bien des choses méprisables et absurdes ? Les occasions ne manquent pas de voir des scènes pénibles. Présentez-nous plutôt des tableaux attrayants. Mieux vaut s'étourdir !... »

— Pourquoi me dis-tu, l'ami, que les affaires vont mal dans le domaine ? demande un propriétaire à son intendant. Je le sais bien ; n'as-tu rien d'autre à dire ? Laisse-moi l'oublier, l'ignorer ; et je serai heureux.

Et l'argent, qui eût peut-être amélioré la situation, est employé à divers moyens de distraction. Un esprit, qui eût peut-être improvisé de fertiles ressources, sommeille ; sur ces entrefaites, le domaine est vendu aux enchères, et le propriétaire court le monde pour s'étourdir, l'âme ulcérée et prête à des bassesses qui lui eussent fait horreur auparavant.

L'auteur sera encore en butte aux accusations des prétendus patriotes. Ces gens-là se tiennent tranquillement dans leur coin, amassent des capitaux, font leur pelote aux frais d'autrui ; mais dès que survient un incident qu'ils jugent offensant pour la patrie, dès que paraît un ouvrage où l'on dit des vérités parfois amères, ils accourent tout à coup, comme l'araignée qui voit une mouche prise dans sa toile. Ils s'exclament : « Tout ce qui est décrit là-dedans nous concerne ; a-t-on raison de l'étaler au grand jour ? Que diront les étrangers ? Est-ce agréable d'entendre exprimer une mauvaise opinion sur son compte ? Cela ne fait-il pas de la peine ? Ne sommes-nous pas patriotes ? »

À d'aussi sages remarques, surtout au sujet de l'opinion étrangère, j'avoue qu'il n'y a rien à répondre. Sauf peut-être ceci. Deux braves gens habitaient un coin perdu de la Russie. L'un, nommé Kifa Mokiévitch, menait une vie nonchalante, ne s'occupait pas de sa famille ; son existence était plutôt orientée vers la spéculation et préoccupée de la question suivante, qu'il nommait gravement une question philosophique.

— Prenons, par exemple, les bêtes fauves, disait-il en arpentant sa chambre. Elles naissent toutes nues. Pourquoi cela ? Pourquoi ne sortent-elles pas d'un œuf, comme l'oiseau ? En vérité, plus on scrute la nature, moins on la comprend !

Ainsi songeait Kifa Mokiévitch. Mais ce n'est pas là l'essentiel. L'autre brave homme était Mokii Kifovitch, son fils[187]. C'était un garçon taillé en hercule, et, tandis que son père s'occupait de la naissance des bêtes fauves, son exubérante nature de vingt ans brûlait de se déployer. Il ne savait rien entreprendre doucement ; il y avait toujours, de son fait, un bras démis ou un nez écorché. Dans la maison et le voisinage tout fuyait à sa vue, depuis la fille de chambre jusqu'au chien de garde ; il avait même mis en pièces son propre lit. Tel était Mokii Kifovitch, au demeurant le meilleur fils du monde. Mais ce n'est pas encore l'essentiel. Le voici.

— De grâce, notre maître, Kifa Mokiévitch, disaient au père ses serviteurs et ceux d'alentour, quel fils as-tu en Mokii Kifovitch ? Il fait enrager tout le monde, il a le diable au corps !

— Oui, il est pétulant, répondait ordinairement le père ; mais que faire ? Il est trop tard pour le battre, et tout le monde m'accuserait de cruauté ; or il a de l'amour-propre. Si on le réprimande devant des tiers, certes il se calmera ; mais par malheur on le saura : la ville l'apprendra, le traitera de chien. Croit-on vraiment que ce ne soit pas dur pour moi ? Ne suis-je pas père ? Parce que je m'occupe de philosophie, et que, parfois, le temps me manque, je n'en suis pas moins père, que diantre ! C'est ici, oui, c'est dans mon cœur que je porte Mokii Kifovitch !

Et Kifa Mokiévitch de se frapper la poitrine, de se mettre en fureur.

— Si mon garçon est un chien et qu'il doive le demeurer, qu'au moins on ne l'apprenne pas par moi ; que ce ne soit pas moi qui le dénonce !

Ayant ainsi manifesté ses sentiments paternels, il laissait Mokii Kifovitch poursuivre ses prouesses et, revenant à son sujet favori, se posait des questions dans ce genre :

— Si l'éléphant naissait d'un œuf, la coquille serait d'une épaisseur extraordinaire ; on ne la briserait pas avec le canon ; il faudrait inventer une nouvelle arme à feu.

Ainsi vivaient ces deux habitants d'un coin paisible, apparus soudain comme à une fenêtre à la fin de notre poème, pour répondre modestement à l'accusation de fervents patriotes jusqu'alors paisiblement occupés à philosopher ou à s'enrichir aux dépens de leur chère patrie, et pour qui il importe, non de ne pas faire de mal, mais seulement qu'on ne dise pas qu'ils en font. Mais non, ni le patriotisme ni la philosophie ne motivent ces accusations ; elles dissimulent autre chose. Pourquoi se taire ? Qui donc, sinon l'auteur, doit proclamer la sainte vérité ? Vous craignez un regard pénétrant ; vous-même avez peur de scruter profondément les choses ; vous aimez à glisser sur tout avec des yeux vides de pensée. Vous riez même sincèrement de Tchitchikov ; peut-être même louerez-vous l'auteur, en disant :

Pourtant, il a bien observé certains traits ! ce doit être un joyeux compagnon !

Après quoi, avec un redoublement de fierté, un sourire suffisant apparaît sur vos lèvres, et vous ajoutez :

— Il faut avouer que, dans certaines provinces, les gens sont bien bizarres et comiques, et de parfaits coquins par-dessus le marché !

Or, qui de vous, plein d'humilité chrétienne, dans le calme et la solitude des débats de conscience, approfondira cette pénible question : « N'y a-t-il pas en moi aussi quelque partie de Tchitchikov ? » Personne, je crois ! Mais qu'à ce moment passe à côté de lui quelqu'un de ses connaissances, de rang moyen, il poussera aussitôt son voisin du coude et lui dira en s'esclaffant :

— Regarde donc ! Voilà Tchitchikov qui passe !

Ensuite, comme un enfant oubliant les égards dûs au rang et à l'âge, il courra derrière lui en répétant, pour le taquiner :

---

[187] — Gogol a évidemment cherché pour ces deux personnages des noms rares : dans la première rédaction, ils s'appelaient Piste Pistovitch et Théopiste Pistovitch.

— Tchitchikov ! Tchitchikov ! Tchitchikov !

Mais nous nous sommes mis à parler assez haut, sans songer que notre héros qui dormait tandis qu'on racontait son histoire, s'est déjà réveillé et peut facilement entendre son nom si souvent répété. Or il est susceptible et se froisse quand on lui manque de respect. Peu importe au lecteur que Tchitchikov se fâche contre lui, mais l'auteur ne doit en aucun cas se brouiller avec son héros : tous deux ont encore pas mal de chemin à parcourir bras dessus bras dessous ; deux grandes parties en perspective — ce n'est pas une bagatelle.

— Eh bien ! à quoi penses-tu ? dit Tchitchikov à Sélifane.

— Quoi ? fit Sélifane d'une voix lente.

— Comment quoi ? Nigaud ! Qu'est-ce que cette allure ? Allons, réveille tes bêtes !

Le fait est que depuis longtemps Sélifane allait les yeux fermés, secouant, à de rares intervalles dans sa somnolence, les guides sur les flancs des chevaux également assoupis ; quant à Pétrouchka, sa casquette s'était envolée depuis longtemps, et lui-même, renversé en arrière, avait appuyé sa tête sur le genou de Tchitchikov, de sorte que celui-ci dut lui donner une chiquenaude. Sélifane reprit courage, et, après avoir cinglé à plusieurs reprises le dos du Tigré — ce qui le fit trotter — et brandi son fouet sur l'attelage, il proféra d'une voix grêle, chantante : — Holà ! Hé ! N'ayez pas peur !

Les chevaux tressaillirent et emportèrent comme une plume la légère britchka. Sélifane se contentait de gesticuler, de crier : « Hé, hé, hé ! », rebondissant sur son siège, selon que la troïka gravissait ou descendait les côtes dont était semée la grande route, qui s'abaissait par une pente presque insensible. Tchitchikov souriait, en sursautant légèrement sur son coussin de cuir, car il aimait la course rapide.

Et quel Russe ne l'aime pas ? Pourrait-il en être autrement, alors que son âme aspire à s'étourdir, à voltiger, à dire parfois : « Que le diable emporte tout ! » Pourrait-on ne pas aimer cette course, lorsqu'on y éprouve un merveilleux enthousiasme ? On dirait qu'une force inconnue vous a pris sur son aile. On vole, et tout vole en même temps : les poteaux, les marchands qu'on rencontre assis sur le rebord de leur chariot, la forêt des deux côtés, ses sombres rangées de sapins et de pins, le fracas des haches et le croassement des corbeaux ; la route entière vole et se perd dans le lointain. Il y a quelque chose d'effrayant dans ces brèves apparitions, où les objets n'ont pas le temps de se fixer ; le ciel, les légers nuages et la lune qui passe au travers paraissant seuls immobiles. Oh ! troïka, oiseau-troïka, qui donc t'a inventée ? Tu ne pouvais naître que chez un peuple hardi ; sur cette terre qui n'a pas fait les choses à demi, mais s'est étendue comme une tache d'huile sur la moitié du monde, on se fatiguerait les yeux avant d'avoir compté sur combien de verstes ! Le véhicule est peu compliqué, dirait-on ; il n'a pas été construit avec des vis en fer, mais monté et ajusté au petit bonheur, avec la hache et la doloire, par l'adroit moujik de Iaroslav. Le voiturier ne porte pas de bottes fortes à l'étrangère ; avec sa barbe et ses moufles, il est assis Dieu sait comment ; cependant, dès qu'il se lève et gesticule en entonnant une chanson, les chevaux bondissent impétueusement, les rais ne forment plus qu'une surface continue, la terre tremble, le piéton effaré pousse une exclamation, — et la troïka fuit, dévorant l'espace... Et déjà, au loin, on aperçoit quelque chose qui troue et fend l'air.

Et toi, Russie, ne voles-tu pas comme une ardente troïka qu'on ne saurait distancer ? Tu passes avec fracas dans un nuage de poussière, laissant tout derrière toi ! Le spectateur s'arrête, confondu par ce prodige divin. Ne serait-ce pas la foudre tombée du ciel ? Que signifie cette course effrénée qui inspire l'effroi ? Quelle force inconnue recèlent ces chevaux que le monde n'a jamais vus ? Ô coursiers, coursiers sublimes ! Quels tourbillons agitent vos crinières ? On dirait que votre corps frémissant est tout oreille. En entendant au-dessus d'eux la chanson familière, ils bombent à l'unisson leurs poitrails d'airain et, effleurant à peine la terre de leurs sabots, ne forment plus qu'une ligne tendue qui fend l'air. Ainsi vole la Russie sous l'inspiration divine... Où cours-tu ? Réponds. — Pas de réponse. La clochette tinte mélodieusement ; l'air bouleversé s'agite et devient vent ; tout ce qui se trouve sur terre est dépassé, et, avec un regard d'envie, les autres nations s'écartent pour lui livrer passage.

NOTES

se rapportant à la première partie des *Âmes Mortes*[188].

Idée d'une ville. Frivolité atteignant le comble. Bavardage, commérages dépassant la mesure. Comment tout cela est né du désœuvrement et a pris une forme ridicule au possible. Comment des gens point sots arrivent à commettre de parfaites sottises.

Les *particularités* dans les conversations des dames. Comment aux commérages généraux s'entremêlent des commérages particuliers, où personne n'épargne personne.

Comment naissent des considérations atteignant le comble du ridicule. Comment tout le monde est amené à s'occuper de commérages et quel genre de femmelettes et de bonnets de coton en résulte.

Comment une vie futile et impuissante cède la place à une mort terne et dénuée de sens. Combien stupidement s'accomplit ce terrible événement. Insensibilité. La mort frappe un monde insensible. D'autant plus frappante cependant doit apparaître au lecteur l'insensibilité cadavérique de la vie.

Les effroyables ténèbres de la vie passent, et un grand secret est caché en cela. N'est-ce pas un terrible phénomène ? La vie effervescente, frivole, n'est-elle pas un phénomène grandiose ?... la vie... Les bals, les fracs, les commérages, les cartes de visite empêchent de songer à la mort...

Particularités. — Les dames se chamaillent parce que l'une veut que Tchitchikov soit ceci, et l'autre qu'il soit cela ; aussi chacune ne prête-t-elle l'oreille qu'aux bruits qui confirment sa manière de voir.

Entrée en scène des autres dames.

La dame charmante à tous égards a des penchants sensuels et aime à raconter comment elle les a parfois domptés non par la force de son. esprit, mais en sachant arrêter à temps les effusions trop intimes. En réalité les choses se sont passées le plus innocemment du monde. Personne n'est allé avec elle jusqu'aux effusions intimes pour la bonne et simple raison que, malgré tous ses charmes et qualités elle ressemblait vaguement, dès sa jeunesse, à un garde de ville. — « Non, ma chère ! j'aime, vous comprenez, à admettre dans ma familiarité un homme pour l'éloigner ensuite et le rappeler à nouveau. » — C'est ainsi qu'elle se comporte au bal avec Tchitchikov. Les autres se sont aussi tracé une règle de conduite. L'une est révérencieuse. Deux dames, se donnant le bras, ont résolu de rire le plus longtemps possible. Puis elles trouvent que Tchitchikov manque complètement de bonnes manières.

La dame charmante à tous égards aimait à lire des descriptions de bals. La description du congrès de Vienne l'intéressait énormément. La dame aimait la toilette, c'est-à-dire qu'elle prenait plaisir à louer ou blâmer les toilettes des autres.

Les dames déjà installées examinent celles qui entrent.

— N... ne sait pas du tout s'habiller, oh ! pas du tout. Comme cette écharpe lui va mal !

— Comme la fille du gouverneur est bien habillée !

— Mais non, ma chère, elle est affreusement fagotée.

Si les choses en sont là...

---

[188] — Ces notes semblent avoir été écrites par Gogol au moment où, après avoir brûlé la première rédaction de la seconde partie, il méditait une refonte complète de l'ouvrage — Ire et IIe parties (Cf. *Introduction*, p. 63).

Toute la ville et son tourbillon de commérages figurent le désœuvrement général de l'humanité prise dans sa masse.

Côté principal et frivole de la société.

Représenter le côté opposé dans la seconde partie, consacrée aux diverses formes de désœuvrement.

Comment amener le désœuvrement général sous toutes ses formes à ressembler au désœuvrement de la petite ville ? Et comment faire figurer à celui-ci le désœuvrement général ?

Pour cela marquer toutes les ressemblances et observer une gradation.

RÉFLEXIONS DE L'AUTEUR

sur quelques héros de la Première Partie des *Âmes Mortes.*

Il ne se demanda même pas pourquoi il avait rencontré ces gens. — En général nous ne nous demandons jamais : « Pourquoi avons-nous été mêlés à tels ou tels événements et non à d'autres ? Pourquoi avons-nous connu telles ou telles personnes et non d'autres ? » Pourtant le plus petit événement de notre vie a sa raison d'être et tout, autour de nous, tend à nous instruire et à nous éclairer. « Le monde est un livre vivant ». — C'est vrai ; mais nous répétons si niaisement ces paroles que l'on traiterait volontiers d'imbécile celui qui les profère...

Il ne se demanda même pas pourquoi Manilov, brave homme au fond et même doué d'une certaine noblesse, avait toute sa vie végété à la campagne sans faire de bien à personne, s'enfonçant dans la platitude et devenant répugnant à force de fade aménité, tandis que ce fripon, ce vilain de Sobakévitch, loin de ruiner ses paysans, les avait empêchés de s'adonner à la paresse et à l'ivrognerie ? Pourquoi, sans avoir jamais lu — et encore tant bien que mal — d'autre livre que ses Heures, sans avoir jamais appris d'autre art d'agrément que celui de tirer les cartes, cette petite vieille de Korobotchka n'en avait-elle pas moins su remplir de bons billets ses coffrets et cassettes, tout en veillant à l'entretien de son domaine : aucune âme n'était engagée, et, dans la modeste église, les offices se célébraient décemment. — Et cependant des gens instruits, fins et cultivés, habitant les capitales, ayant même rang de généraux, engoués de philanthropie et fondant sans cesse des institutions de bienfaisance, n'en harcèlent pas moins leurs régisseurs d'incessantes demandes d'argent, sans vouloir admettre aucune excuse, pas plus la famine que la disette. Tous leurs paysans sont hypothéqués ; tous les boutiquiers, tous les usuriers de la ville sont leurs créanciers.

Tchitchikov ne réfléchit pas plus à ces choses que beaucoup d'habitants de nos villes éclairées qui, en pareil cas, aiment à répéter le fameux aphorisme : « On ne saurait se figurer quels originaux recèlent nos provinces ». Les gentillâtres — voir Nozdriov, — sortirent de la tête de Tchitchikov. Il oublia qu'il était arrivé à l'âge fatal où tout dans l'homme s'assoupit, où il doit être continuellement stimulé pour ne pas s'endormir à jamais. Il ne ressentit pas (chose plus effrayante pour un homme mûr que pour un jeune homme, chez qui l'ardeur bouillonnante de la jeunesse empêche les sentiments de s'affaiblir) que presque imperceptiblement on se laisse prendre à l'engrenage des plates coutumes mondaines, des sottes convenances d'une société adonnée à l'oisiveté, jusqu'à ce que l'on perde sa propre personnalité pour devenir un ramas d'habitudes et de conventions mondaines. Si bien que lorsque nous tentons de pénétrer jusqu'à l'âme, nous ne la trouvons plus : elle s'est pétrifiée et l'homme entier s'est mué en un effrayant Pliouchkine, dont les semblants de sentiments qu'il manifeste parfois rappellent les suprêmes efforts d'un homme qui se noie...

AU LECTEUR DE CETTE ŒUVRE

Qui que tu sois, lecteur[189] ; en quelque lieu que tu te trouves ; que tu occupes un rang élevé, ou sois au contraire d'humble condition, si Dieu a permis que tu saches lire et si mon livre t'est tombé entre les mains, je te prie de me venir en aide.

Le livre que tu as sous les yeux, et dont tu as peut-être lu la première édition, met en scène un personnage emprunté à notre pays. Il parcourt notre terre russe, y rencontre diverses gens, depuis les nobles jusqu'aux humbles. Il est destiné à montrer plutôt les défauts et les vices du Russe que ses qualités et ses vertus ; tous les individus qui l'entourent ont aussi pour mission de faire voir nos faiblesses et nos travers ; de plus beaux, de plus nobles caractères apparaîtront dans les autres parties. Dans ce livre, j'ai décrit bien des choses d'une manière inexacte, peu conforme à la réalité russe. C'est que je n'ai pu tout apprendre : une vie humaine entière ne suffit pas à connaître la centième partie de ce qui se passe dans notre pays. Et puis, ma négligence, ma précipitation, mon manque d'expérience m'ont fait commettre tant d'erreurs, de bévues, que l'on trouve à chaque page quelque correction à apporter. Je te prie, lecteur, de me corriger. Ne dédaigne pas cette tâche. Si instruit et si haut placé que tu sois, si insignifiant que tu trouves mon livre, si futile que te paraisse le soin de l'annoter et de l'amender, je te supplie pourtant de le faire. Et toi, lecteur peu instruit et de petite condition, ne te crois pas trop ignorant pour m'instruire. Tout homme qui a vécu, vu le monde, fréquenté les gens, a fait certaines constatations qui ont échappé à d'autres, appris certaines choses que d'autres ne sauront jamais. Aussi te priè-je de me communiquer tes remarques. Il est impossible que tu ne trouves rien à dire sur aucun passage de mon livre, pourvu que tu le lises attentivement.

Quel signalé service me rendrait ne fût-ce qu'une seule de ces personnes riches d'expérience et au courant des milieux que je dépeins, si elle annotait tout mon livre sans en passer une page ; si elle s'adonnait à sa lecture, la plume à la main, une feuille de papier devant soi ; si, après avoir lu quelques pages, elle évoquait toute sa vie et celle des gens qu'elle a connus, tous les événements dont elle fut témoin, tout ce qu'elle a vu ou entendu dire de semblable ou d'opposé aux faits narrés par moi ; si, tout cela, elle voulait bien le noter d'après ses souvenirs, et m'envoyer au fur et à mesure chaque feuille, remplie de sa main, jusqu'à lecture totale de l'ouvrage. Peu importent ici la beauté du style, le choix des expressions : il ne s'agit pas de style mais de véridicité. Qu'elle ne se gêne pas non plus de me blâmer, de me gourmander, de m'indiquer le tort causé — au lieu du bien en vue — par telle ou telle peinture inconsidérée ou inexacte. Je lui exprime à l'avance ma reconnaissance.

Il serait encore excellent qu'un personnage de la classe supérieure, étranger par ses origines au milieu que je décris, mais connaissant par contre celui dans lequel il vit, se décidât à relire mon livre, se rappelât tous les gens de son monde rencontrés au cours de son existence, examinât attentivement s'il n'y a pas d'analogie entre les conditions, si ce qui se passe dans la basse classe ne se répète point parfois dans la haute. Il serait excellent que tout ce qui lui viendra à l'esprit à ce propos, c'est-à-dire tout événement du grand monde corroborant ou infirmant cette supposition, il le décrivît tel qu'il se déroula à ses yeux, sans oublier ni les gens avec leurs mœurs, penchants, habitudes, ni les objets qui les entourent, depuis leurs vêtements jusqu'aux meubles et aux murs de leurs maisons. Il me faut connaître cette classe, la fleur de la nation. Je ne puis publier les derniers volumes de mon ouvrage avant de connaître un tant soit peu la vie russe sous toutes ses formes, tout au moins dans la mesure nécessaire à mon œuvre.

Il ne serait pas mauvais non plus que quelqu'un, possédant le don d'imaginer ou de se représenter les gens dans diverses positions, de les suivre dans diverses carrières, capable, en un mot,

---

[189] — Cette préface conçue dans le ton des *Extraits d'une Correspondance avec mes Amis,* fut écrite pour la seconde édition des *Âmes Mortes,* qui parut en même temps que ce livre — décembre 1846-janvier 1847 (Cf. *Introduction*). Elle a probablement été revue par Chévyriov.

d'approfondir ou de développer la pensée de tout auteur lu par lui, que ce quelqu'un étudiât avec attention tous les personnages de mon livre. Je voudrais le voir m'indiquer comment ils agiraient dans telle ou telle circonstance ; ce qui, à en juger par les prémisses, devrait leur arriver par la suite ; en quelles nouvelles conjonctures ils pourraient se trouver ; ce qu'il serait bon d'ajouter à ma description. Je désirerais faire état de toutes ces indications pour la nouvelle édition, revue et améliorée, de mon livre.

J'adresse une prière instante aux personnes qui voudront bien me communiquer leurs réflexions. Je les supplie de ne point songer qu'elles écrivent à un homme qui leur serait égal par l'instruction, les goûts, les pensées, et qui serait capable de comprendre bien des choses sans explications ; mais de se croire au contraire en présence d'un individu beaucoup moins instruit qu'elles ou même totalement dénué d'instruction. Mieux vaudrait même se figurer, au lieu de moi, quelque rustaud dont toute la vie s'est écoulée au fond des campagnes, à qui il faudrait expliquer les moindres détails, tenir des propos extrêmement simples, en craignant à chaque instant d'employer un terme au-dessus de sa portée. Si mon correspondant ne perd pas cela de vue, ses observations seront plus intéressantes, plus précieuses pour moi qu'il ne le croit.

S'il advenait que mes lecteurs prissent en considération ma sincère prière, que quelques bonnes âmes parmi eux voulussent se conformer à mes indications, voici comment elles peuvent me faire parvenir leurs remarques. Après les avoir insérées dans un pli à mon nom, elles voudront bien enfermer ce pli dans une seconde enveloppe et l'adresser à Son Excellence Piotr Alexandrovitch Pletniov[190], recteur de l'Université de Saint-Pétersbourg, ou bien à monsieur Stépane Pétrovitch Chévyriov[191], professeur à l'Université de Moscou, choisissant celle de ces villes qui se trouve la plus proche de sa résidence.

Je remercie sincèrement les journalistes et hommes de lettres de leurs comptes rendus qui, en dépit d'une exagération, d'un enthousiasme bien humains, m'ont été d'un grand profit moral et intellectuel. Je les prie de me faire bénéficier, cette fois encore, de leurs observations. Je les assure que j'accepterai avec reconnaissance leurs conseils et leurs admonitions.

QUATRE LETTRES

à diverses personnes à propos des *Âmes Mortes*[192].

I

Vous vous indignez à tort du ton excessif de certaines attaques contre les *Âmes Mortes* ; cela a son bon côté ; il faut parfois avoir des détracteurs. Celui que les beautés séduisent ne voit pas les défauts et pardonne tout ; le détracteur au contraire tâche de découvrir ce qu'il y a de mauvais en vous et le met si bien en relief que vous êtes forcé de l'apercevoir. On a si rarement l'occasion d'entendre la vérité

---

[190] Voir note 1.
[191] Voir note 16.
[192] — Ces quatre lettres, extrêmement intéressantes pour l'histoire des *Âmes Mortes*, constituent le ch. XVII des *Extraits d'une Correspondance avec mes Amis*. On en ignore le destinataire. Il s'agit sans doute d'une personne imaginaire. Cependant, le ton de la troisième lettre rappelle singulièrement celui d'une lettre à N. Prokopovitch datée de Munich, 28 mai 1843 : ... *T'ai-je jamais dit que je serais à Pétersbourg cet été ? que le second volume paraîtrait cette année ? Et que signifient tes paroles : « Je ne veux pas te faire injure en te supposant paresseux au point de n'avoir pas encore mis la dernière main au second volume des Âmes Mortes. »* — *Crois-tu donc qu'il soit aussi facile de composer ce livre que de faire sauter une crêpe ? Lis donc la vie de n'importe quel écrivain célèbre ou simplement remarquable ; tu verras quel temps lui a coûté une grande œuvre réfléchie auquel il s'est donné tout entier. Toute sa vie, ni plus ni moins ! Où as-tu vu que l'auteur d'une épopée en ait composé cinq ou six autres ?...*

que, pour la moindre parcelle de cette vérité, on peut pardonner l'accent injurieux de la voix qui la profère. Les critiques de Boulgarine, de Senkovski, de Polevoï renferment beaucoup de choses justes, à commencer par le conseil qui m'est donné d'apprendre le russe avant de vouloir écrire. Si j'avais en effet gardé le manuscrit une année de plus en portefeuille, au lieu de le faire hâtivement imprimer, je me serais moi-même aperçu qu'il était impossible de le publier sous une forme aussi défectueuse. Bien qu'elles m'aient d'abord fort déplu, épigrammes et moqueries me furent salutaires. Oh ! quel bien nous font les continuelles nasardes et ce ton insultant et ces mordantes railleries ! Le fond de notre âme recèle tant de mesquin amour-propre, de méchante ambition, que nous devons à chaque instant être piqués, frappés, battus par toutes les armes possibles, et remercier la main qui nous frappe.

Je désirerais être davantage critiqué, non point pourtant par les littérateurs, mais par des personnes qui aient l'expérience de la réalité. Malheureusement, à part les littérateurs, nul esprit pratique n'a élevé la voix. Cependant les *Âmes Mortes* ont fait beaucoup de bruit, provoqué des rumeurs, piqué au vif bien des gens par la raillerie, la vérité, la caricature. Bien que remplies de bévues, d'anachronismes, d'erreurs flagrantes, elles s'attaquent à un ordre de choses que chacun a journellement sous les yeux. J'y ai même inséré certains passages provocants, dans l'espoir que quelqu'un m'invectiverait et, dans sa colère, me révélerait la vérité que je cherche. Pourquoi personne n'a-t-il pris la parole ? Chacun le pouvait et à bon escient. Le fonctionnaire pouvait me démontrer publiquement l'invraisemblance de mon récit, en citant deux ou trois faits réellement arrivés, et m'opposer ainsi un démenti plus péremptoire que toutes les phrases. De cette manière, il aurait pu d'ailleurs tout aussi bien corroborer mes dires. La citation de faits est plus probante que les paroles creuses et les dissertations littéraires. Il était licite d'agir de même au marchand, au propriétaire foncier, en un mot à toute personne sachant tenir une plume, qu'elle menât une vie sédentaire ou parcourût en tous sens la terre russe. En plus de son opinion personnelle, tout individu, à quelque degré de l'échelle sociale que l'ait placé sa fonction, son état, son instruction, a eu l'occasion de voir les choses d'un point de vue particulier. À propos des *Âmes Mortes*, la foule des lecteurs eût pu écrire un autre livre infiniment plus intéressant que les *Âmes Mortes* et qui eût appris bien des choses non seulement à moi, mais aux lecteurs eux-mêmes, parce que — rien ne sert de le dissimuler — nous connaissons tous très mal la Russie.

Ah ! pourquoi personne n'a-t-il fait hautement entendre sa voix ! On dirait vraiment que tout est mort, que les âmes vivantes ont, en Russie, cédé la place à des *âmes mortes*. Et l'on me reproche de mal connaître la Russie ! Comme si par une opération du Saint-Esprit, je devais absolument connaître tout ce qui se passe dans tous les coins — tout apprendre — sans initiation ! De quelle manière pourrais-je m'instruire, moi, écrivain, condamné de par ma profession à une vie sédentaire, érémitique, malade par-dessus le marché et contraint de vivre loin de la Russie ? Oui, de quelle manière pourrais-je m'instruire ? Je ne saurais prendre conseil des écrivains ni des journalistes, eux-mêmes reclus et hommes de cabinet. L'écrivain n'a qu'un maître : le lecteur. Et ces lecteurs ont refusé de m'instruire. Je sais que je devrai rendre à Dieu un terrible compte pour n'avoir point rempli ma tâche comme il le fallait ; mais je sais aussi que les autres devront rendre pareil compte. Et ce ne sont pas là paroles vaines ; devant Dieu qui me voit, ce ne sont point paroles vaines !

1843.

II

Je pressentais que toutes les digressions lyriques de mon poème seraient faussement interprétées. Elles sont si peu claires, s'enchaînent si mal à la trame et au ton du récit qu'elles ont induit en erreur mes adversaires comme mes partisans. On a cru devoir m'appliquer tous les passages qui concernent l'écrivain en général ; j'ai rougi de les voir interprétés en ma faveur. Je n'ai eu que ce que je méritais ! Je n'aurais dû en aucun cas publier une œuvre qui, bien coupée il est vrai, n'était encore cousue que de fils blancs — tel un vêtement bâti à la diable par le tailleur, en vue d'un essayage. Je m'étonne qu'on ait adressé si peu de reproches à mon art et à mon métier. La faute en est autant au courroux de mes critiques qu'à leur inaptitude à examiner la facture d'une œuvre. Il fallait signaler quelles parties paraissaient monstrueusement longues par rapport à d'autres, où l'écrivain s'est trahi lui-même, en ne soutenant pas le ton adopté par lui. Personne n'a même remarqué que la seconde moitié de l'ouvrage est moins travaillée que la première ; qu'elle contient de grandes lacunes ; que les épisodes secondaires y sont développés au détriment des principaux ; que la bigarrure des parties donne à l'ouvrage un caractère fragmentaire et empêche d'en dégager l'esprit. En un mot on aurait pu se livrer à des attaques plus judicieuses, me blâmer bien davantage qu'on ne l'a fait et avec infiniment plus de raison. Mais il ne s'agit pas de cela. Il s'agit de la digression lyrique la plus attaquée par les journalistes, qui y ont découvert un orgueil, une suffisance, une vantardise dont n'avait jusqu'alors fait preuve aucun écrivain. J'ai en vue le passage du dernier chapitre, où, après avoir décrit le départ de Tchitchikov, l'auteur, abandonnant son héros au beau milieu de la grande route, prend sa place et, frappé par la fastidieuse monotonie des objets, l'immensité désertique et la chanson plaintive qui, d'une mer à l'autre, monte de la terre russe, interroge dans un élan lyrique la Russie elle-même, la supplie de lui expliquer l'incompréhensible sentiment qui l'étreint, à savoir : pourquoi lui semble-t-il que tous les êtres et les objets qu'elle renferme, le fixent et attendent de lui quelque chose ? On a vu dans ces paroles une preuve d'orgueil, une fanfaronnade inouïe, alors qu'elles ne sont ni l'un ni l'autre, mais tout simplement l'expression maladroite d'un sentiment sincère. J'éprouve encore à l'heure actuelle la même impression. Je ne puis supporter les sons éplorés, déchirants de notre chanson, quand elle vibre dans l'infini de nos campagnes. Ils obsèdent mon cœur. Je m'étonne même que chacun de nous ne connaisse pas semblable sensation. Qui, à la vue de ces espaces déserts, inhospitaliers, ne sent pas son cœur se serrer ; qui, dans les sons lugubres de notre chanson, ne discerne pas de douloureux reproches à lui-même — je dis bien : à lui-même, — celui-là a déjà rempli intégralement son devoir, à moins qu'il ne possède pas une âme russe.

Voyons les choses telles qu'elles sont. Près de cent cinquante ans ont passé depuis que l'empereur Pierre Ier nous a dessillé les yeux, en nous initiant à la culture européenne, et nous a mis en mains tous les moyens d'action ; cependant nos campagnes demeurent aussi tristes et désertes ; tout, autour de nous, paraît hostile, inhospitalier ; il semble que nous n'habitions pas encore chez nous, mais campions sur le grand chemin ; qu'au lieu d'un chaud et fraternel asile, la Russie soit pour nous un glacial relais enneigé, où n'apparaît qu'un maître de poste indifférent laissant tomber sa dure réponse : « Il n'y a pas de chevaux ! » — Pourquoi cela ? À qui la faute ? Au gouvernement ou à nous ? Mais le gouvernement n'a cessé d'agir : ce dont témoignent des volumes entiers de règlements, décrets, ordonnances ; la multitude de bâtiments édifiés, de livres édités, de fondations de tous genres, scolaires, charitables, philanthropiques, sans compter celles dont on ne trouvera pas les pareilles parmi les institutions des gouvernements étrangers. Des questions partent d'en haut, auxquelles on répond d'en bas. D'en haut partirent quelquefois des questions attestant la grandeur d'âme de certains souverains, qui agirent même au détriment de leurs intérêts. Et quelle réponse y a-t-on faite d'en bas ? Tout est dans la manière, dans l'art d'appliquer une pensée, de façon à ce qu'elle prenne corps et s'implante définitivement. Si bien conçu et si précis que soit un édit, il n'en restera pas moins lettre morte à moins que ne se manifeste en bas le désir de l'appliquer de la manière voulue, manière que discerne seul celui qui conçoit la justice à la lumière divine et non humaine. Autrement tout se change en mal. Témoins nos malins fripons et concussionnaires, qui savent tourner tous les règlements, pour qui tout nouvel édit est une nouvelle source de revenus, un nouveau moyen de compliquer l'expédition des affaires, de mettre un nouveau bâton dans les roues.

Bref, partout où se portent mes regards, c'est dans les personnes chargées d'appliquer la loi qu'ils voient des coupables. Désireux de s'illustrer et de recevoir une décoration, celui-ci est allé trop vite. Voulant — défaut bien russe — faire preuve de zèle et d'abnégation, celui-là s'est jeté sur l'affaire, sans prendre la peine de l'étudier, et a cru pouvoir la manier en connaisseur ; mais, découragé au premier échec, il s'en est — défaut non moins russe — aussitôt désintéressé. Blessé dans son mesquin amour-propre, cet autre a abandonné au plus insigne des fripons le poste où il avait commencé à mener le bon combat. En un mot, bien peu d'entre nous ont assez aimé le bien pour lui sacrifier leur ambition, leur amour-propre, toutes les petitesses d'un égoïsme irascible ; pour s'imposer la loi immuable de servir leur pays et non eux-mêmes, en se rappelant à chaque instant qu'ils sont en place pour faire non leur bonheur, mais celui d'autrui. Au contraire, depuis quelque temps nos Russes semblent vouloir à dessein étaler leur égoïsme et leur susceptibilité.

Je ne sais s'il en est beaucoup parmi nous qui, ayant rempli tout leur devoir, peuvent déclarer à la face du monde que la Russie n'a rien à leur reprocher ; que, dans ses étendues désertiques, nul objet ne semble leur adresser un blâme ; que toutes choses sont contentes d'eux et n'en attendent plus rien. Je sais seulement que j'ai, moi, entendu ce reproche muet. Je l'entends encore maintenant. Si humble soit-elle, j'aurais pu, dans ma carrière d'écrivain, faire œuvre plus utile. Peu importe que le désir du bien ait toujours résidé dans mon cœur ; que lui seul m'ait incité à prendre la plume ! Comment me suis-je acquitté de cette tâche ? Est-ce que, par exemple, mon récent ouvrage, intitulé les *Âmes Mortes*, a produit l'impression qu'il aurait dû produire, s'il avait été écrit comme il le fallait ? N'ayant pas su exprimer mes propres pensées, pensées pourtant bien simples, je suis cause qu'elles ont été faussement interprétées, et dans un sens plutôt nuisible. À qui la faute ? Dois-je prétendre avoir obéi aux instances d'amis, aux désirs impatients de dilettanti amateurs de vaines sonorités ? Dois-je invoquer les circonstances et déclarer que, dans le but de me procurer des ressources, j'ai dû hâter la publication de mon livre ? Non. Qui s'est une fois résolu à remplir honnêtement sa tâche ne saurait céder aux circonstances ; il tendra plutôt la main, si besoin est, mais ne fera aucun sacrifice ni aux blâmes passagers, ni aux fausses convenances mondaines. Celui-là n'aime pas son pays qui, pour obéir à ces fausses convenances, gâte une œuvre utile à ce pays. C'est parce que j'ai senti ma honteuse faiblesse de caractère, ma méprisable lâcheté, l'impuissance de mon amour, que j'ai perçu ce douloureux reproche, à moi adressé par tout ce que renferme la Russie. Mais une force supérieure m'a relevé ; il n'est point de fautes irréparables, et, après m'avoir tout d'abord accablé, la vision de ces espaces désertiques m'a transporté d'enthousiasme : leur immensité m'a paru un magnifique champ d'action. Et, de toute mon âme, j'ai adressé à la Russie cet appel : « N'es-tu pas prédestinée à engendrer des héros, toi qui leur offres tant d'espace où se donner carrière ? »

Ce n'était point là une phrase à effet ni une fanfaronnade. Non ; cet appel, je le sentais et je le sens encore. En Russie, à l'heure actuelle, on peut à chaque pas devenir un héros. Chaque état, chaque fonction demande de l'héroïsme. Chacun de nous a tellement profané la sainteté de son état et de sa fonction (toutes les fonctions sont saintes) qu'il faut des efforts héroïques pour les ramener à la hauteur voulue. J'ai eu l'intuition de cette noble carrière, ouverte à l'heure actuelle au seul peuple russe, parce que seul il connaît l'héroïsme et voit s'étendre devant lui de telles immensités. Voilà pourquoi m'est échappée cette exclamation, que l'on a prise pour une manifestation d'orgueil et une fanfaronnade.

1843.

III

Je m'étonne qu'étant bon connaisseur du cœur humain, tu puisses, tout comme d'autres, me poser des questions oiseuses. La plupart d'entre elles se rapportent à ce qui doit suivre ; à quoi bon pareille curiosité ? Une seule est vraiment fine et digne de toi et, bien que doutant d'y faire réponse sensée, je désirerais qu'elle m'eût été posée par d'autres. À savoir : pourquoi, tout en n'étant point des portraits, les héros de mes dernières œuvres et en particulier des *Âmes Mortes*, peu attirants par eux-mêmes, n'en paraissent-ils pas moins familiers, proches de nous, comme si l'on retrouvait en eux des traits personnels ? L'année dernière encore, je me serais gêné pour répondre là-dessus, fût-ce même à toi. Maintenant j'avouerai tout : si mes héros sont proches du cœur, c'est qu'ils en sortent ; toutes mes dernières œuvres sont l'histoire de mon âme. Pour mieux te faire comprendre tout cela, je vais t'expliquer ce que je suis en tant qu'écrivain. On m'a beaucoup commenté : on a discerné certains côtés de mon talent, sans toutefois en reconnaître le trait essentiel. Pouchkine a été le seul à l'apercevoir. Il m'a toujours dit qu'aucun écrivain n'avait encore possédé à ce degré le don de faire ressortir la platitude de la vie, de donner à la vulgarité un relief si puissant, que les plus infimes détails sautent tout de suite aux yeux. Voilà ma faculté maîtresse, celle que ne possède en effet aucun autre écrivain. Innée en moi, elle s'est développée par suite d'une crise morale. Et c'est ce que je n'étais pas alors à même d'avouer, fût-ce à Pouchkine.

Ce don s'est révélé dans les *Âmes Mortes* avec encore plus de force. Si les *Âmes Mortes* ont tant effrayé la Russie et soulevé tant de bruit, ce n'est pas parce qu'elles découvraient des plaies ou révélaient des maladies internes ; ce n'est pas parce qu'elles offraient l'impressionnant spectacle du vice triomphant et de l'innocence opprimée. Non, mes héros ne sont point des scélérats. Il m'eût suffi d'ajouter un trait sympathique à l'un d'entre eux pour que le lecteur s'accommodât de tous ; mais la vulgarité de l'ensemble l'a révolté. Mes héros se suivent, l'un plus vulgaire que l'autre, et le lecteur excédé cherche en vain un épisode réconfortant, un endroit où reprendre haleine ; en fermant le livre, il croit sortir d'une cave où l'air manque et revenir à la lumière du jour. On m'eût pardonné de pittoresques scélérats ; on ne me pardonne point des pieds plats. La nullité du Russe l'a effrayé plus que ses défauts et ses vices. Effroi digne de louanges ! Pour éprouver une telle répulsion devant la bassesse, il faut sans doute posséder les qualités qui s'y opposent. Voilà donc en quoi consiste ma faculté maîtresse ; et cette faculté, je le répète, ne se fût pas si fortement développée, si mon état d'âme et mon évolution morale n'y eussent contribué. Aucun de mes lecteurs ne savait qu'en riant de mes héros, il riait aussi de moi.

Aucun de mes vices, aucune de mes vertus n'étaient assez puissants pour dominer les autres ; en revanche, toutes les turpitudes — chacune pour une petite part — s'étaient donné rendez-vous en moi ; jamais encore, chez personne, je ne les ai rencontrées assemblées en si grand nombre. Dieu m'a donné une nature très complexe. Il a mis en moi quelques qualités ; la plus belle, celle dont je ne sais comment le remercier, c'est *le désir de devenir meilleur.* Je n'ai jamais aimé mes défauts, et si l'amour divin n'avait pas voulu que je les découvrisse petit à petit, et non soudainement et tous ensemble, alors que je ne concevais pas encore son infinie miséricorde, je me serais certainement pendu. Au fur et à mesure que je les découvrais, une miraculeuse inspiration d'en haut accroissait en moi le désir de m'en défaire ; une extraordinaire crise morale me poussa à les transmettre à mes héros. Quelle fut au juste cette crise, il ne t'appartient pas de le savoir ; je l'aurais depuis longtemps fait connaître, si j'y voyais le moindre profit pour qui que ce soit. Depuis lors, je me mis à ajouter mes propres turpitudes à celles de mes héros. Voici comment j'opérais : prenant un de mes défauts, je le poursuivais chez quelqu'un d'état et de carrière différents des miens ; je tâchais de me le représenter sous la forme d'un ennemi mortel, qui m'eût odieusement outragé, je le poursuivais de mon animosité, de mes moqueries, de mes sarcasmes. Si quelqu'un avait vu les monstres qui tout d'abord sortirent de ma plume, il eût tout bonnement frémi. Il me suffira de te dire que, quand je lus à Pouchkine, sous leur forme primitive, les premiers chapitres de mes *Âmes Mortes*, celui-ci, qui aimait à rire et se déridait toujours en m'entendant lire, se renfrogna ; son visage s'assombrit par degrés. Quand j'eus fini, il proféra d'une voix morne : « Mon Dieu, que notre Russie est triste ! » Cela me surprit. Pouchkine, qui connaissait si bien la Russie, n'avait pas remarqué que tout cela n'était que caricature et invention ! Je compris alors ce que signifie une œuvre sortie du tréfonds de l'âme, et sous quelle forme terrifiante on peut présenter aux hommes les ténèbres et l'angoissant *manque de lumière*. Je songeai dès lors au moyen d'atténuer la pénible impression que pouvaient laisser les *Âmes Mortes*. Je reconnus que beaucoup de turpitudes ne méritaient pas qu'on s'en irritât : mieux valait en montrer tout le néant. Je voulus voir aussi ce que diraient nos Russes mis en présence de leur bassesse. D'après le plan, depuis longtemps arrêté, des *Âmes Mortes*, c'étaient justement des êtres nuls qui devaient figurer dans la première partie du poème. Cependant, loin d'en faire des portraits, il fallait rassembler en eux, mais bien entendu sous une forme dégradée, des traits empruntés à ceux qui s'estiment meilleurs que les autres. Outre les miens propres, on trouve là des traits appartenant à mes amis. Quelques-uns t'appartiennent ; je te les indiquerai, quand cela te sera salutaire ; jusqu'alors c'est mon secret. J'ai dû enlever à tous les gens de bien que je connaissais ce qu'il y avait accidentellement en eux de bas et de mauvais, pour le rendre à ses légitimes propriétaires. Ne me demande pas pourquoi la première partie devait être *toute bassesse* et ne mettre en scène que des pieds plats ; les volumes suivants te donneront réponse. Malgré tous ses défauts, la première partie a fait son œuvre : elle a inspiré à tout le monde de l'aversion pour mes héros et leur néant ; elle a provoqué le mécontentement de nous-mêmes et une certaine tristesse, que je jugeais nécessaire. Pour le moment cela me suffit. Bien entendu, tout cela eût pris une plus grande importance si, au lieu d'en hâter la publication, j'avais donné plus de fini à mon livre. N'étant pas encore assez séparés de moi-même, mes héros ne mènent pas une existence vraiment indépendante. Je ne leur ai pas fait prendre un pied assez ferme sur la terre qui devait être la leur ; je ne les ai pas entourés d'une atmosphère suffisamment russe. Le livre est né avant terme ; mais l'esprit s'en dégage déjà imperceptiblement et sa publication hâtive peut m'être utile, en ce sens qu'elle incitera mes lecteurs à signaler les erreurs que j'ai pu commettre dans la description de la vie russe publique et privée. Si, au lieu de me poser les questions oiseuses dont tu as rempli la moitié de ta lettre et qui ne tendent qu'à satisfaire une vaine curiosité, tu avais recueilli toutes les remarques judicieuses faites à propos de mon livre, tant par toi que par d'autres personnes intelligentes, adonnées comme toi à une vie active et pratique ; si tu y avais ajouté un certain nombre de faits susceptibles de confirmer ou d'infirmer tel ou tel de mes dires — et, pour, chaque page de mon livre, on peut dans votre province glaner par douzaines ces faits ou ces anecdotes — tu aurais accompli une bonne œuvre et mérité mon franc merci. Comme cela eût élargi mon horizon, rafraîchi mes idées, facilité ma tâche !

Mais personne ne veut m'écouter : négligeant mes questions, chacun n'attache d'importance qu'aux siennes ; d'aucuns même, sans trop comprendre ce qu'ils veulent, exigent de moi je ne sais quelle franchise et quelle sincérité. À quoi bon ce vain désir de savoir les choses d'avance, cette hâte inutile dont tu commences à subir la contagion ? Vois comme dans la nature tout s'accomplit sagement, posément, harmonieusement ; comme tous les phénomènes s'enchaînent ! Dieu sait pourquoi, nous sommes les seuls à nous agiter, à nous démener, comme si nous étions atteints de fièvre chaude. C'est ainsi que tu m'écris : « Il faut que le second volume paraisse, au plus tôt ». As-tu bien pesé ces paroles ? J'ai commis une sottise en publiant trop tôt le premier volume ; j'en commettrais une semblable, en hâtant la publication du second, uniquement parce que j'ai soulevé le mécontentement général. Ai-je donc perdu l'esprit ? Ce mécontentement m'est nécessaire ; les mécontents me diront peut-être quelque chose. Et d'où tires-tu la conclusion que le second volume doit justement paraître maintenant ? T'es-tu donc insinué dans mon cerveau ; as-tu pénétré l'essence de ce second volume ? Il doit, selon toi, paraître dès maintenant ; selon moi, dans deux ou trois ans au plus, et encore si d'ici là les circonstances me sont propices. Qui de nous deux a raison ? Celui qui porte déjà dans la tête ce second volume, ou celui qui en ignore le contenu ? Quelle étrange mode s'est répandue en Russie ! Un indolent, un oisif, se mêle de stimuler un ami, supposant sans doute que celui-ci exultera à la pensée que l'autre ne fait rien. A-t-on remarqué que quelqu'un s'adonne sérieusement à une œuvre sérieuse, aussitôt on le stimule de tous côtés ; et, si l'œuvre est manquée, on lui reproche de s'être trop hâté. Mais c'est assez t'admonester. J'ai répondu à la question sensée et t'ai même dit ce que je n'avais jusqu'à présent révélé à personne. Ne crois pas cependant, après cette confession, que je sois un monstre pareil à mes héros. Non, je ne leur ressemble pas. J'aime le bien ; je le cherche ; il m'enthousiasme. Loin de me complaire, comme mes héros, dans mes turpitudes, je les déteste, j'abhorre les bassesses qui m'éloignent du bien. Je lutte contre elles et, avec l'aide de Dieu, je les vaincrai. Car c'est une sottise de prétendre, comme le font nos beaux esprits, que l'homme se corrige seulement à l'école et ne peut ensuite changer le moindre de ses traits ! Pareille absurdité n'a pu naître que dans la stupide cervelle d'un mondain. Je me suis déjà délivré de beaucoup de mes vilenies, en les transmettant à mes héros, en les livrant ainsi à mes propres moqueries, comme aux sarcasmes d'autrui. En arrachant à la vilenie la pittoresque défroque et le masque chevaleresque dont elle s'affuble chez nous, j'ai commencé à me libérer. Quand je me confesse à Celui qui m'a mis au monde et a voulu que je me corrige de mes défauts, je vois encore beaucoup de vices en moi ; mais ce ne sont plus ceux de l'an dernier ; de ceux-là une force sainte m'a aidé à me délivrer. Je te conseille de ne pas faire fi de ces paroles : ma lettre lue, recueille-toi quelques instants ; repasse en pensée toute ta vie, et tu saisiras la justesse de mes dires.

Si tu réfléchis attentivement à ma réponse, tu verras qu'elle peut aussi s'appliquer à tes autres questions. Tu comprendras également pourquoi je n'ai pas, jusqu'à présent, offert à mes lecteurs de scènes réconfortantes ; pourquoi je n'ai pas pris des gens vertueux pour héros. Ces gens-là ne sauraient s'inventer. Tant qu'on ne leur ressemble pas un tant soit peu ; tant que, par la force et la constance, on n'a pas acquis quelques précieuses qualités, tout ce qui sort de votre plume sent le cadavre et demeure aussi éloigné de la vérité que le ciel l'est de la terre. Je n'ai pas non plus inventé de cauchemars ; ces cauchemars m'oppressaient, et il n'a pu sortir de mon âme que ce qu'elle renfermait.

1843.

IV

Le second volume des *Âmes Mortes* a été brûlé parce qu'il devait l'être.

Pour ressusciter il faut d'abord mourir. Il m'a été dur de brûler une œuvre qui m'avait coûté cinq ans d'un travail acharné, et dont chaque ligne avait causé en moi une commotion ; d'une œuvre où j'avais mis le meilleur de moi-même. Mais tout a été brûlé, et cela à une minute où, voyant la mort en face, je désirais laisser après moi un souvenir plus digne de ma mémoire.

Je remercie Dieu de m'avoir donné la force d'agir ainsi. Dès que la flamme eut consumé les derniers feuillets de mon livre, son contenu, nouveau phénix, ressuscita soudain sous des espèces plus épurées et plus lumineuses ; et je reconnus que ce que j'avais pris pour de l'harmonie n'était encore que du chaos. La publication du second volume, sous la forme que je lui avais donnée, eût causé plus de mal que de bien. Peu importe le plaisir que j'eusse procuré à quelques amateurs : ce n'est pas eux que je dois prendre en considération, mais bien la masse des lecteurs, pour qui j'écris les *Âmes Mortes*. Montrer quelques beaux caractères, parangons des vertus de notre race, n'aurait d'autre résultat que d'accroître notre vanité et notre infatuation. Beaucoup d'entre nous, surtout parmi les jeunes gens, exaltent outre mesure les vertus russes ; au lieu de développer en eux ces vertus, ils ne songent qu'à les étaler et à crier à l'Europe : « Regardez, étrangers, nous sommes meilleurs que vous ! » — Cette jactance est affreusement pernicieuse. Tout en irritant les autres, elle nuit à qui en fait preuve. La vantardise avilit la plus belle action du monde. Et voici que, sans avoir encore rien fait, nous nous prévalons de nos futures prouesses ! Pour moi, je préfère à la suffisance un découragement passager. Dans ce dernier cas, en effet, l'homme est amené à voir sa bassesse, son néant, et, malgré lui, il se souvient de Dieu qui tire toutes choses du néant ; dans le premier, au contraire, il se fuit lui-même pour se donner au diable, le père de l'orgueil, qui éblouit les hommes du faux éclat de leurs vertus. Il y a des époques où l'on ne peut diriger la société ou toute une génération vers le bien, qu'en lui révélant toute son abjection ; il y a des époques où l'on ne peut mieux parler du beau et du bien qu'en indiquant aussitôt, avec la plus grande clarté, un chemin qui permette à chacun de les atteindre. Et cela, qui eût dû, peut-être, constituer l'essentiel de mon second volume, ne s'y faisait guère sentir ; voilà pourquoi je l'ai brûlé. Ne me jugez pas ; ne tirez pas vos conclusions ; vous vous tromperiez comme ceux de mes amis qui, ayant voulu voir en moi l'écrivain idéal, tel qu'ils l'entendent, exigeaient que je répondisse à cet idéal. En me créant, Dieu ne m'a point caché ma mission. Je n'ai pas été mis au monde pour faire époque dans la littérature, mais pour accomplir une tâche plus simple et plus familière, tâche à laquelle chacun de nous doit songer aussi bien que moi. Mon domaine c'est l'âme et l'étude sérieuse de la vie. Aussi dois-je agir posément et faire œuvre durable. Que les autres se hâtent ; pour moi je n'en ai cure. Je brûle quand besoin est, et j'ai sans doute raison ; car je n'entreprends rien sans avoir prié. Vous avez tort de craindre que ma faible santé ne me permette pas d'écrire le second volume. Ma santé est, à vrai dire, chancelante ; parfois même mon malaise est si douloureux que, sans l'aide de Dieu, je ne le supporterais pas. En plus de mon épuisement, je suis devenu si frileux que je n'arrive pas à me réchauffer ; il faudrait me donner du mouvement et je n'en ai pas la force. J'ai peine à consacrer une heure par jour à un travail qui n'est pas toujours fructueux. Mais je ne perds nullement espoir. Celui qui, par le chagrin, les infirmités, les obstacles de toute nature, a hâté en moi l'éclosion des forces et des pensées, sans lesquelles je n'aurais pas conçu cette œuvre ; Celui qui m'en a fait mener à bien plus de la moitié, Celui-là me donnera la force de la parachever. Si je suis décrépit physiquement, mon esprit s'affermit de plus en plus et, l'esprit étant fort, le corps le redeviendra. Je crois que, si l'heure sonne, j'achèverai en quelques semaines l'ouvrage auquel j'ai déjà consacré cinq années douloureuses.

1846.

SECONDE PARTIE

PREMIER FRAGMENT

I

[193] Pourquoi dépeindre la pauvreté, toujours la pauvreté et l'imperfection de notre vie, en exhumant ses personnages des coins perdus, des régions les plus reculées ? Que faire, si tel est le propre de l'auteur, et si la conscience maladive de son imperfection l'empêche de décrire autre chose que les aspects fâcheux de l'existence, et des individus vivant dans un trou de province ? Et nous voici de nouveau dans un coin perdu, de nouveau nous rencontrons une région reculée. Mais aussi quel coin et quelle région !

Tel le rempart gigantesque d'une immense forteresse à redans et embrasures, une chaîne de monticules s'étendait sinueusement sur plus de mille verstes. Elle se dressait avec majesté au-dessus de vastes plaines, tantôt comme une paroi abrupte, de calcaire argileux[194], sillonnée de brèches et d'excavations ; tantôt sous forme d'un charmant mamelon gazonneux, que des taillis couvraient comme d'une toison ; tantôt enfin sous l'aspect d'épaisses forêts échappées par miracle à la hache. Une rivière épousait parfois ses rives, décrivant avec elles des coudes et des détours, ou bien s'écartait dans les prairies, pour ensuite, après avoir serpenté, disparaître dans des bosquets de bouleaux, de trembles, d'aunes, et s'en échapper en triomphe, escortée de ponts, de moulins, de digues, qui semblaient fuir avec elle à chaque tournant.

À un certain endroit, le flanc escarpé des hauteurs se couvrait davantage de la verte parure des arbres. Grâce à des plantations artificielles et par suite de la différence d'altitude, le règne végétal du Nord et celui du Midi s'étaient rassemblés au même point. Le chêne, le sapin, le poirier sauvage, l'érable, le cerisier, le prunellier, le cytise, le sorbier enchevêtré de houblon, tantôt se soutenant dans leur croissance, tantôt s'étouffant réciproquement, escaladaient tout le versant. Au sommet apparaissaient parmi leurs cimes vertes les superstructures d'un domaine : les toits rouges des communs, le faîte des izbas dissimulées par derrière, l'étage supérieur orné d'un balcon sculpté et d'une grande fenêtre cintrée. Cette masse d'arbres et de toitures était dominée par une vieille église rustique, dont les cinq coupoles dorées chatoyaient. Toutes portaient des croix d'or ajourées, fixées par

---

[193] — Cette seconde partie est constituée par des cahiers et des feuilles volantes retrouvés par Chévyriov dans les papiers de l'auteur ; elle a été publiée pour la première fois en 1855 avec la *Confession d'un Auteur,* par un neveu de Gogol, N. P. Trouchkovski, dans l'édition dite « des héritiers ». Une seconde rédaction, également retrouvée par Chévyriov et publiée en 1861 [?] par P. A. Koulich, ami et autre éditeur de Gogol, ne diffère guère de la première, à qui elle paraît antérieure.
Un examen attentif de ces cahiers a permis à Tikhonravov, le meilleur éditeur de Gogol, de dater de 1841-1842 le premier fragment, qui correspond à peu près aux quatre premiers chapitres. Quant au second, la composition en devrait être reculée jusque vers 1840-1841. En se fondant sur des arguments purement littéraires, on serait tenté de croire le contraire, ce fragment étant beaucoup plus faible que le premier. On ne sait trop quelle place il aurait occupé dans l'œuvre ; peut-être même était-il destiné à la troisième partie.

194 — En décrivant ces monticules de calcaire argileux, Gogol pourrait bien avoir eu en vue les fameuses falaises de Jigouli, dans la province de Simbirsk. Il note en effet dans ses *Carnets* les renseignements suivants, qui lui ont été fournis par Iazykov :
... Toutes les collines de Jigouli sont constituées par de la pierre calcaire couleur blanche et couleur paille (1842).
... Les falaises calcaires apparaissent depuis Sysrane et se prolongent dans la province de Saratov. Elles sont fort belles, lorsque le soleil les frappe de ses rayons (1846).
Il semble bien avoir voulu situer la seconde partie de son poème dans la région de la Basse-Volga.

des chaînes de même métal, de sorte qu'au loin on croyait voir suspendus dans le vide des ducats d'or étincelants. Tout cet ensemble renversé — cimes, croix, toitures, — se reflétait gracieusement dans la rivière ; des saules, creux et difformes, dont les uns se dressaient sur le bord et les autres emmêlaient leurs rameaux à de visqueuses éponges flottant parmi les nénuphars jaunes, semblaient contempler ce magique tableau.

La vue dont on jouissait du balcon était encore plus belle et ne laissait personne indifférent. L'étonnement coupait la respiration des visiteurs ; ils ne pouvaient que s'exclamer : « Mon Dieu, quel panorama ! » — On découvrait des espaces sans bornes : au delà des prairies, parsemées de boqueteaux et de moulins, verdoyaient plusieurs zones de forêts ; ensuite, à travers l'atmosphère déjà vaporeuse, jaunissaient des sables ; puis venaient encore des forêts, bleuâtres celles-ci comme la mer ou comme un brouillard lointain, et de nouveau des sables d'un blond pâle. À l'extrême horizon, se dressait la crête de collines crayeuses éclatantes de blancheur même par le mauvais temps ; un soleil perpétuel semblait les éclairer. Sur leur teinte éblouissante on apercevait des taches fumeuses d'un bleu noir. C'étaient des villages éloignés ; mais l'œil ne pouvait déjà plus les distinguer nettement. Seul le sommet doré de l'église, qui étincelait au soleil, indiquait un bourg important. Sur tout cela planait un calme profond que ne troublaient même pas les chants à peine perceptibles des oiseaux presque perdus dans l'espace. Bref, après deux heures de contemplation au balcon, les visiteurs ne pouvaient que proférer : « Mon Dieu, quel panorama ! »

Qui donc résidait dans ce domaine que, telle une forteresse inexpugnable, on pouvait seulement aborder du côté opposé à celui que nous venons de décrire ? Là, des chênes éparpillés accueillaient amicalement le visiteur, en étendant comme pour une embrassade leurs branches touffues ; ils l'accompagnaient jusqu'à la demeure dont nous avons aperçu le haut par derrière. Celle-ci se dressait alors de face, flanquée d'un côté par une rangée d'izbas montrant leurs faîtes et leurs pignons sculptés, de l'autre par l'église aux croix et aux chaînettes d'or étincelantes. À quel heureux mortel appartenait cet asile ? À un propriétaire foncier du district de Trémalakhane, André Ivanovitch Tentietnikov, célibataire de trente-trois ans. Quel était ce personnage, quel caractère avait-il ? Il convient, lectrices, d'interroger ses voisins.

L'un d'eux, un de ces boute-en-train d'officiers supérieurs en retraite, dont la race délurée tend à disparaître, s'exprimait ainsi sur son compte : — C'est un franc animal !

Un général, habitant à dix verstes de là, disait : — Ce jeune homme n'est pas sot, mais il s'est mis trop de choses en tête. Je pourrais lui être utile, car je ne manque pas de relations à Pétersbourg et même à... — Le général n'achevait pas sa phrase.

Le capitaine-ispravnik formulait sa réponse comme suit : — Son grade est bien modeste ; et demain, j'irai lui réclamer un arriéré d'impôts !

Et le paysan interrogé sur son maître ne répondait rien. Par conséquent l'opinion lui était défavorable.

À parler impartialement — ce n'était pas un méchant homme, mais seulement un songe-creux. Comme il ne manque pas dans le monde de gens qui végètent ainsi, pourquoi Tentietnikov n'en aurait-il pas fait autant ? D'ailleurs, voici au hasard l'emploi d'une de ses journées ; le lecteur pourra ainsi apprécier son caractère et juger si sa vie correspondait aux beautés qui l'environnaient.

Le matin, il se réveillait fort tard, se mettait sur son séant et commençait à se frotter les yeux. Comme, par malheur, il les avait petits, cette opération se prolongeait ; pendant ce temps, le domestique Mikhaïlo se tenait à la porte avec un pot à eau et une serviette. Ce pauvre Mikhaïlo stationnait une heure, puis deux, allait faire un tour à la cuisine, et, quand il revenait, le maître était toujours sur son séant à se frotter les yeux. Enfin Tentietnikov se levait, faisait sa toilette et passait au salon, en robe de chambre, pour prendre du thé, du café, du cacao et même du lait frais encore chaud ;

il goûtait un peu à tout, en émiettant le pain sans pitié et en répandant partout les cendres de sa pipe. Deux heures se passaient ainsi. Non content de cela, il se versait encore une tasse de thé froid et s'en allait la boire à la fenêtre qui donnait sur la cour ; il assistait tous les jours à la scène suivante.

Grigori, domestique qui faisait fonction de sommelier, apostrophait l'économe Perfilievna[195] à peu près en ces termes :

— Te tairas-tu, coquine, vilaine créature !

— Voilà pour toi ! criait en faisant la nique, la vilaine créature, *alias* Perfilievna, — femme aux manières rudes, malgré son goût pour les raisins secs, les pâtes de fruits et autres douceurs qu'elle tenait sous clef.

— Tu te chamailles aussi avec l'intendant, propre à rien ! hurlait Grigori.

— L'intendant est aussi voleur que toi. Tu penses que Monsieur ne vous connaît pas ? Il est ici, il entend tout.

— Où est-il ?

— Le voilà assis à la fenêtre ; il voit tout.

En effet, Monsieur se tenait à la fenêtre et voyait tout.

Pour augmenter le vacarme, un marmot, taloché par sa mère, criait à plein gosier ; un lévrier, accroupi par terre, hurlait parce que le cuisiner l'avait ébouillanté. Bref, c'était un charivari intolérable. Le maître voyait et entendait tout. Et seulement lorsque le tintamarre l'importunait au point de troubler son doux farniente, il envoyait dire qu'on voulût bien faire du bruit plus doucement.

Deux heures avant le dîner, il se retirait dans son cabinet pour travailler sérieusement à un ouvrage qui devait embrasser la Russie entière à tous les points de vue — civil, politique, religieux, philosophique, — déterminer son grand avenir, résoudre les problèmes difficiles à l'ordre du jour ; tout cela à la manière et sous la forme qu'affectionnent nos contemporains. D'ailleurs cette entreprise colossale était encore à l'état de projet : Tentietnikov rongeait sa plume, faisait des dessins sur le papier ; après quoi tout était mis de côté pour céder la place à un livre qu'il ne quittait plus jusqu'au dîner. Il lisait tandis qu'on servait le potage, l'entrée, le rôti et même le dessert, de sorte que certains plats refroidissaient et que d'autres étaient remportés intacts. Puis venait le café avec la pipe, le jeu d'échecs solitaire. Que faisait-il ensuite jusqu'au souper ? Je ne saurais trop le dire, mais il me semble qu'il ne faisait rien.

C'est ainsi qu'un jeune homme de trente-trois ans passait son temps, dans une solitude profonde, sans bouger de chez lui, en robe de chambre et sans cravate. Il n'allait pas se promener, ne voulait même pas monter au premier, ni ouvrir les fenêtres pour aérer la chambre ; et le magnifique panorama qui ne laissait aucun visiteur indifférent semblait ne pas exister pour le maître du lieu. Comme on le voit, André Ivanovitch Tentietnikov appartenait à une sorte de gens qui n'est pas près de disparaître en Russie. On les nommait autrefois des cagnards et des lendores, mais je ne sais trop comment les appeler maintenant. Ces caractères sont-ils naturels, ou bien engendrés par les tristes circonstances qui façonnent si rudement l'homme ? Plutôt que de répondre à cette question, mieux vaut raconter l'histoire de son enfance et de son éducation.

Tout semblait concourir à faire de lui quelqu'un. À l'âge de douze ans, jeune garçon à l'esprit vif, nature moitié rêveuse, moitié maladive, il entra dans une école dirigée par un homme qui sortait de l'ordinaire. Idole de la jeunesse, modèle des éducateurs, l'incomparable Alexandre Pétrovitch avait le don de discerner la nature humaine. Comme il connaissait le caractère russe et les enfants ! Comme il savait les stimuler ! Il n'y avait pas un espiègle qui, après avoir fait une bêtise, ne vînt de son propre

---

[195] Voir note 114.

mouvement tout lui confesser. Bien mieux, le polisson s'en retournait la tête haute, avec le vif désir d'effacer sa faute. Les reproches mêmes d'Alexandre Pétrovitch avaient quelque chose d'encourageant ; il appelait l'ambition le moteur des facultés et s'efforçait par suite de l'exciter. Avec lui, il n'était pas question de bonne conduite ; il avait l'habitude de dire :

— J'exige de l'intelligence et pas autre chose. Qui rêve d'être intelligent n'a pas le temps de faire des bêtises ; les bêtises doivent disparaître d'elles-mêmes.

Effectivement, il en était ainsi. Quiconque ne s'efforçait pas de se corriger encourait le mépris de ses camarades. Les cancres et les imbéciles devaient endurer, de la part des plus jeunes, les surnoms les plus offensants, sans oser les toucher du doigt.

— Vous allez trop loin ! objectaient de nombreuses personnes ; les sujets bien doués deviendront arrogants.

— Non, répliquait-il ; je ne garde pas longtemps les incapables ; un seul cours leur suffit, tandis que pour les bons élèves, j'ai un cours complémentaire.

En effet, tous ceux qui étaient capables suivaient ce cours. Le moindre mouvement de leurs pensées lui était connu ; il semblait ne rien voir, mais, tel un mage dissimulé dans une retraite mystérieuse, il observait leurs aptitudes et leurs penchants. Il ne réprimait pas maintes vivacités, y voyant le germe du développement des qualités morales ; mais il disait qu'elles lui étaient nécessaires, comme une éruption au médecin, pour connaître avec certitude l'intérieur de l'homme.

Comme tous les élèves l'aimaient ! Non, jamais enfants n'ont eu un pareil attachement pour leurs parents ! Non, même aux années de folle dissipation, il n'existe pas de passion aussi ardente que l'affection qu'il inspirait ! Jusqu'à ses derniers jours, l'élève reconnaissant levait son verre, à l'anniversaire de ce maître incomparable, depuis longtemps dans la tombe,... fermait les yeux et pleurait à son souvenir... Le moindre encouragement de sa part mettait dans un joyeux émoi et suscitait l'ambition de dépasser tous les autres.

Il jugeait une foule de connaissances inutiles et susceptibles d'entraver le développement intrinsèque de l'intelligence. Par contre, il consacrait beaucoup de temps aux travaux manuels en plein air qui fortifient le corps.

Les sujets peu doués ne restaient pas longtemps chez lui ; il y avait pour eux un cours abrégé ; mais les autres devaient suivre un programme doublement chargé. Et la dernière classe, réservée aux élus, ne ressemblait nullement à celle des institutions similaires. Là seulement, il exigeait de l'élève tout ce que certains exigent inconsidérément des enfants : l'esprit supérieur qui, loin de railler, sait endurer la raillerie, se montrer indulgent aux imbéciles, ne pas s'irriter, ne jamais se venger, mais garder le calme fier d'une âme impassible. Il mettait en œuvre tout ce qui était capable de donner de la virilité à ses pupilles, et faisait avec eux des expériences continuelles. Oh ! comme il connaissait la science de la vie !

Il avait peu de professeurs et enseignait lui-même la plupart des branches. Sans termes pédantesques ni considérations grandiloquentes, il savait transmettre l'âme d'une science et en faire comprendre l'utilité même aux jeunes écoliers. D'ailleurs, il n'enseignait que les sciences capables de former des citoyens. Une grande partie des leçons consistait à raconter aux jeunes gens ce qui les attendait au sortir du collège ; il dépeignait si bien leur carrière future qu'ils la vivaient déjà en pensée. Il ne dissimulait rien, présentait dans toute leur nudité les déboires, les obstacles, les tentations, les pièges qui les guetteraient. Il connaissait tout, et paraissait avoir lui-même passé par tous les états et emplois. Était-ce par suite d'une ambition précoce, ou parce que les yeux mêmes de cet éducateur incomparable semblaient dire à ses auditeurs : *En avant !* parole familière au Russe et qui opère des prodiges sur sa nature sensible ? Toujours est-il que dès le début de leur carrière, ses disciples recherchaient exclusivement les difficultés, brûlant d'agir là où les obstacles fourmillaient, où il fallait montrer une grande force d'âme. Il ne formait que peu d'élèves ; en revanche, c'étaient des caractères à toute épreuve. Ils se maintenaient dans les postes les plus précaires, alors que d'autres, plus doués, perdaient patience, lâchant tout pour de mesquines contrariétés ou bien, envahis par l'apathie et l'indolence, devenaient la proie des fripons et des pots-de-viniers. Mais ceux-là ne bronchaient pas et, instruits par les difficultés, exerçaient même sur les mauvaises natures une puissante influence.

Quel empire prit ce maître éminent sur André Ivanovitch ! Le cœur ardent de l'ambitieux garçon palpitait, à la seule pensée qu'il pouvait faire partie du cours supérieur ; aussi, quand, à seize ans, Tentietnikov, ayant dépassé ses condisciples, fut jugé digne d'y être admis, ne voulut-il pas croire à son bonheur. Quel meilleur éducateur pouvait-on trouver pour notre jeune homme ? Mais voilà qu'au moment où celui-ci voyait se réaliser le plus vif de ses désirs, l'incomparable pédagogue, dont un mot d'approbation le mettait dans un doux émoi, tomba malade et mourut bientôt. Quel coup ce fut pour André Ivanovitch ! Quelle terrible perte, la première de sa vie !

Tout changea à l'école. À Alexandre Pétrovitch succéda un certain Fiodor Ivanovitch, homme bon et zélé, mais imbu d'idées toutes différentes. Il commença par instituer des règles extérieures, exigea que les écoliers observassent un silence complet et marchassent toujours deux par deux ; il mesurait lui-même la distance entre les couples. À table, il les plaça tous d'après la taille et non d'après l'intelligence, de sorte que les meilleurs morceaux étaient réservés aux cancres, et les os aux bons sujets. Tout cela souleva des murmures, surtout lorsque le nouveau directeur, comme pour braver son prédécesseur, déclara qu'à ses yeux l'intelligence et les progrès ne comptaient pas ; qu'il considérait uniquement la bonne conduite ; que si un élève apprenait mal tout en se conduisant bien, il le préférait à un sujet brillamment doué. Mais Fiodor Ivanovitch ne put obtenir la bonne conduite. On se mit à polissonner en cachette. Le jour, tout marchait au doigt et à l'œil ; mais, la nuit, on faisait bombance.

De même il bouleversa tout dans le cours supérieur. Avec les meilleures intentions du monde, il introduisit une foule d'innovations malheureuses. Il engagea des professeurs aux idées et aux conceptions nouvelles. Ils accablaient les auditeurs d'une masse de termes inconnus, se montraient au courant des théories les plus récentes, les exposaient avec beaucoup de logique et d'enthousiasme ; mais hélas ! leur science était dénuée de vie et demeurait lettre morte. Bref, tout marchait à l'envers. Le respect se perdit ; on se mit à tourner en ridicule les professeurs, à traiter le directeur de ganache. La dépravation sortit des limites puériles ; il y eut des scandales qui firent renvoyer un grand nombre d'élèves. En deux ans, l'école fut méconnaissable.

André Ivanovitch était de mœurs paisibles. Il ne se laissa entraîner ni aux orgies nocturnes de ses camarades, qui racolèrent une dame sous les fenêtres même du directeur, ni à leurs railleries sacrilèges, provenant de ce que l'aumônier n'était pas très intelligent. Non, son âme, même endormie, sentait son origine divine. Seulement il perdit courage. Son ambition déjà excitée ne pouvait se donner carrière ; mieux eût valu ne pas l'éveiller. Il écoutait les professeurs qui s'échauffaient en chaire, et se rappelait son ancien maître qui savait, sans perdre la mesure, parler d'une façon intelligible. Combien de matières dut-il digérer ! La médecine, la chimie, la philosophie, le droit, et l'histoire universelle avec tant d'ampleur, qu'en trois ans le professeur arriva seulement à parcourir l'introduction, et à exposer le développement des communes de certaines villes allemandes ! Dieu sait ce qu'il lui fallut avaler ! Mais tout cela demeura dans sa tête à l'état de fragments informes. Grâce à son esprit inné, il sentait qu'on ne devait pas enseigner ainsi, sans trop comprendre quelle était la bonne méthode. Souvent, il se rappelait Alexandre Pétrovitch et une telle tristesse l'envahissait qu'il ne savait où se réfugier. Mais le fait que l'avenir lui appartient suffit à rendre la jeunesse heureuse. À mesure qu'approchait le terme de ses études, le cœur lui battait. Il se disait : « Ce n'est pas encore la vie, ce n'en est que la préparation ; la véritable vie commencera lorsque je servirai l'État, et je pourrai alors me distinguer »[196].

---

[196] — Ce long passage sur l'éducation ne nous est parvenu que sous forme de fragments ; les répétitions y sont nombreuses. C'était sans doute un de ceux auxquels Gogol tenait le plus. On trouve en effet dans ses *Carnets* (1841) : — *Développer dans la seconde partie un passage sur l'éducation.*

Il n'eut pas un regard pour le magnifique paysage qui frappait d'admiration tout visiteur ; il ne s'inclina même pas sur la tombe de ses parents. À la manière de tous les ambitieux, il partit aussitôt pour Pétersbourg où, comme on sait, notre fougueuse jeunesse afflue de tous les points de la Russie — pour servir, briller, se pousser ou simplement acquérir un vernis de cette connaissance du monde, si terne, si décevante, si glaciale. Mais, dès le début, l'ardeur ambitieuse d'André Ivanovitch fut refroidie par son oncle, Onuphre Ivanovitch, conseiller d'État actuel. Celui-ci déclara que l'essentiel était d'avoir une bonne écriture, sans quoi on ne pouvait devenir ni ministre ni homme d'État. À grand'peine, grâce à la protection de son oncle, le jeune homme finit par se caser dans un ministère. On l'introduisit dans une magnifique salle parquetée, aux bureaux de laque, où devaient sans doute délibérer les premiers dignitaires de l'État ; mais il aperçut aussitôt une légion d'élégants personnages qui écrivaient la tête penchée, en faisant grincer leurs plumes ; et, lorsqu'on l'eut installé à une table, en l'invitant à copier — comme un fait exprès — un papier de minime importance (une correspondance au sujet de trois roubles, qui durait depuis six mois), une étrange sensation s'empara du jeune novice. Il crut se trouver dans une école en train de recommencer ses études : pour une faute quelconque, on l'avait fait rétrograder d'une classe. Les personnages qui l'entouraient lui parurent ressembler à des écoliers ! Pour compléter la ressemblance, certains d'entre eux lisaient la traduction d'un stupide roman, qu'ils glissaient entre les feuilles de leur dossier, comme s'ils étaient à leur affaire, tout en sursautant à chaque apparition du chef. Tout cela lui fit une drôle d'impression ; il trouva ses anciennes occupations plus sérieuses que celles-ci, et la préparation au service préférable à ce service même. Il se prit à regretter le collège. Alexandre Pétrovitch surgit soudain devant lui, comme de son vivant, et il eut peine à retenir ses larmes. La salle, les employés, le mobilier, tout se mit à tourner ; il faillit perdre connaissance. — « Non, songea-t-il en revenant à lui, je me mettrai à l'œuvre, si mesquine qu'elle paraisse au début ! » Faisant contre fortune bon cœur, il résolut de servir comme les autres.

Quel lieu est dépourvu de charmes ? On en trouve même à Pétersbourg, malgré son aspect rude et nébuleux. Il gèle à pierre fendre ; la tourmente de neige, vraie fille du Nord, fait rage, balayant les trottoirs, aveuglant les yeux, poudrant les cols de fourrure, les moustaches des gens, les museaux velus des animaux. Mais, à travers les flocons qui tourbillonnent, une lumière accueillante brille à quelque troisième étage, dans une chambrette confortable, à la lueur de modestes bougies. Tandis que le samovar ronronne, on tient une conversation qui réchauffe l'âme et le cœur ; on lit quelque belle page d'un de ces poètes inspirés, dont Dieu a gratifié sa Russie ; et le cœur juvénile de l'adolescent vibre avec autant d'enthousiasme que sous le riant soleil du Midi[197].

Bientôt Tentietnikov s'accoutuma à ses fonctions, qui pourtant ne devinrent pas pour lui, comme il s'y attendait au début, le but essentiel de la vie. Elles lui servaient à répartir le temps, en lui faisant apprécier davantage ses loisirs. Le conseiller d'État se disait déjà qu'il y avait de l'étoffe dans son neveu, lorsque celui-ci commit une bévue. Au nombre des amis — assez nombreux — d'André Ivanovitch, figuraient deux individus qui étaient ce qu'on appelle des esprits aigris. Ces caractères bizarrement inquiets ne peuvent supporter de sang-froid non seulement les injustices, mais tout ce qui, à leurs yeux, revêt l'apparence de l'injustice ; bons en principe, mais désordonnés dans leurs actes, ils exigent pour eux une indulgence qu'ils refusent aux autres. La véhémence de leurs propos et leur noble indignation contre la société influencèrent puissamment Tentietnikov. Ils le rendirent irritable, nerveux, lui firent remarquer tous les détails auxquels il ne songeait pas auparavant à prêter attention. Fiodor Fiodorovitch Lénitsyne, chef d'une des divisions installées dans les magnifiques salles, lui déplut subitement. Il se mit à rechercher en lui une foule de défauts. Il lui sembla que Lénitsyne, tout sucre et tout miel dans ses conversations avec des supérieurs, se montrait aigre comme du vinaigre quand un subordonné s'adressait à lui ; qu'à l'instar des gens mesquins, il incriminait ceux qui ne venaient pas lui présenter leurs hommages, les jours de fête, et gardait rancune à ceux dont les noms

---

[197] — Encore un souvenir de jeunesse : Gogol évoque les premiers temps de son séjour à Pétersbourg.

ne figuraient pas sur le registre du concierge. Finalement, ce personnage lui inspira une répulsion maladive. Un mauvais esprit le poussait à faire quelque chose de désagréable à Fiodor Fiodorovitch. Il attendait avec une sorte de volupté l'occasion, qui, enfin, se présenta. Un jour, il lui parla sur un ton si acerbe, qu'on le mit en demeure de s'excuser ou de démissionner. Il démissionna. Son oncle accourut, bouleversé, suppliant :

— Au nom du Ciel, André Ivanovitch, que fais-tu là ? Abandonner une carrière si bien commencée, uniquement parce qu'un chef n'est pas de ton goût ! Miséricorde ! À quoi penses-tu ? Mais à ce compte-là, personne ne demeurerait en fonction ! Reviens à la raison ; mets de côté la fierté, l'amour-propre ; va t'expliquer avec lui !

— Il ne s'agit pas de cela, mon oncle, répliqua le neveu. Je puis facilement lui faire des excuses ; je suis dans mon tort, c'est mon chef, je n'aurais pas dû lui parler ainsi. Mais voyez-vous, un autre service m'attend : trois cents paysans, un domaine qui périclite, un régisseur imbécile. Qu'un autre employé gratte des papiers à ma place, l'État n'y perdra pas grand'chose ; mais, si trois cents contribuables ne paient pas leurs impôts, il subira une grande perte. Je suis, n'est-ce pas, propriétaire... Si je me consacre, pour améliorer leur sort, aux gens qui me sont confiés, si j'offre à l'État trois cents sujets modèles, sobres, travailleurs, en quoi mon service sera-t-il inférieur à celui d'un chef de division comme Lénitsyne ?

Le conseiller d'État demeura bouche bée. Il ne s'attendait pas à un tel flux de paroles. Après un instant de réflexion, il tint à peu près ce langage :

— Mais pourtant... comment peut-on s'enterrer à la campagne ? Quelle société peut-il y avoir parmi... ? Ici, du moins, on rencontre dans la rue des généraux, des princes. On passe à côté de quelque... Enfin, il y a l'éclairage au gaz, l'industrie à l'européenne, tandis que là-bas on n'a affaire qu'à des manants. Pourquoi donc s'encanailler pour le reste de ses jours ?

Mais le neveu demeura sourd aux représentations de l'oncle. Il en avait assez du bureau et de la capitale. La campagne commençait à lui apparaître un sûr asile, favorable à la méditation, et l'unique champ d'activité utile. Il s'était déjà procuré les plus récents ouvrages d'agriculture. Bref, quinze jours après cette conversation, il se trouvait déjà aux environs des lieux où s'était écoulée son enfance, non loin de ce coin enchanteur qu'aucun visiteur ne se lassait d'admirer. Un nouveau sentiment l'agitait. Dans son âme s'éveillaient les impressions d'autrefois, depuis longtemps enfouies. Il avait totalement oublié beaucoup d'endroits et, comme un nouveau venu, regardait avec curiosité de beaux points de vue. Soudain, sans savoir pourquoi, son cœur se mit à battre. La route s'engageait par un étroit ravin au plus épais d'une immense forêt ; il aperçut, au-dessus et au-dessous de lui, des chênes séculaires que trois hommes auraient eu peine à embrasser, alternant avec l'épicéa, l'orme, le peuplier. « À qui appartient cette forêt ? » s'informa-t-il. — « À monsieur Tentietnikov, » lui répondit-on. Puis le chemin suivit des prairies bordées de trembles, d'osiers, de saules, en vue de hauteurs qui s'étendaient au loin, et franchit en deux endroits différents la même rivière, en la laissant d'abord à droite, puis à gauche ; André Ivanovitch s'enquit de l'heureux propriétaire de ces prairies et apprit qu'elles appartenaient à monsieur Tentietnikov. La route gravit alors une côte et longea un plateau avec, d'un côté, des moissons sur pied, froment, seigle et orge, et de l'autre tous les endroits précédemment parcourus, qui apparurent soudain en raccourci ; puis, s'assombrissant par degrés, elle s'allongea à l'ombre des arbres touffus éparpillés sur le tapis vert jusqu'au village. Lorsque se dessinèrent les izbas sculptées des moujiks et les toits rouges du domaine, et qu'étincela le faîte doré de l'église ; lorsque le cœur palpitant de Tentietnikov devina où l'on était arrivé, — toutes les sensations accumulées s'exhalèrent à haute voix.

— N'étais-je pas stupide ? Le sort m'a fait possesseur d'un paradis terrestre, et je m'astreignais à griffonner des paperasses ! Avoir reçu une bonne instruction, s'être muni des connaissances nécessaires à la diffusion du bien parmi les subordonnés, à l'amélioration de toute une région, à l'exécution des nombreuses obligations du propriétaire terrien, à la fois juge, ordonnateur, gardien de l'ordre, — et confier ce poste à un intendant ignare ! Préférer servir d'intermédiaire à des gens que je n'ai jamais vus, dont j'ignore le caractère et les qualités ; en un mot, à une administration effective préférer l'administration, sur le papier, de provinces situées à mille verstes, où je n'ai jamais mis les pieds et où je ne puis faire que des sottises !

Cependant, un autre spectacle l'attendait. À la nouvelle de l'arrivée du seigneur, les paysans s'étaient rassemblés près du perron. Blouses, bonnets, bavolets, caftans et barbes pittoresques firent cercle autour de lui. Quand il entendit proférer : « Notre bienfaiteur, le voici revenu !... », quand les vieux et les vieilles se prirent à pleurer en se rappelant son grand-père, lui-même ne put retenir ses larmes. Il songeait : « Comme ils m'aiment ! Pourtant je ne les ai jamais vus, je ne me suis jamais occupé d'eux ! » Il fit alors vœu de partager désormais leurs travaux et leurs occupations, pour qu'il fût vraiment digne d'être aimé d'eux et d'être appelé leur bienfaiteur.

Il se mit à diriger l'exploitation. Il réduisit les corvées pour accorder plus de temps aux paysans. Le stupide intendant fut remercié. Il voulut se mêler de tout, se montra aux champs, à l'aire, aux séchoirs, aux moulins, assista au chargement et à l'expédition des barques et des chalands.

— Eh, eh, mais il a l'œil à tout ! se dirent les paysans ; et les paresseux eux-mêmes commencèrent à se gratter la nuque.

Mais cela ne dura pas longtemps. Le moujik est perspicace : il eut bientôt compris que son maître, bien qu'alerte et entreprenant, ne savait pas encore comment s'y prendre et parlait trop comme un livre. Il en résulta que, sans aller jusqu'à l'incompréhension totale, serfs et seigneur n'arrivèrent pas à se mettre à l'unisson.

Tentietnikov put constater que, sur ses terres, tout poussait moins bien que sur celles des paysans. On semait plus tôt, ça levait plus tard ; pourtant on paraissait travailler consciencieusement. D'ailleurs il assistait en personne aux corvées, et récompensait, par des distributions de vodka, le zèle de ses gens. Depuis longtemps le seigle, l'avoine, le millet des moujiks épiaient, tandis que ses céréales commençaient à peine à monter en tige, l'épi n'était pas encore noué[198]. Bref, le seigneur se mit à remarquer qu'en dépit de toutes les faveurs octroyées, ses paysans trichaient. Il essaya de leur faire des reproches, mais reçut cette réponse :

— Comment, notre maître, n'aurions-nous pas pris à cœur vos intérêts ? Vous avez été témoin de notre ardeur à labourer et semer ; et même vous avez fait distribuer une ration de vodka.

Que répliquer à cela ?

— Mais pourquoi le blé pousse-t-il si mal ? demandait Tentietnikov.

— Qu'en sait-on ? Les vers ont dû ronger la racine. Et puis, quoi d'étonnant avec un été pareil ? Il n'y a pas eu de pluies.

Mais André Ivanovitch voyait que, dans les blés de ses paysans, les vers n'avaient garde de ronger la racine ; quant à la pluie, elle ne tombait sans doute que par endroits, favorisant le moujik au détriment du seigneur.

Les femmes lui donnaient encore plus de fil à retordre. Elles demandaient à être exemptées des travaux, se plaignaient de la rigueur des corvées. Chose étrange ! Il avait supprimé toutes les redevances en toile, fruits, champignons, noisettes, et diminué de moitié les autres travaux, dans l'idée que les femmes consacreraient ce temps à leur ménage, coudraient des vêtements pour leurs maris, multiplieraient les potagers. Il n'en fut rien. La fainéantise, les batteries, les commérages, les disputes de tout genre se développèrent parmi le beau sexe, de telle façon que les maris venaient, sans cesse, l'adjurer :

---

[198] — Tous les passages de ce chapitre qui ont trait aux travaux agricoles, toutes les expressions techniques, tous les noms d'oiseaux sont empruntés par l'auteur à ses *Carnets*.

— De grâce, notre maître, faites entendre raison à ma diablesse de femme ! Il n'y a plus moyen de vivre avec elle !

Il voulut, à contre-cœur, user de sévérité ; mais comment se montrer sévère ? Une paysanne survenait, geignante, se tenant à peine debout, maladive, enveloppée d'affreuses guenilles, ramassées Dieu sait où.

— Va-t'en, va-t'en, que je ne te voie plus ! Que Dieu t'assiste ! — disait le pauvre Tentietnikov, qui voyait ensuite la malade, une fois le portail franchi, s'empoigner avec une voisine, à propos d'une rave, et lui labourer les côtes mieux que le plus robuste gaillard.

Il avait songé à fonder une sorte d'école, mais cela provoqua un tel gâchis qu'il dut bientôt y renoncer. Dans les conflits et les affaires contentieuses, toutes les subtilités juridiques que lui avaient inculquées ses professeurs philosophes ne servirent à rien. Les deux parties mentaient ; impossible de s'y reconnaître. Il s'aperçut que la simple connaissance de l'homme importait davantage que les subtilités des ouvrages de droit et de philosophie ; il vit qu'il lui manquait quelque chose, sans trop savoir au juste quoi. Et il arriva ce qui se produit si fréquemment : serfs et seigneur se méconnurent réciproquement, chacun d'eux se montrant sous son mauvais côté. Tout cela refroidit notablement le zèle du propriétaire.

Il assista dès lors aux travaux sans y prêter attention. Que l'on fût en train de faucher, d'engerber ou d'engranger, si l'opération avait lieu tout près, ses yeux erraient au loin ; si le travail s'exécutait à distance, son regard cherchait des objets plus rapprochés ou considérait un coude de la rivière, dont un martin-pêcheur au bec et aux pattes rouges longeait les bords. Il regardait avec curiosité l'oiseau qui, tenant en travers de son bec un poisson qu'il avait pris, paraissait se demander s'il l'avalerait ou non, — tout en fixant au loin un autre martin-pêcheur, qui n'avait pas encore pris de poisson, mais fixait lui aussi son congénère plus heureux. Ou bien, les yeux clos, la tête tournée en haut, vers les espaces célestes, il respirait l'odeur des champs, écoutait les voix de la gent ailée, lorsque de partout, des cieux comme de la terre, elle s'unit en un chœur harmonieux. La caille fait entendre son courcaillet dans le seigle ; le râle gémit dans l'herbe ; au-dessus d'eux pépie et gazouille un vol de linottes ; la bécasse bêle en s'élevant ; l'alouette grisolle, perdue dans la lumière, tandis que le cri des grues, qui volent en triangle, haut dans le ciel, retentit comme un appel de clairon. Les alentours ne sont que concert. Créateur ! que Tes œuvres sont encore magnifiques en pleine nature, loin des grandes routes et des grandes villes ! Mais ce spectacle même finit par lasser André Ivanovitch ; il cessa d'aller aux champs, se confina au logis, refusa même d'écouter les rapports de l'intendant.

Naguère, quelques voisins venaient le voir : un lieutenant de hussards en retraite, qui sentait la pipe ; un étudiant raté, aux idées avancées, ayant pour oracle les brochures et journaux contemporains. Mais cela aussi l'ennuya. Leurs conversations commencèrent à lui paraître superficielles ; leur sans-façon à l'européenne — tapotements de genoux et autres manières dégagées — lui sembla par trop libre. Il résolut de rompre avec tous et s'y prit même assez brusquement. Un jour, en effet, Varvar Nikolaïévitch Vichnépokromov[199], le plus charmant des causeurs superficiels, type de ces colonels boute-en-train qui tendent à disparaître, et en même temps acquis aux idées nouvelles, s'en vint le voir pour discourir à son aise sur la politique, la philosophie, la littérature, la morale, et même l'état des finances anglaises ; mais Tentietnikov lui fit dire qu'il n'y était pas, tout en ayant l'imprudence de se montrer à la fenêtre. Les regards du visiteur et de l'hôte se rencontrèrent. L'un, bien entendu, grommela : « Quel animal ! » tandis que l'autre, de dépit, lui adressait une épithète tout aussi malsonnante. Les relations en restèrent là. Depuis lors personne ne vint plus lui faire visite.

---

[199] — Dans une longue note sur l'élevage des pigeons (*Carnet* de 1841-1842), Gogol signale l'adjectif *vichnepokromyi*, comme désignant des pigeons dont les ailes sont ornées d'une bordure *(pokroma)* couleur cerise *(vichnia)*. C'est de cet adjectif qu'il a tiré ce bizarre nom de famille : *Vichnépokromov*.

Il s'en réjouit et s'adonna à la méditation d'un grand ouvrage sur la Russie. Le lecteur a déjà vu comment il procédait. Un désordre systématique s'établit. Pourtant il semblait parfois sortir de sa torpeur. Quand la poste lui apportait journaux et revues, quand il voyait mentionné dans la presse le nom familier d'un de ses anciens camarades, qui faisait une brillante carrière au service de l'État ou s'était déjà signalé dans les sciences et la cause du progrès, une sourde mélancolie l'envahissait ; une plainte amère et muette au sujet de son inaction lui échappait involontairement. Avec une intensité extraordinaire, il revivait le temps passé au collège ; Alexandre Pétrovitch surgissait comme vivant ; et ses larmes coulaient à flots....

Que signifiaient ces sanglots ? Son âme souffrante révélait-elle ainsi le triste mystère de sa maladie ? Le fait que la haute personnalité qui se dessinait en lui n'avait pas eu le temps de se former et de s'affermir ; que, n'ayant pas appris dès son jeune âge à lutter contre les revers, il n'avait pas atteint cet état supérieur où les difficultés et les obstacles même élèvent et fortifient ; que, passé au creuset, tel un métal en fusion, le riche fonds de ses nobles impressions n'avait pas reçu la dernière trempe ; que son maître incomparable était mort trop tôt pour lui et que, maintenant, il n'y avait personne au monde capable d'exalter ses forces ébranlées et sa volonté débile, privée de ressort, personne pour crier à son âme d'une voix énergique ce mot réconfortant : *En avant !* — ce mot qu'attend partout, à tous les degrés de l'échelle sociale, le Russe de toute condition ?

Où est-il, celui qui saurait nous dire ce mot tout puissant : *En avant ?* Où est celui qui, connaissant toutes les forces, toutes les qualités, toute la profondeur de notre nature, pourrait d'un signe magique nous orienter vers une vie supérieure ? Avec quelles larmes, quel amour, le Russe lui témoignerait sa reconnaissance ! Mais les siècles se succèdent, la Russie est la proie d'une honteuse paresse ou de l'activité insensée d'une jeunesse sans expérience ; et Dieu ne suscite pas l'homme qui saurait prononcer le mot attendu.

Une circonstance faillit réveiller Tentietnikov, un changement faillit se produire dans son caractère ; il ressentit quelque chose qui ressemblait à de l'amour. Mais là non plus l'affaire n'aboutit pas. À dix verstes de chez lui, résidait un général qui, comme on l'a vu, s'exprimait avec peu de bienveillance sur son compte. Le général vivait selon son grade, pratiquait l'hospitalité, aimait que ses voisins vinssent lui rendre hommage, ne rendait pas les visites, parlait d'une voix enrouée, s'adonnait à la lecture et avait une fille, Oulineka, créature étrange. Il arrive parfois de voir en songe quelque chose de semblable : dès lors, on passe sa vie à rêver de cette apparition ; la réalité ne compte plus ; l'on n'est plus bon à rien. Ayant perdu sa mère en bas âge, la jeune fille reçut une éducation bizarre. Son institutrice, une Anglaise, ne savait pas un mot de russe. Son père n'avait pas eu le temps de s'occuper d'elle ; d'ailleurs, aimant sa fille à la folie, il n'aurait pu que la gâter. Comme chez un enfant qui a grandi en liberté, tout en elle était fantasque ; on eût dit l'incarnation de la vie. Si quelqu'un avait vu ses traits charmants se contracter, sous l'empire d'une brusque colère, et l'ardeur qu'elle mettait à discuter avec son père, il l'aurait prise pour la plus capricieuse des créatures. Mais sa colère n'éclatait que lorsqu'elle entendait parler d'une injustice ou d'un mauvais procédé ; jamais elle ne discutait pour se défendre ou se justifier. Cette colère se serait apaisée immédiatement, si elle avait vu malheureux celui qui en était l'objet. À la première sollicitation de n'importe qui, elle était prête à lui jeter sa bourse avec tout son contenu, sans réfléchir à l'inconvenance d'un tel geste. Il y avait en elle quelque chose d'impétueux. Lorsqu'elle parlait, tout en elle paraissait refléter l'idée exprimée ; la physionomie, l'intonation, le geste, les plis même de sa robe semblaient s'y adapter ; on aurait dit qu'elle allait s'envoler à la suite de ses propres paroles. Elle n'avait rien de secret, ne craignait pas de dévoiler ses pensées devant qui que ce fût. Quand elle voulait parler, aucune force n'aurait pu la contraindre à se taire. Sa démarche gracieuse et toute personnelle était si assurée, que tous lui auraient involontairement livré passage. En sa présence, le méchant se troublait et ne soufflait mot ; le plus désinvolte et le plus hardi en paroles ne savait que lui dire et perdait contenance, tandis que le timide pouvait causer avec elle comme il ne l'avait jamais fait avec personne. Dès les premières minutes de la conversation, il lui semblait l'avoir connue jadis au temps de sa petite enfance, dans une maison familière, lors d'une gaie soirée, parmi les joyeux ébats de la foule enfantine ; et, longtemps après, il trouvait ennuyeux l'âge de raison.

C'est ce qu'éprouva André Ivanovitch. Un sentiment inexplicable s'empara de lui ; sa morne existence fut soudain illuminée.

Le général reçut d'abord Tentietnikov assez cordialement ; mais ils n'arrivèrent pas à s'entendre. Leurs entretiens finissaient en discussion, avec un sentiment de malaise réciproque, car le général n'aimait ni la contradiction, ni les objections. Tentietnikov, de son côté, était chatouilleux. Bien entendu, il pardonnait beaucoup de choses au père à cause de la fille, et la paix dura entre eux jusqu'à l'arrivée de parentes du général. La comtesse Bordyriov et la princesse Iouzakine, dames d'honneur de l'ancienne cour, ayant gardé des relations à Pétersbourg, le général se montrait volontiers obséquieux envers elles. Dès leur arrivée, André Ivanovitch eut l'impression que son hôte se montrait plus froid, ne faisait pas attention à lui, ou le traitait comme un être stupide ; il lui disait avec dédain : *mon brave ; écoute, l'ami,* — et même le tutoyait.

Cela finit par exaspérer Tentietnikov. Se contenant, les dents serrées, il eut pourtant la présence d'esprit de proférer d'un ton fort poli, tandis que le rouge lui montait au visage et qu'il bouillonnait intérieurement :

— Je vous remercie, général, de votre bienveillance. En me tutoyant vous m'incitez à une étroite amitié qui m'oblige à vous tutoyer aussi. Mais la différence d'âge s'oppose à des rapports aussi familiers entre nous.

Le général se troubla. Rassemblant tant bien que mal ses idées, il déclara n'avoir pas employé le tutoiement dans ce sens : un vieillard pouvait parfois tutoyer un jeune homme (il ne fit aucune allusion à son grade).

À partir de ce moment, leurs relations cessèrent et l'amour prit fin dès le début. La lumière qui avait brillé un instant devant Tentietnikov s'éteignit, rendant plus sombre encore le crépuscule qui lui succéda. Ce fut dès lors l'existence décrite au commencement du chapitre : les heures passées à ne rien faire, vautré sur le divan. La saleté et le désordre s'introduisirent dans la maison. Le balai restait une journée entière au milieu des chambres avec les ordures. Un pantalon traînait même au salon ; des bretelles crasseuses reposaient sur une table élégante, près du divan, comme une offrande aux visiteurs. André Ivanovitch se laissa aller au point que, non seulement ses gens cessèrent de le respecter, mais que les poules lui donnaient presque des coups de bec. La plume à la main, il dessinait machinalement, durant des heures, des arbres tortus, des maisonnettes, des izbas, des télègues, des troïkas. Mais parfois la plume traçait d'elle-même, à l'insu de son maître, une petite tête aux traits fins, au regard vif, à la bouche mutine, et le maître surpris voyait surgir le portrait de celle qu'aucun artiste n'aurait su peindre. Alors, persuadé que le bonheur n'existe pas sur terre, il devenait encore plus morne, plus apathique.

Tel était l'état d'âme d'André Ivanovitch Tentietnikov.

Un jour que, selon son habitude, il s'était assis près de la fenêtre pour flâner, il fut étonné de n'entendre ni Grigori ni Perfilievna ; une certaine agitation régnait par contre dans la cour. Le marmiton et la laveuse de plancher coururent ouvrir le portail, qui livra passage à des chevaux exactement semblables à ceux qu'on représente sur les arcs de triomphe ; trois têtes de face : une à droite, une à gauche, une au milieu. Sur le siège, le cocher, et un valet en ample surtout, ceinturé d'un mouchoir de poche. Derrière siégeait un monsieur portant casquette et manteau, enveloppé dans un cache-nez bariolé. Lorsque la voiture vira devant le perron, on put voir que c'était une britchka légère à ressorts. Le monsieur, l'air très comme il faut, sauta à terre avec une agilité et une aisance presque militaires.

André Ivanovitch prit peur ; il se crut en présence d'un fonctionnaire. Il faut dire que, dans sa jeunesse, il avait été mêlé à une affaire déraisonnable. Deux hussards philosophes, bourrés de lectures, un esthéticien raté[200] et un joueur décavé fondèrent une société philanthropique, sous la haute direction d'un vieux coquin de franc-maçon, joueur lui aussi, mais fort éloquent. La société se proposait un but grandiose : assurer le bonheur du genre humain, de la Tamise au Kamtchatka. Il lui fallait des sommes considérables ; les offrandes des membres généreux étaient fort élevées. Où allait tout cet argent ? seul le directeur suprême le savait. Tentietnikov avait été attiré dans cette société par ses deux amis qui appartenaient à la classe des esprits aigris, braves garçons dont des toasts trop fréquents à la science, à l'instruction, au progrès, firent de parfaits ivrognes. Il se ressaisit bientôt et rompit avec ce milieu. Mais la société s'était déjà compromise par certains agissements peu dignes de gentilshommes, si bien qu'ensuite la police dut intervenir... On comprend que, même après avoir cessé toutes relations avec ces individus, Tentietnikov ne se sentait point rassuré. Ce n'est donc pas sans appréhension qu'il vit la porte s'ouvrir.

Pourtant sa crainte s'évanouit lorsque le visiteur, la tête légèrement inclinée, salua avec une aisance parfaite, et, conservant une attitude déférente, expliqua, en termes brefs mais précis, qu'il parcourait depuis longtemps la Russie, tant pour ses affaires que pour son instruction. Notre pays abondait en objets curieux, sans parler des nombreuses industries et de la diversité du sol ; la situation pittoresque du domaine l'avait séduit ; néanmoins il ne se serait pas permis d'en importuner l'heureux possesseur si, par suite des crues printanières et du mauvais état des routes, il n'était survenu à sa voiture une avarie, qui réclamait le secours de forgerons et autres artisans ; d'ailleurs, si même sa britchka n'avait subi aucun dommage, il n'aurait pu renoncer au plaisir de témoigner sa considération au maître de céans.

Son discours terminé, le visiteur, qui était chaussé d'élégantes bottines vernies à boutons de nacre, plongea fort gracieusement, et malgré sa corpulence, se rejeta un peu en arrière avec la légèreté d'une balle de caoutchouc.

Rassuré, André Ivanovitch prit le personnage pour un savant professeur, qui, sans doute, parcourait la Russie, aux fins de recueillir des plantes ou des fossiles. Aussitôt il lui témoigna son empressement à l'aider en tout, mit à sa disposition forgerons et charrons, le pria de s'installer comme chez lui, le fit asseoir dans un fauteuil voltaire et s'apprêta à l'entendre discourir sur les sciences naturelles.

Mais le visiteur s'étendit plutôt sur des événements d'ordre intime. Il compara son existence à un esquif ballotté par les vents perfides ; il mentionna qu'il avait souvent changé d'emploi, enduré beaucoup d'injustices, qu'à plusieurs reprises des ennemis avaient même menacé sa vie ; il raconta encore maintes choses, qui décelaient un homme rompu aux affaires. En manière de conclusion, il se moucha dans de la batiste, avec un son de trompette tel qu'André Ivanovitch n'en avait jamais entendu. Il arrive parfois qu'un coquin d'instrument donne, quand il s'y met, l'impression de résonner non à l'orchestre mais dans votre oreille. Pareil son retentit dans les pièces de la maison endormie ; il fut immédiatement suivi d'un parfum d'eau de Cologne, répandu par le mouchoir de batiste adroitement déployé.

Le lecteur a déjà deviné, sans doute, que ce visiteur n'était autre que le respectable Pavel Ivanovitch Tchitchikov, abandonné par nous en cours de route. Il avait un peu vieilli ; on voyait que le temps écoulé n'avait pas été pour lui exempt d'orages ni d'alarmes. Son frac même paraissait un peu fripé, et la britchka, le cocher, le domestique, les chevaux, le harnachement semblaient délabrés, usés. Ses finances non plus ne devaient pas être prospères. Mais la physionomie, les manières, les dehors

---

[200] — Cet *esthéticien raté* désignerait, paraît-il, Biélinski, auquel Gogol n'aurait pu pardonner sa fameuse lettre (Cf. *Introduction*). On a d'ailleurs mis des noms sur la plupart des personnages de la seconde partie ; il s'agit de gens trop peu connus pour qu'il soit intéressant de les signaler ici.

n'avaient pas changé. Il se montrait même encore plus dégagé dans sa démarche et ses allures, et croisait, en s'asseyant, les jambes avec plus d'aisance. Son intonation était plus suave, ses propos plus circonspects ; il faisait preuve, en tout, de plus de tact et de savoir-vivre. Son col et son plastron étaient d'une blancheur immaculée, et, bien qu'il arrivât de voyage, pas un grain de poussière ne souillait son habit : on aurait pu l'inviter séance tenante à un dîner de fête. Ses joues et son menton étaient si bien rasés, qu'il fallait être aveugle pour ne pas admirer l'agréable saillie que formaient leurs contours arrondis.

La maison subit aussitôt une transformation. La moitié jusqu'alors condamnée, tous volets clos, à l'obscurité, fut rendue à la lumière. Dans les pièces redevenues claires, tout commença à se caser et prit bientôt l'aspect suivant : la chambre destinée au coucher contenait les objets nécessaires à la toilette de nuit ; la pièce qui devait servir de cabinet... Mais il faut d'abord savoir que cette pièce renfermait trois tables : un bureau devant le canapé ; une table à jouer entre les fenêtres, devant le miroir ; un guéridon dans un coin, entre la porte de la chambre à coucher et celle d'un cabinet de débarras, où personne n'était entré depuis un an, et qui servait maintenant d'antichambre. On déposa sur le guéridon les vêtements sortis de la valise, savoir : le pantalon qui allait avec le frac ; un pantalon neuf ; un gris ; deux gilets de velours ; deux de satin, et la redingote. Tout cela fut disposé l'un sur l'autre en pyramide, et recouvert d'un fichu de soie. Dans l'autre angle, entre la porte et la fenêtre, on rangea les chaussures, les unes un peu usagées, les autres toutes neuves, les souliers vernis et les pantoufles. Elles aussi furent pudiquement dissimulées par un fichu de soie. Sur le bureau prirent place dans un ordre parfait : l'écritoire, un flacon d'eau de Cologne, un almanach et deux tomes seconds de romans. Le linge fut logé dans la commode ; on fit un paquet de celui qui était destiné à la blanchisseuse, pour le fourrer sous le lit, ainsi que la valise une fois vidée. Le sabre, qui servait à inspirer la crainte aux voleurs de grand chemin, fut accroché à un clou, non loin du lit. Tout prit un air de propreté et de netteté inaccoutumé. Pas un bout de papier, pas une plume, pas une ordure ne traînaient. L'air même fut comme épuré : il s'imprégna de l'odeur agréable d'un homme sain et dispos, qui change souvent de linge, prend des bains et se frictionne le dimanche avec une éponge mouillée. On sentit quelque temps dans l'antichambre l'odeur du valet Pétrouchka ; mais il fut bientôt transféré à la cuisine, comme de juste.

Les premiers jours, André Ivanovitch, craignant pour son indépendance, appréhenda les importunités de son invité : n'allait-il pas déranger ses habitudes, bouleverser l'emploi de son temps, si heureusement réparti ? Ces craintes étaient vaines. Pavel Ivanovitch se plia à tout avec une souplesse extraordinaire. Il approuva la placidité philosophique du maître de la maison, en disant que c'était la meilleure manière de devenir centenaire. Il vanta en termes heureux la solitude, inspiratrice des grandes pensées. Il jeta un coup d'œil à la bibliothèque et fit l'éloge des livres, qui sauvent l'homme de l'oisiveté. Il parlait peu, mais avec autorité. Il montra encore plus de tact dans ses procédés. Il arrivait au moment opportun, se retirait de même, ne fatiguait pas son hôte de ses propos, quand celui-ci n'était pas disposé à causer ; il jouait volontiers aux échecs avec lui et gardait tout aussi volontiers le silence. Tandis que l'un tirait de sa pipe des bouffées qui se déroulaient en volutes bleuâtres, l'autre, qui ne fumait pas, imaginait un passe-temps en rapport ; il sortait par exemple de sa poche une tabatière en argent niellé et, la fixant entre les deux doigts de sa main gauche, la faisait tourner rapidement d'un doigt de la droite, de la même façon que le globe se meut autour de son axe ; ou bien il tambourinait dessus en sifflotant. Bref, il ne gênait pas son hôte.

« Je vois pour la première fois un homme avec lequel on peut vivre, se disait Tentietnikov ; c'est un art peu pratiqué chez nous. Nous ne manquons pas de braves gens, intelligents, instruits ; mais des gens de caractère toujours égal, avec qui on puisse vivre longtemps sans se disputer, je doute qu'il s'en trouve beaucoup parmi nous. Voilà le premier que je rencontre. »

Telle était l'opinion de Tentietnikov sur son invité. Tchitchikov, de son côté, se félicitait d'avoir élu domicile chez un homme aussi calme, aussi paisible. Il en avait assez de la vie nomade. Se reposer, ne fût-ce qu'un mois, dans une campagne charmante, au début du printemps, était excellent, même au point de vue de l'hygiène.

En effet, on eût difficilement trouvé un endroit meilleur pour le repos. Le printemps, longtemps retardé par les froids, commença dans toute sa beauté, et la vie reprit partout. Déjà les clairières bleuissaient ; déjà sur la fraîche émeraude de l'herbe nouvelle, la dent de lion fleurissait et l'anémone penchait sa tête délicate, d'un rose lilas. Des essaims de moucherons, des légions d'insectes envahissaient les marécages ; l'araignée d'eau les poursuivait, et avec elle, des oiseaux de toute espèce, rassemblés de partout dans les roseaux secs. Les lacs, les rivières débordées se peuplaient de canards et autres oiseaux aquatiques.

Soudain, la terre s'anima, les forêts s'éveillèrent, les prairies se mirent à résonner. Au village, les rondes commencèrent. La place ne manquait pas pour s'ébattre ! Quels tons vifs dans la verdure ! Quel air frais ! Et quels gazouillements dans les jardins ! Un vrai paradis rempli d'allégresse. La campagne vibrait et chantait comme pour l'hyménée.

Tchitchikov sortait beaucoup. Les buts de promenade abondaient. Tantôt il explorait le plateau qui couronnait les hauteurs, et contemplait le panorama des vallées, inondées en maints endroits, d'où émergeaient, comme des îles sombres, les bois encore dépouillés ; ou bien il s'engageait dans les fourrés, dans les ravins de la forêt, où les arbres entassés, surchargés de nids, abritaient des corbeaux dont la masse tournoyante obscurcissait le ciel. Il pouvait à pied sec atteindre l'embarcadère, d'où démarraient les premières péniches chargées de pois, d'orge, de froment, tandis que l'eau affluait avec fracas aux roues du moulin qui commençait à fonctionner. Il allait voir les premiers travaux printaniers ; il regardait la zone noirâtre que les récents labours traçaient à travers la verdure, tandis que l'habile semeur, frappant de la main le tamis suspendu à sa poitrine, éparpillait le grain par poignées, et le répartissait également, de droite et de gauche.

Tchitchikov visitait tout. Il conversait avec l'intendant, le meunier, les paysans. Tout était pour lui matière à questions : la marche des travaux, la quantité de blé vendu, celle qu'on prélevait en automne et au printemps pour la mouture de la farine, le nom de chaque campagnard, les liens de parenté, l'achat d'une vache, la nourriture d'un cochon. Il s'informa aussi du nombre de paysans décédés : il était peu élevé. En homme avisé, il remarqua bientôt que le domaine d'André Ivanovitch était exploité d'une façon déplorable : partout le laisser-aller, l'incurie, le vol, l'ivrognerie. Et il songeait : « Quel animal que ce Tentietnikov ! Laisser péricliter un domaine qui pourrait donner cinquante mille roubles de revenu ! »

À plusieurs reprises, durant ces promenades, l'idée lui vint de devenir lui-même — pas tout de suite, bien entendu, mais plus tard, quand il aurait mené à bien sa principale entreprise et disposerait de ressources — de devenir lui-même le paisible possesseur d'une propriété de ce genre. Naturellement il se voyait aussitôt le mari d'une jeune femme aux joues fraîches, qui appartiendrait à une famille de négociants ou à telle autre classe riche, et connaîtrait même la musique. Il imaginait aussi une progéniture qui perpétuerait la race des Tchitchikov : un garçon turbulent et une jolie fillette, ou bien deux garçons, deux et même trois filles, afin que tout le monde sût qu'il avait vraiment vécu et existé, et non passé sur la terre comme une ombre. Alors il se disait aussi qu'il ne serait pas mauvais de monter en grade, de devenir par exemple conseiller d'État, titre honorable et respecté... Sait-on ce qui peut venir à l'esprit d'un homme en promenade, les rêves qui lui font oublier un instant la morne réalité, qui le sollicitent, le taquinent, émeuvent son imagination et lui sont chers, même s'il est persuadé qu'ils ne se réaliseront jamais ?

La campagne plut aux gens de Pavel Ivanovitch qui, tout comme leur maître, s'y trouvaient parfaitement. Pétrouchka se lia bientôt avec le sommelier Grigori, bien qu'au début tous deux affectassent de grands airs l'un envers l'autre. Pétrouchka voulut éblouir Grigori en énumérant les endroits qu'il avait visités ; mais celui-ci lui rabattit le caquet avec Pétersbourg, que l'autre ne connaissait pas. Pétrouchka, pour se rattraper, se targua de l'éloignement des lieux où il était allé ; mais Grigori lui en cita qui ne figuraient sur aucune carte, et étaient situés à plus de trente mille verstes, si bien que le domestique de Pavel Ivanovitch demeura bouche bée et subit aussitôt les moqueries de la valetaille. L'affaire se termina pourtant par une étroite amitié. Au bout du village, Pimène le Chauve, apparenté à tous les paysans, tenait un estaminet à l'enseigne d'*Akoulka*[201] ; nos deux compères en devinrent les piliers ; on les y voyait à toute heure du jour.

Sélifane subissait un autre attrait. Au village, tous les soirs, on chantait des chansons, en dansant les rondes printanières. De superbes filles, élancées, telles qu'on en trouve difficilement aujourd'hui dans les gros bourgs, lui faisaient écarquiller les yeux durant des heures. Il eût été malaisé de désigner la plus belle. Toutes avaient la poitrine et le cou blancs, de grands yeux langoureux, la démarche fière, et une tresse qui leur venait à la ceinture.

Quand, leurs blanches mains dans les siennes, il tournait lentement avec elles ; quand il s'avançait de front avec d'autres gars vers des filles à la voix sonore, qui chantaient en souriant :

Boïars, montrez le fiancé[202]...,

tandis que le soir tombait doucement à l'entour et que, résonnant par delà la rivière, l'écho de la mélodie se répercutait mélancolique, — il ne savait pas ce qui lui arrivait. En songe comme à l'état de veille, le matin comme au crépuscule, il lui semblait ensuite participer toujours à la ronde et tenir des mains blanches dans les siennes.

La nouvelle demeure plut aussi aux chevaux de Tchitchikov. Le timonier, l'Assesseur et même le Tigré trouvèrent le séjour fort agréable, l'avoine excellente et la disposition des écuries particulièrement commode : chacun avait sa stalle, à vrai dire cloisonnée ; mais à travers la séparation on voyait les autres chevaux, de sorte que, s'il prenait fantaisie à l'un d'eux, même au plus éloigné, de hennir, on pouvait aussitôt lui répondre.

Bref, tous se sentaient comme chez eux. Quant à l'opération pour laquelle Pavel Ivanovitch parcourait la vaste Russie, c'est-à-dire les âmes mortes, il était devenu à ce sujet très réservé, même lorsqu'il avait affaire à de parfaits imbéciles. Or Tentietnikov lisait, philosophait, s'efforçait de s'expliquer le pourquoi et le comment des choses. « Mieux vaut essayer de s'y prendre d'une autre façon », se disait notre homme.

En jasant fréquemment avec les domestiques, il apprit entre autres qu'autrefois Monsieur fréquentait chez son voisin le général ; celui-ci avait une fille ; Monsieur et la demoiselle avaient du goût l'un pour l'autre, mais à la suite d'un désaccord ils ne se voyaient plus. Lui-même avait remarqué qu'André Ivanovitch dessinait souvent au crayon et à la plume des têtes toujours identiques.

Une fois, après le déjeuner, en faisant tourner comme d'habitude sa tabatière d'argent, il dit :

— Vous avez tout, André Ivanovitch ; il ne vous manque qu'une seule chose.

— Laquelle ? demanda l'autre en tirant une bouffée de sa pipe.

— Une compagne, dit Tchitchikov.

André Ivanovitch garda le silence. La conversation en resta là.

---

[201] Cette enseigne de cabaret ne figure pas parmi celles que Gogol note dans ses carnets ; mais on en trouve une équivalente : *Agachka*, autre nom de femme (Agathe).
[202] — Chanson nuptiale populaire. Serge Aksakov raconte dans ses *Souvenirs* que, pendant l'hiver 1848-1849, Gogol lisait à haute voix les chansons russes recueillies par Terestchenko, et qu'il s'en montrait enthousiasmé, particulièrement des chansons nuptiales.

Tchitchikov ne se déconcerta pas, choisit un autre moment, avant le souper cette fois et, en causant de choses et d'autres, dit tout à coup :

— Vraiment, André Ivanovitch, vous feriez bien de vous marier.

Tentietnikov ne répondit pas un mot ; ce sujet, sans doute, lui était désagréable.

Tchitchikov ne se tint pas pour battu. Une troisième fois, il revint à la charge, après souper.

— Pourtant, en examinant votre situation sous toutes ses faces, je vois que vous devez vous marier ; autrement l'hypocondrie vous guette.

Soit que, cette fois-ci, les paroles de Tchitchikov furent persuasives, ou que l'humeur de Tentietnikov le disposât particulièrement aux confidences, il soupira et dit, après avoir tiré une bouffée :

— Pour tout il faut naître heureux, Pavel Ivanovitch.

Il lui raconta alors par le menu l'histoire de sa rupture avec le général.

Après avoir écouté l'affaire d'un bout à l'autre et constaté que le seul tutoiement avait provoqué un tel incident, Tchtchikov demeura stupide. Durant une minute, il regarda Tentietnikov dans les yeux, ne sachant que penser de lui : était-ce un parfait imbécile ou un simple nigaud ?

— André Ivanovitch, dit-il enfin en lui prenant les deux mains ; de grâce, est-ce là une insulte ! Qu'y a-t-il d'injurieux dans le mot *toi* ?

— Le mot, en soi, n'a rien d'injurieux, dit Tentietnikov ; mais le sens qui lui fut donné, le ton dont il fut prononcé constituent une insulte. *Toi*, cela signifie : « Souviens-toi que tu ne vaux pas grand'chose ; je te reçois seulement parce qu'il n'y a ici personne de mieux ; mais, quand arrive une princesse Iouziakine, tiens-toi à ta place ; ne dépasse pas le seuil. » Voilà ce que cela signifie !

En disant ces mots, les yeux du débonnaire André Ivanovitch étincelaient ; on sentait dans sa voix l'irritation de l'amour-propre blessé.

— Mais, même dans ce sens, qu'est-ce que ça peut faire ? dit Tchitchikov.

— Comment ! Vous voudriez qu'après un pareil procédé je continuasse à le fréquenter !

— Mais ce n'est même pas un procédé, répondit flegmatiquement Tchitchikov.

— Comment ça ? demanda Tentietnikov surpris.

— Ce n'est pas un procédé, mais une simple habitude de général ; les généraux tutoient tout le monde. D'ailleurs, pourquoi ne pas permettre cela à un homme respectable, qui a bien mérité de la patrie ?

— Ce n'est pas la même chose, dit Tentietnikov. Si, au lieu d'un arrogant général, j'avais eu affaire à un pauvre vieux, je lui aurais permis de me tutoyer ; j'aurais même accepté avec respect.

« L'imbécile ! songea Tchitchikov : se laisser tutoyer par un gueux et non par un général ! » — Bien ! reprit-il tout haut. En admettant qu'il vous ait insulté, vous êtes quitte envers lui : vous lui avez rendu la monnaie de sa pièce. Mais se brouiller, rompre pour une bagatelle, en perdant de vue ses propres intérêts, excusez, c'est... Si l'on s'est assigné un but, il faut le poursuivre contre vents et marée. Pourquoi se formaliser qu'on vous nargue ? Cela arrive toujours : l'homme est ainsi fait. Vous ne trouverez pas maintenant au monde un être qui ne nargue point.

« Quel original que ce Tchitchikov ! » songeait Tentietnikov perplexe, embarrassé par ces paroles.

« Quel original que ce Tentietnikov ! » se disait Tchitchikov.

— André Ivanovitch, je vais vous parler comme un frère. Vous êtes inexpérimenté ; laissez-moi arranger cette affaire. J'irai trouver demain Son Excellence ; je lui expliquerai que votre attitude provenait d'un malentendu, de votre ignorance du monde et de la vie.

— Je n'ai pas l'intention de ramper devant lui, dit Tentietnikov offensé, — et je ne saurais vous y autoriser.

— Je suis incapable de ramper, répliqua Tchitchikov, offensé à son tour. — Je puis commettre une faute, c'est le propre de l'homme, mais une bassesse, jamais... Excusez ma bonne intention, André Ivanovitch, je ne m'attendais pas à ce que mes paroles fussent prises dans un sens aussi blessant.

Tout cela fut proféré avec un sentiment de dignité.

— Pardon ! se hâta de dire Tentietnikov, en lui prenant les mains. — Je ne croyais pas vous offenser. Votre bonne intention me touche ; je vous le jure. Mais laissons ce sujet. Nous n'en parlerons plus jamais.

— Dans ce cas, j'irai tout de même chez le général.

— Pourquoi ? demanda Tentietnikov perplexe en le regardant dans les yeux.

— Pour lui présenter mes hommages.

« Quel original que ce Tchitchikov ! » songea Tentietnikov.

« Quel original que ce Tentietnikov ! » songea Tchitchikov.

— J'irai chez lui demain à dix heures, André Ivanovitch. À mon avis, plus tôt on présenta ses hommages, mieux cela vaut. Comme ma britchka n'est pas encore remise en état, permettez-moi d'emprunter votre calèche.

— Pourquoi cette demande ? Vous êtes le maître ; tout ici, équipage compris, est à votre disposition.

Après cette conversation, ils se souhaitèrent bonne nuit et s'en furent se coucher, non sans méditer chacun sur les bizarreries de l'autre.

Chose étrange, pourtant ! Le lendemain, lorsqu'on eut attelé et qu'avec une agilité presque militaire Tchitchikov, en habit et cravate blanche, eut grimpé dans la calèche pour aller présenter ses hommages au général, Tentietnikov se sentit en proie à une agitation qu'il ne connaissait plus depuis longtemps. Ses idées au cours somnolent firent place à une activité inquiète. Un trouble fébrile s'empara soudain des sentiments de cet être jusqu'alors indolent, apathique. Il s'asseyait sur un canapé, s'approchait de la fenêtre, prenait un livre, le rejetait pour essayer de penser. Peine perdue ; les idées ne lui venaient pas. Ou bien, il tâchait de ne penser à rien. Vaine tentative : des fragments d'idées, de vagues réminiscences surgissaient de partout et s'insinuaient dans son esprit !

— C'est bizarre, ce que je ressens ! dit-il en s'approchant de la fenêtre, pour regarder la route qui traversait la chênaie ; un nuage de poussière, qui n'avait pas eu le temps de se dissiper, flottait encore à son extrémité.

Mais laissons Tentietnikov pour suivre Tchitchikov.

II

Les chevaux étaient excellents ; en un peu plus d'une demi-heure Tchitchikov franchit les dix verstes qui séparaient les deux domaines. Après avoir traversé la chênaie, puis des labours où les blés commençaient à verdoyer, la voiture suivit une route en corniche, d'où s'ouvraient à chaque instant de nouveau horizons et, par une large allée de tilleuls au feuillage encore rare, gagna le cœur même de la propriété du général. Aux tilleuls succédèrent des peupliers protégés dans le bas de leurs fûts par des gabions d'osier tressé. L'allée tournait à droite pour aboutir à un portail en fer forgé, au travers duquel on apercevait, reposant sur huit colonnes corinthiennes, le fronton richement sculpté du château. Une odeur de peinture témoignait qu'ici on ne laissait rien vieillir. Pour la propreté, la cour ressemblait à un parquet. Tchitchikov descendit de voiture avec déférence, se fit annoncer et fut introduit dans le cabinet du général, dont l'aspect majestueux le frappa. Bétristchev portait une robe de chambre de satin piqué, d'une magnifique couleur pourpre. Le regard franc, le visage viril, des moustaches et de grands favoris grisonnants, la nuque rasée sous les cheveux en brosse, le cou épais par derrière, un de ces cous que l'on appelle à triple étage, avec un pli au milieu : bref, un de ces généraux dont fut si riche le fameux an XII. Comme beaucoup d'entre nous, le général Bétristchev alliait une foule de qualités à une masse de défauts ; les uns et les autres foisonnaient en lui dans un désordre pittoresque. Aux moments décisifs, de la magnanimité, de la bravoure, une générosité sans bornes, une intelligence pénétrante ; joints à cela, des caprices, de l'amour-propre et des susceptibilités auxquelles aucun Russe n'échappe, lorsqu'il est désœuvré. Il n'aimait pas tous ceux qui l'avaient dépassé dans le service et s'exprimait sur leur compte d'une façon acerbe, en épigrammes mordantes. Il en voulait surtout à un ancien camarade qu'il estimait inférieur à lui en intelligence et en capacité, mais qui pourtant l'avait distancé et était déjà gouverneur général de deux provinces, celles précisément où étaient situées les propriétés de Bétristchev, lequel se trouvait, pour ainsi dire, sous sa dépendance. En revanche, il l'attaquait à tous propos, incriminait ses ordonnances et voyait dans tous ses actes le comble de la déraison. Tout en lui était bizarre, à commencer par l'instruction dont il était pourtant un zélé défenseur. Il aimait l'encens, l'éclat ; il aimait également connaître ce que les autres ignoraient et n'aimait pas ceux qui connaissaient les choses ignorées de lui. Bref, il faisait volontiers parade de son intelligence. Ayant reçu une éducation à moitié étrangère, il voulait jouer en même temps le rôle d'un grand seigneur russe. On comprend qu'avec un caractère aussi inégal, des contrastes aussi flagrants, il avait éprouvé dans sa carrière maintes contrariétés, à la suite desquelles il démissionna, rendant responsable de ses déboires une coterie hostile, sans avoir la franchise de s'accuser lui-même de quoi que ce fût. Dans sa retraite, il avait conservé le même maintien uniformément majestueux, qu'il portât l'habit, la redingote ou la robe de chambre. De la voix jusqu'au moindre geste, tout en lui était autoritaire, impérieux, inspirait aux inférieurs sinon la déférence, du moins la timidité[203].

Tchitchikov éprouva l'une et l'autre. La tête respectueusement inclinée, les bras écartés, comme s'il s'apprêtait à soulever un plateau chargé de tasses, il fit un plongeon des plus réussis et proféra :

— Plein de respect pour les braves qui ont sauvé la patrie sur les champs de bataille, je me suis fait un devoir de me présenter à Votre Excellence.

Ce préambule ne parut point déplaire au général. Après une inclination de tête des plus bienveillantes, il dit :

— Enchanté de faire votre connaissance. Veuillez vous asseoir. Où avez-vous servi ?

— J'ai commencé ma carrière dans les finances, répondit Tchitchikov en s'asseyant dans un fauteuil, non au milieu, mais en travers, le bras appuyé sur celui du fauteuil. — Elle s'est poursuivie en divers endroits : dans les tribunaux, les douanes, voire dans une commission de bâtiments. Ma vie, Excellence, peut se comparer à un navire ballotté sur les vagues. Je suis emmaillotté, cuirassé de patience ; je suis, pour ainsi dire, l'incarnation de la patience. Quant aux ennemis qui ont attenté à ma vie, ni les paroles, ni les couleurs, ni même le pinceau, ne sauraient en donner une idée, de sorte qu'au déclin de mes jours, je cherche seulement un coin où passer ceux qui me restent à vivre. Je séjourne pour le moment chez un proche voisin de Votre Excellence.

— Qui donc ?

— Tentietnikov.

Le général se rembrunit.

— Il regrette fort de n'avoir pas témoigné la déférence due...

— À quoi ?

---

[203] — Ce général, un peu caricatural, fait penser à celui de *La Calèche*.

— Aux mérites de Votre Excellence. Il ne trouve pas de mots... « Si je pouvais seulement d'une façon quelconque... dit-il, car je sais apprécier les héros qui ont sauvé la patrie. »

— De grâce, je ne suis pas fâché, dit le général radouci. Au fond, je l'aimais sincèrement et suis sûr qu'avec le temps il deviendra un homme fort utile.

— Vous avez parfaitement raison, Excellence : un homme des plus utiles ; il a le don de la parole et sait tenir une plume.

— Il écrit sans doute des balivernes, des vers quelconques ?

— Non pas, Excellence,... quelque chose de sérieux... Il écrit... l'histoire.

— Quelle histoire ?

— L'histoire... Tchitchikov s'arrêta et, soit parce qu'il avait devant lui un général, soit pour donner plus d'importance à la chose, ajouta : — l'histoire des généraux, Excellence.

— Quels généraux ?

— Les généraux pris dans leur ensemble... C'est-à-dire, à proprement parler, l'histoire de nos généraux.

Tchitchikov s'enferra, faillit cracher de dépit et se dit *in petto* : « Tu radotes, mon ami... »

— Permettez, je ne comprends pas bien.... Est-ce l'histoire d'une époque ou des biographies séparées ? S'agit-il de tous les généraux russes, ou seulement de ceux qui ont pris part à la campagne de 1812 ?

— Justement, ceux de 1812, Excellence ! Ce disant, il songeait : « On me tuerait, que je n'y comprendrais rien ! »

— Alors, pourquoi ne vient-il pas me voir ? Je pourrais lui communiquer des documents fort curieux.

— Il n'ose pas, Excellence.

— Quelle bêtise ! Pour un mot futile qui a été prononcé entre nous... Mais je ne suis pas du tout comme ça. Je serais même disposé à lui rendre visite.

— Il ne se laissera pas devancer, dit Tchitchikov, qui avait recouvré son assurance et songeait : « Eh ! Eh ! les généraux sont venus à propos ! Et moi qui ne songeais qu'à amuser le tapis ! »

On entendit un frôlement dans le cabinet. La porte en noyer d'une armoire sculptée s'ouvrit et, la main sur le bouton de cuivre, une figure vivante se dressa dans l'encadrement. Si dans la pièce sombre un tableau lumineux avait brusquement surgi, la soudaineté de son apparition eût moins frappé que cette figure. On voyait qu'elle était venue dire quelque chose, mais que la présence d'un inconnu la retenait. Un rayon de soleil parut entrer en même temps qu'elle et dérider le morose cabinet du général. Impossible de deviner son pays d'origine ; impossible de trouver nulle part, sauf peut-être sur les anciens camées, un profil aussi pur, aussi noble. Droite et légère comme une flèche, elle paraissait dominer tout le monde de sa taille : l'harmonie parfaite de toutes les parties de son corps produisait cette illusion. Sa robe lui allait comme si les meilleures couturières se fussent concertées au sujet de sa toilette. Autre illusion : en deux ou trois endroits, semblait-il, l'aiguille avait assemblé un coupon d'étoffe unie, et il s'était disposé autour d'elle avec une élégance telle que, si on l'avait peinte en compagnie de demoiselles mises à la dernière mode, celles-ci eussent paru fagotées en comparaison d'elle. Et si on l'avait sculptée dans le marbre avec tous les plis de cette robe qui la moulait, on eût crié au chef-d'œuvre... Un seul défaut : elle était par trop mince et maigre.

— Je vous présente mon enfant gâtée, dit le général en s'adressant à Tchitchikov. Pardon ; j'ignore encore vos prénoms.

— Vaut-il la peine de connaître les prénoms d'un homme qui ne s'est pas signalé par ses vertus ? dit modestement Tchitchikov.

— Pourtant, il faut les savoir.

— Pavel Ivanovitch, Excellence, dit Tchitchikov, en s'inclinant avec une aisance presque militaire et en reculant avec la légèreté d'une balle de caoutchouc.

— Oulineka, dit le général, Pavel Ivanovitch vient de m'apprendre une nouvelle fort intéressante. Notre voisin Tentietnikov n'est pas du tout aussi sot que nous le pensions. Il travaille à un ouvrage assez important : l'histoire des généraux de 1812.

— Qui donc le jugeait sot ? proféra-t-elle rapidement. Tout au plus Vichnépokromov, ce nul et vil individu, en qui tu as confiance !

— Nul, soit ; vil, non, dit le général.

— Non seulement nul, mais lâche et abject. Quiconque a fait tort à ses frères et chassé sa sœur de la maison paternelle est un être abject.

— Racontars que tout cela !

— On ne raconte pas pour rien de telles choses. Je ne comprends pas, père, comment, doué d'un si bon cœur et d'une âme si haute, tu peux recevoir un homme qui t'est si inférieur et dont tu connais la méchanceté.

— Vous voyez, dit le général en souriant à Tchitchikov ; nous discutons toujours ainsi. Et, se tournant vers sa fille, il poursuivit :

— Voyons, ma chérie, je ne puis pourtant pas le mettre à la porte !

— Soit. Mais pourquoi lui témoigner tant d'attentions ? Pourquoi l'aimer ?

Ici, Tchitchikov jugea opportun de placer un mot.

— Tous les êtres veulent être aimés, mademoiselle. L'animal lui-même aime les caresses ; à travers les barreaux de l'étable, il tend son museau pour qu'on le caresse.

Le général se mit à rire.

— C'est bien ça ; il tend son museau pour qu'on le caresse !... Ha ! Ha ! Ha ! Il a tout le mufle, tout le corps barbouillés de boue, mais réclame aussi, comme on dit, un encouragement... Ha ! Ha ! Ha !

Un gros rire secoua le buste du général. Ses épaules, qui avaient jadis porté de lourdes épaulettes, s'agitèrent comme si elles en portaient encore.

Tchitchikov eut aussi un accès d'hilarité, mais par déférence pour le général, il l'exhala sur la lettre « e » : Hé ! Hé ! Hé ! Son buste fut également secoué par le rire, mais ses épaules, qui n'avaient jamais porté de lourdes épaulettes, ne s'agitèrent point.

— Ha ! Ha ! L'animal pille, vole à pleines mains le Trésor, et par-dessus le marché demande une récompense ! « Il me faut un encouragement, dit-il, toute peine mérite salaire »... Ha ! Ha ! Ha !

— Avez-vous jamais entendu parler, Excellence, de ce que signifie : *Aime-nous le menton broussailleux ; on saura bien nous aimer la peau nette ?* dit Tchitchikov en s'adressant au général avec un sourire fripon.

— Non, je ne suis pas au courant.

— Une savoureuse anecdote, Excellence ! Dans le domaine du prince Goukzovski, que Votre Excellence connaît sans doute....

— Connais pas.

— Figurez-vous, Excellence, que le régisseur, un jeune Allemand, devait, à l'occasion de la présentation des recrues et d'autres affaires, se rendre en ville, fréquenter les gens en place et, comme de juste, leur graisser la patte (Tchitchikov, clignant de l'œil, eut une mimique expressive).... Eux aussi d'ailleurs le régalaient, de sorte qu'une fois, dînant en leur compagnie, il leur dit : « Eh bien, messieurs, il faudra venir me voir un jour, chez le prince ! — Entendu ! » répliquèrent-ils. Peu après, le tribunal dut enquêter sur place, au sujet d'une affaire survenue sur les terres du comte Triokhmétiev, que Votre Excellence connaît certainement.

— Connais pas.

— Au lieu d'enquêter, ils mirent le cap sur la maison de l'économe et, durant trois jours et trois nuits, jouèrent aux cartes sans désemparer. Le samovar et la saladier de punch ne quittaient pas la table. Le vieil économe du comte en avait par-dessus la tête. Pour se débarrasser d'eux, il leur dit : « Allez donc, messieurs, rendre visite au régisseur du prince ; il habite tout près d'ici et vous attend. — En effet il nous a même invités ! » — Incontinent la troupe, ensommeillée et point rasée, remonte en télègue et se rend chez l'Allemand. Or celui-ci, Excellence, venait de se marier. Il avait épousé une jeune demoiselle, récemment sortie de pension, toute mignonne, toute *subtile*. (Tchitchikov mima sur son visage la *subtilité*). Se trouvant, pour ainsi dire, en pleine lune de miel, ils étaient en train de prendre le thé, comme deux agneaux. Soudain la porte s'ouvre, la bande fait irruption.

— Ils devaient avoir bonne mine ! dit le général en riant.

— L'Allemand fut si surpris, Excellence, qu'il perdit la tête. Il s'avance et leur dit : « Que désirez-vous ? — Ah, c'est comme ça ! » — Changement de décor : autres façons, autres propos. — « Venons au fait. Combien d'eau-de-vie distille-t-on dans le domaine ? Montre les livres ! » — L'autre voulut tergiverser. Mais il fut bel et bien arrêté, ligoté, emmené en ville, où il passa dix-huit mois en prison.

— Ah bah ! dit le général.

Oulineka joignit les mains.

— Sa femme fit des démarches, Excellence. Mais que peut une jeune femme qui n'a pas encore été éprouvée, pour ainsi dire, au creuset de l'expérience ? Par bonheur, il se trouva des gens de bien, qui conseillèrent un arrangement à l'amiable. L'Allemand s'en tira avec deux mille roubles et une invitation à dîner. Pendant le repas, alors que tous, y compris l'amphitryon, étaient déjà éméchés, ils lui dirent : « Tu vois ! nous te dégoûtons ! Tu aurais voulu nous voir rasés. Non, aime-nous le menton broussailleux ; on saura bien nous aimer la peau nette ! »

Le général éclata de rire. Le noble et charmant visage de la jeune fille prit une expression douloureuse.

— Ah ! papa ! Je ne comprends pas que tu puisses rire ! Ces actes malhonnêtes ne m'inspirent que de la tristesse. Quand je vois la tromperie s'exercer ouvertement aux yeux de tous, sans que ces gens soient châtiés par le mépris public, je ne sais ce que je ressens ; je m'irrite et deviens même méchante...

Elle faillit pleurer.

— Seulement, je t'en prie, ne te fâche pas contre nous, dit le général. Nous n'y pouvons rien, n'est-ce pas ? demanda-t-il à Tchitchikov. Embrasse-moi et retire-toi. Je vais m'habiller pour le dîner. Tu dînes chez moi j'espère ? dit-il à Tchitchikov en le regardant dans le blanc des yeux.

— Je ne sais vraiment, Excellence....

— Trêve de cérémonies. Je puis encore, Dieu merci, offrir la soupe et le bœuf.

Les bras écartés, Tchitchikov inclina la tête avec une respectueuse gratitude, de sorte que, pour un instant, il perdit de vue tous les objets de la pièce, n'apercevant plus que le bout de ses bottines. Lorsque, après un moment passé dans cette posture déférente, il se redressa, Oulineka avait disparu. À sa place, se tenait un gigantesque valet de chambre, le visage orné de favoris et d'épaisses moustaches, une cuvette d'argent et un pot à eau aux mains.

— Tu permets que je m'habille en ta présence ?

— Votre Excellence peut non seulement s'habiller, mais faire devant moi tout ce qui lui plaira.

Baissant d'une main sa robe de chambre et retroussant ses manches de chemise sur ses bras vigoureux, le général commença à se débarbouiller, en s'ébrouant comme un canard. L'eau et le savon giclaient de tous côtés.

— Comment est-ce donc ? dit-il en se frottant le cou... *Aime-nous la peau nette...*

— *Le menton broussailleux*, Excellence...

— *Aime-nous le menton broussailleux ; on saura bien nous aimer la peau nette.* C'est parfait ! On aime, en effet, être encouragé ! On veut des caresses, car sans encouragements on ne saurait voler... Ha ! Ha ! Ha !

Tchitchikov était dans un état d'esprit difficile à décrire. Soudain, il eut une inspiration : « Le général est un bon vivant, essayons, » se dit-il, et, voyant que le valet de chambre à la cuvette était sorti, il s'écria : — Excellence, comme vous êtes bienveillant pour tout le monde, je me permets de vous demander un grand service.

— Lequel ?

— J'ai un vieil oncle valétudinaire qui possède trois cents âmes et deux mille hectares.... Je suis son unique héritier, et bien que sa décrépitude l'empêche de gérer le domaine, il ne me le transmet pas. Il allègue, figurez-vous, une raison fort bizarre : « Je ne connais pas mon neveu, dit-il ; c'est peut-être un dissipateur. Qu'il me prouve son sérieux en acquérant d'abord lui-même trois cents âmes ; alors, je lui céderai les trois cents miennes. »

— Mais alors, c'est un parfait imbécile ? demanda le général.

— Ce ne serait encore rien, mais il y a autre chose. Voyez ma situation, Excellence ! Le vieux est pourvu d'une gouvernante, et celle-ci a des enfants ; je crains que tout leur reste.

— Le vieil imbécile a perdu l'esprit. Seulement je ne vois pas en quoi je puis vous être utile, dit le général en posant sur Tchitchikov un regard surpris.

— Voici ce que je pensais. Si Votre Excellence me cédait, comme si elles étaient vivantes, toutes les âmes mortes de son domaine, en rédigeant un contrat en bonne et due forme, je présenterais ce contrat au vieux, et il ferait de moi son héritier.

Le général éclata de rire, comme jamais peut-être homme avant lui. Tel qu'il était, il s'affala dans un fauteuil, la tête rejetée en arrière, et faillit s'engouer. Toute la maison fut en émoi.

Le valet de chambre se présenta. La jeune fille accourut effrayée.

— Père, qu'est-il arrivé ? dit-elle, apeurée, perplexe, en le regardant dans les yeux.

Le général fut longtemps sans pouvoir proférer un son.

— Ce n'est rien, mon amie. Retire-toi, nous viendrons dîner tout à l'heure. Sois tranquille. Ha ! Ha ! Ha !

Et le rire du général, comprimé à plusieurs reprises, retentit avec une nouvelle force de l'antichambre à la dernière pièce.

Tchitchikov était inquiet.

— L'oncle, comme il va être attrapé ! Ha ! Ha ! Ha ! Il recevra des morts au lieu de vivants. Ha ! Ha !

« Le voilà reparti, songea Tchitchikov. Comme il est impressionnable. Pourvu qu'il ne se rompe pas quelque chose ! »

Le général riait de plus belle.

— Quel âne ! A-t-on idée d'une pareille exigence ? « Qu'il commence par acquérir de lui-même avec rien trois cents âmes, alors je lui en donnerai trois cents autres ! » Mais c'est un âne !

— Un âne, Excellence.

— Et ton truc de colloquer au vieux des âmes mortes ! Ha ! Ha ! Ha ! Je donnerais Dieu sait quoi pour me trouver là quand tu lui présenteras le contrat. Est-il très âgé ?

— Quatre-vingts ans.

— Mais il doit être encore vert, pour garder près de lui une gouvernante ?

— Que non, Excellence ; du sable qui s'effrite.

— Quel idiot ! Car c'est un idiot, n'est-ce pas ?

— Un idiot, Excellence !

— Mais, il se déplace ?... Va en société ?.... Tient encore sur ses jambes ?

— Oui, mais avec difficulté.

— Quel idiot ! Mais il est robuste, néanmoins ? A-t-il encore des dents ?

— Il ne lui en reste que deux.

— Quel âne ! Ne te fâche pas, mon cher.... Bien qu'il soit ton oncle, c'est un âne.

— Un âne, Excellence. Comme parent, il m'est dur de le reconnaître, mais la vérité avant tout.

Tchitchikov mentait : il ne lui était nullement pénible de le reconnaître, d'autant plus qu'il n'avait sans doute jamais eu d'oncle.

— Alors, Excellence, cédez-moi...

— Les âmes mortes ? Pour une telle invention, je te les donnerais avec la terre et les habitations ! Prends tout le cimetière ! Ha ! Ha ! Ha ! Le vieux ! Ha ! Ha ! Ha ! Quelle attrape pour l'oncle ! Ha ! Ha ! Ha !

Et le rire du général résonna de nouveau à travers l'appartement[204]

....

---

204 — Il y a ici une forte lacune dans le texte. S'il faut en croire les souvenirs de L.-J. Arnoldi, le récit s'enchaînerait de la manière suivante ;

« ... Autant qu'il m'en souvient, le second chapitre de la deuxième partie des *Âmes Mortes* débutait autrement et était mieux rédigé, bien qu'en son ensemble le contenu fût identique. Un éclat de rire de Bétristchev le terminait. Le chapitre suivant décrivait une journée dans la maison du général. Tchitchikov restait à dîner. À table apparaissaient deux nouveaux personnages : une Anglaise, institutrice d'Oulineka et un Espagnol ou un Portugais, qui, depuis un temps immémorial, vivaient, sans qu'on sût pourquoi, sur les terres de Bétristchev. L'Anglaise était une demoiselle d'âge moyen, créature terne, à l'extérieur ingrat, au long nez mince et aux yeux d'une vivacité extraordinaire. Elle se tenait droit, gardait le silence durant des journées entières, et se bornait à tourner sans cesse les yeux de divers côtés, le regard stupidement interrogateur. Le Portugais se nommait Expanton, Xitendon, ou quelque chose dans ce genre ; mais je me souviens que les domestiques l'appelaient simplement Escadron. Lui aussi ne soufflait mot ; sa fonction consistait à jouer, après dîner, aux échecs avec le général. Durant le repas il ne se passait rien de particulier. Le général, fort gai, plaisantait avec Tchitchikov, qui montrait beaucoup d'appétit. Oulineka était pensive, et son visage ne s'animait que lorsqu'on parlait de Tentietnikov. Après dîner, le général jouait aux échecs avec l'Espagnol. Tout en avançant les pions, il ne cessait de répéter : « Aime-nous la peau nette... » — « ... le menton broussailleux, Excellence », l'interrompait Tchitchikov. « Oui, reprenait le général, aime-nous le menton broussailleux, le bon Dieu lui-même nous aimera la peau nette. » — Au bout de cinq minutes, il se trompait de nouveau et recommençait : « Aime-nous la peau nette... ». De nouveau Tchitchikov le reprenait, et le général répétait en riant : « Aime-nous le menton broussailleux, le bon Dieu lui-même nous aimera la peau nette ».

Après quelques parties avec l'Espagnol, le général proposait à Tchitchikov d'en faire une ou deux, et ce dernier se montrait, là aussi, d'une habileté consommée. Il jouait très bien, embarrassait son adversaire par sa stratégie, et finissait par perdre. Enchanté d'avoir battu un joueur aussi fort, le général s'éprenait davantage de Tchitchikov ; au moment des adieux, il le priait de revenir bientôt et d'amener Tentietnikov.

De retour chez Tentietnikov, Tchitchikov lui raconte la tristesse d'Oulineka, le regret du général de ne plus le voir, son repentir, son intention, pour mettre fin au malentendu, de venir le premier lut rendre visite et lui demander pardon. Bien entendu, ce sont là pures inventions de Tchitchikov. Mais Tentietnikov, épris d'Oulineka, se réjouit naturellement du prétexte. Il déclare que, dans ces conditions, il est prêt à aller le lendemain chez le général, afin de prévenir sa visite. Tchitchikov approuve cette décision ; ils conviennent de se rendre ensemble le lendemain chez Bétristchev. Le même soir Tchitchikov se risque à un aveu : il a fait croire au général que Tentietnikov écrivait l'histoire des généraux. L'autre ne comprend rien à cette invention ; il craint de se troubler au cas où le général lui en parlerait. Tchitchikov réplique qu'il ignore lui-même comment ces paroles ont pu lui échapper, mais que c'est chose faite ; aussi le conjure-t-il de garder au moins le silence et de ne pas démentir son récit, pour ne pas le compromettre aux yeux du général.

Ensuite venait leur excursion au domaine du général, la rencontre de Tentietnikov avec Bétristchev et Oulineka, et enfin le dîner. La description de ce dîner était, à mon avis, le meilleur passage du second volume. Le général, placé au centre, avait à sa droite Tentietnikov et l'Espagnol, à sa gauche Tchitchikov et Oulineka ; l'Anglaise se trouvait entre cette dernière et l'Espagnol ; tous paraissaient gais et contents. Le général était heureux de s'être réconcilié avec Tentietnikov, et de pouvoir bavarder avec un homme qui écrivait l'histoire des généraux ; Tentietnikov, d'avoir presque en face de lui Oulineka, avec laquelle il échangeait parfois un regard ; la jeune fille, de voir celui qu'elle aimait revenu auprès d'eux et réconcilié avec son père. Tchitchikov enfin se montrait satisfait de jouer, dans cette famille riche et distinguée, un rôle de réconciliateur. L'Anglaise laissait librement errer ses yeux ; l'Espagnol regardait son assiette et ne levait les siens qu'à l'arrivée d'un nouveau plat : il remarquait aussitôt le meilleur morceau, et ne le perdait pas de vue tant que le plat faisait le tour de la table, jusqu'à ce que le dit morceau arrivât sur l'assiette de quelqu'un. Après le second service, le général parlait à Tentietnikov de son ouvrage, et faisait allusion à l'an XII. Tchitchikov prenait peur et attendait anxieusement la réponse. Mais Tentietnikov s'en tirait avec adresse ; il alléguait que ce n'était pas son affaire d'écrire l'histoire de la campagne et des diverses personnalités qui y avaient pris part, cette époque comptant déjà de nombreux historiens. Mais l'an XII n'était pas seulement mémorable par des exploits héroïques ; il fallait le considérer d'un autre point de vue. Ce qui importait, à son avis, c'est qu'alors le peuple entier se leva comme un seul homme pour défendre la patrie ; que tous les calculs, les intrigues, les passions se turent ; que toutes les classes rivalisèrent de patriotisme, chacune s'empressait de donner ses dernières ressources et de tout sacrifier pour le salut commun. Voilà ce qui comptait dans cette guerre, et ce qu'il désirait décrire en mettant en lumière tous les détails de ces exploits ignorés, de ces sacrifices sublimes mais obscurs ! Tentietnikov parlait assez longuement et avec chaleur. Bétristchev l'écoutait, enthousiasmé ; c'était la première fois qu'il entendait des paroles aussi ardentes ; une larme, diamant de la plus belle eau, était suspendue à sa moustache grise. Oulineka couvait des yeux Tentietnikov ; elle était tout oreilles ; elle s'enivrait de ses propos comme d'une musique ; elle l'aimait ; elle était fière de lui ! L'Espagnol se penchait encore davantage sur son assiette ; l'Anglaise regardait tout le monde d'un air stupide, sans comprendre un traître mot. Après le discours de Tentietnikov, tout le monde demeurait silencieux, ému... Tchitchikov voulant placer aussi son mot, rompait le premier le silence. « Oui, disait-il, il faisait un froid terrible en 1812 ! » — « Il ne s'agit pas du froid », répliquait le général en lançant un regard sévère à Tchitchikov, qui perdait contenance. Le général tendit la main à Tentietnikov et le remerciait amicalement ; mais l'approbation qu'André Ivanovitch lisait dans les yeux d'Oulineka suffisait à son bonheur. L'histoire des généraux était oubliée. La journée se passait agréablement pour tous.

Je ne me rappelle pas dans quel ordre se succédaient les autres chapitres ; mais je me souviens qu'après cette journée Oulineka avait résolu de parler sérieusement à son père au sujet de Tentietnikov. Avant cet entretien décisif, elle allait le soir sur la tombe de sa mère, et cherchait par la prière à s'affermir dans sa résolution. Puis elle se jetait aux genoux de son père, le suppliait de lui permettre d'épouser Tentietnikov. Après de longues hésitations, le général finissait par consentir. C'était quelques jours après la réconciliation. La chose décidée, Tentietnikov, au comble du bonheur, quittait pour un moment Oulineka et courait au jardin. Il avait besoin de rester seul avec lui-même. Le bonheur l'étouffait... Il y avait ici dans Gogol deux magnifiques pages lyriques. Par une chaude journée d'été, en plein midi, Tentietnikov se trouvait dans le jardin ombreux, touffu, plongé dans un profond silence. D'un pinceau magistral, Gogol dépeignait chaque branche, l'air brûlant comme une fournaise, les grillons, les insectes dans l'herbe, et enfin tout ce qu'éprouvait Tentietnikov, amoureux et payé de retour. Cette description était si belle, si colorée, si poétique, que — je m'en souviens encore — la respiration me manqua en l'entendant ; Gogol lisait à merveille. Le cœur débordant, Tentietnikov pleure, jure de consacrer sa vie entière à sa fiancée.

C'est alors qu'apparaît, au bout d'une allée, Tchitchikov. André Ivanovitch se jette à son cou, le remercie. « Vous êtes mon bienfaiteur. Je vous dois mon bonheur ; comment puis-je vous témoigner ma gratitude ?... Ma vie entière y suffirait à peine... » Tchitchikov a aussitôt une idée lumineuse : « Mais non, réplique-t-il, c'est le hasard qui a tout fait et j'en suis enchanté ; mais vous pouvez facilement vous acquitter envers moi ! » — « Comment ? de quelle façon ? Dites-le moi vite. » Alors Tchitchikov parle de son oncle imaginaire et de la nécessité pour lui de posséder, au moins sur le papier, trois cents âmes. « Mais pourquoi les voulez-vous mortes ? » dit Tentietnikov, ne comprenant pas

III

... « Si le colonel Kochkariov est vraiment fou, il n'y a pas de mal à ça ! » se dit Tchitchikov, en se retrouvant en rase campagne. Il n'apercevait plus que des espaces infinis, qui se confondaient avec la voûte céleste où flottaient deux nuages.

— T'es-tu bien informé, Sélifane, de la route à suivre pour aller chez le colonel Kochkariov ?

— Je n'ai pas eu le temps, voyez-vous, Pavel Ivanovitch, j'ai dû m'occuper de la calèche ; mais Pétrouchka a demandé au cocher.

— As-tu perdu la tête ? Combien de fois t'ai-je dit de ne pas t'en rapporter à Pétrouchka ! Pétrouchka est un animal, une bûche, et pour le moment, je suis bien sûr qu'il cuve son vin.

— Ce n'est pas sorcier, dit Pétrouchka en se retournant à moitié, le regard louche. Excepté qu'en descendant la hauteur, il faut prendre par les prés, il n'y a pas autre chose.

— Et toi, excepté l'eau-de-vie, tu ne t'es pas humecté le gosier ? Le joli coco, ma foi ! — Sur ce Tchitchikov se caressa le menton en songeant : « Quelle différence il y a pourtant entre un gentilhomme cultivé et un gros lourdaud de laquais ! »

---

bien ce que l'autre désire. « Je vous céderai sur le papier mes trois cents âmes, vous montrerez le contrat à votre oncle, et quand vous aurez reçu de lui le domaine, nous l'annulerons ». Tchitchikov demeure stupéfait. « Eh ! quoi ! Vous ne craignez pas que je puisse vous tromper... abuser de votre confiance ? » Mais Tentietnikov ne le laisse pas achever. « Comment ? s'écrie-t-il, douter de vous, de vous à qui je dois plus que la vie ! » Ils s'étreignent et l'affaire est conclue.
Tchitchikov s'endormait ce soir-là, fort satisfait. Le lendemain, le général tenait un conseil de famille. Comment fallait-il annoncer à la parenté, les fiançailles d'Oulineka ? Devait-on envoyer une lettre, un messager, ou y aller en personne ? Bétristchev semblait fort se soucier de la manière dont la princesse Iouziakine et autres gens huppés prendraient la chose. De nouveau Tchitchikov se montrait fort précieux ; il offrait d'aller voir tous les parents du général, pour leur annoncer la nouvelle. Bien entendu, il avait toujours en vue ses âmes mortes. La proposition était acceptée avec reconnaissance. « Quoi de mieux ? songeait le général. Ce garçon est intelligent, bien élevé, tout le monde sera content. » Pour cette tournée le général mettait à la disposition de Tchitchikov une calèche à deux places et Tentietnikov un quatrième cheval. Tchitchikov devait se mettre en route au bout de quelques jours. Dès lors il était considéré chez Bétristchev comme un familier, un ami de la maison.
Revenu chez Tentietnikov, Pavel Ivanovitch mandait incontinent Sélifane et Pétrouchka, et leur signifiait d'avoir à se préparer au départ. Pendant son séjour à la campagne, Sélifane avait beaucoup changé ; il s'adonnait à la boisson et ne ressemblait plus guère à un cocher ; les chevaux demeuraient sans surveillance. Quant à Pétrouchka, il se montrait fort galant auprès des jeunes paysannes. Cependant, on amenait de chez le général une calèche légère presque neuve... En voyant qu'il trônait sur un large siège en menant quatre chevaux de front, Sélifane sentait se réveiller son âme d'automédon : il examinait le véhicule minutieusement, en connaisseur, et réclamait aux gens du général diverses vis de rechange et des clefs comme il n'en existe point. Tchitchikov aussi songeait avec satisfaction à sa tournée : il se voyait déjà installé sur les coussins élastiques, dans sa légère calèche que quatre chevaux traîneraient comme une plume.
Voilà tout ce que Gogol a lu en ma présence du second volume des *Âmes Mortes*. Il en a lu, je crois, neuf chapitres à ma sœur... »

De son côté madame Smirnov raconta plus tard à son frère « qu'un personnage était remarquablement dépeint dans un de ces chapitres ; c'était une beauté émancipée, gâtée par le monde, une coquette, qui avait passé sa jeunesse à la cour et à l'étranger. À trente-cinq ans passés, la destinée l'amène en province ; elle s'ennuie, la vie lui est à charge. C'est alors qu'elle rencontre Platonov, en proie à un perpétuel ennui, et qui s'est lui aussi prodigué, en fréquentant les salons à la mode. Leur rencontre dans un coin perdu, parmi les nullités qui les entourent, leur semble à tous deux un immense bonheur. Ils commencent à s'attacher l'un à l'autre ; ce sentiment, nouveau pour eux, les ranime ; ils s'y abandonnent avec enthousiasme. Mais un mois après le premier aveu, ils constatent que ce n'était qu'une flambée, un caprice, et qu'ils ne peuvent plus éprouver de véritable amour. Puis survient le refroidissement réciproque, et de nouveau l'ennui constant, un ennui naturellement encore pire qu'autrefois. »

Il paraîtrait que, sous les traits de cette « beauté émancipée », Gogol aurait eu l'intention de peindre madame Smirnov elle-même.

Cependant la route commençait à descendre. De nouveau apparurent des prairies et des boqueteaux de trembles.

Mollement bercé sur ses souples ressorts, le tranquille équipage dévalait avec précaution la pente insensible pour s'engager enfin dans les prairies, le long de moulins, avec un roulement sourd au passage des ponts, un léger balancement sur le sol mou et cahotant des bas-fonds. Cependant Tchitchikov ne ressentait pas la moindre secousse ; il se serait cru dans un fauteuil.

Ils roulaient maintenant entre deux files de saules, d'aunes grêles, de peupliers argentés, qui semblaient fuir à leur passage, en fouettant de leurs branches Sélifane et Pétrouchka assis sur le siège. À chaque instant ce dernier perdait sa casquette. Le rébarbatif serviteur sautait à terre, en pestant contre cet idiot d'arbre et celui qui l'avait planté. Mais, espérant toujours que l'accident ne se reproduirait plus, il ne pouvait se décider à attacher sa casquette, ni même à la tenir à la main.

Aux arbres déjà nommés se joignirent bientôt le tremble, le bouleau, le sapin. La forêt s'assombrit, parut prête à s'enfoncer dans la nuit. Mais soudain, entre les branches et les troncs, des traits lumineux scintillèrent, tels des miroirs resplendissants. Les arbres se firent rares, les traînées de lumière grandirent... et les voyageurs se trouvèrent en présence d'un lac, plaine liquide de quatre verstes de largeur. Sur la rive opposée, dominant le lac, un village éparpillait ses izbas aux poutres grises. Des cris retentissaient. Une vingtaine d'hommes, dans l'eau jusqu'à la ceinture et même jusqu'aux épaules, tiraient vers le bord un immense filet, où, par une bizarre aventure, s'était empêtré, en même temps que le poisson, un individu aussi large que haut, tout rond, tout replet, une vraie pastèque, un vrai tonnelet ! Il était dans tous ses états et criait à plein gosier :

— Denis le Lourdaud, passe ton bout à Kouzma ! Kouzma, prends le bout à Denis. Ne tire pas si fort, Thomas le Grand ! Donne plutôt un coup de main à Thomas le Petit ! Pas si fort, voyons, pas si fort ; vous allez déchirer le filet !

Le tonnelet, comme on voit, ne craignait rien pour lui ; sa rotondité l'empêchait de se noyer. Aurait-il voulu plonger que, malgré tous ses efforts, l'eau l'eût ramené à la surface ; si même deux autres personnes s'étaient mises à califourchon sur son dos, il aurait surnagé comme une vessie opiniâtre, en gémissant un peu sous leur poids et en lâchant des bulles par le nez. Mais il redoutait que, le filet se rompant, le poisson ne s'échappât ; aussi se faisait-il encore tirer, au moyen de cordes qu'on lui avait lancées, par plusieurs hommes qui se tenaient sur la rive.

— Ce doit être le colonel Kochkariov, dit Sélifane.

— Pourquoi ?

— Parce qu'il a le corps plus blanc que les autres, voyez, et un embonpoint respectable ; on devine tout de suite un monsieur.

Cependant on avait amené l'homme au filet assez près de la rive. Quand il sentit qu'il pouvait prendre pied, il se mit debout et aperçut alors la calèche qui descendait la digue, et Tchitchikov qui s'y tenait.

— Avez-vous dîné ? — cria, en émergeant sur la rive avec le poisson capturé, le monsieur entortillé dans le filet, comme en été une main de dame dans un gant à jour. Il tenait une main en écran au-dessus des yeux pour se garantir du soleil, et l'autre plus bas, à la manière de la Vénus de Médicis sortant du bain.

— Non, dit Tchitchikov, en soulevant sa casquette et en continuant à saluer de la calèche.

— Alors, remerciez Dieu !

— Qu'y a-t-il ? demanda Tchitchikov avec curiosité.

— Voici ! Thomas le Petit, lâche le filet et montre-nous l'esturgeon. Kouzma le Lourdaud, viens lui aider !

Deux pêcheurs soulevèrent du baquet la tête d'un énorme poisson.

— Quel monstre, n'est-ce pas ? Il nous arrive tout droit de la rivière, cria l'homme rond., Mais entrez donc ! Cocher, prends le chemin en contre-bas, à travers le potager ! Thomas le Grand, cours ouvrir la barrière ! Allez, allez, il vous montrera le chemin. Je vous rejoins tout à l'heure.

Nu-pieds, en chemise, Thomas le Grand précéda en courant la calèche à travers tout le village, où devant chaque izba séchaient des filets, des nasses, des éperviers, car tous les paysans étaient pêcheurs. Puis il ouvrit la barrière et, à travers des potagers, la calèche arriva à «ne place, près d'une église en bois, derrière laquelle se dessinaient les toits des communs.

— Un original, ce Kochkariov ! songeait Tchitchikov.

— Me voici ! dit une voix à côté de lui.

Tchitchikov se retourna. Le gros homme arrivait, vêtu d'une redingote de nankin verdâtre, d'un pantalon jaune, le cou sans cravate, à la manière de Cupidon. Il était assis de côté sur un drojki[205] que sa personne occupait entièrement. Tchitchikov voulait lui dire quelque chose, mais le gros homme avait déjà disparu. Le drojki reparut à l'endroit où l'on avait retiré le poisson. De nouveau des voix retentirent. — Thomas le Petit, Thomas le Grand ! Kouzma ! Denis !

Lorsque Tchitchikov arriva au perron, il fut fort surpris d'y trouver le gros monsieur qui le reçut dans ses bras. Une telle célérité était incompréhensible. Ils se donnèrent trois fois l'accolade en signe de croix, selon l'antique usage russe. Le seigneur du lieu était un homme d'autrefois.

— Je vous apporte les salutations de Son Excellence, dit Tchitchikov.

— De quelle Excellence ?

— De votre parent, le général Alexandre Dmitriévitch.

— Quel est ce personnage ?

— Le général Bétristchev, répondit Tchitchikov, un peu surpris.

— Connais pas !

La surprise de Tchitchikov redoubla.

— Comment ça !... J'espère pourtant avoir le plaisir de parler au colonel Kochkariov ?

— Non, n'espérez pas. Dieu soit loué, ce n'est pas chez lui que vous êtes arrivé ! mais bien chez moi, Piotr Pétrovitch Pétoukh, Pétoukh, Piotr Pétrovitch !

Tchitchikov demeura pétrifié.

— Que signifie ? dit-il, en se tournant vers Sélifane et Pétrouchka qui se tenaient, bouche bée, yeux écarquillés, l'un sur le siège, l'autre à la portière de la calèche. — Qu'avez-vous fait, imbéciles ? On vous avait dit d'aller chez le colonel Kochkariov. Et nous voici chez Piotr Pétrovitch Pétoukh !...

— Ils ont fort bien agi ! Allez à l'office, les gars, on vous y versera un bon verre d'eau-de-vie ! dit Piotr Pétrovitch Pétoukh. Dételez vite les chevaux, et allez tout de suite à l'office !

— Je me fais vraiment scrupule : une erreur aussi inattendue... dit Tchitchikov.

— Quelle erreur ? Goûtez d'abord au dîner ; vous vous demanderez ensuite si c'est une erreur. Entrez, je vous en prie, dit Pétoukh en prenant Tchitchikov sous le bras.

Ils furent accueillis par deux jeunes gens en vestons d'été ; minces et élancés comme des joncs, ils dépassaient leur père d'un bon pied.

— Mes fils, collégiens en vacances... Nikolacha, tiens compagnie à Monsieur. Et toi, Alexacha, suis-moi.

---

[205] Voir note 92.

Sur ce, le maître du logis disparut. Tchitchikov conversa avec Nikolacha, qui s'annonçait un propre à rien. Dès les premières phrases, il raconta à Tchitchikov que le collège du chef-lieu laissait fort à désirer ; que son frère et lui voulaient aller à Pétersbourg, car en province la vie ne valait pas la peine d'être vécue.

« Je comprends, songea Tchitchikov ; ils rêvent cafés et boulevards... » Dites-moi, demanda-t-il tout haut, dans quel état se trouve le domaine de votre père ?

— Hypothéqué, répondit le père lui-même, reparaissant au salon, — hypothéqué !

« Fâcheux, se dit Tchitchikov. Il ne restera bientôt plus un seul domaine. Il faut se hâter. » — Vous avez eu tort de l'hypothéquer si vite, prononça-t-il d'un air apitoyé.

— Non, répliqua Pétoukh, on prétend que c'est avantageux. Tout le monde agit ainsi ; comment demeurer en arrière des autres ? De plus j'ai toujours vécu ici ; je désire maintenant tâter de la vie de Moscou. Mes fils m'y encouragent ; ils veulent profiter des lumières de la capitale.

« L'imbécile ! songeait Tchitchikov ; il gaspillera toute sa fortune et fera de ses fils des dissipateurs. Un joli domaine pourtant ! D'après les apparences, ni eux ni les paysans ne sont à plaindre. Une fois mes gaillards initiés aux restaurants et aux théâtres, tout s'en ira au diable ! Le nigaud pourrait si bien vivre à la campagne ! »

— Je sais à quoi vous pensez, dit Pétoukh.

— À quoi ? demanda Tchitchikov, gêné.

— Vous pensez : « Quel imbécile, ce Pétoukh ! Il m'a invité à dîner et le dîner n'est pas encore prêt. » Il sera prêt, mon cher, en moins de temps qu'il n'en faut à une fille tondue pour tresser ses cheveux.

— Tiens, voilà Platon Mikhaïlytch ! dit Alexacha qui regardait par la fenêtre.

— Sur un cheval bai, ajouta Nikolacha.

— Où, où cela ? s'écria Pétoukh en s'approchant de la fenêtre.

— Qui est ce Piston Mikhaïlovitch ? demanda Tchitchikov à Alexacha.

— Notre voisin, Platon Mikhaïlovitch Platonov, un charmant homme, répondit celui-ci.

Sur ces entrefaites, on vit entrer Platonov en personne, beau garçon, svelte, aux cheveux bouclés d'un blond clair. Faisant tinter son collier de cuivre, un énorme chien nommé Iarbas[206] parut à sa suite.

— Avez-vous dîné ? demanda le maître.

— Oui.

— Vous moquez-vous de moi ?

Le visiteur dit en souriant : — Consolez-vous ; je n'ai rien mangé ; l'appétit me manque.

— Si vous aviez vu comme la pêche a marché ! Quel esturgeon, quels carassins nous avons pris !

— C'est vexant de vous entendre. Pourquoi êtes-vous toujours si gai ?

— De grâce, pourquoi serais-je triste ?

— Mais parce que la vie n'est pas amusante.

— Vous ne mangez pas assez, voilà tout. Essayez une fois de bien dîner. L'ennui est une invention récente. Autrefois, personne ne s'ennuyait.

---

[206] — Ce nom — qui, soif dit en passant, a, sous sa forme russe : *Iarb*, déjoué la perspicacité des traducteurs — est emprunté par Gogol à l'*Énéide* (ch. VI), où il désigne l'époux de Didon. Il est possible que Gogol ait lu Virgile au moment où il écrivait ce chapitre ; quelques pages plus loin (p. 558), il parle des *Géorgiques*. Son ami Chévyriov avait écrit sur l'*Énéide* un long article (1835) qui n'avait pas dû lui échapper.

— Trêve de vantardise ! Comme si vous ne vous ennuyiez jamais !

— Mais non, jamais ! j'ignore l'ennui, le temps me manque pour cela. On se réveille le matin : arrive le cuisinier, il faut commander le dîner ; on prend le thé, l'intendant se présente ; ensuite on va à la pêche, et voilà l'heure du dîner arrivée. À peine ai-je fait un petit somme qu'il faut commander le souper... Quand voulez-vous que je m'ennuie ?

Durant la conversation Tchitchikov observait le nouveau venu, admirant en lui, outre la beauté et la sveltesse, la fraîcheur d'une jeunesse intacte, la pureté virginale d'un visage que nul bouton ne déparait. Ni les passions, ni la tristesse, ni même une apparence de trouble ou d'inquiétude n'avaient osé s'attaquer à ce visage vierge. Mais la vie aussi en était absente : il demeurait inerte, somnolent, malgré le sourire ironique qui parfois l'animait.

— Moi non plus, permettez-moi de vous le dire, intervint Tchitchikov, je ne comprends pas qu'avec un extérieur comme le vôtre, on puisse s'ennuyer. Assurément quand on manque d'argent ou que des ennemis menacent votre vie...

— Je vous assure, interrompit le visiteur, que je voudrais parfois, pour changer, avoir un sujet d'inquiétude... Si au moins quelqu'un m'irritait ! Mais il n'en est rien. Je m'ennuie, voilà tout.

— Vous n'avez peut-être pas assez de terres ?

— Pas du tout. Nous possédons, mon frère et moi, dix mille hectares et plus de mille paysans.

— C'est bizarre, je ne comprends pas ! Peut-être avez-vous subi une mauvaise récolte ; peut-être une épidémie vous a-t-elle emporté beaucoup de monde ?

— Mais non, notre domaine est en parfait état ; mon frère est le modèle des propriétaires.

— Et vous vous ennuyez ! Décidément je ne comprends pas ! dit Tchitchikov en haussant les épaules.

— Attendez, nous allons chasser son ennui ! dit Pétoukh. Alexacha, cours à la cuisine et dis au cuisinier de nous envoyer au plus vite les vol-au-vent. Que font donc Émilien le Musard et Antochka le Voleur ? Pourquoi diantre n'apportent-ils pas le hors-d'œuvre ?

Mais la porte s'ouvrit. Émilien le Musard et Antochka le Voleur parurent, serviettes en mains, dressèrent la table, sur laquelle ils déposèrent un plateau et six carafes de liqueurs multicolores. Bientôt les carafes furent entourées d'un chapelet d'assiettes, garnies d'appétissantes victuailles. Les serviteurs déployaient de l'agilité, apportant sans cesse de nouvelles assiettes couvertes, à travers lesquelles on entendait le beurre crépiter. Émilien le Musard et Antochka le Voleur s'acquittaient parfaitement de leur tâche. Ces appellations leur avaient été données à titre d'encouragement. Leur brave homme de maître n'aimait nullement gronder ; mais le Russe ne saurait se passer de mots piquants ; il en a besoin comme de vodka pour la digestion. Que voulez-vous ? Telle est sa nature, il n'aime rien de fade.

Au hors-d'œuvre succéda le dîner. L'aimable amphitryon se mua en un cruel tyran. Un convive n'avait-il qu'un morceau sur son assiette, Pétoukh lui en collait aussitôt un autre, en disant : — Sans compagnon, ni l'homme ni l'oiseau ne peuvent vivre sur terre !

À celui qui en avait deux, il en ajoutait un troisième, en alléguant : — Mauvais nombre que le nombre deux ! Jamais deux sans trois !

Le convive avait-il expédié trois portions, il se récriait : — Où avez-vous vu un chariot à trois roues ? Qui construit une izba à trois angles ?

Pour le nombre quatre, il avait aussi un dicton, pour le nombre cinq également. Il y eut un plat auquel Tchitchikov dut revenir une douzaine de fois. « Ouf, se dit-il, il va maintenant me laisser la paix. » Il se trompait ; Pétoukh, sans mot dire, lui mit sur son assiette une longe de veau — et de quel veau ! — rôtie à la broche, avec tout le rognon.

— Je l'ai élevé deux ans au lait, dit l'amphitryon ; je l'ai soigné comme un fils !

— Impossible, dit Tchitchikov.

— Essayez toujours ; ensuite vous direz : *impossible*.

— Impossible, vous dis-je ; il n'y a plus de place !

— À l'église non plus il n'y avait plus de place ; mais, quand le *gorodnitchi* entra, on en trouva. Pourtant il y avait tant de monde qu'une pomme jetée en l'air ne serait pas tombée à terre. Essayez toujours : ce morceau sera comme le *gorodnitchi*[207].

Tchitchikov essaya ; le morceau ressemblait en effet au *gorodnitchi*. Il trouva place, alors que rien, semblait-il, ne pouvait entrer.

« Et le malheureux veut aller à Pétersbourg ou à Moscou ? Mais, hospitalier comme il l'est, il aura tout mangé en trois ans ! » songeait Tchitchikov, ignorant qu'à présent on a perfectionné tout cela, et que point n'est besoin d'hospitalité pour se ruiner, non en trois ans, mais en trois mois.

Les vins ne furent pas davantage épargnés. Lesté d'argent par le Lombard[208], Piotr Pétrovitch s'était approvisionné pour dix ans à l'avance. Il ne faisait que verser à boire ; ce que les convives n'achevaient pas, il le donnait à Alexacha et Nikolacha, qui lampaient verre sur verre ; on voyait d'avance quelle partie des connaissances humaines attirerait leur attention dès leur arrivée dans la capitale.

Les convives n'en pouvaient plus ; ils se traînèrent à grand'peine jusqu'au balcon et s'installèrent dans des fauteuils. Sitôt assis dans le sien, où eussent pu tenir quatre individus ordinaires, l'amphitryon s'endormit. Son obèse personne, transformée en soufflet de forge, se mit à émettre, par la bouche ouverte et les fosses nasales, des sons tels qu'en imagine rarement un compositeur même moderne. Cela tenait de la flûte, du tambour et de l'aboiement.

— Quel jeu d'orgue ! dit Platonov.

Tchitchikov se mit à rire.

— Évidemment, reprit Platonov, quand on dîne ainsi, le sommeil chasse l'ennui, n'est-ce pas ?

— Certes. Pourtant — excusez-moi, — je ne comprends pas qu'on puisse s'ennuyer. Il y a tant de ressources contre l'ennui.

— Lesquelles ?

— Un jeune homme en manque-t-il ? La danse, la musique… voire le mariage.

— Le mariage ? Avec qui ?

— Comme s'il manquait, dans les environs, de fiancées riches et gentilles.

— Il n'y en a pas.

— Alors il faut chercher ailleurs, voyager… — Une riche idée vint tout à coup à l'esprit de Tchitchikov. — Voilà là un excellent moyen, tenez ! dit-il, en regardant Platonov dans les yeux.

— Lequel ?

— Mais les voyages.

— Où aller ?

— Si vous êtes libre, venez avec moi, dit Tchitchikov qui songeait, en regardant Platonov : « Ce serait parfait. On pourrait partager les frais et mettre les réparations de la calèche à son compte. »

— Où allez-vous ?

---

[207] Voir note 33.
[208] Voir note 185.

— En attendant, je voyage moins pour mes affaires que pour celles d'autrui. Le général Bétristchev, mon ami intime et, je puis le dire, mon bienfaiteur, m'a prié de visiter ses parents... Les parents, certes, ont leur importance ; mais j'y trouve aussi mon compte ; car voir le monde et ses vicissitudes constitue comme un livre vivant, une seconde science.

Sur ce, Tchitchikov songea : « Vraiment, ce serait parfait ! On pourrait même mettre tous les frais à sa charge et profiter de ses chevaux, tandis que les miens se reposeraient chez lui ! »

« Ma foi, se disait de son côté Platonov, je n'ai rien à faire à la maison ; c'est mon frère qui mène tout ; mon absence ne causera aucun préjudice. Pourquoi ne pas essayer ? » — Consentiriez-vous, dit-il tout haut, à passer deux jours chez mon frère ? Autrement, il ne me laissera pas partir.

— Avec grand plaisir ; trois jours même, si vous voulez.

— Alors, tope ! Partons ! dit Platonov en s'animant.

— C'est cela, partons !

— Où cela, où cela ? s'écria le maître du logis, réveillé et écarquillant les yeux. — Non, mes beaux messieurs. J'ai ordonné de retirer les roues de la calèche, et votre étalon, Platon Mikhaïlovitch, a été emmené à quinze verstes d'ici. Non, vous allez passer la nuit chez moi, et demain, après déjeuner, vous partirez.

Comment résister à un Pétoukh ? Force leur fut de rester. Ils eurent, en compensation, une merveilleuse soirée de printemps. L'amphitryon organisa une promenade en bateau. Ramant et chantant, douze gaillards leur firent traverser le lac uni comme un miroir. Ils s'engagèrent ensuite sur la rivière, qui s'étendait sans fin entre des rives en pente douce ; ils passaient à chaque instant sous des câbles tendus en travers pour la pêche. Pas un pli ne ridait la surface de l'eau ; les paysages se déroulaient en silence ; des bosquets d'aspect varié égayaient à chaque instant le regard. Les rameurs, saisissant à l'unisson leurs vingt-quatre rames, les soulevèrent soudain ; l'embarcation, livrée à elle-même, fila comme un oiseau sur l'étendue liquide, d'une transparence cristalline. Un gars trapu, le troisième en partant du gouvernail, entonna, d'une voix pure et sonore, une chanson dont les premières paroles semblèrent sortir d'un gosier de rossignol. Quatre de ses camarades le soutinrent ; les six autres joignirent bientôt leurs voix au chœur ; et la chanson allait ainsi crescendo, vaste, puissante, infinie comme la Russie. Pétoukh, vibrant, donnait de la voix, renforçait le chœur quand celui-ci faiblissait, et Tchitchikov lui-même se sentait Russe. Seul, Platonov songeait : « À quoi bon cette lugubre chanson ? Elle ne fait qu'augmenter mon angoisse. »

Ils revinrent tard au crépuscule. Dans l'obscurité les rames frappaient en cadence les eaux où le ciel ne se reflétait plus. Sur la rive où ils abordèrent, des feux étaient allumés ; sur des trépieds les pêcheurs faisaient cuire une soupe de perches palpitantes. Les bestiaux et la volaille avaient depuis longtemps regagné leur gîte ; les pâtres qui les avaient ramenés stationnaient au portail, dans l'attente d'une jatte de lait et d'une assiette de soupe. On entendait dans l'obscurité le murmure des voix ; des aboiements lointains montaient des villages d'alentour. La lune se leva, le paysage assombri commença de s'éclairer. Merveilleux spectacle ! Mais personne n'y prenait garde. Au lieu de lutter de vitesse sur deux fougueux étalons, Nikolacha et Alexacha rêvaient de Moscou, des cafés, des théâtres, dont leur avait parlé un cadet de leurs amis ; leur père se demandait comment régaler ses invités ; Platonov bâillait. Tchitchikov était le plus animé de tous. « Vraiment, j'acquerrai un jour une petite propriété, » songeait-il, et il se voyait déjà heureux père de famille.

Au souper, on s'empiffra de nouveau. Lorsque Pavel Ivanovitch, une fois retiré dans sa chambre et allongé sur son lit, se tâta la bedaine : « Un tambour ! Nul *gorodnitchi* n'y trouverait place », dit-il. Le hasard voulut qu'il fût logé à côté du cabinet de Pétoukh. La cloison était mince ; on entendait tout ce qui se disait dans l'autre pièce. En guise de déjeuner, l'amphitryon commandait au cuisinier un véritable festin, et d'une façon à donner de l'appétit à un mort. On entendait sans cesse :

— À petit feu, n'est-ce pas ; et bien arrosé, bien rissolé !

Et le fausset du cuisiner faisait écho :

— Entendu, monsieur, bien rissolé.

— Et pour la *koulebiaka*[209], tu la feras carrée, reprenait Pétoukh avec un savoureux claquement de lèvres... Dans un angle, tu mettras des joues d'esturgeon et des cartilages de sterlet ; dans un autre, un bon gruau de sarrasin à l'oignon et aux champignons, puis de la laitance, de la cervelle, et puis... et puis... enfin, tu sais ce que je veux dire....

— Certainement, monsieur, certainement.

— Aie soin qu'elle soit bien colorée par un bout et plus pâle de l'autre. Veille à ce que la farce fasse corps avec la pâte, de manière à ce que le tout ne s'émiette pas, ne craque pas sous la dent, mais fonde dans la bouche comme neige au printemps.

Ce disant, Pétoukh claquait de la langue et se pourléchait les babines.

« Que le diable l'emporte ! Il ne me laissera pas dormir ! maugréa *in petto* Tchitchikov, en remontant la couverture sur sa tête pour ne plus entendre. Précaution inutile : la voix de Pétoukh perçait la couverture.

— Autour de l'esturgeon, tu disposeras des rondelles de betteraves taillées en étoiles, des éperlans, des mousserons, et puis... tu sais... des navets, des carottes, des haricots... enfin, n'est-ce pas, une garniture soignée. Ensuite tu nous feras une panse de porc farcie : mets-y un petit morceau de glace pour que la peau soit tendue à souhait[210].

Pétoukh commanda encore bien d'autres mets. Il répétait sans cesse :

— À petit feu, n'est-ce pas ? Bien arrosé, bien rissolé !

Finalement Tchitchikov s'endormit sur une dinde rôtie !

Le lendemain, les invités se gavèrent à tel point que Platonov ne put monter à cheval ; son étalon fut reconduit par un palefrenier de Pétoukh. Ils montèrent en calèche. Le chien au long museau suivit paresseusement ; lui aussi s'était empiffré.

— C'est par trop ! dit Tchitchikov, quand ils furent sortis de la cour.

— Et il ne s'ennuie pas, voilà le comble !

« Si j'avais comme toi soixante-dix mille roubles à manger par an, songeait Tchitchikov, je ne saurais pas ce que c'est que l'ennui ! Et dire que Mourazov, le fermier des eaux-de-vie, est affligé de dix millions !... »

— Ça vous est égal de passer chez ma sœur et mon beau-frère ? Je voudrais leur faire mes adieux.

— Avec grand plaisir, dit Tchitchikov.

— C'est le premier propriétaire de la région. Il tire, mon cher monsieur, deux cent mille roubles de revenus annuels, d'un domaine qui n'en rapportait pas vingt mille il y a huit ans.

— Ah ! c'est assurément un homme fort estimable. Je suis très curieux de faire sa connaissance... Comment s'appelle-t-il ?

— Kostanjoglo.

— Ses prénoms ?

— Constantin Fiodorovitch.

---

[209] Voir note 136.
[210] — Ce secret de la cuisine moscovite — qui en est resté un pour les traducteurs — a été noté par Gogol dans un de ses *Carnets* (1842), où l'on retrouve d'ailleurs la plupart des termes culinaires cités dans les *Âmes Mortes*.

— Je serai ravi de le connaître. Étudier un tel homme ne peut être que profitable.

Platonov se chargea de guider Sélifane, ce qui n'était pas de trop, car celui-ci tenait à peine sur son siège. Pétrouchka dégringola deux fois de la calèche ; il fallut le ficeler. — Quelle brute ! répétait Tchitchikov.

— Regardez, dit Platonov ; voici les terres de mon beau-frère qui commencent ; c'est un tout autre aspect.

Effectivement, à travers la glèbe, apparaissait un semis de jeunes arbres, droits comme des flèches ; d'autres à leur suite, un peu plus hauts ; puis une haute futaie. Ils traversèrent ensuite des champs, où les blés s'annonçaient magnifiques ; puis de nouveau des terrains boisés, où les arbres se succédaient dans le même ordre, des plus jeunes aux plus âgés. Nos voyageurs franchirent, comme des enceintes, trois zones ainsi disposées.

— Voyez, il obtient en huit ou dix ans un résultat que les autres n'acquièrent point en vingt ans !

— Comment s'y prend-il ?

— Demandez-le lui. C'est un agronome hors ligne. Non content de connaître le sol, il sait le voisinage qui convient, quels arbres profitent à telle culture. Tout chez lui sert à plusieurs fins. À part leur utilité propre, les bois procurent une certaine humidité à ses champs, ainsi que leur parure et l'engrais de leurs feuilles. Que la sécheresse, la disette règnent aux environs, il n'en souffre jamais. C'est dommage que je ne sois pas ferré là-dessus et ne sache pas raconter ; il y a chez lui de ces choses... On le traite de sorcier !... Mais tout cela est bien ennuyeux...

« En effet, c'est un homme étonnant ! se disait Tchitchikov. Par malheur, ce jeune homme est superficiel et ne sait pas raconter... »

Le bourg apparut enfin, étalant ses nombreuses izbas sur trois hauteurs couronnées de trois églises ; d'énormes meules s'offraient partout aux regards. « On voit bien, songeait Tchitchikov, que c'est ici la résidence d'un gros bonnet de la culture. » Les izbas étaient toutes solidement bâties ; les rues larges ; les chariots neufs, solides ; les moujiks rencontrés avaient l'air intelligent ; les bêtes à cornes étaient des sujets d'élite ; les porcs même avaient un vague air de noblesse. Là sans doute vivaient ces paysans qui, comme dit la chanson, ramassent l'argent à la pelle. Pas de parc anglais, pas de pelouses avec toutes sortes de fioritures ; mais, à l'ancienne mode, une avenue formée de granges et de magasins s'étendait jusqu'au manoir, afin que le maître pût voir tout ce qui se faisait autour de lui ; sur le toit élevé se dressait une sorte de belvédère destiné, non à l'ornement ou à la vue, mais à la surveillance des travailleurs dans les champs éloignés.

Les arrivants furent accueillis par des serviteurs alertes, bien différents de l'ivrogne Pétrouchka, quoiqu'ils portassent, en guise de fracs, des casaques de drap bleu de fabrication domestique. La dame du lieu accourut au perron. Radieusement belle, le teint de lis et de rose, elle ressemblait à Platonov comme deux gouttes d'eau, avec cette seule différence qu'elle n'était pas indolente comme lui, mais gaie et communicative.

— Bonjour, frère, je suis heureuse de te voir. Constantin n'est pas à la maison ; mais il ne tardera guère à venir.

— Où est-il ?

— Il a affaire au bourg, dit-elle en faisant entrer ses hôtes.

Tchitchikov examinait avec curiosité la demeure de cet homme extraordinaire, qui tirait de son domaine deux cent mille roubles de revenus. Il pensait inférer du logis les qualités du maître, comme d'après un coquillage on reconstitue l'huître ou l'escargot, qui y a jadis séjourné et laissé son empreinte. Mais le logis ne laissait rien deviner. Les pièces étaient toutes simples, vides même ; ni fresques, ni tableaux, ni bronzes, ni fleurs, ni étagères chargées de porcelaine ; pas même de livres. En un mot, tout montrait que la vie de l'être qui habitait ici s'écoulait plutôt dans les champs qu'entre quatre murs ; qu'il ne méditait pas ses idées à l'avance, confortablement installé au coin du feu, dans un bon fauteuil, mais qu'elles lui venaient à l'esprit sur le théâtre de l'action, et se transformaient en actes là où il les avait conçues. Dans les pièces Tchitchikov put seulement observer les traces d'un travail féminin ; sur les tables et les chaises se trouvaient des planches en tilleul, où l'on avait mis à sécher les pétales de diverses fleurs.

— Quelles sont ces saletés étalées, ma sœur ? dit Platonov.

— Comment, des saletés ! répliqua la maîtresse de maison. Tiens, voici le meilleur remède contre la fièvre ; l'année dernière, nous avons guéri avec ça tous nos paysans. Ces herbes-ci feront d'excellente liqueur, celles-là aromatiseront les conserves. Vous vous moquez toujours des confitures et des conserves ; mais ensuite, quand vous les dégustez, vous en faites l'éloge.

Platonov s'approcha du piano, examina la musique.

— Mon Dieu ! quelle vieillerie ! N'as-tu pas honte, ma sœur ?

— Mille pardons, mon frère, mais je n'ai pas de temps à perdre. J'ai une fille de huit ans, et, ne t'en déplaise, je ne la confierai pas à une institutrice étrangère uniquement pour consacrer mes loisirs à la musique.

— Comme tu es devenue maussade, ma parole ! dit Platonov en gagnant la fenêtre. Ah ! le voici, le voici ! s'écria-t-il.

Tchitchikov se précipita vers la fenêtre et aperçut un homme de quarante ans, vif, basané, portant casquette de velours et veste en poil de chameau. On voyait qu'il ne songeait pas à sa toilette. À ses côtés cheminaient, la casquette à la main, deux individus de basse condition, qui s'entretenaient avec lui : l'un d'eux était un simple paysan, l'autre un accapareur et aigrefin de passage, en caftan bleu. Tous trois s'arrêtèrent près du perron ; leur conversation parvint à l'intérieur.

— Rachetez-vous plutôt à votre seigneur. Je vous prêterai l'argent, vous me payerez en corvées.

— Non, Constantin Fiodorovitch, à quoi bon se racheter ? Prenez-nous. Chez vous on apprend à se bien conduire. Par malheur, à présent, impossible de se retenir. Les cabaretiers vous servent de ces ratafias ! Après un petit verre on a envie d'en avaler un quartaut entier. On n'a pas le temps de se reconnaître qu'il ne vous reste plus un sou. Les tentations abondent. C'est le Malin qui doit mener le monde, ma parole ! On met tout en œuvre pour dérouter le pauvre peuple : le tabac et le reste. Que voulez-vous, Constantin Fiodorovitch ? L'homme est faible et ne peut résister.

— Fais bien attention à ce que je vais te dire. Chez moi on n'est pas libre. Il est vrai que d'emblée on reçoit tout, vache et cheval ; en revanche je suis exigeant comme personne. Avant tout il faut travailler : pour soi ou pour moi ; mais je ne permets à personne de fainéanter. Je travaille moi-même comme un bœuf, et mes paysans aussi, car j'en ai fait l'expérience, l'ami, c'est quand on est désœuvré que les bêtises vous viennent à l'esprit. Discutez tout cela entre vous, avant de prendre une décision.

— Nous en avons déjà discuté, Constantin Fiodorovitch. Les vieux le disent bien : chacun de vos paysans est riche, ce n'est pas pour rien. Et puis vos prêtres sont si compatissants. On nous a pris les nôtres, il n'y a plus personne pour enterrer les gens.

— Pourtant va encore en causer avec tes commettants.

— Entendu.

— Voyons, Constantin Fiodorovitch, soyez gentil... ; faites une diminution, reprit de l'autre côté l'accapareur en caftan bleu.

— Je n'aime pas marchander, je te l'ai déjà dit. Je ne suis pas de ces propriétaires chez qui tu arrives la veille d'une échéance. Car je vous connais, toi et tes pareils : vous possédez des listes de débiteurs avec la date des paiements. C'est bien simple. Pressé par l'échéance, on te cède à moitié prix ce dont tu as envie. Mais moi, qu'ai-je besoin de ton argent ? Je puis garder mes produits trois ans, je ne dois rien au Lombard.

— Très juste, Constantin Fiodorovitch. Ce que j'en disais, c'était seulement pour entrer en relations avec vous. Tenez, voici mille roubles d'arrhes.

L'accapareur tira de sa poitrine une liasse de billets graisseux. Kostanjoglo les prit flegmatiquement et les fourra, sans les compter, dans la poche de derrière de sa redingote.

« Hum ! songea Tchitchikov, on dirait un mouchoir de poche ! »

Kostanjoglo parut au seuil du salon. Son teint basané ; ses cheveux noirs rêches, prématurément grisonnants par places ; la vivacité de son regard et un certain cachet atrabilaire, qui décelait un sang fougueux et une origine méridionale, surprirent encore davantage Tchitchikov. Il n'était pas tout à fait Russe, mais ignorait l'origine de ses ancêtres, ne s'occupant pas de sa généalogie, chose d'après lui superflue et sans valeur pratique. Il se croyait Russe et ne connaissait pas d'autre langue que le russe.

Platonov présenta Tchitchikov. Les deux hommes se donnèrent l'accolade.

— Pour guérir mon hypocondrie, Constantin, j'ai l'intention de voyager, dit Platonov ; et Pavel Ivanovitch m'a proposé de l'accompagner.

— Parfait ! fit Kostanjoglo. Où pensez-vous aller ? poursuivit-il en s'adressant avec bienveillance à Tchitchikov.

— Je l'avoue, dit Tchitchikov, la tête gracieusement penchée de côté, tout en caressant le bras du fauteuil ; — je voyage, en attendant, moins pour mes besoins que pour ceux d'autrui : le général Bétristchev, mon ami intime et, je puis dire, mon bienfaiteur, m'a demandé de visiter ses parents... Les parents, certes, ont leur importance, mais j'y trouve aussi mon compte ; car, sans parler du profit au point de vue de l'hygiène, voir le monde et ses vicissitudes constitue comme un livre vivant, une science expérimentale.

— Oui, certains endroits sont bons à voir.

— Vous avez bien raison. On voit des choses qu'on n'aurait pas vues, on rencontre des gens qu'on n'aurait pas rencontrés. Telle conversation est parfois un trésor, comme par exemple l'occasion qui se présente en ce moment... J'ai recours à vous, respectable Constantin Fiodorovitch : instruisez-moi, enseignez-moi, étanchez ma soif de connaître. J'attends vos paroles comme une manne.

— Mais que puis-je vous apprendre ? dit Kostanjoglo gêné. Je ne suis guère instruit.

— La sagesse, cher monsieur, la sagesse ; l'art de manœuvrer le difficile gouvernail d'une exploitation rurale, de se faire de solides revenus, d'acquérir des biens réels et non imaginaires, en remplissant ainsi son devoir de citoyen, en méritant l'estime de ses compatriotes.

— Savez-vous, dit Kostanjoglo en le regardant tandis qu'il réfléchissait, passez une journée chez moi. Je vous montrerai comment tout fonctionne. Vous verrez qu'il n'y a rien là de sorcier.

— Mais oui, restez, dit la maîtresse de maison, qui, s'adressant à son frère, ajouta : Reste avec nous ; rien ne te presse.

— Ça m'est égal. Qu'en pense Pavel Ivanovitch ?

— Moi de même, je resterai avec grand plaisir... Seulement voici ; un parent du général Bétristchev, un certain colonel Kochkariov...

— Mais il est toqué.

— Ça se peut bien. Je ne serais pas allé le voir, mais le général Bétristchev, mon ami intime, et je puis dire, mon bienfaiteur...

— Dans ce cas, c'est bien simple, dit Kostanjoglo. Allez le trouver, il n'y a pas dix verstes à faire. Mon cabriolet est attelé ; allez-y tout de suite, vous serez de retour pour le thé.

— Excellente idée ! s'écria Tchitchikov en prenant son chapeau.

Il monta en cabriolet et une demi-heure plus tard arriva chez le colonel. Tout le village était bouleversé : des bâtisses en construction ; des tas de chaux, de briques et de poutres dans toutes les rues. Une rangée de maisons ressemblaient à des bureaux. Sur l'une d'elles était écrit en lettres d'or : *Dépôt des machines agricoles ;* sur une autre : *Comptabilité centrale ;* ensuite : *Comité des affaires rurales ; École d'enseignement normal des villageois*, Dieu sait quoi encore.

Tchitchikov trouva le colonel dans le bureau du domaine, debout devant un pupitre, la plume entre les dents. Kochkariov, qui semblait un excellent homme, des plus affables, l'accueillit fort gracieusement et se mit à lui exposer le mal qu'il avait eu pour amener la propriété à son état de prospérité actuelle. Il se plaignit, avec componction, de la difficulté de faire comprendre aux rustres les jouissances supérieures que procurent à l'homme le luxe éclairé, l'art, la peinture ; il n'avait pas encore pu obtenir que les villageoises portassent des corsets, alors qu'en Allemagne, où il avait campé avec son régiment en 1814, la fille d'un meunier savait même toucher du piano. Pourtant, malgré l'entêtement de l'ignorance, il arriverait à ce que le paysan de son village lût, tout en labourant, les *Géorgiques*, ou bien quelque ouvrage sur les paratonnerres de Franklin, ou sur l'analyse chimique des terrains.

« Comptes-y ! songeait Tchitchikov. Et moi qui n'ai pas encore trouvé le temps d'achever la *Duchesse de la Vallière !* »

Le colonel s'étendit encore longuement sur les moyens d'amener les gens à la prospérité. Le costume avait à ses yeux une grande importance : il répondait sur sa tête qu'il suffirait de faire porter aux moujiks russes des pantalons à l'européenne pour que les sciences progressassent, que le commerce fleurît et qu'un âge d'or commençât en Russie.

Tchitchikov écoutait patiemment en regardant Kochkariov dans les yeux. Enfin il se dit : « Avec ce bonhomme, inutile de se gêner ! » Incontinent il lui déclara avoir besoin de certaines âmes, en passant des contrats en bonne et due forme.

— Autant que j'en puis juger d'après vos paroles, dit le colonel sans s'émouvoir, il s'agit d'une requête, n'est-ce pas ?

— Parfaitement.

— Dans ce cas, exposez-la par écrit. La requête ira au Bureau des rapports, qui me l'adressera annotée ; après quoi on l'enverra au Comité des affaires rurales ; de là, une fois corrigée, au régisseur. Celui-ci, de concert avec le secrétaire...

— De grâce ! s'écria Tchitchikov, ça va traîner Dieu sait combien de temps ! Et comment traiter cela par écrit ? Il s'agit d'une affaire de telle nature... Les âmes sont en une certaine mesure... défuntes.

— Très bien. Écrivez que les âmes sont, en une certaine mesure... défuntes.

— Impossible. Tout en étant mortes, il faut qu'elles paraissent vivantes.

— Bien. Écrivez alors : *il faut, on exige, on veut, on désire* qu'elles paraissent vivantes. Cette procédure est indispensable. Témoin l'Angleterre et Napoléon lui-même. Le commissionnaire va vous conduire partout.

Il sonna. Un individu parut. C'était le secrétaire.

— Secrétaire, appelez-moi le commissionnaire !

Survint le commissionnaire, moitié paysan, moitié commis.

— Il va vous conduire aux endroits les plus nécessaires.

Par curiosité, Tchitchikov se décida à aller voir avec le commissionnaire ces endroits indispensables. Le Bureau des rapports n'existait que sur un écriteau ; la porte était fermée, son directeur Khrouliov ayant été transféré à la Commission dés bâtiments, commission récemment constituée. Le valet de chambre Bérézovski occupait sa place, mais était lui aussi en service commandé par la Commission des bâtiments. Ils s'informèrent au Comité des affaires rurales ; ce département était en voie de transformation ; un ivrogne réveillé ne put fournir aucun renseignement.

— Chez nous, c'est une vraie pétaudière, dit enfin le commissionnaire à Tchitchikov. On mène Monsieur par le bout du nez. La Commission des bâtiments se mêle de tout ; elle enlève les gens à leur travail, pour les envoyer où bon lui semble. Il n'y a de profit que pour les membres de cette commission.

Le commissionnaire en voulait, comme on voit, à la Commission dès bâtiments. Tchitchikov ne désira pas en voir davantage. De retour, il dit au colonel qu'il ne comprenait rien à tout ce gâchis : le Bureau des rapports n'existait pas, et la Commission des bâtiments était un repaire de brigands.

Le colonel, saisi d'une noble indignation, serra fortement la main à Tchitchikov en signe de reconnaissance. Prenant aussitôt une plume, il écrivit huit questions impératives. De quel droit la Commission des bâtiments avait-elle disposé arbitrairement de fonctionnaires qui ne lui étaient pas subordonnés ? Comment le directeur général pouvait-il admettre qu'un chef de bureau s'absentât sans avoir délégué ses fonctions ? Comment le Comité des affaires rurales pouvait-il voir d'un œil indifférent l'inexistence du Bureau des rapports ?

« Quel beau grabuge ça va faire ! » se dit Tchitchikov, qui voulut aussitôt prendre congé.

— Non, je ne vous laisserai pas partir comme cela. Mon amour-propre est en cause. Je vous montrerai ce que signifie une organisation rationnelle de l'économie rurale. Votre affaire va être confiée à un homme qui vaut tous les autres : il sort de l'Université. Voilà les serfs que j'ai ! Pour ne pas perdre un temps précieux, je vous prie d'attendre dans la bibliothèque, dit le colonel, en ouvrant une porte latérale. — Il y a du papier, des plumes, des crayons. Profitez-en : vous êtes le maître. Les lumières doivent être accessibles à tous.

La bibliothèque était une immense salle, garnie de livres du haut en bas. Il s'y trouvait même des animaux empaillés. Les livres se rapportaient à toutes les branches : sylviculture, élevage, horticulture ; des revues spéciales sur tous les sujets, de celles auxquelles on s'abonne seulement par ordre, mais que personne ne lit. Voyant que tous ces ouvrages n'offraient rien d'attrayant, Tchitchikov chercha dans une autre armoire. Nouvelle déception : c'étaient des livres de philosophie. Six énormes tomes s'offrirent à lui sous le titre de : *Introduction préparatoire dans le domaine de la pensée. Théorie de la généralité, de la concomitance et de l'essence appliquée à l'intelligence des principes organiques de la dissociation réciproque de la productivité publique.* À chaque page où Tchitchikov ouvrait le livre, il était question de *phénomène, d'évolution, d'abstraction, d'aperception, d'idiosyncrasie,* de Dieu sait quoi encore. — Ce n'est pas pour moi, dit Tchitchikov en se tournant vers une troisième armoire. Elle contenait des ouvrages sur les beaux-arts. Pavel Ivanovitch dénicha un gros volume dont les gravures licencieuses à sujets mythologiques l'attirèrent. Ce genre de gravures plaît aux célibataires d'un certain âge, et parfois aux vieillards qui s'excitent à la vue des ballets et autres spectacles pimentés. Ayant terminé l'examen de ce livre, Tchitchikov allait en prendre un autre du même genre, lorsque parut le colonel Kochkariov, l'air radieux, un papier à la main.

— Tout est fait, et très bien fait ! L'homme dont je vous parlais est un véritable génie. Aussi je le mets au-dessus de tous et je fonderai pour lui seul tout un ministère. Regardez quel esprit lumineux, et comme il a tout résolu en quelques minutes !

« Dieu soit loué ! » songea Tchitchikov qui s'apprêta à écouter.

Le colonel commença à lire.

« Après avoir médité sur la mission dont Votre Seigneurie m'a chargé... etc., etc., j'ai l'honneur de déclarer :

» 1° La requête de monsieur le conseiller de collège Pavel Ivanovitch Tchitchikov renferme un malentendu, car par inadvertance les âmes recensées y sont qualifiées de mortes. Il entend probablement par là les âmes proches de la mort, mais non mortes. Cette appellation même dénote une instruction empirique, sans doute bornée à une école paroissiale, car l'âme est immortelle... »

— Le coquin ! dit Kochkariov avec complaisance, en s'arrêtant. Il vous a égratigné quelque peu. Mais quelle plume alerte, avouez-le !

« En second lieu, il n'existe pas dans le domaine d'âmes recensées libres d'hypothèques, proches de la mort ou non ; car toutes sans exception ont été non seulement engagées, mais réengagées avec une majoration de cent cinquante roubles par tête, hormis le petit village de Gourmaïlovka, qui se trouve contesté, par suite d'un litige avec le propriétaire Prédistchev, et sur lequel il y a par conséquent opposition, selon avis publié dans le numéro 42 de la *Gazette de Moscou*. »[211].

— Pourquoi ne me l'avez-vous pas dit tout de suite ? Pourquoi m'avoir retenu pour des bagatelles ? s'écria Tchitchikov avec humeur.

— Mais il fallait que vous vissiez tout cela dans les formes voulues. Autrement ça ne compte pas. Le premier imbécile venu peut voir les choses inconsciemment ; mais il importe d'en prendre conscience.

Pavel Ivanovitch, en colère, sauta sur son chapeau et, sans égard aux convenances, gagna la porte. Le cocher stationnait avec le cabriolet prêt à partir, sachant qu'il était inutile de dételer, car il eût fallu demander par écrit de nourrir les chevaux, et la décision ne serait intervenue que le lendemain. Pourtant le colonel accourut, prit de force la main de Tchitchikov, la serra contre son cœur, le remercia de lui avoir fourni l'occasion de voir fonctionner la procédure ; il fallait secouer les gens et les réprimander, car tout peut sommeiller, et les ressorts de la direction se rouillent et s'affaiblissent ; cet événement lui avait inspiré une heureuse idée, celle de fonder une nouvelle commission, qui s'intitulerait *Commission de surveillance de la commission des bâtiments* ; de la sorte personne n'oserait plus voler.

Tchitchikov revint de méchante humeur de son expédition ; il était tard, les bougies brûlaient depuis longtemps.

— Pourquoi êtes-vous si en retard ? demanda Kostanjoglo lorsqu'il parut sur le seuil.

— De quoi avez-vous discuté si longtemps avec lui ? s'informa Platonov.

— De ma vie je n'ai vu un pareil imbécile ! répondit Tchitchikov.

— Ce n'est encore rien, observa Kostanjoglo. Kochkariov est un phénomène consolant. Il sert à refléter sous une forme caricaturale les absurdités de nos beaux esprits, qui, sans connaître leur affaire, s'entichent d'extravagances empruntées ailleurs. Voilà où en sont les propriétaires de notre époque : ils ont fondé des bureaux, des manufactures, des écoles, et Dieu sait quoi encore ! On s'était relevé après l'an XII, et maintenant c'est à qui bouleversera tout. Un bouleversement pire que celui des Français, puisqu'à présent un Piotr Pétrovitch Pétoukh peut passer pour un bon propriétaire.

— Mais lui aussi a hypothéqué son bien, dit Tchitchikov.

— Eh oui, tout va au Lombard. — Ce disant, Kostanjoglo commença à s'échauffer. — On monte des chapelleries, des chandelleries ; on fait venir des ouvriers de Londres ; on devient trafiquant. Un gentilhomme se faire manufacturier ! Fabriquer des mousselines pour les donzelles de la ville !...

---

[211] Voir note 123.

— Mais toi aussi tu as des fabriques, objecta Platonov.

— À qui la faute ? Elles se sont créées d'elles-mêmes ; la laine s'accumulait, impossible de l'écouler. Je me suis mis à tisser des draps, des draps épais, grossiers, comme il en faut à mes paysans ; on les achète sur place à bon marché. Depuis six ans, les pêcheurs rejetaient sur ma rive des écailles de poisson — que pouvais-je en faire ? Je me suis mis à fabriquer de la colle, ce qui m'a rapporté quarante mille roubles. Et il en est de même pour tout.

« Quel gaillard, songea Tchitchikov en le regardant dans le blanc des yeux. — Il s'entend à faire sa pelote ! »

— Et si je me suis décidé à ces opérations, c'est parce qu'autrement de nombreux travailleurs seraient morts de faim, la récolte étant mauvaise, grâce à messieurs les industriels qui avaient négligé leurs semailles. Des fabriques comme ça, il n'en manque pas chez moi, beau-frère. Chaque année il y en a une nouvelle, suivant les déchets accumulés. Qui suit attentivement la marche de son exploitation peut tirer parti de chaque rebut, que l'on rejette en disant : inutile ! Car je ne construis pas, pour employer ces déchets, des palais à colonnes et frontons.

— C'est surprenant !... Le plus étonnant, c'est que chaque rebut puisse rapporter, dit Tchitchikov.

— Oui, mais à condition de prendre la chose simplement, telle qu'elle est. Par malheur chacun veut être mécanicien ; chacun veut ouvrir la cassette avec un outil, alors qu'elle s'ouvre tout bonnement[212]. Et on fait tout exprès le voyage d'Angleterre ! Imbéciles !... Comme si l'on ne revenait pas cent fois plus bête d'un voyage à l'étranger !

Sur ce, Kostanjoglo cracha d'indignation.

— Ah ! Constantin, te voilà de nouveau en colère, lui dit sa femme inquiète. Tu sais pourtant bien que cela te fait du mal.

— Comment pareilles choses n'indigneraient-elles pas un cœur russe ? Le caractère russe se gâte, et c'est déplorable ; le voici maintenant imprégné de don quichottisme, ce qui ne s'était jamais vu auparavant ! A-t-on les lumières pour marotte ? On devient un Don Quichotte de l'instruction ; on ouvre des écoles dont un imbécile n'aurait pas l'idée. Il en sort des propres à rien, aussi bien pour la ville que pour la campagne, des ivrognes ayant le sentiment de leur dignité. S'adonne-t-on à la philanthropie ? On devient un Don Quichotte de l'altruisme ; on dépense un million à construire d'absurdes hôpitaux, dès bâtiments à colonnes, on se ruine et on réduit les autres à la besace. La belle philanthropie vraiment !

Tchitchikov ne s'intéressait pas à l'instruction ; il aurait voulu connaître en détail la manière dont chaque rebut produisait des revenus. Mais Kostanjoglo ne lui laissa pas placer un mot : il ne pouvait retenir les propos atrabilaires qui s'échappaient de ses lèvres.

— On se demande comment éclairer le paysan... ; enrichissez-le d'abord ; faites-en un bon cultivateur, après quoi il s'instruira lui-même. Vous ne pouvez vous imaginer combien le monde est devenu stupide ! Qu'écrivent maintenant nos gratte-papier ? Car dès qu'on publie un livre, tous se jettent dessus... Voici ce qu'on dit couramment : « Le paysan mène une vie par trop simple ; il faut lui faire connaître les objets de luxe, lui inspirer des besoins supérieurs à sa condition. » Eux-mêmes, grâce à ce luxe, sont devenus des chiffes, en proie à toutes sortes de maladies ; et il n'y a pas de jouvenceau de dix-huit ans qui n'ait goûté à tout ! Eh quoi ! Vous n'avez plus de dents, vous voilà chauve comme une vessie ; et pour cela vous voulez maintenant contaminer nos paysans ! Grâce à Dieu, il nous reste au moins une classe saine, qui ignore tous ces raffinements ! Le laboureur est ce qu'il y a de plus respectable chez nous. Pourquoi y touchez-vous ? Plaise au Ciel que tous lui ressemblent !

— Ainsi vous estimez qu'il est plus lucratif de se livrer à l'agriculture, demanda Tchitchikov.

---

[212] — Allusion à la première fable originale de Krylov : *La Cassette* (1807), restée très populaire.

— Plus légitime, sinon plus avantageux. *Tu travailleras la terre à la sueur de ton front*, est-il dit[213]. Il n'y a pas à ergoter. L'expérience des siècles démontre que dans l'état agricole l'homme est plus moral, plus pur, plus noble. Je ne prétends pas qu'il ne faille rien faire d'autre ; j'estime seulement que l'agriculture doit se trouver à la base de tout. L'industrie se développera d'elle-même, celle du moins qui a sa raison d'être, qui répond aux besoins immédiats de l'homme et non à ces raffinements qui amollissent les gens d'aujourd'hui. Pas de ces usines qui, pour se maintenir et écouler leurs produits, recourent à des moyens répugnants, démoralisent et corrompent le pauvre peuple. Jamais je n'introduirai chez moi — quoi qu'on dise en leur faveur, et dussé-je y perdre un million, — de ces fabrications qui développent des besoins raffinés. Non, non ; pas de sucre ; pas de tabac ! Si la corruption envahit le monde, que ce ne soit pas mon œuvre ! Il me suffit d'avoir raison devant Dieu... Voilà vingt ans que je vis avec le peuple, je connais les conséquences de ces fléaux...

— Ce qui m'étonne le plus, insinua Tchitchikov, c'est qu'en sachant s'y prendre on utilise les déchets et que tout rebut puisse rapporter.

— Ah oui ! Les économistes ! dit Kostanjoglo, sans l'écouter et avec une expression sarcastique... De fameux imbéciles qui en mènent d'autres et ne voient pas plus loin que leur nez ! Des ânes qui montent en chaire et mettent des lunettes... Tas d'idiots !

Et de colère, il cracha de nouveau.

— Tu as parfaitement raison ; seulement ne te fâche pas, je t'en supplie, lui dit sa femme. Comme si on ne pouvait pas parler de tout cela sans sortir des gonds !

— En vous écoutant, respectable Constantin Fiodorovitch, on pénètre pour ainsi dire le sens de la vie ; on va jusqu'au fond des choses. Mais, laissant de côté les questions générales, permettez-moi d'attirer votre attention sur un cas particulier. En supposant que, devenu propriétaire, je veuille m'enrichir en peu de temps, pour remplir ainsi mon devoir de citoyen, comment devrai-je m'y prendre ?

— Comment s'y prendre pour s'enrichir ? reprit Kostanjoglo. Voici comment : ...

— Allons souper, dit la maîtresse de maison, qui se leva et s'avança au milieu de la pièce, en s'enveloppant frileusement d'un châle.

Tchitchikov se leva avec une agilité presque militaire, l'aborda avec la galanterie d'un homme du monde, lui offrit le bras, et la conduisit cérémonieusement dans la salle à manger, où la soupière découverte attendait déjà, exhalant la savoureuse odeur des légumes frais. Chacun prit place. Les domestiques servirent lestement tous les plats à la fois, dans des récipients fermés, avec les accessoires, et se retirèrent : Kostanjoglo n'aimait pas qu'ils écoutassent les conversations et encore moins qu'on le regardât manger.

Après le potage, Tchitchikov avala un petit verre d'une excellente boisson qui ressemblait au tokay, et dit à l'amphitryon : — Permettez-moi de reprendre notre conversation interrompue. Je vous demandais comment s'y prendre, quelle était la meilleure manière[214]

....

— ... Un domaine dont je lui donnerais sans hésiter quarante mille roubles, s'il les demandait.

— Hum ! — Tchitchikov se mit à songer — Mais pourquoi ne l'achetez-vous pas vous-même ? proféra-t-il avec une certaine timidité.

---

[213] — *Genèse*, III, 19.
[214] — Lacune dans le texte.

— Il faut savoir se borner. J'ai déjà assez de soucis comme ça. Et nos hobereaux déblatèrent contre moi, prétendant que je profite de leurs embarras et de leur ruine pour acheter des terres à vil prix. J'en ai par-dessus la tête.

— Comme les gens sont enclins à la médisance ! dit Tchitchikov.

— Et, dans notre province, plus qu'ailleurs... On ne m'appelle pas autrement que ladre, grigou et fesse-mathieu. Ces messieurs s'excusent en tout. « Je me suis miné certes, dit un tel ; mais c'est pour avoir satisfait aux besoins supérieurs de la vie, pour avoir encouragé les industriels (entendez les fripons). Bien sûr, on peut vivre comme un porc, à la façon de Kostanjoglo. »

— Je voudrais bien être un porc de ce genre ! dit Tchitchikov.

— Tout cela est absurde. Quels besoins supérieurs ? Qui trompent-ils ? Ils ont des livres, mais ne les lisent pas. Tout finit par les cartes et par le Champagne. Et, tout cela, voyez-vous, parce que je ne donne pas de dîners et ne leur prête pas d'argent. Je ne donne pas de dîners parce que cela m'ennuierait ; je n'en ai pas l'habitude. Quiconque vient partager mon repas est le bienvenu. Quant au refus de prêter de l'argent, ce sont des racontars. Un individu réellement gêné peut s'adresser à moi, m'expliquer en détail à quoi il destine mon argent : si je vois d'après ses paroles qu'il en fera bon usage, qu'il en retirera un véritable profit, je ne refuse jamais et ne prends même pas d'intérêts.

« Eh, eh ! c'est bon à savoir ! » songea Tchitchikov.

— Non, je ne refuse jamais, poursuivit Kostanjoglo. Mais gaspiller de l'argent, j'en suis incapable. Sacrebleu ! Un tel régale sa maîtresse, meuble une maison avec extravagance, ou bien court les bals masqués avec une gueuse, commémore par un jubilé une vie inutile, et il faudrait avancer des fonds à ce gaillard !

À ce moment Kostanjoglo cracha et faillit proférer des paroles inconvenantes, en présence de sa femme. Une teinte de noire mélancolie assombrit son visage. Son front se sillonna de rides qui décelaient sa colère et l'agitation de sa bile.

— Permettez-moi, mon cher monsieur, de reprendre notre conversation interrompue, dit Tchitchikov, en buvant encore un verre d'une liqueur de framboise, vraiment exquise. — En admettant que je devienne propriétaire du domaine dont vous parliez, en combien de temps pourrai-je m'enrichir au point de....

— Si vous voulez vous enrichir rapidement, reprit Kostanjoglo d'une voix brusque et saccadée, vous ne ferez jamais fortune ; si vous ne vous préoccupez pas du temps, vous serez bientôt riche.

— Ah vraiment ! dit Tchitchikov.

— Oui, dit Kostanjoglo avec brusquerie, comme s'il se fâchait contre Tchitchikov lui-même. — Il faut aimer le travail, sinon on n'arrive à rien. Il faut aimer la vie champêtre, oui ! Et croyez-le, ce n'est pas du tout ennuyeux. On prétend la campagne insupportable... ; mais je mourrais d'ennui si je passais, ne fût-ce qu'un jour, à la ville, comme le passent ces messieurs dans leurs stupides clubs, leurs cabarets et leurs théâtres. Tas d'imbéciles, race d'ânes ! Le cultivateur n'a pas le temps de s'ennuyer. Sa vie est constamment remplie, sans la moindre interruption. Prenez la seule diversité des travaux. Et quels travaux ! Des travaux qui élèvent l'âme ! L'homme suit ici la nature, les saisons ; il collabore avec tout ce qui s'accomplit dans la création. Considérez une année entière de labeur : l'attente du printemps, alors que tout est sur le qui-vive, la préparation des semences, le triage, la vérification du blé dans les greniers, la répartition des corvées. Tout est examiné à l'avance et calculé au début. Et, dès que les rivières ont débâclé, que la terre s'ouvre, la bêche travaille dans les potagers, les jardins ; le hoyau et la herse dans les champs ; on plante, on sème. Et que sème-t-on, s'il vous plaît ? La récolte prochaine ! La félicité de toute la terre ! La nourriture de millions d'êtres ! Arrive l'été... La fenaison bat son plein... Puis c'est le tour de la moisson ; au seigle succède le froment ; ensuite l'orge, l'avoine. Tout est en effervescence ; on n'a pas une minute à perdre ; vingt yeux trouveraient à s'occuper. La fête terminée, il faut engranger ; il y a les labours d'automne, la répartition des entrepôts, des hangars, des étables, en même temps que les travaux de femme ; on fait le bilan, on voit l'œuvre accomplie... Et l'hiver ! Le battage du blé sur toutes les aires ; le transfert des grains, des granges dans les magasins ; l'abatage et le sciage des arbres ; le transport des briques et du bois de charpente pour les constructions de printemps. On va jeter un coup d'œil au moulin, aux ateliers. Pour moi, si un charpentier manie bien la hache, je puis passer deux heures à le regarder, tant le travail me réjouit. Et si l'on voit, en outre, que tout cela s'effectue dans un but quelconque, que tout à l'entour croît et multiplie, apportant fruit et profit, alors je ne puis raconter ce qu'on éprouve. Et non parce que votre fortune augmente — l'argent fait compte à part — mais parce que tout cela est votre œuvre ; parce qu'on se voit le créateur dont tout dépend, le mage qui répand autour de soi l'abondance et le bien-être. Où trouverez-vous une telle jouissance ? conclut Kostanjoglo, en redressant son visage dont les rides avaient disparu. Comme un roi le jour de son couronnement, il resplendissait ; des rayons semblaient émaner de sa figure. — Oui, dans le monde entier vous ne trouverez pas une pareille jouissance ! C'est ici que l'homme imite Dieu : Dieu s'est réservé la création comme la jouissance suprême et exige que l'homme crée de même la prospérité autour de lui... Et voilà ce qu'on appelle une chose ennuyeuse !...

Comme les chants d'un oiseau du paradis, Tchitchikov écoutait ces suaves paroles. L'eau lui venait à la bouche. Ses yeux mêmes étaient humides et exprimaient la béatitude ; il eût écouté sans fin.

— Constantin, si nous passions au salon ? dit madame Kostanjoglo en se levant. Tout le monde l'imita. Tchitchikov lui offrit le bras, mais il n'avait plus la même agilité dans ses allures, ses pensées ayant pris une tournure sérieuse.

— Tu as beau dire, la vie à la campagne est pourtant fastidieuse, déclara Platonov qui les suivait.

« Notre invité n'est pas sot, songeait Kostanjoglo ; il est attentif, sérieux dans ses propos et point hâbleur. » À cette idée il s'épanouit, comme s'il s'était réchauffé à ses paroles et se félicitait d'avoir rencontré un homme capable d'ouïr de sages conseils.

Tous prirent place dans une petite pièce confortable, éclairée par des bougies, face au balcon et à la porte vitrée qui accédait au jardin. Tandis que les étoiles les contemplaient par-dessus les cimes du parc endormi, Tchitchikov subit un charme depuis longtemps inéprouvé. Il lui semblait rentrer chez lui après de longues pérégrinations et, parvenu au comble de ses vœux, déposer son bâton de voyageur en disant : « En voilà assez ! » Il devait cette belle humeur aux sages propos de son hôte.

Il existe pour tout homme des sujets qui le touchent davantage, qui lui sont plus chers que d'autres. Et souvent, à l'improviste, dans un coin perdu, une vraie thébaïde, on rencontre une personne dont la conversation réconfortante vous fait oublier les chemins défoncés, les mauvais gîtes, la vaine agitation contemporaine, la duperie des illusions humaines. La soirée passée de cette façon se grave pour toujours dans la mémoire, qui en retient fidèlement toutes les circonstances : les assistants, la place de chacun, ce qu'il tenait dans les mains, les murs, les coins, la moindre bagatelle.

C'est ainsi que Tchitchikov remarqua, ce soir-là, toutes choses : la jolie pièce meublée sans prétention, l'expression bienveillante que reflétait le visage du maître de la maison, et même la couleur de la tapisserie... ; la pipe à bout d'ambre donnée à Platonov ; la fumée qu'il se mit à exhaler au nez de Iarbas, l'ébrouement de la bête ; le rire de la gentille hôtesse, interrompu par les mots : « Cesse de le tourmenter, voyons ! » ; la clarté gaie des bougies ; le grillon qui chantait dans un coin ; la porte vitrée ; la nuit printanière qui les contemplait du haut des arbres criblés d'étoiles, tandis que les rossignols faisaient retentir de leurs mélodieux accords les bosquets verdoyants.

— J'aime à vous entendre parler, honorable Constantin Fiodorovitch ! proféra Tchitchikov. Je puis dire que je n'ai rencontré nulle part en Russie un homme de votre intelligence.

Kostanjoglo sourit, sentant lui-même que ces paroles n'avaient rien d'exagéré.

— Non, Pavel Ivanovitch, si vous voulez connaître un homme intelligent, il y en a chez nous un vraiment digne de ce nom, et dont je ne vaux pas la semelle.

— Qui cela peut-il bien être ? demanda Tchitchikov surpris.

— Mourazov, notre fermier des eaux-de-vie.

— Voilà la seconde fois que j'entends parler de lui ! s'écria Tchitchikov.

— Cet homme-là administre non plus seulement un domaine foncier, mais tout un État. Si j'étais roi, j'en ferais aussitôt mon ministre des finances.

— À ce qu'on dit, c'est un homme qui dépasse les bornes de l'ordinaire ; il aurait amassé dix millions.

— Vous êtes loin de compte. Il en a plus de quarante. Bientôt la moitié de la Russie lui appartiendra.

— Que dites-vous là ! s'écria Tchitchikov, les yeux écarquillés.

— L'exacte vérité. Ça se comprend. Celui qui possède quelques centaines de mille roubles est lent à s'enrichir ; mais pour celui qui a des millions, le champ d'action est immense : quoi qu'il attrape, c'est toujours le double ou le triple de son avoir. Il n'a plus de rivaux ; personne ne peut se mesurer avec lui. Le prix qu'il fixe fait loi ; personne ne peut surenchérir.

— Seigneur Dieu ! proféra Tchitchikov en se signant. — Il regarda Kostanjoglo dans les yeux. La respiration lui manquait. — C'est inconcevable ! La pensée se glace d'effroi ! On admire la sagesse divine à propos d'un scarabée ; je m'étonne davantage qu'un simple mortel puisse manier des sommes aussi considérables. Permettez-moi de me renseigner sur un fait : il va sans dire qu'au début cette fortune n'a pas été acquise sans péché ?

— D'une façon irréprochable et par les moyens les plus honnêtes.

— Je ne le crois pas ! C'est impossible ! Des milliers de roubles, passe encore ; mais des millions !...

— Au contraire, il est difficile de gagner des milliers de roubles honnêtement, tandis que les millions s'entassent sans peine. Un millionnaire n'a pas besoin de recourir à des voies tortueuses ; il n'a qu'à marcher droit devant lui et à ramasser ce qu'il rencontre : les autres n'auront pas la force de le faire ; donc pas de concurrents ! Le champ d'action est immense, vous dis-je ; tout ce qu'il attrape, c'est le double ou le triple de son avoir... Mais que gagne-t-on sur mille roubles ? Dix, vingt pour cent.

— Le plus difficile à comprendre, c'est qu'il ait commencé avec rien !

— C'est toujours ainsi que se passent les choses, dit Kostanjoglo. Celui qui est né dans la richesse n'acquiert pas davantage, il y a en lui trop de caprices innés. Il faut commencer par le commencement et non par le milieu, par les kopeks et non par les roubles, par en bas, et non par en haut ; de cette façon seulement on apprend à bien connaître les gens et le milieu auxquels on aura affaire. Après avoir enduré sur sa propre peau ceci et cela, appris que chaque kopek s'acquiert par un labeur acharné, et traversé toutes les tribulations, on est instruit et dressé de façon à n'échouer dans aucune entreprise et à ne pas se casser le cou. Croyez-le, c'est la vérité. Il faut commencer par le commencement, et non par le milieu. Celui qui me dit : « Donne-moi cent mille roubles et je ferai fortune », celui-là ne m'inspire pas confiance ; il vise au hasard, et non à coup sûr. Il faut commencer avec des kopeks.

— Alors, je ferai fortune, dit Tchitchikov en pensant malgré lui aux âmes mortes ; car je commence en effet avec rien.

— Constantin, il est temps de laisser Pavel Ivanovitch se reposer, dit l'hôtesse, et tu bavardes toujours.

— Certainement vous ferez fortune, dit Kostanjoglo sans écouter sa femme. L'or affluera vers vous. Vous ne saurez que faire de vos revenus.

Comme fasciné, Pavel Ivanovitch planait dans la région enchantée des beaux rêves. Ses idées tourbillonnaient. Sur le tissu doré des gains futurs son imagination brodait des arabesques, et ces paroles résonnaient à ses oreilles : *l'or affluera*....

— Vraiment, Constantin, Pavel Ivanovitch a besoin de dormir.

— Eh bien ! va dormir si tu veux !

Kostanjoglo s'interrompit, car on entendait à travers la pièce les ronflements sonores de Platonov, auxquels Iarbas faisait écho. Voyant qu'il était vraiment l'heure de se coucher, il secoua Platonov en lui disant : « Assez ronflé ! » et souhaita bonne nuit à Tchitchikov. Tout le monde se sépara et s'endormit bientôt.

Seul Tchitchikov ne dormait pas. Sa pensée veillait. Il réfléchissait aux moyens de devenir propriétaire d'un domaine non fictif, mais réel. Après cette conversation, la possibilité de s'enrichir lui paraissait si évidente ! Le difficile problème de l'exploitation devenait aisé et compréhensible, et s'adaptait si bien à son tempérament ! Il n'avait qu'à se défaire de ses morts au Lombard, et à acquérir une terre. Il se voyait déjà mettant en pratique les leçons de Kostanjoglo — procédant avec promptitude et circonspection, ne faisant aucune innovation sans connaître à fond le vieil état de choses, examinant tout par ses propres yeux, renseigné sur chaque paysan, rejetant toutes superfluités pour se consacrer exclusivement à la culture. Il savourait d'avance le plaisir qu'il éprouverait en constatant qu'un ordre parfait régnait et que tous les ressorts de la machine économique fonctionnaient activement, l'un poussant l'autre. Le travail irait bon train et, de même que dans un moulin infatigable le grain se transforme rapidement en farine, les déchets et les débris de toute sorte se transformeraient en revenus.... Kostanjoglo, le merveilleux administrateur, surgissait devant lui à chaque instant. C'était le premier homme en Russie pour qui il éprouvait une véritable estime ; car jusqu'alors il avait respecté les gens pour leur rang ou leur grande fortune, mais jamais pour leur intelligence. Il comprenait qu'avec un tel homme ses tours habituels ne réussiraient pas. Un autre projet l'occupait : acheter le domaine de Khlobouïev. Il possédait dix mille roubles ; il se proposait d'essayer d'en emprunter quinze mille à Kostanjoglo, puisque ce dernier s'était déclaré prêt à aider tout homme désireux de s'enrichir ; pour le reste, il s'arrangerait, soit en s'adressant au Lombard, soit tout simplement en faisant attendre. Cela se pouvait : le vendeur n'aurait qu'à recourir aux tribunaux si le cœur lui en disait !

Tchitchikov réfléchit longtemps à ces choses. Enfin le sommeil, qui depuis quatre heures tenait, comme on dit, toute la maison dans ses bras, vint aussi le trouver, et Pavel Ivanovitch s'endormit profondément.

IV

Le lendemain tout s'arrangea le mieux du monde. Kostanjoglo donna avec joie dix mille roubles, sans intérêts, sans garanties, contre un simple reçu : tel était son empressement à aider chacun à devenir propriétaire.

Il montra toute son exploitation à Tchitchikov. Pas une minute de gaspillée ; aucune anicroche ; la moindre négligence des villageois était relevée. Quelqu'un venait-il à broncher, Kostanjoglo, argus vigilant, le remettait aussitôt sur pied. Nulle part on ne voyait de fainéants. L'intelligence et le contentement se lisaient sur tous les visages. Grâce à une organisation excellente dans sa simplicité, tout marchait de soi-même. L'alternance des bois et des labours frappa Tchitchikov. Que de choses cet homme avait réalisées sans bruit, sans forger de projets, ni disserter sur les moyens d'assurer la prospérité du genre humain ! En revanche quelle vie inutile mène l'habitant de la capitale, qui passe son temps à débiter des fadaises dans les salons et à glisser sur leurs parquets cirés ! Tout cela fortifiait en Pavel Ivanovitch le désir d'acquérir une propriété.

Kostanjoglo se chargea d'accompagner son invité chez Khlobouïev, pour examiner ensemble le domaine. Après un copieux déjeuner, ils partirent tous les trois dans la calèche de Pavel Ivanovitch, qui était de fort belle humeur ; le cabriolet du maître de la maison suivait à vide. Iarbas courait devant, pourchassant les oiseaux. Durant quinze verstes, se succédèrent les bois et les champs de Kostanjoglo. Dès qu'ils eurent pris fin, l'aspect du pays changea : blé clairsemé ; des souches au lieu de bois. Malgré sa situation pittoresque, la petite propriété décelait de loin l'incurie. Une maison neuve, en pierre, inhabitée, se présentait tout d'abord : on voyait que depuis plusieurs années elle demeurait inachevée. Elle en cachait une autre, habitée celle-ci. Ils trouvèrent le maître du lieu ébouriffé, les yeux bouffis, réveillé depuis peu. Il avait quarante ans, la cravate nouée de travers, une pièce à sa redingote, un trou à sa chaussure.

L'arrivée des visiteurs le réjouit comme s'il revoyait des frères après une longue absence.

— Constantin Fiodorovitch, Platon Mikhaïlovitch, quel plaisir de vous voir ! Je n'en crois pas mes yeux ! Je n'attendais la visite de personne. Chacun me fuit comme la peste, dans la crainte que je ne demande à emprunter. Hélas ! la vie est dure, Constantin Fiodorovitch. C'est ma faute, d'ailleurs ; j'ai vécu comme un pourceau. Excusez-moi, messieurs, de vous recevoir dans ce costume, les souliers troués. Que puis-je vous offrir ?

— Trêve de cérémonies. Nous sommes venus pour affaire. Je vous amène un acheteur : Pavel Ivanovitch Tchitchikov, dit Kostanjoglo.

— Enchanté de faire votre connaissance. Laissez-moi vous serrer la main.

Tchitchikov lui donna les deux.

— J'aurais bien voulu, Pavel Ivanovitch, vous montrer un domaine en bon état. Mais pardon, messieurs, avez-vous déjeuné ?

— Oui, oui, dit Kostanjoglo pour couper court. Nous ne resterons pas longtemps ; allons tout de suite visiter.

— Dans ce cas, allons voir mon désordre et mon incurie.

Khlobouïev et ses hôtes prirent leur casquette, et tous s'en furent inspecter la propriété. Ils commencèrent par le village ; une longue rue où s'élevaient de chaque côté de vieilles masures aux fenêtres minuscules, bouchées avec des chiffons.

— Allons visiter mon désordre et mon incurie, répétait Khlobouïev. Vous avez certes bien fait de déjeuner avant de venir. Figurez-vous, Constantin Fiodorovitch, qu'il ne me reste pas un poulet : voilà où j'en suis.

Il soupira et, sentant que Constantin Fiodorovitch ne lui témoignerait guère de sympathie, il prit les devants avec Platonov qu'il tenait par le bras, en le serrant contre sa poitrine. Bras dessus, bras dessous, Kostanjoglo et Tchitchikov les suivaient à distance.

— C'est dur, Platon Mikhaïlovitch, disait Khlobouïev à Platonov. Vous ne pouvez vous figurer comme c'est dur ! Pas d'argent ; pas de blé ; pas de souliers ; vous n'avez pas l'habitude de ça. Je m'en moquerais bien si j'étais jeune ; mais, quand l'adversité vous atteint au seuil de la vieillesse et qu'on a sur les bras une femme et cinq enfants, il vous vient malgré soi des idées noires...

— Mais si vous vendez votre domaine, cela vous remettra à flot ? demanda Platonov.

— Pas le moins du monde ! dit Khlobouïev en gesticulant. Tout servira à payer mes créanciers, il ne me restera pas mille roubles.

— Alors, qu'allez-vous faire ?

— Dieu le sait.

— Pourquoi n'entreprenez-vous rien pour vous débrouiller ?

— Que puis-je entreprendre !

— Parbleu, il ne tient qu'à vous de chercher une place.

— Je suis simple secrétaire de gouvernement[215]. Quelle place me donnerait-on ? Une place insignifiante. À quel traitement puis-je prétendre ? Cinq cents roubles !

— Faites-vous régisseur.

— Qui me confierait un domaine ? J'ai dilapidé le mien.

— Mais quand on est menacé de mourir de faim, il faut pourtant entreprendre quelque chose. Je demanderai à mon frère s'il ne peut pas vous procurer un emploi, par l'entremise de quelqu'un de la ville.

— Non, Platon Mikhaïlovitch, dit Khlobouïev avec un soupir en lui serrant fortement le bras. — Je ne suis bon à rien : me voilà décrépit avant l'âge ; le lumbago me tient, par suite de mes fredaines, et j'ai un rhumatisme à l'épaule. Que puis-je faire ? pourquoi ruiner le Trésor ? Il ne manque pas maintenant d'employés attirés par des places lucratives. À Dieu ne plaise que, pour me payer un traitement, on augmente les charges de la classe pauvre !

« Voilà où mène la dissipation ! songeait Platonov. C'est pire que mon apathie. »

Tandis qu'ils conversaient ainsi, Kostanjoglo, qui marchait derrière avec Tchitchikov, ne décolérait pas.

— Regardez, disait-il en montrant du doigt les masures, à quel état de pauvreté il a réduit ses paysans ! Ni chariots, ni chevaux. En cas d'épizootie, voyez-vous, inutile de ménager son bien : vendez plutôt tout ; mais fournissez le paysan de bétail, afin qu'il ne demeure pas un seul jour sans instruments de travail. Savez-vous que, maintenant, des années ne répareraient pas le mal causé. Les paysans ont pris des habitudes de paresse et d'ivrognerie. Le seul fait d'être restés un an sans travailler les a pervertis pour toujours ; les voilà accoutumés aux guenilles et au vagabondage... Et la terre ! Dans quel état est-elle ? Regardez la terre ! dit-il en désignant les prairies, qui apparurent bientôt après les izbas. Pourtant tout ça est inondé au printemps. J'y ferais pousser du lin, qui, à lui seul, me rapporterait cinq mille roubles, je sèmerais des navets, dont je retirerais quatre mille roubles. Regardez-moi ce seigle sur le coteau ; ce sont des rejets de l'an dernier, car il n'a rien semé cette année, je le sais... Et ces ravins !... J'y planterais des bois tels qu'un corbeau n'en atteindrait pas la cime. Abandonner une terre pareille, un trésor ! Si même il n'avait pas de quoi labourer, il aurait dû s'adonner à la culture maraîchère ! C'est ce que j'aurais fait. Prends toi-même la bêche en mains ; fais travailler ta femme, tes enfants, tes serviteurs, et meurs au travail, animal ! Tu mourras au moins en remplissant ton devoir, et non à table en goinfrant comme un porc !

Sur ce, Kostanjoglo cracha, et une teinte bilieuse assombrit son front.

Ils dominèrent bientôt une pente, où s'accrochait l'arbre à pois[216] ; un coude de la rivière brilla dans le lointain ; une partie de la maison du général Bétristchev, tapie dans les bosquets, apparut dans la perspective. On distinguait par derrière une hauteur boisée, que l'éloignement recouvrait d'une poussière bleuâtre ; grâce à ce détail, Tchitchikov reconnut aussitôt que ce devait être la propriété de Tentietnikov.

— Si l'on plantait ici des bois, dit-il, le paysage pourrait surpasser en beauté...

— Ah ! vous êtes amateur de points de vue ! dit Kostanjoglo, en le regardant tout à coup d'un air sévère. Prenez garde ; en recherchant la vue, vous resterez sans pain et sans vue. Considérez l'utilité ; la beauté viendra d'elle-même. Témoin les villes ! Les plus belles, jusqu'à présent, sont celles qui se

---

[215] Voir note 34.
[216] Voir note 94.

sont construites elles-mêmes, où chacun a bâti selon ses besoins et ses goûts ; quant aux villes édifiées au cordeau, on dirait des casernes... Arrière la beauté ! Considérez les besoins...

— C'est dommage qu'il faille attendre longtemps : je voudrais tant voir tout dans l'état souhaité...

— Seriez-vous un jeune homme de vingt-cinq ans ?... Un fonctionnaire pétersbourgeois... De la patience ! Travaillez six ans de suite : plantez, semez, bêchez la terre sans relâche. C'est dur. En revanche, une fois que vous aurez donné l'impulsion à la terre et qu'elle se mettra à vous aider d'elle-même, ce ne sera pas comme une machine quelconque. Non, mon cher ; en plus des soixante-dix bras que vous pourrez avoir à votre disposition, sept cents autres travailleront pour vous, invisibles. Tout sera décuplé ! Chez moi je n'ai pas à intervenir ; tout marche maintenant par la force acquise. Oui, la nature aime la patience ; c'est une loi que lui a imposée Dieu lui-même, qui favorise les patients.

— En vous écoutant, on sent les forces vous venir. L'esprit s'élève.

— Voilà comment la terre est labourée ! s'écria Kostanjoglo avec un sentiment d'amertume, en désignant le coteau. Je ne puis rester ici davantage ; cela me tue de contempler ce désordre et cet abandon. Vous pouvez maintenant en finir avec lui sans moi. Hâtez-vous d'enlever ce trésor à cet imbécile, qui profane les dons de Dieu !

Kostanjoglo s'assombrit ; en proie à une agitation bilieuse, il prit congé de Tchitchikov et rejoignit le propriétaire pour en faire autant.

— Eh quoi, Constantin Fiodorovitch ! dit Khlobouïev surpris. À peine arrivé, vous partez déjà ?

— Je n'ai pas le temps. Une affaire urgente m'appelle chez moi, dit Kostanjoglo.

Il prit congé, monta dans son cabriolet et partit. Khlobouïev parut comprendre la cause de son départ.

— Constantin Fiodorovitch n'a pas pu y tenir, dit-il ; ce n'est pas gai, pour un administrateur comme lui, de contempler un domaine si mal tenu. Figurez-vous, Pavel Ivanovitch, que je n'ai même pas fait de semailles cette année ! Parole d'honneur ! Il n'y avait pas de semences, et avec ça pas de quoi labourer... Votre frère, Platon Mikhaïlovitch, s'entend, dit-on, à merveille à faire valoir son bien ; quant à Constantin Fiodorovitch, c'est un Napoléon en son genre. Je me dis souvent : « Pourquoi un seul homme a-t-il tant d'esprit ? Si une parcelle au moins était réservée à un sot comme moi !... » Messieurs, faites attention de ne pas culbuter dans la mare en traversant la passerelle ; j'ai pourtant ordonné de réparer les planches au printemps... Mes pauvres paysans me font pitié ; il leur faut un exemple ; mais quel exemple puis-je leur donner ? Je ne saurais me montrer exigeant. Prenez-les en mains, Pavel Ivanovitch. Comment leur enseigner l'ordre, quand je suis moi-même désordonné ? Je les aurais bien émancipés depuis longtemps ; mais cela ne servirait à rien. Ils ont besoin auparavant d'apprendre à vivre. Il faut un homme sévère et juste qui séjourne longtemps au milieu d'eux et fasse preuve d'une activité infatigable... Le Russe, je le vois d'après moi, doit être stimulé, sinon il se rouille et s'endort.

— C'est étrange, dit Platonov, pourquoi le Russe est-il capable de se laisser aller au point que, si on ne surveille pas un homme du peuple, il devient un ivrogne et un vaurien ?

— Par suite du manque d'instruction, observa Tchitchikov.

— Dieu sait, dit Khlobouïev. Nous sommes instruits ; nous avons suivi les cours à l'université ; et pourtant à quoi sommes-nous bons ? Qu'ai-je appris ? Certes pas l'art de vivre, mais celui de dépenser pour toutes sortes de raffinements ; je me suis familiarisé avec maintes choses coûteuses. Est-ce parce que j'ai fait mes études d'une façon absurde ? Non, car d'autres camarades sont dans le même cas. Deux ou trois en ont retiré un véritable profit, peut-être parce qu'ils étaient par eux-mêmes intelligents ; les autres s'efforcent seulement d'apprendre ce qui gâte la santé et soutire de l'argent. Ainsi nous prenons de l'instruction ce qu'elle a de mauvais ; nous nous contentons de l'apparence sans aller au delà... Non, voyez-vous, Pavel Ivanovitch, si nous ne savons pas vivre, c'est pour une autre raison, qui m'échappe.

— Il doit y avoir des raisons, dit Tchitchikov.

Le pauvre Khlobouïev soupira profondément et poursuivit :

— Il me semble parfois que le Russe est condamné sans appel. Il entreprend tout et n'aboutit à rien. Il pense toujours commencer dès le lendemain une vie nouvelle, se mettre à la diète ; le soir même il s'empiffre, au point de pouvoir seulement clignoter, la langue pâteuse ; et il demeure là comme un hibou, à dévisager les gens.

— Oui, dit Tchitchikov, en souriant ; cela arrive.

— Rentrons par ici, dit Khlobouïev. Nous jetterons un coup d'œil sur les terres de mes paysans. Voyez-vous, la raison n'est pas notre fait. Je doute qu'aucun de nous soit raisonnable. Si même je vois quelqu'un mener une vie réglée, mettre de l'argent de côté, je n'ai pourtant pas confiance ; devenu vieux, le diable le fera broncher lui aussi, et il lâchera tout d'un seul coup. Civilisés ou non, nous sommes tous pareils, croyez-moi ! Il nous manque quelque chose ; mais quoi, je ne saurais le dire.

Au retour ce furent les mêmes tableaux. Un désordre malpropre choquait partout les regards. Une nouvelle mare s'était formée au beau milieu de la rue. On constatait chez les paysans la même déchéance, le même laisser-aller que chez le maître. Une mégère, en souquenille crasseuse, assommait de coups une pauvre gamine, en appelant tous les diables à la rescousse. Plus loin deux manants contemplaient, avec une indifférence stoïque, la colère de l'ivrognesse. L'un d'eux se grattait plus bas que le dos, l'autre bâillait. Les constructions bâillaient, les toits aussi. Leur vue fit bâiller Platonov. « Voici donc ma future propriété, se dit Tchitchikov : trou sur trou et rapiéçage sur rapiéçage ». En effet, une izba était recouverte d'un portail en guise de toit ; des perches dérobées au hangar seigneurial étayaient les fenêtres croulantes. Comme on voit, les villageois pratiquaient le système du caftan de Trichka[217] : ils coupaient les basques et les parements pour rapiécer les coudes.

— Votre propriété est en bien mauvais état, dit Tchitchikov lorsque, l'inspection terminée, ils approchaient de la maison.

Ils entrèrent. Dans les pièces un mélange de luxe et de dénuement frappait désagréablement la vue. Un volume de Shakespeare reposait sur une écritoire ; sur la table traînait une poignée en ivoire pour se gratter soi-même le dos. La maîtresse de maison, habillée avec goût et à la mode, parla de la ville et du théâtre qui s'y était monté. Les enfants, garçons et fillettes vifs et gais, étaient fort bien mis ; ils avaient même une institutrice. Mais cela ne faisait que plus de peine. Mieux eût valu qu'ils portassent des jupes de coutil, de simples blouses, et courussent aux alentours, sans se distinguer en rien des petits paysans. La dame reçut bientôt la visite d'une caillette, qu'elle emmena dans son appartement ; les enfants les suivirent ; les hommes restèrent seuls.

— Alors, quel est votre prix ? dit Tchitchikov. J'entends par là, je l'avoue, le dernier prix, le plus bas, car la propriété est dans un état pire que je ne pensais.

— Dans un état déplorable, Pavel Ivanovitch, dit Khlobouïev. Et ce n'est pas tout. Je ne le cache pas : sur cent âmes figurant au recensement il n'en reste que cinquante en vie, par suite du choléra ; les autres ont filé sans passeport, de sorte qu'il faut les considérer comme mortes ; si l'on s'adressait aux tribunaux, tout le bien y passerait. C'est pourquoi je ne demande que trente-cinq mille roubles.

Tchitchikov voulut naturellement marchander.

---

[217] — Allusion à une autre fable de Krylov, également très populaire : *Le Caftan de Trichka* (1815), dirigée contre les propriétaires fonciers qui espéraient remettre leur affaires en état au moyen d'hypothèques.

— Miséricorde ! Trente-cinq mille roubles pour un domaine pareil ! Contentez-vous de vingt-cinq mille.

Platonov eut un scrupule.

— Achetez, Pavel Ivanovitch, dit-il. Le domaine vaut bien ça. Si vous n'en donnez pas trente-cinq mille roubles, nous nous cotiserons, mon frère et moi, pour l'acheter.

— Très bien, j'y consens, dit Tchitchikov, prenant peur. — Entendu ; mais à condition de payer la moitié dans un an.

— Non, Pavel Ivanovitch, c'est tout à fait impossible. Donnez-moi la moitié maintenant, et le reste dans quinze jours. Car le Lombard m'en donnerait autant, si seulement j'avais de quoi gaver ces sangsues d'employés.

— Comment faire, vraiment ? je n'en sais rien, dit Tchitchikov. Je n'ai en tout et pour tout que dix mille roubles.

Il mentait, en ayant au total vingt mille, avec l'argent emprunté à Kostanjoglo ; mais il lui en coûtait fort de payer d'un coup une aussi grosse somme.

— Non, je vous en prie, Pavel Ivanovitch ! Je vous assure que j'ai besoin de quinze mille roubles.

— Je vous en prêterai cinq mille, intervint Platonov.

— Alors soit ! dit Tchitchikov, tout en songeant : « Eh mais, ça tombe fort bien qu'il prête de l'argent ! »

La cassette fut apportée de la calèche. Pavel Ivanovitch en retira dix mille roubles pour Khlobouïev, avec promesse d'apporter le lendemain les cinq mille autres roubles. Simple promesse d'ailleurs ; l'intention de Tchitchikov était d'en apporter trois mille ; le reste dans deux ou trois jours et, si possible, de différer encore. Pavel Ivanovitch éprouvait une répugnance particulière à lâcher l'argent. Lorsqu'une nécessité impérieuse l'y contraignait, il préférait pourtant payer le lendemain que le jour même. Nous agissons tous pareillement. Il nous plaît de berner un solliciteur : qu'il se morfonde dans l'antichambre ! Peu nous chaut que chaque heure lui soit précieuse et que ses affaires en souffrent ! Repasse demain, l'ami ; aujourd'hui je n'ai pas le temps !

— Où irez-vous vivre ? demanda Platonov à Khlobouïev. Avez-vous une autre propriété ?

— Il faudra s'installer en ville : j'y possède une petite maison. De toute façon c'était nécessaire pour les enfants ; ils auront besoin de maîtres de musique, de danse, d'histoire sainte, et l'on n'en trouve à aucun prix à la campagne.

« Il n'a pas de quoi manger et fait apprendre la danse à ses enfants » songea Tchitchikov.

« C'est bizarre ! » se dit Platonov.

— En attendant, il nous faut arroser la vente, dit Khlobouïev. Hé, Kiriouchka, apporte-nous, l'ami, une bouteille de Champagne.

« Il n'a pas de pain, mais il a du Champagne ! » songea Tchitchikov.

Platonov ne savait que penser.

C'est par nécessité que Khlobouïev s'était fourni de Champagne. Il avait envoyé à la ville chercher du kvass, mais l'épicier n'avait pas voulu lui en donner à crédit. Or, comme il faut boire et qu'un Français, placier en vins, récemment arrivé de Pétersbourg, faisait crédit à tout le monde, force avait été d'acheter du Champagne.

Le Champagne apporté, ils en avalèrent trois verres ; les esprits s'égayèrent. Khlobouïev se dérida : il devint aimable et spirituel, prodigua les bons mots et les anecdotes. Ses propos dénotaient une grande connaissance des hommes et du monde. Il avait si fidèlement observé une foule de choses, caractérisait si nettement en quelques mots les propriétaires voisins, discernait si clairement les défauts et les erreurs de chacun, connaissait si bien l'histoire des gentilshommes ruinés, les motifs et les circonstances de leur ruine, savait rendre leurs moindres habitudes d'une façon si comique, si originale, que ses auditeurs, charmés, étaient prêts à voir en lui un homme d'une remarquable intelligence.

— Je m'étonne, dit Tchitchikov, qu'avec autant d'esprit vous ne trouviez pas les moyens de vous tirer d'affaire.

— J'en ai, des moyens, dit Khlobouïev. Aussitôt il leur exposa un tas de projets, tous si absurdes, si bizarres, si peu fondés sur la connaissance des hommes et du monde, qu'on ne pouvait que hausser les épaules en disant : « Mon Dieu ! qu'il y a loin de connaître le monde à savoir utiliser cette connaissance ! » — Tout reposait sur la nécessité de se procurer soudain cent ou deux cent mille roubles. Alors, lui semblait-il, ses affaires s'arrangeraient ; les trous seraient bouchés ; il pourrait quadrupler ses revenus et payer toutes ses dettes. Et il concluait : — Mais que voulez-vous que je fasse ? Il n'existe pas de bienfaiteur disposé à prêter deux cent ou même cent mille roubles. On voit bien que ce n'est pas la volonté de Dieu.

« Il ferait beau voir que Dieu envoyât deux cent mille roubles à un pareil imbécile ! » songeait Tchitchikov.

— J'ai, il est vrai, une tante qui possède trois millions, dit Khlobouïev. La pieuse dame donne à l'Église et aux couvents ; mais elle se montre dure à la détente quand il s'agit de venir en aide au prochain. Une tante d'autrefois, qui vaut la peine d'être vue. Elle a quatre cents canaris, des carlins, des parasites, et des serviteurs comme on n'en trouve plus. Le plus jeune frise la soixantaine, ce qui n'empêche pas ma tante de l'appeler : « Hé, petit ! » Si un invité se conduit mal, elle donne l'ordre de ne pas lui servir tel ou tel plat, et on lui obéit. Platonov sourit.

— Quel est son nom et où habite-t-elle ? demanda Tchitchikov.

— Elle habite la ville et a nom Alexandra Ivanovna Khanassarov.

— Pourquoi ne vous adressez-vous pas à elle ? dit Platonov. Il me semble que, si elle connaissait la situation de votre famille, elle ne pourrait pas refuser.

— Que si ! Ma chère tante est cuirassée ; c'est un cœur de pierre, Platon Mikhaïlovitch. À part ça, elle a déjà des courtisans qui la cajolent. L'un d'eux veut être gouverneur. Il s'est fourré dans sa parenté... Dieu l'assiste ! Peut-être réussira-t-il.

« Imbécile ! songeait Tchitchikov. Je soignerais une tante pareille, comme une nourrice son nourrisson ! »

— La conversation est par trop sèche ! dit Khlobouïev. Hé, Kiriouchka ! Apporte-nous une autre bouteille de Champagne.

— Non, non, je n'en boirai pas davantage, dit Platonov.

— Moi non plus, dit Tchitchikov ; et tous deux refusèrent catégoriquement.

— Promettez-moi au moins de venir me voir en ville. Le 8 juillet, je donnerai un dîner aux notables.

— Miséricorde ! s'écria Platonov. Un dîner dans votre situation !

— Que voulez-vous ? C'est un devoir indispensable, dit Khlobouïev. J'ai une politesse à leur rendre.

Platonov ouvrit de grands yeux. Il ignorait encore qu'il existe en Russie, en province comme dans les capitales, des sages dont la vie est une énigme inexplicable. Un tel semble avoir tout mangé ; il est criblé de dettes, sans nulles ressources en perspective ; pourtant il donne un dîner. Tous les convives disent que c'est le dernier, que demain on traînera l'amphitryon en prison. Dix ans après, le sage est toujours là, plus endetté que jamais, et donne un dîner dont les convives pensent que c'est le dernier, que demain leur hôte ira en prison.

La maison de ville de Khlobouïev offrait un spectacle peu banal. Un jour un prêtre en chasuble y disait des prières ; le lendemain des acteurs français y répétaient la comédie. Tantôt on n'y aurait pas trouvé un morceau de pain ; tantôt on y recevait toutes sortes d'artistes, dont chacun emportait un cadeau. La situation de Khlobouïev était parfois si pénible, qu'un autre à sa place se fût depuis longtemps pendu ou brûlé la cervelle ; mais, par un contraste étrange avec sa vie dissipée, son esprit religieux le préservait du désespoir. Dans ces moments difficiles il lisait la vie des saints hommes, qui surent habituer leur esprit à dominer l'infortune. Alors son âme s'attendrissait toute, son cœur débordait, ses yeux se remplissaient de larmes. Il priait, et, chose bizarre, un secours inattendu lui arrivait presque toujours : un de ses vieux amis se souvenait de lui et lui envoyait de l'argent ; ou bien, dans un élan de charité, une étrangère de passage, apprenant par hasard son histoire, lui adressait une riche offrande ; ou encore un procès dont il n'avait jamais entendu parler tournait en sa faveur. Il reconnaissait alors avec respect la miséricorde infinie de la Providence, faisait chanter un Te Deum, et reprenait sa vie dissipée.

— Il me fait de la peine, vraiment, dit Platonov à Tchitchikov, lorsqu'ils eurent pris congé.

— Un fils prodigue ! dit Tchitchikov. De telles gens ne méritent pas qu'on les plaigne.

Bientôt tous deux cessèrent de penser à lui : Platonov — parce qu'il considérait la situation d'autrui avec la même apathie que le reste ; les souffrances du prochain lui serraient le cœur, mais les impressions ne se gravaient pas profondément dans son âme ; au bout de quelques minutes il ne pensait plus à Khloubouïev, pour la bonne raison qu'il ne pensait pas à lui-même. Tchitchikov — parce que toutes ses idées étaient concentrées sur l'achat qu'il venait de faire : se trouvant soudain réel possesseur d'un domaine jusqu'alors imaginaire, il devint pensif ; ses projets et ses idées prirent un cours plus grave et donnèrent malgré lui à son visage un air expressif. « La patience, le travail ! Ce n'est pas difficile : je me suis familiarisé avec eux pour ainsi dire dès le berceau. Ce ne sont pas choses nouvelles pour moi. Mais aurai-je à présent, à mon âge, autant de patience que dans ma jeunesse ? » Sous quelque face qu'il examinât son acquisition, l'affaire lui paraissait avantageuse. On pouvait hypothéquer le domaine, après en avoir vendu par morceaux les meilleures terres. On pouvait l'exploiter soi-même et prendre modèle sur Kostanjogio, en profitant de ses conseils comme voisin et bienfaiteur. On pouvait même le revendre (si l'on ne se sentait pas de goût pour la culture, en se réservant les fugitifs et les morts). Cette combinaison offrait un autre avantage : rien n'empêchait de filer de ces parages sans rembourser à Kostanjogio l'argent prêté. Ce n'est pas que Tchitchikov l'eût conçue, mais elle surgit d'elle-même, provocante et séduisante. Qui donc engendre ces coquines d'idées qui vous viennent brusquement ?

Pavel Ivanovitch éprouvait un plaisir nouveau, le plaisir d'être propriétaire pour de bon, de posséder des terres, des dépendances, des serfs en chair et en os. Peu à peu il se mit à sautiller, à se frotter les mains, à cligner de l'œil, à fredonner une sorte de marche dans son poing qui lui servait de trompette, et même à s'adresser tout haut quelques paroles d'encouragement et des épithètes comme *ma jolie frimousse* et *mon gros poulet*. Mais ensuite, se souvenant qu'il n'était pas seul, il se calma soudain, s'efforça de refréner son élan d'enthousiasme, et lorsque Platonov, qui avait pris certains de ces sons pour des propos à son adresse, demanda : Plaît-il ? — il répondit : — Ce n'est rien.

— Halte ! cria Platonov au cocher.

Alors seulement, en regardant autour de lui, Tchitchikov s'aperçut qu'ils roulaient depuis longtemps à travers un bois magnifique, dans une allée de bouleaux dont les troncs blancs, brillant comme une palissade couverte de neige, se dressaient, sveltes et légers, dans la verdure tendre de leur jeune feuillage. Les rossignols modulaient à l'envi leurs accords ; les tulipes des bois jaunissaient dans l'herbe. Il ne pouvait s'expliquer ce passage à un décor charmant, alors que tout à l'heure on était en pleins champs. À travers les arbres apparaissait une église blanche, et de l'autre côté on distinguait une grille. Au bout de l'allée, se montra un monsieur qui venait à leur rencontre, en casquette, un bâton noueux à la main. Un chien anglais, aux jambes grêles, courait devant lui.

— Voici mon frère Vassili, dit Platonov. Arrête, cocher !

Il descendit de la calèche, ainsi que Tchitchikov. Les chiens s'étaient déjà embrassés. Azor aux jambes grêles passa sa langue agile sur le museau de Iarbas, sur les mains de Platonov, puis sauta sur Tchitchikov et lui lécha l'oreille.

Les deux frères s'étreignirent.

— De grâce, Platon, à quoi penses-tu ? dit Vassili.

— Que veux-tu dire ? répondit Platon d'un air indifférent.

— Comment ? Tu restes trois jours sans donner signe de vie ! Un palefrenier de Pétoukh a ramené ton étalon. « Il est parti, a-t-il dit, avec un monsieur ». — Si au moins tu avais fait savoir où, pourquoi, pour combien de temps ! Voyons, frère, peut-on se comporter de la sorte ? Dieu sait ce que je me suis imaginé tous ces jours.

— Oui, j'ai oublié de te prévenir, dit Platon. Nous sommes allés chez Constantin Fiodorovitch, qui t'envoie ses amitiés, ainsi que notre sœur. Pavel Ivanovitch, je vous présente mon frère Vassili. — Vassili, je te présente Pavel Ivanovitch Tchitchikov.

Conviés à faire connaissance, les deux hommes se tendirent la main, puis enlevant leurs casquettes, se donnèrent l'accolade.

— Qui peut bien être ce Tchitchikov ? songeait Vassili. Mon frère Platon n'est pas difficile dans le choix de ses relations.

Il dévisagea Tchitchikov autant que le permettaient les convenances ; l'aspect de notre héros le rassura.

De son côté Tchitchikov dévisagea aussi, autant que le permettaient les convenances, le nouveau venu. Il était plus petit que son frère, les cheveux plus foncés et le visage bien moins beau ; mais ses traits avaient plus de vie et d'animation, plus de cordialité. On voyait qu'il sommeillait moins, ce à quoi d'ailleurs Pavel Ivanovitch ne prêta guère attention.

— J'ai décidé, Vassili, de parcourir la sainte Russie en compagnie de Pavel Ivanovitch. Peut-être cela dissipera-t-il mon hypocondrie.

— Comment t'es-tu décidé si vite ? dit Vassili stupéfait. Il faillit ajouter : « Et par-dessus le marché avec un individu que tu vois pour la première fois, qui ne vaut peut-être pas le diable ! » — Plein de méfiance, il regarda Tchitchikov à la dérobée, mais ne put que constater sa parfaite correction.

Ils tournèrent à droite vers le portail, L'enceinte était vieille, la maison aussi ; une de ces maisons comme on n'en bâtit plus de nos jours, avec des auvents sous un toit élevé. Deux énormes tilleuls couvraient de leur ombre une bonne moitié de la cour ; de nombreux bancs en bois les entouraient. Des lilas et des merisiers en fleurs mettaient comme un collier de perles à la cour, dont l'enceinte disparaissait complètement sous leur feuillage. Le manoir était tout à fait masqué ; seules en bas les portes et les fenêtres apparaissaient à travers les branches. On distinguait, derrière les troncs droits comme des flèches, la blancheur des cuisines et des communs. Ce n'était que verdure, parmi laquelle les rossignols chantaient à plein gosier. Malgré soi un sentiment de douce quiétude vous pénétrait l'âme. Tout rappelait les temps paisibles où chacun vivait avec bonhomie, où toutes choses étaient simples et peu compliquées.

Le frère de Platonov invita Tchitchikov à s'asseoir. Ils s'installèrent sur les bancs près des tilleuls. Un gars de dix-sept ans, en jolie blouse de nankinette rose, apporta et plaça devant eux des carafes de kvass[218] aux couleurs chatoyantes, les uns onctueux comme de l'huile, les autres pétillants comme de la limonade gazeuse. Cela fait, il prit une bêche adossée contre un arbre et s'en fut au jardin. Comme leur beau-frère Kostanjoglo, les frères Platonov n'avaient pas de serviteurs attitrés ; des jardiniers remplissaient cet office à tour de rôle. Vassili soutenait que les domestiques ne devaient pas former une corporation ; chacun pouvant en tenir lieu, il était inutile d'avoir des gens spécialement dressés ; le Russe était un bon sujet, dégourdi et travailleur, tant qu'il portait la blouse et le caftan ; mais, une fois en veston, il devenait gauche, empoté, cessait d'aller au bain et dormait dans le dit veston, sous lequel foisonnent puces et punaises. Peut-être Vassili avait-il raison. Les paysans étaient farauds ; les femmes portaient toutes des bavolets dorés ; les manches des chemises rappelaient les bordures d'un châle turc.

— Désirez-vous vous rafraîchir ? demanda Vassili à Tchitchikov. Ces boissons font depuis longtemps la gloire de notre maison.

Tchitchikov se versa un verre de la première carafe ; on aurait dit le *lipec* — l'hydromel — qu'il buvait autrefois en Pologne. Même pétillement que le Champagne ; et le gaz chatouillait agréablement le nez. — Un nectar ! dit-il. Il prit un verre d'eau d'une autre carafe ; c'était encore meilleur.

— La reine des boissons ! reprit-il. Je puis dire que chez votre honorable beau-frère, Constantin Fiodorovitch, j'ai bu une liqueur de premier ordre ; et chez vous un kvass qui ne lui est pas inférieur.

— La liqueur aussi provient de chez nous : c'est ma sœur qui a emporté la recette. Quel itinéraire comptez-vous suivre ? demanda Vassili.

— Je voyage, dit Tchitchikov en se balançant légèrement sur le banc, tandis qu'il se caressait le genou en s'inclinant, — je voyage moins pour mes affaires que pour celles d'autrui. Le général Bétristchev, mon ami intime, et, je puis dire, mon bienfaiteur, m'a prié de visiter ses parents. Les parents, certes, ont leur importance, mais j'y trouve aussi mon compte ; car, sans parler de l'utilité au point de vue hygiénique, voir le monde et ses vicissitudes constitue déjà en soi, pour ainsi dire, un livre vivant et une seconde science.

Vassili se prit à réfléchir. « Cet homme là s'exprime un peu prétentieusement, mais il y a du vrai dans ses paroles », songeait-il. Après un silence, il dit, en s'adressant à Platon :

— Je commence à croire, Platon, qu'un voyage peut vraiment te réveiller. Tu n'as pas autre chose que de l'apathie. Tu somnoles tout simplement, non par satiété ou lassitude, mais par faute d'impressions et de sensations vives. Moi, je suis tout le contraire. Je voudrais bien ne pas ressentir si vivement les choses et prendre moins à cœur tout ce qui arrive.

— À quoi bon prendre tout à cœur ? dit Platon. Tu cherches des sujets d'inquiétude et te forges toi-même des alarmes.

— Pourquoi en forger, alors qu'à chaque instant il survient des contrariétés ? dit Vassili. Connais-tu le tour que nous a joué Lénitsyne en ton absence ? Non. Eh bien ! il s'est emparé d'un terrain vague où nos gens fêtent, chaque année, suivant l'antique coutume, la venue du printemps. D'abord je ne céderai cette lande à aucun prix... Les souvenirs du village s'y rattachent ; pour moi la coutume est chose sacrée, je suis prêt à tout lui sacrifier.

— Il ne sait pas ; voilà pourquoi il s'en est emparé, dit Platon. C'est un homme nouveau, récemment arrivé de Pétersbourg. Il faut lui expliquer la chose.

— Il sait parfaitement. Je le lui ai fait dire, mais il a répondu par des grossièretés.

— Tu aurais dû y aller toi-même ; discuter. Parle-lui.

— Ma foi non. Il se donne de trop grands airs. Je n'irai pas le trouver. Vas-y si tu veux.

— J'irais volontiers ; mais, comme je n'entends rien aux affaires, il peut me rouler facilement.

---

[218] Voir note 41.

— Si vous voulez, je m'en chargerai, dit Tchitchikov. Expliquez-moi l'affaire.

Vassili lui jeta un regard et songea : « En voilà un amateur de voyage ! »

— Donnez-moi seulement une idée du personnage, reprit Tchitchikov, et de quoi il s'agit.

— Je me fais conscience de vous charger d'une commission aussi désagréable. D'après moi, c'est un pas grand'chose : issu d'une famille de hobereaux de notre province, il a fait sa carrière à Pétersbourg, où il a épousé la fille naturelle d'un important personnage ; aussi affecte-t-il de grands airs. Mais chez nous on n'est pas bête. Nous ne prenons pas la mode pour loi, ni Pétersbourg pour une église.

— Certes, dit Tchitchikov ; mais de quoi s'agit-il ?

— Voyez-vous, il a besoin de terre. S'il n'avait pas agi ainsi, je lui en aurais volontiers cédé ailleurs pour rien. Et maintenant ce mauvais coucheur pense que j'ai peur.

— À mon avis, mieux vaut parlementer ; peut-être cela aboutira-t-il. On n'a pas regretté de m'avoir confié des affaires... le général Bétristchev lui aussi...

— Mais cela m'ennuie que vous ayez à discuter avec un tel homme[219]...

....

— ... En veillant particulièrement à ce que cela se passe en secret, dit Tchitchikov, car ce n'est pas tant le crime que le scandale qui est dangereux.

— En effet, en effet, dit Lénitsyne, la tête entièrement penchée de côté.

— Quel plaisir d'avoir les mêmes idées ! dit Tchitchikov. Moi aussi, j'ai une affaire à la fois légale et illégale : illégale en apparence, légale au fond. Ayant besoin de gages, je ne veux faire courir de risques à personne en payant deux roubles par âme vivante. Si je venais à sauter — ce qu'à Dieu ne plaise ! — ce serait fâcheux pour le propriétaire. Aussi ai-je résolu de tirer parti des fugitifs et des morts qui figurent encore au recensement, afin d'accomplir une bonne œuvre, et de décharger en même temps le pauvre propriétaire de l'obligation de payer les taxes pour eux. Nous passerons seulement pour la forme un contrat entre nous, comme s'il s'agissait de vivants.

« C'est pourtant fort bizarre », songeait Lénitsyne, qui recula un peu sa chaise. — L'affaire est de telle nature... commença-t-il.

— Mais il n'y aura pas de scandale, tout se passera en secret, répondit Tchitchikov. Il s'agit, comme je viens de l'exposer, d'une affaire entre gens loyaux, d'âge respectable et, semble-t-il, de rang honorable, avec la garantie du secret.

Ce disant, il le regardait franchement dans les yeux. Si ingénieux et si versé dans la pratique des affaires que fût Lénitsyne, il se trouva fort perplexe, d'autant plus qu'il paraissait pris à son propre piège. Il était incapable d'injustice et n'aurait pas voulu faire quelque chose d'illicite, même en secret. « Quelle drôle d'aventure, songeait-il. Liez-vous donc d'étroite amitié même avec des gens de bien ! »

Mais le sort parut favoriser Tchitchikov. Comme pour aider à la conclusion de cette affaire difficile, la jeune femme de Lénitsyne entra ; elle était pâle, petite, maigrichonne, mais habillée à la mode de Pétersbourg, et prisait fort les gens comme il faut. Ensuite arriva, sur les bras de sa nourrice, un bébé, fruit du tendre amour des jeunes époux. Par l'aisance de ses manières, sa façon d'incliner la tête, Tchitchikov charma la dame de Pétersbourg, puis l'enfant. Celui-ci commença par pleurer ; mais, en lui disant : « Agou, agou, mon chéri », en faisant claquer ses doigts et miroiter le cachet en cornaline de sa montre, Tchitchikov réussit à l'attirer dans ses bras. Puis il se mit à le soulever au

---

[219] — Lacune. Selon Chévyriov, Gogol racontait ici l'arrivée de Tchitchikov chez Lénitsyne.

plafond et obtint ainsi un gracieux sourire du bambin, ce qui ravit ses père et mère. Mais soudain, sous l'effet de la joie, ou pour une autre cause, le bébé commit une incongruité.

— Ah ! mon Dieu ! s'écria madame Lénitsyne, il a abîmé votre frac !

Tchitchikov vit qu'en effet une manche de son habit neuf était toute salie. « Que la peste t'emporte, diablotin ! » songea-t-il avec colère.

Les parents, la nourrice coururent chercher de l'eau de Cologne ; de tous côtés on se mit à l'essuyer.

— Ce n'est rien, dit Tchitchikov, en s'efforçant de prendre autant que possible un air gai. À cette charmante époque de son existence, un enfant peut-il abîmer quelque chose ? répétait-il, tout en pensant : « Que les loups ne l'ont-ils dévoré ! Il m'a bien arrangé, le petit coquin ! »

Cette circonstance en apparence insignifiante disposa tout à fait le maître de la maison en faveur de Tchitchikov. Comment refuser quelque chose à un hôte qui a prodigué des caresses innocentes à un enfant et généreusement sacrifié son frac ? Afin de ne pas donner de mauvais exemple, ils convinrent de conclure l'affaire en secret, car ce n'est pas tant la chose que le scandale qui était dangereux.

— Permettez-moi, à mon tour, de vous rendre un service. Je veux être votre intermédiaire vis-à-vis des frères Platonov. Vous avez besoin de terre, n'est-ce pas ?...

....

SECOND FRAGMENT

... Chacun en ce monde arrange ses affaires. L'exploration des coffres fut couronnée de succès, une partie de leur contenu passa dans la fameuse cassette. Opération des plus sages : Tchitchikov profita plutôt qu'il ne vola. Car chacun de nous tire profit de quelque chose : celui-ci des forêts domaniales, celui-là des sommes dont il a la charge ; l'un dépouille ses enfants pour une actrice de passage ; l'autre vole les paysans, pour des meubles de Hambs[220] ou pour un équipage. Que voulez-vous, le monde fourmille de tentations : restaurants aux prix extravagants, bals masqués, fêtes, parties fines avec des tziganes. Il est difficile de s'abstenir ; si tout le monde en fait autant et que la mode l'ordonne, essayez un peu ! C'est ainsi que Tchitchikov, à l'instar des gens toujours plus nombreux qui aiment le confort, tourna l'affaire à son profit.

Tchitchikov aurait déjà dû partir ; mais les routes étaient impraticables. Cependant une autre foire allait commencer dans la ville, destinée celle-là aux gens de qualité. La précédente trafiquait surtout de chevaux, de bestiaux, de produits bruts enlevés aux paysans par les accapareurs. À présent, les marchands de nouveautés écoulaient les marchandises achetées à la foire de Nijny-Novgorod. Le fléau des porte-monnaie russes : les Français vendeurs de parfums, les Françaises vendeuses de chapeaux, — cette sauterelle d'Égypte, selon l'expression de Kostanjoglo, qui, non contente de tout dévorer, laisse ses œufs enfouis dans la terre, — venaient rafler l'argent obtenu par un labeur acharné.

Seule la mauvaise récolte retenait chez eux de nombreux hobereaux. En revanche les fonctionnaires dépensaient sans compter ; leurs femmes aussi, malheureusement. Ayant lu divers ouvrages, publiés ces derniers temps dans le but d'inspirer des besoins nouveaux à l'humanité, ils brûlaient d'envie de goûter à tous les nouveaux plaisirs. Un Français avait ouvert un *vauxhall* — établissement jusqu'alors inconnu dans la province — avec des soupers à très bas prix, dont la moitié à crédit. Cela suffit pour que non seulement les chefs de bureau, mais les simples employés, comptant sur les futurs pots-de-vin des solliciteurs, s'en donnassent à cœur-joie. Chacun voulut faire parade de beaux équipages. Les classes rivalisaient dans les divertissements... En dépit du mauvais temps et de la boue, les calèches allaient et venaient ; Dieu sait d'où elles sortaient, mais à Pétersbourg, elles n'eussent pas produit mauvais effet... Des marchands, des commis, soulevant leurs chapeaux avec aisance, interpellaient les dames. On ne voyait guère d'hommes barbus, en bonnets de fourrure à l'ancienne mode. Tous avaient l'air européen...

Étendu sur un canapé, Tchitchikov, drapé dans une robe de chambre persane en *tarmalame* d'or, discutait avec un contrebandier de passage, d'origine juive, à l'accent allemand ; il avait déjà fait emplette d'un coupon de fine toile de Hollande pour des chemises et de deux boîtes d'un savon de première qualité, le même dont il se fournissait naguère à la douane de Radziwilow[221] et qui avait la propriété mystérieuse d'adoucir la peau et de la rendre étonnamment blanche. Alors qu'il achetait en connaisseur ces produits indispensables à tout homme bien élevé, le fracas d'une voiture qui arrivait fit légèrement trembler les vitres, et Son Excellence Alexéi Ivanovitch Lénitsyne entra.

— Comment Votre Excellence trouve-t-elle cette toile, ce savon, et cette bagatelle achetée hier ?

Ce disant, Tchitchikov mit sur sa tête une calotte brodée d'or et de fausses perles, ce qui lui conféra la majesté d'un shah de Perse.

Mais sans répondre à la question, Son Excellence lui dit d'un air soucieux : — J'ai à vous parler.

Le respectable marchand à l'accent allemand fut aussitôt renvoyé ; ils restèrent seuls.

---

[220] — Ébéniste viennois, très en vogue à l'époque.
[221] — Petite ville de Volhynie, alors station frontière entre la Russie et l'Autriche.

— Quelle contrariété nous arrive ! On a découvert un autre testament de la vieille rédigé il y a cinq ans : la moitié du domaine est léguée à un couvent ; le reste est partagé entre les deux pupilles ; et c'est tout.

Tchitchikov se troubla...

— Mais ce testament ne compte pas. Il n'a aucune valeur ; il est annulé par le second, dit-il.

— Cette annulation n'est pas stipulée dans le second.

— Mais cela va sans dire. Je connais bien la volonté de la défunte : j'étais auprès d'elle ; le premier testament est nul. Qui l'a signé ? Quels sont les témoins ?

— Il a été homologué dans les formes légales, et signé par deux témoins : Khavanov et Bourmilov, ex-juge au Tribunal de Conscience[222].

— Fâcheux, songea Tchitchikov ! Khavanov passe pour honnête ; Bourmilov est un vieux cagot auquel on confie, les jours de fête, la lecture de l'Épître[223]. — C'est absurde ! dit-il à haute voix, en s'armant d'une résolution à toute épreuve. Je suis mieux au courant que n'importe qui ; j'ai assisté aux derniers moments de la défunte. Je suis prêt à en témoigner sous serment.

Ces paroles décidées rassurèrent pour un instant Lénitsyne. Il se reprochait d'avoir, dans son agitation, soupçonné Tchitchikov d'être l'auteur du testament. L'empressement à jurer était une preuve évidente du contraire. Nous ignorons si Pavel Ivanovitch aurait eu vraiment l'audace de jurer sur l'Évangile ; en tout cas, il avait le courage de le prétendre.

— Soyez tranquille : je parlerai de cette affaire à plusieurs jurisconsultes. Quant à vous, ne bougez pas, vous devez rester complètement à l'écart. Je puis séjourner en ville autant qu'il me plaît.

Tchitchikov fit aussitôt atteler et se rendit chez un avocat consultant, renommé pour son expérience des affaires. Inculpé depuis quinze ans, il savait si bien s'y prendre qu'on n'arrivait pas à le priver de sa charge. Tout le monde savait que, pour ses exploits, il aurait dû être six fois déporté. De tous côtés, on le soupçonnait : mais personne ne pouvait apporter de preuves contraires. Il y avait vraiment un mystère là-dessous ; et si notre récit se passait aux époques d'ignorance, on eût sûrement tenu notre homme pour sorcier. L'air froid de l'avocat, la saleté de sa robe de chambre contrastaient vivement avec le beau mobilier en acajou, la pendule dorée sous un globe de verre, le lustre qu'on distinguait à travers une housse de mousseline, en général avec tout ce qui l'entourait et portait la marque évidente de la culture européenne.

Le contraste frappa Tchitchikov ; mais, sans s'y arrêter davantage, il exposa les points épineux de l'affaire, et dépeignit en termes séduisants la reconnaissance qui ne manquerait pas de récompenser un bon conseil et la peine prise.

L'homme de loi dépeignit à son tour l'instabilité des choses terrestres et donna habilement à entendre qu'un tiens vaut mieux que deux tu l'auras.

Bon gré, mal gré, il fallut recourir aux arguments sonnants. La froideur sceptique du philosophe disparut aussitôt. Il se révéla un excellent homme, causeur charmant qui ne le cédait pas pour le savoir-vivre à Tchitchikov lui-même.

— Permettez-moi de vous dire, au lieu de compliquer les choses, que vous n'avez sans doute pas bien examiné le testament : il doit renfermer un codicille. Prenez-le quelque temps chez vous. Bien que ce soit interdit, en sollicitant convenablement certains fonctionnaires... J'interviendrai de mon côté.

---

[222] — Gogol note dans ses Carnets (1841-1842) : Tribunal de conscience, indépendant du gouverneur, juge en conscience et sans appel toutes les affaires où la rigueur des lois doit être atténuée (mineurs, aliénés). — Les magistrats qui composaient ce tribunal — un juge et deux assesseurs — étaient nommés par la noblesse.

[223] — C'est la coutume dans les églises russes d'inviter les paroissiens influents à lire à haute voix l'Épître, les dimanches et jours de fête.

« Je comprends », pensa Tchitchikov. — En effet, dit-il, je ne me rappelle pas s'il y a ou non un codicille.

Comme si le testament n'avait pas été libellé de sa propre main !

— Il vaut mieux que vous examiniez cela. D'ailleurs, poursuivit l'avocat avec une grande bienveillance, ne vous troublez pas, même s'il arrivait quelque chose de fâcheux. Ne désespérez jamais. Il n'y a rien d'irrémédiable. Regardez-moi. Je reste toujours calme. Quelques chicanes qu'on me cherche, ma tranquillité est inébranlable.

Le visage du jurisconsulte philosophe reflétait en effet un calme extraordinaire, ce qui rassura fort Tchitchikov.

— Assurément, c'est de première importance, dit-il ; convenez pourtant qu'il peut y avoir des cas, de fausses accusations de la part d'ennemis, des situations difficiles, susceptibles d'enlever toute tranquillité.

— Croyez-moi, c'est de la pusillanimité, répondit avec une grande bienveillance l'homme de loi. Faites en sorte que l'affaire soit instruite entièrement par écrit, qu'il n'y ait aucune déclaration verbale. Et dès que vous verrez que le dénouement approche, qu'une solution est imminente, au lieu de vous justifier et de vous défendre, tâchez simplement d'embrouiller les choses en y mêlant des éléments étrangers.

— C'est-à-dire afin de...

— D'embrouiller, et rien de plus ; d'introduire dans cette affaire des circonstances accessoires, qui y impliqueraient d'autres personnes : voilà tout ! Qu'ensuite un fonctionnaire venu de Pétersbourg essaie de démêler l'écheveau, s'il peut ! Oui, qu'il essaie, s'il le peut ! répéta-t-il en regardant Tchitchikov dans les yeux, avec une satisfaction particulière, comme le maître regarde l'élève auquel il explique un passage attrayant de la grammaire russe.

— C'est fort bien, mais à condition que l'on trouve des circonstances susceptibles d'obscurcir la vue, dit Tchitchikov, en fixant aussi avec satisfaction le philosophe, comme l'élève qui a compris le passage attrayant expliqué par le maître.

— On en trouve toujours. Croyez-moi ; le fréquent exercice rend l'esprit ingénieux. Avant tout, souvenez-vous qu'on vous aidera. La complication même de l'affaire profite à beaucoup : il faut davantage de fonctionnaires, et ils touchent davantage... Bref, il s'agit d'intéresser à l'affaire de nombreuses personnes. Peu importe que quelques-unes soient impliquées en vain ; elles devront se justifier, répondre par écrit... Cela rapporte !... On peut si bien brouiller les cartes que personne n'y comprendra rien. Pourquoi suis-je tranquille ? Parce que j'ai une ligne de conduite toute tracée. Dès que mes affaires empireront, j'y impliquerai le gouverneur, le vice-gouverneur, le maître de police, le trésorier général : tous y passeront. Je connais tous leurs faits et gestes, leurs rancunes, leurs bouderies, leurs intrigues. Si même ils se tirent d'affaire, on en trouvera d'autres. On ne pêche qu'en eau trouble.

Et l'avocat philosophe regarda Tchitchikov dans le blanc des yeux de nouveau avec autant de plaisir que le maître explique à l'élève un passage encore plus attrayant de la grammaire russe.

« Vraiment, cet homme est un sage ! », se dit Tchitchikov, qui quitta le jurisconsulte d'excellente humeur.

Complètement rassuré, il se jeta avec une aisance nonchalante sur les coussins élastiques de la calèche et ordonna à Sélifane de rabattre la capote. (Il s'était rendu chez le jurisconsulte la capote relevée et les rideaux fermés.) Il s'installa comme un colonel de hussards en retraite, ou Vichnépokromov en personne ; les jambes croisées, il tournait vers les passants un visage affable, rayonnant sous un chapeau de soie neuf un peu rabattu sur l'oreille. Sélifane reçut l'ordre de se diriger vers le bazar. Les marchands étrangers et indigènes, qui se tenaient au seuil des boutiques, se découvraient respectueusement, et Tchitchikov, non sans dignité, soulevait son chapeau en réponse. Il connaissait déjà beaucoup d'entre eux ; d'autres, étrangers, mais enchantés de l'aisance de ce monsieur, qui savait se tenir, le saluaient également. La foire de Tfouslavl continuait toujours ; après les chevaux et les produits agricoles, on trafiquait maintenant d'articles de luxe pour les gens de qualité. Les marchands, arrivés en voiture, s'étaient promis de ne repartir qu'en traîneau[224].

Campé près de sa boutique, un marchand de drap, vêtu d'une redingote de façon moscovite, accueillit Tchitchikov d'un beau coup de chapeau, tout en caressant de l'autre main son menton fraîchement rasé.

— Faites-nous l'honneur ! dit-il d'un ton raffiné.

Tchitchikov entra dans la boutique.

— Eh bien, mon cher, montrez voir votre drap.

L'affable marchand souleva aussitôt une planche mobile près du comptoir ; s'étant ainsi frayé un passage, il se trouva le dos aux marchandises et face au chaland. Tête nue, le chapeau toujours tenu à bout de bras, il salua encore une fois Tchitchikov. Il se couvrit enfin et, s'appuyant des deux mains sur le comptoir, dit :

— Quelle sorte de drap préférez-vous ? Des manufactures anglaises ou de fabrication nationale ?

— De fabrication nationale, dit Tchitchikov ; mais de première sorte, celle qu'on appelle anglaise.

— Quelles couleurs désirez-vous ? demanda le marchand en oscillant gracieusement sur ses mains arc-boutées.

— Olive moucheté, ou vert bouteille, tirant sur le zinzolin, dit Tchitchikov.

— Je vais vous donner la toute première qualité. Pour trouver mieux, il faut aller dans les capitales du monde civilisé. Garçon, donne voir le N° 34, là tout en haut. Ce n'est pas celui-ci, l'ami : tu sors toujours de ta sphère, comme un *prolétaire*[225]. Ah voilà ! Lance-le ! Un fameux drap !

Et, dépliant le coupon, le marchand le mit sous le nez de Tchitchikov, de sorte que celui-ci put non seulement caresser l'étoffe soyeuse, mais aussi la flairer.

— C'est bien, mais il y a mieux, dit-il. J'ai servi dans les douanes. Montrez-moi donc la meilleure qualité qui existe, et plus foncé, tirant moins sur le vert bouteille que sur le zinzolin.

— Je comprends : vous désirez vraiment la couleur à la mode. J'ai un drap supérieur. Je vous préviens que le prix en est élevé, mais la qualité *idem*.

L'Européen grimpa. Le coupon tomba. Il le déploya avec l'art d'autrefois, oubliant pour un instant qu'il appartenait à la génération nouvelle. Il le porta au jour, sortit même de la boutique, le montra dehors en clignant à la lumière, déclara enfin :

— Excellente couleur : navarin flamme et fumée.

La marchandise plut ; on convint du prix, bien que le marchand assurât ne vendre qu'à prix fixe. Le coupon fut aussitôt détaché — un coup sec des deux mains servit de ciseaux — et enveloppé à la russe, avec une incroyable rapidité. Le paquet fut ficelé, le nœud artistement fait. Un coup de ciseaux à la ficelle, et tout était déjà dans la calèche. Le marchand souleva son chapeau. Il avait ses raisons pour cela : l'affaire était avantageuse.

— Montrez du drap noir, dit une voix.

---

[224] Pour la description de cette foire, Gogol a utilisé des notes sur celle de Jarovka, prov. de Simbirsk (*Carnets* de 1841).
[225] Ce brave drapier emploie à tort et à travers des mots dont il ignore le sens ; il suppose que le mot *prolétaire* vient de *proléliet :* faire faillite ! — C'est d'ailleurs — avec Samosvistov et l'homme de loi — le seul personnage vivant et bien observé de ce dernier chapitre.

« Sapristi, voici Khlobouïev », songea Tchitchikov, qui tourna le dos pour ne pas le voir, jugeant imprudent d'avoir une explication avec lui au sujet de l'héritage. Mais l'autre l'avait déjà aperçu.

— Ne serait-ce pas à dessein, Pavel Ivanovitch, que vous m'évitez ? Je ne puis vous trouver nulle part ; nous avons pourtant à causer sérieusement.

— Mon brave ami, dit Tchitchikov, en lui serrant les mains, croyez que je désire m'entretenir avec vous ; mais le temps me manque totalement.

Cependant, il songeait : « Que le diable t'emporte ! » Tout à coup, il vit entrer Mourazov. — Ah ! mon Dieu, Athanase Vassiliévitch ! Quelle heureuse rencontre !

Et après lui, Vichnépokromov qui entrait à son tour dans la boutique, répéta : — Athanase Vassiliévitch !

Et le marchand aux belles manières, se découvrant d'un geste large, tout le corps incliné, proféra : — Notre humble hommage à Athanase Vassiliévitch !

Les visages reflétèrent cette obséquiosité servile qu'inspirent les millionnaires aux humbles mortels.

Le vieillard salua tout le monde, et s'adressa directement à Khlobouïev : — Excusez-moi ! En vous voyant de loin entrer dans la boutique, je me suis décidé à vous déranger. Si vous avez le temps et que vous alliez de mon côté, faites-moi le plaisir d'entrer un moment. J'ai à vous parler.

— Entendu, Athanase Vassiliévitch, dit Khlobouïev.

— Quel beau temps, Athanase Vassiliévitch, reprit Vichnépokromov, c'est extraordinaire !

— Oui, Dieu soit loué, il fait beau. Mais il faudrait un peu de pluie pour les semailles.

— Certainement, dit Vichnépokromov, et même pour la chasse.

— Oui, un peu de pluie ne ferait pas de mal, approuva Tchitchikov qui n'en avait nullement besoin ; mais il est toujours agréable d'acquiescer aux dires d'un millionnaire.

— La tête me tourne, reprit Tchitchikov, après le départ de Mourazov. Penser que cet homme a dix millions ! C'est incroyable !

— C'est une chose contre nature, dit Vichnépokromov ; les capitaux ne doivent pas être concentrés dans des mains uniques. Cela fait maintenant l'objet de traités dans toute l'Europe. Quand on a de l'argent, il faut en faire profiter les autres : donner des dîners, des bals ; déployer un luxe bienfaisant qui procure du pain aux ouvriers et aux artisans.

— Ce que je ne comprends pas, dit Tchitchikov, c'est que, possédant dix millions, il vive comme un manant ! Dieu sait ce qu'on peut faire avec dix millions ! Si on le désire, on ne fréquente que des généraux et des princes.

— Oui, ajouta le boutiquier ; malgré ses mérites, Athanase Vassiliévitch manque de culture en bien des choses. Quand un marchand acquiert du poids, il devient un *négociant* et doit se conduire comme tel, prendre une loge au théâtre, marier sa fille à un général. Un simple colonel ne fait plus son affaire. Il renvoie sa cuisinière et commande ses repas à un traiteur.

— Certes oui, dit Vichnépokromov, que ne peut-on faire avec dix millions ! Donnez-les moi et vous verrez.

« Non, songeait Tchitchikov, tu n'en ferais pas grand'chose de bon. Mais moi, c'est une autre affaire. »

« Que ne puis-je posséder dix millions, après ces terribles épreuves, songeait Khlobouïev. L'expérience enseigne le prix de chaque kopek. Je m'y prendrais autrement. » Après une minute de réflexion, il se demanda : « En userais-je à présent d'une façon plus raisonnable ? » Haussant les épaules, il ajouta : « Sapristi ! Je crois bien que je les gaspillerais comme par le passé ! »

Il quitta la boutique aussitôt, brûlant d'envie de connaître ce que lui dirait Mourazov.

— Je vous attendais, Sémione Sémionovitch, dit Mourazov en le voyant entrer ; passons dans ma chambre.

Il le conduisit dans une chambrette, qui ne le cédait pas en simplicité à celle d'un fonctionnaire aux appointements annuels de sept cents roubles.

— Dites-moi, je pense que maintenant votre situation s'est améliorée. Il a dû vous revenir quelque chose à la mort de votre tante ?

— À franchement parler, Athanase Vassiliévitch, j'ignore si ma situation s'est améliorée. Il m'est revenu en tout cinquante paysans et trente mille roubles, avec lesquels j'ai dû payer une partie de mes dettes ; et me voilà de nouveau à sec. Savez-vous que l'affaire du testament est des plus louches, Athanase Vassiliévitch ! Je vais vous raconter, et vous serez surpris de ce qui se passe. Ce Tchitchikov...

— Permettez, Sémione Sémionovitch ; avant d'en venir à ce Tchitchikov, parlons plutôt de vous. Dites-moi, combien, à votre estimation, vous faudrait-il pour vous tirer complètement d'embarras ?

— Ma situation est difficile, dit Khlobouïev. Pour me tirer d'embarras, m'acquitter entièrement et avoir la possibilité de mener l'existence la plus modeste, il me faudrait au moins cent mille roubles, sinon davantage.

— Et si vous possédiez cette somme, comment organiseriez-vous votre vie ?

— Alors je louerais un petit appartement et m'occuperais de l'éducation de mes enfants. Inutile de songer à moi : ma carrière est terminée, je ne suis plus bon à rien.

— Alors vous resterez oisif. Vous n'ignorez pourtant pas que, dans l'oisiveté, surviennent des tentations auxquelles n'eût pas songé un homme occupé.

— Que voulez-vous, je ne suis bon à rien : je suis tout engourdi, les reins me font mal.

— Mais comment vivre sans travail ? Comment demeurer au monde sans fonction, sans place ? Considérez toutes les créatures de Dieu : chacune sert à quelque chose ; chacune a sa destination. La pierre même a son usage, et l'homme, l'être le plus raisonnable, ne se rendrait pas utile ? Est-ce juste ?

— Mais je ne serai pas tout à fait désœuvré. Je m'occuperai de l'éducation des enfants !

— Non, Sémione Sémionovitch, non, rien n'est plus difficile. Comment celui qui n'a pas su s'élever soi-même peut-il élever des enfants ? La seule éducation est celle de l'exemple. Or, votre vie a-t-elle pour eux la valeur d'un exemple ? Elle ne leur apprendra tout au plus qu'à passer le temps dans l'oisiveté et à jouer aux cartes ! Non, Sémione Sémionovitch, confiez-moi vos enfants ; vous les pervertiriez. Songez-y sérieusement : l'oisiveté vous a perdu ; il vous faut la fuir. Comment vivre sans être assujetti à rien ? On doit remplir un devoir quelconque. Le journalier même sert à quelque chose. Il mange un pain frugal, certes, mais gagné par son labeur, et il sent l'intérêt de son occupation.

— Ma parole, Athanase Vassiliévitch, j'ai essayé de me vaincre ! Peine perdue ! J'ai vieilli, je suis devenu incapable. Me faire fonctionnaire ? Comment irais-je, à quarante-cinq ans, m'asseoir à la même table que des expéditionnaires ? De plus, je ne puis accepter de pots-de-vin. Je me ferais du tort et je nuirais aux autres. D'ailleurs, ils font caste entre eux. Non, Athanase Vassiliévitch, j'ai réfléchi ; j'ai passé en revue tous les emplois ; je serais inapte partout. Tout au plus l'hospice me convient-il.

— L'hospice est pour ceux qui ont travaillé ; quant à ceux qui ont passé leur jeunesse à s'amuser, on leur répond comme la fourmi à la cigale : *Eh bien dansez, maintenant !* Et, même à l'hospice, on s'occupe et l'on travaille ; on ne joue pas au whist. Sémione Sémionovitch, dit Mourazov en le fixant, vous vous trompez, et vous me trompez.

Mourazov le regardait dans le blanc des yeux ; mais le pauvre Khlobouïev ne sut que répondre. Mourazov en eut pitié.

— Écoutez, Sémione Sémionovitch... Vous priez ; vous allez à l'église ; vous ne manquez, je le sais, ni les vêpres, ni les matines. Bien que vous n'aimiez pas vous lever tôt, vous y allez ; vous y allez à quatre heures du matin, alors que tout le monde dort.

— C'est une autre affaire, Athanase Vassiliévitch. Ce que j'en fais, ce n'est pas pour le monde, mais pour Celui qui nous a ordonné à tous d'être au monde. Je crois qu'il est miséricordieux envers moi ; que, malgré mes turpitudes, Il peut me pardonner et m'accueillir, alors que les gens me repoussent du pied, alors que mon meilleur ami me trahira en disant en suite que c'était dans une bonne intention.

Un sentiment d'affliction parut sur le visage de Khlobouïev. Mourazov se tut un instant, comme pour le laisser revenir à lui, et dit :

— Pourquoi ne prenez-vous pas aussi un emploi non pour l'homme, ni pour complaire à la société ? Servez Celui qui est si miséricordieux. Le travail Lui est aussi agréable que la prière. Prenez une occupation quelconque, mais prenez-la comme si vous le faisiez pour Lui et non pour les hommes. Poussez tout simplement de l'eau dans un mortier, mais en songeant que vous le faites pour Lui. Cela aura déjà cet avantage qu'il ne vous restera pas de temps pour le mal, pour perdre aux cartes, pour faire bombance avec des écornifleurs, pour la vie mondaine enfin. Dites-moi, Sémione Sémionovitch, vous connaissez Ivan Potapytch ?

— Je le connais et le respecte fort.

— Eh bien, c'était un excellent commerçant. Il possédait un demi-million. Voyant partout des bénéfices, il voulut mener la vie à grandes guides. Son fils apprit le français, sa fille épousa un général. On ne le voyait plus ni dans son magasin ni à la Bourse ; il passait des journées entières au cabaret, à banqueter avec des amis ; finalement, il fit faillite. Autre malheur, Dieu lui prit son fils. Maintenant, voyez-vous, il est commis chez moi. Il a fait peau neuve. Ses affaires se sont rétablies. Il pourrait de nouveau trafiquer pour cinq cent mille roubles. — « Non, dit-il, commis je suis, commis je veux mourir. Me voici frais et dispos, alors qu'auparavant je prenais du ventre, et que l'hydropisie me guettait... Pas de ça ! »

À présent, il ne prend plus de thé : rien que du sarrasin et de la soupe aux choux. Il est fort pieux et secourt les pauvres comme pas un d'entre nous, car plus d'un serait heureux de leur venir en aide, qui a gaspillé son argent.

Le vieillard lui prit les mains. Le pauvre Khlobouïev réfléchissait.

— Sémione Sémionovitch ! Si vous saviez quelle peine vous me faites ! Je songe tout le temps à vous ! Écoutez. Vous savez qu'il y a au monastère un anachorète qui ne voit personne. C'est un homme d'une remarquable intelligence. Il parle peu, mais quand il donne un conseil... Je commençai à lui dire que j'avais un ami sans le nommer... qui souffrait de ceci, de cela. Il m'écouta d'abord, puis m'interrompit soudain. « Il faut penser à Dieu avant de penser à soi. On bâtit une église et l'argent manque : il faut quêter pour l'église ». Sur ce, il me claqua la porte au nez. « Que signifie ? pensai-je. Il ne veut pas donner de conseil ? » J'allai trouver le Père Abbé. À peine étais-je entré qu'il me dit : « Connaissez-vous quelqu'un qu'on puisse charger de quêter pour l'église ? Il faudrait un homme de condition ou de négoce, qui fût plus éduqué que d'autres et vît dans cette bonne œuvre un moyen de faire son salut. » Je fus saisi d'étonnement. « Ah, mon Dieu ! voici donc ce que voulait dire l'anachorète. C'est à Sémione Sémionovitch qu'il assigne cet emploi. Voyager sera excellent pour sa maladie. En allant avec son registre du propriétaire au paysan et du paysan au citadin, il apprendra les conditions d'exigence et les besoins de chacun, de sorte qu'à son retour, après avoir parcouru quelques provinces, il connaîtra mieux la région que tous nos casaniers. » On a justement besoin de pareilles gens. Le prince me disait qu'il donnerait beaucoup pour trouver un fonctionnaire qui connût les choses comme elles sont en réalité ; car, d'après les papiers, dit-il, on n'y voit rien ; tout est embrouillé.

— Votre offre me confond, Athanase Vassiliévitch, dit Khlobouïev, en le regardant avec surprise. J'ai peine à croire à une telle proposition ; il faut pour cela un homme actif, infatigable. Et puis, comment abandonner ma femme, mes enfants, qui n'ont rien à manger ?

— Ne vous inquiétez pas d'eux. Je me charge de leur entretien ; vos enfants auront des maîtres. Au lieu d'aller mendier pour vous, la besace sur l'épaule, il vaut mieux demander pour Dieu ; c'est plus noble. Je vous donnerai une simple carriole ; ne craignez pas les cahots, c'est pour votre santé. Je vous remettrai de l'argent pour la route, afin que vous puissiez secourir en passant les plus nécessiteux. Vous pouvez faire ainsi beaucoup de bien ; vous ne vous tromperez pas et celui à qui vous donnerez en sera digne. En voyageant de la sorte, vous apprendrez à connaître comment les gens vivent. On ne se défiera pas de vous, comme on le ferait d'un fonctionnaire que tout le monde craint ; sachant que vous quêtez pour l'église, on liera volontiers conversation avec vous.

— C'est une excellente idée, et je voudrais bien la réaliser au moins en partie ; mais la tâche me paraît au-dessus de mes forces.

— Y a-t-il une tâche selon nos forces ? dit Mourazov. Non ; toutes les dépassent ; sans l'aide d'en haut, on ne peut rien faire. Mais on puise des forces dans la prière. L'homme se signe, implore l'aide du Seigneur, prend les rames et atteint le rivage. Inutile de réfléchir longuement à la chose ; acceptez-la simplement comme un ordre divin. La carriole va être prête, allez demander au Père Abbé le registre et sa bénédiction ; et en route !

— Je m'incline et accepte cela comme une indication divine. « Bénissez-moi, Seigneur ! » dit-il mentalement. Il sentit aussitôt la vigueur et l'énergie pénétrer en lui. Son esprit fut comme réveillé par l'espoir de sortir de sa triste situation. Une lueur apparaissait au loin.

— Maintenant, permettez-moi une question, dit Mourazov. Quel homme est-ce que Tchitchikov ?

— Je vais vous raconter à son sujet des choses inouïes. Il commet des actes abominables... Savez-vous, Athanase Vassiliévitch, que le testament est faux ? On en a trouvé un authentique, en vertu duquel le domaine appartient aux pupilles.

— Que dites-vous ? Qui a fabriqué le faux testament ?

— On prétend que c'est Tchitchikov, et que le testament a été signé après la mort de la défunte. Une femme, soudoyée dans ce but, s'en est chargée. Bref, l'affaire est des plus scandaleuses. Une masse de requêtes affluent de divers côtés. Des fiancés se présentent pour Marie Iérémélevna ; deux fonctionnaires se sont battus à cause d'elle. Voilà où en sont les choses, Athanase Vassiliévitch.

— Je n'en savais rien, l'affaire est vraiment répréhensible. Pavel Ivanovitch, je l'avoue, est pour moi un être fort énigmatique.

— J'ai aussi présenté une requête, afin de rappeler qu'il existe un proche héritier...

— « Qu'ils se déchirent entre eux ! songeait Khlobouïev en sortant. Athanase Vassiliévitch n'est pas sot. Il m'a sûrement donné cette commission après avoir réfléchi. Je n'ai qu'à m'en acquitter. » Il se mit à songer au départ, tandis que Mourazov se répétait encore : « Quel homme énigmatique, ce Pavel Ivanovitch. Que ne met-il autant d'énergie et de volonté à faire le bien ! »

....

... Cependant, requêtes sur requêtes affluaient aux tribunaux. Il se présenta des héritiers dont personne n'avait entendu parler. Comme les corbeaux s'abattent sur une charogne, tous visaient l'immense héritage laissé par la vieille dame. Il y eut des dénonciations contre Tchitchikov, contre l'authenticité du dernier testament et celle du premier, des indices de vol et de détournements de fonds. Tchitchikov fut même accusé d'avoir acheté des âmes mortes et fait de la contrebande à l'époque où il servait dans les douanes. On fouilla toute sa vie, on tira au clair ses anciennes aventures. Dieu sait comment on en eut vent ; mais on exhuma des affaires, dont Tchitchikov pensait qu'à part lui et les quatre murs personne ne savait rien. Au reste, tout cela demeurait le secret de la justice et n'était pas encore parvenu à ses oreilles, bien qu'un billet de l'homme de loi lui eût fait comprendre qu'il y avait anguille sous roche.

Le billet était laconique. « Je m'empresse de vous informer qu'il y aura du grabuge ; mais souvenez-vous qu'il ne faut pas se tourmenter. Du calme, du calme. Tout s'arrangera. » — Ce billet rassura complètement Tchitchikov. « On dirait un génie ! » se dit-il.

Pour comble de chance, le tailleur lui apporta à ce moment son habit. Il brûlait d'envie de se voir en frac neuf, nuance navarin flamme et fumée. Il mit le pantalon qui le moulait à merveille. Les hanches étaient parfaitement prises, les mollets aussi ; le drap épousait tous les détails, leur donnant encore plus d'élasticité. Lorsqu'il eut accroché la boucle par derrière, son ventre fut pareil à un tambour. Il le frappa de la brosse en s'écriant : — Qu'il a l'air bête ! pourtant, il fait bien dans l'ensemble !

L'habit paraissait encore mieux coupé que le pantalon : pas un pli ; les pans étaient bien tendus ; il s'adaptait à la taille, dont il soulignait la cambrure. À une observation de Tchitchikov, qui se plaignait d'être un peu gêné sous l'aisselle droite, le tailleur se contenta de sourire ; la taille n'en était que mieux prise.

— Soyez tranquille, soyez tranquille quant au travail, répétait-il avec un air de triomphe non dissimulé ; sauf à Pétersbourg, on ne travaille nulle part aussi bien !

Le tailleur était lui-même de Pétersbourg, bien qu'il eût mis sur son enseigne : *Étranger de Londres et Paris*. Il n'y allait pas de main morte et, en se réclamant de deux villes à la fois, il voulait clore le bec à tous ses confrères, qui devraient se contenter à l'avenir de Karlsruhe ou de Copenhague.

Tchitchikov régla le tailleur, et, demeuré seul, s'examina à loisir dans la glace, *con amore*, en artiste doué du sens esthétique. Chaque partie du tableau semblait avoir gagné : les joues plus vermeilles, le menton plus séduisant ; le col blanc donnait le ton à la joue ; la cravate de satin bleu donnait le ton au col ; les plis à la mode du plastron donnaient le ton à la cravate ; le riche gilet de velours donnait le ton au plastron ; et le frac navarin flamme et fumée, brillant comme la soie, donnait le ton à l'ensemble. Il se tourna à droite : parfait ! — à gauche : mieux encore ! La cambrure d'un chambellan ou d'un personnage qui se gratte à la française ; qui, même en colère, ne laisse échapper aucun gros mot russe, mais peste et fulmine en français ! Bref, le comble du raffinement ! La tête légèrement penchée, il se donna l'attitude d'un fat qui converse avec une dame d'âge moyen et d'instruction raffinée : beau sujet de tableau, il ne manquait que l'artiste et le pinceau. De satisfaction, Pavel Ivanovitch esquissa un entrechat. La commode trembla, un flacon d'eau de Cologne tomba à terre. Sans se troubler le moins du monde, il traita seulement le flacon d'imbécile, et se prit à songer : « Par où commencer mes visites ? le mieux est de... ».

Tout à coup on entendit dans l'antichambre comme un cliquetis d'éperons. Un gendarme surgit avec tout son équipement, comme si, à lui seul, il représentait une armée.

— Ordre de vous présenter immédiatement au gouverneur général !

Tchitchikov demeura abasourdi. Devant lui se dressait un épouvantail à moustaches : une queue de cheval sur la tête, un baudrier à chaque épaule, un grand sabre au flanc. Il lui sembla que de l'autre côté pendait un fusil et Dieu sait quoi encore... toute une armée dans un individu ! Il voulut faire des objections ; l'épouvantail proféra grossièrement : — Ordre de vous présenter immédiatement !

Tchitchikov distingua dans l'antichambre la silhouette d'un autre épouvantail ; en regardant par la fenêtre, il aperçut une voiture. Que faire ? Tel qu'il était, dans son bel habit navarin flamme et fumée, il dut monter en voiture, et, tout tremblant, se rendre, escorté du gendarme, chez le gouverneur général. Dans l'antichambre, on ne lui donna même pas le temps de se remettre.

— Entrez ! le prince vous attend, dit le fonctionnaire de service.

Il vit comme à travers un brouillard l'antichambre, où des courriers recevaient des paquets, puis une salle qu'il traversa en songeant : « On va m'expédier en Sibérie, sans autre forme de procès. » Son cœur battait plus violemment que celui de l'amant le plus jaloux. Enfin la porte fatale s'ouvrit ; le cabinet apparut ; il distingua des armoires, des dossiers, des livres, et le prince, personnification de la colère.

« Le monstre ! se dit Tchitchikov. Il va me déchirer comme le loup fit de l'agneau ! ».

— Eh quoi ! s'écria le prince dont les lèvres tremblaient de colère ; je vous ai épargné ; je vous ai autorisé à rester en ville, alors que j'aurais dû vous expédier au bagne ; et, pour me remercier, vous vous êtes rendu coupable de la plus honteuse friponnerie qu'un homme ait jamais commise !

— Quelle honteuse friponnerie, Excellence ? demanda Tchitchikov tout tremblant.

— La femme, dit le prince en se rapprochant et en fixant Tchitchikov, la femme qui a signé le testament sous votre dictée est arrêtée et sera confrontée avec vous.

Un nuage passa dans les yeux de Tchitchikov. Il devint blanc comme un linge.

— Excellence ! Je vous dirai toute la vérité. Je suis coupable, vraiment coupable, mais pas autant que vous le croyez ; mes ennemis m'ont calomnié.

— Personne ne saurait vous calomnier, car il y a en vous plus de turpitudes que n'en peut imaginer le dernier des menteurs. Je crois que, dans votre vie entière, vous n'avez pas commis une action qui ne soit malhonnête. Chaque kopek gagné par vous l'a été d'une façon infâme ; chaque kopek gagné par vous est un vol et une infamie, qui mérite le knout et la Sibérie ! La mesure est comble ! Tu vas être immédiatement mené en prison, et là, en compagnie des plus vils gredins, tu devras attendre qu'on ait décidé de ton sort. Et c'est encore une faveur, car tu es pire qu'eux ; ils portent casaque et touloupe, tandis que toi...

Il regarda le frac navarin flamme et fumée et tira le cordon d'une sonnette.

— Excellence, s'écria Tchitchikov, ayez pitié ! Vous êtes père de famille. Épargnez sinon moi, du moins ma vieille mère !

— Tu mens ! clama le prince courroucé. Jadis tu m'as imploré au nom de tes enfants et de ta famille inexistante, et maintenant tu parles de ta mère.

— Excellence ! je suis un gredin et le dernier des misérables... J'ai menti en effet, je n'avais ni enfants, ni famille, mais Dieu en est témoin, j'ai toujours voulu avoir une femme, remplir mes devoirs d'homme et de citoyen, afin de mériter l'estime publique... Mais quels déplorables concours de circonstances ! Excellence, il m'a fallu gagner ma vie dans de terribles conditions. À chaque pas des tentations... des ennemis... ma vie entière a été comme un tourbillon ou un navire ballotté sur les vagues au gré des vents. Je suis un homme, Excellence !

Un ruisseau de larmes coula soudain de ses yeux. Il se jeta aux pieds du prince, comme il était, en frac navarin flamme et fumée, gilet de velours, cravate de satin, pantalon irréprochable, sa coiffure exhalant un suave parfum d'eau de Cologne, et frappa du front contre terre.

— Arrière ! Holà ! Qu'on l'emmène ! cria le prince.

— Excellence ! hurlait Tchitchikov en étreignant à deux mains la botte du prince.

Le prince fut saisi d'un tremblement nerveux.

— Arrière, vous dis-je ! cria-t-il en s'efforçant de se dégager de l'étreinte de Tchitchikov.

— Excellence, je resterai là tant qu'on ne m'aura pas fait grâce ! dit Tchitchikov, sans lâcher la botte du prince et en se traînant à sa suite sur le parquet, dans son bel habit navarin flamme et fumée.

— Laissez-moi, dit celui-ci avec le vague sentiment de répulsion éprouvé à la vue d'un insecte qu'on n'a pas le courage d'écraser. Il donna une telle secousse que Tchitchikov eut le nez, les lèvres et le menton meurtris ; mais il ne voulut pas lâcher prise et se cramponna plus fermement à la botte. Deux vigoureux gendarmes l'en détachèrent de force et, le prenant par les bras, l'emmenèrent à travers toutes les pièces. Il était pâle, abattu, dans ce terrible état d'inconscience où se trouve l'homme en face de la mort sinistre et inéluctable, cet épouvantement qui répugne à notre nature...

Sur le palier, il rencontra Mourazov. Une lueur d'espoir apparut. En moins de rien, il s'arracha aux mains des gendarmes et se jeta aux pieds du vieillard étonné.

— Mon Dieu ! Pavel Ivanovitch ! que vous arrive-t-il !

— Sauvez-moi ! on me mène en prison, à la mort...

Les gendarmes l'empoignèrent et l'entraînèrent sans le laisser terminer.

Un réduit infect et humide, qui puait les bottes et les chaussettes des gardiens ; une table en bois blanc ; deux méchantes chaises ; une fenêtre grillagée, un poêle invalide, qui fumait à travers ses fentes sans donner de chaleur : tel était l'asile où l'on installa notre héros, qui tout à l'heure croyait savourer les joies de l'existence et attirer l'attention de ses compatriotes sur son bel habit navarin flamme et fumée. On ne lui avait même pas donné le temps de se munir du nécessaire, de prendre sa casquette... Les papiers, les contrats des morts, tout était maintenant aux mains des gens de justice. Il se laissa choir et, semblable à un ver vorace, une morne tristesse lui envahit le cœur. Avec une rapidité croissante elle se mit à ronger ce cœur sans défense. Encore un pareil jour de désolation et Tchitchikov n'eût plus été de ce monde. Mais une main tutélaire veillait sur lui. Au bout d'une heure la porte de la geôle s'ouvrit, le vieux Mourazov entra.

Un voyageur torturé par une soif ardente, couvert de poussière, harassé, épuisé, à qui on verserait de l'eau de source dans sa gorge desséchée, ne serait pas aussi rafraîchi, aussi ranimé que le fut à cette vue l'infortuné Tchitchikov.

— Mon sauveur ! dit-il en saisissant, du plancher où il s'était laissé tomber dans son désespoir, la main de Mourazov, qu'il baisa et pressa contre sa poitrine... Dieu vous récompensera d'avoir visité un malheureux !

Il fondit en larmes.

Le vieillard le contempla avec compassion et dit seulement : — Hélas, Pavel Ivanovitch. Pavel Ivanovitch, qu'avez-vous fait ?

— Que voulez-vous ! Mon maudit oubli de la mesure m'a perdu ! Je n'ai pas su m'arrêter à temps. Satan m'a séduit, m'a fait sortir des bornes de la raison ! J'ai failli, j'ai failli, c'est vrai ; mais comment peut-on agir ainsi ? Jeter un gentilhomme en prison, sans jugement, sans enquête !... Un gentilhomme, Athanase Vassiliévitch !... Ne pas lui donner le temps de passer chez lui, de disposer de ses effets ! Maintenant tout est resté à l'abandon. Ma cassette, Athanase Vassiliévitch, ma cassette ! Elle contient tout mon avoir. Ce que j'ai acquis à la sueur de mon front, par des années de labeur, de privations. Ma cassette, Athanase Vassiliévitch ! On va tout voler, tout piller ! Ô mon Dieu !

Incapable de résister à ce nouvel accès de désespoir, il sanglota d'une voix qui, traversant les murs épais de la geôle, retentit sourdement au loin. Il arracha sa cravate de satin et, le saisissant près du col, déchira le bel habit navarin flamme et fumée.

— Hélas, Pavel Ivanovitch ! cet avoir vous a aveuglé ! Il vous empêchait de voir votre terrible situation.

— Mon bienfaiteur, sauvez-moi, sauvez-moi ! s'écria désespérément le pauvre Pavel Ivanovitch, en se jetant à ses pieds. Le prince vous aime, il fera tout pour vous.

— Non, Pavel Ivanovitch ; c'est impossible malgré tout mon désir. Vous n'êtes pas tombé entre les mains d'un homme, mais sous le coup d'une loi inflexible.

— C'est Satan, le bourreau du genre humain, qui m'a tenté !

Il se cogna la tête contre le mur et donna sur la table un coup de poing si violent que sa main saigna ; mais il ne ressentit aucune douleur.

— Pavel Ivanovitch, calmez-vous ; songez à vous réconcilier avec Dieu et non avec les hommes ; pensez à votre âme.

— Quelle destinée que la mienne, Athanase Vassiliévitch ! En vit-on une pareille ? Car si j'ai gagné quelques sous, c'est par mon labeur opiniâtre et non, comme tant d'autres, en volant les gens ou en pillant le Trésor. Pourquoi amassais-je ? Pour finir mes jours dans l'aisance ; pour laisser quelque chose à une femme, à des enfants, que je me proposais d'avoir pour le bien et le service de la patrie. Voilà pourquoi je voulais acquérir ! J'ai suivi la voie tortueuse, j'en conviens. Mais c'est seulement lorsque je vis qu'on n'avançait guère dans le droit chemin et qu'on allait plus vite par des détours. Mais j'ai travaillé, je me suis évertué. Ce que j'ai pris, je l'ai pris aux riches. Songez à ces gredins qui prélèvent des milliers de roubles sur le Trésor, dépouillent les humbles, enlèvent leurs derniers sous aux indigents !... Quelle infortune, dites ! Chaque fois qu'on commence à atteindre le succès, qu'on le touche, pour ainsi dire, du doigt, une tempête éclate ; on donne sur un écueil où votre navire se brise. J'avais dans les trois cents mille roubles de capital, je possédais une maison de deux étages, j'ai acheté déjà deux propriétés... Athanase Vassiliévitch, pourquoi une telle disgrâce ? Pourquoi de tels coups ? Ma vie n'était-elle pas déjà comme un esquif parmi les vagues ? Où est la justice divine ? La récompense d'une patience, d'une constance sans exemple ? Car j'ai recommencé trois fois ; après avoir tout perdu, je repartais avec quelques sous, alors que de désespoir un autre serait devenu un pilier de cabaret. Quelle persévérance il m'a fallu pour triompher des obstacles !... Admettons que d'autres se procurent l'argent sans peine, mais moi j'ai gagné chaque kopek à la sueur de mon front, et je l'acquérais, Dieu en est témoin, avec une énergie inlassable...

Dans l'excès de son chagrin il sanglota bruyamment, s'affala sur une chaise, détacha un pan de son frac qui pendait déchiré et le lança loin de lui. Saisissant à pleines mains ses cheveux dont il prenait tant de soin jadis, il les arracha impitoyablement ; il trouvait dans la souffrance physique un dérivatif à la douleur morale.

Longtemps Mourazov considéra en silence ce spectacle extraordinaire. Le malheureux exaspéré, qui récemment se pavanait avec la désinvolture d'un homme du monde ou d'un militaire, se démenait maintenant dans une tenue débraillée et indécente, le frac déchiré, le pantalon déboutonné, la main ensanglantée, déversant sa bile sur les forces ennemies qui se jouent de l'homme.

— Ah ! Pavel Ivanovitch, Pavel Ivanovitch ! Quel homme vous seriez devenu si vous aviez employé votre énergie et votre patience à une bonne œuvre, si vous aviez poursuivi un meilleur but ! Que de bien vous auriez fait ! Si ceux qui aiment le bien y consacraient autant d'efforts que vous en employez à amasser de l'argent, s'ils savaient sacrifier pour cela leur amour-propre et leur ambition, Dieu, que notre terre serait prospère !... Pavel Ivanovitch, Pavel Ivanovitch ! Vous êtes encore plus coupable envers vous-même qu'envers le prochain. Vous avec vilipendé les riches dons qui vous ont été accordés. Destiné à devenir un grand homme, vous n'avez su que vous perdre. Voilà ce qui me fait le plus de peine.

L'âme a ses mystères. Si éloigné du droit chemin que soit un dévoyé, si endurci dans ses sentiments que soit un criminel invétéré, croupissant dans l'iniquité, lorsqu'on lui oppose sa propre personne et les dons qu'il a prostitués, il est ébranlé et bouleversé malgré lui.

— Athanase Vassiliévitch, dit le pauvre Tchitchikov en lui prenant les mains, oh ! si je réussissais à sortir d'ici, à recouvrer ce que je possède ! Je vous jure que je mènerais désormais une autre existence. Sauvez-moi, mon bienfaiteur, sauvez-moi !

— Que puis-je faire ? Il faudrait lutter contre la loi. Admettons que je m'y décide : le prince est juste ; il ne reculera à aucun prix.

— Mon bienfaiteur ! Rien ne vous est impossible. Ce n'est pas la loi qui m'effraie : je saurai m'arranger avec la loi ; mais être jeté en prison sans motif, me morfondre ici comme un chien, tandis que mon avoir, mes papiers, ma cassette... Sauvez-moi ! — Il étreignit les pieds du vieillard, les arrosa de larmes.

— Hélas ! Pavel Ivanovitch, Pavel Ivanovitch ! dit le vieux Mourazov en hochant la tête, comme cet avoir vous aveugle ! Il vous empêche d'entendre la voix de votre âme.

— Je penserai aussi à mon âme, mais sauvez-moi !

— Pavel Ivanovitch, il n'est pas en mon pouvoir de vous sauver, mais je ferai tous mes efforts pour adoucir votre sort et vous tirer d'ici. Si, contre toute attente, j'y réussis, je vous demanderai, en récompense de ma peine, de renoncer à vos tentatives d'acquisition. Je vous le déclare sur mon honneur, si je perdais tous mes biens — et j'en ai plus que vous, — je ne pleurerais pas. Car ce qui compte, ce ne sont pas les biens qu'on peut nous confisquer, mais ceux que personne ne peut ni voler ni enlever ! Vous avez assez vécu dans le monde. Vous-même appelez votre vie un navire parmi les vagues. Vous avez de quoi subsister jusqu'à la fin de vos jours. Établissez-vous dans un endroit tranquille, dans le voisinage d'une église et d'humbles gens ; ou, si vous éprouvez un vif désir de laisser des héritiers de votre sang, épousez une brave fille de condition modeste, habituée à une vie simple. Oubliez ce monde et ses séductions. Que lui aussi vous oublie ; il ne procure pas la paix. Vous le voyez, on n'y trouve que tentation ou trahison.

— Certainement, certainement ! J'avais l'intention de mener une vie simple, raisonnable, de m'occuper d'agriculture. C'est le démon tentateur, c'est Satan qui m'a séduit, détourné du droit chemin !

Il sentait naître des sentiments inconnus, qu'avaient jadis étouffés en lui un enseignement austère et sans vie, la sécheresse d'une enfance morne, la solitude du foyer paternel, la pauvreté des premières impressions, le regard rigide de la destinée, qui le contemplait, maussade, à travers une lucarne trouble, voilée de neige. Il poussa un gémissement et, se couvrant des mains le visage, il proféra d'une voix affligée : — C'est vrai, c'est vrai !

— La connaissance des hommes et l'expérience ne vous ont servi à rien dans une entreprise illégale. Mais si elles avaient eu le bon droit de leur côté !... Allons, Pavel Ivanovitch, il faut vous ressaisir ; il en est encore temps...

— Non, il est trop tard ! gémit Tchitchikov, d'une voix qui fit frémir Mouzarov. Je commence, il est vrai, à m'apercevoir que je fais fausse route, que je me suis écarté du droit chemin ; mais que voulez-vous ? c'est plus fort que moi ! Je n'ai pas été élevé comme il le fallait. Mon père m'inculquait la morale, me battait, me faisait copier des sentences ; mais lui-même volait devant moi du bois aux voisins et m'obligeait encore à l'aider. Il a engagé sous mes yeux un procès inique et séduit une orpheline dont il était le tuteur. L'exemple l'a emporté sur les sentences. Je vois, je sens, Athanase Vassiliévitch, que je mène une existence fâcheuse ; mais le vice ne m'inspire pas une vive répugnance. Ma nature s'est avilie ; je n'éprouve pas l'amour du bien, ce merveilleux penchant pour les œuvres pies, qui devient une seconde nature, une habitude... Je dis la vérité. Que faire !

Le vieillard soupira profondément.

— Pavel Ivanovitch, vous avez tant de volonté, tant de patience ! Le remède est amer, mais quel malade refuserait un médicament, sachant que c'est le seul moyen de guérir... Si vous n'avez pas l'amour du bien, faites-le de force, sans l'aimer. Il vous en sera plus tenu compte qu'à celui qui fait le bien parce qu'il l'aime. Contraignez-vous quelquefois ; l'amour viendra ensuite. *Le royaume des cieux se prend par la violence*[226], nous est-il dit ; ce n'est que par la force qu'on y pénètre. Comment, Pavel Ivanovitch, vous possédez cette force qui manque aux autres, cette patience invincible, et vous n'en viendriez pas à bout ? Il y a en vous, je crois, l'étoffe d'un héros. Car maintenant tous les gens sont faibles, sans volonté.

Ces paroles parurent impressionner profondément Tchitchikov et faire vibrer en lui une corde ambitieuse. Une apparence de résolution brilla dans ses yeux :

— Athanase Vassiliévitch ! dit-il avec fermeté, pourvu que vous obteniez ma libération et les moyens de partir d'ici avec une certaine somme, je vous jure de commencer une vie nouvelle. J'achèterai une propriété ; je me ferai cultivateur ; j'amasserai de l'argent non pour moi, mais pour venir en aide aux autres, dans la mesure de mes forces ; je m'oublierai moi-même ; j'oublierai les orgies des villes ; je mènerai une vie simple, sobre.

— Dieu daigne vous affermir dans cette intention ! dit le vieillard tout joyeux. Je ferai tous mes efforts pour obtenir du prince votre mise en liberté. Je ne sais si je réussirai ; en tout cas, votre sort sera certainement adouci. Permettez-moi de vous embrasser, car vous m'avez causé une grande joie. Dieu vous assiste ! Je vais trouver le prince.

Tchitchikov resta seul.

Tout son être était bouleversé et adouci. Le platine même, le plus dur des métaux, le plus résistant au feu, entre en fusion lorsque la flamme augmente dans le creuset. Si l'on actionne le soufflet et que la chaleur devienne insupportable, le métal opiniâtre blanchit et se transforme en liquide ; de même l'homme le plus ferme fond au creuset du malheur, lorsque celui-ci redouble et, d'une flamme irrésistible, s'attaque à sa nature endurcie...

« Personnellement, je ne sais pas et ne sens pas ; mais j'emploierai toute mon énergie à faire sentir aux autres. Je suis mauvais et indigne ; mais je consacrerai mes forces à inciter les autres au bien. Je suis un mauvais chrétien ; mais je tâcherai de ne pas donner de scandale. Je peinerai, je travaillerai à la sueur de mon front, je m'occuperai honnêtement, afin d'avoir une bonne influence sur autrui ! On dirait vraiment que je ne suis déjà plus bon à rien ! L'agriculture m'attire ; je possède des qualités d'économie, d'activité, de prudence, et même de persévérance. Il s'agit seulement de se décider... »

Ainsi méditait Tchitchikov, dont les facultés morales paraissaient s'éveiller, prendre conscience d'elles-mêmes. Par un obscur instinct, sa nature, semble-t-il, commençait à comprendre qu'il existe un devoir que l'homme doit et peut remplir partout sur la terre, en dépit des circonstances, des troubles, des difficultés qui l'environnent. Et la vie laborieuse, éloignée du bruit des villes et des séductions qu'a inventées par désœuvrement l'homme, oublieux du travail, cette vie commença à se dessiner si vivement à ses yeux, qu'il avait déjà presque oublié tout le désagrément de sa situation.

Peut-être même était-il prêt à remercier la Providence de ce rude coup, pourvu qu'on le relâchât et qu'on lui restituât, au moins, une partie...

Mais la porte de son malpropre réduit s'ouvrit, un fonctionnaire parut — Samosvistov, un épicurien, gaillard large d'épaules et solide sur ses jambes, excellent camarade, bambocheur et fine mouche, comme s'exprimaient sur son compte ses collègues eux-mêmes. En temps de guerre, cet homme eût accompli des prodiges : se frayer un chemin à travers des endroits dangereux, infranchissables ; dérober un canon à la barbe de l'ennemi, auraient été des exploits dignes de lui. Mais si, dans la carrière militaire, il fût peut-être devenu un honnête homme, il commettait au service

---

[226] — *Mathieu*, XI, 12.

civil toutes les vilenies possibles. Il avait d'étranges principes ; correct avec ses camarades il ne les trahissait jamais et leur tenait toujours parole ; mais il regardait ses chefs comme une batterie ennemie, à travers laquelle il fallait s'ouvrir un passage, en profitant de chaque point faible, brèche ou négligence.

— Nous connaissons votre situation, nous avons tout appris, dit-il après avoir vu la porte se refermer hermétiquement derrière lui. N'ayez crainte, tout s'arrangera. Nous travaillons tous pour vous et sommes vos dévoués serviteurs. Trente mille roubles pour tout le monde ; pas un sou de plus !

— Vraiment ? s'écria Tchitchikov. Et je serai complètement justifié ?

— Totalement ! et vous recevrez encore une indemnité.

— Et pour la peine... vous demandez ?...

— Trente mille roubles. Tout le monde en aura sa part : nos fonctionnaires ; ceux du gouverneur général ; et le secrétaire.

— Mais permettez, comment puis-je ?... Tous mes effets... la cassette... tout cela est maintenant scellé sous bonne garde...

— Dans une heure vous aurez le tout. Alors, tope ?

Tchitchikov acquiesça. Son cœur battait. Il ne croyait pas que ce fût possible...

— Pour le moment, au revoir ! Notre ami commun m'a chargé de vous recommander le calme et la présence d'esprit.

« Hum ! pensa Tchitchikov, je comprends, mon homme de loi agit ! »

Samosvistov se retira. Tchitchikov, resté seul, n'en croyait toujours pas ses oreilles ; cependant, moins d'une heure après cette conversation, on lui apporta sa cassette ; les papiers, l'argent, tout était dans un ordre parfait. Samosvistov s'était présenté au logis de Tchitchikov, avait reproché aux factionnaires leur manque de vigilance, commandé au surveillant de réclamer des soldats supplémentaires pour renforcer la garde. Puis, s'emparant de la cassette et même des papiers susceptibles de compromettre Tchitchikov, il en avait fait un paquet qu'il scella et ordonna à un soldat de porter immédiatement au prisonnier comme objets nécessaires pour la nuit, de sorte qu'avec ses papiers celui-ci reçut tout ce qu'il fallait pour couvrir son corps périssable. Ce prompt envoi causa une joie indicible à Pavel Ivanovitch. Il conçut un vif espoir et recommença à rêver de tableaux riants : une soirée au théâtre ; une danseuse à qui il faisait la cour. La campagne et le calme lui parurent ternes ; la ville et le bruit, de nouveau étincelants... Ô vie !

Cependant, dans les bureaux, l'affaire prenait des proportions inouïes. Les plumes des copistes travaillaient et, tout en prisant, les têtes subtiles besognaient, admirant en artistes leur griffonnage. Le jurisconsulte, magicien invisible, dirigeait tout le mécanisme ; il entortillait tout le monde avant qu'on pût s'orienter. Le gâchis augmenta. Samosvistov se surpassa lui-même par un coup d'audace inouï. Ayant appris où était détenue la femme arrêtée, il y alla tout droit et se présenta avec une telle autorité que la sentinelle lui rendit les honneurs et rectifia la position.

— Il y a longtemps que tu es ici ?

— Depuis ce matin, Votre Seigneurie.

— On te relèvera bientôt ?

— Dans trois heures, Votre Seigneurie.

— J'aurai besoin de toi. Je dirai à l'officier d'envoyer un autre à ta place.

— Entendu, Votre Seigneurie.

Aussitôt rentré chez lui, sans perdre une minute, pour ne mêler personne à cette affaire, il se déguisa en gendarme à moustaches et favoris : le diable lui-même ne l'aurait pas reconnu. Il se rendit dans cet accoutrement au domicile de Tchitchikov, appréhenda la première femme venue et la remit à deux fonctionnaires, gaillards de sa trempe, après quoi il se présenta au factionnaire, le fusil à la main, selon la règle.

— Va-t'en... le commandant m'a envoyé monter la garde à ta place.

Il le remplaça à son poste. C'était précisément ce qu'il fallait. Pendant ce temps on substituait à la première femme une autre qui ignorait totalement l'affaire. La première fut si bien cachée qu'on ne put savoir ensuite ce qu'elle était devenue.

Tandis que Samosvistov s'évertuait sous l'habit militaire, le jurisconsulte faisait merveille dans le civil. Il prévint indirectement le gouverneur que le procureur écrivait des dénonciations contre lui ; il agit de même avec un fonctionnaire de la gendarmerie, en mettant en cause un bureaucrate qui résidait secrètement dans la ville. Ce dernier fut avisé qu'il y avait un autre fonctionnaire encore plus secret qui l'espionnait. Il les mit ainsi dans un tel état que tous durent s'adresser à lui pour lui demander conseil. La confusion fut portée à son comble : les dénonciations se succédaient, on en vint à découvrir des affaires qui n'avaient jamais vu le jour ; d'autres même qui n'existaient pas. Tout fut mis à contribution ; celui-ci était un bâtard ; celui-là avait une maîtresse ; telle femme mariée faisait la cour à tel personnage. Les scandales, les révélations s'enchevêtraient si bien à l'histoire de Tchitchikov et aux âmes mortes, qu'il devint totalement impossible de comprendre laquelle de ces affaires était la plus extravagante : toutes paraissaient avoir la même importance.

Lorsque les papiers parvinrent enfin au gouverneur général, le pauvre prince ne put s'y reconnaître. Un fonctionnaire fort intelligent et habile, qui avait été chargé de faire un résumé, faillit en perdre la raison. Le prince était alors préoccupé d'une foule d'autres affaires, plus désagréables les unes que les autres. La famine sévissait dans une partie de la province. Les commis, envoyés pour distribuer le blé, n'avaient pas procédé comme il fallait. Ailleurs les vieux croyants s'agitaient. Quelqu'un avait répandu parmi eux le bruit de l'apparition de l'Antéchrist, qui ne laissait même pas les défunts en paix et faisait acquisition d'âmes mortes. Ils se repentaient de leurs péchés tout en en commettant de nouveaux et, sous prétexte de capturer l'Antéchrist, massacraient de simples mortels. Dans un autre endroit, les paysans s'étaient soulevés contre les propriétaires et les capitaines-ispravniks. Des vagabonds leur avaient fait croire que le moment était venu pour les moujiks de devenir propriétaires et de porter des fracs, tandis que les propriétaires porteraient des caftans et se feraient moujiks ; et tout un canton, sans réfléchir qu'alors les propriétaires et les capitaines-ispravniks seraient trop nombreux, avait refusé d'acquitter les impôts. Il fallut recourir à des mesures de rigueur.

Le pauvre prince était fort affecté. À ce moment on lui annonça l'arrivée de Mourazov.

— Qu'il entre ! dit-il.

Le vieillard entra.

— Eh bien, et votre Tchitchikov ! Vous preniez son parti, vous le défendiez, et le voilà maintenant impliqué dans une affaire à laquelle le dernier voleur ne se fût pas risqué !

— Permettez-moi de vous déclarer, Excellence, que je ne comprends pas très bien cette affaire.

— Une fabrication de testament ! Et dans quelles conditions !... Il mérite d'être fustigé en place publique.

— Excellence, je ne prétends pas défendre Tchitchikov, mais enfin ce n'est pas prouvé ; l'enquête n'est pas terminée.

— Voici une preuve : la femme substituée à la défunte a été arrêtée. Je veux l'interroger à dessein en votre présence.

Le prince sonna et donna ordre d'emmener cette femme. Mourazov se taisait.

— Une affaire ignominieuse ! Et, pour leur honte, les premiers fonctionnaires de la ville y sont impliqués, le gouverneur lui-même. Il n'aurait pas dû se joindre à des voleurs et à des coquins ! dit le prince avec chaleur.

— Le gouverneur est héritier, il avait des prétentions à faire valoir ; quant aux autres qui se cramponnent de tous côtés à cet héritage, c'est un phénomène bien humain, Excellence. Une personne riche meurt sans avoir pris des dispositions équitables et sensées ; les amateurs accourent de toutes parts à la curée : c'est dans la nature humaine.

— Oui, mais pourquoi commettre des vilenies ?... Les gredins ! dit le prince avec indignation. Je ne possède pas un seul bon fonctionnaire. Ce sont tous des fripons !

— Excellence, lequel d'entre nous est sans péché ? Tous les fonctionnaires de notre ville sont des gens doués de mérites ; beaucoup sont très compétents, et il est facile de faiblir.

— Dites-moi, Athanase Vassiliévitch, vous êtes le seul honnête homme que je connaisse. Quelle passion avez-vous de défendre les coquins ?

— Excellence, dit Mourazov, quel que soit l'homme que vous appelez coquin, c'est pourtant un homme. Comment ne pas défendre un être dont la moitié des fautes, on le sait, est due à la grossièreté et à l'ignorance ? Car nous commettons des injustices à chaque instant et causons fréquemment le malheur d'autrui, même sans mauvaise intention. Votre Excellence a commis aussi une grande injustice.

— Comment ! s'exclama le prince, frappé du tour inattendu que prenait la conversation.

Mourazov fit une pause comme pour méditer et dit enfin :

— Prenez par exemple l'affaire Derpennikov.

— Athanase Vassiliévitch ! Un crime contre les lois fondamentales de l'État équivaut à une trahison envers son pays !

— Je ne prétends pas le justifier. Mais est-il équitable de condamner aussi rigoureusement qu'un des instigateurs un jeune homme inexpérimenté, séduit et entraîné par d'autres ? Car Derpennikov a subi le même sort que Voronov ; pourtant leurs crimes ne sont pas identiques.

— Au nom du ciel... dit le prince visiblement ému. Si vous savez quelque chose là-dessus, dites-le. J'ai récemment écrit à Pétersbourg pour faire commuer sa peine.

— Non, Excellence, je ne parle pas comme si je savais des choses que vous ignorez. Il existe pourtant une circonstance en sa faveur, mais lui-même ne voudrait pas la révéler ; car cela causerait du tort à une autre personne. Je pense seulement que vous avez peut-être alors agi avec trop de hâte. Excusez, Excellence ; je juge d'après ma faible raison ; et vous m'avez ordonné à plusieurs reprises de parler ouvertement. J'ai eu bien des gens sous mes ordres, des travailleurs de tout acabit, bons et mauvais. Il faut toujours considérer les antécédents d'un homme ; car si l'on n'examine pas tout avec sang-froid, et que l'on crie de prime abord, on l'effraie seulement, sans obtenir de vrais aveux. Mais si on l'interroge avec sympathie, comme un frère, lui-même avouera tout et ne réclamera pas l'indulgence ; il n'en voudra à personne, car il verra clairement que ce ne sont pas les hommes qui le punissent, mais la loi.

Le prince réfléchissait. À ce moment entra un jeune fonctionnaire qui s'arrêta respectueusement, sa serviette à la main. La préoccupation, le travail, se lisaient sur son visage juvénile. On voyait que ce n'était pas en vain qu'on l'employait à des missions spéciales. Il appartenait au petit nombre de ceux qui étudiaient les dossiers *con amore*. Étranger à l'ambition, à la cupidité, à l'esprit d'imitation, il travaillait seulement parce qu'il était persuadé qu'il devait être ici et non ailleurs, que la vie lui avait été donnée pour cela. Suivre une affaire compliquée, l'analyser, en débrouiller les fils : c'était sa spécialité. Il était amplement récompensé de son labeur, de ses efforts, de ses nuits blanches, pourvu que l'affaire finît par s'éclaircir, ses causes secrètes par apparaître ; pourvu qu'il se sentît capable de l'exposer clairement, en peu de mots, de façon à la rendre intelligible à chacun. On peut dire que la joie d'un écolier, après avoir élucidé une phrase difficile et démêlé le véritable sens de la pensée d'un grand écrivain, était moindre que la sienne, lorsqu'il avait débrouillé une affaire compliquée. En revanche...

... du blé, là où règne la disette ; je connais cette partie mieux que les fonctionnaires : je verrai personnellement ce qu'il faut. Et avec votre permission, Excellence, je causerai avec les vieux croyants. Ils conversent plus volontiers avec les gens simples. Qui sait ? J'aiderai peut-être à arranger l'affaire. Vos fonctionnaires n'y parviendront pas ; ça fera une correspondance, et ils sont si empêtrés dans les paperasses que ça les empêche de voir les choses. Je ne vous demanderai pas d'argent, car il serait vraiment honteux de songer à son profit quand les gens meurent de faim. J'ai du blé en réserve, j'en ai encore envoyé chercher en Sibérie, on l'amènera pour l'été prochain.

— Dieu seul peut vous récompenser d'un tel service, Athanase Vassiliévitch. Je ne vous dirai rien car, vous le savez bien, en pareil cas les paroles sont impuissantes. Mais permettez-moi de vous dire un mot au sujet de votre requête. Ai-je le droit d'étouffer cette affaire, et serait-il juste, loyal, de ma part, de pardonner à des coquins ?

— Excellence, on ne peut pas s'exprimer ainsi, ma parole ; d'autant plus qu'il se trouve parmi eux beaucoup de gens de mérite. Il existe des situations fort embarrassantes ; un individu paraît parfois entièrement coupable : à y regarder de près, on voit que ce n'est pas lui.

— Mais que diront-ils si je ferme les yeux ? Car il y en a parmi eux qui relèveront ensuite la tête et prétendront même qu'ils m'ont fait peur. Ils seront les premiers à manquer de respect...

— Excellence, permettez-moi de vous donner mon avis : rassemblez-les tous, informez-les que vous savez tout et exposez leur votre propre situation telle que vous venez de me la dépeindre, et demandez-leur un conseil. Que ferait chacun d'eux à votre place ?

— Vous croyez qu'ils n'aimeront pas mieux intriguer et se remplir les poches que de céder à une noble inspiration ? Je vous assure qu'ils se moqueront de moi.

— Je ne pense pas, Excellence. L'homme, même taré, a le sentiment de la justice. Le Russe du moins, car pour le Juif !...[227] Non, vous n'avez rien à dissimuler. Répétez exactement ce que vous m'avez dit. Ils vous dénigrent comme un ambitieux, un homme fier, ne voulant rien entendre, sûr de lui ; montrez-leur ce qui en est. Vous avez le bon droit pour vous. Parlez-leur comme si vous vous confessiez, non devant eux, mais devant Dieu lui-même.

— Athanase Vassiliévitch, dit le prince songeur, je vais y réfléchir, en tout cas je vous remercie de votre conseil.

— Quant à Tchitchikov, Excellence, faites-le relâcher.

— Dites à ce Tchitchikov qu'il déguerpisse d'ici au plus vite, et que le plus loin sera le mieux ! Sans votre intervention, je ne lui aurais jamais pardonné.

Mourazov s'inclina et s'en fut aussitôt voir Tchitchikov. Il le trouva en belle humeur, paisiblement attablé devant un succulent repas qu'on lui avait apporté d'un restaurant fort convenable dans un porte-plats à récipients de faïence. Aux premières phrases le vieillard remarqua que Tchitchikov s'était

---

[227] — Cette idée que le Russe, si taré qu'il soit, conserve toujours le sentiment de la justice, n'est pas nouvelle chez Gogol. Il l'avait déjà mise dans la bouche de Tarass Boulba : — *La dernière canaille, fût-elle toute souillée de suie et d'infamie, garde toujours, frères, une parcelle de sentiment russe ; un beau jour ce sentiment se réveille, et le pauvre diable se frappe les cuisses, se prend la tête, maudissant sa mauvaise vie, prêt à expier ses crimes dans les tourments... (Tarass Boulba, ch. IX).*

déjà entretenu avec un des fonctionnaires madrés. Il discerna même l'intervention occulte du jurisconsulte retors.

— Écoutez, Pavel Ivanovitch, dit-il, je vous apporte la liberté, mais à condition que vous quittiez immédiatement la ville. Faites vos malles, et bon voyage ! Ne perdez pas une minute, car les choses se gâteraient. Je sais qu'il y a ici un personnage qui vous monte la tête ; je vous déclare en secret qu'on va découvrir une affaire telle que rien au monde ne pourra le sauver ; il est évidemment heureux de perdre les autres avec lui, il y trouve son compte... Je vous avais laissé dans de bonnes dispositions, meilleures que celles où vous êtes actuellement. Je vous parle sérieusement. En vérité, peu importent ces biens pour lesquels les hommes se disputent et se déchirent, comme si l'on pouvait assurer le bien-être de la vie terrestre sans songer à l'autre vie. Croyez-moi, Pavel Ivanovitch ; tant qu'on ne laissera pas de côté tout ce pour quoi on s'extermine sur terre, tant qu'on ne se préoccupera pas du bien-être moral, le bien-être matériel ne s'établira point. Il viendra des temps de famine et de pauvreté, aussi bien dans le peuple entier que dans chaque... en particulier. C'est évident. Quoi que vous disiez, le corps dépend de l'âme. Songez non aux âmes mortes, mais à votre âme vivante ; et que Dieu vous assiste dans une autre voie ! Je pars aussi demain. Hâtez-vous ! sinon gare, en mon absence !

Sur ces mots, le vieillard se retira. Tchitchikov se prit à réfléchir. La vie lui parut de nouveau une affaire sérieuse. « Mourazov a raison, se dit-il, il est temps de s'engager dans une autre voie ! » Bientôt après il sortit de prison. Un factionnaire portait sa cassette... Sélifane et Pétrouchka furent tout joyeux de la libération de leur maître.

— Eh bien, mes braves, leur dit gracieusement Tchitchikov, il faut faire ses paquets et partir.

— À vos ordres, Pavel Ivanovitch, dit Sélifane. On doit pouvoir déjà aller en traîneau : il est tombé pas mal de neige. Il est temps, pour sûr, de quitter la ville. J'en ai tellement assez que je ne puis plus la voir.

— Va chez le charron pour qu'il mette la calèche sur patins, dit Tchitchikov, qui se rendit lui-même en ville, mais ne voulut faire aucune visite d'adieu. Après une pareille aventure, c'était gênant, d'autant plus qu'il courait sur son compte les histoires les plus fâcheuses. Il évita toutes rencontres et n'entra furtivement que chez le marchand à qui il avait acheté le fameux drap navarin flamme et fumée. Il en prit de nouveau quatre aunes, qu'il alla porter à son tailleur. Pour un double prix, celui-ci se décida à redoubler de zèle, et fit travailler son monde toute la nuit à la lueur des chandelles ; le frac fut terminé le lendemain, bien qu'un peu tard. Les chevaux étaient déjà attelés. Pourtant Tchitchikov l'essaya. Il allait parfaitement, comme le premier. Mais il remarqua, hélas, une tache blanche et lisse sur sa tête et proféra avec tristesse. « Pourquoi m'être abandonné à un tel désespoir ? À plus forte raison ne devais-je pas m'arracher les cheveux ! »

Le tailleur payé, il partit enfin dans un étrange état d'esprit. Ce n'était plus l'ancien Tchitchikov ; c'en était comme la ruine. On pouvait comparer son état d'âme à une construction démontée, dont les matériaux doivent servir à une nouvelle, qui n'est pas encore commencée, car l'architecte n'a pas encore envoyé de plan, et les ouvriers ne savent que faire.

Une heure plus tôt le vieux Mourazov était parti avec Potapytch dans une carriole d'osier, et une heure plus tard, le prince fit dire à tous les fonctionnaires que, se rendant à Pétersbourg, il désirait les voir avant son départ.

Rassemblés dans la grande salle, toute la tribu des fonctionnaires, depuis le gouverneur jusqu'au conseiller titulaire — chefs de bureau, conseillers, assesseurs ; tous les Kisloïédov, Krasnonossov, Samosvistov ; pots-de-viniers, gens intègres ; ceux qui avaient la conscience plus ou moins tarée, comme ceux qui n'avaient rien à se reprocher — attendait, non sans inquiétude, l'arrivée du gouverneur général. Le prince parut, l'air impénétrable : son regard était ferme comme sa démarche. Tous s'inclinèrent, beaucoup profondément.

Après un léger salut, le prince commença :

— Devant me rendre à Pétersbourg, j'ai jugé convenable de vous voir tous et même de vous en expliquer en partie la raison. Il s'est passé ici une affaire des plus scandaleuses. Je suppose que beaucoup des assistants savent de quoi il s'agit. Cette affaire en a révélé d'autres aussi déshonorantes, où sont impliqués des gens que je croyais jusqu'alors honnêtes. Je connais même le dessein secret de tout embrouiller, de manière à ce qu'on ne puisse procéder par les voies légales. Je connais aussi le principal auteur, et derrière qui il se cache..., bien qu'il ait fort adroitement dissimulé sa participation. Le fait est que je n'ai pas l'intention de recourir à la procédure ordinaire, mais à la prompte justice militaire, comme en temps de guerre ; j'espère que Sa Majesté m'en donnera le droit, quand je lui aurai exposé toute l'affaire. Lorsque la justice civile est impuissante, que les papiers brûlent avec les armoires et qu'enfin, par une avalanche de faux témoignages et de dénonciations mensongères, on s'efforce d'obscurcir une affaire déjà obscure, j'estime que la justice militaire est le seul moyen d'en finir. Je désire connaître votre opinion à ce sujet.

Le prince s'arrêta comme s'il attendait une réponse. Tous se tenaient les yeux baissés. Beaucoup étaient blêmes.

— Je connais une autre affaire, bien que les intéressés soient persuadés que personne n'en est informé. Elle ne sera pas instruite par la procédure ordinaire, car c'est moi-même qui me constituerai demandeur et plaignant et présenterai les preuves nécessaires.

Quelqu'un tressaillit dans l'assemblée ; les plus poltrons se troublèrent.

— Il va sans dire que les plus coupables seront privés de leurs grades et de leurs biens, les autres révoqués. Naturellement des innocents pâtiront. Qu'y puis-je ? Cette affaire est par trop déshonorante et crie justice. Bien que je sache que cela ne servira pas de leçon à d'autres — car ceux qui les remplaceront, comme ceux qui étaient jusqu'alors honnêtes, deviendront malhonnêtes, tromperont et se vendront, en dépit de la confiance qu'on leur témoignera — malgré tout, je dois procéder avec rigueur, car la justice réclame son dû. Je sais qu'on m'accusera de cruauté ; mais vous devez tous me considérer comme l'instrument aveugle de la justice.

Le prince était calme. Son visage ne reflétait ni courroux ni indignation.

— Maintenant celui-là même qui tient dans ses mains le sort de beaucoup de beaucoup d'entre vous, et qu'aucune prière n'a pu fléchir, celui-là vous pardonne à tous. Tout sera oublié, effacé ; j'intercéderai pour vous tous si vous exécutez ma demande. La voici... Je sais que rien, ni la crainte, ni les châtiments, ne peut extirper l'injustice : elle est trop profondément enracinée. Le fait malhonnête de recevoir des pots-de-vin est devenu une nécessité et un besoin, même pour ceux qui n'étaient pas nés pour cela. Je sais que pour beaucoup il est presque impossible de lutter contre le courant. Mais je dois maintenant, comme à l'heure décisive et sacrée où il s'agit de sauver la patrie, où chaque citoyen sacrifie tout, je dois adresser un appel, ne fût-ce qu'à ceux qui ont encore un cœur russe dans la poitrine et comprennent tant soit peu le mot *noblesse d'âme*. À quoi bon se demander lequel de nous est le plus coupable ? Peut-être le suis-je plus que tous ; je vous ai peut-être reçus trop rudement au début ; j'ai peut-être, par une suspicion exagérée, repoussé ceux d'entre vous qui voulaient sincèrement m'être utiles, bien que de mon côté je pusse aussi faire... S'ils aimaient vraiment la justice et le bien de leur pays, ils n'auraient pas dû s'offusquer de l'arrogance de mes manières, ils auraient dû refréner leur ambition et sacrifier leur amour-propre. Il est impossible que je n'aie pas remarqué leur abnégation, leur vif amour du bien, que je n'aie pas reçu d'eux, finalement, de sages et profitables conseils. Pourtant, c'est plutôt au subordonné à se conformer au caractère de son chef, qu'au chef à celui du subordonné. C'est en tout cas plus normal et plus facile, car les subordonnés n'ont qu'un chef, tandis que le chef a des centaines de subordonnés. Mais laissons pour le moment de côté le degré de culpabilité de chacun. Le fait est que nous devons sauver notre pays. Il succombe déjà, non par suite de l'invasion des vingt nations[228], mais par notre propre faute ; à côté du gouvernement légal, il s'en est formé un autre, bien plus puissant que la loi. Tout est taxé, les prix sont même portés à la

---

[228] — C'est ainsi qu'on appelle en Russie la guerre de 1812.

connaissance de tous. Et aucun chef, fût-il même plus sage que tous les législateurs et les gouvernants, n'a la force de remédier au mal, même s'il limite les méfaits des mauvais fonctionnaires en les plaçant sous la surveillance de collègues. Tout cela ne servira de rien tant que chacun de nous n'aura pas senti que, de même qu'à l'époque de la révolte des peuples, il s'était armé contre..., il doit pareillement lutter contre l'injustice. C'est comme Russe, uni à vous par la communauté du sang, que je m'adresse maintenant à vous. Je m'adresse à ceux qui comprennent ce qu'est la noblesse des idées. Je vous invite à vous rappeler le devoir que l'homme rencontre partout sur son chemin. Je vous invite à examiner de plus près votre devoir et les obligations de vos fonctions sur terre, car nous en avons tous une représentation confuse, et nous....

FIN